WISE SAYING

마거릿 풀러

(1) 사랑

Love

김동구 엮음

圖書出版 明文堂

머리말—세상 살아가는 지혜

『명언(名言)』(Wise Saying)은 오랜 세월을 두고 음미할 가치가 있는 말, 우리의 삶에 있어서 빛이나 등대의 역할을 해주는 말이다. 이 책은 각 항목마다 동서양을 망라한 학자 · 정치가 · 작가 · 기업가 · 성직자 · 시인……들의 주옥같은 말들을 예시하고 있다.

이러한 말과 글, 시와 문장들이 우리의 삶에 용기와 지침이 됨과 아울러 한 걸음 나아가 다양한 지적 활동, 이를테면 에세이, 칼럼, 논문 등 글을 쓴다든지, 일상적 대화나, 대중연설, 설교, 강연 등에서 자유로이 적절하게 인용할 수 있는 여건을 충족시켜 줄 것이다.

독자들은 동서양의 수많은 석학들 그리고 그들의 주옥같은 명언과 가르침, 사상과 철학을 접할 수 있는 좋은 기회를 얻음으로써 한층 다양하고 품격 높은 삶을 영위할 수 있을 것이다.

이 책은 각 항목 별로 다음과 같이 구성되어 있다.

【어록】

어록이라 하면 위인들이 한 말을 간추려 모은 기록이다. 또한 유학자가 설명한 유교 경서나 스님이 설명한 불교 교리를 뒤에 제자들이 기록한 책을 어록이라고 한다. 각 항목마다 촌철살인의 명언, 명구들을 예시하고 있다.

【속담 · 격언】

오랜 세월에 걸쳐서, 민족과 지역의 수많은 사람들의 생생한 경험을 통해서 여과된 삶의 지혜를 가장 극명하게 표현하는 것이기 때문에 문자 그대로 명언 가운데서도 바로 가슴에 와 닿는 일자천금(一字千金)의 주옥같은 말이라고 할 수 있다.

【시 · 문장】

항목을 그리는 가장 감동 감화적인 표현이라고 할 수 있다. 가장 마음속에 와 닿는 시와 문장을 최대한 발췌해 수록했다.

【중국의 고사】

동양의 석학 제자백가, 사서오경(四書五經)을 비롯한 《노자》 《장자》 《한비자》 《사기》 ……등의 고사를 바탕으로 한 현장감 있는 명언명구를 인용함으로써 이해도를 한층 높여준다.

【에피소드】

서양의 석학, 사상가, 철학자들의 삶과 사건 등의 고사를 통한 에피소드를 접함으로써 품위 있고 흥미로운 대화를 영위할 수 있는 소양을 갖추는 계기가 된다. 그 밖에도 **【우리나라 고사】** **【신화】** **【명연설】** **【명작】** **【전설】** **【成句】** …… 등이 독자들로 하여금 박학한 지식을 쌓는 데 한층 기여해줄 것이다.

많은 서적들을 참고하여 가능한 한 최근의 명사들의 명언까지도 광범위하게 발췌해 수록했다. 그러나 너무도 많은 자료들을 수집하다 보니 미비한 점도 있을 것으로, 독자 여러분의 너그러운 이해를 바란다.

운계 김동구
— 雲溪 金東求

차 례

사랑

사랑 *love* 愛

【어록】

■ 하루만 못 봐도 3년을 못 본 듯하다(一日不見 如三秋兮).

— 《시경》

■ 내 마음 돌이 아니거니 굴릴 수 없고요, 내 마음 자리 아니거니 말아 거둘 수 없네(我心匪石 不可轉也 我心匪席 不可捲也).

— 《시경》

■ 백성을 사랑한다 해서 법률을 어기지 않는다(不爲愛民枉法律).

— 《관자(管子)》

■ 사랑은 미움의 시작이고, 덕은 원망의 근본이다(愛者 憎之始也 德者 怨之本也). — 《관자》

■ 사랑하면서도 그의 악한 점을 알아내고, 미워하면서도 그의 착한 점을 알아준다(愛而知其惡 憎而知其善). — 《예기》

■ 자기 몸을 사랑하듯이 천하를 다스려야 천하를 맡길 수 있다(愛以身爲天下 若可以托天下). — 《노자》

■ 사치는 애정을 수반한다. — 《장자》

■ 마음에 두는 것만으로는 사랑을 다할 수가 없다. —《묵자》
■ 남을 사랑하는 자는 반드시 사랑을 받고, 남을 미워하는 자는 반드시 미움을 받는다(愛人者必見愛也 而惡人者必見惡也). —《묵자》
■ 천하가 서로 사랑하면 다스려지고, 서로 미워하면 어지러워진다(天下兼相愛則治 交相惡則亂). —《묵자》
■ 정이 많으면 법을 바로 세우지 못하고, 윗사람이 위엄이 없으면 아랫사람이 얕본다(愛多者則法不立 威寡者則下侵上). —《한비자》
■ 남을 사랑하는 자는 다른 사람도 또한 그를 사랑하고, 남을 존경하는 자는 다른 사람 또한 그를 존경한다(愛人者人恒愛之 敬人者人恒敬之). —《맹자》
■ 남이 자기를 사랑할 것을 바라면 먼저 남을 사랑해야 하고, 남이 자기를 따를 것을 바라면 먼저 남을 따라야 한다(欲人之愛己也 必先愛人 欲人之從己也 必先從人). —《국어(國語)》
■ 현명한 사람은 사랑이 도타울수록 마음을 더욱 삼간다(賢者寵至而益戒). —《국어》
■ 당신에게 친절하고 당신을 그리는 것이 당신을 사랑하는 것, 내가 당신을 사랑하지 않고 누가 당신을 사랑하겠는가(親卿愛卿是以卿卿 我不卿卿 誰當卿卿). —《세설신어(世說新語)》
■ 천애지각도 끝이 있으련만, 상사(相思)의 정만은 끝이 없다(天涯地角有窮時 只有相思無盡處). — 안수(晏殊)
■ 사람의 잘못은 죽음을 슬퍼하는 데 있는 것이지 삶을 사랑하는 데 있는 것이 아니며, 지난날을 뉘우치는 데 있는 것이지 앞날

을 동경하는 데 있는 것이 아니다(人之過也在於哀死 而不在於愛生 在於悔往 而不在於懷來). — 《중론(中論)》

■ 미워하는 자를 조심해서 방비하지만, 화는 사랑하는 데 있다(謹備其所憎 而禍在於所愛). — 《전국책》

■ 훌륭히 나라를 다스리는 자는 부모가 자식을 사랑하듯이 백성을 사랑하며, 형이 동생을 사랑하듯이 사랑한다. — 《설원》

■ 기쁨과 슬픔은 모두 다 허황한 꿈, 욕심과 사랑은 언제나 어리석은 것. — 《홍루몽》

■ 사람은 도를 안 다음에야 자신을 사랑할 줄 알게 되며, 자신을 사랑할 줄 안 다음에야 나라를 보전할 줄 알게 된다(人必知道而後知愛身 知愛身而後知愛人 知愛人而後知保天下).

— 소철(蘇轍)

■ 천도는 사람을 사랑하는 것을 마음으로 삼는다(天道以愛人爲心 以勸善懲惡爲公). — 《고금소설(古今小說)》

■ 풍상은 무슨 일로 생물을 살해하는가? 천지는 무정해도 사람을 사랑하네. — 유장경(劉長卿)

■ 나라를 다스리자면 반드시 자애로운 어버이처럼 백성을 사랑해야 하고, 엄격한 스승처럼 사람을 가르쳐야 한다.

— 사마광(司馬光)

■ 귀여운 아이에겐 매를 많이 주고, 미운 아이에게는 밥을 많이 준다. — 《명심보감》

■ 애정이 있으면 주먹밥일지라도 맛있고, 애정이 없으면 산해진미라도 맛이 없다. — 솔로몬

■ 사랑이 깊은 자는 미움 또한 깊다. — 호메로스

- 우마(牛馬)는 힘으로 다스려 달구지에 갖다 맬 것이 아니며, 사람은 억지로 사랑에 끌어들일 것이 아니다. — 테오그니스
- 사랑은 가장 달고 가장 쓴 것. — 에우리피데스
- 술이 없는 곳에 사랑은 없다. — 에우리피데스
- 영원히 사랑하지 않는 자는 사랑하는 자가 아니다. — 에우리피데스
- 사랑은 가난과 부(富) 사이에서 태어난 자식이다. — 플라톤
- 사랑을 하고 있는 동안에는 누구나 시인이다. — 플라톤
- 사랑—사랑만이 남자가 여인을 위해 죽음을 감행하게 만든다. 여인도 또한 남자와 같다. — 플라톤
- 술은 사랑을 기르는 밀크이다. — 아리스토텔레스
- 높은 벼랑에서 떨어지는 것보다 사랑에 빠지는 쪽이 더 위험하다. — 플라우투스
- 사랑의 미움만큼 격렬한 것은 없다. — 프로페르티우스
- 장년에 이를 때까지 사랑을 미루어 온 사람은 비싼 이자를 지불하여야만 한다. — 메난드로스
- 지상의 모든 생물—인간 · 맹수 · 물고기 · 가축 · 조류(鳥類)—모두가 사랑의 불길에 쇄도한다. 사랑은 모든 것의 왕이다. — 베르길리우스
- 사랑은 알몸이지만 얼굴을 가리고 있다. — 모스코스
- 사랑의 맹세는 당국의 인가가 필요치 않다. — 푸블릴리우스 시루스
- 사람은 사랑을 하면 현명할 수가 있지만, 현명하면 사랑을 하지 못한다. — 푸블릴리우스 시루스

- 사랑에는 두 가지 시련이 있다. 즉, 전쟁과 평화이다.
  — 호라티우스
- 사랑과 웃음이 없으면 즐거움이 없다. 사랑과 웃음 속에서 살자.
  — 호라티우스
- 사랑은 늦게 올수록 격렬하다. — 오비디우스
- 사랑은 교전(交戰)의 일종이다. — 오비디우스
- 돈과 쾌락과 명예를 사랑하는 자는 인간을 사랑할 수 없다.
  — 에픽테토스
- 미움은 다툼을 일으켜도 사랑은 모든 허물을 가린다. — 잠언
- 너희 원수를 사랑하며 너희를 박해하는 자를 위하여 기도하라.
  — 마태복음
- 사랑은 이웃에게 악을 행하지 아니하나니 그러므로 사랑은 율법의 완성이니라. — 로마서
- 미쳐버린 사랑은 사람들을 짐승으로 만든다. — 프랑수아 비용
- 사랑은 지식의 어머니다. — 레오나르도 다빈치
- 사랑은 욕망이라는 강에 사는 악어이다. — 바르트리하리
- 사랑이란 연인의 눈동자에 반짝이는 불도 되고, 흩어지는 연인의 눈물에 넘치는 대해도 된다. 그뿐만 아니라, 아주 분별하기 어려운 광기, 숨구멍도 막히는 고집인가 하면, 또 생명을 기르는 감로이기도 하다. — 셰익스피어
- 사랑은 장님이기에, 사랑하는 자들은 스스로가 범하는 유치한 바보짓을 보지 못한다. — 셰익스피어
- 적당히 사랑해야지 오래 지속됩니다. — 셰익스피어
- 구하여 얻은 사랑은 좋다. 구하지 않았는데 받게 되는 사랑은

더욱 좋다. — 셰익스피어

- 사랑은 눈으로 보지 않고 마음으로 본다. 그러므로 그림에 그린 큐피드는, 날개는 가지고 있지만 맹목으로서 사랑의 신의 마음에는 분별이 전연 없고, 날개가 있으나 눈이 없는 것은 성급하고 저돌적인 증거다. 그리고 선택이 언제나 틀리기 쉬우므로 사랑의 신은 아니라고 한다. — 셰익스피어
- 사랑은 어느 점에서는 야수를 인간으로 만들고, 다른 점에서는 인간을 야수로 만든다. — 셰익스피어
- 그대의 것이 아니거든 보지를 말라! 그대의 마음을 흔드는 것이라면 보지를 말라! 그래도 강하게 덤비거든, 그 마음을 힘차게 불러일으켜라! 사랑은 사랑하는 자에게 찾아갈 것이다. — 괴테
- 사랑은 규칙을 알지 못한다. — 몽테뉴
- 사랑에는 연령이 없다. 그것은 어느 때든지 생길 수 있는 것이다. — 파스칼
- 사랑에는 실로 수많은 종류가 있어서 무엇부터 정의를 내려야만 좋을지 알 수 없을 정도이다. 『사랑』 이라는 명칭은 대담하게도 며칠밖에 계속되지 않는 변덕에 대해서도 쓰이고 있다. 애착 없는 친밀성, 판단 없는 감상(感傷), 탕아의 교태, 냉담한 습관이나 낭만적 공상, 또는 곧바로 싫증이 나는 어떠한 미각까지도 『사랑』 이라고 불린다. 사람들은 수많은 공상까지도 사랑이라고 부른다. — 볼테르
- 사랑의 관계가 최고조에 달할 때는 주위 환경의 어느 것에도 관심을 둘 여유가 없다. 한 쌍의 연인은 그들만으로 족하다.

— 지그문트 프로이트

■ 사랑은 모든 계층의 인간이 만나는 플랫폼이다.

— 윌리엄 길버트

■ 사랑할 수 있다는 것은 모든 것을 할 수 있다는 것이다.

— 안톤 체호프

■ 살았다, 썼다, 사랑했다. — 스탕달

■ 사랑이 생길 때까지는 미는 간판으로서 필요하다. — 스탕달

■ 참으로 사랑하는 마음속에서는, 질투가 애정을 죽이든가 애정이 질투를 죽이든가 어느 한쪽이다. — 폴 부르제

■ 사랑은 내 인생의 가장 중요한 일이었으며, 유일한 것이었다.

— 스탕달

■ 정열적인 사랑을 해보지 못한 인간은 인생의 반분(半分), 그것도 아름다운 편의 반분이 가리어져 있는 것이다. — 스탕달

■ 강한 인간만이 사랑을 알고 있다. 사랑만이 미(美)를 파악한다. 미만이 예술을 만든다. — 리하르트 바그너

■ 사랑에는 신뢰받을 필요가 있고, 우정에는 이해받을 필요가 있다. — 피에르 보나르

■ 만나 알고, 사랑하다가, 그리고 헤어지는 것이 수많은 인간의 슬픈 이야기다. — 새뮤얼 콜리지

■ 복수와 사랑에 있어서는 여자가 남자보다 훨씬 잔인하다.

— 프리드리히 니체

■ 사랑에는 세 종류가 있다. 첫째는 아름다운 사랑, 둘째는 헌신적 사랑, 셋째는 활동적인 사랑. — 레프 톨스토이

■ 사람들은 사랑에 의하여 살고 있다. 그러나 자기에 대한 사랑은

죽음의 시초이며, 신(神)과 만인에 대한 사랑은 삶의 시초이다.
— 레프 톨스토이

- 사랑이란 자기희생이다. 이것은 우연에 의존하지 않는 유일한 행복이다. — 레프 톨스토이
- 열 명의 칭찬하는 적보다 한 명의 사랑하는 친구를 갖는 것이 낫다. — 조지 맥도널드
- 사랑의 본질은 정신의 불이다. — 스웨덴보르그
- 신의 본체는 사랑과 예지이다. — 스웨덴보르그
- 사랑의 절대적 가치는 인생을 가치 있게 만든다. 그리하여 인간의 생소하고 어려운 처지를 바람직하게 만든다. 사랑은 인생을 죽음에서 구원할 수는 없다. 그러나 인생의 목적을 충족시킬 수는 있다. — 아널드 토인비
- 사랑이 없는 아름다움은 먹이가 없는 낚싯바늘이다. — 랠프 에머슨
- 사랑의 본질은 개인을 보편화하는 일이다. — D. H. 로렌스
- 사랑을 받기 위하여 사랑하는 것은 인간이지만, 사랑하기 위하여 사랑하는 것은 천사다. — 알퐁스 드 라마르틴
- 사랑의 불길은 그것을 알아차리기 전에 이미 마음을 태우고 있다. — 마르그리트 드 나바르
- 사랑은 모든 시간을 재구성하고, 모든 것을 새롭게 만든다. — 그라시안이모랄레스
- 사랑보다도 허영심 쪽이 더 많이 여자를 타락시킨다. — 데팡 부인
- 고통이 없는 사랑에는 삶이 없다. — 토마스 아 켐피스

■ 딸의 사랑은 어머니에게는 죽음이다. — 도스토예프스키

■ 인생은 고통이며, 인생은 공포이다. 그러므로 인간은 불행하다. 그러나 인간은 지금도 인생을 사랑하고 있다. 그것은 고통과 공포를 사랑하기 때문이다. — 도스토예프스키

■ 모든 신의 창조물을, 그 속에 있는 한 알 한 알의 모래를 모두 사랑하라. 모든 나뭇잎을, 모든 신의 광선을 사랑하라. 모든 동물을 사랑하고 모든 식물을 사랑하고, 그리고 그 밖의 모든 걸 사랑하노라면, 너희는 사물에 있어서의 성스러운 신비를 파악할 것이다. 일단 너희가 그것을 파악하면 너희는 나날이 더 잘 그것을 이해하게 될 것이다. 그리하여 드디어는 모든 걸 포용하는 사랑으로써 전 세계를 사랑하게 되리라. — 도스토예프스키

■ 우리가 사랑할 때는 사랑하지 않고, 우리가 사랑하지 않고 있을 때는 사랑한다. ……이것이 여자의 본성이다. — 세르반테스

■ 너를 울게 만드는 남자가 너를 마음속으로부터 사랑한다. — 세르반테스

■ 사랑은 맞붙어 싸워 이길 수 있는 상대가 아니다. 줄행랑칠 수 밖에 없다. — 세르반테스

■ 남자의 첫사랑을 만족시키는 것은 여자의 마지막 사랑뿐이다. — 발자크

■ 사랑의 반대말은 무관심이다. — 발자크

■ 사랑은 모든 것을 믿으며 속지 않는다. 사랑은 모든 것을 바라며 멸망하지 않는다. 사랑은 자기 이익을 추구하지 않는다. — 키르케고르

■ 한 독물이 다른 독물에게 쫓겨나듯 사랑은 다른 사랑에 의해 치

유를 받는다. — 존 드라이든

- 첫사랑이란 약간의 어리석음과 넘치는 호기심에 불과하다. — 조지 버나드 쇼
- 사랑이 집에 들어오면 지혜는 나간다. — 프리드리히 로가우
- 인간과 인간 사이에는 사랑 이외의 재산은 없다. — 아우에르바하
- 사랑은 환상의 자식이요, 환멸의 어버이다. — 미구엘 우나무노
- 사랑 받지 못하는 것은 슬프다. 그러나 사랑할 수 없는 것은 더 슬프다. — 미구엘 우나무노
- 사랑은 모든 것을 극복한다. — 카를 힐티
- 사랑이 뭐냐고 그대는 묻는다. 자욱하게 낀 안개로 싸인 하나의 별이다. — 하인리히 하이네
- 오! 사랑은 우리를 행복하게 만든다. 오! 사랑은 우리를 풍요하게 만든다. — 하인리히 하이네
- 어떤 밧줄이나 철사도 사랑처럼 꼬인 실로 힘차게 당기고 단단히 붙잡아 매지 못한다. — 로버트 버턴
- 결혼을 위한 사랑은 인간을 만들지만, 우정의 사랑은 인간을 완성한다. — 프랜시스 베이컨
- 사랑은 종종 결혼의 과일이다. — 몰리에르
- 사랑은 인생의 종은 될지언정 주인이 되어서는 안 된다. — 버트런드 러셀
- 애정을 받아들이는 인간은 일반적으로 말하면 애정을 부여하는 사람이다. — 버트런드 러셀
- 사랑을 받기 위하여 사랑하는 것은 인간이지만, 사랑하기 위하

여 사랑하는 것은 천사다. — 알퐁스 드 라마르틴

- 사랑은 게으른 자에겐 일이지만, 바쁜 사람에게는 게으름이다. — 불워 리턴
- 사랑은 어느 누구에게도 폭군이다. — 피에르 코르네유
- 사랑이 충족되면 그 매력은 모두 사라진다. — 피에르 코르네유
- 사랑, 그것은 두 마음이 하나가 되게 하며, 또 하나의 뜻이 되게 한다. — 에드먼드 스펜서
- 가장 놀라운 기억력은 사랑하는 여자의 기억력이다. — 앙드레 모루아
- 첫사랑은 남자의 일생을 좌우한다. — 앙드레 모루아
- 극히 훌륭한 사랑은 격렬한 욕망 속에 있는 것이 아니라 일상생활의 완전하고도 영속적인 조화에 의해서만 인정된다. — 앙드레 모루아
- 발자국을 남기지 않고 눈길을 걸을 수 있으면 사랑을 하시오. — E. 보니
- 자기 자신을 사랑하는 것, 그것은 평생에 걸친 로맨스의 시작이다. — 오스카 와일드
- 사랑은 프랑스에서는 희극, 영국에서는 비극, 이탈리아에서는 비가극, 독일에서는 멜로드라마다. — 블레싱턴 백작부인
- 안녕! 사랑하는 사람들아, 다시 만날 수 있다면……. — 마크 트웨인
- 사랑스런 사람의 입에서 나는 양파 냄새가 보기 흉한 사람의 손에 있는 장미 냄새보다 더 향기롭다. — M. 사디

- 인생의 최고 행복은 우리가 사랑받고 있다는 확신이다.
  — 빅토르 위고
- 사랑은 끝없는 신비다. 그것을 설명할 수 있는 것이 전혀 없기 때문이다. — R. 타고르
- 사랑은 땅덩어리를 동이는 끈이다. — 페스탈로치
- 인생을 사랑하느냐? 만일 사랑한다면 시간을 낭비하지 말라. 시간은 인생을 이루는 요소다. — 벤저민 프랭클린
- 사랑은 지성 있는 사람에게서 지성을 빼앗고, 지성 없는 사람에게 지성을 준다. — 샤를 디들로
- 사랑은 하나뿐인데 사랑의 사본은 갖가지다. — 라로슈푸코
- 사람은 자기가 사랑하는 만큼 용서한다. — 라로슈푸코
- 참다운 사랑은 유령의 출현과도 같다. 모두가 그 애기를 하지만 그걸 본 사람은 거의 없다. — 라로슈푸코
- 사랑의 불은 때로 우정의 재를 남긴다. — 헨리 레니에
- 사랑은 가장 변하기 쉬움과 동시에 가장 파괴하기 어려운 불가사의한 감정이다. 그것은 변형되며, 풍화하고 산화한다. 그러나 마음속을 분석하든가, 또 추억하든가 하면, 그것은 또다시 완전한 형태로 조립되고 구성되게 된다. — 헨리 레니에
- 사랑하는 애인끼리는 우주 전체가 조국이 아닌가?
  — 앙드레 프레보
- 사랑이 많은 기적을 낳지 않았다면 사람들은 사랑을 신성(神聖)하게 여기지 않았을 것이다. — 앙드레 프레보
- —대체 여자의 사랑이란 무엇인가?—남자의 사랑입니다.
  — 요한 스트린드베리

- 나를 사랑하는 사람은 나의 개도 사랑한다. — C. 베르나르
- 사랑은 여자에겐 일생의 역사요, 남자에겐 일생의 일화에 지나지 않는다. — 제르멘 드 스탈
- 남으로부터 사랑을 받지 않으면기 자신을 사랑하는 일도 없습니다. — 제르멘 드 스탈
- 좋아하는 사람에겐 쉽게 속는 법이다. — 몰리에르
- 진정한 사랑은 인격을 높이고, 심정을 견실케 하고, 또 생활을 정화한다. — 헨리 F. 아미엘
- 사랑 속에는 언제나 환상이 있다. 왜냐하면 거기에는 이상(理想)이 있기 때문이다. — 헨리 F. 아미엘
- 어떻게 하면 환락에서 해방될 수 있을까. 가장 좋은 방법은 역시 사랑이다. 멋진 사랑이다. 여자는 그 상처를 고치고, 아내는 창녀로부터 방면(放免)되고, 질서는 무질서에서 구원받고, 부부생활은 욕정에서 해방되어 욕망이 정화되며, 나약함을 힘으로, 육체의 박차를 정신의 약동으로 전환할 수가 있다.

  — 헨리 F. 아미엘
- 희망이 없는 사랑을 하고 있는 자만이 사랑을 알고 있다.

  — 프리드리히 실러
- 사랑의 빛이 없는 인생은 가치가 없다. — 프리드리히 실러
- 사랑을 알기까지는 여자도 아직 여자가 아니고, 남자도 아직 남자가 아니다. 따라서 사랑은 남녀 모두가 성숙하기 위해 필요한 것이다. — 새뮤얼 스마일스
- 사랑은 인간의 주성분이다. 인간의 존재와 같이 사랑은 완전무결하게 존재하고 있으며, 무엇 하나 더 보탤 필요가 없는 것이

다. — J. G. 피히테

- 진실된 사랑은 오로지 사람에게만 신(神)이 준 선물이다.

— 월터 스콧

- 사랑은 아무것도 겁내지 않는다. 까딱하면 사신(死神)이란 천하 무적의 강자한테로 달려가 그것을 자기편으로 할 용의가 있다. 사신을 자기편으로 한 사랑만큼 강한 것은 없다.

— 하인리히 하이네

- 이 세상에 사랑보다 즐거운 것은 없다. 사랑 다음으로 즐거운 것은 증오다. — 헨리 롱펠로
- 사랑은 외투보다도 추위를 잘 막아 준다. 사람은 음식과 옷의 역할을 한다. — 헨리 롱펠로
- 사랑해서 사랑을 잃은 것은 전연 사랑하지 않는 것보다 낫다.

— 앨프레드 테니슨

- 전에 한 사람도 사랑해 본 일이 없었던 사람은 전 인류를 사랑하기란 불가능하다. — 헨리크 입센
- 남자가 하는 말에는 사랑이 잘 스며들지 않는다. 그래서 남자는 사랑한다는 말을 자주 한다. 그러나 여자의 말에는 몇 마디 속에도 남자의 가슴이 저릴 만큼 사랑이 스며 있다. — 올리버 홈스
- 고백하지 못하고 죽는 사랑만큼 진실한 사랑은 없다.

— 올리버 홈스

- 사랑이란 온실의 꽃이 아니라, 야생식물로서 습한 밤에도 생겨나고 햇빛이 비치는 낮에도 생겨난다. 야생의 씨앗에서 발생하여 사나운 바람에 불려 거리로 돌아다닌다. 어떤 야생식물이 우연히 우리들 정원의 울타리 안에서 활짝 피게 되면 우리는 그것

을 꽃이라 부른다. 그러나 꽃이든 잡초든 그 향기와 빛깔은 여전히 야생적이다. — 존 골즈워디

- 사랑이란 우리를 행복하게 하기 위해서 있는 것은 아닙니다. 사랑은 우리들이 고뇌와 인종 속에서 얼마만큼 강할 수 있는가 하는 것을 자기에게 보이기 위해서 있는 것입니다.— 헤르만 헤세
- 사랑은 죽음보다도, 죽음의 공포보다도 강하다. 사랑은 단지 그것에 의해서만 인생은 주어지고 계속 진보한다. — 이반 투르게네프
- 사랑을 할 수 없는 인간에게는 어떤 일도 진실로 중대한 일일 수 없다. — 프랑수아 모리아크
- 사랑을 올바로 알기 위해서는 많은 세월이 필요하다. 인생이 주는 상처와 피로가 해를 거듭함에 따라 사랑의 지혜를 두텁게 만들어 준다. — 자크 샤르돈느
- 사랑하는 자와 지내려면 한 가지 비결이 있다. 즉 상대를 변화시키려 해서는 안 된다. 자기의 성질에 안 맞는 결점을 고치려 들면 삽시간에 상대의 행복까지 파괴시키고 만다. — 자크 샤르돈느
- 사랑이란 한없는 관용, 조그만 것에서부터 오는 법열(法悅), 무의식의 선의 완전한 자기 망각이다. — 자크 샤르돈느
- 사랑은 성찬이므로 무릎을 꿇고 받아야 되고, 그 사랑을 받는 사람의 입술과 마음속에는 『주여, 우리는 높은 자가 아니오』라는 말이 울려야 될 것이다. — 오스카 와일드
- 사람이 참다운 사랑을 마음속으로 갈구하고 있을 때 사랑도 또한 그를 위해서 기다리고 있을 것이다. — 오스카 와일드

- 사랑한다는 것은 자기를 초월하는 것이다. — 오스카 와일드
- 남자는 사랑을 하는 데서 시작하여 여자를 사랑함으로써 끝난다. 여자는 남자를 사랑하는 데서 시작하여 사랑을 사랑함으로써 끝난다. — 구르몽
- 내가 너를 사랑함과 같이 너도 나를 사랑한다면, 우리의 사랑을 도려낼 칼이 있을까. — 조지프 키플링
- 사랑한다는 것은 둘이 서로 바라보는 것이 아니라 함께 같은 방향을 쳐다보는 것임을 우리는 경험으로 안다. — 생텍쥐페리
- 사람이 마음으로부터 사랑하는 것은 단 한 번밖에 없다. 그것이 첫사랑이다. — 라브뤼예르
- 사랑하지 말아야 되겠다고 하지만 뜻대로 되지 않는 것과 같이, 영원히 사랑하려고 해도 뜻대로 되지 않는다. — 라브뤼예르
- 사랑의 고뇌처럼 달콤한 것은 없고, 사랑의 슬픔처럼 즐거움은 없으며, 사랑의 괴로움처럼 기쁨은 없고, 사랑에 죽는 것처럼 행복은 없다. — 에른스트 아른트
- 사랑은 아무런 무기도 지니고 있지 않은 것처럼 꾸미고 있지만, 실은 언제나 화살과 전통(箭筒)으로 몰래 몸을 단속하고 있다. — T. 타소
- 사랑은 화관(花冠)에 머무는 이슬방울과 같이 청순한 얼의 그윽한 곳에 머문다. — 펠리시테 라므네
- 사랑의 마음 없이는 어떠한 본질도 진리도 파악하지 못한다. 사람은 오직 사랑의 따뜻한 정으로써만 우주의 전지전능에 접근하게 된다. 사랑의 마음에는 모든 것이 포근히 안길 수 있는 힘이 있다. 사랑은 인간생활의 최후의 진리이며 최후의 본질이다.

— 구스타프 슈바프

■ 사려 분별이 있는 사랑을 하려는 따위의 남자는 사랑에 대해서 손톱만큼도 알지 못하고 있다는 증거다. — 오귀스트 콩트

■ 사랑의 본질은 개인을 보편화하는 것이다. — 오귀스트 콩트

■ 사랑의 한(恨)이 어설픈 결혼상대를 선택한다.

— 피에르 라쇼세

■ 사랑은 여자의 수치심을 둔화시키고 남자의 수치심을 예리하게 만든다. — 장 파울

■ 사랑은 명성보다 더 낫다. — 브룩 테일러

■ 사랑을 고치는 약은 없다. 만약 있다면 더 사랑할 수밖에 없다.

— 헨리 소로

■ 사랑이란 여자의 환상에 입각한다. 그녀들이 가슴에 안는 환상은, 여자와 조금이라도 사귀어 본 사람이라면 누구나 알고 있듯이, 도저히 있을 수 없는 일들이다. — 헨리 L. 멩컨

■ 사랑에 빠져 있다는 것은 감각적인 마취상태에 있는 것이다. 평범한 남자를 그리스 신(神)이나 되는 것처럼 오해하고 있거나, 평범한 여자를 여신(女神)으로 오해하고 있는 것이다.

— 헨리 L. 멩컨

■ 사랑이란 받는 것이 아니라 주는 것이다. 그것은 향락의 거친 꿈도 아니며 정욕의 광기도 아니다. 또한 사랑이란 선이고 명예이며 정화이고 깨끗한 삶이다. — 헨리 반다이크

■ 삶에 대한 절망 없이 삶에 대한 사랑은 있을 수 없다.

— 알베르 카뮈

■ 사랑은 미움이 불을 끄는 것보다도 더 많은 불을 지핀다. 그리

고 인간은 세월이 감에 따라 더 선량해진다. — 엘라 윌콕스

■ 사랑이란 영혼의 궁극적인 진리입니다. — R. 타고르

■ 사랑이 추구하는 열매는 오늘이나 내일을 위한 것도 아니고 어느 한 시기만을 위한 것도 아니다. 그것은 그 자체로 충분한 것이다. — R. 타고르

■ 아무도 사랑을 가르쳐 주는 사람은 없다. 사랑이란 우리의 생명과 같이 날 때부터 가지고 태어나는 것이다.
— 프리드리히 뮐러

■ 사랑을 방해하는 것은 아무것도 없다. 사랑은 문이나 빗장도 모르며 모든 것의 속을 관통하며 나아간다. 사랑에 시작은 없으며, 영구히 그 활개를 친다. — 클라우디우스

■ 만약 한 사람의 인간이 최고의 사랑을 성취한다면, 그것은 수백만 사람들의 미움을 해소시키는 데 충분할 것이다.
— 마하트마 간디

■ 당신이 누구의 사랑을 받고 있다면 어떠한 희생을 치른다 해도 당신은 그 사랑에 해당하는 값을 치르지는 못한다. 그렇지만 사랑을 사려고 하는 것이라면 작은 희생도 치를 가치가 없다.
— 비트겐슈타인

■ 사랑이란 아주 차분하고도 친밀한 싸움이다. — 오쇼 라즈니쉬

■ 사랑도 거절당하고 반대당합니다. 우리의 내면에서도 외면에서도. — 요한 바오로 2세

■ 인간이 서로 사랑할 때 서로 기다리지 않는 법이다. 젊은 남자나 여자는 그 사랑의 대상이 그들의 호소에 귀를 기울이지 않건 적대시하건 무관심하건 언제나 사랑하는 법이다. 그것은 무조건

의 사랑이다. — C. V. 게오르규

■ 사랑은 명령해서 되는 것이 아니다. 폭력으로 되는 사랑도 없다.
— C. V. 게오르규

■ 사랑한다는 것은 생산적인 능동성이다. 그것은 사람 · 나무 · 그림 · 사상 등에 대한 돌봄, 앎 · 반응 · 긍정 · 즐거움 등을 뜻한다. 그것은 그의(그녀의 또는 그것의) 생명력을 증대시키고 소생시키는 것을 뜻한다. 그것은 자기를 재생시키고 자기를 증대시키는 하나의 과정이다. — 에리히 프롬

■ 『나는 너에게 지극한 사랑을 가지고 있다』라고 말하는 것은 아무 의미가 없다. 사랑은 소유할 수 있는 물건이 아니라 하나의 과정, 사람이 그 주체가 되는 내적 행동이다. 나는 사랑할 수 있고 사랑에 빠질 수 있다. 그러나 사랑에 있어서 무엇을 『가진다』는 것은 있을 수 없다. 실상 더욱 적게 가질수록 더욱 사랑할 수 있는 것이다. — 에리히 프롬

■ 무조건적 사랑은 어린이만이 아니라 모든 인간의 절실한 열망 중 하나다. 어떤 장점 때문에 사랑받는다든가, 사랑받을 만해서 받는다는 것은 항상 의문의 여지를 남긴다. — 에리히 프롬

■ 대부분의 사람들은 사랑의 문제를 사랑한다는 문제, 즉 사랑할 수 있는 능력의 문제로 보기보다는 주로 사랑받는 문제로 파악하고 있다. 그래서 이러한 사람들에게 있어서는 어떻게 사랑받을 수 있는지, 또 어떻게 사랑스러워질 수 있는지가 문제가 된다. — 에리히 프롬

■ 사랑은 인생에 있어서 가장 소중한 것이다. 할 수 있는 한 크게 사랑하라. 사랑에 인색해서는 안 된다. — 바바하리다스

■ 첫사랑이 현실적으로 열매를 맺지 못했다 해도 그 아름다운 꽃은 추억 속에서 영원히 아름답게 필 것이다. — 시라이시 고우치

■ 이성간의 사랑은 정도의 차는 있을지라도 누구나 감정의 피어오르는 불꽃에 그들 자신을 사르게 한다. — 박목월

■ 참으로 사랑은 그것을 위하여 우리의 모든 것을 포기하거나 연소시키는 맹목적인 것이 아니다. 인간이 인간으로서 주어진 사명을 다하고 우리들의 삶을 보람찬 것으로 이룩하기 위하여 그것(사랑)이 소중할 뿐이다. — 박목월

■ 사랑은 만남이다. 진리와의 만남, 사람과의 만남, 만남을 소중히 여기자. — 임옥인

■ 사랑은 달가운 희사, 주면 줄수록 더욱 줄거리를 만들어 내는 마법의 용량임을 놀라 바라보리라. 사랑하면 황제라도 지극한 겸양의 간망(懇望)을 배우고, 반면에 걸식녀도 여왕의 부를 넘어설 수가 있다. 사랑은 가난한 마음의 축제, 이 가려진 잔치의 소박한 축복은 아는 이만이 안다. — 김남조

■ 사랑의 의지란 무섭게 외로운 것이란다. — 김남조

■ 사랑의 감정이 절대적인 것과 같이 증오의 감정이 때때로 절대적인 경우도 있다. — 이효석

■ 남자의 사랑은 인생의 부속품, 여자의 사랑은 인생의 징검다리. — 오소백

■ 세상에는 반드시 완전무결한 사랑이 있는 것이 아니요, 때를 따라서 흠(欠)을 깁고 이지러진 것을 더하여 없는 것에서 있는 것을 만들려고 애쓰는 창조의 노력이 없는 사랑은 또한 안가(安價)의 매음(賣淫) 동양(同樣)의 사랑일 것이다. — 나도향

■ 한 마디로 말해서 사랑은 정서다. — 이동주

■ 가시에 찔리지 않고 장미를 딸 수 없다는 그 비극, 죄를 짓지 않고는 사랑을 느낄 수 없다는 인간의 그 형벌. — 이어령

■ 생각하고 노력하기에 따라서는 봄눈처럼 허망하게 녹을 수도 있고 다이아몬드처럼 튼튼하게 광채를 낼 수도 있는 것이 사랑이라 한다면 나는 양쪽이 다 흐뭇하고 아름다운 사랑이라고 생각한다. 그 사랑은 어떤 의미로 보나 순수하고 타산이 있을 수 없기 때문이다. — 천경자

■ 사랑은 영원히 미완성인 것을 완성으로 만들려 한다.
— 김형석

■ 사랑은 조화된 하나의 정념(情念)이다. — 김형석

■ 사랑은 흘러 바다를 이루고, 정은 쌓여 산을 만든다.
— 두타사비(頭陀寺碑)

■ 사랑은 단순한 윤리만이 아닙니다. 하나의 도덕만도 아닙니다. 이는 생명 자체입니다. 바로 하느님이십니다. — 김수환

■ 온몸을 던져 사랑하라. 마치 내일이 없는 것처럼 사랑하라.
— 김난도

■ 우리 모두는 누군가의 첫사랑이었다. — 영화 《건축학 개론》

■ 내가 나를 사랑하기 시작하면 세상도 나를 사랑하기 시작합니다. — 혜민

【속담 · 격언】

■ 나물 먹고 물마시고 임의 팔 베고 누웠으니 이보다 더 좋을쏘냐. (비록 가난하게 살아도 정든 임과 함께 지내니 더 이상 행복

할 수가 없다) — 한국

- 비하고 임하고는 와야 좋다. (농사에는 비가 와야 좋고, 사랑하는 사람은 오는 것이 반갑다) — 한국
- 뽕도 따고 임도 본다. (뽕밭에서 뽕도 따면서 그리던 임도 만나듯, 한꺼번에 두 가지 일을 할 수 있다) — 한국
- 아침에 우는 새는 배고파 울고, 저녁에 우는 새는 임 그리워 운다. (아침에 일어나면 배가 고프고, 저녁이면 함께 잘 애인이 그리워진다) — 한국
- 애정이 깊기에 책망도 엄하다. (귀여운 자식이기에 엄히 가르친다) — 한국
- 지붕 위 까마귀까지 사랑한다. (애정이 매우 깊음의 비유. (아내가 사랑스러우면 처갓집 말뚝 보고도 절을 한다) — 한국
- 눈먼 사랑. (맹목적인 사랑) — 한국
- 임 따라 삼수갑산 간다. (사랑하는 임을 위해서는 아무리 고생길도 따라가 준다) — 한국
- 임은 품에 들어야 맛이고, 술은 잔에 차야 맛이다. — 한국
- 임이 있으면 금수강산이요, 임이 없으면 적막강산이다.— 한국
- 시집가 석 달, 장가가 석 달 같으면 살림 못할 사람 없다. (신혼 석 달처럼 애정이 계속된다면 살림 못하고 이혼할 사람 없다) — 한국
- 외기러기 짝사랑. — 한국
- 잠을 자야 꿈도 꾸고, 꿈을 꿔야 임도 본다. (무슨 일이나 순서를 밟아야 이루어진다) — 한국
- 한양이 좋다 해도 임이 있어야 한양이다. — 한국

- 사랑은 내리사랑. — 한국
- 남녀가 반한 데는 고치는 약도 없다. — 한국
- 눈 먼 사랑이 눈뜬 사람 잡는다. (사랑할 사람을 잘 선택하지 않고 함부로 사랑하다가는 낭패를 본다) — 한국
- 사랑도 품앗이다. (사랑도 서로 주거니 받거니 해야 사랑이다) — 한국
- 매는 은근한 사랑이고, 책망은 애정이다. — 한국
- 사랑하는 부부는 대부분 장수한다. — 중국
- 사랑은 온 몸이 눈이지만 아무것도 보지 못한다. — 중국
- 사랑하는 자에게는 냉수도 달다. — 중국
- 반하면 곰보도 보조개. — 일본
- 사랑의 뫼산에 공자님이 넘어진다. — 일본
- 반해서 찾아가면 천릿길도 한 걸음. 못 만나고 돌아오면 다시 천릿길. — 일본
- 사랑은 미움의 시작이다. — 일본
- 사랑은 요사한 것. — 일본
- 사랑은 스쳐 지나가고, 또 도망쳐 가는 바람이다. — 인도
- 사랑은 맹목. (Love is blind.) — 영국
- 나를 사랑한다면 나의 개도 사랑하라. (Love me, love my dog.) — 영국
- 사랑과 전쟁에는 모든 수단이 정당하다. (All is fair in love and war.) — 영국
- 우선 결혼하고 나면 사랑은 싹튼다. — 영국
- 사랑은 감미로운 고통. (Love is sweet torment.) — 영국

- 사랑은 갈 수 없는 곳에도 기어든다. — 영국
- 눈에서 멀어지면 마음에서도 멀어진다. (Out of sight, out of mind.) — 영국
- 가난이 문 안으로 들어서면 사랑은 창밖으로 달아나 버린다. (When poverty comes in at the door, love flies out of window.) — 영국
- 사랑을 쫓아가면 사랑은 도망친다. 사랑을 그냥 놓아두면 너를 따를 것이다. — 영국
- 사랑은 칼 없이 왕국을 지배한다. (Love rules his kingdom without a sword.) — 영국
- 사랑하는 사람을 위해서는 바그다드도 멀지 않다. — 영국
- 사랑은 이 세상의 생명의 강. (Love is the river of life in this world.) — 영국
- 갈증과 사랑의 병마에는 수치심이 없다. — 아일랜드
- 질투 없는 사랑은 없다. — 독일
- 여자의 사랑과 장미꽃잎은 4월의 날씨처럼 변한다. — 독일
- 사랑은 가난하면서도 풍부하다. 요구하기도 하고 주기도 한다. — 독일
- 사랑의 분노는 새로운 사랑의 계기다. — 독일
- 어머니의 사랑은 최선의 사랑, 신의 사랑은 최고의 사랑이다. — 독일
- 사랑은 장애에 부딪칠수록 점점 더 잘 자란다. — 독일
- 오래 묵은 사랑과 오래 묵은 톱밥은 금방 타오른다. — 독일
- 사랑은 입을 다물고도 말을 한다. — 독일

- 사랑하는 사람의 눈에는 장미꽃의 가시도 보이지 않는다.
  — 독일
- 오랜 사랑과 마른 톱밥은 단번에 불붙기 쉽다. — 독일
- 사랑은 매미 같은 것, 당장 마음에서 혓바닥으로 옮겨 간다.
  — 독일
- 사랑이 죽는 것은 사랑이 지나치기 때문이다. — 프랑스
- 남자는 사랑에 죽고 여자는 사랑에 산다. — 프랑스
- 옛사랑과 타다 남은 장작은 어느 때건 불이 붙는다.
  — 프랑스
- 사랑은 배반 이외에는 모든 것을 이겨낸다. — 프랑스
- 사랑을 하는 사람은 이따금 다른 사람에게 눈이 없었으면 하고 바란다. — 스페인
- 사랑과 삔 자리는 자칫 재발되기 싶다. — 스페인
- 더러운 사랑이란 없고 깨끗한 석탄 부대란 없다. — 네덜란드
- 사랑은 장님이다. 사람이 보내지 않는 곳에도 간다.
  — 네덜란드
- 사랑은 가시덤불과 백합꽃을 동시에 적시는 밤이슬이다.
  — 스웨덴
- 사랑이 없는 청춘, 지혜가 없는 노년—이 모두가 실패의 일생이다. — 스웨덴
- 사랑이 없는 인생은 여름이 없는 사계(四季)와 같다.— 스웨덴
- 추한 것도 사랑하는 사랑에게는 곱게 보인다. — 포르투갈
- 사랑의 눈에는 법률이 없다. — 포르투갈
- 사랑은 외눈이지만, 미움은 장님이다. — 덴마크

- 사랑은 성실을 요구하고, 성실은 불변을 요구한다.— 이탈리아
- 사랑은 장님이지만 먼 데서도 보인다. — 이탈리아
- 사랑이 작으면 작을수록 과오는 그만큼 크다. — 이탈리아
- 아내에게는 애정을 보여주고, 비밀은 어머니나 누나에게 밝혀라. — 아일랜드
- 사랑은 미덕의 아침, 미움은 죄의 저녁. — 라트비아
- 당신을 사랑하지 않는 자에게는 주인이 되고, 당신을 사랑하는 자에게는 노예가 되어라. — 터키
- 연인과의 사랑은 불과 같고, 형제와의 사랑은 물과 같다. 연인끼리의 사랑은 불같이 피어오르다가 사그라지지만 형제의 사랑은 물처럼 영원히 흐른다) — 터키
- 사랑을 하면 칼날 위에서도 둘이 잠을 잘 수 있지만, 미워하면 킹사이즈도 좁다. — 유태인
- 남에게 강제로 키스 당하느니 차라리 사랑하는 입에 물리겠다. — 레바논
- 최고의 사랑은 어머니의 사랑, 다음은 개의 사랑, 그 다음이 연인의 사랑이다. — 폴란드
- 사랑은 남자한테는 눈으로 스며들고, 여자에게는 귀로 스며든다. — 폴란드
- 참사랑과 썰매타기와 매사냥은 오래가지 않는다. — 폴란드
- 사랑은 수레바퀴, 수레바퀴는 끝이 없다. — 러시아
- 아이들을 마음으로 사랑하되 손으로 훈련하라. — 러시아
- 동정의 달걀에서 가끔 사랑의 암탉이 기어 나왔다. — 러시아
- 사랑은 유리, 함부로 붙들거나 너무 세게 만지면 깨진다.

— 러시아

- 불신은 사랑의 나무를 자르는 도끼다. — 러시아
- 이웃을 사랑하되, 그렇다고 울타리를 제거하지는 마라. — 러시아
- 사랑이란 안개 같은 것, 언제나 산 위에 있다. — 오스트레일리아
- 사랑은 많은 일을 한다. 그러나 돈은 더욱 많은 일을 할 수 있다. — 유고슬라비아
- 신은 도둑을 사랑한다. 그러나 신은 도둑맞은 사람까지도 사랑한다. — 그리스
- 사랑은 달콤하다. 그러나 빵을 수반할 경우에만 그렇다. — 이스라엘
- 금전을 사랑함은 모든 악의 근원이다. — 이스라엘
- 사랑은 부재(不在)에서 생긴다. — 아라비아
- 무언가를 받지 않으면 아무도 남을 사랑하지 않는다. — 나이지리아
- 사랑이 있을 때는 불가능이 가능하게 된다. — 타밀족
- 너를 사랑하는 사람은 너를 울릴 것이다. — 아르헨티나

【시 · 문장】

내가 사람의 방언과 천사의 말을 할지라도
사랑이 없으면 소리 나는 구리와 울리는 꽹과리가 되고
내가 예언하는 능력이 있어 모든 비밀과 모든 지식을 알고
또 산을 옮길 만한 모든 믿음이 있을지라도

사랑이 없으면 내가 아무 것도 아니요
내가 내게 있는 모든 것으로 구제하고
또 내 몸을 불사르게 내줄지라도
사랑이 없으면 내게 아무 유익이 없느니라
사랑은 오래 참고 사랑은 온유하며 시기하지 아니하며
사랑은 자랑하지 아니하며 교만하지 아니하며
무례히 행하지 아니하며 자기의 유익을 구하지 아니하며
성내지 아니하며 악한 것을 생각하지 아니하며
불의를 기뻐하지 아니하며 진리와 함께 기뻐하고
모든 것을 참으며 모든 것을 믿으며
모든 것을 바라며 모든 것을 견디느니라

— 고린도전서

한때 그처럼 찬란했던 광채가
이제 눈앞에서 영원히 사라졌다 한들 어떠랴
초원의 빛, 꽃의 영광 어린 시간을
그 어떤 것도 되불러올 수 없다 한들 어떠랴
우리는 슬퍼하지 않으리, 오히려
뒤에 남은 것에서 힘을 찾으리라
지금까지 있었고 앞으로도 영원히
있을 본원적인 공감에서
인간의 고통으로부터 솟아나
마음을 달래주는 생각에서
죽음 너머를 보는 신앙에서

그리고 지혜로운 정신을
가져다주는 세월에서

— 윌리엄 워즈워스 / 초원의 빛

모든 사람을
한결같이 사랑할 수는 없다.
보다 큰 행복은 단 한 사람이라도
지극히 사랑하는 것이다.
그러나 그것도
그저 상대방을 사랑하는 것이어야 한다.
대개의 경우와 같이
자신의 향락을
사랑하는 것이어서는 안된다.
나는 사랑하는 사람의 행복을 위해서
그와의 관계를 끊을 만한
각오가 되어 있는가, 하고 자문해 보라.
만약 그럴 수 없다면
당신은
사랑이라는 가면을 쓰고 있을 뿐이다.

— 레프 톨스토이 / 참사랑

외계(外界)에서는 운명의 별이 숨 가쁜 걸음을 걷고
만사(萬事)가 불꽃을 토하는 이 시절에
나와 같이 살자고 한다.

당신은 분망한 생활 속에서도
절도 있는 생활의 중용(中庸)을 지켜 나갈 줄 안다.
그래서 당신과 당신의 애정은
나를 위한 마스코트가 되어 주었다.

— 헤르만 헤세 / 니논을 위하여

창백한 눈썹, 고요한 손과 검은 머리카락,
나에게는 한 아름다운 친구가 있었고,
오랜 절망도 사랑에서 끝나리라고 생각하였지.
어느 날 그녀는 내 마음속을 들여다보고
거기에 그대의 모습 알아보고
눈물지으며 가버렸지.

— 윌리엄 예이츠 / 사랑의 喪失을 슬퍼하는 戀人

우리들은 어떻게 태어났는가?
사랑에서.
우리는 어떻게 멸망할 것인가?
사랑이 없으면.
우리들은 무엇으로 자기를 극복할 수 있는가?
사랑에 의해서.
우리들은 사랑을 발견할 수 있는가?
사랑에 의해서.
우리들을 울릴 수 있는 것은 무엇인가?
사랑.

36

우리들을 늘 결합시키는 것은 무엇인가?
사랑.

— 괴테 / 슈타인 夫人에게

아침 밝아올 때 남쪽 언덕을 출발하여
해질 무렵 북쪽 산봉우리에서 쉰다.
배를 버리고 멀리 잔 물섬을 바라보다
지팡이 멈추고 우거진 소나무에 기댄다.
비탈진 길은 이미 그윽한데
동그란 물섬 또한 영롱하다.
고개 숙여 큰 나무 끝을 바라보다
고개 들어 큰 골짜기 물소리 듣는다.
바위 가로 놓여 있어 물은 나뉘어 흐르고
숲은 빽빽하여 길에는 발자취 끊기었네.
비가 내리면 결국 무엇이 감응하는가?
자라나니 모두 무성한 모습들이네.
갓 자란 대나무는 푸른 죽순 껍질을 감싸고
새로 자란 부들은 붉은 싹을 머금고 있네.
바다 갈매기는 봄 언덕에서 장난하고
들꿩은 부드러운 봄바람을 희롱하네.
조화를 느끼는데 마음에 실증 없고
경물을 바라보니 사랑이 더욱 두터워지네.
떠난 사람 멀다 애석해하지 않지만
다만 함께 노닐 벗 없음이 한스럽네.

외로운 유람길 마음으로 한탄하는 것이 아니라네.
감상이 사라지면 깊은 이치를 누가 통하겠는가?

朝旦發陽崖 景落憩陰峰　조단발양애 경락게음봉
舍舟眺迴渚 停策倚茂松　사주조형저 정책의무송
側逕既窈窕 環州亦玲瓏　측경기요조 환주역령롱
傘視喬木杪 仰聆大壑淙　산시교목초 앙령대학종
石橫水分流 林密蹊絶蹤　석횡수분류 임밀계절종
解作竟何感 升長皆丰容　해작경하감 승장개봉용
初篁苞綠籜 新蒲含紫茸　초황포록탁 신포함자용
海鷗戲春岸 天鷄弄和風　해구희춘안 천계농화풍
撫化心無厭 覽物眷彌重　무화심무염 남물권미중
不惜去人遠 但恨莫與同　불석거인원 단한막여동
孤遊非情歎 賞廢理誰通　고유비정탄 상폐리수통
— 사령운 / 어남산왕북산경호중첨조(於南山往北山經湖中瞻眺)

사랑하는 사람 앞에서는
사랑한다는 말을 안 합니다.
아니하는 것이 아니라
못하는 것이 사랑의 진실입니다.
잊어버려야 하겠다는 말은
잊을 수 없다는 말입니다.
정말 잊고 싶을 때는 말이 없습니다.
헤어질 때 돌아보지 않는 것은

너무 헤어지기 싫기 때문입니다.
그것은 헤어지는 것이 아니라
같이 있다는 말입니다.
사랑하는 사람 앞에서 웃는 것은
그만큼 행복하다는 말입니다.
떠날 때 울면 잊지 못하는 증거요
뛰다가 가로등에 기대어 울면
오로지 당신만을 사랑한다는 증거입니다.
잠시라도 같이 있음을 기뻐하고
애처롭기까지만 한 사랑을 할 수 있음에 감사하고
주기만 하는 사랑이라 지치지 말고
더 많이 줄 수 없음을 아파하고
남과 함께 즐거워한다고 질투하지 않고
그의 기쁨이라 여겨 함께 기뻐할 줄 알고
깨끗한 사랑으로 오래 기억할 수 있는
나 당신을 그렇게 사랑합니다.
『나 그렇게 당신을 사랑합니다……』

— 한용운 / 나 그렇게 당신을 사랑합니다

사랑을 『사랑』이라고 하면 벌써 사랑은 아닙니다.
사랑을 이름 지을 만한 말이나 글이 어디 있습니까.
미소에 눌려서 괴로운 듯한 장밋빛 입술인들
그것을 스칠 수가 있습니까.
눈물의 뒤에 숨어서 슬픔의 흑암면(黑闇面)을 반사하는

가을 물결의 눈인들 그것을 비출 수가 있습니까.
그림자 없는 구름을 거쳐서 메아리 없는 절벽을 거쳐서 마음이 갈 수 없는 바다를 거쳐서 존재? 존재입니다.
그 나라는 국경이 없습니다. 수명(壽命)은 시간이 아닙니다.
사랑의 존재는 님의 눈과 님의 마음도 알지 못합니다.
사랑의 비밀은 다만 님의 수건에 수놓는 바늘과
님의 심으신 꽃나무와 님의 잠과
시인의 상상과 그들만이 압니다.

— 한용운 / 사랑의 존재

사랑 사랑 내 사랑아
동정칠백(洞庭七百) 월하초에
무산(巫山)같이 높은 사랑
목단(目斷) 무변수(無邊水)에
하늘 같은 깊은 사랑
오산전(五山顚) 달 밝은데 추산천봉(秋山千峰) 반달 사랑
증경학무(曾經學舞) 하올 적에 하문 취소하던 사랑
유유낙일(悠悠落日) 월렴산(月簾山)에
도리화개(桃李花開) 비친 사랑
섬섬 초월 분백한데
함소합태(含笑合態) 숱한 사랑
월하의 삼생연분 너와 나와 만난 사랑
허물없는 부부 사랑
화우동산(花雨東山) 옥란화같이 펑퍼지고 고운 사랑

연평 바다 그물같이 얽히고 맺힌 사랑
청루미녀(靑樓美女) 금침같이
혼솔마다 감친 사랑
시냇가의 수양같이 펑퍼지고 늘어진 사랑
남창북창(南倉北倉) 노적(露積)같이
다물다물 쌓인 사랑
은장옥장(銀藏玉藏) 장식같이 모모이 잠긴 사랑
영산홍록(映山紅綠) 봄바람에 넘노니니
황봉백접(黃蜂白蝶) 꽃을 물고 질긴 사랑
녹수청강 원앙조격으로 마주 떠
노는 사랑
년년 칠월 칠석야에 견우직녀 만난 사랑
육관대사(六觀大師) 성진(性眞)이가
팔선녀와 노는 사랑
역발산(力拔山) 초패왕이 우미인을 만난 사랑
당나라 당명왕이
양귀비를 만난 사랑
명사십리 해당화같이
연연히 고운 사랑
네가 모두 사랑이로구나
어화 둥둥 내 사랑아
어화 내 간간 내 사랑이로구나.

— 춘향전

새 가게에 가서
나는 새를 샀지
나의 사랑
당신을 위해.
꽃가게에 가서
나는 꽃을 샀지
나의 사랑
당신을 위해.

— 자크 프레베르 / 나의 사랑 당신을 위해

사랑받는 것은 타버리는 것,
사랑하는 것은 어둔 밤만 켠 램프의 아름다운 빛,
사랑받는 것은 꺼지는 것,
그러나 사랑하는 것은 긴 긴 지속.

— 라이너 마리아 릴케 / 말테의 手記

당신이 날 사랑해야 한다면, 오직
사랑을 위해서만 사랑해 주세요.
그리고 부디
『미소 때문에, 미모 때문에, 부드러운 말씨 때문에,
그리고 또 내 생각과 잘 어울리는 재치 있는 생각 때문에,
그래서 그런 날엔 나에게 느긋한 즐거움을 주었기 때문에
저 여인을 사랑한다』 고는 정말이지 말하지 마세요.
임이여! 이런 것들은 그 자체가 변하거나

당신을 위해 변하기도 합니다.
그러기에 그처럼 짜여진 사랑은
그처럼 풀려 버리기도 한답니다.
내 뺨의 눈물을 닦아 주는 당신의
사랑어린 연민으로도 날 사랑하진 마세요.
당신의 위안을 오래 받았던 사람은 울음을 잊게 되고
그래서 당신의 사랑을 잃게 될지도 모르니까요.
오직 사랑을 위해서만 날 사랑해 주셔요.
언제까지나, 언제까지나
당신이 사랑을 누리실 수 있도록,
사랑의 영원을 통해.

— 엘리자베스 브라우닝 / 당신이 날 사랑해야 한다면

사랑이 어떻게 너에게로 왔는가.
햇빛처럼 꽃보라처럼
또는 기도처럼 왔는가.
행복이 반짝이며 하늘에서 몰려와
날개를 거두고
꽃피는 나의 가슴에 걸려온 것을.
하얀 국화가 피어 있는 날
그 집의 화사함이
어쩐지 마음에 불안하였다.
그날 밤 늦게 조용히 네가
내 마음에 다가왔다.

나는 불안하였다. 아주 상냥히 네가 왔다.
마침 꿈속에서 너를 생각하고 있었다.
네가 오고 그리고 은은히 동화에서처럼
밤이 울려 퍼졌다.
밤은 은으로 빛나는 옷을 입고
한 주먹의 꿈을 뿌린다.
꿈은 속속들이 마음속 깊이 스며들어
나를 취한다.
어린아이들이 호도와
불빛으로 가득한 크리스마스를 보듯
나는 본다. 네가 밤 속을 걸으며
꽃송이 송이마다 입 맞추어 주는 것을.
— 라이너 마리아 릴케 / 사랑이 어떻게 너에게로 왔는가

내 영혼이 당신의 영혼에 닿지 않고서
어찌 내 영혼을 간직하리까?
어찌 내가 당신 위 다른 사물에게로
내 영혼을 쳐올려 버릴 수 있으리까?
오, 어둠속에서 잃어버린 어떤 것 옆,
당신의 깊은 마음이 흔들려도
흔들리지 않는 조용하고 낯선 곳에
내 영혼을 가져가고 싶습니다.
우리에게 당신과 나의 몸에 닿는 모든 것은
확실히 흡사 두 줄의 현에서 한 음을 짜내는

궁형의 바이올린처럼 우리를 묶어 놓습니다.
어떤 악기에 우리는 얽혀져 있는 것인가요?
어떤 바이올리니스트가
우리를 사로잡는 것인가요?
오 달콤한 노래입니다.

— 라이너 마리아 릴케 / 사랑의 노래

사랑이 어떻더니 둥글더냐 모나더냐
길더냐 짜르더냐 밟고 남아 자힐러냐
하 그리 긴 줄은 모르되 끝 간 데를 몰라라.

— 무명씨

【중국의 고사】

■ **비익조연리지(比翼鳥連理枝)** : 화목한 부부. 또는 남녀 사이를 이르는 말이다. 『비익의 새(比翼鳥), 연리의 가지(連理枝)』를 합쳐서 이야기한다. 후한 말의 문인 채옹(蔡邕)은 경전(經典)의 문자통일을 꾀하고 비(碑)에 써서 태학문(太學門) 밖에 세운 것으로 알려졌지만, 그 밖에 효자로서도 유명하다.

그의 어머니는 병든 몸으로 만년에는 줄곧 병상에 누워 있었다. 채옹은 병간호에 정신을 쏟아 3년 동안 옷을 벗고 편안하게 잠을 자 본 적이 없었다. 특히 어머니의 병이 위중해진 후 백일 동안은 잠자리에도 들지 않았다. 어머니가 돌아가시자 그는 무덤 곁에 초막을 짓고 거기서 복상(服喪)을 하며, 형식만이 아니라 시종여일하게 예법에 정해진 그대로 실행을 했다. 후에 옹의 방 앞에 두 그루의 나무가 났다. 그것은 차츰 서로 붙어 나뭇결까지 하나가 되고 말았다. 세상 사람들은 그것을 기이하게 여겨 옹의 효도가 이 진기한 현상을 가져왔다고 떠들며 원근 사람들이 많이 이 나무 구경을 왔다고 한다.

이상은 《후한서》 채옹전에 기록되어 있는 이야기로, 여기서는 가지(枝)에 대하여 기재가 없고 그저, 『나무가 나서 나뭇결이 이어졌다.』 라고만 있을 뿐이고, 또한 연리(連理)를 효(孝)와 결부시켜 말하고 있으나, 후에는 오히려 송(宋)의 강왕(康王)의 포학에 굴하지 않았던 한빙(韓憑)과 그의 처 하씨(何氏)의 부부애의 이야기로 탈바꿈되었다. 백거이의 『장한가』에 현종황제와 양귀비가 서로 맹세한 말로서, 이런 구절이 있다.

『하늘에 있어서는 원컨대 비익의 새가 되고(在天願作比翼鳥) / 땅에 있어서는 원컨대 연리의 가지가 되겠다(在地願爲連理枝).』 비익조(比翼鳥)는 날개가 하나밖에 없는 새로, 두 마리가 나란히 합쳐야 비로소 두 날개가 되어 날 수가 있다고 한다.

— 백거이 / 장한가(長恨歌)

■ **애급옥오(愛及屋烏)** : 그 사람을 사랑해서 그 집 지붕 위에 앉아 있는 까마귀마저 사랑한다는 말로, 어떤 사람이 예쁘게 보이면 그와 관계가 있는 모든 것까지도 사랑하게 된다는 말로 『애급옥오』 라는 말을 한다. 《상서대전(尙書大典)》과 《설원》 귀덕편에 다음과 같은 이야기가 있다.

상(商)나라 말기에 주문왕(周文王)은 포악무도한 주왕(紂王)을 잡아 죽이고 상을 멸망시키려고 강태공(姜太公)을 군사로 삼아

부지런히 힘을 길렀지만 뜻을 이루지 못한 채 세상을 떠났다. 문왕이 세상을 떠나자 그의 아들 주무왕(周武王)이 왕위에 올라 계속 강태공을 군사로 삼고 아우들인 주공(周公)과 소공(召公)을 기용하여 힘을 기르더니 마침내 상나라를 멸망시키고 주왕으로 하여금 자살케 하였다. 이렇게 해서 주나라가 천하를 다스리게 되었다.

주무왕이 상을 멸망시킨 직후 강태공에게 상나라의 권신 귀족들을 어떻게 처리할 것인가에 대해 물었다. 이때 강태공은, 『신이 듣건대, 한 사람을 사랑하면 그 지붕 위에 앉아 있는 까마귀마저 사랑하고 한 사람을 미워하면 그의 종들마저도 미워한다고 합니다. 모두 죽여 버리는 것이 어떻겠습니까?』라고 대답했다고 한다.

당나라의 대시인 두보(712~770)도 그의 시에서 이 이야기를 다룬 적이 있다. 까마귀는 본래 사람들이 싫어하는 흉조지만 어떤 사람을 사랑하게 되면 그 집 지붕 위에 앉아 있는 까마귀조차도 사랑스럽게 보인다는 것이다. 『여편네가 고우면 처갓집 말뚝에 절한다.』는 속담과 비슷하다. 『옥오지애(屋烏之愛)』라고도 한다.

— 《설원》 귀덕편

■ **오매불망(寤寐不忘)** : 글자 그대로 『자나 깨나 잊지 못한다』는 것이 『오매불망』이다. 보통 사랑하는 연인이 그리워서 잊지 못하는 경우에 많이 쓴다. 《시경》 국풍 맨 첫 편인 관저(關雎)에 나오는 말이다.

꽉꽉 우는 물새는
모래톱에 있네.
요조한 숙녀는
군자의 좋은 짝이로다.
들쭉날쭉한 마름 풀을
이리저리 찾는구나.
요조한 숙녀를
자나 깨나 구한다.
구해도 얻을 수 없으니
자나 깨나 생각한다.
생각하고 생각하며
이리 뒤척 저리 뒤척 하네.

關關雎鳩 在河之洲 관관저구 재하지주
窈窕淑女 君子好逑 요조숙녀 군자호구
參差荇菜 左右流之 참차행채 좌우유지
窈窕淑女 寤寐求之 요조숙녀 오매구지
求之不得 寤寐思服 구지부득 오매사복
悠哉悠哉 輾轉反側 유재유재 전전반측

여기서 군자는 문왕(文王)을 가리키고 숙녀는 문왕의 아내인 태사(太姒)를 가리킨다. 이 시에서 얌전하고 조용한 여자라는 뜻의 『요조숙녀(窈窕淑女)』란 말과 자나 깨나 구한다는 『오매구지』, 자나 깨나 생각한다는 『오매사복』이란 성구가 나오고, 또한 『전전반측(輾轉反側)』이란 말도 나오는데, 오매불망과 비슷한 뜻이다.

공자는 후에 이 시의 아름다움을 극찬하여, 《논어》 팔일편에서, 『즐거워하되 지나치지 않고, 슬퍼하되 몸을 해치는 데에는 이르지 않는 것이다(樂而不淫 哀而不傷).』 라고 하였다.

— 《시경》 국풍(國風) 관저(關雎)

【신화】

■ **에로스** : 그리스 신화에 등장하는 사랑의 신이다. 일반적으로 사랑이란 의미로 쓰인다. 원래는 정신적인 사랑을 의미하였으나 뒤에 육체적인 사랑의 뜻으로 변화되었다. 인간이 문화세계를 향하여 전진하는 노력을 통하여 육체적 존재로서의 에피투미아(욕망)적 생활을 버리고 자타공영의 생활을 에로스의 생활이라고 한다. 로마신화에서는 아모르 또는 큐피드라고 한다. 헤시오도스의 《신통기(神統記)》에서 신들을 낳는 원동력으로서의 신, 따라서 아프로디테와 결부된 즐거운 연애의 신으로 표현된 이후, 이 이중(二重)의 뜻이 철인(哲人)과 시인들 간에 오늘날까지 지속되어 오고 있다.

미와 사랑은 불가분의 관계인가. 사랑의 소년 신 에로스는 미의 여신 아프로디테를 따라다닌다. 에로스의 탄생에 대해서는 여러 가지 신화가 있다. 헤시오도스의 신족보(神族譜)에 의하면 태초에 우주가 생성할 때 혼돈 카오스에서 땅 가이아와 지하계 타르타로스와 함께 결합생성의 힘을 지니고 사지를 노곤하게 하는 사랑 에로스가 태어났으며, 이 사랑의 힘으로 만물이 생겨났다는 것이다.

카오스(혼돈)의 아들이라고도 하고 닉스(밤)의 알에서 태어났다고도 하는 에로스는, 신들과 인간을 모두 지배하는 위대한 신으로 혼돈 속에서 질서를 낳는 원동력, 남성과 여성을 결합시켜 새로운 세대를 낳게 하는 사랑의 법으로 알려졌다.

그의 계보(系譜)에 관해서는 여러 가지 설이 있으나, 그 중에서도 아프로디테의 아들이라는 설이 가장 널리 알려졌다. 또한 인간의 전 생명을 움직이는 위대한 힘으로서의 에로스(사랑)는 프시케(Psyche : 魂)의 관념과 결부되어 헬레니즘 시대에는 『혼』을 괴롭히는 『애욕의 법』이라는 관념이 생겨, 흔히 작은 공예품에 소녀를 괴롭히는 소년의 모습으로 표현되고, 때로는 소녀에게 나비의 날개를, 소년에게는 새의 작은 날개를 달았다.

비교적 후대의 이야기에 나오는 에로스는 활과 화살을 가진, 장난기 많은 연애의 신으로 알려져, 그의 황금 화살을 맞은 자는 격렬한 사랑을 느끼고, 납으로 된 화살을 맞은 자는 사랑을 싫어하고 미워하는 마음을 갖게 된다고 한다. 어느 날 에로스는 어머니 아프로디테의 노여움을 산 아름다운 프시케를 혼내주려고 갔다가 실수로 자신이 황금화살에 찔려 마침내 프시케를 아내로 삼았다. 사랑 에로스와 마음 프시케가 서로 첫사랑을 못 잊어 온갖 시련을 겪으며 헤매다가 끝내 만나 해피엔드를 맺는 에로스와 프시케의 이야기는 너무나 유명하다.

【에피소드】

■ **플라토닉 러브** : 우리는 흔히 남녀 간의 사랑에서 육체적이 아

니고 단지 정신적인 사랑을 말할 때 이것을 플라토닉 러브(Platonic love)라고 한다. 그러나 플라톤이 연애문제에 관하여 쓴 《향연(Symposion)》에서 『정신보다도 더 많이 육체를 사랑하는 비속한 사람은 좋지가 않다』고 말한 것은, 당시 일반적으로 유행되던 남성간의 동성애—미소년을 사랑한 데 대해서 말한 것이었다. 따라서 남녀 간의 연애란 반드시 정신적인 사랑이어야만 한다고 플라톤이 말한 것은 아니다.

■ **밀로의 비너스** : 그리스의 유명한 대리석 조각상. 정확히는 『밀로스 섬의 아프로디테』라고 한다. 1820년 4월 8일, 에게해의 작은 섬에서 한 농부에 의해 발견되자, 마침 그 부근에 있던 프랑스 해군함정이 이 사실을 알고 함장이 이를 입수하여 루이 18세에게 헌납하자, 왕이 이것을 루브르 박물관에 전시케 한 것이다.

사랑과 미와 풍요의 여신인 비너스의 이 상은 높이가 2미터이고, 그 몸체는 허리 부분을 단면으로 아래 위 2개의 석재(石材)로 조각되어 있다. 머리는 전체 균형상으로 보아서는 작고 목이 길며, 그의 생동적이고도 풍만한 가슴의 기복, 풍요한 허리, 왼쪽 발에 중점을 둔 상체를 왼쪽으로 비틀고, 오른쪽으로 굽힌 몸 전체가 균형의 미를 나타내는 동시에 그의 관능적인 아름다움이 매력으로 되어 있다.

작가는 알려지지 않았고, 제작 연대는 그리스 말기인 기원 전 1세기 또는 2세기 전으로 추측된다. 양팔이 없기 때문에 이의 포즈도 억측이 구구하다. 하반신에 두른 옷과 발달된 허리가 풍기는 관능미는 언제나 화제로 되어 있다.

【명작】

- **적과 흑**(Le Rouge et le Noir) : 프랑스의 작가 스탕달(Stendhal, 1783~1842)의 장편소설. 가난하지만 매력적인 청년 쥘리엥의 사랑과 야망에 관한 이야기로, 무엇보다 작중인물들의 날카롭고 섬세한 심리묘사가 압권인 작품이다. 청소년 징검다리 클래식의 일곱 번째 시리즈로 스탕달은 쥘리엥의 좌절된 인생을 통해 19세기의 혼탁한 프랑스 사회를 날카롭게 파헤칠 뿐만 아니라 그를 죽음으로 몰고 간 시대와 사회를 준엄하게 고발한다. 또한『연애 심리서의 최고봉』으로 일컬어지는《연애론》의 저자답게 쥘리엥과 두 여인 사이의 밀고 당기는 애정관계를 절묘하게 그려내어, 흥미로운 연애소설로도 손색이 없다.

  주인공인 나폴레옹을 숭배하는 야심적인 청년 쥘리앵 소렐, 아버지와 형에게 학대받으며 자란 그는 부유한 레날 시장(市長) 집의 가정교사가 된다. 처음에는 부유한 계급에 대한 증오심에서 신앙심이 두텁고 정숙한 레날 부인을 유혹하지만, 그녀의 순정에 끌려 열렬한 사랑에 빠지게 된다. 시내에 소문이 퍼지자 그 집을 떠나 브장송의 신학교에 입학한다. 그곳에서 교장인 피라르 사제(司祭)에게 인정을 받아 그의 추천으로 파리의 대귀족 라몰 후작의 비서가 된다. 상경하는 도중에 베리에르로 가서 레날 부인의 방에 몰래 들어가 환락의 하룻밤을 지낸다. 후작 집에 들어가서는, 자존심이 강한 딸 마틸드의 도전에 응해, 귀족계급에 대한 증오심에서 그녀를 정복한다.

상호의 증오에서 발단한 이 관계도 곧 정열적인 연애로 변하고 딸이 임신하자 부득이 후작은 두 사람의 결혼에 동의한다. 후작의 품행 조회에 대해서, 레날 부인이 본의 아니게도 진상을 알렸기 때문에, 귀족 딸과의 결혼으로 사회적 신분상의 성공을 거두려던 쥘리앵의 꿈은 좌절된다. 격분한 쥘리앵은 황급히 베리에르로 가서, 교회 미사에 참례 중인 레날 부인을 권총으로 저격한다. 부상한 부인은 옥중의 쥘리앵을 찾아가고, 두 사람은 애정을 확인한다. 쥘리앵은 사형 전의 몇 달 동안을 평안과 행복 속에 지내고 유유히 단두대에 오른다.

귀족과 성직자와 부자만이 권세를 누리던 사회에서 아무것도 없는 맨주먹의 청년은 어떻게 하면 좋은가 하는 테마를 통하여, 이지(理智)와 정열의 양면을 지닌 『에고티스트(égotiste)』의 복잡한 성격을 분석하였다. 왕정복고 시대의 프랑스 사회를 예리하게 비판함으로써, 스탕달은 프랑스 근대소설의 최초의 걸작을 이룩하였다. 이 소설의 제목은 그 당시 야심의 목표였던 군복(군인의 영광)을 빨강으로, 사제복(司祭服)을 검정으로 나타낸 것이다.

【成句】

- 무아애(無我愛) : 자신은 돌보지 않는 참되고 순결한 사랑.
- 대자대비(大慈大悲) : 넓고 커서 가없는 자비. 부처의 광대무변한 자비. 측은지심(惻隱之心). /《법화경》
- 빙탄상애(氷炭相愛) : 얼음과 숯이 서로 사랑한다는 뜻으로, 세상에 그 예가 도저히 있을 수 없음의 비유. 또는 얼음과 숯이

서로 그 본질을 보전한다는 뜻으로, 친구끼리 서로 훈계함을 비유하는 말. / 《회남자》

- 애다증지(愛多憎至) : 남에게 사랑받는 일이 많으면 도리어 다른 사람의 미움을 사게 된다. 남다른 총애는 파멸을 부르는 수가 있으므로 주의해야 한다는 경계.
- 연독지정(吮犢之情) : 어미 소가 송아지를 핥는 정이라는 뜻으로, 자기의 자녀나 부하에 대한 사랑을 겸손하게 일컫는 말. / 《후한서》 양표전.
- 운우양대(雲雨陽臺) : 남녀의 합환(合歡), 또는 초왕(楚王)이 고당(高唐)에서 무산(巫山) 선녀(禪女)와 만났다는 고사.
- 단장춘심(斷腸春心) : 슬프도록 벅찬 춘정(春情).
- 작약지증(勺藥之贈) : 남녀 간에 향기로운 함박꽃을 보내 정을 더욱 두텁게 함을 이름. / 《시경》
- 조운모우(朝雲暮雨) : 아침에는 구름이 되고 저녁에는 비가 된다 함은 남녀 간의 애정이 깊음을 비유한 말.
- 낙화유수(落花流水) : 떨어지는 꽃과 흐르는 물. 전하여 가는 봄의 경치. 또는 널리 쇠패영락(衰敗零落)의 뜻으로도 쓰임. 또 낙화에 정이 있으면 유수 또한 정이 있어 그것을 띄워서 떠내려 보낸다는 뜻으로, 곧 남녀 사이에는 서로 생각하는 정이 있다는 비유. / 백거이.
- 척애독락(隻愛獨樂) : 척애(隻愛)는 짝사랑. 곧 자기 혼자서 생각하고 즐긴다는 말. / 《순오지》
- 애인자즉인애지(愛人者則人愛之) : 내가 남을 사랑하면 남도 나를 사랑한다는 말. / 《공자가어》

- 인막지기자악(人莫知其子惡) : 애정에 빠진 사람은 보는 바가 확실하지 못하다는 것. / 《大學》
- 고신얼자(孤臣孼子) : 임금의 사랑을 받지 못하는 신하와 어버이에게 사랑을 받지 못하는 서자. / 《맹자》 진심상편.
- 곡측이실사즉동혈(穀則異室死則同穴) : 이 세상에 살아서는 같이 살지 못하나 죽은 후에는 같은 무덤 속에 묻히리라는 것으로, 남녀상약(男女相約)하는 말. / 《시경》 왕풍.
- 애인이덕(愛人以德) : 사람을 사랑하려면 덕(德)으로 해야지 일시적이며 고식적(姑息的)이어서는 안된다는 뜻. / 《예기》 단궁상편.
- 아가페(agape) : 인격적 · 정신적 사랑을 뜻한다. 그리스도교에서는 하나님의 인간에 대한 사랑, 인간 상호간의 형제애를 뜻하는 말로 사용된다. 아가페란 그리스어로 조건 없는 사랑이란 뜻. 자기를 희생하고 타자본위의 생활을 아가페의 생활이라고 한다.

인연 *relation* 因緣
(인과)

【어록】

- 옛 것을 알면서 새 것도 안다(溫故而知新). —《논어》 위정
- 너에게서 나오는 것은 너에게로 되돌아간다. —《맹자》
- 사(詐)를 가지고 사(詐)에 응한다. —《회남자》
- 남을 모략하면 남도 나를 모략한다. —《좌씨전》
- 인과응보는 반드시 정도로 나타나지 않아 천도(天道)를 의심한다. — 사마천
- 인연이 있으면 천리 밖에 있어도 만날 수 있고, 인연이 없으면 코를 맞대고도 만나지 못한다(有緣千里來相會 無緣對面不相逢). —《수호전(水滸傳)》
- 연분이 있다면 몽둥이로 쳐도 쫓아내지 못한다(是姻緣打不回). —《홍루몽(紅樓夢)》
- 스스로 악을 행해 그 죄를 받고 스스로 선을 행해 그 복을 받는다. 죄도 복도 내게 매였거늘, 누가 그것을 대신해 받을 것인가. —《법구경》

■ 나쁜 과일이 아직 익지 않은 동안은 악인도 더러 행운을 만난다. 나쁜 과일이 익을 때에 이르면 악을 만난다. —《법구경》

■ 어버이의 인과가 자식에게 갚아진다. —《화엄경》

■ 흉측한 계획은 그것을 생각해 낸 사람에게 특히 위험하다.
— 헤시오도스

■ 남에게 덫을 놓으려는 자는 스스로 그 덫에 걸려든다.— 이솝

■ 네가 죽이려고 하는 상대는 실은 너 자신에 다름 아니다. 그러므로 이 사실을 깨닫고 생활하는 올바른 인간은 죽여선 안 되고 또 죽이려고 해서도 안 된다. — 마하비라

■ 인생이란 우리의 생각이 만들어 내는 것이다. (생각하는 대로 인생이 만들어진다는 것을 인과의 법칙이라고 한다)
— 마르쿠스 아우렐리우스

■ 함정을 파는 사람은 자기가 그 속에 빠지고, 돌을 굴리는 사람은 자기가 그 밑에 깔린다. — 잠언

■ 그물을 치는 자는 스스로 걸려든다. — 집회서

■ 삼라만상 중에 인과관계가 가장 긴밀한 상태는 행복과 덕성과의 관계다. 덕성이 있는 곳에 가장 자연적 행복이 있고, 행복이 있는 곳에 가장 필연적으로 덕성을 예상한다. — 랑클로

■ 전쟁은 전쟁을 낳고, 복수는 복수를 가져온다. 이에 반하여 호의는 호의를 낳고 선행은 선행을 가져온다. — 에라스무스

■ 나쁘게 얻은 것은 나쁜 응보를 가져온다. — 셰익스피어

■ 인과응보는 자연의 반동이다. 그것은 조심하고 있었던 범법자들을 항상 놀라게 하지만, 지켜 있었다고 되는 일이 아니다.
— 랄프 에머슨

■ 우리가 자초하지 않은 것은 하나도 없다. — 랠프 에머슨

■ 금요일에 웃는 자는 토요일에 울 것이다. — 장 바티스트 라신

■ 지금 나는 죽는다. 그리고 사라진다. 이렇게 당신은 말하리라. 그리하여 단숨에 무로 돌아간다. 영혼도 육체와 똑같이 죽어 없어진다. 그러나 인과(因果)의 결합점은 되살아난다. 나 자신 그 결합 점에 얽혀 있는 것이다. 그러므로 그 결합점이 나를 창조해 줄 것이다. 나 자신 영원히 되돌아오는 인과의 일부다.

— 프리드리히 니체

■ 즐거움과 절제와 안면(安眠)은 의사와의 인연의 문을 닫는다.

— 헨리 롱펠로

■ 지식은 면학하는 자에게, 부유함은 조심성 있는 자에게, 권력은 용감한 자에게, 하늘나라는 덕행이 있는 자에게 있다.

— 벤저민 프랭클린

■ 쐐기풀을 뿌려 놓은 자는 맨발로 밖에 나가지 못한다.

— 에마뉘엘 무니에

■ 사람은 자기 손에 들었던 몽둥이로 자주 얻어맞는다.

— 장 앙투안 드 바이프

■ 하느님의 맷돌은 천천히 돌아간다. 그러나 비애를 갈아 낸다.

— A. R. 앨저

■ 괴로운 생각을 잊으려 하는 사람들은 괴로움을 불러일으키는 인연과 사물을 잠시 떠나 있는 것이 좋으리라. 그러나 우리의 운명은 삶을 타고난 곳에서 완성시킬 수밖에 없다.

— 윌리엄 해즐릿

■ 깊은 물 속에 잠기듯이 감정의 밑바닥까지, 인연이 쉬고 있는

밑바닥에 이르기까지 깊은 생각에 잠겼다. 인연을 아는 것은 사고(思考)요, 사고를 통하여서만 감각은 인식이 되어 소멸되지 않을 뿐 아니라 본질적인 것이 되어 그 속에 있는 것이 빛날 수 있다고 생각되는 것이었다. — 헤르만 헤세

■ 노비와 전답을 다투어 인연을 끊은 이가 많고, 욕심은 갈수록 깊고 지극한 정을 잊는 자가 많으니 부디 삼가라. 노비와 전답은 없다가도 있지만, 형제는 한 번 잃으면 모두 얻지 못하니, 어릴 때부터 같이 자라던 일을 생각하면 싸우고 불화할 마음이 어찌 나겠는가. — 《계녀서(戒女書)》

■ 하나의 법이 천 가지 이름을 가진 것은 인연을 따라 이름을 지었기 때문이다. — 지눌(知訥)

■ 모든 죄는 반드시 피를 보고야 말고, 죄의 열매는 반드시 죄의 씨를 뿌린 자의 손으로 거두게 된다. — 이광수

■ 인과는 믿어지나 삼 년이 아니 믿어진다고 말한다. 우선 금일 명일의 인과를 믿으라. 장차 전생 내생의 인과를 믿게 되리라 한다. — 이광수

■ 한 생명이 세상에 나오기 위하여 한 생명이 사라지다니 업원이 아니고 무엇이랴. 불가에서 말하는 인과였다. — 장덕조

【속담 · 격언】

■ 외덩굴에 가지 열릴까. (모든 일은 인과의 법칙을 어길 수 없다. 어버이와 아주 딴판인 자식은 없다) — 한국

■ 외 심은 데 콩 나랴. — 한국

■ 검둥개 도야지 편이다. (외모가 비슷해 인연이 있는 데로 따른

다) — 한국

- 딸 없는 사위. (인연이 끊어지면 정분도 따라서 없어진다. 쓸데없이 된 물건) — 한국
- 경(經) 다 읽고 떼어 버려야겠다. (이번 일이나 마치고 앞으로는 아주 인연을 끊어야겠다) — 한국
- 천생연분에 보리개떡. (아무리 천한 사람도 다 제 짝이 있어 산다) — 한국
- 봉사 마누라는 하느님이 점지한다. (남녀 간의 인연은 우연히 이루어지는 것이 아니다) — 한국
- 길가에 돌멩이도 연분이 있어야 찬다. (하찮은 일이라도 다 인연으로 이루어진다) — 한국
- 남의 눈에 눈물 내면 제 눈에는 피가 난다. — 한국
- 선 손질, 후 방망이. (감정이 상해서 먼저 남을 때리면 자신은 뒤에 더 큰 해를 입는다) — 한국
- 신의 응보는 더디지만 반드시 찾아온다. — 영국
- 말(馬)이 잠자고 있는 곳에는 털이 있다. — 영국
- 굽은 막대기는 굽은 그림자가 생긴다. — 영국
- 바람을 향해서 침을 뱉으면 자기 수염을 더럽힌다. — 영국
- 바보와 돈은 바로 헤어진다. (어리석은 자는 돈과 인연이 멀다) — 영국
- 천생연분. (Every Jack has his Jill.) — 영국

【시 · 문장】

가고 또 가니

그대와 생이별이네.
서로 만여 리나 떨어져서
각기 하늘가에 있네.
길은 험하고도 머니
만날 수 있을지 어찌 알까?
오랑캐 말은 북풍에 의지하고
월나라 새는 남쪽 가지에 깃드네.
서로 떨어진 것이 날로 멀어지고
옷과 허리띠는 날로 느슨해지네.
뜬 구름이 밝은 해를 가려서
나그네는 돌아오지 못하네.
그대 생각에 사람은 늙어가는데
세월은 벌써 이미 느지막하네.
다 버려두고 다시 말하지 않겠으니
부디 밥이나 잘 드소서.
가고 또 가니
그대와 생이별이네.
서로 만여 리나 떨어져서
각기 하늘가에 있네.
길은 험하고도 머니
만날 수 있을지 어찌 알까?
오랑캐 말은 북풍에 의지하고
월나라 새는 남쪽 가지에 깃드네.
서로 떨어진 것이 날로 멀어지고

옷과 허리띠는 날로 느슨해지네.
뜬 구름이 밝은 해를 가려서
나그네는 돌아오지 못하네.
그대 생각에 사람은 늙어가는데
세월은 벌써 이미 느지막하네.
다 버려두고 다시 말하지 않겠으니
부디 밥이나 잘 드소서.

行行重行行 與君生別離　행행중행행 여군생별리
相去萬餘里 各在天一涯　상거만여리 각재천일애
道路阻且長 會面安可知　도로조차장 회면안가지
胡馬依北風 越鳥巢南枝　호마의북풍 월조소남지
相去日已遠 衣帶日已緩　상거일이원 의대일이완
浮雲蔽白日 游子不顧反　부운폐백일 유자불고반
思君令人老 歲月忽已晩　사군령인로 세월홀이만
棄捐勿復道 努力加餐飯　기연물복도 노력가찬반

— 고시 19수

님에게서 오신 편지 다시금 숙독(熟讀)하니
무정(無情)타 하려니와 남북(南北)이 멀었어라
죽은 후 연리지(連理枝) 되어 이 인연을 이으리라.

— 유세신(庾世信)

이 생에 못다 한 일 내생(來生)에 또 하오리다.

미진한 원을 두고 스러질 줄 있소리까.
맹세코 현세극락(現世極樂)이 이뤄짐을 보리라.
한 사람 맺힌 뜻이 삼천대천(三千大千) 흔들거든
삼천만 발한 대원 안 이룰 줄 바이없네.
큰 희망 담은 수레를 밀고 갈까 하노라.
멀리만도 보지 말고 발밑만도 보지 말라.
발밑 잘 보면서 멀리 앞을 바랐으라.
한 걸음 한 걸음 모여 만릿길이 되니라.

— 이광수 / 묵상록

인간이 이 세상에 사는 것은 별이 하늘에 있는 것과 같은 것이에요. 별들은 저마다 신에 의하여 규정된 궤도에서 서로 만나고 또 헤어져야만 하는 존재예요. 그것을 거부하는 것은 전연 무모한 짓이든가, 그렇지 않으면 세상의 모든 질서를 파괴하는 것이에요.

— 프리드리히 뮐러

생명을 가진 것 치고 안전한 것은 없다. 나는 벌레에게는 거미줄이 있고 뛰는 짐승에게는 그를 노리는 맹수와 사람의 화살이 있다. 아내와 새끼를 거느린 수풀의 사슴이 고개를 넘을 적마다, 모퉁이를 돌 적마다 마음 못 놓는 눈을 둘러 살피거니와 그래도 어디선지 모르는 곳에서 날아오는 화살을 다 피하지는 못하는 것이다. 인연이 당하는 시각을 피할 도리는 없는 것이다. 그것을 피하는 첫 길은 아예 인연을 아니 맺을 것이요, 이왕 맺은 인연이어든 앙탈 없이 순순히 받는 것이 둘째 길이다.— 이광수 / 사랑의 東明王

【중국의 고사】

- **월하빙인(月下氷人)** : 중매쟁이를 이르는 말이다. 《태평광기》에 수록된 정혼점(定婚店) 전설에서 나온 문자다. 당(唐)나라의 위고(韋固)라는 사람이 여행 중에 달빛 아래서 독서하고 있는 노인을 만나, 자루 속에 든 빨간 노끈의 내력을 묻자, 노인은 본시 천상(天上)에서 남녀의 혼사문제를 맡아보는데, 그 노끈은 남녀의 인연을 맺는 끈이라 하였다. 그리고 위고의 혼인은 14년 후에나 이루어진다고 예언하여 사실 그대로 이루어졌다고 한다.

또 《진서》 예술전(藝術傳)에 보면, 진나라 때 영고책(令孤策)이라는 사람이 얼음 위에서, 얼음 밑에 있는 사람과 장시간 이야기를 주고받은 꿈을 꾸어 이상히 생각한 그는 색담(索紞)이라는 유명한 점쟁이에게 해몽을 청하자 색담은 영고책이 3, 4월 봄이 되면 남녀의 결혼중매를 하게 될 것이라 풀이하였다. 과연 고을 태수의 아들과 장씨(張氏) 딸의 중매를 섰다고 한다. 이 두 이야기의 『月下老』와 『氷上人』을 합쳐 중매쟁이를 『월하빙인(月下氷人)』이라 말하게 되었다. ―《태평광기(太平廣記)》

【成句】

- 유위전변(有爲轉變) : 이 세상은 인연에 의해서 임시로 되어 있기 때문에 잠시도 정주(定住)하지 않는 일. 세상 일이 변하기 쉬워 덧없는 일. 유위(有爲)는 범어에서 나온 말로 여러 가지 인연에 의해서 생기는 현상 또는 그 존재.

- 친불인매(親不因媒) : 부부의 인연은 중매가 맺어주거니와, 그들의 정(情)은 중매가 좌우할 수 없다는 뜻으로, 부부의 정은 저절로 생기는 것이지 제삼자가 억지로 할 수 없음을 이르는 말. / 《한시외전》
- 천생배필(天生配匹) : 하늘에서 미리 정해준 배필.
- 삼생연분(三生緣分) : 【불교】 삼생(三生)에 걸쳐 끊을 수 없는 가장 깊은 연분, 곧 부부간의 인연.
- 색즉시공(色卽是空) : 형체는 헛것이라는 뜻으로, 이 세상에 형태가 있는 것은 모두 인연으로 생기는 것인데, 그 본질은 본래 허무한 존재임을 이르는 말. 【불교】 《반야경(般若經)》 에 있는 말로서, 색(色)에 의하여 표현된 현상(現象)은 평등 무차별한 공(空), 곧 실상과 상즉(相卽)하여 둘이 없다는 뜻. 진공(眞空), 묘(妙), 유(有)의 뜻을 말함. / 《반야심경》
- 애연기연(愛緣機緣) : 마음이 맞는다든지 맞지 않는다든지 하는 인심(人心)의 불가사의함은 불교에서 말하는 인연에 의한다고 하는 의미. 주로 남녀나 친구 사이에 깊은 정애(情愛), 친애감을 느낄 때에 말한다. 또는 단지 불가사의한 연(緣)을 말한다. / 《보적경(寶積經)》
- 형왕영곡(形枉影曲) : 물체가 굽으면 그 그림자도 구부러진다는 뜻으로, 원인과 결과가 반드시 일치한다는 말. / 《열자》

정 *humanity* 情

【어록】

- 뿌리가 없으면서 굳은 것이 정이다(無根而固者 情也).
— 《관자》
- 천하를 다스리는 데는 반드시 인정에 따라야 한다(治天下 必因人情).
— 《한비자》
- 천 사람 만 사람의 정이 곧 한 사람의 정이다(千人萬人之情 一人之情是也).
— 《순자》
- 사람과 사귀는 데 좋은 선물을 보내지 못하고 풍성하게 대접은 못하나 정(情)은 두텁다(物薄而情厚).
— 《순자》
- 위에서 정치를 폄에 있어서, 아래의 실정을 얻으면 다스려지고, 아래의 실정을 얻지 못하면 혼란해진다(上之爲政 得下之情則治 不得下之情則亂).
— 《묵자》
- 한 번 죽고 한 번 사는데 곧 사귀는 정을 알게 되고, 한 번 가난해지고 한 번 부해지므로 교제하는 참 모습을 알게 되며, 한 번 귀해지고 한 번 천해지므로 사귀는 진정을 곧 알게 된다(一死一

生 則知交情 一貧一富 則知交態 一貴一賤 則知交情).

— 《사기》 급정열전

- 인정에 편향이 없을 수 없지만, 올바르고 기울지 않은 것을 준칙으로 하고, 성질에 괴벽한 것이 없을 수 없지만, 고르고 평평한 것을 기준으로 한다(情莫不有偏 而以中正者爲則 性未能無僻 而以和平者爲度). — 장구령(張九齡)
- 천하의 평안함과 어지러움은 민정이 통하는지 막히는지에 달렸다(天下治亂 出於下情之通塞). — 소식(蘇軾)
- 시란 정(情)을 뿌리로 하고 말을 싹으로 하며, 소리를 꽃으로 하고 의미를 열매로 한다. — 백거이(白居易)
- 추위에 떠는 백성 구할 길 없거니, 나 혼자 따뜻한들 기쁠 리 있으랴(百姓多寒無可救 一身獨暖亦何情). — 백거이
- 칠정이라고 하는 것은 기쁨・노함・슬픔・두려움・사랑・염오・욕심이다(其所以爲情者七 曰喜曰怒曰哀曰懼曰愛曰惡曰欲). — 한유(韓愈)
- 성질이란 태어나면서 함께 생기고, 정이란 물건을 접촉하는 데서 생긴다(性也者 與生俱生也 情也者 接於物而生也). — 한유
- 풍상은 무슨 일로 생물을 상케 하는가? 천지는 무정해도 사람을 사랑하네(風霜何事偏傷物 天地無情亦愛人).

  — 유장경(劉長卿)
- 상하의 정이 막혀서 통하지 못하면 천하의 폐단이 이로부터 쌓인다(上下之情 壅而不通 天下之弊 由是而積). — 왕오(王鏊)
- 정이 꿈을 알면 좋을 일 없건만, 꿈이 아니고야 언제 만나랴(情知夢無益 非夢見何期). — 원진(元稹)

■ 정(情)을 머금고 궁중의 일 말하려 하나, 앵무새들 앞이라 감히 말하지 못한다(含情欲說宮中事 鸚鵡前頭不敢言).

— 주경여(朱慶餘)

■ 기쁘고 · 노엽고 · 슬프고 · 즐겁고 · 좋고 · 나쁘고 · 욕심이 밖으로 나오지 않고 마음속에 있으면 성질이요, 이 모든 것들이 밖에 나와 행동에 드러나면 정이다(喜怒哀樂好惡欲 未發於外而存於心 性也 喜怒哀樂好惡欲 發於外而見於行 情也).

— 왕안석(王安石)

■ 인정은 흡사 날리는 버들개지던가, 봄바람 따라 멀리멀리 흩날려 갔구나(人情却似水絮 悠揚便逐春風去). — 안기도(晏幾道)

■ 사람의 감정은 덕에 감복하지만 힘에는 불복한다(人之情 心服於德不服於力). — 《문중자(文中子)》

■ 급하면 하늘을 부르고, 아프면 아버지 어머니를 부르는 것은 인간의 진실한 감정이다(因急而呼天 疾痛而呼父母者 人之至情也). — 소철(蘇轍)

■ 인정이 어찌 봄 산천처럼 좋을까, 산천경치는 봄 따라 늙지를 않누나(人情曷似春山好 山色不隨春老). — 왕지도(王之道)

■ 성(性)이라는 것은 천리(天理)이니 만물이 품(稟)하여 받아서 한 이치도 갖추지 않은 것이 없다. 심(心)이라는 것은 한 몸의 주재요, 의(意)라는 것은 마음의 발하는 것이요, 정(情)이라는 것은 마음의 동(動)하는 것이요, 지(志)라는 것은 마음의 가는 것이요, 기(氣)라는 것은 나의 혈기로써 몸에 찬 것이다. — 주희

■ 기쁨과 즐거움이 절정에 이르니 오히려 슬픈 정이 많더라(歡樂極兮 哀情多). — 《고시원(古詩源)》

■ 낙화를 어찌 무정타 하리, 흙탕 되어도 다시금 꽃을 감싸주거늘(落紅不是無情物 化作春泥更護花). — 공자진(龔自珍)

■ 인정이란 꾀꼬리 우는 소리를 들으면 기뻐하고, 개구리 우는 소리를 들으면 싫어한다(人情 聽鶯啼則喜 聞蛙鳴則厭).

— 《채근담》

■ 천지의 기운은, 따뜻하면 낳아서 기르고, 차가우면 시들어 죽게 한다. 그러므로 성질이 맑고 차가운 사람은 받아서 누리는 것도 또한 박(薄)할 것이니, 오직 화기(和氣) 있고 마음이 따뜻한 사람이라야 그 복(福)이 두터우며 그 은택(恩澤)이 또한 오래 가는 것이다. — 《채근담》

■ 인간이 죽은 후에도 길동무가 되는 것은 정의(正義)라는 친구밖에 없다. 어떠한 정(情)도 육체와 함께 사라지는 것이니까.

— 《마누법전》

■ 정념도 없이, 할 일도 없이, 전심할 만한 경영도 없이, 그야말로 하는 일 없는 완전한 휴식 속에 있는 것처럼 사람에게 있어 참을 수 없는 것은 없다. 그는 그 때에 자기의 허무, 자기의 유기, 자기의 불만, 자기의 의존, 자기의 무력, 자기의 공허를 느낀다. 이때에 그의 혼의 깊은 속으로부터 권태 · 우울 · 비애 · 고뇌 · 회한 · 절망이 한꺼번에 쏟아져 나온다. — 파스칼

■ 정념은 지나치지 않으면 아름답지 않다. 사람은 지나친 사랑을 하지 않을 때는 충분히 사랑하고 있는 것이 아니다. — 파스칼

■ 정념은 우리가 그것에 명확한 관념을 형성하자마자 금시 정념인 것을 그만둔다. — 스피노자

■ 사람들을 평화로 향하게 하는 여러 정념은 죽음의 공포이며,

쾌적한 생활에 필요한 것에의 욕망이며, 그 근로에 의해서 그것들을 얻으려고 하는 희망이다. — 토머스 홉스

■ 인정이 없으면 정의로운 사람이 될 수 없다. — 보브나르그

■ 인정이라는 것은 너무 신중한 태도를 부려요. 그것이 세상의 원죄랍니다. 혈거인(穴居人)이 웃을 줄 알았더라면 『역사』는 달라졌을 것입니다. — 오스카 와일드

■ 정념은 때로 자기와는 반대의 정념을 낳는다. 인색은 때로 낭비를, 낭비는 또한 인색을 낳는다. 사람은 때로 약하기 때문에 강하고, 소심하기 때문에 대담한 것이다. — 라로슈푸코

■ 셰익스피어의 경우는 인간의 정념이 구경거리로 되어 있다고 하겠다. 그러니 셰익스피어는 객관적인 사람이었을 것이라고 생각된다. 그렇지 않았다면 인간의 정념의 댄스를 우리에게 구경시켜 주지 않고, 단지 인간의 정념에 관해서만 장광설을 늘어놓았을 것이다. 그것도 자연주의적으로는 아니게 말이다.
— 비트겐슈타인

■ 질투는 표면적인 것이다.—다시 말하면 질투의 전형적인 색채에는 깊이가 없다. 저 밑에 있는 정념은 좀 더 다른 색채를 띠고 있다. — 비트겐슈타인

■ 모든 사람의 마음엔 인정이 깃들여 있다. — 헨리 롱펠로

■ 근로하면 착한 마음이 나고, 편안하면 교만한 마음이 일어나는 것이 인정(人情)이다. — 정도전

■ 사단(四端)의 정(情)과 칠정(七情)의 정을 고금의 학자들이 뒤섞어 놓아서 분변하기가 어렵게 되었다. 측은(惻隱)과 수오(羞惡) 같은 것은 성(性)이 발(發)하여 순수하게 착한 것이고(四端), 색

(色)을 좋아하고 맛(味)을 즐기는 등의 일은 이(理)와 기(氣)가 아울러 발하여 합한 것이므로 착한 것도 있고 악한 것도 있으니 칠정이 이것이다. — 이항(李恒)

- 대개 보통 인정이란 위에서 이끌면 노력하고, 놓아두면 게을러지는 것이다. — 하위지
- 행실은 인정이 많은 것을 귀히 여기고, 의지는 용감히 나가는 것을 귀히 여겨라. — 유형기
- 자기희생에 너무 몸을 사리지 말고 의리와 인정을 중히 여겨라. — 장우성
- 정이라는 것, 사람의 가슴에다 정이라는 괴물을 빚어 담아 주신 신의 손길은 결코 축복이 아니라, 어쩌면 인간에게만 마련한 모진 형벌인지 모르겠습니다. — 이영도
- 인정을 팔아서 돈을 사는 것은 어리석은 일이니, 네 가진 것을 다 주고라도 벗을 사거라. 목숨까지 주고라도 좋은 벗을 사고 인정을 사거라. — 이광수
- 인정은 마치 해양의 흐름과 같고, 사상이나 제도는 마치 표면에 이는 물결과 같다. — 이광수
- 마치 두더지가 땅 속의 온기(溫氣)를 탐내듯 인간은 한 줌의 친절함과 인정의 필요를 느끼는 생물이었던가. — 전혜린
- 대화는 정(情)의 표시다. 사랑하는 사람에 대한 최초의 충동은 말을 걸고 싶은 욕망이고, 반면에 미운 사람에 대한 최대의 복수는 말을 하지 않는 것이다. — 이창배
- 한번 보시면 또다시 대하고 싶으신 게 정이올시다. 정은 땅 속에서 솟아오르는 물 같아서 영원히 마르지 않을 게올시다.

— 박종화

- 사랑은 조화된 하나의 정념이다. — 김형석
- 인정이란 결코 컵 속에 든 한 모금의 물처럼 누구에게 쓰고 나면 비어 없어지는 것이 아니라 샘처럼 푸면 풀수록 더욱 풍부해지는 것이요, 또 인정이란 어떤 대상에서 우러나오는 게 아니라 스스로의 능력의 육성이라 하겠다. — 구상

【속담 · 격언】

- 매 끝에 정든다. (실컷 싸우고 나서 정이 든다) — 한국
- 미운 정도 정이다. — 한국
- 보리 주면 오이 안 주랴. (받는 것이 있어야 주기도 한다) — 한국
- 자식 둔 골은 호랑이도 돌아본다. (새끼 사랑하는 정은 짐승도 마찬가지다) — 한국
- 하룻밤에 만리장성을 쌓는다. (잠시 동안에 깊은 정을 쌓는다) — 한국
- 도둑놈도 인정은 있다. — 한국
- 잔(盞) 잡은 팔 밖으로 펴지 못한다. (팔은 안으로 굽는다) — 한국
- 정(情)에서 노염이 난다. (정다운 사이일수록 언행을 삼가라) — 한국
- 고와도 내 님, 미워도 내 님. (한번 정이 들면 뗄 수 없다) — 한국
- 드는 정은 몰라도 나는 정은 안다. (정이 들 때는 잘 몰라도 정

이 떨어질 때는 확연히 알 수 있다) — 한국

- 법에도 눈물이 있다. — 한국
- 네 떡이 한 개면 내 떡도 한 개다. (오는 만큼 간다) — 한국
- 사정이 많으면 한 동리에 시아비가 아홉. (남의 사정 봐주다 자기 신세 망친다) — 한국
- 귀신은 경문에 막히고, 사람은 인정에 막힌다. (인정 있는 사람은 남이 어려울 때 도움을 청하면 들어준다) — 한국
- 꽃밭에 불 지른다. (인정사정없다) — 한국
- 냉갈령 부린다. (몰인정하고 쌀쌀하게 군다) — 한국
- 신정(新情)이 구정(舊情)만 못하다. (새로 사귄 사이보다 오래 사귄 정이 더 두텁다) — 한국
- 남자는 머리를 가져야 하며, 여자는 정(情)을 가져야 한다. — 영국
- 새는 저마다 최상의 보금자리를 좋아한다. (정들면 고향) — 영국
- 인정이 원수다. (To kill with kindness.) — 영국
- 예절과 겸양은 인정의 꽃이다. — 프랑스

【시 · 문장】

청산은 내 뜻이요 녹수(綠水)는 님의 정이
녹수 흘러간들 청산이야 변할손가
녹수도 청산 못 잊어 울어예어 가는고.

— 황진이

이화(梨花)에 월백(月白)하고 은한(銀漢)이 삼경(三更)인 제
일지춘심(一枝春心)을 자규(子規)야 알랴마는
다정도 병인 양하여 잠 못 들어 하노라.

— 이조년

다정이 도리어 무정한 것 같다.
술동이를 대했어도 웃음을 잊었으니
녹아 흐르는 촛농 석별의 정 있어라.
밤새도록 뚝뚝 눈물 흘리네.

— 두목(杜牧) / 증별(贈別)

실패 같은 울어머니
분통같은 나를 두고
임의 정도 좋지마는
자식 정을 떼고 가네
걸고 가네 걸고 가네
자식 정을 걸고 가네

— 함양지방 재혼요(再婚謠)

우리 둘이 천년 인정, 소상동정 세상만물 조화정(造化定), 근심 걱정 소지원정(所志原情), 주위 인정 음식투정, 복 없는 저 방정, 송정(訟庭) 관정(官庭) 내정(內情) 외정(外定), 애송정 청양정 양귀비의 심향정, 이비(二妃)의 소상정, 한송정, 백화만발 호춘정, 기련토월 백운정, 너와 나와 만난 정, 일정(一情) 실정(實情) 논지(論之)

하면, 내 마음은 원형이정(元亨利貞), 네 마음은 일편탁정(一片託情), 이같이 다정하다가 만일 즉파정(卽破情)하면 복통 절정 걱정되니 진정으로 원정(原情)하자는 그 정(情) 자(字)다. — 《춘향전》

【중국의 고사】

- **송양지인(宋襄之仁)** : 어리석은 사람의 명분론을 비웃어 하는 말이다. 덮어놓고 착하기만 할 뿐, 실질적으로 아무런 의미가 없는 대의명분을 가리켜『송양지인』이라고 한다. 말하자면 어리석은 사람의 잠꼬대 같은 명분론을 비웃어 하는 말이다. 송양은 송양공(宋襄公)을 이르는 말이다. 즉 송양공이 내세우는 인(仁)이란 뜻이다.

춘추시대는 오패(五覇)의 시대이기도 하다. 오패의 첫 패자가 제환공(齊桓公)이다. 송양공은 제환공의 비밀 부탁을 받아 제환공이 죽은 뒤 그의 아들 공자소(公子昭)를 제나라 임금으로 세우는 데 공을 세운다. 이것이 계기가 되어 송양공은 환공의 뒤를 이어 자기가 패자가 될 꿈을 버리지 않는다. 그러나 제환공도 그랬듯이, 중원을 넘보는 초나라를 꺾지 않고는 천하를 호령할 수 없었다. 그래서 송양공은 마침내 신하들의 반대를 물리치고 초나라와의 결전을 감행하게 된다.

송나라가 먼저 강 건너편에 진을 치고 있었고, 초나라가 뒤에 강을 건너 송나라와의 결전을 하게 되었다. 이때 송나라 장군 중에 한 사람이,『적이 강을 반쯤 건널 때를 틈타 공격을 가하면 적은 수로 많은 적을 이길 수 있습니다.』하고 권했다. 그러나 양공은,『그건 정정당당한 싸움이 될 수 없다. 정정당당하게 싸워 이기지 못한다면 어떻게 참다운 패자가 될 수 있겠는가.』 하며 듣지 않았다.

강을 다 건너온 초나라 군사가 진을 벌이고 있을 때, 『적이 진을 미처 다 벌이기 전에 이를 치면 적을 혼란에 빠뜨릴 수가 있습니다.』 하고 권했으나, 이때도 양공은, 『군자는 사람이 어려운 때 괴롭히지 않는다.』 하고 말을 듣지 않았다. 그 결과 송나라는 초나라에 크게 패하고 마는데, 이 일을 가리켜 세상 사람들은, 『송양의 인(仁)』 이라면서 웃었다고 한다. 차원이 다른 중국식 돈키호테와도 같은 느낌을 주는 것이 이 송양공이다.

— 《십팔사략》

인비목석(人非木石) : 사람은 목석이 아니다. 곧 사람은 감정을 가진 동물이다. 이 『인비목석』은 《사기》의 저자 사마천의 편지에 있는 『신비목석(身非木石)』이란 말과 육조시대의 포조가 지은 『의행로난(義行路難)』이란 시에 있는 『심비목석(心非木石)』이란 말에서 온 것이라 볼 수 있다.

사마천은 한무제의 노여움을 사 항변할 여지도 없이 궁형(宮刑)이란 치욕의 형벌을 받기 위해 하옥되었을 때의 일을, 임소경(任少卿)에게 보내는 편지 가운데서 이렇게 말하고 있다. 『집이 가난해서 돈으로 죄를 대신할 수도 없고, 사귄 친구들도 구해 주려 하는 사람이 없으며, 좌우에 있는 친근한 사람들도 말 한마디 해주는 사람이 없다. 몸이 목석이 아니거늘(人非木石), 홀로 옥리들과 짝을 지어 깊이 감옥 속에 갇히게 되었다.』

여기에서 말한 『몸이 목석이 아닌데』란 말은, 생명이 있는 인간으로서의 견디기 어려운 고통을 말한 것이다. 그러나 보통 『목석이 아니다』란 말은 사마천의 경우와는 달리 감정을 말하게 된다. 위에 말한 포조의 『의행로난』은 열여덟 수로 되어 있는데, 그 중 한 수에 『심비목석』이란 말이 나온다.

『물을 쏟아 평지에 두면 / 각기 스스로 동서남북으로 흐른다. / 인생 또한 운명이 있거늘 / 어찌 능히 다니며 탄식하고 앉아서 수심하리오. / 술을 부어 스스로 위로하며 / 잔을 들어 삶의 길이 험하다고 노래를 끊으리라. / 마음이 목석이 아닌데, 어찌 느낌이 없으리오. / 소리를 머금고 우두커니 서서 감히 말을 못하누나.』 여기서는 분명히 『목석이 아닌 마음이 어찌 감정이 없겠느냐(心非木石豈無感)』 고 말하고 있다.

우리들이 쓰고 있는 『인비목석』이란 말은 이 『심비목석』에 가까운 뜻으로 쓰고 있다. 몸과 마음을 합친 것이 사람이므로 『인비목석』이란 말이 우리에게 더 정답게 느껴진다. 『목석같은 사나이』란 뜻으로 『목석인』이란 말도 쓰이고 있다.

— 포조(鮑照) / 의행로난

■ **거자일소(去者日疎)** : 중국 육조(六朝)시대 양(梁)나라의 소명태자(昭明太子)가 편찬한 《문선》 『잡시』에 수록된 지은이 불명의 고시(古詩) 19수(首)는 감성표출의 아름다움에 있어 비견할 수 없는 시들이 모아져 있는데, 많은 고시 중에서도 가장 수준이 높은 것으로 평가되고 있는 제14수의 첫머리가 다음의 두 구절로 시작되어 있다.

『헤어져 가는 사람은 하루하루 멀어지고(去者日以疎) / 와서

접하는 사람은 날로 친숙해지네(來者日以親).』하고 읊은 시로, 이어서 다음과 같이 끝을 맺었다.『마을 밖 성문을 나와 교외로 눈을 돌리면 / 오직 보이느니 언덕과 무덤. / 옛 무덤은 갈아엎어 밭이 되고 / 송백(松柏)은 잘리어 땔감이 되네. / 백양(白楊)에 부는 구슬픈 바람소리 / 몸에 스며들어 마음에 사무치게 하네. / 머나먼 고향길 찾아가고 싶어도 / 돌아갈 수 없는 네 신세 어이할까.』

성문 밖 묘지를 바라보았을 때의 감개를 읊은 시로, 인생의 무상함을 노래하여 읽는 이로 하여금 가슴에 와 닿게 한다. 특히 앞의 두 구절은 인생의 또 하나의 진리를 말해 주는 것으로 볼 수 있다. 첫 구절만을 단독으로 이(以)자를 생략하여『거자일소』로 쓰이는 일이 많은데, 친하게 지내던 사람도 멀어지면 정이 적어진다는 뜻으로 쓰이는 경우와 죽은 사람은 세월이 갈수록 잊혀지기 쉬운 법이라 하여 감개와 잊고 있었던 마음을 되돌아보고 죄송함을 느끼는 반성을 담아 쓰이는 경우가 있다.

—《문선(文選)》 잡시(雜詩)

【명작】

■ **마음을 열어주는 101가지 이야기** : 잭 캔필드(Jack Canfield, 1944~)·마크 빅터 한센(Mark Victor Hansen, 1948~) 지음. 미국에서 가장 사랑받는 영혼의 전달자인 이들은 가능성, 따뜻한 마음, 영혼의 기쁨, 더 만족한 사람으로 살기 위한 자신의 권리 등 삶의 중요한 요소를 이야기하기 위해 팀을 이루었다. 이제 이들이 엮은 이야기는 이 책을 읽은 사람들에게 공기와 같이

없어서는 안 될 중요한 삶의 부분이 되었다. 책 가운데 한 구절이다.

『때로는 엉뚱한 친절을 베풀어라.』라는 이미 오래 전에 등장한, 자동차 범퍼용 스티커가 하나 있다. 누구든지 전국 어디에서나 이 스티커가 차에 붙어 있는 것을 볼 수 있다(사실, 나 역시 이 스티커를 붙이고 다닌다). 그 스티커에는 다음과 같은 글이 씌어져 있다.

『때로 당신의 인생에서 엉뚱한 친절과 정신 나간 선행을 베풀어라.』

이 문구를 누가 생각해 냈는지 모르겠지만, 나는 내 앞에 서 있는 차에서 그 문구를 발견하고는 그 이상 중요한 메시지는 본 적이 없다고 생각했다. 엉뚱한 친절을 베푸는 것은, 무엇인가를 주면서 아무것도 기대하지 않는 즐거움을 누릴 수 있는 가장 좋은 방법이다. 이런 행동은 남몰래 선행을 베풀고 싶을 때 매우 도움이 된다.

샌프란시스코 만에는 다섯 개의 유료 다리가 있다. 한데 얼마 전부터 사람들은 자신의 뒤를 따르는 자동차의 통행료를 내기 시작했다. 운전석에 앉은 사람들이 통행료 징수 창구에 이르러 돈을 내려는 순간, 『당신의 통행료는 앞차 운전자가 이미 지불했습니다』라는 소식을 듣게 된 것이다.

이것은 보답을 바라지 않는, 사심 없는 친절의 한 예이다. 부담 없이 선사한 그 작은 선물이 뒤따르던 운전자에게 줄 충격을 상상해 보라! 어쩌면 그 일로 인해 친절한 행동은 다른 친절을 연쇄적으로 불러일으키기도 하니까.

사람들이 친절을 베푸는 가장 큰 이유는 그것이 커다란 정신적 만족감을 가져다주기 때문이다. 친절한 행동은 그것을 베푼 사람에게 『자기만족』이라는 긍정적인 느낌으로 보상해 주며, 봉사와 친절, 사랑이라는 대단히 소중한 인생의 측면을 상기시켜 준다. 사람들 모두가 조금씩 서로에게 양보할 때, 우리는 좀 더 『살 만한』 세상에서 살게 될 것이다.

【成句】

■ 안전막동(眼前莫童) : 잘생기지 못한 아이라도 항상 가까이 있으면 절로 정이 붙는다는 뜻.

■ 물박정후(物薄情厚) : 사람과 사귀는데 예물이나 식사대접은 약소하더라도 정만은 깊고 두터워야 함을 이름.

■ 문생어정정생어문(文生於情情生於文) : 문장은 정(情)에서 생기고, 정 또한 문장에서 생긴다는 뜻. /《진서》 손초전.

■ 부염기한(附炎棄寒) : 권세를 떨칠 때는 붙좇다가 권세가 쇠할 때는 떠난다는 뜻으로, 인정의 경박함을 이르는 말.

■ 불근인정(不近人情) : 몰인정함. 인정에 벗어남.

■ 비불외곡(臂不外曲) : 팔이 밖으로 내굽지 않는다는 뜻으로, 자기와 가까운 사람에게 인정이 더 쏠리거나, 자기에게 이익이 되도록 처리함이 인지상정임을 비유하는 말. /《벽암록》

■ 세태염량(世態炎凉) : 세력이 있을 때는 아첨하여 따르고, 세력이 없어지면 푸대접하는 세상인심을 비유적으로 이르는 말. 세정(世情)의 성쇠(盛衰). 인정의 반복. 염량세태(炎凉世態).

■ 번운복우(飜雲覆雨) : 손바닥을 뒤집듯이 인정이 변하기 쉬움을

이름.

■ 애증후박(愛憎厚薄) : 사랑과 미움, 후함과 박함.

■ 염부한기(炎附寒棄) : 권세가 있을 때는 잘 따르지만 권세가 없으면 곧 버리고 돌아보지도 않는다는 뜻으로, 인정이 야박함을 이르는 말. / 유종원.

■ 주객지의(主客之誼) : 주인과 손 사이의 정의(情誼)를 말함.

■ 돈목지의(敦睦之誼) : 정이 두텁고 화목한 것을 말함.

동정 *sympathy* 同情

【어록】

■ 선을 쌓은 집에는 반드시 남은 경사가 있다(積善之家 必有餘慶). — 《주역(周易)》 문언전(文言傳)

■ 같은 병에 서로 가엾게 여기며, 근심을 같이하고 서로 구한다(同病相憐 同憂相救). — 《오월춘추》

■ 초나라 사람의 한 자루 횃불에 가련하게도 아방궁은 초토가 되었다(楚人一炬 可憐焦土 : 그 호화찬란하던 아방궁이었지만, 초나라 항우가 던진 횃불 하나로 가련하게도 초토가 되었다). — 《문장궤범》

■ 그대의 비애(悲哀)가 아무리 크더라도 세상의 동정을 구해서는 안 된다. 동정 속에는 경멸의 염(念)이 내포되어 있기 때문이다. — 플라톤

■ 사람은 빵만으로 살지 않고, 신앙과 찬양과 동정으로 산다. — 랠프 에머슨

■ 동정은 최고의 모욕이다. — 프리드리히 니체

■ 동정을 받고 싶어 하는 갈망은 자기도취, 그것도 이웃의 심정을 다친 다음의 자기도취인 갈망인 것이다.— 프리드리히 니체

■ 적의 약점을 동정해서는 안 된다. 강해지면 그대를 용서하지 않는다. — M. 사디

■ 친구의 고난을 동정하는 것은 누구나 할 수 있다. 그러나 친구의 성공을 찬양하려면 남다른 성품이 있어야 한다.

— 오스카 와일드

■ 여자가 불행에 대해서 남자보다도 깊은 동정을 나타내는 것은 추리 능력이 약하기 때문이다. — 쇼펜하우어

■ 자기도 고생했던 병에 누가 동정을 하지 않을 것인가.

— 볼테르

■ 남의 괴로움에 동정하는 것은 인간적인 것임에 지나지 않는다. 그러나 그것을 구원하는 것은 신적(神的)인 것이다.

— 하인리히 만

■ 말 없는 거지는 두 배의 동정을 얻을 것이다. — 기욤 드 로리

■ 생활에 있어서 동정은 과연 미덕일지 모른다. 그러나 예술에 있어서 동정이란 미적(美的) 고역에 지나지 않는다.

— 클라크 위슬러

■ 지나치게 타인의 동정을 구하면 경멸이라는 경품이 붙어온다.

— 조지 버나드 쇼

■ 자연은 언제든지 동정과 선심으로써 사람에게 대한다. 그러나 그 동정, 그 선심을 동정과 선심답게 받을 만한 준비와 기력이 흔히 사람에게 핍절(乏絕)하다. — 최남선

■ 범인(凡人)에는 동정이 없음이 아니로되, 그 범위가 극히 좁고 얕으며 또 일시적이니, 위인(偉人)의 동정은 넓고 일국과 세계와 우주 만물에 미치되, 범인은 겨우 제게 밀접한 관계가 있는 이에게만 한(限)하는지라. — 이광수

■ 후회하는 인간같이 어리석은 사람은 없으며, 남에게 동정 받는 사람같이 가련한 인간은 없다. — 이영준

【속담 · 격언】

■ 거지가 도승지를 불쌍타 한다. (도승지는 아무리 추운 때라도 새벽에 입궐해야 하므로 거지가 그것을 불쌍하게 여긴다는 말로, 자기가 불쌍한 처지에 있음에도 불구하고 도리어 그렇지 않은 사람을 동정한다) — 한국

■ 동냥은 안 주고 쪽박만 깬다. (들어달라는 요구는 안 들어주고 도리어 훼방만 놓는다) — 한국

■ 반잔 술에 눈물 나고 한잔 술에 웃음 난다. (기왕 남을 동정하려면 흡족하게 하라. 그렇지 못하면 도리어 인심을 잃는다) — 한국

■ 사람 마음이란 모두 살점이 자란 것이다. (인간은 감정적이다. 동정심이 있다) — 중국

■ 동정은 곧 애정. (Pity is akin to love.) — 영국

■ 타인을 딱하게 여기는 자는 자기를 생각하는 자다. — 영국

■ 동정의 달걀에서 가끔 사랑의 암탉이 기어 나왔다. — 러시아

■ 연민과 동정은 사업을 망친다. — 이스라엘

【중국의 고사】

■ **동병상련(同病相憐)** : 어려운 처지에 있는 사람끼리 서로 동정하고 돕는다는 말이다. 같이 앓고 있는 사람은 서로 동정한다. 그것이 『동병상련』이란 말이다. 『과부의 설움은 과부가 안다』는 우리 속담도 다 같은 이치에서 나온 말이다. 이 말은 후한 조엽이 지은 《오월춘추》에 나오는 말이다.

아버지와 형을 역적의 누명을 씌워 죽인 초나라를 등지고 오나라로 망명해 온 오자서(吳子胥)는 오나라 공자(公子) 광(光)을 만나 마침내 초나라에 대한 복수를 하게 된다. 이때 오자서를 공자 광에게 추천한 사람은 관상을 잘 보는 피리(被離)란 사람이었다. 피리는 오자서가 거지 행세를 하며 오나라 거리를 돌아다니고 있을 때 이미 오자서가 천하 영웅임을 알아봤던 것이다. 공자 광은 결국 오자서의 힘으로 오나라의 왕이 될 수 있었는데, 이 공자 광은 왕이 된 뒤에 이름을 합려(闔閭)로 고쳤다.

오자서가 합려왕의 심복으로 오나라의 실권을 잡게 되었을 때 초나라에서 백주리(伯州犁)의 아들 백비가 찾아왔다. 백주리도 오자서의 아버지를 죽게 만든 비무기(費無忌)란 간신에 의해 억울하게 죽었기 때문에, 백비는 오자서에게 몸을 의탁하기 위해 찾아온 것이다. 오자서는 원수를 같이하는 그를 동정하여 그를 합려왕에게 천거해서 대부의 벼슬에 앉게 했다. 이때 오자서는 이미 대부의 벼슬에 오른 피리의 충고를 받게 된다. 피리는 이렇게 물었다. 『당신은 왜 백비를 겨우 한 번 만나보고 그토록 신임을 하시오?』

『그것은 나와 같은 원한을 품고 있기 때문이오. 강가 사람들이 부르는 노래를 듣지 못했소. 그 노래에 말하기를, 『같은 병은 서로 불쌍히 여기고 / 같은 근심은 서로 구원한다 / 놀라 나는 새는 / 서로 따라 날고 / 여울 아래 물은 / 따라 다시 함께 흐른다.』 고 했소. 호마(胡馬)는 북쪽 바람을 향해 서고, 월나라 제비는 햇빛을 찾아 노는 법이오. 육친을 사랑하고 슬퍼하지 않는 사람이 어디에 있겠소.』 『이유는 정말 그것뿐입니까?』 『그것뿐입니다.』 『그렇다면 말씀드리지요. 내가 보는 바로는, 그의 눈은 매와 같고, 걸음걸이는 범을 닮았습니다. 그것은 사람 죽이기를 보통으로 아는 잔인한 상입니다. 절대로 마음을 주어서는 안됩니다.』

오자서는 피리의 충고를 받아들이지 않고 백비를 끝까지 밀어 태재(太宰)라는 벼슬에까지 오르게 했다. 그러나 백비는 그 뒤 적국인 월나라의 뇌물에 팔려 충신 오자서를 자살하게 만든다. 오자서는 『동병상련』 으로 그를 이끌어 주었지만 백비는 그 은공을 원수로 갚고 말았다. 보편적인 원칙도 악한 사람에게는 적용이 되지 않는다는 것을 말해 주고 있다.

— 《오월춘추(吳越春秋)》

■ **적선(積善)** : 『적선지가 필유여경(積善之家 必有餘慶)』 에서 나온 말이다. 『선을 쌓은 집에는 반드시 남은 경사가 있다』 는 말이다. 흔히 구걸하는 사람들이 『적선하십시오.』 하고 머리를 숙이며 손을 내미는 것을 볼 수 있다. 좋은 일 하라는 뜻이다. 많은 착한 일 가운데 특히 딱한 사람과 불쌍한 사람을 동정

하는 것을 『적선』이라고 하는 것은 여기 나오는 여경(餘慶)이라는 말과 관련이 있다.

『여경』은 남은 경사란 뜻이다. 남은 경사는 뒤에 올 복된 일을 말한다. 결국 『적선하십시오』하는 말은 『이 다음날의 행복을 위해 내게 투자를 하십시오』하는 권유의 뜻을 동시에 지니고 있는 말이다. 이 『적선지가 필유여경』이란 말은 거의 우리말처럼 널리 보급되어 있는 말이다. 이 말은 『좋은 일을 많이 하면 뒷날 자손들이 반드시 그 보답으로 복을 누리게 된다』는 뜻이다. 이 말은 《역경》 곤괘(坤卦) 문언전에 있는 말로 이 말이 있는 부분만을 소개하면 이렇다.

『선을 쌓은 집은 반드시 남은 경사가 있고, 불선을 쌓은 집은 반드시 남은 재앙이 있다. 신하가 그 임금을 죽이고, 자식이 그 아비를 죽이는 것이 하루아침 하루저녁의 까닭이 아니고, 그것이 싹튼 지는 오래다.』

착한 일이든 악한 일이든 오래 쌓은 뒤라야 복을 받고 화를 입게 된다는 뜻이다. 나무를 심어 과일을 따듯이 꾸준한 노력이 계속되지 않으면 그 성과를 볼 수가 없는 것이다. 나무에서 과일을 따지만, 그 관리를 소홀히 한다고 해서 금방 나무가 죽어 없어지는 것은 아니다. 몇 해를 거듭 게을리 하게 되면 비로소 그 과일밭은 완전히 버리게 된다. 그러나 노력을 쌓아 좋은 결과를 얻기는 어렵고, 게으름을 피워 얻은 결과를 망치기는 쉽다. 복과 화의 경우도 마찬가지다.

한(漢)나라 유향(劉向)이 편찬한 《설원》이란 책에는 불선(不善)을 악(惡)이란 글자로 바꾸어 『적악지가 필유여앙(積惡之家

必有餘殃)』이라고 했다. 또 이 말이 너무 길기 때문에 『적선유여경(積善有餘慶) 적악유여앙』이라고도 하고, 적을 약하고 『선유여경, 악유여앙』이라고도 한다. 그러나 선을 쌓는 것 중에는 남이 아는 그런 선보다는 남이 알지 못하는 음덕(陰德)과 같은 선을 쌓는 것이 참복을 받는다는 것을 알아야 한다. 남이 몰라주는 노력과 봉사가 다 음덕에 속하는 일이다.

— 《역경》 문언전(文言傳)

■ **진정지곡(秦庭之哭)** : 『진(秦)나라의 조정에서 곡을 하다』라는 뜻으로, 남에게 도움을 요청하는 것을 비유하는 말이다. 춘추시대의 신포서(申包胥)와 오자서(伍子胥)의 고사에서 유래되었다. 오자서는 초(楚)나라 평왕(平王)이 아버지와 형을 살해하자 초나라를 멸망시켜 복수하겠다고 맹세하였다. 오자서의 친구인 신포서는 사사로운 원한 때문에 조국을 배반해서는 안 된다며, 만약 오자서가 초나라를 멸망시킨다면 자신이 반드시 나라를 부흥시키겠다고 맹세하였다.

오자서는 오(吳)나라의 합려(闔閭)를 도와 왕위에 오르게 한 뒤, 초나라의 내정이 혼란한 틈을 타서 공격하여 수도까지 진격하였다. 이때 평왕은 이미 죽은 뒤였고, 그의 아들 소왕(昭王)은 피신하였다. 오자서는 평왕의 무덤에서 시신을 파내어 채찍질을 300번 가하고 나서야 원한을 풀었다. 신포서는 이 소식을 듣고 격분하여 소왕을 찾아가 나라를 부흥시킬 계획을 상의하였으나 힘이 없었다. 신포서는 소왕의 외할아버지인 애공(哀公)이 다스리는 진(秦)나라로 가서 초나라가 망하면 진나라도 결코 안

전하지 못할 것이라며 도움을 청하였다. 그러나 애공은 전쟁을 벌일 마음이 없어 응하지 않았다.

신포서는 진나라 궁정 담벼락에 기대앉아서는 7일 동안 물 한 모금 마시지 않고 밤낮으로 쉬지 않고 곡을 하였다(立依於庭牆而哭 日夜不絶聲 勺飮不入口 七日). 애공은 결국 신포서의 충정에 감동하여 군대를 일으켜 오나라를 공격하였다. 여기서 유래하여 진정지곡은 신포서가 진나라에 그랬던 것처럼 남에게 도움을 청하는 것을 비유하는 고사성어로 사용된다.

— 《춘추좌씨전》 정공(定公) 4년

【成句】

- 상하사불급(上下寺不及) : 『양사지구 상하사불급(兩寺之狗 上下寺不及)』이다. 즉 두 절에 속해 있는 개가 어느 한쪽 절에서도 제대로 얻어먹지 못한다는 뜻으로, 돌봐줄 사람이 너무 많아서 서로 미루는 바람에 오히려 아무 도움을 받지 못함의 비유. / 《송남잡식》
- 생사육골(生死肉骨) : 죽은 사람을 살리고, 뼈에 살을 붙인다. 즉 궁지에 처한 사람을 구함의 비유. 또는 남의 은혜에 깊이 감사할 때 쓰는 말. / 《좌전》
- 설중송탄(雪中送炭) : 눈 속에 있는 사람에게 탄을 보내 주다. 고생하는 사람을 구해 줌.
- 애막조지(愛莫助之) : 마음으로는 아끼나 실제로 도움은 주지 못함.
- 곡혜소인(曲惠小仁) : 작은 은혜, 조그마한 동정.

■ 하불식육미(何不食肉糜) : 부자가 가난한 사람에게 왜 고기를 안 먹느냐고 묻는다는 뜻으로, 세상 사정에 눈이 어두워 남의 처지를 헤아리지 못하고 동정할 줄도 모르는 행위를 이르는 말. / 《진서》

■ 측은지심(惻隱之心) : 불쌍히 여겨 언짢아하는 마음. 사단(四端)의 하나.

■ 포불각(抱佛脚) : 【불교】 부처님의 다리를 끌어안는다는 뜻으로, 평소에는 전혀 대비를 하지 않고 있다가 급하게 되었을 때 갑자기 구원을 바라는 것을 비유하는 말. 이 말은 『일 없을 때는 향을 사르지 않더니 위급에 처하자 부처님 다리를 잡는다(平時不燒香 急來抱佛脚)』는 말에서 나왔다.

■ 호손이아(壺飧餌餓) : 물 만 밥을 항아리에 넣어 배고픈 사람에게 베푼다는 뜻으로, 남을 도와주면 다시 후에 남의 도움을 받게 된다는 말. 호손(壺飧)은 항아리에 담은 음식. 또는 국물을 끼얹은 밥. / 《전국책》

원망 *resentment* 怨望
(증오)

【어록】

- 사랑은 미움의 시작이고, 덕은 원망의 근본이다(愛者 憎之始也 德者 怨之本也 : 사랑이 없어지면 미움이 시작되고 덕이 진해버리면 원망이 생겨난다). —《관자(管子)》
- 큰 원한은 화해해도 반드시 남은 원망이 있다(和大怨 必有餘怨 : 남에게 한번 큰 원망을 주게 되면 그 원망을 풀어 주어도 반드시 남은 원망이 뒤를 따르는 법이다). —《노자(老子)》
- 입으로만 은혜롭고 실제가 따르지 않으면 원망으로 인한 재앙이 몸에 미치게 된다(口惠而實不至 怨災及其身). —《예기》
- 치세(治世)의 음은 편안하고도 즐겁다. 이는 그 정치가 화평한 때문이다. 난세(亂世)의 음은 원망해서 분노에 차 있다. 그 정치가 도리에 어긋나기 때문이다. 망국(亡國)의 음은 슬퍼해서 시름에 잠겨 있다. 온 백성이 곤궁한 때문이다. 그러므로 성음(聲音)의 길은 정치와 통하는 것이다. —《예기》 악기편

- 인을 구하려고 하여 인을 얻었으니, 무슨 원한이 있겠는가{求仁得仁 又何怨乎 : 백이와 숙제는 수양산에서 굶어 죽었다고 하지만, 그들은 자기가 믿는 인도(仁道)를 구해서 그 인도(仁道)를 다했으니 무엇을 원망하겠는가. 공자의 말이다}. — 공자
- 하늘을 원망하지 않고, 다른 사람을 탓하지 않는다(不怨天不尤人). — 《논어》 헌문
- 가난하며 원망하지 않기 어렵고, 부자이면서 교만하지 않기 또한 쉬운 일이 아니다(貧而無怨難 富而無驕易). — 《논어》 헌문
- 오직 여자와 소인은 다루기 어려우니 가까이 하면 교만하고 멀리하면 원망한다(唯女子與小人 爲難養也 近之則不孫 遠之則怨). — 《논어》 양화
- 이익을 위해서 행동하면 원망이 많다(放於利而行多怨). — 《논어》
- 부모가 사랑하면 기뻐하며 잊지 말고, 부모가 미워하면 두려워하며 원망하지 말고, 부모가 잘못이 있으면 간하여 거역하지 말라(父母愛之 喜而勿忘 父母惡之 懼而無怨 父母有過 諫而不逆). — 증자
- 자기를 아는 사람은 남을 원망하지 않고, 천명을 아는 사람은 하늘을 원망하지 않는다. 남을 원망하는 사람은 곤궁하고 하늘을 원망하는 사람은 포부가 없다(自知者不怨人 知命者不怨天 怨人者窮 怨天者無志). — 《순자(荀子)》
- 사랑은 미움의 시작이요, 은덕은 원망의 바탕이다(사랑과 은덕이 부족하다고 느껴질 때에는 상대를 원망하게 된다). — 《순자》

- 원망을 막는 것은 마치 물을 막는 것과 같아서 물을 크게 따돌리면 반드시 상하는 사람이 많을 것이니, 이렇게 되면 능히 구원할 수가 없게 된다. 때문에 물을 조금만 따돌려서 순리로 인도하느니만 못하다 했다. —《공자가어》
- 명성을 좋아하는 자에게는 반드시 원망이 많고, 주기를 좋아하는 자는 반드시 취하는 것도 많다(喜名者必多怨 好與者必多取). —《한시외전(韓詩外傳)》
- 어진 자는 경솔히 절교하지 않고, 지혜로운 자는 경솔히 남을 원망하지 않는다(仁不輕絶 知不輕怨). —《전국책》
- 부(富)를 많이 가지는 것은 뭇사람의 원망이 된다(富者衆之怨). —《십팔사략》
- 비가 그친 뒤에는 우산을 들 필요 없고, 원망한 뒤에는 은혜를 베풀 필요가 없다(雨後傘不須支 怨後恩不須施). — 여곤(呂坤)
- 쇠망한 후에 받는 원망과 죄악은 모두 흥성할 때 빚어 놓은 것이다(衰後寃孼都是盛時作的). — 여곤
- 원망으로써 원망을 갚으면 마침내 원망은 쉬지 않는다. 오직 참음으로써 원망은 쉬나니, 이 법은 영원히 변하지 않는다. —《법구경》
- 남의 작은 허물을 꾸짖지 말고, 남의 비밀을 드러내지 말며, 남의 과거를 염두에 두지 말라(不責人小過 不發人陰私 不念人舊惡). —《채근담》
- 입은 은혜는 비록 깊을지라도 갚지 않고, 원망은 얕을지라도 이를 갚으려 한다. 남의 나쁜 평판을 들으면 비록 명백하지 않아도 믿으려 들고, 좋은 평판은 사실이 뚜렷한데도 믿으려 하지

않고 또한 의심하나니, 이는 각박하고 경박함이 가장 심함이라, 마땅히 간절히 경계할 일이다. —《채근담》

- 세상을 살아가면서 꼭 성공만을 바라지 말라. 그르침이 없으면 그것이 바로 성공이다. 남에게 베풀더라도 그 은덕에 감격해 하기를 바라지 말라. 원망만 없다면 그것이 바로 은덕이다(處世不必邀功 無過便是功 與人不求感德 無怨便是德). —《채근담》
- 내가 남에게 공(功)이 있거든 그것에 보수 있기를 바라지 말고, 허물이 있거든 그것을 갚도록 생각하라. 누가 나에게 은혜를 베풀거든 그것을 잊지 말고, 원망이 있거든 그것은 잊어버려라. 항상 자기를 다스림에 있어 엄격하고 남을 대함에는 관대해야 한다는 말이다. —《채근담》
- 일이 뜻대로 되지 않을 때는 나보다 못한 사람을 생각하라. 원망하고 탓하는 마음이 절로 꺼지리라. 마음이 게을러지거든 나보다 나은 사람을 생각하라. 정신이 절로 분발하리라. —《채근담》
- 세상에 처함에는 반드시 공(功)만을 찾지 말라. 허물없는 것이 곧 공이로다. 사람에게 베풀되 그 덕에 감동할 것을 바라지 말라, 원망 듣지 않음이 곧 덕이로다. —《채근담》
- 스스로 즐길 줄 모르는 사람은 종종 남을 원망한다. — 이솝
- 사랑 · 원망 · 삶 · 죽음 · 충실 · 배반과 같은 그 모든 멋있는 말에는 각각 반대되는 내용과 여러 가지 애매한 뉘앙스가 내포되어 있다. 말은 우리의 풍부한 경험을 표현할 수 없게 되어서, 가령 버스 안에서 들리는 가장 단순한 한 토막의 이야기도 절벽에 맞부딪치는 말처럼 울릴 따름이다. — 도리스 레싱

■ 어쨌든 사람의 마음에서 희망을 절멸하지 않으면 안 된다. 분노의 폭발도 없고, 하늘을 원망하는 일도 없는 평화로운 절망이야말로 지혜 바로 그것이다. — A. V. 비니

■ 새로운 은혜를 베풀어서 그것으로 인하여 옛날의 원망을 잊어버리게 할 수 있다는 생각은 큰 착오다. — 마키아벨리

■ 생리적으로 애정은 강하고 미움은 약하다. 당신이 남에게 원망의 감정을 품고 있다면 당신의 피는 매우 나쁜 상태에 있는 것이다. 당신은 음식 맛조차도 잃을 것이다. 당신의 건강을 위해서라도 남을 원망하는 감정에 오래 머물러 있지 말아야 한다. 원활한 혈액순환, 신선한 공기, 적당한 온도, 이것들은 모두 사랑의 표현인 것이다. — 르네 데카르트

■ 죽을 때까지 남의 원망을 사고 싶은 사람은 남을 신랄하게 비평하는 것을 일삼기만 하면 된다. 그 비평이 정당한 것이면 정당한 것일수록 효과적이다. — 데일 카네기

■ 하늘이 만물을 낳으실 때 제각기 제한된 분수가 있으니 그 누구에게 원망하리오. — 박지원

■ 한 여자가 원망을 품는 것도 하늘은 방심하지 않는 법이다. — 허균

■ 어떤 어려운 일을 당하여도 하늘을 원망하지 말고, 남을 탓하지 말라(不怨天 不尤人). — 안중근

■ 남자가 까닭 없이 근심하고 탄식하는 소리를 내고, 부인이 까닭 없이 원망하고 한탄하는 말을 하면 가히 그 집안의 법도가 허물어져 어지러워짐을 보게 되고, 또한 그 집안의 운수가 쇠약하고 망하는 것을 점칠 수 있다. — 이덕무(李德懋)

■ 사마천은 『소아(小牙)는 원망하고 비방하면서도 문란하지 않다.』라 하고, 맹자는, 『어버이의 과실이 큰데도 원망하지 않는다면 이는 더욱 소원해지는 것이다.』했으니 원망이란 것은 성인(聖人)이 긍정하는 바이며, 충신과 효자가 스스로 그 충정(衷情)을 통하는 것이다. 원망의 설(說)을 아는 사람에게야 비로소 충효(忠孝)의 정(情)을 말할 수 있는 것이다. — 정약용

■ 하늘이 만물을 낳으실 때 제각기 제한된 분수가 있으니 그 누구에게 원망하리오. — 박지원

【속담 · 격언】

■ 수레 위에서 이를 간다. (이미 때가 늦은 뒤에 원망한들 소용이 없다) — 한국

■ 장마 도깨비 여울 건너가는 소리 한다. (입 속으로 원망하여 중얼거리는 말소리가 분명치 않음) — 한국

■ 눈먼 탓이나 하지, 개천 나무래 무엇 하나. (자기의 부족함은 생각지 않고 남을 원망함을 보고 이르는 말) — 한국

■ 저팔계가 거울을 보지만, (거울) 안이나 밖에 사람 모습은 아니다. (이쪽저쪽에서 원망을 사다) — 중국

■ 병이 없다면 몸이 마른 것을 걱정하지 말고, 몸이 편안하다면 가난을 원망하지 말라. — 중국

■ 하늘이 주유(周瑜)를 태어나게 하고서는 왜 제갈양을 이 세상에 보냈습니까? (경쟁자에 대한 원망) — 중국

■ 똥이 안 나온다고 뒷간을 원망한다. (일이 잘 안 풀리면 남을 원망한다) — 중국

- 사무친 원망이야 잊을 수 없지만, 작은 미움이야 용서해야 한다. — 중국
- 소인은 은덕을 원망으로 갚지만, 군자는 원망을 은덕으로 갚는다. — 중국
- 인(仁)은 가벼이 끊을 수 없고, 지(智)는 가벼이 원망하지 않는다. — 중국
- 남을 원망하기에 앞서 자기 자신을 원망하라. — 일본

【시 · 문장】

가을 하늘이 높다기로

정(精) 하늘을 따를소냐.
봄 바다가 깊다기로
한(恨) 바다만 못하리라.
높고 높은 정 하늘이
싫은 것만 아니지만
손이 낮아서
오르지 못하고,
깊고 깊은 한 바다가
병 될 것은 없지마는
다리가 짧아서
건너지 못한다.
손이 자라서 오를 수만 있으면
정 하늘은 높을수록 아름답고
다리가 길어서 건널 수만 있으면

한 바다는 깊을수록 묘하니라.
만일 정 하늘이 무너지고 한 바다가 마른다면
차라리 정천에 떨어지고 한해에 빠지리라.
아아, 정 하늘이 높은 줄만 알았더니
님의 이마보다는 낮다.
아아 한 바다가 깊은 줄만 알았더니
님의 무릎보다는 옅다.
손이야 낮든지 다리야 짧든지
정 하늘에 오르고 한 바다를 건너려면
님에게만 안기리라.

— 한용운 / 정천한해(情天恨海)

들꽃은 우로(雨露)에 잘도 자라고
좋은 나무도 풍상에 낙엽 지니
흥함도 쇠함도 다 자연이라
저 하늘 원망하여 그 무엇 하리.

— 탁광무(卓光茂)

애고 애고 내 팔자야.
조그만 개천을 못 건너고
이 봉변을 당하였으니
누구를 원망하며 누구를 탓하리.
내 신세를 생각하니
천지 만물을 보지 못하는지라

주야를 알랴
사시를 짐작하여 봄철이 다가온들
복사꽃 피고 배꽃이 핌을 내가 알며
가을철이 되어 온들
누런 국화와 붉은 단풍을 내 어찌 알며
부모를 내 아느냐 처자를 내 아느냐 친구 벗님을 내 아느냐.
세상천지의 일월성신과
후함과 박함과 길고 짧음을 모르고
밤중같이 지내다가 이 지경이 되었구나.
참으로 말하자면
『소경이 그르냐, 개천이 그르냐?』
소경이 그르지, 애초부터 있는 개천이 그르랴.

— 심청전

울어 피를 뱉고 뱉은 피 도로 삼켜
평생을 원한과 슬픔에 지친 작은 새
너는 너른 세상에 설움을 피로 새기러 오고
네 눈물은 수천 세월을 끊임없이 흐려 놓았다.
여기는 먼 남쪽 땅 너 쫓겨 숨은직한 외딴 곳
달빛 너무도 황홀하여 호젓한 이 새벽을
송기한 네 울음 천 길 바다 밑 고기를 놀래이고
하늘가 어린 별들 버르르 떨리겠구나.
몇 해라 이 삼경(三更)에 빙빙 도는 눈물을
씻지는 못하고 고인 그대로 흘리웠느니

서럽고 외롭고 여윈 이 몸은
퍼붓는 네 술잔에 그만 지늘꼈느니
무섬증 드는 이 새벽까지 울리는 저승의 노래
저기 성(城) 밑을 돌아나가는 죽음의 자랑찬 소리여
달빛 오히려 마음 어둘 저 흰 등 흐느껴 가신다.
오래 시들어 파리한 마음마저 가고지워라.
비탄의 넋이 붉은 마음만 낱낱 시들피느니
짙은 봄 옥 속 춘향이 아니 죽었을라디야
옛날 왕궁을 나신 나이 어린 임금이
산골에 홀로 우시다 너를 따라 가시었으니
고금도(古今島) 마주 보이는 남쪽 바닷가 한 많은 귀향길
천리 망아지 얼렁 소리 쉰 듯 멈추고
선비 여윈 얼굴 푸른 물에 띄었을 제
네 한된 울음 죽음을 호려 불렀으리라.
너 아니 울어도 이 세상 서럽고 쓰린 것을
이른 봄 수풀이 초록빛 들어 풀 내음새 그윽하고
가는 댓잎에 초승달 매달려 애틋한 밝은 어둠을
너 몹시 안타까워 포실거리며 훗훗 목메었느니
아니 울고는 하마 지고 없으리, 오! 불행의 넋이여
우거진 진달래 와직 지우는 이 삼경의 네 울음
희미한 줄 산(山)이 살풋 물러서고
조그만 시골이 흥청 깨어진다.

— 김영랑 / 두견(杜鵑)

윗자리에 있어 아랫사람을 업신여기지 않고, 아랫자리에 있어 윗사람을 당겨 잡지 않는다. 자신을 바로잡고 남에게 구하지 않으면 원망하는 마음이 없나니, 위로 하늘을 원망하지 않으며 아래로 남을 허물하지 않는다. 그러므로 군자는 평탄에 처하여 명을 기다리고, 소인은 위험에 처하여 행(幸)을 바란다. 공자는 『활쏘기는 군자의 태도와 유사한 점이 있다. 정곡(正鵠)을 맞히지 못하면 돌이켜 자신에게서 원인을 찾는다.』 고 하였다. — 《중용》

사람은 불행한 경지를 조우(遭遇)하게 되는 때에는 흔히 원천우인(怨天尤人)하게 된다. 빈자(貧者)는 부자를 원망하고, 천자(賤者)는 귀자(貴者)를 원망하고, 약자는 강자를 원망하고, 그보다도 고급적으로 자기의 불평을 누설하는 사람은 허희(噓噫), 장태식(長太息), 사회를 저주하고 친지를 원망하며, 일보를 진(進)하여서는 종(縱)으로 시대를 통매(痛罵)하느니, 그들은 일견 불우의 영웅이요, 우시(憂時)의 기골(氣骨)인 듯하다. 그러나 자기를 가난케 하는 것은 다른 부자가 아니라 자기며, 자기를 약하게 한 것은 다른 강자가 아니라 자기며, 자기를 불행케 한 것은 사회나 천지(天地)나 시대가 아니라 역시 자기다. — 한용운 / 님께서 침묵하지 아니하시면

【중국의 고사】

■ **불념구악(不念舊惡)** : 지나간 잘못을 염두에 두지 않는다는 말이다. 지나간 일을 탓하지 않는 것을 『기왕불구(旣往不咎)』라고 한다. 이 말과 약간 일맥상통하는 점이 있기는 하나 뜻은 다르다. 백이숙제(伯夷叔齊)가 지나치게 결백한 나머지 불의로 천

하를 얻은 주나라의 곡식마저 먹을 수 없다 하여 수양산에 들어가 고사리를 캐먹다가 굶주려 죽었다는 이야기는 너무나 유명하다. 그 백이에 대해 맹자가 이런 구체적인 사례를 들고 있다.

『백이는 그 임금이 아니면 섬기지 않고, 그 벗이 아니면 사귀지 않았으며, 악한 사람의 조정에 서지도 않고, 악한 사람과는 함께 말도 하지 않았다. 악한 사람의 조정에 서거나, 악한 사람과 함께 말하는 것은, 마치 예복을 이고 예모를 쓴 채 시궁창이나 숯검정 위에 앉는 것처럼 여겼다. 이러한 악한 것을 미워하는 마음을 확대시켜 시골 사람들과 같이 섰을 때, 그 사람의 갓이 비뚤어졌으면 뒤도 돌아보지 않고 가버렸다. 마치 더러운 것이라도 묻은 것처럼 생각했다. 그러니 제후들 중에 좋은 말로 그를 모시러 오는 사람이 있어도 이를 거절했다.』

이것으로 보아 백이가 얼마나 결백하고 남을 포용하는 마음이 좁았는가를 알 수 있다. 그러나 맹자는 그를 성인(聖人)이라고 했다. 다만 성인 가운데 깨끗한 사람(淸者)이라고 했다. 그런데 그 백이에게도 반대의 일면이 있었던 것이다. 그것이 바로 여기에 나오는『불념구악』이다. 《논어》 공야장편에 공자는 이렇게 말하고 있다.

『백이와 숙제는 옛 악을 생각지 않았다. 그래서 원망이 적었다(伯夷叔齊 不念舊惡 怨是用希).』 그토록 결백하고 까다로운 백이와 숙제도 지나간 날의 잘못을 염두에 두지 않았기 때문에 사람들은 그의 지나친 결백을 그다지 원망스럽게 생각지 않았다는 뜻이다. 어제 아무리 보기 흉한 짓을 한 사람이라도 오늘 좋은 모습으로 나타나면 반갑게 맞아주는 백이 숙제였기 때문에 사람들은 그들을 어려워는 했을망정 미워할 필요는 없었던 것이다.

『기왕불구』가 의식적인 노력에서 나오는 아량이라면, 이 『불념구악』은 그야말로 『명경지수(明鏡止水)』와 같은 성자의 초연한 심정에서일 것이다. 지나간 일을 놓고 콩이야 팥이야 따지는 태도도 삼가야겠지만, 한번 밉게 본 사람을 언제나 같은 눈으로 대하는 것은 더욱 삼가야 할 일이다. —《논어》 공야장편

【成句】

- 빈이무원(貧而無怨) : 가난하면서도 원망함이 없음.
- 애자지원(睚眦之怨) : 애자(睚眦)는 흘겨보다. 곧 한번 힐끗 흘겨볼 정도의 원망이라는 뜻으로, 아주 작은 원망.
- 은심원생(恩甚怨生) : 사람에게 은혜를 베푸는 것이 도를 넘치면 오히려 원망을 받는다는 뜻.
- 인유삼원(人有三怨) : 남으로부터 원망을 사는 세 가지. 곧 고작(高爵)・대관(大官)・후록(厚祿). /《열자》

그리움 *longing* 思

【어록】

- 하루만 못 봐도 3년을 못 본 듯하네(一日不見 如三秋兮).

— 《시경》 왕풍(王風)

- 사람을 떠나보낸 지 오래될수록 그 사람이 그리운 정은 점점 깊어지게 된다(去人滋久 思人滋深). — 《장자》
- 큰 효도(大孝)는 종신토록 부모를 사모하는 것이다{大孝終身慕父母 : 사람은 어려서는 부모를 사모하다가 아름다운 여자를 알게 되면 젊고 아름다운 여자를 사모하고, 처자식이 생기면 처자식을 그리워하고, 벼슬을 하면 군주를 사모하고, 군주의 신임을 얻지 못하면 마음을 태운다. 그러나 큰 효도는 종신토록 부모를 사모하여, 50세가 되어서도 부모를 사모한 사람을 나는 순(舜)에게서 보았다고 맹자는 말했다}. — 《맹자》
- 새들은 날아서 고향으로 가고, 여우는 죽으면서 제가 살던 언덕을 향한다(鳥飛返故鄕兮 狐死必首丘 : 죽을 때 태어난 언덕에 머리를 향하는 여우처럼 근본을 잊지 않음을 비유하거나, 고향

을 그리워함을 비유하여 이르는 말). — 굴원(屈原)

- 젊은이는 새 벗을 즐겨 사귀고, 늙은이는 옛 벗을 그리워한다(少年樂新知 衰莫思故友). — 한유(韓愈)
- 내 마음을 바꾸어 그대 마음이 되고 보니 비로소 그리워함이 이렇게 깊었음을 알겠네(換我心 爲你心 始知相憶深). — 《소충정(訴衷情)》
- 집식구 그리워 이른 새벽 달빛 밟고 서 있고, 동생을 그리며 한낮에도 구름 보며 잠을 잔다(思家步月淸宵立 憶弟看雲白日眠). — 두보(杜甫)
- 날마다 안 돌아오는 남편 그리다 외로운 망부석 되어 남편 그리네. 기다린 지 몇 천 년 훨씬 넘어도 기다리던 처음 모양 변함 없구나(終日望夫夫不歸 化爲孤石苦相思 望來已是幾千載 只似當時初望時). — 유우석(劉禹錫)
- 원컨대 백조라도 되어서 고향으로 날아가고 싶구나(願爲黃鵠兮歸故鄕 : 먼 이역 땅에 있는 사람의 고향에 대한 그리움). — 《고시원(古詩源)》
- 임 그리는 마음 꽃과 다투어 피지를 마라, 한 가닥 그리움은 한 줌의 재가 되리니(春心莫共花爭發 一寸相思一寸灰). — 이상은(李商隱)
- 천애지각도 끝이 있으련만, 상사의 정만은 끝이 없다(天涯地角有窮時 只有相思無盡處). — 안수(晏殊)
- 상봉은 그릴 때마다 짧고 짧아서, 한 번 만남은 한 번의 괴로움이네(相逢不似長相憶 一度相逢一度愁). — 주자지(周紫芝)
- 원류(源流)에 대한 동경……영원의 고향에 대한 거리감에 앓는

것, 그리고 그 곳으로 귀향하려는 노력, 그것이 향수다.

— 플라톤

- 우선 자태에 즐거움을 느끼지 않으면 어떤 사람이든 간에 연애는 하지 못한다. 그렇지만 다른 사람의 모습을 보고 기쁨을 느낀다고 해서 꼭 그가 연애를 하고 있다는 것은 아니다. 다만 혼자 있을 때에도 상대를 그리워하여, 그 사람이 자기 옆에 앉아 있을 때를 그리워해서 못 견디는 경우에만 연애를 하고 있는 것이다. — 아리스토텔레스
- 우리들이 쫓겨나지 않을 유일한 낙원은 그리움이다.

— 장 파울

- 『그다지 고통스럽지도 않아. 저 노랫소리가 참 아름다워……. 들린다, 들린다, 그 많은 노랫소리 가운데 어머니 목소리가 들린다. (루이 16세의 처형에 뒤이어 여덟 살의 소년으로서 왕위에 오른 루이 17세는 2년 후인 열 살에 감옥에서 병사하고 말았다. 어린 왕은 죽으면서 어머니를 몹시 그리워했다)

— 루이 17세

- 사랑이란 우리들의 혼의 가장 순수한 부분이 미지의 것에 향하여 갖는 성스러운 그리움이다. — 조르주 상드
- 사람을 만난다는 것처럼 반가운 일은 없다. 누군가를 만나고 싶은 그리움을 간직하고 살아간다면 그 사람은 행복한 사람이다. — 오화섭
- 그리움, 그건 떠나 있어야 더욱 절실해지는 법이다. — 오소백
- 그리움을 지닌다는 것은 낡은 옷자락에 배어 있는 땟자국 같은 것이 아닐는지. 아무리 빨고 헹구어도 말끔히 지워지지 않는 땟

자국. 어려서부터의 알게 모르게 몸과 마음에 배어 있는 생활의 자취들이 불현듯 그리움으로 나타날 때 그를 가리켜 향수(鄕愁)의 조각이라 할까. — 송지영

- 향수는 현실에서 멀리 떨어져 있을수록 아름답게 보인다. 먼 데서 쳐다봐야 한층 더 붉게 보이는 단풍과도 같다. — 이어령

【속담 · 격언】

- 부재(不在)는 마음을 더욱 달뜨게 한다. (만나지 못하여 더욱 간절한 마음) — 영국

【시 · 문장】

비녀는 반 쪽씩 상자는 한 쪽씩
황금 비녀 토막내고 자개 상자 나눴으니
두 마음 이처럼 굳고 변치 않는다면
천상에든 세상에든 다시 보게 되리라네
헤어질 즈음 간곡히 다시 하는 말이
두 마음 만이 아는 맹세의 말 있었으니
칠월 칠일 장생전에
인적 없는 깊은 밤 속삭이던 말
하늘을 나는 새가 되면 원컨대 비익조(比翼鳥)가 되고
땅에 나무로 나면 원컨대 연리지((連理枝)가 되겠다.
천지가 영원하다 해도 다할 때가 있겠지만
이 슬픈 사랑의 한은 끊일 때가 없으리.

釵留一股合一扇　채류일고합일선
釵擘黃金合分鈿　채벽황금합분전
但敎心似金鈿堅　단교심사금전견
天上人間會相見　천상인간회상견
臨別殷勤重寄詞　임별은근중기사
詞中有誓兩心知　사중유서량심지
七月七日長生殿　칠월칠일장생전
夜半無人私語時　야반무인사어시
在天願作比翼鳥　재천원작비익조
在地願爲連理枝　재지원위연리지
天長地久有時盡　천장지구유시진
此恨綿綿無絶期　차한면면무절기

— 백거이 / 장한가(長恨歌)

그리워라, 만날 길은 꿈길밖에 없는데
내가 님 찾아 떠났을 때 님은 나를 찾아왔네.
바라거니, 언제일까 다음날 밤 꿈에는
같이 떠나 오가는 길에서 만나기를.

— 황진이 / 상사몽

쓴 나물 데운 물이 고기도곤 맛이 있네
초옥(草屋) 좁은 줄이 긔 더욱 내 분이라
다만당 님 그린 탓으로 시름겨워 하노라.

— 정철 / 송강가사

님 그려 얻은 병을 약으로 고칠손가
한숨이야 눈물이야 오매(寤寐)에 맺혔어라
일신(一身)이 죽지 못한 전(前)은 못 잊을까 하노라.

— 이정보

마음이 어린 후(後)니 하는 일이 다 어리다
만중운산(萬重雲山)에 어느 님 오리마는
지는 잎 부는 바람에 행여 권가 하노라.

— 서경덕

넓은 벌 동쪽 끝으로
옛이야기 지즐대는 실개천이 휘돌아 나가고
얼룩빼기 황소가
해설피 금빛 게으른 울음을 우는 곳
그 곳이 차마 꿈엔들 잊힐 리야
질화로에 재가 식어지면
비인 밭에 밤바람 소리 말을 달리고
엷은 졸음에 겨운 늙으신 아버지가
짚베개를 돋아 고이시는 곳,
그 곳이 차마 꿈엔들 잊힐 리야
흙에서 자란 내 마음
파아란 하늘 빛 그리워
함부로 쏜 화살을 찾으러
풀섶 이슬에 함추름 휘적이시던 곳,

그 곳이 차마 꿈엔들 잊힐 리야
전설 바다에 춤추는 밤물결 같은
검은 귀밑머리 날리는 어린 누이와
아무렇지도 않고 예쁠 것도 없는
사철 발 벗은 아내가
따가운 햇살을 등에 지고 이삭 줍던 곳
그 곳이 차마 꿈엔들 잊힐 리야
하늘에는 성근별
알 수도 없는 모래성으로 발을 옮기고
서리 까마귀 우지짖고 지나가는 초라한 지붕
흐릿한 불빛에 돌아 앉아 도란도란거리는 곳
그 곳이 차마 꿈엔들 잊힐 리야

— 정지용 / 향수

봄가을 없이 밤마다 돋는 달도
『예전엔 미처 몰랐어요』
이렇게 사무치게 그리울 줄도
『예전엔 미처 몰랐어요』

— 김소월 / 예전엔 미처 몰랐어요

못 잊어 생각이 나겠지요.
그런 대로 한 세상 지내시구려.
사노라면 잊힐 날 있으리다.
못 잊어 생각이 나겠지요.

그런 대로 세월만 가라시구려.
못 잊어도 더러는 잊히오리다.
그러나 또 한껏 이렇지요.
그리워 살뜰히 못 잊는데
어쩌면 생각이 떠지나요.

— 김소월 / 못 잊어

먼 후일 당신이 찾으시면
그 때에 내 말이 『잊었노라』
당신이 속으로 나무리면
『무척 그리다가 잊었노라』

— 김소월 / 먼 後日

그립다고 써보니 차라리 말을 말자
그냥 긴 세월을 지났노라고만 쓰자
긴 긴 사연을 줄줄이 이어
진정 못 잊는다는 말을 말고
어쩌다 생각이 났었노라고만 쓰자
그립다고 써보니 차라리 말을 말자
그냥 긴 세월을 지났노라고만 쓰자
긴 긴 잠 못 이루는 밤이면
행여 울었다는 말을 말고 가다가
그리울 때도 있었노라고만 쓰자

— 윤동주 / 편지

5월의 낮 차(車)가
배추꽃이 노오란 마을을 지나면
문득
싱아를 캐던 고향이 그리워
타관의 산을 보며
마음은
서쪽 하늘의 구름을 따른다.

— 노천명 / 鄕愁

사랑했던 시절의
따스한 추억과
뜨거운 그리움은
신비한 사랑의 힘에 의해
언제까지나
살아 있지 않고 남아 있게 한다.

— 그라시안이모랄레스

누나가 그리운 날이면
담 밑에 기대앉아
조용히 비눗방울 날린다.
비눗방울에 어리는
칠색 무지개
매달려 어리광부리던
누나의 치맛자락.

잡으러 따라가면
금방 소리 없이 사라지는
그리운 치맛자락.

— 강소천 / 비눗방울

그리움이란 이런 것
출렁이는 파도 속에서의 삶
그러나 시간 속에 고향은 없는 것
소망이란 이런 것
매일의 순간들이 영원과 나누는 진실한 대화
그리고 산다는 것은 이런 것
모든 시간 중에서도 가장 고독한 순간이
어제 하루를 뚫고 솟아오를 때까지
다른 시간들과는 또 다른 미소를 띠고
영원 속에서 침묵하고 마는 것

— 라이너 마리아 릴케 / 그리움이란

내 귀는 소라껍질
바다 소리를 그리워한다

— 장 콕토 / 귀

【중국의 고사】

■ **오매불망(寤寐不忘)** : 자나 깨나 잊지 못한다는 말이다. 보통 사랑하는 연인이 그리워서 잊지 못하는 경우에 많이 쓴다. 《시

경》 국풍 맨 첫 편인 관저(關雎)에 나오는 말이다.

『꽉꽉 우는 물새는 / 모래톱에 있네 / 요조한 숙녀는(窈窕淑女) / 군자의 좋은 짝이로다 / 들쭉날쭉한 마름풀을 / 이리저리 찾는구나 / 요조한 숙녀를 / 자나 깨나 구한다(寤寐求之) / 구해도 얻을 수 없으니 / 자나 깨나 생각한다(寤寐思服) / 생각하고 생각하며 / 이리 뒤척 저리 뒤척 하네(輾轉反側).』

여기서 군자는 문왕(文王)을 가리키고 숙녀는 문왕의 아내인 태사(太姒)를 가리킨다. 이 시에서 얌전하고 조용한 여자라는 뜻의 『요조숙녀(窈窕淑女)』란 말과 자나 깨나 구한다는 『오매구지(寤寐求之)』 자나 깨나 생각한다는 『오매사복(寤寐思服』 이란 성구가 나오고, 또한 『전전반측(輾轉反側)』 이란 말도 나오는데, 오매불망과 비슷한 뜻이다. 공자는 후에 이 시의 아름다움을 극찬하여, 《논어》 팔일편에서, 『즐거워하되 지나치지 않고, 슬퍼하되 몸을 해치는 데에는 이르지 않는 것이다(樂而不淫 哀而不傷).』라고 하였다. —《시경》 국풍(國風)

■ **수구초심(首丘初心)** : 여우가 죽을 때에 머리를 자기가 살던 굴 쪽으로 바르게 하고 죽는다는 말로, 고향을 그리워하는 마음을 비유한 것. 은나라 말기 강태공(이름은 呂尙)이 위수 가에 사냥 나왔던 창(昌)을 만나 함께 주왕을 몰아내고 주(周)나라를 세웠다. 그 공로로 영구(營丘)라는 곳에 봉해졌다가 그곳에서 죽었다. 하지만 그를 포함하여 5대손에 이르기까지 다 주나라 천자의 땅에 장사지내졌다. 이를 두고 당시 사람들은 이렇게 말했다. 『옛사람이 말하기를, 여우가 죽을 때 머리를 자기가 살던

굴 쪽으로 향하는 것은 인이라고 하였다(古之人有言曰狐死正丘首仁也).』이 말에서 유래하여 고향을 그리워하는 마음, 또는 근본을 잊지 않는 마음을 일컫는다.

— 《예기》 단궁상편(檀弓上篇)

■ **견렵심희(見獵心喜)** : 어렸을 때를 그리워하는 심정을 비유해서 이르는 말이다. 송왕조 때 정호라는 사람이 있었다. 그는 진사 시험에 급제한 뒤 높은 벼슬을 하다가 중도에 그만두고 책을 쓰기 시작하였다. 그는 어렸을 때 사냥을 몹시 즐겼는데, 벼슬을 그만두고 낙향하는 길에 고향에 들르게 되었다. 고향의 눈에 익은 풍경을 보자, 사냥을 하며 즐거웠던 젊은 시절의 달콤한 정경들이 부지중에 머리에 떠올랐다. 특히 고향 사람들이 사냥하는 모습을 보고는 그들 속에 뛰어들어 함께 사냥하고 싶은 충동을 억제할 수 없었다(在罔野間見狹獵者 不覺有喜心)고 한다. 이래서 나온 성구가 『견렵심희』인데 자기가 어렸을 때 하던 일을 남이 하는 것을 보고 마음이 동하는 경우를 이르는 말이다.

— 《이정전서(二程全書)》

■ **전전반측(輾轉反側)** : 누워서 이리저리 뒤척거리며 잠을 못 이룬다는 말로, 임 그리며 잠이 오지 않는 모양을 이르는 말이다. 전(輾)은 반쯤 돌아 몸을 모로 세우는 것을 말하고 전(轉)은 뒹군다는 뜻이다. 반(反)은 뒤집는다는 뜻이고, 측(側)은 옆으로 세운다는 뜻이다. 결국 전전과 반측은 동사와 형용동사가 겹쳐져 같은 뜻을 나타내고 있는 것이다. 원래 이 말은 착하고 아름다

운 여인을 그리워하며 잠을 이루지 못하는 것을 묘사한 것이었는데, 지금은 걱정과 많은 생각으로 잠을 이루지 못하는 모든 경우에 다 같이 쓰이고 있다.

실상 이성관계로 쓰이는 경우는 적다. 이것은 위 『오매불망(寤寐不忘)』에서 소개한 《시경》 맨 첫 편인 관저(關雎)에 나오는 말이다. 이 시는 남녀의 순수한 애정을 노래한 것이라 하여 높이 평가되고 있는 시다. 과거 같으면 남녀가 마음껏 서로 만나 즐길 수 있었던 것을 문왕(文王)의 교화(敎化)를 입어 처녀들이 다 정숙해졌기 때문에 남자들이 함부로 유혹하지 못하는 데서 나온 시라고 해서 이를 정풍(正風)이라고 한다.

그래서 관저의 시를 평하여 공자는, 『관저는 즐거우면서도 음탕하지 않고 슬퍼도 마음을 상하지 않는다.』 고 했다. 결국 이성을 그리워하며 잠을 이루지 못하는 것은 당연하다는 뜻이다. 물론 총각과 처녀의 순수한 결합을 위한 욕망이 바탕이 되었을 경우다. — 《시경》 관저

【成句】

- 간운보월(看雲步月) : 객지에서 집 생각을 하고 달밤에 멀리 구름을 바라보며 거닒. / 《후한서》
- 대마의북풍(代馬依北風) : 북방의 대군에서 난 말은 북풍에 귀를 기울여 제 고장을 그리워한다. 대마(代馬)는 중국의 대군(代郡)에서 나던 명마. / 《염철론(鹽鐵論)》
- 상사일념(相思一念) : 오직 임 그리는 마음.
- 백운고비(白雲孤飛) : 흰 구름이 외롭게 떠다닌다는 뜻으로, 멀

리 떠나온 자식이 어버이를 그리워함의 비유. / 《당서》

- 구수(丘首) : 근본을 잊지 않음을 비유. 여우는 평생 구릉(丘陵)에 살아 죽을 임시에 머리를 바르게 하여 언덕으로 향하는 것은 그 근본을 잊지 아니하는 까닭이요, 근본에 위반하고 처음을 잊는 것은 인자의 마음이 아님을 비유함. / 《후한서》
- 월조소남지(越鳥巢南枝) : 월나라 새가 남쪽 가지에 깃든다 함이니, 고향을 잊을 수 없음을 이르는 말.
- 강수삼천리(江水三千里) : 양자강(楊子江)은 삼천리의 먼 거리를 흐른다는 말로, 여행 중 멀리 있는 자기 집을 생각하며 그리워하는 뜻으로 씀.
- 일단상사(一但相思) : 오직 한 가지 그리워 생각하는 것.

매력 *charm* 魅力
(호감)

【어록】

- 예의에는 매력도 있고 이익도 있다. — 에우리피데스
- 남자를 매혹시키는 것은 미모가 아니라 기품이다. — 에우리피데스
- 소녀의 마음에 있는 소중한 것은 자신의 아름다움과 매력이다. — 오비디우스
- 너를 유혹한 것은 높은 지위와 명성, 너의 마음을 매혹한 것은 주권(主權)이다. — 제임스 조이스
- 매력은 눈을 자극하지만 장점은 영혼을 얻는다. — 알렉산더 포프
- 매력은 사람의 눈을 놀라게 하지만, 재능(才能)은 사람의 마음을 사로잡는다. — 알렉산더 포프
- 사랑이 없는 아름다움은 먹이가 없는 낚싯바늘이다. — 랠프 에머슨

■ 우아는 미모와 달라 무지러질 수 없다. — 장 자크 루소

■ 나는 누구보다도 햇볕에 그을린 피부다. 창백한 피부를 지닌 무리는 경계하는 것이 좋다. — 몽테를랑

■ 널리 호감을 사면 살수록 깊은 호감은 못 사는 법이다. — 스탕달

■ 사랑이 생길 때까지 미모는 간판으로서 필요하다. — 스탕달

■ 바라는 대로의 행복을 얻지 못한 과거를 부정하고, 자기를 위해 그것을 바꾸어 가고자 하는 희망이야말로 갱생(更生)한 인간이 갖는 매력이다. — 앙드레 모루아

■ 여자의 허영심—그것은 여성을 매력적으로 하는 신의 선물이다. — 벤저민 디즈레일리

■ 인생에는 참된 매력이라고는 하나밖에 없다. 그것은 도박의 매력이다. 그러나 만일 우리가 지든 이기든 태연하다면 어떨까? — 보들레르

■ 정말 매력 있는 인간은—무엇이든지 아는 인간과 아무것도 모르는 인간이다. — 오스카 와일드

■ 과거라는 매력은 그것이 과거라는 점이다. — 오스카 와일드

■ 매력이란 미묘한 센스 있는 남자라면 누구나 빠지고 싶은 함정이다. — 오스카 와일드

■ 청춘은 이유도 없이 웃는 법이다. 그것이 청춘의 가장 중요한 매력의 하나다. — 오스카 와일드

■ 사랑이 충족되면 그 매력은 모두 사라진다. — 피에르 코르네유

■ 매력은 여인들에게 있어서 불가결한 것이다. 매력이란 것은, 힘

이 남자의 매력인 것처럼 여자의 힘이다. — 할란 엘리슨

■ 여성의 매력을 위협하는 것은 미(美)의 크나큰 파괴자인 연령이다. — 임마누엘 칸트

■ 매력과 유혹은 다르다. 어떤 일을 결정할 때, 둘 중의 무엇 때문에 마음이 움직였느냐에 따라 결과는 전혀 달라진다. 매력에 이끌려 선택했다면 성취감과 일체감을 얻을 수 있지만 유혹에 이끌려 어떤 일을 결정하면, 결국 후회와 뒤죽박죽이 된 현실에 부딪히게 된다. 당신은 『예』 라는 대답에 진심을 담고 있어야 한다. 만약 당신이 그럴 마음이 없다면 『아니오』 라고 해야 한다. — 토머스 레오나

■ 어차피 여자의 매력은 절반이 속임수다. — 윌리엄 윌리엄스

■ 꽃의 매력 가운데 하나는 그에게 있는 아름다운 침묵이다. — 헨리 소로

■ 여자를 아름답게 만드는 것은 신이요, 여자를 매혹적으로 만드는 것은 악마다. — 빅토르 위고

■ 공포의 매력에 취한 자는 강한 자뿐! — 보들레르

■ 남에게 호감을 받는 유일한 방법은 기르는 짐승 중에서도 가장 어리석은 것의 가죽을 둘러쓰는 것이다. — 조반니 그라시

■ 매력이란, 오랑캐꽃은 가지고 있고 동백꽃은 가지고 있지 않는 것이다. — M. 크로포드

■ 위험의 매력은 모든 격렬한 정열의 터전이다. — 아나톨 프랑스

■ 사람의 호감을 사기 위해서는 상대의 관심의 소재를 파악하야 그것을 화제로 삼는 것이다. — 앤드루 카네기

- 안타까운 것은 매력은 천재의 체질과 같아서 단명한다.

— 이동주(李東柱)

- 지성인이 매력을 유지하는 길은 정서를 퇴색시키지 않고 늘 새로운 지식을 탐구하며 인격의 도야를 늦추지 않는 데 있다고 생각한다. — 피천득
- 부부는 서로 매력을 잃어서는 아니 된다. — 피천득

【속담 · 격언】

- 눈에 들다. (마음에 들다) — 한국
- 멋에 치어 중 서방질한다. — 한국
- 멀리 떨어져서 보면 매력적이다. — 영국

【시 · 문장】

금빛 찬란한 불꽃으로 너는 인생을
둘둘 말았느니라. 마음으로 웃으면서.

— S. 판트 / 매혹하는 이

감정 *emotion* 感情

【어록】

- 젊을 때에는 혈기가 왕성하여 이성(理性)으로서는 감정의 억제가 대단히 어려운 일이다. 특히 남녀 간의 색욕에 대해서는 특별히 자숙하지 않으면 안 되는 것이다(少之時 血氣未定 戒之在色).
  — 《논어》 계씨
- 희로애락이 아직 일어나지 않은 정신상태를 『중(中)』이라 한다. 희로애락이 일어났을 때, 당연한 절도(節度)에 부딪친다. 이것을 『화(和)』라고 한다.
  — 《중용》
- 급하면 하늘을 부르고, 아프면 아버지 어머니를 부르는 것은 인간의 진실한 감정이다(因急而呼天 疾痛而呼父母者 人之至情也).
  — 소철(蘇轍)
- 사람의 감정은 덕에 감복하지만, 힘에는 불복한다(人之情 心服於德不服於力).
  — 《문자(文子)》
- 글이 화려해도 진지한 감정이 없으면, 맛만 보아도 역겹게 느껴진다(繁采寡情 味之必厭).
  — 《문심조룡(文心雕龍)》

■ 감정은 글에서 날과 같고, 언어는 도리에서 씨와 같다. 날이 바른 다음에야 씨가 서게 되고, 도리가 정해진 다음에야 언어가 순통하게 된다. 이것이 글을 짓는 근본이다(情者 文之經 辭者 理之緯 經正而緯成 理定而後辭暢 此立文之本源程序也).

—《문심조룡》

■ 감정에 격하여 몸을 버리기는 쉽지만, 침착하게 의로움으로 나아가기는 어렵다(感慨殺身者易 從容就義者難).

—《근사록(近思錄)》

■ 사람의 감정 중에서 가장 일어나기 쉽고 억제하기 어려운 것이 노여움이다. 이 노여움을 없애고 외물(外物)을 대하지 않으면 바른 처치를 할 수가 없다(人之情 易發而難制者 惟怒爲甚).

—《근사록》

■ 남을 꾸짖을 때는 허물 있는 중에서 허물 없음을 찾아내라. 그러면 감정이 평온해질 것이다(責人者 原無過於有過之中 則情平).

—《채근담》

■ 인간이 그 감정을 지배하고 억제하는 무력함, 이것을 나는 노예상태라 부른다. 감정대로 좌우되는 인간은 스스로의 주인이 될 수 없기 때문이다. 그리고 우연의 힘대로 지배되기 때문이다.

— 스피노자

■ 공상은 감정을 닮았지만, 감정과는 정반대이다. — 파스칼

■ 감정은 이성이 알 수 없는 행동원리가 있다. — 파스칼

■ 기억과 희열(喜悅)은 감정이다. 또한 기하학의 명제조차도 감정이 된다. 왜냐하면 이성은 감정을 자연스럽게 만들어 주고 자연의 감정은 이성에 의해 소멸되어 버리기 때문이다. (여기서 감

정은 직관으로, 이성은 교육으로 해석하고 있다.) — 파스칼

- 세상이 원하는 것은 감정이 아니라 예의(禮儀)다. — 괴테
- 남자의 온갖 이론도 여자의 한 가지 감정에는 이길 수가 없다. — 볼테르
- 성격은 우리들의 관념과 감정으로 되어 있다. 아주 분명한 일이지만, 감정이나 관념은 우리의 의지에 의하는 것은 아니다. 만일 성격이 우리의 의지에 의한 것이라면 완전하지 않은 것이 없을 것이다. — 볼테르
- 희로애락의 격렬함은 그 감정과 함께 실행력까지도 멸망케 한다. 기쁨에 빠지는 자는 슬픔에도 빠지는 것이 그 버릇, 자칫하면 슬픔이 기뻐하고, 기쁨이 슬퍼한다. — 셰익스피어
- 인간은 행동을 약속할 수는 있지만 감정을 약속할 수는 없다. 확실히 감정은 변덕이기 때문이다. — 프리드리히 니체
- 행복이란 무엇인가—권력이 성장하고 있다는 감정—저항이 극복되었다는 감정이다. — 프리드리히 니체
- 없는 감정을 가장(假裝)하기보다는 있는 감정을 위장(僞裝)하기가 더 어렵다. — 라로슈푸코
- 인간의 감정의 4분의 3은 어린아이같이 유치하다. 게다가 그 나머지 4분의 1도 역시 유치하다. — 로맹 롤랑
- 인간을 만드는 것이 이성(理性)이라면, 인간을 인도하는 것은 감정이다. — 장 자크 루소
- 말이란 것이 감정의 면을 떠났다면 그것은 무의미한 것에 지나지 않는다. — 존 스타인벡
- 감정은 절대적인 것이다. 그 중에도 질투는 가장 절대적인 감

정이다. — 도스토예프스키

■ 지식은 감정보다 소중하고 삶의 지식은 삶보다 소중하다.
— 도스토예프스키

■ 시란 감정의 해방이 아니라 감정으로부터의 탈출이며, 인격의 표현이 아니라 인격으로부터의 탈출이다. — T. S. 엘리엇

■ 증오는 가슴에서 나오고, 경멸은 머리에서 나온다. 어느 감정도 완전히 우리의 통제 하에 있지 않다. — 쇼펜하우어

■ 남녀 사이의 우정에 있어 그것이 본원적인 감정이란 불가능하다. — D. H. 로렌스

■ 남녀 사이의 애정에는 반드시 사랑의 감정이 그 정점에 도달하는 한 순간이 있다. 그 순간의 애정에는 의식적인 것, 비판적인 것이 모두 자취를 감추어 버리며, 심지어 육욕적(肉慾的)인 감정조차도 어디론지 사라지고 만다. — 레프 톨스토이

■ 원래 겉치장이나 허영심이라는 것은 진정한 슬픔과는 전혀 다른 감정이지만, 그와 동시에 그 감정은 인간의 본성에 깊이 파고들고 있으므로 매우 통절한 비애(悲哀)일지라도 이 감정을 쫓아내기는 참으로 힘든 것이다. — 레프 톨스토이

■ 예술은 기예(技藝)가 아니라, 그것은 예술가가 체험한 감정의 전달이다. — 레프 톨스토이

■ 우리가 여론이라 부르는 것은 보통 대중의 감정이다.
— 벤저민 디즈레일리

■ 행불행을 결정하는 것은 생활 상황에 결부된 감정이지만, 그러한 감정은 임의적인 것도, 암시에 의해 생기거나 사라지는 것도 아니며 상황 그 자체의 근본적 변화에 의해서만 바뀔 수 있다.

그것을 바꾸려면 우선 그것을 알아야만 한다. — 시몬 베유

- 감정에는 모두 자기만이 체험하는 감정인 양 느끼게 하는 독특한 면이 있다. — 장 파울
- 이성은 우리에게 무엇을 피해야 할 것인지 주의를 해주지만, 감정은 우리에게 『무엇을 하면 좋은지』를 가르쳐 준다. — 조제프 주베르
- 가장 깊은 감정이란 항상 침묵 가운데 있다. — 토머스 무어
- 웅변은 심령을, 노래는 감정을 위로한다. — 존 밀턴
- 정서(情緖)는 모두를 의식하게 되는 주요 원천이다. 정서 없이는 어둠에서 밝은 데로, 냉담(冷淡)에서 감동으로 전환될 수 없다. — 카를 융
- 말이란 것이 감정의 면을 떠났다면 그것은 무의미한 것에 지나지 않는다. — 존 스타인벡
- 인생의 비밀은 자기 자신을 속이는 감정을 절대로 갖지 않는다. — 오스카 와일드
- 감정의 장점은 우리를 미혹으로 이끄는 것이고, 과학의 장점은 그것이 감정적이 아니라는 점에 있다. — 오스카 와일드
- 감정은 깊이 가라앉아 있다. 표면에 뜨는 말(言)은, 분노가 감추어져 있는 장소를 가리키는 부표(浮標)인 것이다. — 헨리 롱펠로
- 감동은 무한한지 모른다. 우리가 감동을 표현하면 할수록 우리는 표현해야 할 것이 더 많아진다. — 에드워드 포스터
- 감정은 여성의 정신 속에 몰래 들어오는 모든 것의 길이다. — 폴 부르제

■ 질투는 모든 감정에서 가장 지속적인 것이다. 질투에 대해서는 휴일이 없다. 질투는 또한 가장 사악, 비열한 감정이다. 그래서 이 감정은 악마의 속성으로 되어 있고 악마는 밤에 보리밭 사이에 가라지 씨를 몰래 뿌리는 질투라고 불린다. 질투는 항상 교활하게 어둠 속을 돌아다니고, 보리 같은 선량한 물건을 해치는 작용을 하기 때문이다. — 프랜시스 베이컨

■ 문학은 주로 감정의 여러 상태를 표현하는 것이다. 나는 문학이 그런 상태의 통제라고 말하고 싶다. 그러나 감정은 모든 미적(美的) 형태의 근본 사물이라 하겠으니 지적 형태라 할지라도 감정적으로 파악되기 전까지는 예술로서의 가치를 가질 수 없기 때문이다. — 허버트 리드

■ 지성에 관해서나 일할 때는 성인이 되고, 감정과 욕망에 있어서는 아이가 되어 버린다. — 올더스 헉슬리

■ 유머란 평온 속에서 떠올린 감정의 혼돈이다. — 제임스 터버

■ 감정은 때로 정신의 왜곡에서 온다. 정신이 때로 감정의 투영이 아니라고 한다면 한결 부드러운 것이 될 것이다. — 샤르도네

■ 사람은 흔히 큰 불행에 대해서는 체념을 하지만, 사소한 기분 나쁜 일에 대해서는 오히려 감정을 추스르지 못한다. 그러므로 우리가 마음의 준비를 갖추어야 할 것은 큰 불행보다는 사소한 일에 있다. 사소한 기분 나쁜 일들은 하루에도 몇 번씩 맞부딪치며, 또한 그 사소한 일들이 빌미가 되어 큰 불행으로 발전하는 일이 적지 않기 때문이다. 감정이란 그릇이 기울면 엎질러지는 물과 같아서 늘 조심성 있게 다뤄야 한다. 일단 기울면, 평화

와 조화가 파괴되는 것을 염두에 두고 기울기 쉬운 순간에 억제해야 한다. — 알랭

- 남자는 늙어 감에 따라 감정이 나이를 먹고, 여자는 늙어 감에 따라 얼굴이 나이를 먹는다. — C. 콜린스
- 감정은 인생항로의 반주자, 마찬가지로 감정은 작품 이해의 반주자. — 비트겐슈타인
- 이론이라는 것은 표현과 표정의 움직임을 감정에다 연결시켜 보는 시도에 불과하다. — 비트겐슈타인
- 예술이 『감정을 낳는 데』 도움이 된다면, 예술을 감각적으로 지각한다는 것도 태어난 감정 속에 포함되어 있는 것일까. — 비트겐슈타인
- 웃음과 눈물은 같은 감정의 바퀴를 돌리게 되어 있다. 그러나 하나는 풍력을 사용하고, 또 하나는 수력을 사용하는 데 지나지 않는다. — 올리버 홈스
- 음악은 감정이며 음향이 아니다. — 로버트 스티븐슨
- 인간의 지성은 감정이란 불을 사용하여 그 욕망의 목표달성을 어렵고 힘들게 하는 것들을 녹일 수 있도록 인내와 지혜와 통찰력을 가지고 바삐 움직여야 한다. — R. 타고르
- 우리는 우리의 생활과 노력에 있어서 한 부분은 감정을 위해서, 또 한 부분은 실천을 위해서 따로 떼어 놓는 버릇을 갖고 있었다. — R. 타고르
- 감정이란 그 자체가 불같아서 그 연료를 소모할 뿐 재를 남기지는 않는다. 그것은 창의력이 없다. — R. 타고르
- 노한 감정에 내맡기는 것은 일종의 방종이다. — R. 타고르

■ 사상은 어떠한 웅변보다도 깊고, 감정은 어떠한 사상보다도 짙다. — C. P. 크란치

■ 감정은 비이성적입니다. 거기에는 감정이 좋아하는지 안 좋아하는지가 맨 처음 다가옵니다. 우리는 자연스럽게, 예술이란 과학과는 대조적으로 감정의 오솔길을 따라간다고 생각해 왔습니다. — N. 프라이

■ 시란 힘찬 감정의 발로이며, 고요함 속에서 회상되는 정서에 그 기원을 둔다. — W. 워즈워스

■ 시는 사람이 생각하는 것처럼 감정은 아니다. 시가 만일 감정이라면 나이 젊어서 이미 남아돌아갈 만큼 가지고 있지 않아서는 안 된다. 시는 정말로 경험인 것이다. — 라이너 마리아 릴케

■ 행동은 감정을 따르는 것처럼 생각되지만, 실제로 행동과 감정은 동시에 움직인다. 의지에 의한 직접적인 지배하에 있는 행동을 규율함으로써 우리는 의사(意思)의 직접적 지배하에 있는 감정을 간접적으로 규율할 수 있다. — 윌리엄 제임스

■ 우리는 자기 자신 속에서 일어나는 순수한 감정과, 그리고 자기 자신은 그렇게 믿고 있다 하더라도 사실은 자기 자신의 것이 아닌 가짜 감정과를 구별해야 한다. — 에리히 프롬

■ 사람은 자라나면서 자율적이고 진정한 욕망과 관심, 의지를 포기하고, 자발적이 아닌, 감정과 사고의 사회적 유형에 의해 첨삭된 의지와 욕망과 감정을 취하도록 강요된다.

— 에리히 프롬

■ 혀가 감정을 건드리고 귀가 매를 맞는다. — 벤저민 프랭클린

■ 자연은 여성을 원리보다는 감정에 좇아 행동하도록 만들었다.

— 리히텐베르크

■ 사단(四端)의 정(情)과 칠정(七情)의 정(情)을 고금의 학자들이 뒤섞어 놓아서 분변하기가 어렵게 되었다. 측은(惻隱)과 수오(羞惡) 같은 것은 성(性)이 발(發)하여 순수하게 착한 것이고(四端), 색(色)을 좋아하고 맛(味)을 즐기는 등의 일은 이(理)와 기(氣)가 아울러 발(發)하여 합한 것이므로 착한 것도 있고 악한 것도 있으니 칠정이 이것이다. — 이항

■ 감정은 어떤 포즈, 그 포즈의 원소(元素)만을 지적하는 것이 아닌지 모르겠소. 그 포즈가 부동자세에까지 고도화할 때 감정은 막 공급을 중지합니다. — 이상

■ 기쁨이란 얻었을 때의 감정이요, 슬픔이란 잃었을 때의 감정이다. — 윤오영

■ 사랑의 감정이 절대적인 것과 같이 증오의 감정이 때때로 절대적인 경우도 있다. — 이효석

■ 감정이 얼어붙는다는 것은 인간이 얼어붙는다는 것입니다. 감정은 인간이 세계와 교역을 하는 창(窓)입니다. 그 창문에 서리가 쳐서 흐려진다는 것은 바깥세계, 바꾸어 말하면 의식세계와 담을 쌓는다는 것입니다. 의식세계가 인간적 세계라면 그 담 안은 인간적 세계가 못 되는 것입니다. — 장용학

■ 진실로 다채하고 착종(錯綜)하고 심각한 인간의 희·노·애·락의 양상과 문제는, 오직 인간 자신의 책임 속에서 빚어지는 것인 동시에, 어느 누구의 재량에서가 아니라 인간 자신의 손으로써만 해결될 것이니, 이 일은 끝내 인간의 고독한 영광이며 죄스러운 희망이 아닐 수 없는 것이다. — 유치환

- 어릴 때의 예민하던 감정—그것은 덜 익은 인간의 감정이 아니요, 순수하고 때 묻지 않은 귀한 것이었다. 그러했기에 어릴 때의 마음은 영원히 간직하고 싶은 아름다움을 가진다.
  — 이원수
- 고향을 그리워하는 감정은 고향을 떠나 있을 때이며, 애틋한 연정 속에서 괴로워하는 사랑에의 감상(感傷)은 애인과 헤어졌거나 그 사랑이 불가능했을 때이다. 욕망과 감정은 내가 그것을 지니고 있지 않을 경우 절실해진다. 일단 그것을 소유하고 나면 욕망도 감정도 아침의 별처럼 사라진다. — 미상

【속담 · 격언】

- 감정은 사람을 짐승으로 만들지만, 술은 더욱 나쁘게 만든다.
  — 영국
- 그는 삽을 삽이라고 말한다. (고지식한 사람의 융통성을 아쉬워하는 말) — 영국
- 사람 각각, 마음 각각. — 라틴어 속담

【시 · 문장】

나 보기가 역겨워
가실 때에는
말없이 고이 보내 드리오리다.
영변에 약산
진달래꽃
아름 따다 가실 길에 뿌리오리다.

가시는 걸음걸음
놓인 그 꽃을
사뿐히 즈려밟고 가시옵소서.
나 보기가 역겨워
가실 때에는
죽어도 아니 눈물 흘리오리다.

— 김소월 / 진달래꽃

남을 증오하는 감정이 얼굴의 주름살이 되고, 남을 원망하는 마음이 고운 얼굴을 추악하게 변모시킨다. 감정은 늘 신체에 대해서 반사운동을 일으킨다. 사랑의 감정은 신체 내에 조화된 따스한 빛이 흐르게 한다. 그리고 맥박이 고르며 보통 때보다 기운차게 움직인다. 또 사랑의 감정은 위장의 활동을 도와 음식 소화를 잘 시킨다. 이와 반대로 남을 원망하고 미워하는 감정은 혈액순환을 방해하는 동시에 맥박을 급하게 하며, 위장의 운동이 정지되어 음식을 받지 않으며, 먹은 음식은 부패되기 쉽다. 그렇기 때문에 사랑의 감정은 무엇보다도 먼저 건강에 좋은 것이다.

— 르네 데카르트

눈물이 천천히 볼로 흘러 떨어진다. 그녀는 그 찰나의 감정이 기쁨이었는지 슬픔이었는지 분간하지 못했다. 아니 그녀는 그것을 영원히 판단치 못할지도 모른다. 꼭 같은 두 개의 감정—기쁨과 슬픔이 무서운 기세로 한 찰나에 물맞침을 한 것이기 때문이다. 그것은 마치 터질성을 가진 두 개의 물건이 맞장구를 칠 때와도

같았고 보니 어떤 것이 세고 약했던 것인지 분간하지 못하는 것도 무리는 아니다. — 이무영 / 三年

【중국의 고사】

■ **중오필찰중호필찰(衆惡必察衆好必察)** : 여러 사람이 어떤 사람을 미워하거나 싫어하면 대개는 미움을 받는 사람이 나쁜 줄로 알기 쉽다. 그러나 그 반대의 경우도 있다. 군자가 뭇 소인들의 미움을 받는 경우도 있고, 부지런한 사람이 게으른 사람들에게 따돌림을 당하는 경우도 있다. 그러므로 많은 사람이 다 미워한다고 그 사람이 무조건 나쁜 줄 알지 말고, 반드시 그 내용과 까닭을 살펴야 한다. 이것이 『중오필찰』의 교훈이다.

『중호필찰(衆好必察)』은 많은 사람이 좋아하더라도 무조건 상대가 훌륭한 것으로만 생각지 말고 그 좋아하는 내용과 이유가 무엇인지를 반드시 살펴야 한다는 말이다. 민주주의를 가리켜 우민주의(愚民主義)라고 하는 사람이 있다. 우리가 선거를 통해서 가끔 느낄 수 있는 득표 현상 같은 데서 이 교훈의 의미를 찾아볼 수도 있을 것 같다.

《대학》 제가장(齊家章)에는 『좋아하면서도 그 사람의 악한 것을 알고(好而知其惡), 미워하면서도 그 사람의 아름다운 것을 아는 사람은 천하에 드물다(天下鮮矣).』라고 했다. 인간은 감정과 이해에 사로잡히기 쉬운 것이므로 미워하고 좋아하는 것이 일시적인 그릇된 감정이나 비뚤어진 사리사욕 때문이 아닌지를 지도자는 항상 살피고 그 자신도 반성해 볼 일이다.

— 《논어》 위령공편

【에피소드】

■ 히틀러는 자신의 감정을 폭발점까지 둑으로 막아놓고 있다가 갑자기 울음보를 터뜨려 발작을 일으키기 일쑤였다. 또 그는 여러 달 동안 불안한 투쟁을 하는 동안에 자신의 힘이 꺾이는 듯하면 이를 추스르기 위해 여자처럼 눈물을 주룩주룩 흘렸다. 이를테면, 나치당의 분파(分派) 지도자 오토 슈트라세르가 탈당을 할까봐 밤새도록 그를 설복하려고 했을 때 그는 세 번이나 울음을 터뜨렸다. 특히 초창기에 그는 어떤 일을 추진하다가 모든 방법이 실패로 돌아갔을 때 자주 울곤 했다. — 존 건서

【成句】

■ 일빈일소(一嚬一笑) : 얼굴을 한번 찡그림과 한번 웃음. 곧 얼굴에 나타내는 감정의 움직임을 이름. /《한비자》

■ 채색부정(采色不定) : 풍채와 안색이 일정하지 않다는 뜻으로서 희로(喜怒)를 억누르지 못하고 잘 나타냄을 이름. /《장자》

■ 팔풍(八風) : 사람의 마음을 흔드는 여덟 가지 바람. 즉 利·衰·毁·譽·稱·譏·苦·樂.

정열 *passion* 情熱
(열정)

【어록】

- 냉정해진 다음에 열광했던 때를 생각해 보면 정열에 끌려 분주함의 무익함을 알 것이요, 번거로움에서 한가로움으로 들어가 보면 한중(閑中)의 재미가 가장 길다는 것을 깨달으리라.
  — 《채근담》
- 우리들의 정열은 물과 불 같은 것으로서, 좋은 심부름꾼이기는 하나 나쁜 주인이기도 하다. — 이솝
- 정열은 최초엔 타인처럼 보인다. 다음엔 나그네처럼 되고, 마침내는 일가(一家)의 주인처럼 된다. — 《탈무드》
- 정열을 위해 결혼해도 정열은 결혼보다 오래 계속되지 않는다.
  — 《탈무드》
- 이성을 사용할 줄 모르는 자는 정열을 사용하게 하라.
  — M. T. 키케로
- 당신의 정열을 지배하시오. 그렇지 않으면 정열이 당신을 지배

합니다. — 호라티우스

- 재 속 깊이 묻힌 정열의 불이 제일 사납다. — 오비디우스
- 정열은 모든 일을 졸렬하게 처리한다. — 스타티우스
- 정신적인 정열은 육욕을 추방한다. — 레오나르도 다빈치
- 격렬한 정열은 몸을 태워버린다. — 셰익스피어
- 정열은 결함과 미덕 둘 가운데 하나다. 다만 어느 쪽이든 도를 넘고 있을 뿐이다. 큰 정열은 희망이 없는 병이다. 그것을 낫게 하는 것이 도리어 그것을 아주 위험하게 한다. — 괴테
- 정열은 우리들이 거기에 대해서 명확한, 판별된 관념을 가질 때에는 정열이 아니다. — 스피노자
- 정열은 돛대를 부풀게 하는 바람이다. 그것은 때로 배를 침몰시키지만, 바람이 없으면 바다로 나가지 못한다. — 볼테르
- 정열은 나이와 함께 사라져도 자존심은 가시지 않는다. — 볼테르
- 양심은 영혼의 소리요, 정열은 육신의 소리다. — 장 자크 루소
- 대개의 프랑스인의 정열은 주정 때문에 소비된다. — 몽테스키외
- 행위의 선악은, 판단하지 않고 행동하는 것이다. 선악을 생각하지 않고 사랑하는 것이다. ……나는 너에게 열정을 가르치려 한다. — 앙드레 지드
- 지혜는 목숨을 오래 이어가게 하고, 정열은 삶을 살게 한다. — S. 샹포르
- 연애라는 것은, 진폭이 크고 정열의 파도에 좌우된다. 우정은

고요하고 안정된 흐름에 이른다. — 앙드레 모루아

- 사상의 생명은 전적으로 개인의 생명에서 나오는 것이다. 사상에 생명이 깃드는 것은 오직 정열 때문이다. — 헨리크 입센
- 정열은 냇물의 흐름과 같다. 얕으면 소리를 내고 깊으면 소리가 없다. — 월터 롤리
- 인간의 지식은 정열의 지식이다. — 벤저민 디즈레일리
- 마음을 달래는 것은 정열의 휴식이다. — 조제프 주베르
- 젊은 사람들의 정열도 노인에게 있어서는 악덕(惡德)이다. — 조제프 주베르
- 질투에는 체질이 크게 관계한다. 질투가 반드시 정열의 증거는 아니다. — 라브뤼에르
- 세계에서 정열 없이 이루어진 위대한 것은 없었다고 확신한다. — 게오르크 헤겔
- 위험의 매력은 모든 격렬한 정열의 터전이다. — 아나톨 프랑스
- 정열은 이성조차도 정복한다. — 알렉산더 포프
- 남자는 자기의 정열을 죽이고, 자신을 죽이지 않는다. 여자는 죽음을 당하는 기분으로 사랑한다. — 알프레드 뮈세
- 정열가보다도 냉담한 남자 쪽이 간단히 여자에게 홀린다. — 이반 투르게네프
- 정열은 혼의 문(門)이다. — 그라시안이모랄레스
- 연애는 생명의 고양(高揚)이요, 정열은 연애의 관(冠)이다. — 헨리 F. 아미엘
- 정열에 쫓기는 사나이는 미친 말을 타고 이리저리 날뛴다.

— 벤저민 프랭클린

■ 참된 정열이란, 아름다운 꽃과 같아서, 피어나온 땅이 보잘것없으면 그만큼 보는 눈에도 유쾌하지 않다. — 발자크

■ 정열은 보편적인 인간성이다. 정열이 없이 종교 · 역사 · 로맨스 · 예술은 가치가 없다. — 발자크

■ 정열적인 연애를 해본 일이 없는 사람에게는, 인생의 반쪽, 그것도 아름다운 쪽을 모른다. — 스탕달

■ 정열이란 인생에서의 한 우연에 지나지 않는다. 이 우연은 뛰어난 인간의 마음에서만 일어난다. — 스탕달

■ 연애는 스스로 주조된 화폐로써 지불되는 유일한 정열이다. — 스탕달

■ 연애란 얼마나 무서운 정열인가. 그럼에도 세상 거짓말쟁이들은 연애를 제법 행복의 원천인 것처럼 말하고 있다. — 스탕달

■ 칭찬은 생명이 짧은 정열이다. 길이 듦에 따라 삽시에 사라진다. — 조지프 애디슨

■ 여자는 정열을 남자와 함께 나누는 것보다도 정열을 남자로 하여금 불태우게 하는 편을 선택한다. 그녀들은 즐겨 애정 속에서 외딴집을 짓는다. — 헨리 레니에

■ 정열은 대체로 햇빛을 두려워한다. 이것만으로도 이미 충분히 위험한 것이다. 그러나 암흑 속에서 생겨 햇빛에 가까워지는 정열은 가히 파괴적이다. 그것은 곧 명예욕이요, 지배욕이다. — 하인리히 주조

■ 인간은 무한한 열정을 품고 있는 일에는 거의 성공한다. — 찰스 슈와브

- 정열이란, 관념이 최초로 발전된 것 외에 아무것도 아니다. 그것은 마음의 청춘인 것이다. — 미하일 레르몬토프
- 정열은 분별에 의해서 치유되지는 않는다. 다른 정열에 의해서 치유될 뿐이다. — 시메옹 베르뇌
- 사람은 그 마음속에 정열이 불타고 있을 때가 가장 행복하다. 정열이 식으면 퇴보하고 무위하게 되어버린다. — 라로슈푸코
- 정열은 입을 열면 반드시 남을 굴복시키고 마는 최고의 변설가(辯舌家)이다. — 라로슈푸코
- 바닷가의 모래알처럼 수없이 많은 것이 인간의 정열이어서, 어느 하나를 두고 보더라도 모두가 다른 모습을 하고 있으나, 고상한 것이건 저급한 것이건 모두가 맨 처음에는 인간에 대해 유순하지만, 나중에는 인간을 지배하는 잔인한 폭군으로 변해 버리고 만다. — N. 고골리
- 정열이 지배하는 곳에서는 이성이 얼마나 약한 것인지가 입증된다. — 존 드라이든
- 진실은, 그 반대자의 반론에서보다도 그 찬성자들의 열정에 의해서 때로 괴로워한다. — 윌리엄 펜
- 도덕심도 정열의 하나다. 도덕심이 정열이 아니라고 한다면, 다른 정열이 전부 모이고 모여 폭풍 전의 나뭇잎처럼 도덕심을 날려버릴 것이 아니겠는가. — 조지 버나드 쇼
- 열광(熱狂)은 자기 목표를 잃었을 때, 자기 노력을 배가시키는 데서 이루어진다. — 조지 산타야나
- 진정한 열정이 느껴질 때, 꼭 해야 할 말이 있을 때 정열을 다해 말하라. — D. H. 로렌스

■ 나에게 있어서 시는 목적이 아니고 정열이다.

— 에드거 앨런 포

■ 젊음이란 무엇인가? 그것은 아름다운 꿈이요, 높푸른 이상이요, 뜨거운 정열이요, 강인한 투지의 응결체다. — 김우종

■ 불붙어 다한 정열의 잔재. — 오상순

【시 · 문장】

모든 감정은 사랑으로, 정열로 이끌어질 수 있다.
증오도. 연민도, 냉담도, 존경도, 우정도, 공포도—
그리고 멸시까지도. 그렇다 감정이란 감정은 모두……
단 하나의 감사만을 빼놓고.
감사는—부채, 사람은 누구나 부채를 갚는다
그러나 사랑은—돈이 아니다

— 이반 투르게네프 / 사랑에의 길

저는 그의 것이에요, 라고 맹세하며
당신의 몸이 떨리고 한숨이 나올 때
그리고 그 역시 당신을 향한 그의
무한한, 영원한 열정을 맹세한다면-
아가씨, 이걸 알아둬
당신들 중의 하나는 거짓말을 하고 있어.

— 도로시 파커 / 불행한 우연의 일치

자연이여, 더러는 그 열정 가지고 그대를 밝히고

더러는 그대 안에 슬픔을 베푼다.
그 한쪽더러 『무덤』이라 이르는 이가
다른 쪽더러는 『생명과 광휘(光輝)』라 말한다.

— 보들레르 / 괴로움의 연금술

땅 위의 모든 종족, 사람이건 짐승이건, 대해의 고기이건, 집짐승이건, 다색채(多色彩)의 새들이건, 모두가 광열(狂熱)의 불길 속으로 달려간다.

— 베르길리우스

섹스 *sex* 色

【어록】

■ 쾌락에서 슬픔이 생기고, 쾌락에서 두려움이 생긴다. 쾌락에서 해탈할 수 있는 인간에게는 이미 슬픔도 두려움도 없다.

— 석가모니

■ 부용(婦容)은 색을 주안(主眼)으로 하지 않는다. —《예기》

■ 온갖 색깔이 사람 눈을 멀게 한다{五色令人目盲 : 온갖 색깔은 사람의 눈을 즐겁게 하지만, 그 빛깔에 너무 마음을 빼앗기게 되면 참된 눈의 구실을 잃게 된다. 오관(五官)의 욕망 중 가장 사람의 마음을 끄는 건 젊은 남녀의 색(色)이지만 이것에 빠지게 되면 장님이 된다}. —《노자》 제12장

■ 젊었을 때에는 혈기가 정해지지 않았기에 색을 삼가 해야한다{少之時 血氣未定 戒之在色 : 젊을 때에는 혈기가 왕성하여 이성(理性)으로서는 감정의 억제가 대단히 어려운 일이다. 특히 남녀 간의 색욕에 대해서는 특별히 자숙하지 않으면 안 되는 것이다}. —《논어》 계씨

■ 식욕과 성욕은 인간이 선천적으로 가지고 있는 고유한 성(性)이다(食色性也). —《맹자》

■ 맛좋은 음식에 배가 썩고, 아름다운 여색에 마음이 현혹된다. 용맹한 사내는 화를 자초하고, 달변가는 재앙을 가져온다(美味腐腹 好色惑心 勇夫招禍 辯口致殃). —《논형(論衡)》

■ 술은 몸을 불사르는 불기이고 여색은 살을 깎아내는 검이다(酒是燒身燒焰 色爲割肉鋼刀). —《경세통언》

■ 땅 위의 모든 종족, 사람이건 짐승이건 바다의 고기이건 집짐승이건 색색가지 새들이건 모두가 광염(狂炎)의 불길 속으로 달려간다. — 베르길리우스(버질)

■ 나는 맛의 쾌락, 성의 쾌락, 소리의 쾌락 및 아름다운 모양의 쾌락을 제쳐놓고 선인들을 생각할 수 없다. — 에피쿠로스

■ 쾌락을 좇는 자는 선을 자기의 관능에다 둔다. — 마르쿠스 아우렐리우스

■ 쾌락에 저항하는 것은 어진 사람, 쾌락의 노예가 되는 것은 어리석은 자이다. — 에픽테토스

■ 모든 일에 있어 최대의 쾌락 뒤엔 싫증이 온다. — M. T. 키케로

■ 야다(YADA)는 창조행위다. 이것 없이는 자기완성을 얻을 수 없다. 야다라는 말은 헤브라이어로 섹스라는 뜻으로, 상대를 안다는 뜻이기도 하다. —《탈무드》

■ 어떤 남자라도 여자의 이상한 아름다움에는 저항할 수 없다. —《탈무드》

■ 적당한 쾌락은 전신의 긴장을 풀리게 하고 진정시킨다.

— 랑클로

■ 성교육은 미적분(微積分)이나 그리스 문학처럼 취급할 수 있는 것이 아니다. — 몽테뉴

■ 육욕을 모르는 동물은 없지만 이것을 순화하는 것은 인간뿐이다. — 괴테

■ 성애(性愛)는 별개의 성으로 시작하여 동일성으로 끝나고 모성애는 동일성으로 시작하여 별개의 성으로 인도된다.

— 에리히 프롬

■ 욕정은 두 개의 피부의 우연한 접촉에서 생긴다.

— 앙드레 모루아

■ 성적 포옹은 오직 음악이나 기도에만 비교될 수 있다.

— 헨리 엘리스

■ 남자는 내버려 두어도 남자가 되지만, 여자는 남자로부터 포옹을 당하고 키스를 받음으로써 점점 여자가 되어 간다.

— 헨리 엘리스

■ 정신적인 정열은 육욕을 추방한다. — 레오나르도 다빈치

■ 모든 인간이 세상에 태어난 것은 쾌락의 덕택이다. — 볼테르

■ 쾌락은 이슬방울처럼 덧없어, 웃는 동안 없어진다.

— R. 타고르

■ 오르가즘은 갈망의 집점(集點)과 달성하려는 상상(想像)의 교차점에서 생긴다. — 맬컴 머거리지

■ 가장 값싼 쾌락을 즐기는 사람이 가장 큰 부자다.— 헨리 소로

■ 쾌락은 죄다. 그리고 가끔 죄는 쾌락이다. — 조지 바이런

■ 인간은 기계다. 약간이라도 닿으면 욕정이 끓어오르는 기계다.

— 모파상

- 인간의 불행의 하나는 그들이 이미 성적 매력을 잃고 나서 훨씬 이후까지 성욕만은 남아 있다는 사실이다. — 서머셋 몸
- 남자가 인생에서 추구하는 것이 오직 하나 있다. 그것은 쾌락이다. — 서머셋 몸
- 자연의 모든 노력은 모두 쾌락을 위해 있다. — 앙드레 지드
- 여자의 욕망을 불러일으킬 만한 말을 갖고 있지 않은 남자는 성생활을 즐길 자격이 없다. — 발자크
- 밤마다 각기 다른 메뉴가 있어야 한다. — 발자크
- 우리는 교접하기 위해 태어났다. 교접인간은 자연의 법칙을 달성한다. — M. 사디
- 욕망의 상대에게 폭력을 가해야 한다. 상대가 굴복하자마자 쾌락은 더욱 커진다. — M. 사디
- 강간에 의하든 결혼에 의하든 신의 눈으로 보면 아이를 낳는다는 것은 같은 코스에 불과하다. — 쇼펜하우어
- 성관계는 본래 모든 행동이 눈에 보이지 않는 중심점이고, 이것을 감추는 여러 가지 베일이 있는데도 도처에서 얼굴을 내민다. 성관계는 전쟁의 원인도 되고, 평화의 목적도 되며, 자살의 기초도 되고, 또한 타락의 목표도 되며, 해학(諧謔)의 무진장한 원천도 되고, 모든 풍자의 열쇠도 되고, 모든 비밀의 눈짓의 의미도 된다. — 쇼펜하우어
- 키가 작고 어깨가 좁으며 엉덩이만 큰 족속(여인)들을 아름답다고 생각하는 것은 남성의 예지가 성욕으로 눈이 가려진 탓이다. — 쇼펜하우어

- 인간의 성욕의 정도와 종류는 인간정신의 궁극적인 정점(頂點)으로 치닫는다. — 프리드리히 니체
- 성은 거짓된 수치를 태워 버리고, 우리 몸의 가장 무거운 광물을 순수하게 제련하기 위하여 필요하다. — D. H. 로렌스
- 여자가 약간의 창녀 기질이 없으면 대체로 그 여자는 마른 나무토막이다. — D. H. 로렌스
- 성(性)과 미(美)는, 생명과 의식(意識)처럼 하나의 것이다. 성을 미워하는 것은 미를 미워하는 것이다. 살아 있는 미를 사랑하는 자는 성을 존중한다. — D. H. 로렌스
- 꿈속에서는 모든 복잡한 기구와 기구류는 십중팔구는 남성의 성기이다. — 지그문트 프로이트
- 어머니의 젖을 빤다는 행위가 모든 성생활의 시발점이 된다. — 지그문트 프로이트
- 성적이라는 개념과 성기적(생식기)이라는 개념은 분명히 구별할 필요가 있다. — 지그문트 프로이트
- 성교는 장애물에 의해서 오히려 그 자극이 강화된다. — 지그문트 프로이트
- 여자는 유혹하지만 배부르게 한다. 여자는 자극하지만 진정시킨다. ……성(性)이란 개체가 짝을 만나 비로소 교정(矯正)되는 불완전한 것이다. — 헨리 F. 아미엘
- 프랑스인이 말하듯이 세 가지 성이 있다. 남성, 여성, 그리고 목사가 그것이다. — 시드니 스미스
- 성적 본능을, 교양 있는 여성은 그 소유를 인정치 않는다. 여성의 임무는 남성의 성적 본능을 수치로 여기게 하는 데 있었다.

— 시릴 터너

■ 남자의 성욕은 저절로 눈뜨고, 여자의 그것은 눈뜰 때까지 잠자고 있다. — 브루노 슐츠

■ 남성은 성욕을 소유하고 있지만, 여성은 성욕에 소유되어 있다.
— 오토 바이닝거

■ 여자는 성적일 뿐이며, 남자는 성적이기도 하다.
— 오토 바이닝거

■ 여인상을 그림에 있어서 진정한 색정적(色情的) 감각은 그녀의 옷 입히기를 빼놓지 않는다. 입히는 것과 벗기는 것, 그것은 사랑의 진정한 거래다. — 안토니오 마차도

■ 성욕과의 싸움이 가장 어려운 투쟁이다. — 레프 톨스토이

■ 성욕은 대중(大衆)의 서정시(敍情詩)이다. — 보들레르

■ 정신적인 사랑이 지배적인 교정(交情)에 있어서는 육욕적(肉慾的)인 것이 결코 있을 수 없지만, 그러나 그 정신적인 사랑이 가장 숭고한 결합의 표현으로 육욕을 찾을지도 모를 일이오.
— 버트런드 러셀

■ 비밀은 무기이며 벗이다. 인간은 신의 비밀이며, 힘은 인간의 비밀이요, 성(性)은 여자의 비밀이다. — 조셉 스테펀스

■ 섹스가 인생의 가장 중요한 문제임은 명백하다. 섹스는 인생의 행복을 좌우한다. — 제임스 왓슨

■ 남자는 그 눈짓으로 그 욕정을 일으키며, 여자는 그 눈짓으로 몸을 맡긴다. — 알퐁스 칼

■ 기호(嗜好)는 성(性)의 물을 흐리게 하고, 욕심은 마음의 연못을 출렁이나니, 이는 만인에게 다 같으나, 절제하는 이라야 현자

(賢者)라 이른다. — 《동문선》

- 성(性) 속에 원래 이 선악(善惡) 둘이 있어서 상대하여 생하는 것을 말한 것은 아니니, 생각건대 물이 진흙과 모래에 섞였다 해도 물이라고 말하지 않을 수 없고, 성(性)이 악에 빠진 바가 되었다 해도 성(性)이라고 말하지 않을 수 없다고 한 것이다.
  — 정여창(鄭汝昌)
- 오늘날 섹스는 사랑의 종점이 아니라 개찰구이다. 정신의 결합에서 육체의 결합을 이루던 사랑의 순서는 19세기에 끝나고, 이제는 그것이 뒤집혀서 육체의 결합 끝에 정신이 교통된다.
  — 이어령
- 성이란 화폐처럼 중성적일지 모른다. 거기에 색채를 부여하는 것은 인습 같다. — 전혜린
- 사랑이라는 것은 말하자면 섹스가 일으키는 트러블이고, 일종의 하찮은 시정(詩情)이었다. 모든 시(詩)가 그러하듯이 그것은 과장을 일삼고 우상을 만들기에 곁눈도 안 판다. 『완전한 인생』을 꿈꾸는 것이다. — 강신재

【시 · 문장】

부리의 교접으로 입 맞추며 좋아하는 어떤 흰 비둘기도,
보다 더 음란한 어떤 날짐승도,
정욕에 몸을 맡기는 한 여인만큼은
정염(情炎)의 열락(悅樂)을 맛보지 못한다는 말이 있다.

— G. 카툴루스

대개 색이란 것은, 음란하고 사치하고 이상한 것을 좋아하는 자가 보면 구슬이나 옥같이 예쁜 것이지만, 곧고 모나고 순박하고 검소한 자가 보면 흙이나 진흙처럼 추한 것이오. 그러므로 『때로는 아름답고 때로는 추하다.』 고 한 것입니다.

— 이규보 / 이상자(異相者)

【중국의 고사】

■ **무산지몽(巫山之夢)** : 무산의 꿈이란 뜻으로, 남녀 간의 은밀한 정교를 가리키는 말. 『운우지락(雲雨之樂)』이라고도 한다. 구름과 비의 즐거움이란 도대체 어떤 즐거움일까. 《문선》에 수록된 송옥(宋玉)의 고당부(高唐賦)에서 비롯된 말이다. 전국시대 초(楚)의 양왕(襄王)이 송옥과 함께 운몽(雲夢)이라는 곳에서 놀다가 고당관에 이르게 되었다. 문득 하늘을 보니 이상한 형상의 구름이 피어오르고 있어 송옥에게 무엇인지를 물었다.

『대체 저게 무슨 기운일까?』 『저것이 이른바 아침구름(朝雲)이란 것입니다.』

『아침구름이라니 무슨 뜻인가?』 『옛날 선왕(先王 : 회왕)께서 일찍이 고당에 오셔서 노신 적이 있습니다. 곤해서 낮잠을 주무시고 계신데, 꿈에 한 부인이 나타나더니, 『첩은 무산(巫山)의 선녀(禪女)이옵니다. 고당에 놀러왔다가 임금께서 고당에 놀러오셨단 말을 듣고 왔습니다. 바라옵건대 베개와 자리를 받들어 올릴까 하옵니다.』 라고 청했습니다. 그래서 왕께선 그녀를 사랑하시게 되었는데, 그녀가 떠날 때에 말하기를, 『첩은 무산 남쪽 높은 절벽 위에 살고 있습니다. 아침에는 아침구름이 되고 저녁에는 지나가는 비(行雨)가 되어 아침마다 저녁마다 양대(陽臺) 아래에서 임금님을 그리며 지나겠습니다.』하는 것이었습니다. 다음날 선왕께서 무산 남쪽을 바라보니 과연 여자가 말한 그대로였습니다. 그래서 사당을 세우고 사당 이름을 『조운』이라 불렀습니다.』

이 이야기에서 남녀가 서로 즐기는 것을 『운우지락』이라고도 한다. —《문선》 고당부

■ **상중지희(桑中之喜)** : 남녀 간의 불의(不義)의 즐거움을 이르는 말이다. 우리말에 『임도 보고 뽕도 딴다.』는 말이 있다. 남녀유별이 철칙으로 되어 있고, 문 밖 출입이 자유롭지 못했던 옛날에는 남녀가 서로 만날 수 있는 기회가 주로 뽕을 따는 사이에 이루어졌던 것은 당연한 일이다. 그래서 역사적 기록이나 남녀의 애정관계를 논하는 이야기들에 항상 등장하는 것이 이 뽕나무, 뽕밭, 뽕따는 일이다. 이들 이야기 중 가장 오랜 기록이 아마 《시경》 용풍에 나오는『상중(桑中)』이란 시일 것이다. 이 시는 3장으로 되어 있는데, 그 첫 장을 소개하면 이렇다.

『여기에 풀(唐)을 뜯는다 / 매(沫)란 마을에서 / 누구를 생각하는가 / 아름다운 맹강이로다 / 나와 뽕밭 속에서 약속하고 / 나를 다락(上宮)으로 맞아들여 / 나를 강물 위에서 보내 준다.』 둘째 장과 셋째 장도 풀이름과 장소, 사람 이름만 다를 뿐 똑같은 말로 되어 있다. 풀을 베러 어느 마을 근처로 한 남자가 간다. 그는 풀을 베러 간 것이 아니라, 아름다운 어느 남의 아내를 생각하고 있는 것이다. 그녀는 그를 뽕나무밭에서 만나기로 약

속을 했던 것이다. 거기서 사내를 만난 그녀는 그를 데리고 높은 집(上宮 : 다락)으로 맞아들인 다음, 그를 기(淇)라는 냇가에까지 바래다준다는 이야기다.

혹자는 이 시에 나오는 뽕밭과 다락집과 강물을 성애(性愛)의 과정을 암시한다고 의미심장하게 풀이하기도 한다. 아무튼 이 시에서, 남녀 사이의 불륜의 관계, 밀통, 밀약 등을 가리켜 『상중(桑中)』이니, 『상중지약(桑中之約)』이니, 『상중지희(桑中之喜)』니 하고 말한다. — 《시경》 용풍

■ **계두지육(鷄頭之肉)** : 여성의 젖가슴을 비유하는 말이다. 현종(玄宗)의 사랑을 한 몸에 받던 양귀비(楊貴妃)가 하루는 화청궁(華淸宮) 온천에서 목욕을 한 뒤에 화장을 하고 있었다. 그때 그녀의 몸을 감싸고 있던 수건이 떨어지면서 고혹스런 양귀비의 알몸이 고스란히 드러나게 되었다. 이때 그녀의 양쪽 젖가슴도 봉긋하게 드러났는데, 이를 본 현종이 감탄하면서 이렇게 말했다. 『부드럽고 따뜻해서 계두 열매의 과육(果肉)을 막 벗겨 놓은 듯하구나(軟溫新剝鷄頭之肉).』

계두는 검(芡 : 가시연밥)이라 불리는 풀이다. 수련과에 속하는 일년생 수초로, 못이나 늪 주변에서 서식한다. 땅 아래에서 자라는 뿌리는 식용으로 쓰이며 열매와 씨는 약용으로 사용한다. 현종의 말은 양귀비의 봉긋한 젖가슴이 마치 이 가시연밥 열매를 까놓은 듯하다는 것이다. 일종의 육두문자(肉頭文字)라고 할 수 있다. — 《천보유사(天寶遺事)》

【에피소드】

■ 간디의 자서전에는 성관계에 관한 것이 많이 적혀 있다. 간디의 제자 라이하나 디야부디에 따르면, 간디는 자신을 둘러싸고 있는 여인들에 대해 『성충동을 억제하고 억누를수록 오히려 강한 성욕을 자극 받는다.』 고 털어놓았다고 한다. 또 성적으로 순결을 지키려는 자신의 각오가 마치 『칼날 위를 걷는 것과 같다.』 고 고백하기도 했다는 것이다. 그런가 하면, 언젠가 60을 넘겼지만 끊임없이 몽정에 시달리고 있다고 대중 앞에서 털어놓기도 했다. 어쩌면 간디의 고백은 자신의 정신적 범죄에 대한 속죄의 표현이 아닐까 싶기도 하다. 하지만 그 이후로도 간디는 여자 없이 밤을 지새울 수가 없었다.

정치 경제 문화의 복잡한 사안 속에서 깜박 잠이 들면 몽정을 해버리는 남자, 그것이 바로 간디의 실체였다. 쉽게 말하자면 자신이 원하는 여자를 스쳐보기만 해도 발기가 된다고 하는 남자였다. 그래서 그는 앉아서 단식과 금식하기를 원했을까? 결과적으로 알 수가 없다. 오쇼 라즈니쉬는 평생 마하트마가 위선자라고 욕을 했다. 그러나 위인의 역사는 위인의 역사대로 평가받을 것이고 사생활의 영역은 각자의 판단에 맡기면 될 것이다. 1906년 항구적인 금욕생활을 맹세함으로써 이러한 절제를 확인했다. 그는 이것을 극기를 지향하는 제1보로 생각했다. 이에 아힘사 교리, 즉 비폭력 무저항 교리에 대한 필수적인 예비조치라는 것이었다.

- 오스트리아 황제 프란츠 요제프 1세(Franz Josef Ⅰ)는 세상물정에 퍽 밝은 드물게 보는 군주였다. 황제는 86세까지 장수했는데, 노경에 들어서서도 빈 시민들의 유원지를 자주 시찰하였다. 그것은 이곳을 드라이브하면서 숲 속에서 젊은 연인끼리 사랑을 속삭이는 장면을 엿보기 위한 것이었다. 어느 날, 숲속에선 젊은 남녀 간의 정사 장면을 목격한 부관이 당황하여 그 장면을 황제의 눈에 띄지 않게끔 몹시 안절부절못하면서 애를 쓰자, 황제는 미소를 띠고 말했다. 『괜찮다, 여전히 그것을 한다는 것은 기쁜 일인지고.』 이와 같은 서민적인 황제의 황태자 프란츠 페르디난트(Franz Ferdinant) 부처가 유고슬라비아 내 보스니아의 수도 사라예보에서 모두 세르비아인 학생 프린치프(Gavrilo Princip)가 쏜 총탄에 의해, 1914년 6월 28일에 암살된 것은 실로 통탄할 일이었다. 이것이 제1차 세계대전이 폭발하는 직접적인 기폭제가 됐다는 것도 비극이 아닐 수 없었다.

【成句】

- 정력절륜(精力絶倫) : 심신의 활동력이 유달리 강함. 섹스의 바이탈리티에 대한 말. 남성에 한한 말은 아니다.
- 금리교태(衾裡嬌態) : 이불 속에서의 요염한 태도.
- 소범상한(所犯傷寒) : 방사(房事)의 피로로 생기는 상한증(傷寒症).

질투 *jealousy* 嫉妬
(시기)

【어록】

- 도(道)를 같이하는 자는 서로 사랑하고, 예술을 같이하는 자는 서로 질투한다. — 경상자(庚桑子)
- 게으른 자는 자기수양을 못하고, 질투하는 자는 남의 수양을 두려워한다(怠者不能修 而忌者畏人修). — 한유(韓愈)
- 남의 재능을 질투하고 남의 실수를 좋아한다(妬人之能 幸人之失). — 유종원(柳宗元)
- 남에게 경사가 있으면 질투하는 마음을 가져서는 안 되며, 남에게 재화가 있으면 좋아하는 마음이 생겨서는 안 된다(人有喜慶 不可生妬忌心 人有禍患 不可生喜幸心). — 주백려(朱柏廬)
- 백 사람이 그를 칭찬해도 더 가까이하지 않고, 백 사람이 그를 헐뜯어도 멀리하지 않는다(百人譽之不加密 百人毁之不加疏). — 소순(蘇洵)
- 훼방은 질투에서 생기고 질투는 그보다 못한 데서 생긴다(毁生

於嫉 嫉生於不勝). — 왕안석(王安石)

- 그가 세상의 칭찬을 받을 수 있는 바가 역시 남들의 질투를 받을 수 있는 바다(其所以見稱於世者 亦所以取嫉於人).— 구양수
- 시기하고 질투하는 마음은 육친이 남보다 더욱 심하다(妬忌之心 骨肉尤狠於外人). — 《채근담》
- 질투는 항상 재능 있는 사람을 쫓아다니며, 바보스런 사람에게는 시비를 거는 일이 없다. — 핀다로스
- 질투는 인간이 나면서부터 갖추어지는 것이다. — 헤로도토스
- 질투하지 않는 자는 연애를 할 수 없다. — 아우구스티누스
- 녹이 쇠를 침식하는 것처럼 질투는 질투하는 자를 침식한다. — 안티스테네스
- 질투심을 조금도 가지지 않고, 친구의 성공을 기뻐하는 강한 성격을 가진 사람은 한 사람도 없다. — 아이스킬로스
- 친구의 기세가 당당할 때 그를 질투하지 않고 자연스러운 마음으로 존경하는 사람은 거의 없다. — 아이스킬로스
- 질투는 자신의 열등을 인정하는 일이다. — 플리니우스 2세
- 자기가 원하는 것을 남이 가지고 있는 것을 보고 느끼는 마음의 아픔을 선망이라고 하며, 자기가 가지고 있는 것을 남도 역시 가지고 있는 것을 보고 느끼는 마음의 아픔을 질투라고 한다. — 디오게네스
- 같은 일을 해낸다고 생각하는 한계까지는, 남의 행운을 좋게 받아들인다 하더라도 그 한계를 넘는 사람은 질투를 받고 의혹의 눈총을 받는다. — 페리클레스
- 질투는 영광을 따라다닌다. — 코르넬리우스 네포스

- 나의 피는 질투 때문에 끓는다. 내가 만일 남의 행복을 볼 때에는, 너희는 증오의 빛에 싸여 있는 나를 볼 것이다. — A. 단테
- 재가 불을 끄듯 질투가 사랑을 버린다. — 랑클로
- 호기심에서 질투가 생긴다. — 몰리에르
- 질투 많은 사람들의 사랑은 증오처럼 되어 있다. — 몰리에르
- 질투는 남자에게 있어서는 약점이지만 여자에게 있어서는 하나의 강점이다. — 아나톨 프랑스
- 감정은 절대적인 것이다. 그 중에서도 질투는 가장 절대적인 감정이다. — 도스토예프스키
- 증오는 적극적인 불만이요, 질투는 소극적인 불만이다. 따라서 질투가 바로 증오로 바뀌어도 이상할 것은 없다. — 괴테
- 질투는 속이 빈 곡창에는 숨어들지 않는다. — 괴테
- 질투는 그것을 아는 세상을 싫어한다. — 조지 바이런
- 질투는 영혼의 황달이다. — 존 드라이든
- 남을 도와주고 싶어 하는 사람은 많이 있다. 그러나 아무런 질투도 없이 너의 행복을 빌어 주는 사람만이 참된 벗이다. — 파울 하이제
- 질투는 자부심의 어리석은 아이에 지나지 않으나, 어떤 때는 미치광이 병이다. — 피에르 드 보마르셰
- 소년은 생활에 직면하는 것을 두려워하지 않는다. 질투 · 재판 · 인생의 슬픔, 이 모든 것이 고통이 될 수 없다. — 생텍쥐페리
- 정원사의 개는 먹을 것을 거들떠보지도 않다가 다른 개가 그릇에 가까이 가면 으르렁거린다. — 로페 데 베가

- 질투는 사랑 왕국의 폭군이다. — 세르반테스
- 질투는 휴일이 없다. — 프랜시스 베이컨
- 연애와 질투만큼 사람을 매혹하는 감정이 없다. 이 두 감정은 열렬한 소망을 지녀서 쉽게 상상이나 암시의 형체를 취하고, 특히 그 대상물 앞에서는 그 감정이 당장 눈에 드러난다.
  — 프랜시스 베이컨
- 성서에서는 질투를 『악의 눈』이라고 부른다. 질투의 작용은, 눈에서 마력을 투사한다든지 빛을 발하는 일이 들어 있음을 옛날부터 인정했던 것 같다. — 프랜시스 베이컨
- 질투는 항상 타인과의 비교에 따르는 것이다. 비교가 없는 데에는 질투가 없다. 그리고 무가치한 사람은 처음 출세했을 때에 가장 질투를 받고, 이와 반대로 가치 있고 유능한 사람들의 행운이 오래 계속될 때에 가장 질투를 받는다. 무엇보다도 자기의 권세의 위대함을 오만불손하게 드러내는 자는 가장 질투받기 쉽다. 그래서 현명한 사람은 대단치 않은 점에서는 때로는 의도적으로 내 뜻을 굽혀 굴복함으로써 오히려 질투 앞에 희생을 바친다. — 프랜시스 베이컨
- 질투는 모든 감정 가운데 가장 지속적인 감정이다. 질투는 휴일이 없다. 질투는 또한 가장 사악, 비열한 감정이다. 그래서 이 감정은 악마의 속성이 되어 있다. — 프랜시스 베이컨
- 질투는 남성에게는 약점으로 나타나지만, 여성에게는 하나의 힘이 되어 갖은 기도를 꿈꾸게 한다. 질투는 여성에게서 증오보다는 차라리 대담성을 유발시킨다. — 아나톨 프랑스
- 질투하는 자는 남을 비난하기에 앞서 즐겨 상대를 칭찬하는 것

이 보통이다. — 프리드리히 로가우

■ 인간의 질투는 그들이 스스로 얼마나 불행하게 느끼고 있는지를 알리는 것으로서, 그들이 남의 행위에 끊임없이 주목하고 있는 것은 얼마나 그들 스스로가 무료해 있는지를 보여주는 것이다. — 쇼펜하우어

■ 본능과 의지가 모자라는 곳에 많은 질투가 싹튼다.
— 카를 힐티

■ 질투에는 체질이 크게 관계한다. 질투가 곧 정열의 증거는 아니다. — 라브뤼예르

■ 질투심과 경쟁심에는 악덕과 미덕만큼의 거리가 있다.
— 라브뤼예르

■ 질투는 이기심의 가장 정열적인 형식이고, 자기를 망각하고, 자기를 종속시킬 수가 없는 전제적인 속 아픈 허영심 강한 자아의 고양(高揚)이다. — 헨리 F. 아미엘

■ 참으로 사랑하는 마음속에서는, 질투가 애정을 죽이든지 애정이 질투를 죽이든지 어느 한쪽이다. — 폴 부르제

■ 이성(理性)은 말한다. 『우리들에게 질투를 일으키게 하는 여자는 사랑할 가치가 없다.』 마음은 답한다. 『내가 질투하는 것은 진정 그녀가 사랑할 만한 가치가 없는 여자이기 때문이다.』
— 폴 부르제

■ 질투는 인류만큼 오래되었다. 아담이 한 번 늦게 돌아왔을 때 이브는 늑골을 세기 시작했다. — 프랜들

■ 비천한 마음이 그 노예가 되어 괴로워하는 질투는 학문도 있고 기품이 뛰어난 자에게는 경쟁심을 갖게 한다.— 알렉산더 포프

■ 인간의 마음속에 질투처럼 강하게 뿌리박은 격정은 없다.

— 리처드 셰리든

■ 질투가 강한 여자는 그녀의 정열이 암시하는 모든 것을 믿는다.

— 존 게이

■ 질투는 소유에서 오는 나쁜 버릇이다. — 자크 샤르돈느

■ 질투 속에는 사랑보다도 자존심이 훨씬 많이 작용하고 있다.

— 라로슈푸코

■ 질투는 사랑과 함께 태어나지만, 반드시 사랑과 함께 사그라지지는 않는다. — 라로슈푸코

■ 질투는 증오보다도 다루기 힘들다. — 라로슈푸코

■ 사람은 질투하는 것을 부끄러워하지만, 질투할 일이 있다든가 질투할 수 있다는 것을 항시 자랑으로 생각하고 있다.

— 라로슈푸코

■ 질투심이 많은 인간은 자기가 갖고 있는 것에서 즐거움을 취하는 대신에 타인이 갖고 있는 것에서 괴로움을 취한다.

— 버트런드 러셀

■ 무엇보다도 질투는 자기 자신을 불행하게 한다는 점에서 자중자애(自重自愛)하는 마음을 가지면 능히 물리칠 수가 있다.

— 버트런드 러셀

■ 질투심이란 일종의 자기 열등감의 표현이다. 자신만만한 사람은 남의 일에 질투하지 않는다. — 버트런드 러셀

■ 질투를 느끼는 동안은 행복을 발견할 수 없다.

— 버트런드 러셀

■ 질투는 표면적인 것이다.—다시 말하면 질투의 전형적인 색채

에는 깊이가 없다. 저 밑에 있는 정념(情念)은 좀더 다른 색채를 띠고 있다. — 비트겐슈타인

- 질투란 전쟁의 가능성을 전제하는 것이다. — 마하트마 간디
- 육체에 대한 남자의 권한에서의 질투는 무슨 걸레조각 같은 교양 나부랭이가 아니다. 그것은 본능이다. — 이상(李箱)
- 질투의 감정이란 장미의 가시와 같은 것이다. 사랑하고 있다는 증거다. 열렬히 사랑하고 있다는 증거일는지도 모른다. 그러나 이 감정이 이성의 울타리를 뛰어넘어서 추태를 부리게 될 때는 어떻게 해석할 것인가. — 안수길
- 실상 질투란 말부터가 얼마나 불결한 것입니까.—거기에는 얼마나 비천한 인격과 불신이 내포되어 있는 것이겠습니까? — 유치환

【속담 · 격언】

- 여자는 질투 빼면 두 근도 안 된다. — 한국
- 겉보리를 껍질째 먹은들 시앗이야 한집에 살랴. (심한 고생은 하며 살 수 있어도, 남편의 첩과 한집에 살 정도로 질투 없는 아내는 없다) — 한국
- 내 님 보고 남의 님 보면 심화 난다. (자기님이 더 훌륭하기를 바라는 뜻에서, 잘난 남의님을 보면 질투가 난다) — 한국
- 질투 않는 여자는 튀지 않는 공이다. — 영국
- 질투는 자신을 고문하는 형리다. — 영국
- 시앗을 보면 길가의 돌부처도 돌아앉는다. (남편이 첩을 얻으면 부처님같이 점잖은 부인도 시기한다) — 중국

- 도(道)를 같이 하는 사람은 서로 아껴주지만, 같은 업종끼리는 서로 질투한다. — 중국
- 질투는 자기가 자신의 몸을 파먹는다. — 이탈리아
- 질투가 많은 자는 죽지만, 질투 자체는 절대 죽지 않는다. — 프랑스
- 천국의 밖은 어디나 질투다. — 폴란드
- 질투 없는 사랑은 참사랑이 아니다. — 유태인
- 매춘부의 질투는 밀통(密通)으로써 표시되고, 정숙한 부인의 질투는 눈물로써 표시된다. — 아라비아

【시 · 문장】

사랑하는 사람 앞에서는
사랑한다는 말을 안 합니다
아니하는 것이 아니라
못하는 것이 사랑의 진실입니다
잊어버려야 하겠다는 말은
잊을 수 없다는 말입니다
정말 잊고 싶을 때는 말이 없습니다
헤어질 때 돌아보지 않는 것은
너무 헤어지기 싫기 때문입니다
그것은 헤어지는 것이 아니라
같이 있다는 말입니다
사랑하는 사람 앞에서 웃는 것은
그만큼 행복하다는 말입니다

떠날 때 울면 잊지 못하는 증거요
뛰다가 가로등에 기대어 울면
오로지 당신만을 사랑한다는 증거입니다
잠시라도 같이 있음을 기뻐하고
애처롭기까지 만한 사랑을 할 수 있음에 감사하고
주기만 하는 사랑이라 지치지 말고
더 많이 줄 수 없음을 아파하고
님과 함께 즐거워한다고 질투하지 않고
그의 기쁨이라 여겨 함께 기뻐할 줄 알고
깨끗한 사랑으로 오래 기억할 수 있는
나 당신을 그렇게 사랑합니다

— 한용운 / 나 그렇게 당신을 사랑합니다

그는 생명을 가진 인간이지만
내게는 신과도 같은 존재.
그와 네가 마주 앉아
달콤한 목소리에 홀리고
너의 매혹적인 웃음이 흩어질 때면
내 심장은 가슴 속에서
용기를 잃고 작아지네.
흠칫 너를 훔쳐보는 내 목소린 힘을 잃고
혀는 굳어져 아무 말도 할 수 없네.
내 연약한 피부 아래
뜨겁게 끓어오르는 피는

귀에 들리는 듯
맥박 치며 흐르네.
내 눈에는 지금 아무것도 보이지 않네……

— 사포 / 질투

질투의 폭풍을 이겨 본 사람만이 질투의 힘이 어떻게 무서운 것인가를 인식할 수 있다. 저 큰 바다에 폭풍이 일으키는 무서운 파도에 부서진 뱃조각들과 해골조각들이 수없이 구르는 모양으로 인생의 바다에는 여자의 질투의 풍랑에 부서진 수없는 가정과 남녀의 조각들이 뒹구는 것이다. 폭풍에 살아남은 사람만이 오직 폭풍의 무서운 이야기를 사람들에게 전하는 모양으로 애욕과 질투의 파선에서 면해 나온 사람만이 능히 이 무서운 이야기를 세상에 전할 수 있다. — 이광수 / 사랑

【중국의 고사】

■ **윤형피면(尹邢避面)** : 윤씨와 형씨가 얼굴을 피한다는 뜻으로, 서로 질투하며 만나지 않는다는 뜻이다. 중국 한나라 무제에게는 총애하는 부인이 둘 있었는데, 한 사람은 윤씨이고 다른 사람은 형(邢)씨였다. 두 여인은 절색의 미인이었다고 하는데, 무제는 두 여자 사이의 질투를 막기 위해서 서로 만나지 못하게 하였으며, 다른 사람들에게도 두 부인이 만날 기회가 생기지 않도록 엄명을 내렸다고 한다.

어느 날, 윤부인은 형부인을 만나게 해달라고 무제를 졸랐다. 무제는 할 수 없이 다른 미녀를 형부인으로 위장시킨 다음 시

녀들의 호위 아래 만나게 하였더니 윤부인은 한눈에 그가 가짜임을 알아보았다고 한다. 무제가 의아해서 어떻게 알았느냐고 물었더니, 윤부인이 대답했다. 『그의 외모라든가 풍도로 보아 폐하의 총애를 받을 사람이 아닙니다.』 무제가 다음에는 형부인으로 하여금 초라한 옷차림으로 치장도 않게 한 뒤 만나게 했더니 윤부인은 멀리서 벌써 알아보고, 『이 사람이야말로 형부인이다. 실로 내가 그녀보다 못하다.』 라고 말하면서 고개를 떨어뜨리고는 울었다는 것이다. ―《사기》 외척세가

【신화】

■ 헤라는 크로노스와 레아의 딸이며 결혼과 출산 등을 관장하면서 삶의 중요한 고비마다 여자들을 지켜주는 여신이다. 헤라와 제우스의 결혼에 관해서는 갖가지 이야기가 전해 내려온다. 한 전설에 따르면, 헤라가 크레타 섬의 토르낙스 산(일명 뻐꾸기 산)에서 산보를 하고 있을 때 남동생인 제우스가 비에 젖은 뻐꾸기로 변신하여 헤라를 유혹했다고 한다. 헤라는 뻐꾸기를 측은히 여겨 젖가슴에 보듬고 포근히 감싸 주었다. 제우스는 그 틈을 놓치지 않고 헤라를 겁탈했다. 헤라는 그 치욕스러운 일을 감추기 위해 제우스의 아내가 되는 길을 선택했다.

가이아는 그들의 결혼을 기념하기 위해 황금사과가 열리는 나무를 선물했다. 그들의 신혼 초야는 3백 년 동안 지속되었다. 헤라는 카나토스 샘에서 목욕을 하며 정기적으로 처녀성을 되찾았다. 제우스와 헤라는 청춘의 여신 헤베와 출산의 여신 에일레이티이아와 전쟁의 신 아레스를 낳았다. 제우스가 혼자서

아테나를 낳자, 그것에 샘이 난 헤라는 자기도 제우스와 동침하지 않고 혼자 수태할 수 있다는 것을 보여주기 위해 헤파이스토스를 낳았다. 헤라는 제우스의 잇단 간통에 모욕감을 느껴 제우스의 애인들뿐만 아니라 그녀들이 낳은 자식들에게도 앙갚음을 했다.

예를 들어 헤라는 제우스와 알크메네 사이에서 태어난 헤라클레스를 죽이기 위해 거대한 뱀 두 마리를 보냈다. 제우스의 사랑을 받은 처녀 이오도 헤라의 분노를 샀다. 제우스는 이오를 보호하기 위해 암소로 변하게 했다. 하지만 이 암소는 헤라가 보낸 등에 떼에 물려 미쳐버렸다. 어느 날 헤라는 제우스의 난봉에 격분해서 자식들의 도움을 얻어 이 바람둥이 신을 벌하기로 했다. 그들은 제우스가 지상의 여자들을 유혹하지 못하도록 잠들어 있던 그를 가죽 끈으로 묶었다. 그러나 바다의 여신 테티스가 백 개의 팔이 달린 거인을 보내 그를 풀어 주었다. 제우스는 헤라를 벌하기 위해 여신의 몸을 황금사슬로 묶고 양쪽 발목에 모루를 하나씩 걸어 놓은 채로 올림포스 산에 매달았다. 여신은 순종하겠다고 약속하고 나서야 속박에 풀려났다.

헤라는 적법한 혼인을 수호하는 여신이므로 남편이 아무리 바람을 피워도 자신은 연인을 두지 않았다. 하지만 아름다운 헤라에게 흑심을 품은 자들이 없을 리가 없었다. 기간테스(Gigantes : 그리스 신화에 나오는 거인족) 가운데 하나인 포르피리온은 여신에게 욕정을 느끼고 옷을 벗기려 하다가 제우스가 내린 벼락에 맞아 죽었다. 테살리아의 왕 익시온은 헤라를 범하려다가 제우스가 구름으로 만들어 낸 헤라의 형상과 결합했고[이 결합에서 최초의 켄타우로스(Kentauros : 그리스 신화에 나오는 半人半馬의 괴물)들이 생겨났다], 신을 모독한 이 행위로 말미암아 형벌을 받았다. 로마인들은 그리스의 여신 헤라를 자기네 여신 유노와 동일시했다.

유혹 *temptation* 誘惑

【어록】

- 여자를 꾀는 사람은 악인 중에서도 가장 행복하지 못하다.
  — 유베날리스
- 도둑질한 물이 달고 몰래 먹는 떡이 맛이 있다 하는도다.
  — 잠언
- 네 오른손이 유혹하는 것을 네 왼손으로 물리쳐라.
  — 유태교 율법서
- 유혹을 당해 보지 않은 여자는 자기의 정조를 뽐낼 수 없다.
  — 몽테뉴
- 너를 유혹한 것은 높은 지위와 명성, 너의 마음을 매혹한 것은 주권(主權)이다. — 제임스 조이스
- 유혹에서 벗어나는 유일한 길은 그것에 굴복하는 일이다.
  — 오스카 와일드
- 시골에서는 누구나 착할 수 있다. 그곳에서는 유혹이 없다.
  — 오스카 와일드

■ 여인이 주는 꿈, 여인이 제공할 수 있는 현실보다 한층 유혹적이라는 사실은 여러 고행자의 체험을 통해 너무나도 뼈저리게 느껴진 진리다. — 아나톨 프랑스

■ 여자의 행복이란 다름 아닌 유혹자를 만나는 일이다. — 키르케고르

■ 악마는 우리를 유혹하지 않는다. 우리들이 악마를 유혹하는 것이다. — 조지 엘리엇

■ 육체의 욕망 · 교만 · 욕심은 인간이 가지는 세 가지 유혹이다. 그로 인하여 모든 불행이 과거에서 미래에까지 인류의 무거운 짐이 되고 있는 것이다. 이 무서운 병을 극복하는 방법은 단 한 가지 수양밖에는 없다. — 프랜시스 베이컨

■ 민법에서 큰 죄로 다루고 있는 간통도 실제로는 연애 유희에 지나지 않으며, 가장무도회의 한 사건에 불과하다. — 나폴레옹 2세

■ 30세의 남자가 15세의 아가씨를 유혹했다고 하자. 명예를 잃은 것은 아가씨 쪽이다. — 스탕달

■ 악이 없는 것은 좋지만 유혹이 없는 것은 좋지 않다. — 월터 배저트

■ 유혹을 두려워하는 자에게는 모든 것이 유혹이 된다. — 라브뤼예르

■ 공포가 막연할 때, 그것이 가장 크게 느껴지는 것과 똑같이 미끼의 내용이 불분명할 때 유혹의 힘도 가장 크다. — R. 타고르

■ 모든 남자는 사랑이 식으면 그만큼 여자로부터 호감을 받는다.

그리하여 유혹의 그물을 점점 넓혀 잔혹하게 여자의 생을 망쳐 간다. — 알렉산드르 푸슈킨

- 불은 쇠를 시험하고, 유혹은 올바른 사람을 시험한다. — 토마스 아 켐피스
- 유혹에 대한 적당한 방어법은 몇 가지 있지만, 가장 확실한 방법은 소심해져 있는 일이다. — 마크 트웨인
- 가까이 가지 않는 것이 거기서 빠져나오려고 애쓰는 것보다 쉽다. — 마크 트웨인
- 모든 유혹 가운데 가장 강한 유혹은, 요컨대 본래의 자기와는 아주 다른 것이 되고 싶다고 바라고, 또한 자기가 도달할 수 없는, 또 도달해서는 안되는 모범이나 이상을 좇는 일이다. — 헤르만 헤세
- 최고 입찰자의 유혹을 물리칠 수 있는 사람은 많지 않다. — 조지 워싱턴
- 여자는 유혹하지만 배부르게 한다. 여자는 자극하지만 진정시킨다. ……성(性)이란 개체가 짝을 만나 비로소 교정(矯正)되는 불완전한 것이다. — 헨리 F. 아미엘
- 단 한 가닥의 머리카락이라도 유혹의 바퀴에 끼면 온 몸이 말려든다. — 헨리 F. 아미엘
- 유혹은 논증보다는 빈틈없이 쇄도하므로 이성(理性)이 아무리 경계의 눈을 부릅떠도 자애(自愛)의 강한 점에는 미치지 못한다. — 알렉산더 포프
- 가장 위험한 유혹, 그것은 무엇과 닮지 않겠다는 유혹이다. — 알베르 카뮈

■ 악의 가장 효과적인 유혹 수단의 하나는 투쟁에의 유혹이다. 가령 여자와의 투쟁, 그것은 침대에서 끝난다.

— 프란츠 카프카

■ 다른 것들이 섞인 것이 없는 빵은 아주 좋다. 그러나 유혹이란 것은 버터다. — 더글러스 제럴드

■ 여자나 금전의 유혹에 이겨내는 힘이 없으면 완전한 인물이 아니다. — 랠프 에머슨

■ 전문적으로 효율적인 것보다 재미있으려고 하는 유혹은 위험한 유혹이다. — 버트런드 러셀

■ 유혹을 물리쳤던 기억만큼 흐뭇한 일은 없다. — 제임스 캐벌

■ 모든 죄악은 협력의 결과이다. — 스티븐 크레인

■ 유혹이란 구별 없이 달라붙는 벌레다. — 팔만대장경

【속담 · 격언】

■ 도(道)가 한 자 높아지면 마(魔)는 한 장(丈)이 높아진다. (수행의 성취보다는 외부 유혹이 더 많다) — 중국

■ 흰 벽면은 바보의 잡기장이다. (흰 벽은 견딜 수 없는 유혹의 잡기장이다) — 영국

■ 문이 열려 있으면 성인도 유혹을 받는다. — 스페인

【시 · 문장】

가을은 내 마음에 유혹의 길을 가리킨다
숙녀들과 바람의 이야기를 하면
가을은 다정한 피리를 불면서

회상의 풍경을 지나가는 것이다
전쟁이 길게 머무른 서울의 노대에서
나는 모딜리아니의 화첩을 뒤적거리며
적막한 하나의 생애의 한시름을 찾아보는 것이다
그러한 순간
가을은 청춘의 그림자처럼 또는
즐겁고 어두운 사념의 세계로 가는 것이다
즐겁고 어두운 가을의 이야기를 할 때
목메인 소리로 나는 사랑의 말을 한다
그것은 폐원에 있던 벤치에 앉아
고갈된 분수를 바라보며
지금은 죽은 소녀의 팔목을 잡고 있던 것과 같이
쓸쓸한 옛날의 일이며
여름은 느리고 인생은 가고
가을은 또다시 오는 것이다
회색양복과 목관악기는 어울리지 않는다
그저 목을 늘어뜨리고 눈을 감으면
가을의 유혹은 나로 하여금 잊을 수 없는
사랑의 사람으로 한다
눈물 젖은 눈동자로 앞을 바라보면
인간이 매몰된 낙엽이
바람에 날리어 나의 주변을 휘돌고 있다

— 박인환 / 가을의 유혹

부드럽게 한 여인이 내게 노래 부른다 황혼의 시간에.
노래는 세월의 먼 추억의 길로 나를 이끌어가서,
나는 한 아이가 피아노 아래 앉아 있고
피아노의 울려 퍼지는 소리와
그리고 노래하며 미소 짓는 어머니의 균형 잡힌 작은 발을 본다.
나도 모르게 훌륭한 노래솜씨는 나를
옛날로 데려가 내 가슴을 울린다.
일요일 밤. 밖은 겨울.
아늑한 방에는 찬송가 소리. 고음의 피아노가 선창을 하고.
이젠 검은 피아노의 아파시오나토에 맞춰
가수가 소프라노를 뽑아도 감동이 없다.
내 어린 날의 아름다움이 되살아나
추억의 홍수에 내 어른은 떠내려가고,
나는 아이처럼 옛날 생각으로 목 놓아 운다.

— D. H. 로렌스 / 피아노

당신의 계단을 내려가면
유혹은 안 보이는 손이 되어,
어두운 혼의 지하도로 인도해 줄까요.

— 등원정(藤原定) / 보이지 않는 하늘

사람들은 다른 친구들과 같이 있을 때보다는 홀로 있을 때에 보다 더 많이 또 더 무거운 죄의 유혹에 빠진다. 악마가 우리들의 최초의 어머니 이브를 낙원에서 유혹한 것도 그가 이브와 단둘이서 이야기하고 있을 때의 일이다. 살인, 강도, 도적, 그 밖에 모든 나쁜 일은 전부 사람 없는 곳에서 일어난다. 거기에는 악마가 온갖 죄와 부덕을 저지르도록 부채질할 여지가 있기 때문이다. 그러나 많은 사람들이 한 고장에 함께 있으면, 악인도 무서워져서 그런지 혹은 부끄러워져서인지 나쁜 생각을 그냥 멈추어버리므로, 이 틈에 착한 생각이 그의 마음속에 밀고 들어오게 된다. 또한 그 속에서는 나쁜 짓을 실행할 여지도 원인도 없게 되므로 사람들 속에서는 악행이 있을 리가 없다. 악마가 예수 그리스도를 시험해 본 것도 황야에서였다. 또 다윗이 불륜의 사나이가 되어 살인자가 된 것도 그가 홀로 한적하게 있을 때의 일이었다. 나도 혼자서 있을 때 커다란 괴로운 시련과 절망에 떨어진 때가 한두 번이 아니다.

— 마르틴 루터 / 설교집

【신화】

- 그리스 신화 중 바다의 요정 신인 사이렌은 상반신은 여자이고 하반신은 새 모습을 한 마녀다. 그리스 신화에는 바다의 흉악한 괴물로 나타난다. 다른 전설에는, 음성이 곱고 노래 잘 부르기로 유명한 사이렌 자매들이 어느 날 분수없이 뮤즈 여신들에게 음악경연을 하자고 대들었다가 지고 말았고, 그 벌로 날개를 뜯기고 바닷가 바위틈에 숨어 살게 되었다 한다. 사이렌은 이탈리아 근해에 출몰하여 아름다운 소리로 뱃사람들을 유혹하여 죽게 했다고 한다. 원정선 아르고호가 그 섬 옆을 지나갈 때 노래로 음악가 오르페우스를 유혹하다 실패하여 바위로 변하였다 한다. 오늘날 비상을 알리는 사이렌은 이 사이렌에서 기원한다.

젊음 *youth* 青春
(청춘)

【어록】

■ 젊은 후배가 두렵다. 앞날의 그들이 어찌 오늘(의 우리)보다 못하리라고 알겠는가(後生可畏 焉知來者之不如今也).

— 《논어》 자한

■ 군자는 세 가지를 삼가야 한다. 젊었을 때에는 혈기가 정해지지 않았기에 색을 삼가야 하고, 한창 때는 혈기가 왕성해 남과의 싸움을 삼가야 하고, 늙었을 때는 혈기가 쇠약하기에 탐욕을 삼가야 한다(君子有三戒 少之時 血氣未定 戒之在色 及其壯也 血氣方剛 戒之在鬪 及其老也 血氣旣衰 戒之在得).

— 《논어》 계씨

■ 50세가 되어 비로소 49세의 잘못을 안다. — 《장자》

■ 젊은이는 가르칠 만하다(孺子可教). — 《십팔사략》

■ 옛사람들은 밤이 지루하다고 하면서도 촛불을 켜들고 돌아다녔다는데, 하물며 젊은이들이 대낮까지도 허송한단 말인가(古

人倦夜長 尙秉燭遊 況少年白晝而擲之乎).

—《태평광기(太平廣記)》

■ 선부도 후배를 두려워했거늘, 대장부 어이 소년을 업신여기랴(宣父猶能畏後生 丈夫未可輕年少). — 이백(李白)

■ 젊은이는 새 벗을 즐겨 사귀고, 늙은이는 옛 벗을 그리워하네(少年樂新知 衰莫思故友). — 한유(韓愈)

■ 젊었다고 세월을 얕보지 마라, 늙은이도 한때는 너희들 나이였네(莫倚兒童輕歲月 丈人曾共爾同年). — 두공(竇功)

■ 우리 각기 어린 시절 돌이켜보면 기숙하는 인생임을 이제야 믿게 되네(與君各記少年時 須信人生如寄). — 소식(蘇軾)

■ 소년은 쉽게 늙고 학문은 이루기 어렵다. 순간의 세월을 헛되이 보내지 마라. 연못가의 봄풀이 채 꿈도 깨기 전에 계단 앞 오동나무 잎이 가을을 알린다(少年易老學難成 一寸光陰不可輕 未覺池塘靑草夢 階前梧葉已秋聲). — 주희(朱熹)

■ 금실로 지은 옷은 다시 얻을 수 있다. 그러나 청춘은 다시 얻기 힘들다. — 왕찬(王粲)

■ 늙어서 앓는 병은 모두 젊었을 때 얻은 것이다(善養生疾痛都是壯時落的). — 여곤(呂坤)

■ 젊은 시절 한 번 가면 못 돌아오고, 하루에는 아침 두 번 맞지 못한다. 때를 놓치지 말고 부지런히 일하라, 세월은 사람을 기다려 주지 않는다(盛年不重來 一日難再晨 及時當勉勵 歲月不待人). — 도연명(陶淵明)

■ 꽃은 질 때가 있고, 달은 이지러질 때가 있다. 세상만물에 죄다 성쇠가 있는데 인생에 어찌 젊음만 있으랴(花不常好 月不常圓

世間萬物有盛衰 人生安得常少年). — 우겸(於謙)

- 늙어서 젊음을 보면 바삐 달리고 서로 다투는 마음이 사라질 것이요, 영락(零落)하여 영화롭던 때를 생각하면 분잡하고 화려한 생각을 끊을 것이니라. — 《채근담》
- 깨끗한 행실을 닦지 못하고 젊어서 재물도 쌓지 못하면, 고기 없는 빈 못을 속절없이 지키는 늙은 따오기처럼 쓸쓸히 죽는다. — 《법구경》
- 젊어서는 너무 어려워서 손을 대지 못하는 것이란 없다. — 소크라테스
- 사람이 노령에 들면 많은 일을 배울 수 있다고 한 솔론의 말은 일종의 망상이다. 왜냐하면 사람이란 많이 달릴 수 없는 것과 같이 많이 배울 수도 없는 것이다. 청춘이란 과격한 노역에 적절한 시기이다. — 플라톤
- 명성은 청춘의 갈증이다. — 조지 바이런
- 명성이란 청춘의 갈망이다. — 조지 바이런
- 청년은 배우기보다 자극받기를 원한다. — 괴테
- 젊어서 구하면 늙어서 풍요해진다. — 괴테
- 청년은 미래가 있다는 것만으로도 행복하다. — N. 고골리
- 젊은이의 양식(良識)이란 이른 봄의 살얼음이다. — 게오르크 리히텐베르그
- 젊은이는 판단보다는 창안하는 것에 적합하고, 생각보다는 실행에, 확정된 일보다는 새로운 계획에 더욱 적합하다. — 프랜시스 베이컨
- 젊은 피는 낡은 명령을 따르지 않는다. — 셰익스피어

- 청춘은 하여간 자기에게 모반하고 싶어 하는 것, 옆에 유혹하는 사람이 없더라도. — 셰익스피어
- 청춘은 아름답고, 노년은 마음이 좋다. — M. E. 에센바흐
- 젊었을 때 우리는 배우고, 나이 먹어 우리들은 이해한다. — M. E. 에센바흐
- 청년은 모두 그들이 언젠가는 죽으리라는 것을 믿지 않는다. — 해즐리트
- 청춘의 사전에는 실패란 말은 없다. — 불워 리턴
- 젊었을 때 너무 방종하면 마음의 윤기가 없어지고, 또 너무 절제하면 머리의 융통성이 없어 잘 돌아가지 않게 된다. — 샤를 생트뵈브
- 청춘이란 끊임없는 도취이며, 이성(理性)의 열병이다. — 라로슈푸코
- 청춘은 공기와 불붙는 열의 시대다. — 프랑수아 페늘롱
- 마음을 순결하게 하고, 모든 증오의 감정을 멀리하면 젊음을 오랫동안 간직할 수 있게 된다. 아름다운 부인들도 거의가 우선 얼굴로부터 나이를 먹는 법이다. — 스탕달
- 문화를 역행시킬 수는 없다. 이 세계에 청년이 있기 때문이다. 그들은 고집 센 데가 있지만 주어진 능력을 충분히 발휘할 것이다. — 헬렌 켈러
- 인생의 5월은 다만 한 번 꽃필 뿐 또다시 피는 일이 없다. — 프리드리히 실러
- 아아, 청춘! 사람은 그것을 한때만 가질 뿐 나머지 시간은 그것

을 추억할 뿐이다. — 앙드레 지드

- 사실, 이 젊음을 보존해 낼 것은 하나도 없다. 내가 아는 한, 나무와 진실 이외에는. — 올리버 홈스
- 20세 때 시인인 자는 시인이 아니라 그저 인간에 불과하다. 20세를 지나 시인이고자 하면 그 때 그는 시인이다. — 샤를 페기
- 청춘의 생활 중에서 오직 행복을 부여해 주는 본질적인 것은 우정의 선물이다. — W. B. 오슬러
- 여자의 조국은 젊음이다. 젊을 때만이 여자는 행복한 것이다. — C. V. 게오르규
- 젊음은 육체의 모험을 위한 시기이며, 노년은 정신의 승리를 위한 때이다. — 패티 스미스
- 청춘이란 인생의 어느 기간을 말하는 것이 아니고 마음의 상태를 말하는 것이다. — 사무엘 울만
- 젊은이들이란 대개가 꿈과 예술에 도취하여 어린 벌레가 유충에서 고생스러운 과정을 거쳐 성충이 되듯 자기 자신의 이상을 구현시키게 될 때까지 파묻혀 지내게 마련이다. — 로맹 롤랑
- 친구들이 젊게 보인다고 치하하기 시작할 때는 벌써 자신이 늙어 가고 있다고 생각해도 그리 잘못된 생각은 아니다. — 워싱턴 어빙
- 청춘의 꿈에 충실하라. — 프리드리히 실러
- 청춘시대에 여러 가지 어리석은 일을 가지지 못한 인간은 중년이 되어 아무 힘도 가지지 못할 것이다. — 윌리엄 콜린스
- 될 수 있는 대로 오래 살라. 스무 살까지는 여러분의 인생 중에서 가장 긴 전반의 생(生)이다. — 로버트 사우디

- 소년시대와 청춘시대는 과오와 무지에 지나지 않는다.

— 프랑수아 비용

- 젊음은, 지나치도록 칭찬받는 계절인 봄과 비슷하다.

— 새뮤얼 버틀러

- 돈이 있으면 이 세상에서 많은 것이 가능하다. 그러나 청춘은 돈으로는 살 수 없다. — 브와디스와프 레이몬트
- 시간이 이다지도 빨리 흐르는 것은 우리가 시간에 이정표를 만들어 놓지 않기 때문이다. 중천의 달과 지평선의 달의 경우도 이와 마찬가지다. 그래서 청춘은 충만하기 때문에 그토록 길고 짧은 것이다. 가령 시계판 위의 바늘이 5분간 돌아가는 것을 지켜볼 수 없는 것만큼 사물은 지리하고 짜증스런 것이다.

— 알베르 카뮈

- 젊음의 특징은 아마도 손쉬운 행복을 누릴 수 있는 천부의 자질일지도 모른다. 그러나 젊음이란 무엇보다 먼저 거의 낭비에 가까울 정도로 성급한 삶에의 충동이다. — 알베르 카뮈
- 청춘이란 것은 기묘한 것이다. 외부는 빨갛게 반짝이고 있지만, 내부에서는 아무것도 느낄 수 없는 것이다. — 장 폴 사르트르
- 나의 청춘은 구름 하나 없는 하늘과 같이 아직 파랗게 개어 있다. 위대해지고 싶다. 또 부자가 되고 싶다고 원하는 것은, 거짓말을 하고, 머리를 숙이고, 아첨하는 것은 자기 자신이 결심한 것이 아니겠는가. — 발자크
- 40세가 넘은 인간은 자기 얼굴에 책임을 져야 한다.

— 에이브러햄 링컨

- 혼이 들어 있는 청춘은 그렇게 쉽게 멸망해 버리는 것이 아니다.

— 한스 카로사

- 청춘의 실수는 장년의 승리나 노년의 성공보다 더 가치가 있다.
— 벤저민 디즈레일리
- 일반적으로 젊은이들은 과격하다고 생각되지만 그것은 잘못이다. 내가 만난 가장 보수적인 사람들은 대학생들이었다.
— 시어도어 윌슨
- 청춘은 인생에 단 한 번밖에는 오지 않는다. — 헨리 롱펠로
- 청춘은 결코 안전한 주(株)를 사서는 안 된다. — 장 콕토
- 잃어버린 청춘에 대해서, 우리는 이미 옛날의 모양이 남아 있지 않은 정원의 고목 속에서 마지막 우레의 큰 소리를 들을 따름이다. — 프랑수아 모리아크
- 청년에게 권하고 싶은 말은 단지 세 마디에 불과하다. 일하라, 더욱 일하라, 끝까지 일하라. — 오토 비스마르크
- 하나의 현상, 하나의 체험, 하나의 모범이 다른 것들을 추방시키는 일은 젊은 날의 만족할 줄 모르는 속성이기도 하지만, 또한 젊은 날의 격정이기도 하다. 젊은 시절에 우리는 들떠 있고 무한히 뻗어나가려고 하며 또 이것저것을 보이는 대로 움켜잡고서는 그것으로부터 자신의 우상을 만들어 낸다.
— 엘리아스 카네티
- 여자의 조국은 젊음이다. 젊을 때만 여자는 행복하다.
— C. V. 게오르규
- 만약 내가 신이었다면, 나는 청춘을 인생의 끝에 배치했을 것이다. — 아나톨 프랑스
- 청춘은 이유도 없이 웃는다. 그것이 청춘의 가장 중요한 매력의

하나인 것이다. — 오스카 와일드

- 청춘은 소유할 가치가 있는 유일한 것이다. — 오스카 와일드
- 젊은이는 항상 미래를 내다보고, 노인은 미래가 없기 때문에 항상 과거를 되돌아보게 마련이다. — 오쇼 라즈니쉬
- 자기의 청춘을, 노년에 가서 처음으로 체험하는 사람들이 있다. — 장 파울
- 너는 우리의 어스름 속, 대낮의 빛이었고 네 젊음은 우리에게 꿈을 주어 꿈꾸게 했네. — 칼릴 지브란
- 청춘은 때때로 지나치게 자존심을 강하게 하지만, 젊은 자존심이란 모두 연약한 것이다. — 도스토예프스키
- 노인들이 세상을 개탄하고 세속을 비꼬는 태도는 필연적으로 청년들의 반역을 조성한다. — 임어당
- 과연 젊음은 귀여운 것인 동시에 또한 무서운 것이로다. — 김동인
- 『살려고 발광하고, 얘기하려고 발광하고, 구제받으려고 발광하는……』 이것은 젊은 세대의 경험과 생리를 그린 말이다. — 홍사중
- 작별 없이 지나간 청춘은 방정맞은 작은 새와 같이 한번 앉았던 가지로 다시 돌아올 줄 모르고, 성냥불처럼 확 하고 켜졌던 정열은 재가 되고 먼지로 화하여 자취 없이 사라진다. — 심훈
- 인생에 따뜻한 봄바람을 불어 보내는 것은 청춘의 끓는 피다. 청춘의 피가 뜨거운지라, 인간의 동산에는 사랑의 풀이 돋고, 이상의 꽃이 피고, 희망의 놀이 뜨고 열락(悅樂)의 새가 운다. — 민태환

■ 청춘은 향기다. 청춘은 힘이다. 청춘의 명령이라고 누구나가 이해할 수 있는 것은 아니다. 아무리 무리한 일이라도 그것이 청춘의 입을 통하여 나오면 당당한 명령으로 성립될 수 있듯이, 청춘의 명령은 청춘을 가진 사람만이 그것을 감행할 수 있는 것이다. — 정비석

■ 기막히고 엄청난 폭언이다. 남의 감정을 무시하고 인격을 유린하는 폭언이다. 그러나 그 폭언이 당당하게 명령으로 성립되는 힘을 청춘은 가진 것이 아닌가. — 정비석

■ 청춘! 음향부터가 용감하게 느껴진다. 세계를 움직일 수 있는 자는 청춘밖에 없다. 국가의 흥망성쇠를 두 어깨에 짊어지고 있는 사람도 청춘이다. 동포의 운명을 개척해 나가야 할 의무를 띤 사람도 역시 청춘이 아닌가. — 정비석

■ 젊음은 언제나 한결같이 아름답다. 지나간 날의 애인에게서는 환멸을 느껴도, 누구나 잃어버린 젊음에게서는 안타까운 미련을 갖는다. — 피천득

■ 청춘 때문에 희생된다는 것도 소중한 일이지만, 청춘을 살리는 길은 한층 더 높고도 거룩한 일이다. — 이봉구

■ 젊음은 자라나는 것의 싱싱한 아름다움이요, 뻗어가는 것의 단순하면서 강인한 아름다움이며, 잡것이 곁들이지 않는 정결하고 신선한 아름다움이다. 젊음이 뿜어 올리는 그 순수하고 순결하고 싱싱한 아름다움으로 젊음은 스스로를 신록하는 축복을 받게 되는 것이다. — 박목월

■ 젊음이란 무엇인가? 그것은 아름다운 꿈이요, 높푸른 이상이요, 뜨거운 정열이요, 강인한 투지의 응결체다. — 김우종

- 젊음은 나이가 만드는 것이 아니라, 생각이 만드는 것이다. — 이어령
- 열과 빛! 그것은 청춘의 화신이다. 결백! 그것은 청춘의 대명사이다. — 미상
- 천 번을 흔들려야 어른이 된다. — 김난도
- 안정된 미래보다는 좋아하는 일을 택하라. — 안철수

【속담 · 격언】

- 젊은이 망령은 몽둥이로 고친다. (젊은이가 망령된 짓을 하는 것은 철이 없어 그런 것이니 매로써 정신을 차리게 해야 한다) — 한국
- 젊은 과부 한숨 쉬듯. (시름이 가득하다) — 한국
- 낮에는 밤의 꿈자리가 평안하도록 행위하라. 그리고 청춘시대에는 노년에 평화하도록 행위하라. — 인도
- 40세는 청춘의 노년, 50세는 노년의 청춘이다. — 서양 속담
- 노령은 사람이 죽어야만 낫는 병이다. — 미국
- 한창 때의 청춘남녀도 굴뚝 청소부와 마찬가지로 흙이 된다. — 영국
- 젊음의 반은 전투이다. — 영국
- 젊은 시절의 심한 노동은 노년기에 있어서의 안락을 가져온다. — 영국
- 늙는다는 것, 그것은 신(神)의 은혜이고, 젊음을 잃지 않는다는 것, 그것은 삶의 기술이다. — 독일
- 청춘과 흘러간 시간은 영원히 돌아오지 않는다. — 독일

■ 늙은 손에 매니큐어를 칠했다고 젊음이 되살아나지 않는다.
— 독일

■ 악마도 젊었을 때는 아름다웠다. — 프랑스

■ 사랑이 없는 청춘, 지혜가 없는 노년—이 모두가 실패의 일생이다. — 스웨덴

■ 젊음이란 물론 하나의 결점이지만, 그 결점은 하루하루 고쳐지는 것이다. — 스웨덴

■ 30세까지는 여자가 덥게 해준다. 30세 이후에는 한 잔의 술이, 그리고 그 뒤에는—여러분의 난로가 덥게 해준다. — 스페인

■ 젊음은 광기의 일부를 형성한다. — 아라비아

■ 두 가지, 즉 건강과 젊음은 그것을 잃고 난 뒤에야 그 고마움을 안다. — 아라비아

■ 젊음에 취하면 술보다 더 취기가 돈다. — 페르시아

【시 · 문장】

이고 진 저 늙은이 짐 풀어 나를 주오
나는 젊었거니 돌이라 무거울까
늙기도 설워라커든 짐을 조차 지실까.

— 정철 / 송강가사

청산은 어찌하여 만고에 푸르르며
유수(流水)는 어찌하여 주야(晝夜)에 긏지 아니는고
우리도 그치지 마라 만고상청(萬古常靑)하리라.

— 이황 / 도산십이곡

청춘!
이는 듣기만 하여도 가슴 설레는 말이다.
청춘!
너의 두 손을 가슴에 대고
물방아 같은 심장의 고동을 들어 보라.
청춘의 피는 끓는다.
끓는 피에 뛰노는 심장은
거선(巨船)의 기관같이 힘 있다.
이것이다.
인류의 역사를 꾸며 내려온 동력은 꼭 이것이다.
이성은 투명하되 얼음과 같으며,
지혜는 날카로우나 갑 속에 든 칼이다.
청춘의 끓는 피가 아니더면
인간이 얼마나 쓸쓸하랴?
얼음에 싸인 만물은 죽음이 있을 뿐이다.
그들에게 생명을 불어넣는 것은 따뜻한 봄바람이다.
풀밭에 속잎 나고, 가지에 싹이 트고
꽃 피고 새 우는 봄날의 천지는
얼마나 기쁘며 얼마나 아름다우랴?
이것을 얼음 속에서 불러내는 것이
따뜻한 봄바람이다.
인생에 따뜻한 봄바람을 불어 보내는 것은
청춘의 끓는 피다.
청춘의 피가 뜨거운지라,

인간의 동산에는 사랑의 풀이 돋고,
이상의 꽃이 피고, 희망의 놀이 뜨고
열락(悅樂)의 새가 운다.

— 민태원 / 청춘예찬

청춘이란 인생의 어느 기간을 말하는 것이 아니고
마음의 상태를 말하는 것이다.
장밋빛 볼, 붉은 입술, 부드러운 무릎이 아니라
풍부한 상상력, 왕성한 감수성과 의지력
그리고 인생의 깊은 샘에서 솟아나는 신선함을 뜻하나니
청춘이란 두려움을 물리치는 용기,
안이함을 뿌리치는 모험심, 그 탁월한 정신력을 뜻하나니
때로는 스무 살 청년보다 예순 살 노인이 더 청춘일 수 있네.
누구나 세월만으로 늙어가지 않고
이상을 잃어버릴 때 늙어가나니
세월은 피부의 주름을 늘리지만
열정을 가진 마음을 시들게 하진 못한다.
근심과 두려움, 자신감을 잃는 것이
우리 기백을 죽이고 마음을 시들게 하네.
그대가 젊어 있는 한
예순이건 열여섯이건 가슴 속에는
경이로움을 향한 동경과 아이처럼 왕성한 탐구심과
인생에서 기쁨을 얻고자 하는 열망이 있는 법
그대와 나의 가슴 속에는 이심전심의 안테나가 있어

사람들과 신으로부터 아름다움과 희망, 기쁨, 용기,
힘의 영감을 얻는 한
언제까지나 청춘일 수 있네.
영감이 끊기고
정신이 냉소의 눈에 뒤덮이고
비탄의 얼음에 갇힐 때
그대는 스무 살이라도 늙은이가 된다.
그러나 머리를 높이 들고 희망의 물결을 붙잡는 한
그대는 여든 살일지라도 늘 푸른 청춘이다.

— 사무엘 울만 / 청춘

청춘의 꽃은 어른의 과실
청춘의 입김은 향기보다 달고
청춘의 희망은 인류의 생기
청춘의 환락은 신의 사랑을 묘사한다.

— 실드 / 청춘

신은 나에게 청춘의 몽당버섯을 다량으로 먹였었던 것이다. 나는 그 몽당버섯의 독에 취하여 자꾸만 기쁘고 자꾸만 웃었던 것이다. 그러나 인생과 세상의 고생은 몽당버섯의 해독제였던 모양이다. 자연과 인생을 싸고 덮었던 분홍안개는 걷히고 몽당버섯 기운도 가시고 말았다. 그리고는 폭로된 추악한 현실—나 자신과 내가 속한 인생—을 차마 바로 보지 못해 아무쪼록 거기서 눈을 감고 고개를 돌리려 한다.

— 이광수 / 병창어(病窓語)

【에피소드】

■ **아르트 하이델베르크** : 맥주로 건배하고 노래 부르며 담소하는 학생들, 하얀 에이프런의 귀여운 아가씨들—바야흐로 좋은 시절의 청춘의 심벌이다. 네카 강변의 대학도시 하이델베르크(Heidelberg)를 배경으로 젊고 즐거운 대학시절의 기쁨과 감미로운 연애—학생 왕자인 칼과 음식점 집의 딸 케티와의 깨끗하고 순정어린 연애와 이별을 묘사한 희곡 《아르트 하이델베르크》는 마이어푀르스터의 자전적 학생소설 《칼 하인리히(Carl Heinrich)》를 각색한 것인데, 1901년 이 희곡을 처음으로 상연했을 때 격찬을 받았고, 그 후 각국에서 계속 번역 상연되었다. 그래서 지금은 『아르트 하이델베르크』는 『그리운 청춘』의 대명사가 되어 누구나가 경험한 청춘에의 애정을 말하는 술어가 되었다.

【成句】

■ 장년호기(壯年豪氣) : 젊은이의 호매한 기상.
■ 소년행락(少年行樂) : 젊어서 즐겁게 지냄.
■ 성년부중래(盛年不重來) : 청춘은 두 번 다시 오지 않는다. 성년(盛年)은 원기 왕성한 나이, 한창 때를 말한다. 젊을 때야말로 공부를 해두어야 한다는 뜻으로 쓰는 수가 많으나, 본래는 젊어서는 막연하게 헛되이 시간을 보내지 말고, 무슨 일에나 적극적으로 노력하라는 뜻. / 도연명 『잡시(雜詩)』
■ 구십춘광(九十春光) : 봄의 석 달 90일 동안. 노인의 마음이 청년

같이 젊음을 이름.

■ 헤베(Hebe) : 청춘의 여신

낭만 *romance* 浪漫

【어록】

■ 사람의 인생은 참다운 낭만이라 하겠다. 용감하게 그 낭만을 살 때 그것은 어느 소설보다도 깊은 즐거움을 창출한다.

— 랠프 에머슨

■ 지구상의 어느 종족보다도 특히 영국인들은 무슨 일이든 모험적 정신을 가지고 하기 때문에 낭만의 미점(美點)을 획득한다.

— 조셉 콘래드

■ 여성의 유머만큼 낭만을 망쳐 놓는 것은 없다.

— 오스카 와일드

■ 진정 낭만적인 인간에게는 배경이야말로 전부이거나 거의 전부다. — 오스카 와일드

■ 낭만주의 문학은 특히 주먹질과 모험의 문학이라고 할 수 있는데, 그것은 그 나름의 가치와 공로, 그리고 화려한 역할을 갖고 있기도 합니다. — 샤를 생트뵈브

■ 객수(客愁)란 말이 있듯이 동양인의 여행은 곧 고향을 못 잊어

하는 시름이며 생활에서의 추방을 뜻하는 외로움이다. 하물며 유랑의 몸은 말할 것도 없다. 그것은 비극의 운명 김삿갓처럼 패자의 낭만일 따름이다. — 이어령

- 양성 중에서 남성은 변화를, 여성은 지속을 역사적으로 담당해 왔다. 그리고 변화를 대표하는 남성에게 방황이 있음은 너무나 당연한 내적 요구이며, 그것이 오히려 그 남성의 순수나 낭만을 나타내는 바로미터가 아닐까. — 전혜린

【시 · 문장】

꽃나무 사이에서 술 한 병을
더불어 마실 이 없이 홀로 따르네.
잔 들어 밝은 달 맞으니
그림자, 나, 달이 셋이 되었네.
달은 술을 못 마시고
그림자만 나를 따르네.
잠시 달과 그림자 더불어 있으니
봄이 다 가기 전 즐기자꾸나.
내가 노래하고 달은 거닐고
내가 춤추고 그림자 따라 추네.
함께 즐겨 술을 마시고
취해서 서로 헤어지는 것.
무정한 교유를 영원토록 맺었으니
다음엔 저 은하에서 다시 만나세.
花間一壺酒　獨酌無相親　　화간일대주　독작무상친

擧盃邀明月　對影成三人　거배요명월　대영성삼인
月旣不解飮　影徒隨我身　월기불해음　영도수아신
暫伴月將影　行樂須及春　잠반월장영　행락수급춘
我歌月徘徊　我舞影零亂　아가월배회　아무영령란
醒時同交歡　醉後各分散　성시동교환　취후각분산
永結無情游　相期邈雲漢　영결무정유　상기막운한

— 이백 / 월야독작(月下獨酌)

바람이 빠르고 하늘은 높은데 원숭이 휘파람 슬프고
물가 맑고 모래 흰데 새는 날아 돌아오는구나.
끝없이 낙엽은 쓸쓸히 떨어지고
다함없는 장강은 도도히 흘러오는구나.
만 리에 가을을 슬퍼하며 항상 나그네되어
한평생 병이 많아 홀로 누대에 오르는구나.
가난에 서리 같은 귀밑머리 무성한 것을 슬퍼하는데
늙고 지쳐 새 탁주잔을 다시 멈추었노라.
風急天高猿嘯哀 渚淸沙白鳥飛廻　풍급천고원소애 저청사백조비회
無邊落木蕭蕭下 不盡長江滾滾來　무변낙목소소하 불진장강곤곤래
萬里悲秋常作客 百年多病獨登臺　만리비추상작객 백년다병독등대
艱難苦恨繁霜鬢 潦倒新停濁酒杯　간난고한번상빈 요도신정탁주배

— 두보 / 등고(登高)

【명작】

■ **장한가(長恨歌)** : 중국 당대의 시인 백거이(白居易, 772~846)가

젊은 시절에 지은 서사적인 장가(長歌). 당 현종(712~756)이 죽은 지 50년이 지나 백거이 나이 35세에 친구 왕질부(王質夫)와 진홍(陳鴻)이 그를 찾아와 선유산에 놀러갔다. 거기서 당 현종 이융기와 양귀비와의 로맨스가 화제에 올랐다. 왕질부의 제의로 백거이는 시인의 상상력을 발휘해서 시로, 진홍은 산문으로 그들의 사랑 이야기를 신화적인 내용으로 애절하게 썼다.

현종황제와 양귀비(楊貴妃)의 비련(悲戀)에 관한 노래로, 4장으로 되었다. 제1장은, 권력의 정상에 있는 황제와 절세가인 양귀비의 만남과, 양귀비에게 쏟는 현종황제의 지극한 애정 등을 노래하였다. 제2장에서는, 안녹산(安祿山)의 난으로 몽진(蒙塵) 도상에서 양귀비를 죽게 한 뉘우침과 외로움으로 가슴이 찢어지는 황제의 모습을 그렸다. 제3장은, 환도 후 양귀비의 생각만으로 지새는 황제를 묘사한다. 제4장에서는, 도사의 환술(幻術)로 양귀비의 영혼을 찾아, 미래에서의 사랑의 맹세를 확인하게 되었으나, 천상(天上)과 인계(人界)의 단절 때문에 살아 있는 한 되씹어야 할 뼈저린 한탄이 길게 여운을 끈다. 특히, 마지막 구절은 작가적인 상상력을 최대한 드러내 애절함을 고조시킨다.

『하늘에선 날개를 짝지어 날아가는 비익조가 되게 해주소서(上天願作比翼鳥), 땅에선 두 뿌리 한 나무로 엉긴 연리지가 되자고 언약했지요(在地願爲連理枝)』

이 작품에서는 변화무쌍한 서사(敍事)의 사이사이로 사랑의 기쁨, 외로움, 괴로움 등의 서정(敍情)이 섬광처럼 번쩍이며, 외길 사랑으로 탄식만 해야 하는 현종이 새로이 창조되어 인간으로서의 사랑의 비중을 역력히 상징한다. 노래의 형식도 칠언(七

言)이어서 유창하고 아름다운 가락이 감겨들며, 행마다 리듬이 박동하고 때로는 각운(脚韻)을 바꾸어 가면서 장장 120행에 걸쳐 선율이 흐른다. 무수한 사람들이 이를 애창하였으며, 시가와 소설과 희곡으로 취급되어 중국 근세문학사상 무한한 제재를 제공하였다.

증오 *hatred* 憎惡

【어록】

- 증오는 증오로써 막는 것이 아니라 사랑으로써 막는 것이다.
  — 석가모니
- 나라에 이로운 것은 사랑하고, 나라에 해로운 것은 미워한다(利於國者愛之 害於國者惡之). — 《안자춘추(晏子春秋)》
- 사랑하면서도 그의 악한 점을 알아내고 미워하면서도 그의 착한 점을 알아준다(愛而知其惡 憎而知其善). — 《예기》
- 오직 어진 사람만이 사람을 좋아할 줄 알고 미워할 줄 안다(唯仁者能好人 能惡人 : 어진 이는 좋은 것은 좋다고 하고 나쁜 것은 나쁘다고 하는 공평함을 지닌다. 그래서 어진 이는 사람을 사랑하고 친하는 일면 사람을 미워도 한다. 미워할 때는 그 사람의 악을 미워하는 것이지 사람을 미워하는 것은 아니다).
  — 《논어》 이인
- 여러 사람이 미워하더라도 반드시 살펴야 하고, 여러 사람이 좋아하더라도 반드시 살펴야 한다(衆惡之必察焉 衆好之必察

焉). —《논어》 위령공

- 세속인은 모두 자기와 같은 사람을 좋아하고 자기와 다른 사람을 싫어한다(世俗之人皆喜人之同乎己 而惡人之異乎己也).
—《장자》
- 천하가 서로 사랑하면 다스려지고, 서로 미워하면 어지러워진다(天下兼相愛則治 交相惡則亂). —《묵자(墨子)》
- 미워하는 사람이 많으면 위험하다(惡之者多則危).
—《순자(荀子)》
- 남을 사랑하는 자는 반드시 사랑을 받고, 남을 미워하는 자는 반드시 미움을 받는다(愛人者必見愛也 而惡人者必見惡也).
—《묵자》
- 해와 달이 밖에서 빛나지만 역적은 안에 있으며, 미워하는 자를 조심해서 방비하지만 화는 사랑하는 데 있다(日月輝於外 其賊在於內 謹備其所憎 而禍在於所愛). —《전국책》
- 남이 나를 미워하는 것을 몰라서는 안되지만, 내가 남을 미워하는 것을 알게 할 수는 없다(人之憎我也 不可不知也 吾憎人也 不可得而知也). —《전국책》
- 같은 욕심을 가진 자는 서로 미워하고, 같은 근심을 가진 자는 서로 동정한다(同欲者相憎 同憂者相親). —《전국책》
- 군자는 마땅히 좋아하고 미워하는 바가 있어야 하며, 좋아하고 미워하는 바가 명확하지 않아서는 안된다(君子當有所好惡 好惡不可不明). — 한유(韓愈)
- 오직 어진 자만이 좋아할 줄도 알고 미워할 줄도 알며, 높이 있을 줄도 알고 낮게 있을 줄도 안다. 좋아하면서도 억지로 하지

않고, 싫어해도 원망하지 않고, 높이 있어도 교만하지 않고, 낮게 있어도 두려워하지 않는다(唯仁者可好也 可惡也 可高也 可下也 好之不逼 惡之不怨 高之不驕 下之不懼).— 《국어(國語)》

- 사랑이 많으면 미움에 이른다. — 항창자
- 미워하면서도 그의 아름다운 점을 보아야 하고, 좋아하면서도 그의 단점을 보아야 한다(惡而知其美 好而知其惡). — 《경세통언》
- 좋아하면서도 그것의 나쁜 점을 알고, 미워하면서도 그것의 좋은 점을 아는 사람은 천하에 드물다(好而知 其惡 惡而知 其美者 天下鮮矣). — 《대학》
- 스스로 즐길 수 없는 사람들은 종종 타인을 미워한다.— 이솝
- 온갖 형태의 죽음은 불행한 사람에게 있어서 증오로 가득 차지만, 최악의 증오는 굶는 것에 의한 죽음이다. — 호메로스
- 슬픈 자는 기쁜 자를 미워하고, 기쁜 자는 슬픈 자를 미워한다. 빠른 자는 느린 자를 미워하고, 게으른 자는 민첩한 자를 미워한다. — 호라티우스
- 친척의 증오가 가장 사납다. — 타키투스
- 사랑의 증오만큼 격한 것은 없다. — 프로페르티우스
- 증오는 두려움의 딸이다. — 테르툴리아누스
- 지나친 사랑은 미움으로 변하기 쉽다. — 《플루타르크 영웅전》
- 증오심에 불탈 때는 사악한 인간을 상대로 할 때만 그러하라. — 《코란》
- 사랑과 증오는 항상 한도를 넘어선다. — 《탈무드》

■ 다른 사람으로부터 미움을 받고 있다고 생각하나 그 사람에게 미움 받을 원인을 준 기억이 없다고 믿는 사람은 자기 쪽에서도 도로 그를 미워할 것이다. — 스피노자

■ 증오는 적극적인 불만이요, 질투는 소극적인 불만이다. 따라서 질투가 바로 증오로 바뀌어도 이상할 것은 없다. — 괴테

■ 사랑은 미움으로 많은 것을 하게 된다. 그러나 사랑에 의하여 더욱 많은 것을 하게 된다. — 셰익스피어

■ 여자는 그녀와 연애에 빠져 있는 남자를 미워하는 일은 없지만, 많은 경우, 여자는 그녀와 친구인 남자를 미워한다.

— 알렉산더 포프

■ 자기를 미워하는 사람을 사랑할 수는 있지만, 자기가 미워하는 사람을 사랑할 수는 없다. — 레프 톨스토이

■ 인간적인 사랑으로써 사랑할 때 간혹 사랑이 미움으로 변할 우려가 있다. 그러나 신의 사랑은 절대 불변이다. 무엇이든지 죽음까지라도 이 사랑은 파괴할 수 없다. 이것은 영혼의 정수(精髓)이다. — 레프 톨스토이

■ 증오로부터 우정까지의 거리는 반감으로부터 우정까지의 거리만큼 멀지 않다. — 라브뤼예르

■ 증오, 그것은 사랑과 근원을 같이하고 있는 것이 아닌가.

— 한스 카로사

■ 증오는 가슴에서 나오고, 경멸은 머리에서 나온다. 어느 감정도 완전히 우리의 통제 하에 있지 않다. — 쇼펜하우어

■ 증오는 그 마음을 품은 자에게 다시 되돌아온다. — 베토벤

■ 질투 많은 사람들의 사랑은 증오처럼 되어 있다. — 몰리에르

- 사람은 여자를 사랑함에 따라 더욱더 증오하게 된다.

— 라로슈푸코

- 증오가 지나치면 미워하는 상대방보다 더 천해진다.

— 라로슈푸코

- 흔히 있는 결과로부터, 연애라는 벗이 어떠한 것인지를 판단해 보면, 그것은 우정보다는 훨씬 증오에 가깝다. — 라로슈푸코
- 이 세상에 사랑보다 즐거운 것은 없다. 사랑 다음으로 즐거운 것은 증오이다. — 헨리 롱펠로
- 증오는 약자의 노여움이다. — 알퐁소 도데
- 증오는 사람을 장님으로 만든다. — 오스카 와일드
- 국민적인 증오심은 문화가 낮으면 낮을수록 강하다.

— 오스카 와일드

- 증오는 자네에게 심부름하는 모든 것에 대해서는 분명히 관대한 주인이다. — 오스카 와일드
- 사람이 사랑한 일이 없는—결코 사랑할 것 같지도 않은 사람에 대해서는 참된 증오는 없다. 증오를 받을 만한 값어치가 없는 사람에 대해서는 극단적인 사랑은 결코 생기지 않는다.

— 폴 발레리

- 잘못 전해진 자기의 면목 때문에 사랑을 받느니보다 한층 자기의 진실한 모습 때문에 증오되는 것이 마음이 편하다.

— 앙드레 지드

- 증오는 억압되고 연속된 분노이다. — J. 드쿠르
- 사랑에도 시간이 부족하다. 그러니 증오에 할애할 시간이 있겠는가? — B. 코프랜드

■ 사랑—그 수단에 있어서는 양성(兩性)의 싸움이고, 그 근저(根底)에 있어서는 양성의 목숨을 건 증오이다.

— 프리드리히 니체

■ 우리들이 인생에서 당면하는 증오의 태반은, 단순히 질투이든가, 혹은 모욕 받은 사랑에 지나지 않는다. — 카를 힐티

■ 사회적 증오는 종교적 증오보다도 훨씬 강렬하고 그리고 심각하다. — 미하일 바쿠닌

■ 듣기 싫은 음악에 대해서 이야기하지 말고 듣기 좋은 음악에 대해서 화제를 삼으라. 미워하고 싫어하는 감정은 될 수 있는 대로 발산하지 않는 것이 우리 자신의 건강을 위해서 유익하다. 애정으로 표현된 감정만이 우리에게 좋은 피를 만들어 준다.

— 알랭

■ 인간에게는 증오와 불쾌를 잊어버리게 하는 성질이 있다.

— 찰리 채플린

■ 거만과 증오는 거리에서 매매되는 상품 같은 것이다.

— 윌리엄 예이츠

■ 증오로 질식당하는 것은 모든 사악한 위기 중에서도 으뜸가는 것이다. — 윌리엄 예이츠

■ 지적(知的)인 증오가 가장 악한 것이다. — 윌리엄 예이츠

■ 마음에 증오가 없다면 바람이 아무리 때리더라도 나뭇잎에 앉아 있는 홍방울새를 날아가게 하지는 못하리.

— 윌리엄 예이츠

■ 증오는 협박을 당한 데 대한 겁쟁이의 복수심이다.

— 조지 버나드 쇼

■ 우리가 어떤 인간을 미워하는 경우, 우리는 다만 그의 모습을 빌어서 우리의 내부에 있는 어떤 자를 미워하고 있는 것이다.

— 헤르만 헤세

■ 인류의 가슴 속을 유린한 최악의 증오의 묘(墓)이며 전형(典型)인 잔혹무비의 천재 광란환자인 히틀러! — 윈스턴 처칠

■ 문학적인 목적으로서의 미움이란 훌륭한 테마가 되는 것이다.

— 버트런드 러셀

■ 우정보다 증오를 부채질하는 선전이 훨씬 효과적인 것은 어째서인가? 그 까닭은 매우 명백해서 현대문명을 만들어낸 인간의 심정이 우정보다 증오 쪽으로 기울기 쉽기 때문이다.

— 버트런드 러셀

■ 분노와 증오, 복수심과 격정은 태초부터 인간이 가지고 있던 본성이 아니다. 이것들은 인간이 낙원에서 쫓겨난 후에 생긴 병든 정열이다. — C. V. 게오르규

■ 사람은 자기가 증오하는 사람을 절대 이해하지 못한다.

— 존 로널드 로얼

■ 죄악과 사악함을 미워하라. 그러나 사람을 미워하지 말라. 이러한 것을 잘 이해하라. — 윌리엄 사로얀

■ 세상 사람들은 스스로 아는 것이 적으면 많이 아는 사람을 미워한다. — 유빈

■ 내가 그를 미워해도 되는 것은 미워한다고 그가 괴로워하거나 불행해지지 않을 뿐만 아니라, 그도 나를 미워하며 이 미움으로 말미암은 어떤 기쁨을 맛볼 수 있기 때문이다. 만일 내가 그를 미워함으로써 그가 혹 불행해진다면 나는 더 미워할 수 없

을 것이며 도리어 자비를 베풀어야 할 것이 아닌가.
— 김원구

- 실망과 미움은 오뉴월 소나기처럼 변덕스럽게 나타났다가 사라지기 마련이다. — 이동주
- 사랑의 감정이 절대적인 것과 같이 증오의 감정이 때때로 절대적인 경우도 있다. — 이효석
- 미워할 것은 인간이 지닌 어리석은 조건뿐이다. 인간의 가슴속에 숨어 있는 인간 심리의 독소, 남을 억압하려는 포악성, 착취하려는 비정, 남보다 뛰어나다는 교만, 스스로 나서려는 값싼 영웅주의적 참견, 남을 죽일 수도 살릴 수도 있다는 무엄, 그러한 것들이다. — 선우휘
- 인간 서로의 미움이란 미움이 미움을 낳는 악순환밖엔 가져오지 않는다. — 선우휘
- 사람의 모든 행위는 씨앗을 뿌리는 것과 다름이 없다. 그것이 사랑의 싹을 간직한 것이라면 사랑의 꽃이 피게 되며, 증오의 싹을 간직한 것이라면 증오의 열매가 맺게 되는 것이다.
— 박목월

【속담 · 격언】

- 눈엣가시. (몹시 미워하고 싶은 사람) — 한국
- 까마귀 열두 소리에 하나도 좋지 않다. (미운 사람이 하는 일은 하나부터 열까지 다 밉다) — 한국
- 개 꼬락서니 미워서 낙지 산다. (개가 뼈다귀 먹는 꼴이 미워서 뼈 없는 낙지를 산다, 곧 미워하는 자에게는 어떻게든지 그가

좋아할 일은 하지 않는다) — 한국

- 미운 털이 박혔나. (몹시 미워하며 못살게 군다) — 한국
- 눈총을 맞는다. (미움을 받는다) — 한국
- 중이 미우면 가사도 밉다. (그 사람이 밉다보니 그에게 딸린 건 다 밉게만 보인다) — 한국
- 며느리가 미우면 손자까지 밉다. (한번 미워만 하기 시작하면 예쁠 것까지도 미워진다) — 한국
- 못난 색시 달밤에 삿갓 쓰고 나선다. (미운 사람이 점점 더 보기 싫은 짓만 한다) — 한국
- 때리는 시어미보다 말리는 시누이가 더 밉다. (겉으로는 위해주는 체하면서 속으로 해하는 사람이 제일 밉다) — 한국
- 빈대 미워 집에 불 놓는다. (손해 볼 것을 생각지 않고 제게 마땅치 않은 일은 어떤 일도 한다) — 한국
- 미운 강아지 우쭐거리면서 똥 싼다. (미운 자가 유난히도 보기 싫고 미운 짓만 한다는 뜻) — 한국
- 시앗 싸움엔 돌부처도 돌아앉는다. (아무리 점잖고 무던한 부인네라도 시앗 싸움을 하면 마음이 변하여 시기도 하고 증오도 한다) — 한국
- 시앗이 시앗 꼴을 못 본다. (시앗이 오히려 제 시앗을 더 못 본다) — 한국
- 못생긴 며느리 제삿날 병난다. (미운 사람이 더 미운 짓만 한다) — 한국
- 시아버지 죽으라고 축수했더니 동지섣달 맨발벗고 물길을 때 생각난다. (자기가 싫어하고 미워하던 것도 막상 없어지고 보면

아쉽고 생각난다) — 한국

- 진리는 이따금 증오를 초래한다. — 영국
- 그들의 부덕을 미워하고, 누구든 미워하지 마라. (죄를 미워해도 사람은 미워하지 말라) — 영국
- 피터를 미워하는 사람은 그의 개까지도 괴롭힌다. — 영국
- 사랑은 미움을 숨긴다. — 영국
- 증오의 건물은 모욕의 돌로 지어진다. — 스페인
- 사랑은 애꾸눈, 증오는 완전한 소경이다. — 덴마크
- 사랑은 한계를 넘는다. 그리고 증오도 미움도 역시 한계를 넘는다. — 이스라엘
- 여자는 40년 동안 자신의 사랑을 감추지만, 증오와 반감은 하루도 감추지 않는다. — 아라비아

【시 · 문장】

미움이란 말 속에 보기 실흔 아픔
미움이란 말 속에 하잔한 뉘침
그러나 그 말삼 씹히고 씹힐 때
한 거품 넘치여 흐르는 눈물.

— 김영랑 / 四行小曲

세계는 불로 끝난다는 사람도 있고
얼음으로 끝난다는 사람도 있다.
내가 맛본 욕망을 두고 말한다면
불이라고 하는 사람들과 나는 같은 생각이다.

그러나 세계가 두 번 망한다면
파괴를 위해서는 얼음도 또한 위대하며
족하리라고 말할 만큼
증오에 대해서도 나는 알고 있다고 생각한다.

— 로버트 프로스트 / 불과 얼음

밤마다 네 하루를 검토하라
그것이 하느님 뜻에 합한 것이었는지 어떤지를
행위와 성실이란 점에서 기뻐했을 만한 일이었는지 어떤지를
불안과 회한(悔恨)에 의한 기력 없는 짓이었는지 아닌지를
네 사랑하는 자의 이름을 입으로 부르라.
증오와 부정을 고요히 고백하라.
모든 악한 것을 중심에서 부끄러워하고
어떤 그림자도 침상에 가져가는 일 없이
모든 근심을 마음에서 제거해 버리고
영혼이 오래 안연하도록 하라.

— 헤르만 헤세 / 밤마다

그대 아는가, 증오를
복수가 지옥의 큰 북을 난타하여
우리들의 능력의 지휘자가 되었을 때
남 몰래 오그라드는 주먹이며 원한의 눈물을
어진 천사여, 그대 아는가 증오를

— 보들레르

그런데 이놈의 흉한 괴물이 마음속에 꿈틀거리기 시작하여 그녀를 초조하게 만들고 있었다. 나뭇잎 우거진 깊숙한 숲과도 같은 그녀의 영혼 저 속에서 나뭇가지가 우지끈 부러지는 소리가 들려오고 이 괴물의 발굽에 마구 짓밟힌 듯한 기분이었다. 완전한 만족이나 완전한 안전이란 바랄 수도 없는 모양이었다. 글쎄 이 괴물이 어느 틈에 일어설지 모르니 말이다. 더구나 이 증오심이란 괴물은 그녀가 앓고 난 뒤로, 감정을 긁어 뜯고 척추를 해치는 힘까지 생겨 있었다. 이 괴물은 그녀의 육체까지 괴롭혔다. 신비감을, 우정을, 건강을 또는 사랑을 받고 가정을 즐기는 온갖 기쁨을 뒤흔들어서 떨게 하고 결국 꺾어 버렸다. 만족이라는 갑옷도 결국 이기심이 아닌가. 곧 이와 같은 증오심이 아닌가.

— 버지니아 울프 / 댈러웨이 夫人

【중국의 고사】

- **불념구악(不念舊惡)** : 지나간 잘못을 염두에 두지 않는다. 지나간 일을 탓하지 않는 것을 『기왕불구(旣往不咎)』라고 한다. 이 말과 약간 일맥상통하는 점이 있기는 하나 뜻은 다르다. 백이숙제(伯夷叔齊)가 지나치게 결백한 나머지 불의로 천하를 얻은 주나라의 곡식마저 먹을 수 없다 하여 수양산에 들어가 고사리를 캐먹다가 굶주려 죽었다는 이야기는 너무나 유명하다. 그 백이에 대해 맹자가 이런 구체적인 사례를 들고 있다. 즉 《맹자》 공손추(公孫丑) 상에서 맹자는 이렇게 말하고 있다.

  『백이는 그 임금이 아니면 섬기지 않고, 그 벗이 아니면 사귀지 않았으며, 악한 사람의 조정에 서지도 않고, 악한 사람과는 함께 말도 하지 않았다. 악한 사람의 조정에 서거나, 악한 사람과 함께 말하는 것은, 마치 예복을 이고 예모를 쓴 채 시궁창이나 숯검정 위에 앉는 것처럼 여겼다. 이러한 악한 것을 미워하는 마음을 확대시켜 시골 사람들과 같이 섰을 때, 그 사람의 갓이 비뚤어졌으면 뒤도 돌아보지 않고 가버렸다. 마치 더러운 것이라도 묻은 것처럼 생각했다. 그러니 제후들 중에 좋은 말로 그를 모시러 오는 사람이 있어도 이를 거절했다.』

이것으로 보아, 백이가 얼마나 결백하고 남을 포용하는 마음이 좁았는가를 알 수 있다. 그러나 맹자는 그를 성인(聖人)이라고 했다. 다만 성인 가운데 깨끗한 사람(淸者)이라고 했다. 그런데 그 백이에게도 반대의 일면이 있었던 것이다. 그것이 바로 여기에 나오는 『불념구악』이다. 《논어》 공야장편에 보면 공자는 이렇게 말하고 있다.

『백이와 숙제는 옛 악을 생각지 않았다. 그래서 원망이 적었다(伯夷叔齊 不念舊惡 怨是用希).』 그토록 결백하고 까다로운 백이와 숙제도 지나간 날의 잘못을 염두에 두지 않았기 때문에 사람들은 그의 지나친 결백을 그다지 원망스럽게 생각지 않았다는 뜻이다. 어제 아무리 보기 흉한 짓을 한 사람이라도 오늘 좋은 모습으로 나타나면 반갑게 맞아주는 백이 숙제였기 때문에 사람들은 그들을 어려워는 했을망정 미워할 필요는 없었던 것이다.

『기왕불구』가 의식적인 노력에서 나오는 아량이라면, 이 『불념구악』은 그야말로 『명경지수(明鏡止水)』와 같은 성자의 초연한 심정에서일 것이다. 지나간 일을 놓고 콩이야 팥이야

따지는 태도도 삼가야겠지만, 한번 밉게 본 사람을 언제나 같은 눈으로 대하는 것은 더욱 삼가야 할 일이다.

— 《논어》 공야장편

■ **도궁비현(圖窮匕見)** : 전국시대 연나라는 진(秦)나라의 침범을 자주 받곤 하였는데, 태자 단(丹)까지 인질로 진나라에 잡혀간 일조차 있었다.

단은 훗날 본국으로 돌아온 뒤 늘 복수를 꿈꾸면서 진왕 정(政 : 뒷날의 진시황)을 암살할 계획을 꾸미던 중에 형가(荊軻)라는 자객을 만나게 되었다. 형가는 원래 위(衛)나라 사람이었다. 나중에 연나라에 와서 고점리 등 협객들과 사귀면서 뜻을 키우고 있었다. 그때 태자 단은 원한을 갚을 마음이 간절했기 때문에 자신의 스승 국무를 통해 형가를 만나게 되었고, 세 사람이 함께 복수할 방도를 상의하게 되었다.

이리하여 형가는 그때 진왕에게 미움을 받아 연나라에 피신해 있던 진나라 장수 번오기(樊於期) 머리를 베어 가지고 연나라의 남부지방인 독항(督亢)의 지도와 함께 칼날에 독을 바른 비수를 지도 안에 넣어 가지고 연나라의 사절로 진나라에 파견되었다.

연나라 사신들의 선물을 받은 진왕은 기뻐서 어쩔 줄을 몰라 했다. 진왕은 번오기의 머리를 한쪽에 밀어 놓고는 천천히 지도를 펼쳐 보았다. 돌돌 말린 지도가 풀리자 그때 시퍼런 비수가 뎅그렁 하고 땅에 떨어졌다(秦王發圖 圖窮而匕首見). 이때 형가는 재빨리 비수를 집어 들고 진왕에게 다가갔으나 성공하지 못하고 도리어 자신이 잡혀 살해되고 말았다. 이와 같이 「도궁비현」은

일의 진상이 모두 드러나 탄로 나면서 모략이 폭로되는 것을 말한다.

—《사기》 자객열전

■ **안중지정(眼中之釘)** : 눈엣가시. 『눈 속의 못』이란 말이다. 우리말의 『눈엣가시』란 말과 똑같이 쓰이는 말이다. 나무못이 가시요, 쇠로 된 가시가 못이니 결국 같은 내용의 표현이라 볼 수 있다. 이 말이 기록에 나온 것은 《오대사보》에 있는 조재례(趙在禮)의 이야기에서부터다.

조재례는 당나라 말엽의 혼란기에 여룡(盧龍) 절도사로 하북 지방에서 용맹을 날린 유인공(劉仁恭)의 부하 장교였다. 그는 백성으로부터 긁어모은 돈으로 권력자들을 매수하여 후양(後梁)·후당(後唐)·후진(後晋)의 3대에 걸쳐 각지의 절도사를 역임한 간악하고 약삭빠른 사람이었다. 그는 송주(宋州) 절도사로 있을 때, 주민들을 총동원하여 깃발을 휘두르고 밭으로 나와 일제히 피리를 불고 북을 울림으로써 남쪽에서부터 휩쓸고 올라오던 황충을 송주로부터 몰아낸 지혜를 보여 주기도 했었다. 그는 이 송주에서 실컷 긁을 대로 긁어낸 다음 영흥(永興) 절도사로 옮겨가게 되었다.

이 소문을 듣고 기뻐한 것은 송주 백성들이었다. 그들은, 『놈이 우리 송주를 떠난다니 마치 눈에 박힌 못을 뺀 것처럼 시원하구나.』하고 서로 위로들을 했다. 그러나 화는 입으로부터 나온다고, 이들 송주 백성들은 미리 좋아한 이 한 마디 때문에 큰 환난을 치러야만 했다. 백성들의 이 같은 소문을 들은 조재례는 욕먹은 앙갚음을 할 생각으로 1년간만 송주에 더 있게 해달라고 조정에 청을 올렸다. 조정은 중신들의 독무대였고, 중신들은 조재례의 뇌물에 놀아나고 있었기 때문에 이를 승낙했다.

조재례는 즉시 소임들을 시켜 관내 주민들에게 집집마다 1년 안에 돈 1천 전(錢)을 바치게 하고 이를 발정전(拔釘錢)이라 불렀다. 『눈에 박힌 못을 빼려거든 1천 전을 내라. 그러면 내가 깨끗이 떠나 주마』 라는 노골적인 행동이었다. 이리하여 그는 이 1년 동안에 백만 관(貫 : 1관은 천 전)의 돈을 거둬들였다는 것이다. 『안중지정』 은 『안중정(眼中釘)』 이라고도 하며, 원래는 눈에 박힌 못처럼 자신을 괴롭히는 존재를 말한 것이었는데, 지금은 『눈엣가시 같은 놈』 이라고 할 때와 마찬가지로 보기 싫은 사람을 가리켜 말하기도 한다. — 《오대사보(五代史補)》

■ **호이지기악(好而知其惡)** : 좋아하면서도 그 사람의 옳지 못한 점을 아는 것을 이른 말이다. 《대학》 8장 『수신제가(修身齊家)』 에 대한 설명 속에서 나오는 말이다.

『이른바 그 집을 가지런히 하는 것이 그 몸을 닦는 데 있다는 것은, 그 천하고 사랑하는 바에 치우치게 되고, 그 업신여기고 미워하는 바에 치우치게 되고, 그 두려워하고 공경하는 바에 치우치게 되고, 그 슬퍼하고 불쌍히 여기는 바에 치우치게 되고, 그 거만하고 게으른 바에 치우치게 된다. 그러므로 좋아하면서도 그 나쁜 것을 알고, 미워하면서도 그 아름다운 것을 아는 사람이 천하에 적다(故 好而知其惡 好而知其美 天下鮮矣). 그러므로 속담에 이르기를 『사람은 그 자식의 나쁜 것을 알지 못하고, 그 곡식이 큰 것을 알지 못한다(人莫知其子之惡 莫知其苗之碩)』고 했다. 이것이 이른바 몸이 닦여지지 못하면 그 집을 가지런히 하지 못한다는 것이다.』

곧 가정에서의 감정에 의한 불공평한 일이 모두 자기 자신의 수양 부족에서 비롯되고 그것은 곧 가정불화와 자식들에게 악영향을 미치게 되는 것을 말한다. —《대학》8장

【명작】

▪ **분노의 포도**(The Grapes of Wrath) : 미국의 소설가 존 스타인벡(John Ernst Steinbeck, 1902~1968)의 장편소설. 작가는 로스트 제너레이션을 이은 30년대의 사회주의 리얼리즘을 대표하며, 작품은 사회의식이 강렬한 작품과 온화한 휴머니즘이 넘치는 작품으로 대별된다. 1939년 출판된 이 소설의 무대는 1930년대의 텍사스로부터 캐나다 국경에 이르는 대평원으로 대사풍(大砂風)에 의한 피해와 대자본에 의한 농업 기계화로 경작지를 잃은 오클라호마의 농민 조드 일가가 낡은 자동차에 가재도구를 싣고 캘리포니아의 비옥한 토지를 찾아 이주한다. 그러나 그들이 꿈꾸던 자유의 땅에서 기다리고 있는 것은 착취와 기아와 질병이었다. 가족은 뿔뿔이 흩어지고 또한 사별한다. 갖은 고난을 겪은 후 아들 톰은 파업에 가담하여 살인을 저지른다. 노동자의 싸움에서 깨달은 어머니는 힘차게 살아 갈 것을 절규한다.

농장노동자의 비참한 생활을 《구약성서》 출애굽기의 구성을 빌려 묘사한 서사시적(敍事詩的) 작품이다. 미국사회 전반의 움직임을 간결하게 표현하고 포괄적인 시야에서 농민의 생활

을 극명하게 묘사한 작품으로 이 작가의 소설 가운데 사회주의적 경향이 가장 짙은 걸작이다. 이 소설은 출판되자마자 커다란 사회적 반향을 일으켰으며 1940년 존 포드 감독에 의하여 영화화되었고 1940년 퓰리처상을 수상했다. 주요 저서로 《에덴의 동쪽》 등이 있으며 1962년 노벨문학상을 수상했다.

【成句】

- 흉충반흉(凶蟲反凶) : 보기 싫은 것이 더 미운 짓을 할 때에 이르는 말.
- 불위복선(不爲福先) : 행복을 남보다 먼저 차지하면 남한테 미움을 받으므로 남에 앞서서 차지하려 하지 않음.
- 오기의불오기인(惡其意不惡其人) : 죄를 범한 그 마음은 미워하지만, 그 사람은 미워하지 않는다는 말. /《공총자(孔叢子)》
- 천인공노(天人共怒) : 하늘과 사람이 함께 노한다는 뜻에서, 누구나 분노할 만큼 증오스러움. 도저히 용납할 수 없음의 비유.
- 질지여수(疾之如讎) : 원수처럼 미워함.

기다림 *await* 望

【어록】

- 재능을 몸에 감추고 때를 기다려 움직인다(藏器於身 待時而動).
  —《주역》
- 나무는 고요히 서있고자 하나 바람이 멈추질 않고, 자식이 봉양하고자 하나 부모는 기다려주지 않는다(樹欲靜而風不停 子欲養而親不待).
  —《공자가어(孔子家語)》
- 현명하고 재능있는 사람은 차례를 기다리지 말고 승직시키고, 재능 없는 자는 한시도 기다리지 말고 폐출시켜야 한다(賢能不待次而擧 罷不能不待須而廢).
  —《순자(荀子)》
- 큰 가물에 운예를 기다리듯 한다(若大旱之望雲霓 : 운예는 서쪽에 무지개가 서면 강가에 소를 매지 말라는 속담이 있다. 비가 올 징조이기 때문이다).
  —《맹자》
- 가까운 곳에서 먼 길을 오는 적을 기다리고, 편안한 자세로 적이 피로해지기를 기다리며, 배불리 먹고 나서 적이 배고프기를 기다리니, 이것이 힘을 다스리는 방법이다(以近待遠 以佚待勞

以飽待飢 此治力者也). — 《손자》

- 초목은 크든지 작든지 반드시 봄을 기다려 움터나고, 사람은 의리를 갖춘 다음에야 성숙된다(草木無大小 必待春而後生 人待義而後成). — 《시자(尸子)》
- 젊은 시절 한 번 가면 못 돌아오고, 하루에는 아침 두 번 맞지 못한다. 때를 놓치지 말고 부지런히 일해라. 세월은 사람을 기다려 주지 않는다(盛年不重來 一日難再晨 及時當勉勵 歲月不待人). — 도연명(陶淵明)
- 십 년에 칼 한 자루를 간다(十年磨一劍 : 어떤 목적을 위해 때를 기다리며 준비를 철저히 한다는 뜻). — 가도(賈島)
- 한창 때가 영원하다 말들을 마라. 주름지고 머리 흴 날 기다린다(莫道韶華鎭長在 髮白面皺專相待). — 이하(李賀)
- 군자가 먼 것을 얻으려 하면 기회를 기다려야 하고, 큰 것을 얻으려 하면 반드시 참을성이 있어야 한다. — 소식(蘇軾)
- 그릇(포부)을 숨기고 때를 기다리면서 스스로 나타냄을 부끄러이 여긴다(藏器待時 恥於自獻). — 소식
- 일에는 일시 밝히기 어려워 후세를 기다려야 할 것이 있다(事固有難明於一時而有待於年世者). — 구양수(歐陽修)
- 구슬은 궤 속에서 제 값을 기다리고, 비녀는 함 속에서 날기를 기다리네(玉在櫝中求善價 釵於奩內待時飛). — 《홍루몽(紅樓夢)》
- 풀이 자라는 동안 말은 죽는다. — 셰익스피어
- 기회를 기다려라. 그러나 결코 때를 기다리지 마라. — 빌헬름 뮐러

- 조용히 누워서 느긋하게 기다리는 것, 참는 것, 그러나 그것이야말로 생각하는 것이 아니고 무엇인가! — 프리드리히 니체
- 기다릴 수 있는 사람에게는 모든 일은 순조롭다.
  — 프랑수아 라블레
- 다시 기다림으로 지새는 이 생활, 나는 저녁식사를 기다리고 잠자기를 기다린다. 막연히 희망을 안고 깨어날 때를 생각해 본다. 무엇에 대한 희망인지 모르겠다. 아침잠에서 깨어나면 또 점심식사를 기다린다. — 알베르 카뮈
- 겨울이 오면, 봄도 멀지 않으리. — 퍼시 셸리
- 그대의 마음속에서 기다림은 욕망이라기보다는 다만 무엇이든지 받아들이기 위한 온갖 마음의 준비여야 할 것이다.
  — 앙드레 지드
- 다시 한 번 우리는 우리가 파선(破船)한 사람이 아님을 깨닫는다. 파선한 사람들은 기다리는 그 사람들이다! 우리 침묵으로 위협을 느끼는 그 사람들이다. 벌써 지겨운 착각으로 가슴이 발기발기 찢어지는 그들이다. — 생텍쥐페리
- 행운은 끈기 있게 기다리는 자에게 온다. — 헨리 롱펠로
- 생명은 기다려 주지 않는다. 생명은 되돌아오지도 않는다.
  — 가스통 바슐라르
- 천천히 해도 된다. 그러나 시간은 기다리지 않는다.
  — 벤저민 프랭클린
- 모든 인간의 지혜는 기다림과 희망이란 두 가지 말로 요약된다.
  — 알렉상드르 뒤마
- 그러고 보면 인생이란 출발에서부터 그 종말의 날까지 기다리

며 다하는 것이나 아닐까. — 손소희

- 따분한 기다림에도 지치는 일이 없는 점에서 낚시에는 절망이 없다. 비록 오늘 공쳤어도 내일이 있고, 언젠가는 고무신짝 같은 붕어가 와 주리라는 기대를 끝내 버리지 않는 점에서 낚시는 『희망의 예술』이라 부를 수 있으리라. — 신일철

【속담 · 격언】

- 감나무 밑에 누워 감 떨어지기만 기다린다. — 한국
- 굿에 간 어미 기다리듯 한다. (초조하게 기다림) — 한국
- 벼르던 아기 눈이 먼다. (잘하려고 벼르던 일이 도리어 실수하기 쉽고 낭패하기 쉽다) — 한국
- 강태공(姜太公)의 곧은 낚시질. (큰 뜻을 품고 때를 기다린다) — 한국
- 바람결에 불려 왔나 떼구름에 내려왔나. (속절없이 기다리던 것이 홀연 돌아옴. 어디서 왔는지 그 출처를 모름) — 한국
- 손자 환갑 닥치겠다. (너무 오래 걸려 기다리기 지루하다) — 한국
- 떡 방아 소리 듣고 김칫국 찾는다. (상대방의 속도 모르고 제 짐작으로만 일을 서둘러 바란다) — 한국
- 시간은 기다릴 줄 아는 사람에게 문을 열어 준다. — 중국
- 세월은 사람을 기다려 주지 않는다. (Time and tide wait for no man.) — 영국
- 지켜보는 냄비는 끓지 않는다. (A watched pot never boils.) — 영국

- 기다리는 자에게는 때가 온다. (Everything comes to those who wait.) — 영국
- 기다릴 수 있는 자에게 모든 것을 준다. — 영국
- 오래 기다리면 제 세상이 될 것이다. (If he waits long enough, the world will be his own.) — 영국
- 최선을 다하라. 그리고 신의 축복을 기다려라. — 영국
- 마음 평안하게 기다리는 사람은 기다림에 지치는 일이 없다. — 프랑스
- 기다림을 배우면 모든 일이 잘 된다. — 프랑스

【시 · 문장】

나는 조롱도 논쟁도 하지 않는다.
단지 증언하고 기다릴 뿐이다.

— 월터 휘트먼 / 풀잎

님 가실 때 달뜨면 오신다더니
달이 떠도 님은 오시지 않네.
생각건대 아마도 님 계신 곳
산이 높아 달뜨는 것 늦는가 보오.
郎云月出來 月出郎不來
想應君在處 山高月上遲

— 능운(凌雲) / 님을 기다리며(待郎君)

안 오는 임을 기다리어서

바위가 서 있는데 고개 하나 안 돌리는데
날이 날마다 강은 흐르고
바람이 불고 비가 뿌리고
바위는 말없이 서서
임 오신 그 날까진 말없이 서서.

— 왕건 / 망부석(望夫石)

동짓달 기나긴 밤을 한 허리 베어내여
춘풍 이불 아래 서리서리 넣었다가
어른님 오신 날 밤이거든 구비구비 펴리라.

— 황진이 / 동짓달 기나긴 밤을

달뜨면 오마든 님 달떠도 안 오시네
우리 님 계신 곳은 첩첩이 산이 높아
저 하늘 뜨는 달조차 더딘가 보다.

— 최치원 / 님을 기다리며

가만히 오는 비가
탁수 져서 소리하니,
오마지 않은 이가
일도 없이 기다려져,
열릴 듯 닫힌 문으로
눈이 자주 가더라.

— 최남선 / 혼자 앉아서

강이 풀리면 배가 오겠지
배가 오면 님도 탔겠지
님은 안 타도 편지야 탔겠지
오늘도 강가서 기다리다 가노라
님이 오시면 이 설움도 풀리지
동지섣달에 얼었던 강물도
제멋에 녹는데 왜 아니 풀릴까
오늘도 강가서 기다리다 가노라

납북— 김동환 / 江이 풀리면

【중국의 고사】

- **세월부대인(歲月不待人)** : 사람을 기다려 주지 않는 것이 세월이니 늙기 전에 부지런히 시간을 아껴 열심히 노력하라는 뜻으로 즐겨 사람의 입에 오르내리는 말이다. 흔히 권학시(勸學詩)로 알고 있는 도연명의 다음 시 속에 있는 말이다. 『한창 시절은 다시 돌아오지 않고(盛年不重來) / 하루에 새벽은 한 번뿐일세(一日難再晨) / 좋은 때 부지런히 힘쓸지니(及時當勉勵) / 세월은 사람을 기다려주지 않는다(歲月不待人).』

그러나 실상 이 시는, 늙기 전에 술이나 실컷 마시자는 권주시(勸酒詩)로 공부를 열심히 하라는 권학시는 아니다. 목적이야 어디에 있든, 그 목적을 위해 시간을 아껴 부지런히 노력하라는 것만은 좋은 뜻이 아닐 수 없다. 그리고 문장이 아주 평범하면서도 뜻이 절실하기 때문에 이 부분만을 떼어내어 학문을 권장하는 시로 이용하고 있는 데 또한 묘미가 있다고 할 수 있다.

『세월부대인』이란 문자만이 아니고, 『성년부중래(成年不重來)』와 『일일난재신(一日難再晨)』이란 말도 하나의 성어로서 널리 쓰이고 있다. — 도연명(陶淵明) / 잡시(雜詩)

■ **백년하청(百年河淸)** : 아무리 오래 기다려도 사물이 이루어지기 어려움을 비유하는 말. 중국의 황하(黃河)는 항상 물이 누렇게 흐려 있기 때문에 백 년에 한 번 물이 맑아질 때가 있거나 한다는 말에서 생겨난 말이다. 원래는 백년하청을 기다린다고 하던 것이, 기다린다는 말 없이 『백년하청』만으로 같은 뜻을 나타내고 있다. 《춘추좌전》에 이런 이야기가 있다.

초(楚)나라가 정(鄭)나라로 쳐들어오자, 정나라에서는 항복을 하자는 측과 진(晋)나라의 구원을 기다려 저항을 해야 한다는 측이 맞서 의견의 일치를 보지 못했다. 이때 항복을 주장하는 측의 자사(子駟)가 말했다.

『주나라 시에 말하기를 「하수(황하)가 맑기를 기다리고 있으면 사람은 늙어 죽고 만다. 여러 가지를 놓고 점을 치면 그물에 얽힌 듯 갈피를 못 잡는다.』고 했다. 그리고는, 우선 급한 대로 초나라 군사를 맞아 그들의 말을 따르기로 하고, 진나라 군사가 오면 또 진나라를 좇으면 그만이다. 우리는 그들을 맞이할 선물이나 준비해 두고 기다리는 것이 마땅하다.』

결국, 어느 세월에 진나라 구원병 오기를 기다릴 수 있겠느냐 하는 뜻으로, 황하가 맑기를 기다리는 부질없음을 예로 든 것이다. 『부지하세월(不知何歲月)』과 비슷한 말이다.

— 《춘추좌씨전》

■ **일일여삼추(一日如三秋)** : 하루가 3년 같음. 곧 몹시 애태우며 기다림. 가을은 한 해에 한 번뿐이므로 『삼추(三秋)』란 곧 3년을 뜻한다. 우리가 흔히 말하는 『하루가 3년 같다』는 말은 바로 이 말에서 온 것이다. 누구를 못 견디게 만나고 싶어 하거나, 참기 어려운 고통을 겪을 때 흔히 비유로 쓰는 말인데, 특히 문자로 『일일삼추(一日三秋)』라고 할 때는 사람을 안타깝게 기다리는 심정을 말하게 된다.

《시경》 왕풍 『채갈(采葛)』이란 시에 있는 말이다. 남편이 나라 일로 멀리 타국에 가고 돌아오지 않는지라, 그 부인이 행여나 하는 생각에 바구니를 들고 나가 짐짓 나물을 뜯고 칡뿌리를 캐며 남편이 돌아오는 길목을 지켜보는 심정을 노래한 시다.

『하루를 보지 못하는 것이 석 달만 같다(一日不見 如三月兮) / 하루를 보지 못하는 것이 세 가을만 같다(一日不見 如三秋兮) / 하루를 보지 못하는 것이 세 해만 같다(一日不見 如三歲兮)』 하고 끝을 맺고 있다. 삼추(三秋)나 삼세(三歲)나 결국은 같은 뜻이다. 그러나 삼세란 말은 현재는 쓰지 않는다. 이 『일일삼추』에서 『일일천추(一日千秋)』라는 보다 과장된 문자가 생겨나기도 했다.

또 『一日如三秋』의 『一日』을 『일각(一刻)』으로 바꾸어 『일각이 여삼추』란 말도 많이 쓰이고 있다. 일각은 15분을 말하기도 하나, 극히 짧은 시간이란 뜻으로 쓰인다. 결국 모든 개념이 개인의 사정과 형편에 따라 상대적인 것임을 말해 주는 것이라 하겠다. 행복이니 불행이니 하는 것부터가…….

— 《시경》 왕풍(王風)

■ **고성낙일(孤城落日)** : 멸망의 그 날을 기다리며 초조히 기다리는 처량한 정상을 비유한 말이다. 이 고사는 왕유의 칠언절구 『위평사를 보내며(送韋評事)』에서 유래된다. 『장군을 좇아 우현을 잡고자 / 모래밭에서 말을 달려 거연으로 향한다. / 멀리 아노라, 한나라 사신이 소관 밖에서 / 외로운 성, 지는 해 언저리를 수심으로 바라보리란 것을(愁見孤城落日邊).』

왕유는 이백, 두보와 나란히 중국의 대표적인 시인이다. 그는 동양화와 같은 고요한 맛과 그윽한 정을 풍기는 자연시를 많이 썼다. 여기서는 국경 밖의 땅을 배경으로 한 이국적인 정서가 시를 한층 재미있게 만들고 있다. 글 제목에 나오는 평사는 법을 맡아 죄인을 다스리는 벼슬 이름으로, 위평사가 장군을 따라 서북 국경 밖으로 떠나면서 심경을 적은 시다.

한(漢)대 흉노에 좌현왕(左賢王)과 우현왕이 있었는데, 우현왕이 한때 한나라 군대에 포위를 당해 간신히 도망쳐 달아난 일이 있었다. 첫 구절의 우현을 잡는다는 것은, 그 사실을 근거로 자신도 장군을 따라 변방으로 나가 적의 대장을 포로로 잡을 생각으로 사막을 힘차게 말을 달리게 되리라는 뜻이다. 여기에 나오는 거연이란 곳은 신강성 접경지대에 있는 주천(酒泉)을 말하는데, 남쪽에는 해발 6,455미터의 기련산(祁連山)이 솟아 있고, 북쪽은 만리장성의 서쪽 끝을 넘어 사막지대가 계속된다. 소관(蕭關)은 진(秦)의 북관(北關)으로도 불리는 곳으로 외곽지대의 본토 방면으로 통하는 출입구였던 것 같다.

시의 뜻은, 지금은 우현왕을 사로잡으려는 꿈을 안고 의기도 양양하게 사막을 말을 달려 거연의 요새지로 향하게 되겠지만,

면 저쪽 소관 밖으로 한나라 사신인 당신이 나가버리면 당신의 눈앞에는 어떤 광경이 벌어질 것인가. 아득히 백사장에 둘러싸인 외로운 성과 다시 그 저쪽에 기울어 가는 저녁 해, 그것을 당신은 수심에 잠긴 눈으로 바라보지 않으면 안될 것이다. 나는 몸은 비록 이곳에 있지만, 당신이 장차 겪게 될 외롭고 쓸쓸한 심정을 알고도 남음이 있다는 뜻이다. 여기서는 한갓 쓸쓸한 풍경과 외로운 심경을 노래한 데 지나지 않지만, 『고성낙일』은 보통 멸망의 그날을 초조히 기다리는 그런 심정을 말한다.

— 왕유(王維) / 송위평사(送韋評事)

■ **진인사대천명(盡人事待天命)** : 인간으로서 해야 할 일을 다 하고 나서 하늘의 뜻을 기다린다.

사람으로서 자신이 할 수 있는 어떤 일이든지 노력하여 최선을 다한 뒤에 하늘의 뜻을 받아들여야 한다는 것이다. 자신의 일을 성실히 하지 않고 요행을 바라는 사람에게 최선을 다하라고 강조하는 말이다.

《삼국지(三國志)》의 『수인사대천명(修人事待天命)』에서 유래한 말로, 자기 할 일을 다 하고 하늘의 명을 기다리라는 말이다. 속담 『하늘은 스스로 돕는 자를 돕는다』와 비슷한 말이다.

중국 삼국시대에 적벽에서 위(魏)나라 조조(曹操)가 오(吳)·촉(蜀) 연합군과 전투를 벌인 적벽대전(赤壁大戰) 중에 촉의 관우(關羽)는 제갈양에게 조조를 죽이라는 명령을 받았으나 화용도(華容道)에서 포위된 조조를 죽이지 않고 길을 내주어 달아나게 하고 돌아왔다. 그래서 제갈양은 관우를 참수하려 하였으나 유비의 간청에 따라 관우의 목숨을 살려주었다.

제갈양은 유비에게 말했다.

『천문을 보니 조조는 아직 죽을 운명이 아니므로 일전에 조조에게 은혜를 입었던 관우로 하여금 그 은혜를 갚으라고 화용도로 보냈습니다. 내가 사람으로서 할 수 있는 방법을 모두 쓴다 할지라도 목숨은 하늘의 뜻에 달렸으니, 하늘의 명을 기다려 따를 뿐입니다(修人事待天命).』

【명작】

- **고도를 기다리며**(En Attendant Godot) : 아일랜드 출신의 프랑스 작가 새뮤얼 베케트(Samuel Barclay Beckett, 1906~1989)의 2막 희곡. 베케트는 스승이면서 친구였던 제임스 조이스로부터 많은 영향을 받았으나, 그것을 독특하게 발전시켰고, 특히 소설에서는 내면세계의 허무적 심연(深淵)이 추구되었으며, 희곡에서는 인물의 움직임이 적고 대화가 없는 드라마로 형식화되어 있다. 그는 그의 전 작품을 통하여 세계의 부조리와 그 속에서 아무 의미도 없이 죽음을 기다리고 있는 절망적인 인간의 조건을 일상적인 언어로 허무하게 묘사하였다.

해질 무렵, 어딘지도 모르는 시골길에서, 블라디미르와 에스트라공이라는 두 사람의 떠돌이가 고도(Godot)라는 인물(이를테면 절대자)을 기다리는 동안 부질없는 대사와 동작을 주고받으며 시간을 보낸다. 거기에 노예 럭키를 데리고 포조가 등장하여 역시 두서없는 대화를 나누다가 떠났는데, 심부름하는 양치기

소년이 와서 『고도는 내일 온다』 고 일러준다. 두 사람은 계속 기다린다. 제2막(다음날)에서도 거의 같은 내용이 되풀이되는데, 이번에는 포조가 장님이 되었으나 럭키는 달아나지 않는다. 관객은 고도가 누구인지 갈수록 알 수 없게 되지만, 두 사람은 여전히 기다리고 막이 내린다.

작자는 『기다린다』 는 기묘한 행동을 통하여 일상생활의 그늘에 숨어 있는 현대인의 존재론적 불안을 독자적 수법으로 파헤쳤다. 삶의 부조리와 무의미를 허무적으로 보여준다는 평가를 받는다. 틀린 말은 아닐 것이다. 하지만 허무하다고 해서 삶을 놓아서는 안 된다. 삶이 부조리하고 무의미할수록 삶은 발견되어야 하지 않을까. 마치 고도를 기다리는 그들이 『말장난』 이라는 유희를 발견하듯 말이다. 현대 전위극의 고전으로 세계 각국에서 공연되었다. 1969년도 노벨문학상 수상작품이다.

【成句】

- 소비하청(笑比河淸) : 근엄해서 여간해서 웃지 않는 것. 하(河)는 황하(黃河)를 가리킨다. 황하는 『백년하청(百年河淸)을 기다린다』 고 할 정도로, 그 탁한 물이 맑아지는 법이 없다. 포증(包拯)이 언제나 위엄 있는 얼굴을 하고 웃는 법이 없음을, 황하가 맑아지는 법이 없음에 비유한 것이다. /《송사》
- 일각여삼추(一刻如三秋) : 일각이 3년 같다 함은 시간이 빨리 지나기를 간절히 기다리는 것을 이름.
- 연경거종(延頸擧踵) : 목을 길게 빼고 까치발을 하고 기다린다는 뜻으로, 사람이 찾아오는 것을 은근히 기다림. /《여씨춘

추》

- 학수고대(鶴首苦待) : 학의 목처럼 길게 빼고 기다림.
- 숙시주의(熟柿主義) : 감이 익어서 저절로 떨어지듯, 일이 절로 잘되거나 가만히 있어도 이권(利權)이 자기에게 돌아올 때를 기다리는 주의.
- 하대명년(何待明年) : 『어찌 명년을 기다리랴?』라는 뜻으로, 기다리기가 몹시 지루함을 이르는 말.
- 백난지중대인난(百難之中待人難) : 백 가지 어려운 일 가운데 사람 기다리는 것이 가장 어려운 일이라는 말.
- 식송망정(植松望亭) : 솔을 심어 정자를 삼는다 함이니, 원하는 일이 앞으로 기다리기 까마득하다는 뜻.

아름다움 *beauty* 美

【어록】

- 천하 사람이 아름답다고 하는 것을 아름다운 것으로 알고 있는데, 그것은 추할 수도 있는 것이다. 모든 사람들이 선한 것을 선하다고 알고 있는데, 그것은 불선(不善)일 수도 있다(天下皆知美之爲美 斯惡矣 皆知善之爲善 斯不善矣). — 《노자》
- 유별나게 아름다우면 반드시 유별난 추악이 있다(甚美必有甚醜). — 《좌전》
- 보조개가 볼에 있으면 아름답지만, 이마에 있으면 보기 흉하다(靨輔在頰則好 在顙則醜). — 《회남자》
- 세상에서 가장 아름다운 것은 언론의 자유다. — 디오게네스
- 네가 미남이면 너의 미에 어울리게 의연한 태도를 취해야 한다. 그러나 만일 네가 추남이면 너의 지식으로써 추함을 잊게 하라. — 소크라테스
- 마음의 아름다움을 잃어버린 육체의 아름다움은 동물들의 장식에 지나지 않는다. — 데모크리토스

- 미는 진리가 빛을 냄이다. — 플라톤
- 소녀의 마음에 있는 소중한 것은 자신의 아름다움과 매력이다. — 오비디우스
- 미란 말 없는 사기(詐欺)다. — 테오프라스토스
- 미에는 두 종류가 있다. 감미와 존엄이 그것이다. 우리들은 감미를 여성의, 존엄을 남성의 특성으로 보아야 한다. — M. T. 키케로
- 미와 조화된 정숙(貞淑)을 발견하는 일은 드물다. — 페트로니우스
- 촛불이 꺼지면 여인은 모두 아름답다. — 플루타르코스
- 눈부실 만큼 아름다운 것이 언제나 좋은 것은 아니다. 그러나 좋은 것은 언제나 아름답다. — 랑클로
- 돈보다 아름다움이 더 빨리 도둑의 마음을 자극시킨다. — 셰익스피어
- 아름다움이 탁월할 때는 그 어떤 웅변가도 벙어리가 된다. — 셰익스피어
- 미(美)는 예술의 궁극적 원리이며 최고의 목적이다. — 괴테
- 미는 감추어진 자연법칙의 표현이다. 자연의 법칙은 미에 의해서 표현되지 않았더라면 영원히 감춰져 있는 대로일 것이다. — 괴테
- 미는 나와 내 몸을 자각하지 못한다. — 괴테
- 미는 지(知)를 구하는 마음속에 생명과 뜨거움을 준다.— 괴테
- 사람은 시적인 미를 이야기하는 것처럼 기하학적인 미나 의학적인 미도 이야기하여야 할 것이다. 그러나 그런 이야기는 하지

않는다. 그 이유는 기하학의 목적이 무엇이라는 것과 그것이 증명에 존재한다는 것을 잘 알고 있으며, 또 의학의 목적이 무엇이라는 것과 그것이 치유에 존재한다는 것을 잘 알고 있지만, 시의 목적인 쾌감은 어디에 존재하는지를 모르고 있기 때문이다. — 파스칼

- 아름다움은 흔히 유행과 지역에 따라 결정이 된다. — 파스칼
- 미에는 객관적 원리가 없다. — 임마누엘 칸트
- 미와 슬픔은 언제나 붙어 다닌다. — 제임스 맥도널드
- 누구나 말했듯이 옷은 날개였다. 변변치 못한 옷을 걸치고 있으므로 보잘것없게 보이던 촌뜨기 아가씨도 인공적인 도움을 빌어 유행을 좇는 부인처럼 몸단장을 하면 꽃 같은 미인이 되는 것이다. 아름다움을 자랑하는 밤의 여인도 궂은 날씨에 들옷을 입혀서 밭에 내놓으면 처량한 꼴이 되고 만다.
  — 토머스 하디
- 강한 인간만이 사랑을 알고 있다. 사랑만이 미(美)를 파악한다. 미만이 예술을 형상화한다. — 리하르트 바그너
- 아름다움은 어디에나 있다. 우리의 눈이 그것을 다 못 알아볼 뿐이다. — 오귀스트 로댕
- 아름다움의 극치는 한 여인에게만 있는 것이 아니다. 모든 여인에게 있다. 그녀들은 그것을 모르지만 모두가 이 아름다움에 도달한다. 마치 과일이 익듯이. — 오귀스트 로댕
- 미는 신과 같다! 미의 한 조각은 미 전체이다.
  — 오귀스트 로댕
- 아름다운 것은 항상 고독 속에 있다. 군중은 미를 이해하지 못

한다. 그들은 자기를 인도하는 종교를 가지고 있지 않은 것이다. — 오귀스트 로댕

- 미는 도달점이지 출발점이 아니다. 그리고 사물이 아름다운 것은 단지 그것이 진실일 때뿐이고 진실 이외에 미는 없다. 그리고 또한 진실이란 완전한 조화(調和)를 뜻한다.
  — 오귀스트 로댕
- 사랑이 생길 때까지는 미는 간판으로서 필요하다. — 스탕달
- 흠잡을 데 없이 우아한 아름다움이란, 그것이 그 사람의 성질과 완전히 일치되었을 때, 그리고 당사자가 자기의 아름다움을 의식하지 않고 있을 때 그 진가를 나타내는 법이다. — 스탕달
- 이 세상에서 가장 아름다운 것—이를테면 공작, 백합꽃 같은 것이 가장 쓸데없는 것이라는 사실을 잊어서는 안된다.
  — 존 러스킨
- 미의 관념은 도덕적이지 않으면 안 된다. — 존 러스킨
- 잡초란 무엇인가? 그 아름다운 점이 아직 발견되지 않은 식물이다. — 랠프 에머슨
- 미는 느낌을 얻을 수 있고, 또 만들 수도 있다. 그러나 정의를 내릴 수는 없다. — 랠프 에머슨
- 우아함이 결여된 미는 미끼 없는 낚싯바늘과 같다. 표정 없는 미는 사람을 피곤케 만든다. — 랠프 에머슨
- 아름다움이란 육체의 미덕이다. 미덕이 마음의 아름다움인 것처럼. — 랠프 에머슨
- 사람들은 미를 구하여 온 세계를 여행한다 하더라도 실로 자신 스스로가 이 미를 몸에 지니고 떠나지 않으면 안 된다. 그렇지

않으면 결코 미를 발견하지는 못할 것이다. — 랠프 에머슨

■ 미는 자연의 동전, 모아 두어서는 안되며 유통되어야 한다. 그것의 좋은 점은 서로 나누어 갖는 기쁨이다. — 존 밀턴

■ 미의 지상 부분은 그림이 표현할 수 없는 것이다. — 프랜시스 베이컨

■ 아름다움은 여름철의 과실과도 같은 것이다. 썩기 쉽고 오래 가지 않는다. — 프랜시스 베이컨

■ 모든 아름다운 것 속에는 무엇인지 모를 균형의 기묘함이 있다. — 프랜시스 베이컨

■ 『미는 진리요, 진리는 미다.』 이것이 지상에서 내가 아는 전부요, 내가 알아야 할 전부이다. — 존 키츠

■ 미는 영원한 환희다. — 존 키츠

■ 아름다운 말(言)이 굶주린 배를 위로한 예는 없다. — 슈테판 츠바이크

■ 젊은 여자는 아름답다. 그러나 늙은 여자는 더욱 아름답다. — 월터 휘트먼

■ 선은 갖가지 증거를 필요로 하지만, 미는 그러한 것을 결코 요구하지 않는다. — 퐁트넬

■ 미는 인간의 경험에 제시된 다른 모든 성질과 마찬가지로 상대적이며, 따라서 그 정의가 추상적이면 추상적일수록 무의미하고 무익한 것이 되어 버린다. — 월터 페이터

■ 미에 있어서 감각적인 것과 정신적인 것과의 완성은 일치한다. — 프란츠 그릴파르처

■ 미는 예술에 있어서 가장 필요하다. 그러나 예술상의 숭고에는

도덕이 가장 필요하다. 그것은 심의(心意)를 높이기 때문이다.
— 조제프 주베르

- 우아함은 미의 자연의 옷이다. 예술에 있어서 우아함의 결여는 껍질을 벗긴 인체표본과 같은 것이다. — 조제프 주베르
- 미란 무엇인가? 열렬하고도 서글픈 것, 무엇인가 어렴풋하여 추측에 내맡기는 것. — 보들레르
- 미의 탐구란, 거기서 예술가가 두들겨 맞고 무릎 꿇는 것에 앞서, 공포의 절규를 올리는 하나의 결투다. — 보들레르
- 여자의 참다운 아름다움이 가지는 힘에는 지상의 아무것도 대항하지 못한다. — N 레나우
- 진리는 현명한 자에게 있고, 미는 참된 마음에 있다.
— 프리드리히 실러
- 아름다운 얼굴이 추천장이라면 아름다운 마음은 신용장이다.
— 불워 리턴
- 지혜는 과거의 발췌이지만, 미는 미래의 약속이다.
— 올리버 홈스
- 미는 얼굴에 있는 것이 아니라, 사람과 그 노력의 조화 속에 있다. — J. 밀레
- 미는 자연이 여자에게 준 최초의 선물이다. — J. 밀레
- 미는 사랑의 자식이다. — 헨리 엘리스
- 잘 다듬어진 미를 제외하고는 모두 먼지로 돌아간다. 흉상(胸像)은 성채(城砦)보다 생명이 길다. — T. 고티에
- 예술을 위한 예술은 아름다울지도 모른다. 그러나 진보를 위한 예술은 더욱 아름답다. — 빅토르 위고

■ 미는 전적으로 보는 사람의 안목에 달려 있다.
— 루이스 월리스

■ 참다운 미는 지적(知的)인 표정이 시작되는 곳에서 끝나는 거야. 지성은 그 자체가 과장의 양식이니까. — 오스카 와일드

■ 사물의 미를 분별하는 일이야말로 우리들이 도달할 수 있는 정묘(精妙)의 극점이다. 색채감각 하나라도, 개성의 발달에 있어서는 선악의 관념보다도 더욱 중요한 것이다.
— 오스카 와일드

■ 미는 천재의 한 형식이다.—실재로 어떠한 설명도 필요하지 않기 때문에 천재보다도 더욱 높은 것이다. — 오스카 와일드

■ 나는 비극을 사랑한다. 나는 비극의 밑바닥에는 언제나 어떤 아름다운 것이 있기 때문에 비극을 사랑한다.— 찰리 채플린

■ 미란 예술가가 자기의 마음의 상처 한복판에서, 세계의 혼돈으로부터 만들어 내는, 놀랍고도 신기한 것이다. — 서머셋 몸

■ 우리는 아름다운 물건으로 집을 장식하기에 앞서 먼저 담을 발가벗기고 우리의 생활을 발가벗겨서 아름다운 가정과 아름다운 생활로 토대를 삼아야 한다. 그러므로 아름다운 것에 대한 취미는 가옥도 가정도 없는 야외에서 가장 잘 함양되는 것이다.
— 헨리 소로

■ 미는 내부의 생명으로부터 나오는 빛이다. — 헬렌 켈러

■ 미는 우리들을 절망케 한다. 그것은 순간의, 그러나 우리가 줄곧 잡아 늘려놓고 싶어 하는 순간의 영원이다.— 알베르 카뮈

■ 아름다움 속에는 양 극단이 하나로 되고 온갖 모순이 함께 어울려 산다. — 도스토예프스키

■ 미—그것은 실로 무서운 것이다. 그것이 두렵다는 것은 그것을 규정할 수가 없기 때문이다. — 도스토예프스키

■ 진정한 아름다움은 지혜와 같이 매우 간단하고 누구나 알기 쉬운 것이다. — 막심 고리키

■ 미란 상상세계에서만 가능한 것이며, 그 본질적인 구조 속에 이 세계의 무화(無化)를 간직하고 있는 가치이다. — 장 폴 사르트르

■ 미는 한 문명의 척도이다. 그러나 유일한 척도는 아니고 단지 하나의 척도이다. — 월리스 스티븐스

■ 예술은 때로 아름다운 것을 밉게 만들 경우가 있다. 그러나 패션은 미운 것을 예쁘게 해준다. — 장 콕토

■ 미는 쉽게 눈에 띈다. 그것을 민중은 경멸하는 것이다. — 장 콕토

■ 예쁜 것이 반드시 아름다운 것은 아니다. — 비트겐슈타인

■ 우리가 경험할 수 있는 가장 아름다운 것은 불가사의한 것이다. 그것은 진정한 예술과 진정한 과학의 요람 앞에 서 있는 기본적인 감정이다. — 알베르트 아인슈타인

■ 미와 성(聖)은 하나이며 동질의 것이다. 성스러운 것은 아름답고 아름다운 것은 성스럽기 때문이다. — C. V. 게오르규

■ 탁월한 미는 발가벗었더라도 음란해 보이지 않는 법이다. — C. V. 게오르규

■ 미에 취하는 마음도, 그것을 사랑하는 마음도 일시였던 것이다. 그 미를 꺾음으로써 나의 미에 대한 욕심은 벌써 만족하였던 모양이다. — 계용묵

- 오직 미(美)! 실용적인 것과 미적인 것은 대립되는 것이 많다. 그러므로 미적인 것은 흔히 실용적이 못 되는 것이다.
  — 조지훈
- 아무 생각도 하지 않는 물건은 아름다웠다. 아무 의미도 없고 곱게 생겨 있는 물건에는 위안이 있었다. — 강신재
- 미의 특권같이 큰 것은 없다. 미는 미를 인정하지 않는 사람까지 감동시키고야 만다. — 이효석
- 미는 결정적이고 운명적이고 따라서 때때로 비극적이다.
  — 이효석
- 미(美)는 그 진가를 감상하는 사람이 소유한다. — 피천득

【속담 · 격언】

- 사람의 미는 외모에 있지 않다. 아름다움은 착한 마음씨에 있다. — 중국
- 사람의 아름다움은 마음에 있고, 뱀의 아름다움은 껍질에 있다.
  — 중국
- 타고난 아름다움은 언제나 아름답다. 배워서 미인인 척하는 것은 남의 웃음만 산다. — 중국
- 아름다운 것은 가시덤불 속에서 자란다. — 몽고
- 아름다운 것은 반드시 쇠한다. (All that's fair must fade.)
  — 영국
- 아름다운 깃털이 아름다운 새를 만든다. (옷이 날개다)— 영국
- 아름다운 용모는 재산의 절반이다. — 영국
- 아름다운 여자는 지갑을 가지고 다니지 않는다.— 스코틀랜드

■ 악마도 젊었을 때는 아름다웠다. — 프랑스
■ 아름다움을 먹고 살 수는 없으나, 아름다움을 위해 죽을 수는 있다. — 이탈리아
■ 하늘의 아름다움은 별에 있고, 여인의 아름다움은 머리에 있다. — 이탈리아
■ 아내의 아름다움으로 자기를 꾸밀 수는 없다. — 리투아니아
■ 남자의 아름다움은 총명 속에 있고, 여자의 총명은 아름다움 속에 있다. — 무어인

【시 · 문장】

세상은 아름답고 하늘은 푸르고
산들바람 고요히 불어오며
들판의 꽃들은 손을 흔들고
아침이슬에 반짝이누나
어느 곳을 보아도 웃는 사람의 얼굴
그러나 나는 무덤에 누워
가버린 연인을 안고지고

— 하인리히 하이네 / 世上은 아름다워

아름다운 사람을 만나고 싶다
항상 마음이 푸른 사람을 만나고 싶다
항상 푸른 잎사귀로 살아가는 사람을
오늘 만나고 싶다
언제 보아도 언제 바람으로 스쳐 만나도

마음이 따뜻한 사람
밤하늘의 별 같은 사람을 만나고 싶다
세상의 모든 유혹과 폭력 앞에서도 흔들리지 않고
언제나 제 갈 길을 묵묵히 걸어가는
의연한 사람을 만나고 싶다
오늘 거친 삶의 벌판에서
언제나 청순한 마음으로 사는
사슴 같은 사람을 만나고 싶다
모든 삶의 굴레 속에서도 비굴하지 않고
언제나 화해와 평화스런 얼굴로 살아가는
그런 세상의 사람을 만나고 싶다
아름다운 사람을 만나고 싶다.
오늘 아름다운 사람을 만나서
마음이 아름다운 사람의 마음에 들어가서
나도 그런
아름다운 마음으로 살고 싶다.

— 헨리 롱펠로우 / 아름다운 사람을 만나고 싶다

매력적인 입술을 갖고 싶다면 친절한 말을 하라.
사랑스런 눈을 갖고 싶다면 다른 사람의 좋은 점을 발견하라.
날씬한 몸매를 원하거든 굶주린 사람들과 음식을 나누어라.
아름다운 머리를 갖고 싶다면 하루 한번 아이의 손으로 쓰다듬게 하라.
멋진 자태를 원한다면 결코 혼자 걷는 게 아님을 명심하라.

사물이야 말할 것도 없고 사람은 늘
회복되고 새로워지고 되살아나고 개선되며
다시 채워져야 하느니
그 누구도 외면해선 안 된다.
기억하라. 도움의 손길이 필요할 때
바로 그것이 네 손끝에 있다는 것을.
나이가 들면서 알게 될 것이다. 손이 왜 두 개인지.
여자의 아름다움은 옷이나 생김새, 머리 모양이 아니라
눈에서 나온다. 눈은 사랑스러운 마음의 문.
진정한 아름다움은 얼굴의 매력이 아니라
영혼에서 반사된다. 그것은 온화한 손길과 뜨거운 열정.
그래서 여자의 아름다움은 나이와 함께 원숙해진다.

— 샘 레븐슨 / 아름다움의 비결

비애로 마음의 동요는 받지 않지만, 미, 단지 미라고만 하면 당신의 두 눈을 눈물로 가득 채울 수 있어요.

— 오스카 와일드 / 도리언 그레이의 초상

영국인이 없어도 인류는 계속 생존할 수가 있다. 독일인이 없어도 마찬가지다. 러시아 사람쯤 없어도 그야말로 아무런 지장도 없을 것이다. 과학이 없어도 태연하며, 빵이 없어도 괜찮다. 그러나 단지 미가 없으면 그것은 절대로 불가능하다. 왜냐하면 이 세상에서 아무것도 할 일이 없어지기 때문이다. 모든 비밀은 여기에 있다. 모든 역사는 여기에 있다! 과학이라도 미가 없다면 한 순간도 존

속할 수 없는 것이다. 미가 없으면 과학도 노예가 되어서 못 한 개도 발명할 수 없었을 것이다. (도스토예프스키는 일생을 통해서 인생의 미와 眞의 문제를 추구해 왔는데, 《백치》는 그 총결산이라 말해도 과언이 아니다.) — 도스토예프스키 / 악령(惡靈)

【중국의 고사】

■ **진선진미(盡善盡美)** : 착함을 다하고 아름다움을 다했다는 말로, 더 이상 바랄 것이 없을 만큼 잘 되어 있다는 뜻으로 많이 쓰인다. 이 말은 공자의 말에서 비롯된다. 그러나 원문에는 『진미진선(盡美盡善)』으로 나와 있다. 즉 공자가 순(舜)임금의 악곡인 소(韶)와 무왕(武王)의 악곡인 무(武)를 감상한 말로 다음과 같이 실려 있다.

공자께서 소를 일러 말하기를, 『아름다움을 다하고 또 착함을 다했다 하시고(子謂韶 盡美矣 又盡善也), 무(武)를 일러 말씀하시기를, 아름다움을 다하고 착함을 다하지 못했다고 하셨다(謂武 盡美矣 未盡善也).』 순임금은 요임금에게서 천하를 물려받아, 다시 이것을 우임금에게 물려주었다. 순임금의 그러한 일생을 음악에 실어 나타낸 것이 『소』라는 악곡이었다. 순임금이 이룬 공은 아름다웠고 그의 생애는 착한 것의 연속이었다. 그러므로 그 이상 아름다울 수도 착할 수도 없는 일이었다.

공자는 이 악곡을 들으며 석 달 동안 고기 맛을 몰랐다고 한다. 무왕은 은나라 주를 무찌르고 주나라를 창건한 사람이다. 그가 세운 공은 찬란하지만, 혁명이란 방법을 택하지 않으면 안 되었던 그 과정은 완전히 착한 일은 될 수 없었다. 그러므로 공은 아름다워도 동기와 과정만은 완전히 착한 것이 될 수 없었던 것이다. 결국 미는 이룬 결과를 말하고, 선은 그 동기와 과정을 말하는 것이다. 그러나 오늘날 우리가 쓰고 있는 『진선진미』는 그런 구별 없이 아무런 결점도 없는 완전무결한 것을 말한다.

— 《논어》 팔일편

■ **해어화(解語花)** : 말을 이해하는 꽃이란 뜻으로, 미인을 비유하여 이르는 말. 당나라 현종이 비빈(妃嬪)과 궁녀들을 거느리고 연꽃을 구경하다가 양귀비를 가리켜 『연꽃의 아름다움도 「말을 알아듣는 이 꽃」에는 미치지 못하리라』고 말했다는 고사에서 온 말이다.

왕인유(王仁裕)의 《개원천보유사》에 있는 이야기다.

당나라 수도 장안은 지금 화창한 봄을 보내고 바람도 훈훈한 여름을 맞이하려 하고 있었다. 현종황제는 양귀비와 궁녀들을 거느리고 태액지(太液池)라는 연못가로 나갔다. 연못은 온통 연잎으로 뒤덮여 있었고 만개한 꽃들은 그 아름다운 자태를 한껏 뽐내고 있었다. 연못가의 모든 사람들은 저마다 감탄의 소리가 터져 나왔다. 그때 연꽃을 흐뭇하게 바라보던 현종이 주위 사람들에게 말했다.

『어떠냐, 이 꽃들의 아름다움이 내 말을 알아듣는 꽃과 비길 만하지 아니한가?(爭如我解語花)』

여기서 말을 알아듣는 꽃이란 물론 양귀비를 두고 한 말이다.

현종은 치세(治世)의 전반에 훌륭한 업적을 쌓았지만, 후반에 가서는 양귀비와의 사랑에 푹 빠져 정사를 제대로 돌보지 않았다. 현종은 양귀비를 기쁘게 해주기 위해 여지(荔枝)라는 과일을 멀고 먼 영남지방에서 가져오라 명했다. 맛이 변하기 쉬운 여지를 싱싱한 채로 가져오기 위하여 역마를 탄 사람이 말을 갈아타 가면서 주야로 달렸다. 말이 쓰러지고 또 도랑에 빠져 죽는 자도 많았다.

모든 일이 이런 식이었다. 양귀비의 친척이란 점 하나로 양가(楊家)의 일족은 높은 자리에 올랐다. 그것은 이윽고 안녹산(安祿山)의 난이 일어나는 계기가 되었고, 양귀비는 노한 병사들의 요구로 교살되었다. 저 마외(馬嵬)의 비극에 이어지는 것이다. 그리고 퇴위하여 상황(上皇)이 된 현종은 죽을 때까지 양귀비를 그리워했다고 한다.

그 치세의 전반 20 수년을 『개원(開元)의 치(治)～라고 불릴 정도로 잘 다스려서 명군이란 이름을 얻었던 현종은 이렇게 뒤끝을 좋게 여미지 못했다. 양귀비를 얻은 때부터 일전(一轉)해서 어지러워졌다. 폭군은 아니었으나, 정녕 주책망나니가 되었다.

명상(名相)이나 간신에게 엄격히 둘러싸여 명군으로 행세하기 20여 년, 그의 속에 들어 있던 범인(凡人)이 도저히 견딜 수가 없게 되었던 것이 아닐까. 아무튼 여러 가지 요소를 지닌 생애였다. 그것은 비극인지 희극인지, 현종과 양귀비 사이를 아름다운 비련(悲戀)으로 보는 사람도 있을 것이다.

또 『어떠냐, 이 아름다움은……』 하고 좋아하는 얼빠진 모습을 비웃는 것도 후인들의 자유라고 하겠다. 그러나 여지를 나르고 전란을 입은 사람들에게는 그것이 틀림없는 비극이었을 것이다.

그렇다고는 하나 현종과 양귀비가 빚어낸 갖가지 이야기나 말 중에서 이 『헤어화』도 살아남았다. 말을 하는 꽃, 즉 미인을 가리킨다. 이 꽃은 계절을 불문하고 일 년 내내 존재한다. 언제 눈앞에 나타나 어떤 결과를 낳을지도 모른다.

【신화】

■ 아프로디테는 미의 여신으로, 특히 여성미의 이상으로 삼는다. 베누스라고도 한다. 원래는 로마신화에 나오는 채소밭의 여신이었으나, 그 특성이 그리스 신화의 아프로디테와 일치하므로 아프로디테와 동일시되었다. 이 여신은 로마시대부터 르네상스 시대를 거치면서 특정의 민족 신화의 틀을 벗어나, 여성의 원형으로 서양문학과 미술에서 폭넓게 다루어졌다.

호메로스에서는 아프로디테가 천공(天空)의 주신(主神) 제우스와 바다의 정령(精靈) 디오네의 딸로 되어 있는데, 헤시오도스에서는 천공의 신 우라노스와 그의 아들 크로노스와의 싸움에서 비롯된 것으로 되어 있다. 즉, 크로노스는 어머니 가이아의 음부 속에 숨어 있다가 아버지의 성기(性器)를 낫으로 잘라 바다에 던졌다. 이렇게 하여 바다를 떠다니는 성기 주위에 하얀 거품(아프로스)이 모이고, 그 거품 속에서 아름다운 처녀가 생겨났다. 알몸의 처녀는 서쪽 바람의 신 제피로스에게 떠밀려 키테라 섬에 표착(漂着)하였다가 다시 키프로스 섬까지 흘러왔는데, 여기서 그녀를 발견한 계절의 여신 호라이가 그녀에게 옷을 입히고 아름답게 꾸민 다음, 여러 신들의 자리로 안내하였다고 한다.

르네상스 기(期)의 화가 보티첼리의 명작 《비너스의 탄생》은 이 같은 탄생 과정을 그린 것이다. 아프로디테의 탄생 이야기가 남성 성기에서 비롯되어 키프로스와 관련을 갖고, 사랑과 열락(悅樂)의 여신으로서 코린트를 비롯한 각지에서 신앙 대상이 되고 있는 것으로 보아, 여신의 기원이 원래 풍요와 재생이라는 원시 신앙을 바탕으로 한 오리엔트의 대지모신(大地母神)임을 알 수 있다.

메소포타미아 지방의 신들 가운데 대표적 여신으로 널리 신앙 대상이 되고 있는 이슈타르나 페니키아의 여신 아스타르테는 모두가 농경 재생산과 결부된 풍요 다산(多産)의 여신이면서, 한편 사랑과 열락 · 음탕의 여신이기도 하였다. 이 같은 오리엔트의 원시 신앙을 이어받은 아프로디테를 그리스인의 풍부한 상상력과 미적 감수성이 미와 사랑의 여신이라는 하나의 인격으로 만들어냈다.

[에피소드]

■ 『美하고도 善』이라든가, 『美 그리고 善』 등으로 번역되는 고대 그리스인이 생각한 이상적인 인간상—육체적으로 단련된 아름다운 육체미, 웅변술, 기타를 배워서 쌓는 덕(善)을 그들은 교육의 최고 목표로 삼았다. 그리스인만큼 『건전한 정신은 건강한 육체에 깃든다(a sound mind in a sound body).』는 격언을 단순하게 믿은 사람들도 없었다. 여하튼 신을 모독한 죄로 기소된 프류네[Phryne : 유명한 창녀(hetaira), BC 4세기 중엽경의 사

람]가 법정에서 알몸뚱이가 되어 그녀 육체의 아름다움을 보이자, 심판관들은 『이처럼 아름다운 육체의 소유자에게 죄가 있을 턱이 없다』는 판정을 내려 무죄 석방했다는 전설이 있을 정도이다.

【成句】

■ 교소천혜미목반혜(巧笑倩兮美目盼兮) : 교(巧)는 호(好), 천(倩)은 양 볼의 아름다운 모양, 즉 보조개, 반(盼)은 눈알의 흑백이 분명한 것. 곧 생긋 웃는 보조개가 귀엽고 아름다운 눈매가 맑기도 함을 이름이니, 곧 미인을 형용함. / 《시경》 위풍.

미인 *beautiful woman* 美人

【어록】

■ 모장(毛嬙)이나 여희(麗姬)는 사람들이 모두 아름다운 미인이라 하지만, 이들 미인도 그 얼굴을 물에 비쳐 보이면 지금까지 헤엄쳐 놀고 있던 물고기들도 무섭다고 물속으로 깊이 숨어버린다. 우주에는 절대적인 미추(美醜)나 선악은 없는 것이다(毛嬙麗姬人之所美也 魚見之深入). —《장자》

■ 미인은 스스로 아름답다고 여기므로 나에게는 아름답게 보이지 않는다. 추한 사람은 스스로 추하다는 것을 알고 있기 때문에 나에게는 추하게 보이지 않는다{美者自美 吾不知其美也 惡者自惡 吾不知其惡也 : 스스로의 장점을 장점이라고 생각하는 사람은 진정한 장점을 지니고 있지 않고, 스스로의 단점을 단점이라는 것을 아는 자는 결코 단점이 될 수 없다}.—《장자》

■ 미녀는 밖에 나돌아 다니지 않아도 사람들이 다투어 그녀를 찾는다(美女雖不出 人多求之 : 미인은 비록 문 밖에 나오지 않으나 많은 사람들이 만나기를 원한다. 사람도 스스로 이름을 드

러내기를 힘쓰는 것보다는 그 실을 기르는 것이 좋다).
— 《묵자》

- 미인을 기다려 장가들려면 평생 장가 못 간다(待西施毛嬙而爲配 則終身不家矣). — 《회남자》
- 뿌리 있고 마음 있는 초목들인데, 미인이 꺾어가기를 기다릴 건 무언고(草木有本心 何求美人折). — 장구령(張九齡)
- 미인은 명이 짧다(美人薄命). — 소식(蘇軾)
- 미녀는 추부(醜婦)의 원수다. — 《설원》
- 클레오파트라의 코가 조금만 더 낮았더라면 세계의 모습은 달라졌으리라. — 파스칼
- 처음으로 미인을 꽃에 비유한 사람은 천재이지만, 두 번째로 같은 말을 한 인간은 바보다. — 볼테르
- 거울 앞에서 기묘한 표정을 해 보지 않는 미인은 없다. — 셰익스피어
- 허영은 경박한 미인에게 가장 어울린다. — 괴테
- 미인이 흘리는 눈물은 그녀의 미소보다도 사랑스럽다. — 토머스 캠벌
- 미녀에게 사모하는 정이 있지 않다니 참으로 가엾다. — 프랑수아 라블레
- 황금은 미인 아닌 사람을 미인으로 만든다. — 보알로
- 아름다운 여인은 실용적인 시인이다. 거친 남자를 길들이고, 그녀가 가까이하는 모든 사람에게 온유함과 희망을 심어 준다. — 랠프 에머슨
- 미인은, 눈에는 극락, 마음에는 지옥, 돈주머니에는 연옥을 가

진다. — 퐁트넬

■ 미녀와 추녀는 지성을 인정받는 것을 바라고, 아름답지도 추하지도 않은 여성은 미모를 인정받기를 바라는 법이다. — 필립 체스터필드

■ 미인은, 처음 보았을 때는 좋다. 그러나 그것이 사흘 계속 집에 머문다면 누가 또 보려 들 것인가. — 조지 버나드 쇼

■ 어째서 미인은 언제나 보잘것없는 남자와 결혼할까?— 슬기로운 남자는 미인과 결혼하지 않기 때문이다. — 서머셋 몸

■ 미인도 추녀도 죽으면 모두 해골이 된다. — 이어령

【속담 · 격언】

■ 일색(一色) 소박은 있어도 박색(薄色) 소박은 없다. — 한국

■ 미인은 어린 나이에서 나온다. 얼굴이 예쁘다면 나이가 많을 수 없다. — 중국

■ 군대 3년 동안에는, 돼지 같은 여자도 초선이 같은 미인으로 보인다. — 중국

■ 영웅은 미인의 관문을 지나기 어렵다. (영웅도 여색에 빠진다) — 중국

■ 예쁜 꽃은 쉽게 꺾이지 않는다. (미인을 품에 안기는 쉽지 않다) — 중국

■ 용감한 자가 아니고는 미녀를 차지할 수 없다. — 영국

■ 미녀의 머리는 영국 사람이고, 몸통은 네덜란드 사람이며, 허리는 프랑스 사람이다. — 영국

■ 미인도 피부 한 꺼풀. (Beauty is but skin deep.) — 영국

- 모든 장미에는 가시가 있다. (미인을 경계하라) — 영국
- 미인이 끄는 힘은 황소보다 세다. — 영국
- 마음 약한 남자가 미인을 얻은 예가 없다. — 영국
- 미인과 바보는 자매간이다. (Beauty and fool are sisters.) — 영국
- 미인을 고르는 것은 그림을 그리려고 말(馬)을 사는 것과 같다. — 영국
- 불은 가까이에서부터 타들어 가지만 미인은 멀거나 가깝거나 애타게 한다. — 폴란드
- 미인은 떼를 지어 다니지 않는다. — 아라비아
- 신앙심이 깊은 사람과 절세의 미인은 세상에 알려지지 않은 채 사는 것이 가장 행복하다. — 아라비아
- 미인은 보는 것이지 결혼할 것은 아니다. — 유태인

【시 · 문장】

엇그제 님을 뫼셔 광한전에 올랐더니
그 사이에 어찌하여 하계에 내려오니
올 적에 빗은 머리 얼크러진 지 삼년이라
연지분 있내마는 눌 위하여 고이할꼬
마음에 맺힌 시름 첩첩이 쌓여 있어
짓나니 한숨이요 지나니 눈물이라

— 정철 / 사미인곡

주렴을 반쯤 걷고

그린 듯이 앉아 있다
아미를 찡그린다
옥 같은 볼을 적시는 이슬
누구를 원망하는 것일까
그림 같다.

— 이백 / 원정(怨情)

한황이 여색을 중히 여겨 경국의 미인을 사모했으나
천자로 있는 여러 해 동안 구해도 얻지 못했다
양씨 집에 딸이 있어 이제 겨우 장성했으나
깊은 안방에 들어 있어 아는 사람이 없었다
하늘이 고운 바탕을 낳았으니, 스스로 버리기 어려운지라
하루아침에 뽑혀 임금의 곁에 있게 되었다
눈동자를 돌려 한 번 웃으면 백 가지 사랑스러움이 생겨서
육궁의 분 바르고 눈썹 그린 궁녀들이 얼굴빛이 없다

— 백거이 / 장한가(長恨歌)

【중국의 고사】

- **가인박명(佳人薄命)** : 재주가 많고 출중한 사람의 운명이 의외로 평탄하지 않음을 이르는 말이다. 가인(佳人)이란 말의 뜻 가운데는 임금과 같은 귀한 사람을 가리키는 경우도 있다. 미인(美人)도 마찬가지다. 그러나 보통 가인이니 미인이니 하면 얼굴이 예쁜 여자를 가리켜 말하게 된다. 특히 『가인박명』이니 『미인박명』이니 『박명(薄命)』이란 두 글자가 붙어 있을 경

우는 더욱 그렇다. 『미인박명』이란 말은 누가 언제 만들어 낸 것도 아닌데, 역사적 교훈이 사람들로 하여금 그런 말을 낳게 한 것 같다.

동서고금을 통해 세상을 놀라게 했던 무수한 미인들이 파란만장한 삶 끝에 결국은 비명에 죽어 갔다. 클레오파트라가 독사에 물려 마지못해 자살을 했는가 하면, 양귀비 같은 절세미인도 안녹산(安祿山)의 난에 쫓겨 파촉(巴蜀)으로 가던 도중 마외(馬嵬)란 곳에서 반란군의 손에 넘어가 뭇 사내들의 진흙 발에 짓밟혀서 사지가 갈기갈기 찢겨 죽는 비참한 최후를 마치고 말았다. 여기 소식(字는 동파, 1036~1101)이 지은 『박명가인』이란 칠언율시(七言律詩)를 소개해 보자.

『두 볼은 굳은 젖빛, 머리는 옻칠을 한 듯한데, / 눈빛은 발사이로 들어와 구슬처럼 영롱하구나. / 짐짓 흰 깁으로 선녀의 옷을 지었더니 / 붉은 연지로 타고난 바탕을 더럽히지 못한다. / 오나라 말소리는 귀엽고 부드러워 아직 어린데, / 끝없는 근심 다 알지 못하겠네. / 예부터 미인은 흔히 박명하다 하지만, 문 닫은 채 봄날이 가면 버들 꽃도 지고 말겠지.』

이 시는 저자가 항주(杭州) · 양주(楊州) 등 지방장관으로 있을 때 우연히 절간에서 나이 80이 이미 넘었다는 어여쁜 여승을 보고, 그녀의 아리따웠을 어린 소녀시절을 회상하며 미인의 박명함을 읊은 것이라 한다. — 소식(蘇軾) / 박명가인(薄命佳人)

■ **명모호치(明眸皓齒)** : 맑은 눈동자와 하얀 치아. 곧 미인을 이르는 말이다. 두보의 시 『애강두』에서 유래한 말이다. 『맑은

눈동자 흰 치아 지금은 어디 있나 / 피땀으로 얼룩진 떠도는 넋은 돌아가지도 못하네. / 맑은 위수는 동쪽으로 흐르고 검각(劍閣)은 험한데 / 가고 머문 그대와 나는 서로 소식조차 없구나. / 인생은 정든 눈물 가슴을 씻어내리고 / 강가에 핀 꽃 어찌 다함이 있으랴. / 황혼녘 오랑캐 말발굽 풍진은 자욱한데 / 성남(城南)으로 가고자 성 북쪽을 바라보네.』

당나라 숙종 지덕(至德) 원년(756) 가을, 두보의 나이 마흔 다섯, 안녹산(安祿山)의 난으로 현종은 양귀비와 함께 달아나고 천자로 즉위한 태자가 있는 영무(靈武)로 가던 중 체포되어 장안에 억류되어 있을 때 쓴 것이다. 강두(江頭)는 곡강지(曲江池)로 당시 왕족과 귀족들이 모여 놀던 곳이다. 반란군의 수중에 떨어진 장안에서 봄을 맞은 두보는 이곳 곡강지에 찾아와 옛날의 번화했던 시절을 그리워하면서 이 시를 지었던 것이다. 첫 구절에 나오는 명모호치는 양귀비의 아리따운 자태를 묘사한 말인데, 지금은 보통 미인의 자태를 비유하는 말로 쓰인다.

— 두보 / 애강두(哀江頭)

■ **경국지색(傾國之色)** : 나라가 뒤집혀도 모를 만큼 뛰어난 미인으로, 나라의 으뜸가는 미인을 이르는 말이다. 여자의 미모에 반해 정치를 돌보지 않은 나머지 마침내 나라를 망하게 하거나 위태롭게 한 예는 너무도 많다. 『경국지색』은 글자 그대로 나라를 기울어지게 하는 미인이란 뜻이다. 춘추시대의 오왕 부차(夫差)는 월왕 구천(句踐)이 구해 보낸 서시(西施)라는 미인에게 빠져 마침내 나라를 잃고 몸을 망치는 결과를 가져왔고, 당명황

(唐明皇) 같은 영웅도 양귀비로 인해 하마터면 나라를 망칠 뻔했다.

그러나 원래 경국이란 말을 처음 쓰게 된 것은 여자에 대한 표현이 아니었다. 한왕 유방과 초패왕 항우가 서로 천하를 놓고 다툴 때, 어느 한 기간 한왕의 부모처자들이 항우에게 사로잡혀 있었다. 이때 후공(侯公)이라는 변사가 항우를 설득시켜 한왕과의 화의를 성립시키고, 항우가 인질로 잡고 있던 한왕의 부모처자들을 돌려보내게 했다. 이 소문을 들은 세상 사람들은 후공을 이렇게 평했다. 『그는 참으로 천하의 변사다. 그가 있는 곳이면 그의 변설로 인해 나라를 기울어지게 만든다(此天下辯士 所居傾國).』

이 말을 들은 한왕 유방은 후공의 공로를 포상하여 경국의 반대인 평국(平國)이란 글자를 따서 그에게 평국군이란 칭호를 주었다 한다. 즉 항우의 입장에서 보면 나라를 위태롭게 한 경국이 되지만, 유방의 입장에서 보면 나라를 태평하게 만든 평국이 되기 때문이다. 그런데 그 뒤 경국이니, 경성(傾城)이니, 절세(絶世)니 하는 형용사들이 아름다운 여자에게 쓰이게 된 것은 이연년(李延年)이 지은 다음의 시에서부터 시작된 것이라 한다.

『북쪽에 어여쁜 사람이 있어 / 세상에 떨어져 홀로 서 있네 / 한 번 돌아보면 남의 성을 기울이고 / 두 번 돌아보면 남의 나라를 기울인다 / 어찌 경성과 경국을 모르리오 / 어여쁜 사람은 다시 얻기 어렵다』 이연년은 한무제(漢武帝, BC 141~86) 때 협률도위(協律都尉 : 음악을 맡은 벼슬)로 있던 사람으로 음악적인 재능이 풍부한 사람이었다. 그에게 한 누이동생이 있었는데 그야말로 절세미인이었다. 앞의 노래는 바로 그의 누이동생의 아름다움을 칭찬하여 무제 앞에서 부른 것이었다.

무제는 이때 이미 50 고개를 넘어 있었고, 사랑하는 여인도 없는 쓸쓸한 생활을 보내고 있던 중이었으므로 당장 그녀를 불러들이게 했다. 무제는 그녀의 아리따운 자태와 날아갈 듯이 춤추는 솜씨에 그만 완전히 반해 버리고 말았다. 이 이연년의 누이야말로 무제의 만년의 총애를 한 몸에 독차지하고 있던 바로 이부인(李夫人) 그 사람이었다. —《한서》 외척전(外戚傳)

■ **침어낙안(沈魚落雁)** : 여자의 아름다움을 나타내는 말이다. 물고기를 물속으로 가라앉게 하고, 기러기를 땅으로 떨어지게 할 정도로 아름답다는 뜻이 되는데, 얼핏 이해하기 어려운 말이다. 《장자》 제물론에 설결(齧缺)과의 문답을 에피소드 형식을 빌려 왕예(王倪)가 한 이야기다.

『사람은 소와 돼지를 먹고, 사슴은 풀을 먹으며, 지네는 뱀을 맛있어 하고, 솔개와 까마귀는 쥐를 즐겨 먹는다. 이것은 타고난 천성으로 어느 쪽이 과연 올바른 맛을 알고 있는지는 모른다. 원숭이는 편저(猵狙)라는 보기 싫은 다른 종류의 원숭이를 암컷으로 삼고, 큰 사슴은 작은 사슴 종류와 교미를 하며, 미꾸라지는 다른 물고기와 함께 논다. 모장(毛嬙)과 여희(麗姬)는 사람들이 다 좋아하는 절세미인이다. 그런데 고기는 그녀들을 보면 물 속 깊이 숨어버리고, 새들은 높이 날아가 버리며 사슴들은 뛰어 달아난다. 이들 네 가지 중에 과연 어느 쪽이 천하의 올바른 미를 안다고 하겠는가. 내가 볼 때 인의(仁義)니 시비니

하는 것도 그 방법과 한계라는 것이 서로 뒤섞여 있어 도저히 분별해 낼 수가 없다.』

이 이야기 가운데, 『물고기가 보면 깊이 들어가고(魚見之深入), 새가 보면 높이 난다(鳥見之高飛).』 고 한 말에서 『침어낙안』 이 『모장』 과 『여희』 같은 절세미인이란 뜻으로 쓰이게 된 모양인데, 이것은 분명 잘못 쓰고 있는 말이다. 고기가 물속으로 들어가고 새가 높이 나는 것은 그것이 사람이기 때문에 피해 달아나는 것이지, 미인이라서 그런 것도 아니고 미인이 아니라서 그런 것도 아니다. 그런데 절세미인이기 때문에 고기가 숨고 새가 피한 것으로 속단한 나머지 『어심입(魚深入)』 『조고비(鳥高飛)』 란 말을 『침어낙안』 이란 말로 바꾸어서, 뒷날 소설 같은 데서 미인의 형용사로 많이 쓰고 있다. 한편 이 『침어낙안』 이란 말의 대구(對句)로 『폐월수화(閉月羞花)』 란 말이 생겨났다. 달을 구름 속에 숨게 하고 꽃을 부끄럽게 만든다는 뜻이다.

— 《장자》 제물론(齊物論)

【서양의 고사】

■ **클레오파트라의 코** : 『클레오파트라의 코가 조금만 낮았더라면, 아마도 세계의 모습은 달라졌을지도 모른다.』 고 한 것은 파스칼이 《팡세》 에서 쓴 말이다. 클레오파트라(Kleopatra, BC 69~30)는 이집트의 마지막 여왕이다.

그녀는 프톨레마이오스 12세의 2녀로서, 매력적인 용모에 교양도 높았고, 재치와 활동력이 있는데다가 권력욕에 불타던 여성이다. 부왕인 프톨레마이오스 12세가 죽은 뒤 남동생인 프톨레마이오스 13세(카에사르와의 싸움에서 패하여 나일 강에서 익사)와 공동 통치자가 되었으나, 동생의 신하들로부터 배척당하자 쫓기던 폼페이우스(Pompeius)를 따라 이집트로 들어갔다. 폼페이우스가 패배하여 프톨레마이오스 13세의 부하에게 암살당하자, 이번에는 카에사르(Julius Caesar, 시저)에게 빌붙어 그의 애첩이 되어 동생을 내쫓고 이집트의 왕위를 회복했는데, 카에사르와의 관계에서는 카에사리온(Caesarion ; 어머니인 클레오파트라와 이집트의 공동 통치자가 되었으나 아우구스투스에게 살해되었다)을 낳았다.

BC 44년 카에사르가 로마 원로원에서 암살되자, 안토니우스(Marcus Antonius)의 환문으로 두 사람은 BC 41년 소아시아의 타르소스(지금의 터키 Adana)에서 회견했는데, 이때 안토니우스는 그만 클레오파트라의 미모에 포로가 되어, 그 해 겨울을 알렉산드리아에서 그녀와의 동거생활로 보냈다. 안토니우스가 BC 37년에 클레오파트라와 정식으로 결혼함으로써, 옥타비우스(Gaius Octavius)의 누이인 정실부인 옥타비아(Octavia)를 버렸을 뿐만 아니라, 클레오파트라를 로마 예속국의 여왕으로 하대(下待)한 것이 아니라 동방 전제주의 국가의 지배자로서 대등하게 대함에 따라 로마의 실력자 아우구스투스(옥타비우스)와 불화상태에 빠졌다.

이리하여 BC 31년, 악티움 해전에서 안토니우스가 패배하여 자살하자, 클레오파트라는 이번에는 새 지배자가 된 아우구스투스(옥타비우스)를 농락하려 했으나 성공하지 못하고, 오히려 아우구스투스의 술책에 넘어가 포로로 잡혔다. 그녀는 여기서 독사에게 유방을 물게 함으로써 자살하고 말았다.

이처럼 정복자들의 마음을 차례로 잡아낚았던 클레오파트라는 그리스계의 여인이었으므로 아마도 훌륭한 코를 가진 대단한 미인이었을 것이라 하여 파스칼은 서두에 인용한 것과 같은 말을 했던 것이다. 그러나 현재 남아 있는 그녀의 초상화를 보면, 확실히 코는 높지만 희대의 미인 동양의 양귀비만큼 아름답지는 못했던 것 같다.

그녀는 이집트의 토어(土語)까지 말했고, 또 이집트 종교에 깊이 동화되리만큼 높은 교양을 쌓았고, 게다가 재기(才氣)가 발랄하여『나일의 마녀』로 일컬어졌으므로, 로마의 여러 정복자들이 그녀의 미모와 더불어 어쩌면 이 높은 교양에 매혹되었던 것인지도 모른다. 더욱이 그녀는 성적으로도 강했던 모양이니, 패자(覇者)도 여기에는 완전히 포로가 됐던 것 같다. 한편 연약한 여자의 몸으로써 자기 왕국을 강대국인 로마로부터 수호하기 위해서는, 여자만이 가진 무기를 최대한으로 이용하는 수밖에 없었던 것인지도 모른다.

【신화】

- **미인 콘테스트** : 그리스 신화에 의하면 헤라(Hera), 아프로디테(Aphrodite), 아테네(Athene)의 세 여신은 트로이 왕자 파리스(Paris)를 심판관으로 하여 각자의 아름다움을 겨루었다. 파리스는 판정 결과 아프로디테에게 승리의 상징으로 황금의 사과를 바쳤으므로, 그녀는 파리스에게 절세의 미인인 메넬라오스(Menelaos)의 비(妃) 헬레네(Helene)를 소개했다. 그는 헬레네를

유괴하여 트로이로 데리고 갔다. 화가 난 메넬라오스는 형인 아가멤논(Agamemnon)을 설득하여 아가멤논을 총사령관으로 하는 트로이 전쟁을 일으켰다. 트로이 전쟁에서 승리한 메넬라오스는 헬레네를 데리고 스파르타로 돌아와 다시 왕위에 올랐다.

신화야 어떻든 간에 고대 그리스에서는 오늘날 자유세계에서 연례행사처럼 거행하는 미인대회가 실제로 고대부터 이루어지고 있었다. 즉, 레스보스 섬, 테네도스 섬, 알카디아의 바실리스 등지에서 이루어졌다. 오늘날에는 출연하는 미인들이 반드시 수영복을 입고 있지만, 고대 그리스의 미인 콘테스트에서는 모두가 알몸뚱이로 출연했다고 한다. 그러나 오늘날처럼 화장품 회사가 이런 미인대회의 스폰서가 된 것이 아니라, 종교적인 행사로 이루어졌으므로 아주 진지하고 엄숙한 것이었다.

한편 아테네나 엘리스 같은 곳에서는 『남성미(육체미) 콩쿠르』도 이루어졌다. 여기에도 출연자는 물론 알몸뚱이로 출연했고 역시 종교적인 행사였다.

【成句】

- 백화요란(百花燎亂) : 갖가지 꽃이 불타오르듯이 아름답게 피어 어지러운 모습. 미인이 많아 꽃처럼 아름다운 자태를 겨루는 모양의 비유.
- 능파(淩波) : 파도 위를 걷는다는 뜻으로, 미인의 사뿐사뿐 걷는 아름다운 걸음걸이를 형용하는 말이다. 조식(曹植)의 『낙신부(洛神賦)』라는 시에서 유래한 말로, 『물결을 건너는 듯 가벼운 걸음걸이, 버선을 펼치니 먼지가 일어나네(淩波微步 羅襪生

塵)』라고 한 데서, 여자의 걸음걸이를 비유하는 말로 쓰인다.

■ 단순호치(丹脣皓齒) : 붉은 입술과 흰 이란 뜻으로, 여자의 아름다운 얼굴의 비유.

■ 미안추파(媚眼秋波) : 미안(媚眼)은 눈매. 추파(秋波)는 가을의 잔잔한 맑은 물결에서 미인의 맑은 눈매가 되어, 지금은 은근한 정을 나타내는 눈짓이 되었다.

■ 보보생연화(步步生蓮花) : 발걸음마다 연꽃이 피어난다는 뜻으로, 미인의 가볍고 부드러운 발걸음을 비유하는 말. / 《남사》

■ 부여응지(膚如凝脂) : 미인을 형용하는 말. 굳은 기름처럼 매끄러운 살갗의 아름다운 여성을 비유하는 말. / 《시경》

■ 분백대흑(粉白黛黑) : 얼굴에 흰 분을 바르고 눈썹을 검푸르게 칠한다는 뜻으로, 여인의 고운 화장. 또 곱게 화장한 미인. 분백대록(粉白黛綠).

■ 빙기옥골(氷肌玉骨) : 매화의 곱고 깨끗함을 형용한 말. 또는 살결이 곱고 깨끗한 미인의 형용. / 《장자》

■ 삼천총애재일신(三千寵愛在一身) : 임금의 총애를 한 몸에 받는다는 말로, 독점하는 것. 삼천이란 삼천 명이나 되는 많은 궁녀(宮女)들을 말한다. 양귀비가 현종황제의 총애를 한 몸에 받은 데서 나온 말이다. / 백거이『장한가(長恨歌)』

■ 선자옥질(仙姿玉質) : 신선의 자태에 옥의 바탕이라는 뜻으로, 기품이 높은 미인을 형용하는 말. / 《고금시화》

■ 설부화용(雪膚花容) : 눈같이 흰 살결과 아름다운 얼굴.

■ 아미(蛾眉) : 아름다운 눈썹을 가진 미인. 누에나방의 촉각처럼 가늘고 길게 굽어 있는 아름다운 눈썹을 뜻한다. 곧 미인을 이

르는 말이다. / 《시경》

■ 월궁항아(月宮姮娥) : 달나라 궁궐 속의 선녀 항아(姮娥)라는 뜻으로, 미인을 비유하는 말.

■ 월녀제희(越女齊姬) : 월(越)나라와 제(齊)나라에는 예로부터 미녀가 많다 하여, 아름다운 여자를 일컫는 말.

■ 월태화용(月態花容) : 달과 같은 태도에 꽃과 같은 얼굴. 미모의 여인을 가리키는 말.

■ 일고경성(一顧傾城) : 일고(一顧)는 한 번 돌아봄. 경성(傾城)은 절세 미녀의 비유. 또한 유녀(遊女)의 뜻도 있다. 절세의 미인이 한번 돌아보면 군주(君主)의 마음을 미혹시키고 성(城)이 기운다고 하는 의미. 일국의 군주가 미녀를 사랑한 때문에 나라가 멸망한 예는 양의 동서를 불문하고 많다. / 백거이 『장한가(長恨歌)』

■ 진수아미(螓首蛾眉) : 쓰르라미의 이마와 나방의 눈썹이란 뜻으로, 미인을 비유하는 말. / 《시경》 위풍.

■ 일소천금(一笑千金) : 한 번 웃음에 천금의 값이 있음. 흔히 미인의 형용으로 쓰인다.

■ 절세가인(絶世佳人) : 당대에 견줄 인물이 없는 미인.

■ 천향국색(天香國色) : 모란꽃을 가리키는 말로, 아름다운 여자를 비유하는 말.

■ 춘란추국(春蘭秋菊) : 어느 것이나 훌륭해서 버리기가 어렵다는 것. 미인에게도 각각의 특징이 있어서 우열을 판가름하기 어려울 때 사용된다. / 《태평광기》

■ 일색소박(一色疎薄) : 아름다운 여자일수록 남편에게 소박당하

는 수가 많음. / 《송남잡식》

- 태액부용(太液芙蓉) : 당나라 현종황제의 비(妃) 양귀비의 미모를 비유해서 이르는 말. 당나라 수도 장안(長安)의 대명궁(大明宮) 뒤에 있던 태액이라는 못에 피는 연꽃이라는 뜻이다. / 백거이 『장한가』
- 팔자춘산(八字春山) : 미인의 고운 눈썹을 비유・형용하는 말.
- 폐월수화(閉月羞花) : 이 이상의 미인은 없다고 하는 비유. 절세의 미녀. 예쁜 꽃이 부끄러워할 정도의 아름다움. 진(晋)의 헌공(獻公)의 애인 여희(麗姬)는 대단한 미인이었다. 그녀를 보면 아름다운 달도 구름 사이로 모습을 감추고, 꽃은 부끄러워한다. 또 물고기는 그녀를 보면 물속으로 가라앉아 버리고, 기러기는 쇠해져서 떨어질 정도였다. / 《장자》
- 미색부동면(美色不同面) : 미인들의 얼굴빛은 모두 아름다우나 얼굴 모양은 모두 같지 않음을 이름. / 논형.
- 해당수미족(海棠睡未足) : 해당화가 잠이 아직 모자란다는 뜻으로, 미인이 취해서 잠들어 아직 잠이 부족한 채 깨어났을 때의 요염한 모습을 비유하는 말. 해당(海棠)은 봄에 피는 장미과의 꽃인데, 여기서는 미녀의 비유. 당나라 현종이 양귀비의 아름다움을 일컫은 말이다. / 《냉재야화》
- 홍분청아(紅粉靑蛾) : 붉은 연지와 분. 그리고 푸른 눈썹. 곧 미녀를 형용하는 말.
- 일녀(佚女) : 드물게 보는 미인. / 《초사》
- 교소천혜미목반혜(巧笑倩兮美目盼兮) : 교(巧)는 호(好), 천(倩)은 양 볼의 아름다운 모양, 즉 보조개, 반(盼)은 눈알의 검고 희

미이 분명한 것, 곧 생긋 웃는 보조개가 귀엽고 아름다운 눈매가 밝기도 함을 이름이니, 곧 미인을 형용하는 말. / 《시경》 위풍.

눈물 *tear* 涙

【어록】

■ 새로써 봄을 울고, 우레로써 여름을 울고, 벌레로써 가을을 울며, 바람으로써 겨울을 운다(以鳥鳴春 以雷鳴夏 以蟲鳴秋 以風鳴冬). — 한유(韓愈)

■ 촛불이 제가 마음 있어 이별을 아쉬워함이런가, 사람 대신하여 밤새도록 눈물을 흘린다(蠟燭有心還惜別 替人垂淚到天明). — 두목(杜牧)

■ 장부에게 눈물이 없는 것은 아니나, 이별할 때는 눈물을 흘리지 않는다(丈夫非無淚 不灑離別間). — 육구몽(陸龜蒙)

■ 봄누에는 죽을 때까지 실을 토하고, 촛불은 재가 될 때야 눈물 거둔다(春蠶到死絲方盡 蠟炬成灰淚始幹). — 이상은(李商隱)

■ 눈물의 불공(佛供)은 내가 갈망하는 모든 것이다. — 호메로스

■ 여자의 눈물을 믿지 말라. 마음대로 우는 것은 여자의 천성이니까. — 소크라테스

■ 지나간 슬픔에 새 눈물을 낭비하지 마라. — 에우리피데스

■ 눈물만큼 빨리 마르는 것은 없다. — M. T. 키케로

■ 눈물에도 나름의 쾌감이 있다. — 오비디우스

■ 여자는 명령만 내리면 어떠한 방법으로든 넘쳐흐를 수 있는 풍부한 눈물을 언제나 준비하고 있다. — 유베날리스

■ 여자의 눈물은 여자의 심술궂음에 대한 향신료이다. 그리고 잔인한 사람은 눈물에 감동하지 않고 눈물을 즐긴다. — 푸블릴리우스 시루스

■ 여자의 눈물에는 덫이 숨겨져 있다. — 디오니시우스

■ 천국의 문은 기도에 대해선 닫혀 있더라도 눈물에 대해선 열려 있다. — 《탈무드》

■ 어머니의 눈물은 자식의 불평을 씻어 내린다. — 알렉산더 대왕

■ 지옥은 슬픔과 눈물을 통하지 않고 들어갈 수 없는 곳이다. — A. 단테

■ 눈물과 더불어 빵을 먹어 본 사람이 아니면 인생의 참맛을 모른다. — 괴테

■ 남자가 별의별 이유를 다 갖다 대도, 여자의 한 방울의 눈물을 당할 수 없다. — 볼테르

■ 눈물은 말 없는 슬픔의 언어이다. — 볼테르

■ 인생이 눈물의 골짜기라면 무지개로 다리가 놓일 때까지 힘껏 웃어라! — L. 라르콤

■ 너를 사랑함이 적은 자에게는 미소를 주고, 내게는 너의 눈물을 두었다 주어라. — 토머스 모어

■ 사랑에는 눈물이 있고, 행운에는 기쁨이 있고, 용맹에는 명예가

있으며, 야망에는 죽음이 있다. — 셰익스피어

- 행복이 더없이 클 때는 미소와 눈물이 생긴다. — 스탕달
- 눈물에는 선한 눈물과 악한 눈물이 있다. 선한 눈물이라는 것은 오랫동안 그의 마음속에서 잠들고 있었던 정신적 존재의 각성을 기뻐하는 눈물이고, 악한 눈물이란 자기 자신과 자기 선행(善行)에 아첨하는 눈물이다. — 레프 톨스토이
- 눈물을 흘리는 것은 어떤 절망에서가 아니라 오히려 자기가 흘린 눈물에 의하여 자기가 행복하다는 것을 느끼려는 것이다. — 도스토예프스키
- 슬픔이 많으면 웃음을 부른다. 기쁨이 많아도 눈물을 부른다. — 윌리엄 블레이크
- 눈물의 소리는 추한 여자의 도피처이지만, 아름다운 여자의 영락(零落)이다. — 오스카 와일드
- 감옥 속에 있는 사람들에게 있어서 눈물은 매일의 경험의 일부분에 지나지 않는다. 감옥 속에 있으면서 울지 않는 하루가 있다면, 그러한 날은 그 사람의 마음이 굳어져 있었다는 것이지, 그의 마음이 즐거웠던 날은 아니다. — 오스카 와일드
- 지옥은 애인들의 눈물에 떠 있다. — 시어도어 파커
- 미인이 흘리는 눈물은 그녀의 미소보다도 사랑스럽다. — 토머스 캠벌
- 여자의 눈물은 눈의 가장 품위 있는 말이다. — 로버트 헤릭
- 나는 두 개의 얼굴을 가진 야누스다. 한 얼굴로 웃고, 다른 얼굴로 울고 있다. — 키르케고르
- 인간이여, 너는 미소와 눈물 사이를 왕복하는 시계추다.

— 조지 바이런

- 남자의 눈물은 상대방에게 고통을 주었다고 생각하고 흘리지만, 여자의 눈물은 상대를 충분히 괴롭히지 않았다고 생각하고 흘린다. — 프리드리히 니체
- 여자의 눈물이란, 꿈에 취한 남자에게는 암모니아수와 같은 효과를 나타내는 물건이다. — 막심 고리키
- 장례식의 행렬은 장례식에 모인 사람들의 수에 의해서 고인의 덕을 새삼스럽게 느끼게 한다. 그리고 장례식 비용의 많고 적음에 따라 슬픔의 눈물은 배가된다. — 앰브로즈 비어스
- 웃음과 눈물은 같은 감정의 바퀴를 돌리게 되어 있다. 그러나 하나는 풍력을 사용하고, 또 하나는 수력을 사용하는 데 지나지 않는다. — 올리버 홈스
- 우리는 우리의 귀중한 사람의 죽음에 눈물을 흘리고 있다고 말하면서, 실제로는 우리 자신을 위해서 눈물을 흘리고 있다. — 라로슈푸코
- 지상의 모든 언어 중에서 최고 발언자는 눈물이다. 눈물은 위대한 통역관이다. — D. H. 로렌스
- 자기 갈 길을 떠나는 자식의 눈물은 하루밖에 안 가지만 뒤에 남는 부모의 슬픔은 한이 없다. — J. T. 트로브리지
- 모든 사람의 눈에서 온갖 눈물을 닦아내는 것이 나의 소원이다. — 마하트마 간디
- 진정한 눈물은 슬픈 첫 페이지에서 나오는 것이 아니라 적절한 말의 기적에서 나온다. — 장 콕토
- 우리가 흘리는 눈물보다 더 나쁜 표징이 있는데, 그것은 『글

로 쓰인 눈물』이다. — 가스통 바슐라르

- 눈물은 탄식이며 동시에 위안이다. 그리고 열(熱)이며, 동시에 진정하는 서늘함이다. 눈물은 또한 최고의 도피다. — 시몬 드 보봐르
- 웃음이 겸손할 때, 그것이 자만심에서 나온 것이 아닐 때는 눈물보다 슬기롭다. — 조지 산타야나
- 눈물을 흘려 보지 못한 청년은 야만스럽고, 웃어보지 못한 노인은 바보스럽다. — 조지 산타야나
- 고난과 눈물이 나를 높은 예지에 이끌었다. 보복과 즐거움은 이것을 만들지 못했을 것이다. — 페스탈로치
- 마음이 먼저 더워졌기 때문에 얼굴이 더워지고 눈물이 터진 것이다. — 함석헌
- 눈물이 없다는 것은 그에게 마음이 없다는 것을 의미한다. — 김진섭
- 슬픔과 고뇌를 체득한 자의 한바탕 춤이 비로소 멋이 되듯이 유머의 바닥에는 눈물이 깔려 있는 것이다. — 조지훈
- 오늘 아침 학숙의 눈물은 그것을 꼭 인간의 고귀한 영혼이나 혹은 생명의 발로라고 생각한다면 문제는 절로 다르겠으나, 그러나 그것 역시 다만 총명한 인습과 변동에 대한 불안일 따름이지, 그 무슨 절대의 선(善)이라고만 일컬을까 보냐.— 김동리
- 땀을 흘려 자기를 위하고, 눈물을 흘려 이웃을 위하고, 피를 흘려 조국을 위하라. — 김병철
- 법 그 자체에는 눈물이 있을 수 없다. 그러나 법을 운영하는 사람에게는 눈물이 있게 마련이어서 법도 눈물을 지닐 수 있는

것이다. — 방순원

- 눈물은 이 세상에서 가장 아름다운 액체의 하나입니다. 비가 와야 무지개가 생겨나듯이 눈물을 흘려야 그 영혼에도 아름다운 무지개가 돋는다는 말도 있습니다. — 이어령
- 눈물로 씻어지지 않는 슬픔은 없다. 땀으로써 낫지 않는 번민도 없다. 눈물은 인생을 위로하고 땀은 인생에게 보수를 준다. — 미상

【속담 · 격언】

- 남의 눈에 눈물내면, 제 눈에는 피가 난다. — 한국
- 웃음 끝에 눈물. (재미나게 잘 지내다가도 괴로운 일이 생기는 것이 세상사다) — 한국
- 시앗 죽은 눈물이 눈가장이 적시랴. (첩이 죽었다 하더라도 눈물을 흘릴 사람은 없다) — 한국
- 반잔 술에 눈물 나고, 한잔 술에 웃음 난다. (남을 동정하려면 철저히 하라) — 한국
- 눈물이 골짝난다. (몹시 억울하거나 야속하다) — 한국
- 고양이 죽은 데 쥐 눈물만큼. (고양이가 죽었다고 쥐가 눈물을 흘릴 리 없으니, 아주 없거나 아주 적을 때) — 한국
- 눈에 눈이 들어가니 눈물인가, 눈물인가. — 한국
- 어머니의 눈물을 닦을 수 있는 것은 어머니를 울게 한 아들뿐이다. — 중국
- 천국에의 길은 눈물의 십자가 곁을 지난다. — 영국
- 여자의 눈물과 개의 절름발이는 눈속임이 절반. — 영국

- 눈물보다 빨리 마르는 것은 없다. — 영국
- 여자의 눈물은 얼간이를 사로잡는다. — 프랑스
- 눈물은 여자의 웅변술이다. — 프랑스
- 아내는 세 가지의 눈물을 가지고 있다. 괴로움의 눈물, 초조의 눈물, 그리고 거짓의 눈물. — 네덜란드
- 아침 비와 여자의 눈물은 금방 마른다. — 체코
- 여자는 눈물에 의지하고, 도둑은 거짓말에 의지한다. — 유고슬라비아
- 미인의 눈물은 그 미소보다 사랑스럽다. — 서양속담
- 현명한 남성은 여성의 눈의 눈물 속 물만 본다. — 러시아
- 아무리 돈 사람이라도 눈물을 흘릴 때가 있다. — 러시아
- 눈물은 대개의 경우, 마음에서부터라기보다 눈에서 흐른다. — 러시아
- 신(神)은 아내의 눈물을 헤아린다. — 유태인
- 웃음과 울음 사이의 다리는 길지 않고 짧은 게 보통이다. — 자메이카

【시 · 문장】

남진(남편) 죽고 우는 눈물 두 젖에 내리 흘러
젖 맛이 짜다 하고 자식은 보채거든
저놈아 어느 안으로 계집되라 하는다.

— 정철 / 송강가사

이별이 설워라고 맞잡고 우는 눈물

다음날 만날 때엔 차라리 비가 되어
알뜰한 님의 옷에다 뿌려 뿌려 보오리.

— 연단(硏丹) / 이별

나 보기가 역겨워
가실 때에는
말없이 고이 보내드리우리다
영변(寧邊)에 약산(藥山)
진달래꽃
아름 따다 가실 길에 뿌리우리다
가시는 걸음걸음
놓인 그 꽃을
사뿐히 즈려밟고 가시옵소서
나 보기가 역겨워
가실 때에는
죽어도 아니 눈물 흘리우리다.

— 김소월 / 진달래꽃

당신이 그를 버렸을 때
가엾게도 어깨 위로 보따리를 지고
홀로 향할 곳 없이
그가 떠나가야만 되었을 때
아아, 변심한 여인이여
그러나 그러나

당신은 어쩌면 그다지도 울어야만 하였습니까?

— 프랑시스 잠

두 눈에 고인 눈물 진주(眞珠)나 될 양이면
청실홍실 길게 꿰어 님께 한끝 보내련만
거두지 미처 못 하여 사라짐을 어이리.

— 무명씨

눈물, 덧없이 까닭 모르게 흐르는 눈물
어느 거룩하고 깊은 절망이 심연에서
가슴을 밀고 솟아올라 눈에 고인다.
복된 가을 들판 바라보며
가버린 나날을 추억할 때에,
생생하기는 수평선 위로 우리 친구를 실어 올리는 돛폭에
반짝거리는 첫 햇살 같고,
구슬프기는 수평선 아래로 우리 사랑 모두 싣고 잠기는 돛폭을
붉게 물들이는 마지막 햇살 같은,
그렇게 구슬프고, 그렇게 생생한 가버린 나날이여.
아아, 죽어 가는 눈망울에 창문이 서서히
희멀건 네모꼴을 드러낼 무렵,
그 어둠 깔린 여름날 새벽 설깬 새들의
첫 울음 소리가 죽어 가는 귓가에 들려오듯,
그렇게 구슬프고, 그렇게 야릇한 가버린 나날이여,
애틋하기는 죽음 뒤에 회상하는 입맞춤 같고,

감미롭기는 가망 없는 환상 속에서
지금은 남의 것인 입술 위에 시늉이나 내보는 입맞춤 같고
사랑처럼, 첫 사랑처럼 깊은,
온갖 회한으로 설레는,
오, 삶 속의 죽음이여, 가버린 나날이여!

— 앨프레드 테니슨 / 눈물, 덧없는 눈물

나는 왕이로소이다. 나는 왕이로소이다. 어머님의 가장 어여쁜 아들 나는 왕이로소이다. 가장 가난한 농군의 아들로서…… 그러나 시왕전(十王殿)에서도 쫓기어난 눈물의 왕이로소이다. 『맨 처음으로 내가 너에게 준 것이 무엇이냐?』 이렇게 어머니께서 물으시며는, 『맨 처음으로 어머니께 받은 것은 사랑이었지요마는 그것은 눈물이더이다.』 하겠나이다. 다른 것도 많지요마는…… 『맨 처음으로 네가 나에게 한 말이 무엇이냐?』 이렇게 어머니께서 물으시며는, 『맨 처음으로 어머니께 드린 말씀은 『젖 주서요.』 하는 그 소리였지요마는, 그것은 『으아—』 하는 울음이었나이다.』 하겠나이다. 다른 말씀도 많지요마는……

— 홍사용 / 나는 왕이로소이다

내가 본 사람 가운데는 눈물을 진주라고 하는 사람처럼 미친 사람은 없습니다. 그 사람은 피를 홍보석(紅寶石)이라고 하는 사람보다도 더 미친 사람입니다. 그것은 연애에 실패하고 흑암(黑闇)의 기로(岐路)에서 헤매는 늙은 처녀가 아니면 신경이 기형적으로 된 시인의 말입니다. 만일 눈물이 진주라면 나는 님이 신물(信物)로

주신 반지를 내놓고는 세상의 진주라는 진주는 다 티끌 속에 묻어 버리겠습니다.
— 한용운 / 눈물

【중국의 고사】

■ **읍참마속(泣斬馬謖)** : 공정한 일처리를 위하여 사사로운 정을 버리는 일의 비유. 제갈양이 눈물을 흘리며 마속을 사형에 처했다는 기록에서 생겨난 말로, 대중을 이끌어 나가고 법을 집행하는 사람은 사사로운 인정을 떠나 공정한 법운용을 해야 한다는 말로 흔히 인용되는 말이다.

제갈양이 제1차 북벌(北伐)을 했을 때다. 제갈양은 대군을 이끌고 기산(祁山)으로 출격을 하여, 적의 작전을 혼란시키기 위해 장안(長安) 서쪽에 있는 미(郿)를 친다고 선언하고 조운(趙雲)과 등지(鄧芝) 두 장수를 기곡(箕谷)에다 진을 치게 했다. 한편 위(魏)의 명제(明帝)는 남방의 오(吳)나라와의 국경선에 진치고 있던 장합을 불러 올려 급히 기산으로 향하게 했다. 장합은 위수(渭水) 북쪽에 있는 요충지인 가정(街亭)에서 촉나라 선봉과 충돌, 이를 단번에 격파하고 말았다.

이 가정의 지휘 책임자가 바로 마속이었다. 그는 제갈양의 지시를 어기고 자기의 얕은 생각으로 임의로 행동했기 때문에 패한 것이다. 제갈양의 작전은 이 가정이 무너짐으로써 완전 실패로 돌아가고 부득이 전면 철수를 해야만 했다. 『한중으로 돌아온 제갈양은 마속을 옥에 가두고 군법에 의해 그를 사형에 처했다. 제갈양은 그를 위해 눈물을 흘렸다. 마속의 나이 그때 서른아홉이었다.』고 《촉지(蜀志)》 마속전에 나와 있다. 또

《촉지》 제갈양전에는 다음과 같이 기록되어 있다.

『마속은 제갈양의 지시를 어기고 자기 멋대로 행동했기 때문에 장합에게 크게 패했다. 제갈양은 한중으로 돌아오자 마속을 죽이고 장병에게 사과를 했다.』

한편 촉나라 서울 성도(成都)에서 한중으로 온 장완(蔣琬)이 제갈양을 보고, 『앞으로 천하를 평정하려 하는 이때에 그런 유능한 인재를 없앴다는 것은 참으로 아까운 일입니다.』 하고 말하자, 제갈양은 눈물을 흘리며, 『손무(孫武)가 항상 싸워 이길 수 있었던 것은 군율을 분명히 했기 때문이다. 이 같은 어지러운 세상에 전쟁을 시작한 처음부터 군율을 무시하게 되면 어떻게 적을 평정할 수 있겠는가.』 하고 대답했다는 것이다. 이 사건을 《삼국지연의》 에서는 보다 재미나게 꾸미면서 한 편 제96회의 사건 제목을 『공명휘루참마속(孔明揮淚斬馬謖)』이라고 했다. 눈물을 뿌렸다(揮淚)는 말은 울었다(泣)는 말로 바뀌어 『읍참마속』이란 말이 널리 쓰이게 된 것이다.

— 《삼국지연의》

[에피소드]

■ 히틀러는 감정을 폭발 점까지 둑으로 막아놓고 있다가는 갑자기 울음보를 터뜨려 발작을 일으키기가 일쑤였다. 또 그는 여러 달 동안 불안한 투쟁을 하는 동안에 자기 자신의 힘이 꺾이는 것을 막기 위해 여자처럼 눈물을 주룩주룩 흘렸다. 예를 들면, 나치당의 분파(分派) 지도자 오토 슈트라세르로 하여금 탈당을 하지 말도록 밤새도록 그를 설복하려고 했을 때 그는 세

번이나 울음을 터뜨렸다.

초창기에는 어떤 일을 하려다가 모든 방법이 실패로 돌아갔을 때 그는 자주 울었다. 그의 이런 습성을 스탈린과 비교해 보면 재미있을 것이다. 스탈린이 고된 하루를 보내고 나서 운다든지 또는 잠들기 위해 동료를 불러 음악을 연주하게 한다는 것을 상상할 수 있겠는가? — 존 건서

【전설】

■ **악어의 눈물**(crocodile tears, 악어의 論法) : 『악어의 눈물』이란 거짓 눈물이라는 뜻이다. 이것은 악어가 눈물을 흘리면서 먹이를 유혹하고 또 그 먹이를 먹으면서도 거짓으로 눈물을 흘린다는 고대 서양 전설에서 유래된 말이다. 셰익스피어도 《햄릿》, 《오셀로》, 《안토니와 클레오파트라》 등 여러 작품에서 이 전설을 인용하고 있다.

이처럼 먹이를 잡아먹고 거짓으로 흘리는 악어의 눈물을 거짓눈물에 빗대어 쓰기 시작하면서 위선자의 거짓눈물, 교활한 위정자(爲政者)의 거짓눈물 등을 뜻하는 말로 굳어졌다. 특히, 선거에서 이긴 정치가가 패배한 정적(政敵) 앞에서 위선적인 눈물을 흘릴 때 많이 쓰며, 강자(强者)가 약자 앞에서 거짓으로 동정의 눈물을 흘리는 따위의 행위도 모두 악어의 눈물에 해당한다.

실제로도 악어는 먹이를 먹을 때 눈물을 흘리는데, 이는 슬퍼서 흘리는 것이 아니라 눈물샘의 신경과 입을 움직이는 신경이 같아서 먹이를 삼키기 좋게 수분을 보충시켜 주기 위한 것이다.

의학용어에도 얼굴신경 마비의 후유증으로 나타나는 『악어눈물 증후군(crocodile tears syndrome)』이 있다. 환자들의 침샘과 눈물샘의 신경이 뒤얽혀 마치 악어가 먹이를 먹을 때처럼 침과 눈물을 함께 흘린다는 뜻에서 이런 이름이 붙었다. 이로부터 악어를 위선자의 상징으로 말하게 되었다.

『악어의 논법』이란 상관궤변법(相關詭辯法)을 말한다. 그 옛날, 나일 강 언덕에 살던 한 어머니가 자기 아들이 악어에게 붙잡혀가자 악어에게 내 아들을 제발 돌려달라고 간청하였다. 그러자 그 악어는 자기가 그 아이를 돌려줄 것인지, 돌려주지 않을 것인지에 관한 자기 의사를 정확히 알아맞히면 돌려주겠다고 대답했다. 만일 어머니가 『돌려준다』고 말한다면 악어가 그 어린아이를 잡아먹고는 네 대답이 틀렸다고 말할 것이며, 또 『돌려주지 않는다』고 대답한다면 악어가 돌려주려고 했지만 대답이 틀렸기 때문에 돌려줄 필요가 없어서 잡아먹는다고 할 것이라는 고대 이집트 사람들의 우화적인 전설에서 『악어의 논법』이라는 말이 나왔다고 한다.

【成句】

- 애호체읍(哀號涕泣) : 소리를 내어 슬프게 부르짖고 눈물을 흘리며 욺.
- 천년누흔(千年淚痕) : 천 년 내려온 눈물의 흔적.
- 고신원루(孤臣寃淚) : 임금의 사랑을 잃은 외로운 신하의 눈물.
- 수행병하(數行竝下) : 눈물이 여러 줄기가 흘러내림의 형용. 또 책을 읽는 능력이 뛰어난 것. 독해력이 뛰어남의 비유. 책을 읽

는 데 몇 행을 한꺼번에 읽어 내려간다는 뜻. / 《양서》

- 일국루(一掬淚) : 두 손에 가득하게 흘린 눈물, 많은 눈물.
- 부급루(副急淚) : 시늉으로 내는 거짓 눈물.
- 수희지루(隨喜之淚) : 기쁨에 넘친 눈물.
- 이화일지춘대우(梨花一枝春帶雨) : 미인이 눈물 흘리는 것의 형용.

남녀 *man & female* 男女

【어록】

- 현명한 남자는 성(城)을 세우고, 현명한 여자는 성을 기울인다.
  — 《시경》
- 남자는 안에서 하는 일을 말하지 않으며 여자는 밖에서 하는 일을 말하지 않는다. — 《예기》
- 남녀는 일곱 살 때부터 자리를 같이해서는 안 된다. (男女七歲不同席) — 《예기》
- 남자가 장성하거든 풍류나 술 먹기를 배우지 못하게 하고, 여자가 장성하거든 놀러 다니지 못하게 하라. — 《명심보감》
- 남자의 생명은 야심이고 여자의 생명은 남자다.
  — 《마하바라타》
- 남자가 여자의 일생에서 기쁨을 느끼는 날이 이틀 있다. 하루는 그녀와 결혼하는 날이요, 또 하루는 그녀의 장례식 날이다.
  — 히포낙스
- 여자를 사랑하는 남자의 혼은 여자의 육체 안에서 산다.

— M. 카토

- 남자가 여자에게 끌리는 것은, 남자로부터 늑골을 빼앗아 여자를 만들었으므로 남자는 자기가 잃은 것을 되찾으려고 하기 때문이다. —《탈무드》
- 남자는 세계가 자신이지만 여자는 자신이 세계다. — 괴테
- 남자들의 맹세는 여인들을 꾀는 미끼가 되었다가 여인을 배반한다. — 셰익스피어
- 남자의 마음은 대리석과 같고 여자의 마음은 밀림과 같다. — 셰익스피어
- 남자의 사명(使命)은 넓고, 여자의 사명은 깊다. — 레프 톨스토이
- 남자가 마음속의 진정한 여자만을 사랑한다면 세상의 여자는 그에게 무의미한 것이 된다. — 오스카 와일드
- 남자는 지루함 때문에 결혼한다. 여자는 호기심에서 결혼한다. 그리고 양쪽 다 실망한다. — 오스카 와일드
- 남녀 사이에는 우정은 있을 수 없다. 정열 · 정의 · 숭배 · 연애는 있다. 그러나 우정은 없다. — 오스카 와일드
- 남성들이 여자를 사랑할 때는 여자의 연약함 불완전함을 다 알고 난 뒤에 사랑한다. 아니, 그렇기 때문에 더욱 사랑하는 것인지도 모른다. 사랑이 필요한 사람은 완전한 인간이 아니며 불완전한 인간이기에 더욱 사랑이 필요하다. — 오스카 와일드
- 남자는 인생을 너무 일찍 알고, 여자는 너무 늦게 안다. — 오스카 와일드
- 내가 남성을 사랑할 때는 그가 미래를 앞에 가지고 있는 사람

이다. 그리고 여성을 사랑할 때는 그 여자가 과거를 뒤에 가지고 있는 사람이다. — 오스카 와일드

- 남자는 언제나 여자의 첫사랑이 되고 싶어 한다. 그러나 그것은 어리석은 허영심에 불과하다. 우리 여성들은 일에 있어서 심사숙고하는 본능을 가지고 있다. 즉, 우리들이 바라는 것은 그 남자의 마지막 사랑이 되고 싶은 것이다. — 오스카 와일드
- 질투는 남자에게 있어서는 약점이지만 여자에게 있어서는 하나의 강점이다. — 아나톨 프랑스
- 남자가 아무리 이론을 늘어놓아도, 여자의 한 방울 눈물에는 당하지 못한다. — 볼테르
- 남자는 자기 자신의 비밀보다는 타인의 비밀을 한층 굳게 지킨다. 여자는 그와는 반대로 타인의 비밀보다는 자기 자신의 비밀을 더욱 잘 지킨다. — 라브뤼예르
- 여자는 사랑의 증거로 남자에게 애착을 느끼지만, 남자는 그와 같은 사랑의 증거로 열이 식는다. — 라브뤼예르
- 마음에 없는 말을 하는 것은 여자에게 있어서는 그다지 힘든 일이 아니다. 마음에 있는 말을 하는 것은 남자에게 있어서 그다지 힘든 일이 아니다. — 라브뤼예르
- 남녀 간의 사랑이야말로 이 세상에서 가장 위대하고 완벽한 정열이다. 남녀 간의 사랑은 이원적이고 상반적인 양성(兩性)의 사람이 만나 이루는 것이기 때문이다. 남녀 간의 사랑은 수축과 이완을 거듭하는 생명의 고동이다. — D. H. 로렌스
- 남녀 사이의 우정에 있어 그것이 본원적인 감정이란 불가능하다. — D. H. 로렌스

■ 남자가 언제까지나 진심으로 깊은 애정을 가질 수 있는 여자는, 함께 있으면 전기에 감전된 것처럼 찌릿하거나 가슴이 설레는 그런 여자가 아니라, 함께 있으면 사르르 부드러운 분위기에 취하게 되는 그런 여자다. — 조지 네이선

■ 남자는 그 여자의 말 때문에 그 여자를 사랑하는 것은 아니다. 여자를 사랑하기 때문에 그 여자의 말을 사랑하는 것이다.
— 앙드레 모루아

■ 남자나 여자의 교양의 시금석(試金石)은 싸울 때 어떻게 행동하는가이다. — 조지 버나드 쇼

■ 남자는 많이 알면 알수록, 또 여행을 하면 할수록 시골 소녀와 결혼하고자 한다. — 조지 버나드 쇼

■ 남성과 여성이 정치권력을 함께 담당했던 적은 한 번도 없었다. 따라서 여자는 남자와 동등한 권리를 갖지 못하며, 여자가 남자보다 열등하다는 것은 당연하다고 주저 없이 주장할 수 있게 된다. 결론적으로 남자가 여성에 의해 지배된다는 것은 불가능한 일이다. — 프리드리히 니체

■ 복수와 사랑에 있어서는 여자가 남자보다 훨씬 잔인하다.
— 프리드리히 니체

■ 남성은 모두가 거짓말쟁이고, 바람둥이고, 가짜이고, 말이 많고, 오만하고, 비겁자이고, 남을 형편없이 깔보는 자로서, 정욕의 노예다. 여성은 모두가 배반자이고, 교활하고, 허영심이 강하고, 실속 없고, 본 마음씨가 썩어 있다. — 프리드리히 니체

■ 남자의 절약은 미래의 투자이며, 여자의 절약은 궁상이다.
— 임마누엘 칸트

■ 남자는 기분으로 나이를 먹고 여자는 용모로 나이를 먹는다.
— M. 콜린즈

■ 신은 남자를 위해 있고, 종교는 여자를 위해 있다.
— 조셉 콘래드

■ 남자가 여자를 사랑하는 첫째 조건은 그 여자가 자기 마음에 드느냐 안 드느냐 하는 것이다. 그러나 여자에게 있어서는 한 가지 조건이 더 필요하다. 그것은 자기의 선택이 다른 사람의 마음에 드느냐 어떠냐는 것이다. — 노먼 빈센트 필

■ 남자의 얼굴은 자연의 작품, 여자의 얼굴은 예술작품.
— 앙드레 프레보

■ 남자는 망각으로 살아가고 여자는 추억으로 살아간다.
— T. S. 엘리엇

■ 남자는 그 눈길로 욕정을 느끼고, 여자는 그 눈길로 몸을 맡긴다. — 알퐁스 칼

■ 종종 기질이 남자를 용감하게 하고, 여자를 정숙하게 한다.
— 라로슈푸코

■ 남자의 침대는 그의 요람이지만, 여자의 침대는 종종 그녀의 고문대이다. — 제임스 더버

■ 남자는 권력을, 여자는 아름다움을 무기로 하고 있다.
— 프란체스코 알베로니

■ 남자는 내버려 두어도 남자가 되지만, 여자는 남자로부터 포옹을 당하고 키스를 받음으로써 점점 여자가 되어 간다.
— 헨리 엘리스

■ 남자는 사색과 용기를 위해서, 여자는 유화(柔和)와 우아함을

위해서 만들어진다. — 존 밀턴

- 어떤 남자는 일을, 어떤 남자는 향락을 선택한다. 그러나 여자는 모두가 마음속으로는 방탕자다. 어떤 남자는 정적(靜寂)을, 어떤 남자는 정쟁(政爭)을 즐긴다. 그러나 숙녀는 모두 인생의 여왕이 되고 싶어 한다. — 알렉산더 포프
- 나는 남자를 보면 볼수록 남자에 대한 사랑이 식어간다. 만약 내가 여자에 대해서도 이런 식으로 말할 수 있다면 모든 것이 나아질 것이다. — 쇼펜하우어
- 남자끼리는 원래 서로가 무관심하지만 여자끼리는 태어나면서부터 적이다. — 쇼펜하우어
- 남성 사이에서는 어리석고 무지한 자가, 여성 사이에서는 추한 여자가 일반적으로 사랑을 받는다. — 쇼펜하우어
- 나는 사랑하는 여성의 도움과 지지 없이는 원하는 대로 국왕의 중책과 의무수행이 불가능하다는 것을 알았다. — 윈저 공작
- 남자는 여자보다 힘이 세고, 나이가 많고 못생기고 그리고 야단스러워야 한다. 남자의 최상은 남편이라는 위치뿐이다. 남자가 여자에 대하여 말하는 것은 대부분 거짓말이거나 허풍이다. — 플로베르
- 남자의 사랑은 생의 일부지만, 여자의 사랑은 생의 전부다. — 토머스 홉스
- 남자는 법률을 만들고, 여자는 풍속을 만든다. — 에밀 기메
- 남자는 불이고, 여자는 삼(麻) 부스러기다. 악마가 나타나서 그것을 태워 올린다. — 세르반테스
- 여성은 실체(實體)이고, 남성은 반성(反省)이다.— 키르케고르

■ 여자는 무한을 설명하려 하고, 남자는 무한을 얻으려 한다. 그것이 여자와 남자가 각기 지닌 운명이다. 그리고 그 어느 쪽에도 고통은 있다. 여자는 고통을 참으며, 남자는 고민하면서 사상을 만들기 때문이다. — 키르케고르

■ 연애를 희극(喜劇)으로 볼 수 있는 것은 여러 신(神)들과 남자들뿐이다. 여자는 그들에게 희극을 연출시키려는 유혹인 것이다. — 키르케고르

■ 남자는 자기가 알고 있는 것을 말하고 여자는 상대가 기뻐하는 것을 말한다. — 장 자크 루소

■ 남자는 악마 같은 여자에게도 아름다운 천사의 옷을 입힌다. — 마르그리트 드 나바르

■ 여자는 자기를 웃긴 남자 이외에는 거의 생각해내지 않고, 남자는 또한 자기를 울린 여자 이외에는 생각해 내지 않는다. — 헨리 레니에

■ 남자에 대한 일은 타인도 알 수가 있다. 그러나 여자에 대해서는 타인은 짐작조차 못한다. — 헨리 레니에

■ 여자가 보아 남자의 최대의 난점(難點)은 그들이 남자라는 것이다. 남자가 보아 여자의 유일한 가치는 대개 그들이 여자라는 것이다. — 헨리 레니에

■ 남자는 미워하는 것을 알고 있다. 그러나 여자는 싫어하는 것밖에 모른다. — 헨리 레니에

■ 남자는 사냥꾼이요, 여자는 그의 사냥감이다. — 앨프레드 테니슨

■ 남자들 간의 차이는 기껏해야 하늘과 땅 그러나 성질이 나쁜

여자와 좋은 여자의 차이는 천국과 지옥의 차이.

— 앨프레드 테니슨

■ 남자는 일하고 생각한다. 그러나 여자는 느낀다.

— 크리스티나 로세티

■ 남자는 미워하는 것을 알고 있다. 여자는 싫어하는 것밖에 모른다. — 크리스티나 로세티

■ 남자에게 있어서 소중한 것은 사랑하는 여자다. 남자는 온갖 행복과 괴로움을 여자에게서 끌어낸다. 이에 대하여 여자는 온갖 것에 싱거운 맛, 매운맛, 단맛을 친다. — 자크 샤르돈느

■ 남자는 개개의 여자에 대하여 여자이기 때문에 사랑하지만, 여자는 개인으로서의 남자, 즉 유일하고 특별한 사람밖에는 사랑하지 않는다. — 헨리 F. 아미엘

■ 남자는 종달새처럼 뜰에서 노래하고, 여자는 나이팅게일처럼 어둠 속에서 노래한다. — 장 파울

■ 남자의 정신은 태양이 빛나는 낮이며, 여자의 정신은 달빛이 빛나는 밤과 같다. — A. 베르너

■ 남자에게 있어서는 지식이 미덕보다 낫고, 여자에게 있어서는 미덕이 지식보다 낫다. — 리히텐베르크

■ 남자와 사귀지 않는 여자는 갈수록 퇴색한다. 여자와 사귀지 않는 남자는 서서히 바보가 된다. — 안톤 체호프

■ 자신의 연애의 승리를 결코 자랑하지 않는 남자는 꽤 많이 있다. 그러나 모든 여성은 사랑에 패배한 것을 누군가에게 말하지 않고는 못 배긴다. — J. 베르나르

■ 남자는 사랑을 사랑하는 데서 시작하여 여자를 사랑하는 것으

로 끝난다. 그러나 대개의 여자는 남자를 사랑하는 데서부터 시작하여 사랑을 사랑하는 것으로 끝난다. — R. 구르몽

- 위대한 정신은 남녀 양성(兩性)을 구비하고 있다. — 새뮤얼 콜리지
- 여성은 남성을 위하여 만들어졌다. 남성은 여성을 위하여, 그리고 나아가 전 여성을 위하여 만들어졌다. — 몽테를랑
- 여자란, 사소한 일은 남자가 여자에게 양보하고, 큰일에 대하여는 남자가 억세기를 바란다. — 몽테를랑
- 남자는 의지고 여자는 정서다. 인생을 배라고 하면 의지는 키(舵)요, 정서는 돛(帆)이다. — 랠프 에머슨
- 어머니는 20년 걸려서 소년을 한 사람의 사나이로 만든다. 그러면 다른 여자가 20분 걸려서 그 사나이를 바보로 만들어 버린다. — 로버트 프로스트
- 남자는 『거짓말하는 나라』의 서민이지만, 여자는 그 나라의 확실한 귀족이다. — 리처드 엘먼
- 남자는 아내나 애인이 싫어지면 도망가려고 한다. 그러나 여자는 미워하는 남자를 보복하려고 가까이에 억압하여 두고 싶어한다. — 시몬 드 보봐르
- 남자에게 있어서는 하룻밤 난봉에 지나지 않는 것에 여자는 어리석게도 일생을 건다. — 프랑수아 모리아크
- 남성은 모두가 거짓말쟁이이고, 바람둥이이고, 가짜이고, 말이 많고, 오만하든가 비겁자로서 남을 형편없이 깔보는 자로서, 정욕의 노예다. 여성은 모두가 배반자이고, 교활하고, 허영심 강하고, 실속 없고, 본 마음씨가 썩어 있다. — 알프레드 뮈세

■ 남자는 자기의 정열을 죽이고, 자신을 죽이지 않는다. 여자는 죽음을 당하는 기분으로 사랑한다. — 알프레드 뮈세

■ 여자는 깊게 보고 남자는 멀리 본다. — 귀스타브 쿠르베

■ 여자가 남자를 사랑한다고 말할 때에는, 남자는 설사 그녀를 사랑하지 않더라도 들어주지 않으면 안 된다.

— 로버트 브라우닝

■ 남자는 사랑을 받고 있는 줄 알면 기뻐하지만, 그렇다고 번번이 『나는 당신을 사랑합니다.』라는 말을 듣는 날에는 진저리를 내고 만다. 여자는 날마다 『당신을 사랑합니다.』라는 말을 듣지 못하면 혹 남자가 변심하지나 않았는지 의심을 품는다.

— 윌리엄 스토리

■ 사랑이란 남성에게 있어서는 하나의 소나기에 불과하지만, 여성에게 있어서는 『죽음』이나 『삶』 둘 중에 하나다.

— 엘라 윌콕스

■ 남자는 일하지 않으면 안 되고, 여자는 울지 않으면 안 된다. 그래서 그것이 끝나자마자 잠을 자게 되는 것이다.

— 찰스 킹즐리

■ 남성은 여성보다 몸집이 우람하다는 것 외에는 여성보다 선천적으로 뛰어난 이유가 하나도 없다고 나는 단언한다.

— 버트런드 러셀

■ 남녀란 인류의 근본이며 만세의 시작이다. — 정도전

■ 양성 중에서 남성은 변화를, 여성은 지속을 역사적으로 담당해왔다. 그리고 변화를 대표하는 남성에게 방황이 있음은 너무나 당연한 내적 요구이며, 그것이 오히려 그 남성의 순수나 낭만을

나타내는 바로미터가 아닐까. — 전혜린

- 사랑의 대화에서는 남자가 얼간이고 여자가 재치 있게 마련이다. 남자가 성실하고 여자가 교활하다는 말일까, 남자는 계산하고 여자는 믿는다는 의미일까? — 최인훈

【속담 · 격언】

- 남자는 배짱 여자는 절개. — 한국
- 남자는 하늘, 여자는 땅. (남녀 모두의 위치가 중요하다) — 한국
- 남자는 마음이 늙고 여자는 얼굴이 늙는다. — 한국
- 남자에게 학식은 덕보다 낫다. 하지만 여자에게 덕이란 학식을 버리는 일이다. — 중국
- 남자가 입이 크면 천하를 차지하고, 여자가 입이 크면 남편 덕에 먹고 산다. — 중국
- 남자는 3일간 굶을 수 있고, 여자는 7일간 굶을 수 있다. — 중국
- 남자는 3일을 굶으면 도적질을 한다. 여자는 3일을 굶으면 추한 짓을 한다. (매음을 한다) — 중국
- 남자에게 미덕은 미덕이지만, 여자에게는 미덕이 없는 것이 미덕이다. — 중국
- 남자는 직업을 잘못 고를까, 여자는 남편을 잘못 고를까 걱정한다. (남자는 직업이, 여자는 남편이 가장 중요하다) — 중국
- 남자에게는 재물이 외모지만, 여자는 미모가 재산이다. — 중국

- 여자의 아름다움이 남자의 눈을 현혹하는 게 아니다. 남자는 자기 자신이 장님이 될 뿐이다. — 중국
- 남자가 여자에게 미칠 때, 그 광기(狂氣)를 정상으로 되돌려 줄 수 있는 것은 오직 그 여자밖에 없다. — 중국
- 남녀가 함께 잠자리에 들어도 꾸는 꿈은 다르다. — 몽고
- 황금은 불로 알아보고, 여자는 황금으로 알아보고, 남자는 여자로 알아본다. — 미국
- 남자는 천하를 움직이며, 여자는 그 남자를 움직인다. — 영국
- 남자는 머리를 가져야 하며, 여자는 정(情)을 가져야 한다. — 영국
- 남자는 여자가 쳐놓은 덫에 걸릴 때까지 여자의 뒤를 돌아다닌다. — 영국
- 천 명의 남자는 탈 없이 공동생활을 할 수 있으나, 여자는 비록 형제끼리라도 어렵다. — 독일
- 남자는 항상 머리로, 여자는 그 모자로. — 독일
- 신이 남자가 되었을 때, 악마는 먼저 여자가 되어 있다. — 스페인
- 행동은 남자, 말은 여자. — 네덜란드
- 여자와 나귀는 막대기로 친다. 남자는 말로 친다. — 알바니아
- 남자는 알고 있다고 생각하지만, 여자는 실제로 더 잘 알고 있다. — 힌두族

【중국의 고사】

- **박삭미리(撲朔迷離)** : 남녀의 구분이 분명하지 않다는 말로서,

사물이나 상황이 마구 뒤섞여 있어 갈피를 잡을 수 없을 때 쓰는 말이다. 『목란종군(木蘭從軍)』은 중국 사람들 사이에 수천 년 동안을 널리 전해 내려오는 이야기다.

고시 『목란사(木蘭辭)』에 의하면 목란은 그녀의 늙은 아버지를 대신해서 싸움터에 나가 12년간이나 외적과 싸우면서 숱한 전공을 세웠다. 그러나 싸움이 끝나자 그녀는 포상도 받지 않고 의연히 고향으로 돌아왔다고 한다. 그런데 그녀가 고향에 돌아와 다시 여자의 복장으로 갈아입을 때까지 그녀의 동료들조차 그녀가 여자인 줄 몰랐다는 것이다. 나라를 사랑하고 부모에게 효도를 다한 이 영웅이 어느 때 사람이며 성이 무엇인가 하는 등에 대해서는 이론이 많지만, 그에 대해서는 차치하고 여기에서는 『박삭미리』라는 말이 나오게 된 배경만 살펴보기로 한다.

『목란사』의 끝부분에는 남장을 한 목란이 12년 동안이나 동료들의 눈을 속일 수 있은 데 대해 『수토끼는 앞발을 잘 비비고 암토끼는 눈을 잘 감지만, 둘이 함께 달려갈 때는 암수를 분별하기 어렵다(雄兎脚撲朔 雄兎眼迷離 兩兎傍地走 安能辨我是雌雄).』라고 쓰고 있다.

전하는 말에 따르면 수토끼는 조용할 때는 앞발을 마구 비벼대는 것(撲朔)이 특징이고, 암토끼는 틈만 나면 눈을 감고(迷離) 휴식을 취한다는 것이다. 때문에 평상시에는 이것으로 암수를 가릴 수 있지만, 그들이 달려갈 때는 암수를 분별하기 어렵다는 말이다. 이래서 남녀를 구별하기 어려울 경우를 가리켜 『박삭미리』라 하게 되었고, 나아가서는 어떤 일이나 사물이 막 뒤섞여 진상을 분별하기 어려울 경우에도 이런 말로 비유하게 되었다. 『목란사』는 『공작동남비(孔雀東南飛)』와 함께 고대 민간의 장편 서사시로 쌍벽을 이루는 작품이다.

— 목란사(木蘭辭)

■ **상사병(相思病)** : 연정(戀情)에 사로잡혀 생기는 병을 말한다. 남녀 사이에 서로 그리워하며 뜻을 이루지 못해 생긴 병을 『상사병』이라고 한다. 글자 그대로 서로 생각하는 병인 것이다. 춘추시대의 큰 나라였던 송(宋)은 전국시대 말기 강왕(康王)의 학정(虐政)으로 인해 망하고 만다. 강왕은 뛰어난 용병으로 한때 이웃나라를 침략해서 영토를 확장하는 등 대단한 위세를 떨쳤다.

여기에 그는 천하에 무서울 것이 없다는 자신을 가지고 분수에 벗어난 짓을 마구 하게 되었다. 심지어는 가죽부대에 피를 담아 공중 높이 달아매고, 화살로 이를 쏘아 피가 흐르면, 『내가 하늘과 싸워 이겼다.』라고 하면서 미치광이 같은 호기를 부리기도 했다고 한다. 강왕은 술로 밤을 지새우고, 여자를 많이 거느리는 것을 한 자랑으로 삼았으며, 이를 간하는 신하가 있으면 모조리 사형에 처했다.

이 포악하고 음란하기 비길 데 없는 강왕의 시종으로 한빙(韓憑)이라는 사람이 있었다. 그런데 그의 아내 하씨(河氏)가 절세 미인이었다. 우연히 그녀를 본 강왕은 하씨를 강제로 데려와 후궁을 삼고 말았다. 한빙이 왕을 원망하지 않을 리 없었다. 강왕은 한빙에게 없는 죄를 씌워 『성단(城旦 : 변방 지역에서 낮에는 변방을 지키고 밤에는 성을 쌓는 무거운 형벌)』의 형에 처했다. 이때 아내 하씨가 강왕 몰래 남편 한빙에게 짤막한 편지를 전했다.

『비는 그칠 줄 모르고, 강은 크고 물은 깊으니 해가 나오면 마음에 맞겠다(其雨淫淫 河大水深 日出當心).』 그러나 염려한 대로 이 편지는 강왕의 손에 들어갔다. 강왕이 시신들에게 물었지만, 뜻을 아는 사람이 없었다. 그러자 소하(蘇賀)란 자가 있다가, 『당신을 그리는 마음을 어찌할 길 없으나, 방해물이 많아 만날 수가 없으니, 죽고 말 것을 하늘에 맹세한다는 뜻입니다.』 하고 그럴 듯한 풀이를 했다.

얼마 후, 한빙이 자살했다는 보고가 들어왔다. 그러자 하씨는 자기 입는 옷을 썩게 만들었다가, 성 위를 구경하던 중 몸을 던졌다. 수행한 사람들이 급히 옷소매를 잡았으나 소매만 끊어지고 사람은 아래로 떨어졌다. 죽은 그녀의 옷 띠에는 유언이 적혀 있었다. 『임금은 사는 것을 다행으로 여기지만, 나는 죽는 것을 다행으로 압니다. 바라건대 시체와 뼈를 한빙과 합장하여 주옵소서.』

노한 강왕은 고의로 무덤을 서로 떨어진 곳에 만들게 하고는, 『죽어서도 서로 사랑하겠다는 거냐. 정 그렇다면 두 무덤을 하나로 합쳐 보아라. 나도 그것까지는 방해하지 않겠다.』 라고 했다. 그러자 밤사이에 두 그루 노나무가 각각 두 무덤 끝에 나더니, 열흘이 채 못 가서 큰 아름드리나무가 되었다. 그리하여 위로는 가지가 서로 얽히고 아래로는 뿌리가 서로 맞닿았다. 그리고 나무 위에는 한 쌍의 원앙새가 앉아 서로 목을 안고 슬피 울며 듣는 사람을 애처롭게 만들었다.

사람들은 이 새를 한빙 부부의 넋이라 했다. 송나라 사람들은 이를 슬피 여겨, 그 나무를 상사수(相思樹)라고 했는데, 『상사』란 이름이 여기에서 시작되었고 또한 『상사병』이란 이름이 여기에서 나왔다고 한다. — 간보 《수신기(搜神記)》

■ **투향(偸香)** : 향을 훔친다는 뜻으로, 남녀 간에 사사로이 정을 통함을 말한다. 진(晉)나라의 가충(賈充)의 딸이 향을 훔쳐서 미남인 한수(韓壽)에게 보내고 정을 통한 고사에서 나온 말이다. 중국 청나라의 포송령이 지은 괴소설집인 《요재지이》에 나오는 이야기다.

가충은 진나라 무제 때의 권신(權臣)으로, 그에게는 가오(賈午)라는 딸이 있었다. 그의 딸은 아버지가 손님들과 술을 마실 때면 푸른 발(簾) 사이로 몰래 엿보기도 했는데, 한수를 보자 첫눈에 반해 사모하게 되었다. 한수는 위(魏)나라의 사도(司徒)인 기(曁)의 증손자였는데, 얼굴이 준수하고 행동거지도 단정했다. 가충의 딸은 하녀로부터 한수의 성(姓)과 자(字)를 알아내고, 자나 깨나 한수를 생각하게 되었다. 마침내 하녀는 한수의 집으로 가서 가오의 생각을 전하고, 그녀가 행실이 올바른 사람임을 말하자, 한수도 마음이 움직였다.

드디어 두 사람은 남몰래 정표를 주고받으며 은밀히 만나게 되었다. 한수가 월담하여 가오와 만났지만 주위 사람들은 모두 눈감아주었다. 다만 가충만은 딸의 모습이 평소와는 다르다는 것을 깨달았다. 그때 임금이 서역으로부터 진기한 향(香)을 공물로 받았는데, 임금은 이를 매우 귀히 여겨 오직 가충과 대사마인 진견에게만 하사한 일이 있었다. 그런데 이 향은 한번 사람에게 그 향내가 배면 한 달이 지나도 가시지 않았다.

가충의 딸이 남몰래 이 향을 훔쳐서 한수에게 주었다. 가충의 친구가 한수와 담소하다가 그 좋은 향내를 맡고 가충에게 그것을 이야기했다. 이리하여 가충은 딸이 한수와 통하고 있는 것을 알게 되었다. 가충은 딸의 주위에 있는 사람들을 심문하여 그 실상을 알게 되었다. 그는 이 일을 비밀로 하고 마침내 딸을 한수에게 시집보냈다.

『투향』이란 말은 이 고사로부터 나온 것으로, 남녀 간에 서로 밀통함을 비유하여 이르게 되었다. 또 『향을 훔치는 사람은 향에 나타난다』라는 말이 있는데, 이는『악한 일을 하면 자연히 드러난다』는 것을 뜻하는 말이다.

— 포송령 /《요재지이(聊齋志異)》

【成句】

- 남남북녀(南男北女) : 우리나라에서 남쪽지방은 남자가, 북쪽지방은 여자가 더 아름답다는 말.
- 봉린지란(鳳麟芝蘭) : 봉황 · 기린과 같이 잘난 남자와 지초(芝草) · 난초와 같이 어여쁜 여자라는 뜻으로, 젊은 남녀의 아름다움을 형용하는 말.
- 생녀물비산생남물희환(生女勿悲酸生男勿喜歡) : 계집애를 낳았다고 슬퍼 말고 사내아이를 낳았다고 기뻐하지 말라. 지금 세상은 사내나 계집애나 잘만 나면 매한가지라는 뜻.

- 일마불피양안(一馬不被兩鞍) : 한 마리의 말 등에 두 개의 안장을 얹을 수 없다는 뜻으로, 한 여자가 두 남편을 섬길 수 없음을 비유하는 말. / 《원사(元史)》
- 찬혈극(鑽穴隙) : 벽이나 담에 구멍을 내고 서로 들여다본다는 뜻으로, 남녀가 몰래 정을 통함을 비유하는 말. / 《맹자》
- 추추부승공방(醜醜婦勝空房) : 추녀라 하더라도 빈 방에서 홀로 자는 것보다는 낫다는 말.
- 탐화봉접(探花蜂蝶) : 꽃을 찾아다니는 나비와 벌이라는 뜻에서, 여색을 좋아하는 사람을 비유하는 말.
- 남녀유별(男女有別) : 남자와 여자는 분별이 있음.

부부 *couple* 夫婦

[어록]

- 아내와 잘 화목함이 비파와 거문고를 연주함과 같다(妻子好合如鼓瑟琴). — 《시경》 소아(小雅)
- 부부 사이에는 구별이 있다(夫婦有別). — 《논어》 등문공
- 여자의 지혜는 아내를 따를 수 없고, 남자의 지혜는 남편을 따를 수 없다. — 《논어》
- 부부는 서로 의리와 은혜로 친하고 사랑해야 한다. — 《후한서》
- 군신(君臣)·부자(父子)·부부(夫婦)·붕우(朋友)·장유(長幼) 이 다섯 가지의 인륜은 천하에 지켜야 할 길이다(五者天下之達道). — 《중용》
- 남편과 아내의 도리가 바르지 않으면 위로는 족히 부모를 섬길 수 없고, 가운데로는 족히 친척을 화목하게 할 수 없고, 아래로는 족히 자손을 편안하게 할 수 없다. — 주자
- 부부는 인륜의 지극히 친밀한 관계를 가지고 있다. 사람이 그

하는 일에 대개 그 부모에게 알려서는 안 될 것이 있으나 그 아내에게는 다 알리는 것이다. — 주자

- 교처(巧妻)는 항상 졸부(拙夫)와 함께 잔다(현명한 여자는 때로 시원찮은 남자의 아내가 된다). —《오잡조(五雜組)》
- 부부싸움은 밤을 넘기지 않는다(夫妻無隔宿之仇). —《유림외사(儒林外史)》
- 위에서 화(和)하면 아래에서도 화목하고, 남편은 선창하고 부인은 따른다{上和下睦 夫唱婦隨 : 위에 있는 자가 사랑하여 가르쳐주는 것을 화(和)라 하고 아래 있는 자가 공손하여 예를 다하는 것을 목(睦)이라 한다. 위에 있는 사람이 온화하게, 눈길을 부드럽게 하여 아랫사람을 대하면 아랫사람은 자연히 화목하게 되고 또한 윗사람을 공경하게 된다. 부부관계도 마찬가지다. 남편은 의로써 선도하면 아내는 유순한 태도로 따르기 마련이다}. —《천자문(千字文)》
- 부부가 화목하여야 집안이 번창해진다(夫婦和而後家道成). —《유학경림(幼學瓊林)》
- 부부는 원래 같은 숲에 깃든 새와 같다(夫妻本是同林鳥). —《고금소설(古今小說)》
- 넘어진 말은 수레를 파손하고, 악처는 가정을 파괴한다(蹎馬破車 惡婦破家). —《고시원》
- 그대가 양처를 가지면 행복한 자가 되고, 악처를 가지면 철학자가 된다. — 소크라테스
- 한 남자가 두 여자의 고삐를 잡는 것은 좋지 않다. — 에우리피데스

■ 여자는 전쟁에는 겁을 내고 칼날을 보고는 새파랗게 질려버릴 정도로 마음이 약하다. 그러나 부부 사이의 진실이 짓밟히면 그토록 잔학하고도 비정(非情)한 마음이 될 수가 없다.

— 에우리피데스

■ 부부의 사랑은 주름살 속에 산다. — 스토바이오스

■ 여호와 하나님이 아담을 깊이 잠들게 하고 그 갈빗대를 하나 취하고 살로 채우시고 그 갈빗대로 여자를 만드시고 그를 아담에게로 이끌어 오시니 아담이 이르되, 『이는 내 뼈 중의 뼈요, 살 중의 살이라, 이것을 남자에게서 취하였은즉 여자라 부르리라!』 하니라. 이러므로 남자가 부모를 떠나 그의 아내와 합하여 둘이 한 몸을 이룰지로다. 아담과 그의 아내 두 사람이 벌거벗었으나 부끄러워하지 아니하니라. — 창세기

■ 음행을 피하기 위하여 남자마다 자기 아내를 두고 여자마다 자기 남편을 두라. 남편은 그 아내에 대한 의무를 다하고 아내도 그 남편에게 그렇게 할지라. — 고린도전서

■ 아내의 키가 작으면 남편 쪽에서 키를 줄여라. — 《탈무드》

■ 이 세상에서 가장 행복한 남자는 좋은 아내를 얻은 사람이다.

— 《탈무드》

■ 부부가 진정으로 사랑하고 있으면 칼날만한 침대에 누워도 잘 수 있지만, 서로 미워하면 여섯 자나 되는 넓은 침대일지라도 비좁기만 하다 — 《탈무드》

■ 아내를 까닭 없이 괴롭히지 마라. 그녀의 눈물방울을 하느님께서 세고 계신다. — 《탈무드》

■ 아내는 밭이고 남편은 종자다. 밭을 소유하지 않고 남의 밭에

씨 뿌리는 자는 그 밭의 소유자에게 이익을 줄 뿐만 아니라 자기는 아무런 수확조차 못 얻는다. —《마누법전》

- 꿈속에 있는 것이 연인들이고 꿈에서 깨어난 것이 부부이다. — 알렉산더 포프
- 집에서 아내에게 기를 펴지 못하는 남편은 밖에서도 굽실거린다. — 워싱턴 어빙
- 가장 과묵한 남편은 가장 사나운 아내를 만든다. 남편이 너무 조용하면 아내는 사나워진다. — 벤저민 디즈레일리
- 이혼은 극히 자연스러운 것이며, 대개의 집에서는 매일 밤 그것이 부부 사이에 잠들고 있다. — S. 샹포르
- 부부를 붙들어 매는 끈이 오래 계속되려면, 그 끈이 탄력성이 있는 고무로 되어 있지 않으면 안 된다. — 앙드레 프레보
- 엉덩이가 가벼운 아내에게는 엉덩이가 무거운 남편. — 셰익스피어
- 남자는 여자에게 속삭일 때에만 봄이고, 부부가 되어버리면 이미 겨울이다. 여자는 딸로 있을 때는 5월 꽃필 때 같지만, 남편을 맞고 난 뒤에는 금세 행동이 달라진다. — 셰익스피어
- 부부라는 사회에서는 일에 따라 각자가 상대를 돕고, 혹은 상대를 지배한다. 따라서 부부는 대등하지만 또한 다르다. 그들은 다르므로 대등한 것이다. — 알랭
- 부부 사이는 내내 함께 있으면 도리어 냉각되어진다. — 몽테뉴
- 암탉은 수탉보다 먼저 울어서는 안 된다. — 몰리에르
- 3주간 서로 연구하고, 3개월간 사랑하고, 3년간 싸움을 하고, 30

녀간은 참고 견딘다. 그리고 자식들이 또 같은 짓을 시작한다.

— H. A. 텐

■ 사랑하는 자와 사는 데에는 하나의 비결이 있다. 상대를 달라지게 하려고 해서는 안 된다는 것이 바로 그것이다.

— 자크 샤르돈느

■ 이 세상에 태어나 우리가 경험하는 가장 멋진 일은 사랑을 배우는 것입니다. — 조지 맥도날드

■ 애정이 없는 결혼은 비극이다. 그러나 애정 없는 결혼보다 더 나쁜 결혼이 있다. 그것은 애정이 한쪽만 있을 때, 정절(貞節)은 있으나 한쪽만이 있을 때, 그리고 부부의 감정에 있어 한쪽만이 짓밟힘을 당할 때이다. — 오스카 와일드

■ 남편에게는 영지(英智), 아내에게는 온화함. — 조지 허버트

■ 추한 아내의 남편은 한평생 맹목(盲目)인 편이 낫다.

— M. 사디

■ 인생의 고난은 신혼여행과 동시에 시작됩니다. 그 때 서로가 거의 잘 모르는 두 사람이 부부라는 이중의 고독 속으로 별안간 내동댕이쳐지는 것입니다. — 앙드레 모루아

■ 부부간의 대화는 마치 외과수술과 같아서 신중하게 하지 않으면 안 된다. 어떤 부부는 너무 정직하여 건강한 애정까지 수술함으로써 마침내 죽어버리는 수가 있다. — 앙드레 모루아

■ 부부란 그것을 구성하는 두 인간 중 낮은 쪽의 수준에 따라 생활하게 된다. — 앙드레 모루아

■ 신이 인간을 만들었다. 그런데 고독이 부족하다고 생각되어 더욱 고독을 느끼게 하기 위하여 반려(伴侶)를 만들어 주었다.

— 폴 발레리

■ 어느 쪽이나 상대를 통해서 무엇인가 자기 개인의 목표를 달성코자 하는 부부의 관계는 오래 지속된다. 가령 아내가 남편으로 말미암아 유명해지려 하고, 남편이 아내를 통해서 사랑을 받고자 하는 것 같은 경우이다. — 프리드리히 니체

■ 부부생활은 기나긴 대화다. 결혼생활에서는 다른 모든 것은 변화해 가지만, 함께 있는 시간의 대부분은 대화에 속하는 것이다. — 프리드리히 니체

■ 부부란 두 개의 절반이 되는 것이 아니라, 하나의 전체가 되는 것이다. — 빈센트 반 고흐

■ 같은 식구가 되어 이해하고, 긴 세월 함께 살아오며 한결같이 동고동락해 왔을 때에는 사람이란 으레 깊은 감정, 이를테면 내면적이고, 무의식적이고, 다른 어느 것과도 비슷한 데가 없는 도저히 설명할 길이 없는 일종의 공감 같은 것으로 맺어져 있음을 느끼는 법이 아니겠어요? 바로 이것이 부부생활을 성립시켜주는 겁니다. — 로제 마르탱뒤가르

■ 너희들 둘은 한 손바닥의 두 손가락이다. 죽을 때까지 떨어져서는 안 된다. — 프랑수아 모리아크

■ 배우자에게 욕하는 동물은 인간뿐이다.

— 루도비코 아리오스토

■ 아내가 없는 남자는 육체가 없는 머리이고, 남편이 없는 여자는 머리가 없는 몸체이다. — 장 파울

■ 좋은 남편은 남자의 의무를 조금 수행하고 있는 데 비하여 좋은 아내는 여자의 의무를 완전히 수행하고 있다.

— 헨리 제임스

- 남자와 여자가 결혼하면 한 몸이 되어야 하지만, 문제는 어느 쪽으로 한 몸이 되는가 하는 점이다. — 헨리 L. 멩컨
- 부부가 싸우는 것은 서로가 말할 것이 아무것도 없기 때문이다. 싸움은 두 사람에게 시간을 없애는 한 가지 방법이다.

— 몽테를랑

- 부부간이란 서로 너무 자주 얼굴을 맞댈 것은 아니다.

— T. S. 엘리엇

- 아아, 진실로 남편을 사랑하기 때문에 남편이 사랑스러운 것이 아니다. 나를 사랑하기 때문에 남편이 사랑스러운 것이다. 아아, 진실로 아내를 사랑하기 때문에 아내가 사랑스러운 것이 아니다. 나를 사랑하기 때문에 아내가 사랑스러운 것이다.

— 야지나발키아

- 결혼에서 누가 고통을 주는 자가 되고, 누가 고통을 받는 자가 될 것인가 경쟁하는 것을 보면 끔찍해집니다. 대개 2, 3년이면 그 문제가 정해지고, 그것이 정해진 후에는 하나는 행복을, 하나는 덕을 갖게 마련이지요. 그래서 고통을 주는 자는 능청스럽게 웃으면서 결혼생활의 행복을 이야기하고, 희생자는 더 나쁜 사태를 두려워해서 처참한 동의를 미소로 표시합니다.

— 버트런드 러셀

- 부부가 서로 이해를 못한다는 것은 그들이 이성 간이므로 그렇다. — 도로데아 딕스
- 그들의 결혼이 사랑에 근거를 두고 있든, 아니면 과거의 전통적인 결혼처럼 사회적인 편의나 관습에 근거를 두고 있든 간에

진심으로 서로 사랑하는 부부는 드문 듯하다. 사회적 편의·관습, 상호의 경제적 이해(利害), 자식에 대한 공동의 관심, 상호 의존 또는 상호 증오나 공포 등은 부부가 서로 사랑하지 않게 되고, 또 결코 사랑한 적도 없었다는 사실을 어느 한쪽 또는 양쪽 모두가 알아차릴 순간까지 그것들은 『사랑』으로 의식되고 경험된다. — 에리히 프롬

■ 많은 부부들은 서로 사랑하는 대신에 그들이 가지고 있는 것, 즉 돈·사회적 지위·가정·자식 등을 함께 소유하는 것에 안주한다. 따라서 어떤 경우에는 사랑을 기초로 하여 시작된 결혼이 다정한 소유로서 두 이기주의가 하나로 뭉쳐진 조합, 즉 가정이라는 조합으로 변형된다. — 에리히 프롬

■ 친구란 어떤 어리석은 말도 흉허물 없이 말할 수 있는 사이다. 이런 사이에서 우리는 흔히 나와 그의 약간은 동떨어진 이미지를 의식하며 거기에 장단을 맞춘다. 결혼생활도 대부분 그러한 친분으로 시작이 된다. 그러나 단 세 시간을 함께 겪고 생애의 벗이 되는 사람이 있는가 하면 30년을 내리 겉으로만 서로 알고 지내는 부부도 있다. — 제임스 맥도날드

■ 좋은 아내란 남편이 비밀로 해두고 싶어 하는 사소한 일을 언제나 모른 체한다. 그것이 결혼생활의 예의의 기본이다.
— 서머셋 몸

■ 아내는 남편에게, 남편은 아내에게 성인(聖人)과 같이 어질기만을 바라서는 안된다. 만약 당신의 아내나 남편이 성인이었다면 당신과 결혼하지 않았을 것이다. — 데일 카네기

■ 선량한 남편은 선량한 아내를 만든다. — 로버트 버턴

- 사랑이 커질 때 우리는 사랑과 함께 성장하게 됩니다.
  — 파울로 코엘료
- 남으로 생긴 것이 부부같이 중할런가. 사람의 배복(百福)이 부부에 갖췄으니, 이리 중한 사이에 아니 화(和)코 어찌하리.
  — 박인로
- 남편은 화(和)하되 의(義)로써 제(制)하고, 아내는 순(順)하되 정(正)으로 받들어서 부부간에 예·경(禮敬)을 잃지 않는 연후에 가사(家事)를 다스릴 수 있다. — 이이
- 한 몸 둘에 나눠 부부를 만드시니 있을 제 함께 늙고 죽으면 한데 간다. 어디서 망년의 것이 눈 흘기려 하느뇨. — 정철
- 부부가 있은 뒤에 부자(父子)가 있고, 부자가 있은 뒤에 군신 상하가 있어서, 예의란 것을 가질 수 있는 것이다. 부부는 인륜의 근본으로 국가의 다스리고 어지러운 것이 관계되지 않음이 없다. — 이제현
- 세상에는 정처(正妻)를 박대하는 사람이 있는데, 내외간의 정의가 어찌 이래서야 되겠는가. 모름지기 서로 도로써 대하여 부부의 예를 잃지 않는 것이 옳으니라. — 이황
- 부부는 서로 매력을 잃어서는 아니 된다. — 피천득

【속담·격언】

- 부부싸움은 칼로 물 베기다. — 한국
- 근원 벨 칼이 없고 근심 없앨 약이 없다. (부부간 금슬은 끊을 수 없고 인간사에 근심은 언제나 있다) — 한국
- 베갯머리송사. (부부가 같이 밤을 지내는 동안 아내가 남편의

마음을 제 뜻대로 움직이려 함) — 한국

- 헌 짚신도 짝이 있다. — 한국
- 곯아도 젓국이 좋고 늙어도 영감이 좋다. (오래된 젓국이 맛이 있듯이 늙어도 자기 짝이 가장 좋다) — 한국
- 검은 머리 파뿌리 되도록. — 한국
- 굼드렁타령인가. (부부가 늘 붙어 다닌다) — 한국
- 묶어 놓는다고 부부가 되는 것은 아니다. — 중국
- 아들딸이 집안에 가득해도 중년부부 사랑만 못하다. — 중국
- (부부는) 서른에는 버릴 수 없고, 마흔에는 헤어질 수 없다. — 중국
- 부부는 인륜의 시작이다. — 중국
- 차갑고 뜨거운 것을 아는 사이가 바로 부부다. — 중국
- 부부가 한 그루 나무라면 아들과 딸은 꽃이다. — 중국
- 부부는 사랑하는 원수다. — 중국
- 부부는 한 얼굴이다. (태도나 관점이 같다) — 중국
- 부부는 본디 한 숲에 사는 새지만, 큰 환난이 닥치면 각자 날아가 버린다. — 중국
- 부부간에 하룻밤을 지낸 원수 없다. (싸우더라도 그날 밤에 풀어진다) — 중국
- 강물은 굽이치지 않으면 물이 흐르지 않고, 부부가 싸우지 않고서는 해로할 수 없다. — 중국
- 하늘에서 비가 내리면 땅 속으로 스며들고, 부부는 싸우더라도 원수가 되지는 않는다. — 중국
- 끝물 참외가 더 달다. (재혼한 부부의 사랑이 더 달콤하다)

— 중국

- 깨진 거울은 다시 둥글게 되기 어렵다. (갈라진 부부는 다시 합치기 어렵다) — 중국
- 부부간의 협조는 가야금과 피리의 합주와 같다. — 중국
- 아내는 남편을 사랑할수록 그의 결점을 바르게 하고, 남편은 아내를 사랑할수록 그녀의 단점을 늘인다. — 중국
- 부부싸움은 개도 거들떠보지 않는다. — 일본
- 부부싸움은 가난이 씨를 뿌린다. — 일본
- 달구지와 물소의 호흡이 맞으면 길에 팬 바퀴자국도 힘겹지 않다. — 인도
- 가난이 문 안으로 들어서면, 애정은 창밖으로 달아난다. — 영국
- 부부싸움은 팔꿈치를 부딪치는 것과 같다. 아프긴 하지만 곧 낫는다. — 영국
- 남편에게 재치가 있고 아내에게 인내력이 있음은 집안 화평의 기초이다. — 영국
- 남편에게는 지혜, 아내에게는 유화(柔和). — 영국
- 하느님이 사람을 만들고 악마가 부부를 만든다. — 프랑스
- 부부싸움은 수입도 재산도 유산도 불리지 않는다. — 프랑스
- 남편이 좋아하는 곳을 아내는 싫어한다. — 프랑스
- 유능한 주부는 감자로 온갖 요리를 만든다. — 독일
- 비슷한 혈통, 비슷한 재산, 비슷한 나이, 이것은 가장 좋은 배필이다. — 독일
- 남편은 항상 머리가 되고, 아내는 남편의 모자가 된다.

— 덴마크

- 귀머거리 남편과 눈먼 아내는 가장 이상적인 부부. — 덴마크
- 멋대로 내버려두면 착한 아내도 버린다. — 이탈리아
- 아내가 없는 남자는 고삐 없는 말이요, 남편 없는 여자는 키 없는 배다. — 이탈리아
- 아내는 세 가지의 눈물을 가지고 있다. 괴로움의 눈물, 초조의 눈물, 거짓의 눈물. — 네덜란드
- 설교 없는 교회, 다툼 없는 부부란 존재하지 않는다. — 체코
- 남편은 아내의 표정으로, 아내는 남편의 와이셔츠로 그 인품을 알 수 있다. — 세르비아
- 아내의 아름다움으로 자기를 꾸밀 수는 없다. — 리투아니아
- 부부 사이를 심판할 수 있는 것은 하느님뿐이다. — 러시아
- 아내는 눈으로 택하지 말고 귀로 선택하라. — 러시아
- 부부는 한 몸이지만 호주머니는 다르다. — 이스라엘
- 집을 따뜻하게 하는 것은 난로보다 부부간의 이해이다. — 마다가스카르

【시 · 문장】

그대와 함께 늙자 했더니
늙어서는 나를 원망하게 만드누나.
강에도 언덕이 있고
못에도 둔덕이 있는데
총각 시절의 즐거움은
말과 웃음이 평화로웠네.

마음 놓고 믿고 맹세하여
이렇게 뒤집힐 줄은 생각지 못했네.
뒤집히리라 생각지 않았으면
역시 하는 수 없네.

— 《시경》 패풍

살아서는 방을 달리해도
죽으면 무덤을 같이하리라.
나를 참되지 않다지만
저 해를 두고 맹세하리.

— 《시경》 왕풍

사람 내실 적에 부부 같게 삼겼으니
천정배필(天定配匹)이라 부부같이 중할소냐
백 년을 아적삼아 여고슬금(如鼓瑟琴)하렸노라.

— 박인로 / 오륜가 夫婦有別

남편과 아내는 두 성의 결합으로 백성을 생각나게 하는 시초며 온갖 행복의 근원이다. 남자는 바깥일을 맡아 하며 집안일을 말하지 않고, 아내는 집안일을 맡아 하면서 바깥일을 말하지 않고, 남편은 씩씩한 품위로 그 분수에 임하여 굳건한 도리를 다하고, 아내는 부드러운 품성으로 그 분수를 갖추어 순종하는 도리를 다하면 한 집안의 법도가 바로잡힐 것이다. — 《동몽선습(童蒙先習)》

【중국의 고사】

- **금슬상화(琴瑟相和)** : 거문고 가락에 맞추어 타듯 부부의 정이 잘 어우러진다는 말이다. 부부의 정이 좋은 것을 『금슬(琴瑟)』이 좋다고 한다. 금슬은 거문고를 말한다. 거문고가 어떻게 부부의 정이란 뜻이 되는가. 말의 유래는 모두 《시경》에서 비롯하고 있다. 소아 상체편(常棣篇)은 한 집안의 화합을 노래한 8장으로 된 시로, 이 시의 제8장에, 『처자의 좋은 화합은(妻子好合) / 거문고를 타는 것과 같고(如鼓瑟琴) / 형제가 이미 합하여(兄弟歸翕) / 화락하고 또 즐겁다(和樂且湛).』라고 했다.

  여기서 『금슬(琴瑟)』을 『슬금(瑟琴)』이라고 바꿔 놓은 것은 운을 맞추기 위한 때문이다. 슬(瑟)은 큰 거문고를 말하고, 금(琴)은 보통 거문고를 말한다. 큰 거문고와 보통 거문고를 가락에 맞추어 치듯, 아내와 뜻이 잘 맞는다는 것을 말한 것이다. 처자는 아내와 자식이란 뜻도 되고, 아내란 뜻도 된다. 금슬이 좋다는 말은 결국 가락이 잘 맞는다는 뜻으로, 듣기 싫은 부부 싸움이 일지 않는다는 뜻으로 확대 해석할 수도 있다.

  — 《시경》 소아(小雅)

- **해로동혈(偕老同穴)** : 살아서는 같이 늙고 죽어서는 한 무덤에 묻힌다는 뜻으로 생사를 같이하는 부부의 사랑의 맹세를 가리키는 말이다. 『해로』는 《시경》 패풍에 나오는 말로, 『그대와 함께 늙자 했더니(及爾偕老) / 늙어서는 나를 원망하게 만드누나. / 강에도 언덕이 있고 / 못에도 둔덕이 있는데 / 총각 시절

의 즐거움은 / 말과 웃음이 평화로웠네. / 마음 놓고 믿고 맹세하여 / 이렇게 뒤집힐 줄은 생각지 못했네. / 뒤집히리라 생각지 않았으면 / 역시 하는 수 없네.』

또 《시경》 왕풍에 『동혈』이란 말이 나온다. 『살아서는 방을 달리해도(穀則異室) / 죽으면 무덤을 같이하리라(死則同穴). / 나를 참되지 않다지만 / 저 해를 두고 맹세하리(有如皦日).』 『유여교일(有如皦日)』은 자기 마음이 맑은 해처럼 분명하다고 해석되는데, 해를 두고 맹세할 때도 흔히 쓰는 말로, 만일 거짓이 있으면 저 해처럼 없어지고 만다는 뜻으로 풀이되기도 한다. 하여간 거짓이 없다는 뜻임에는 틀림이 없다.

— 《시경》 패풍

■ **미망인(未亡人)** : 남편이 죽고 홀로 사는 여자를 이르는 말이다. 과부란 말을 듣기 좋게 말할 때 『미망인』이라고 한다. 미망인은 죽지 못한 사람이란 뜻이다. 남편을 따라 죽어야 마땅할 사람이 죽지 못하고 살아 있다는 뜻이니, 따지고 보면 실례가 되는 말 같기도 하다. 그러나 말은 말 자체가 가지고 있는 뜻보다는 일반 사회에서 받아들이는 뜻이 더 중요하기 때문에, 이 실례가 될 것 같은 말이 홀로 된 부인을 가리키는 품위 있는 말로 쓰이고 있는 것이다.

초나라 영윤(令尹 : 재상) 자원(子元)이 죽은 문왕(文王)의 부인 문부인(文夫人)을 유혹할 계획으로 부인이 있는 궁전 옆에 자기 관사를 짓고, 거기에서 은(殷)나라 탕(蕩)임금이 처음 만들었다는 만(萬)이란 춤을 추게 하며 음악을 울렸다. 부인은 음악

소리를 듣자 눈물을 흘리며 말했다. 『선군께서는 이 춤의 음악을 군대를 조련할 때에 쓰시곤 했다. 그런데 지금 영윤은 이것을 원수들을 치기 위해 쓰지 않고 이 미망인 옆에서 하고 있으니 또한 이상하지 않은가(……今令尹不尋諸仇讎 面於未亡人之測 不亦異乎)?』 하고 불쾌한 표정을 지었다.

자원의 야심을 이미 눈치 채고 한 말이었다. 자원은 즉시 춤과 음악을 걷어치웠다. 그녀를 유혹해서 획책하고 있는 반역 음모에 도움을 받으려 했던 것인데, 오히려 역효과를 낼 것만 같은 생각이 들었기 때문이다. 여기서는 분명 과부 된 여자가 자신을 낮추어서, 죽지 못하고 살아 있는 몸이란 뜻으로 쓰고 있다.

— 《춘추좌씨전》 장공(莊公) 28년

■ **부마(駙馬)** : 임금의 사위를 『부마』 혹은 부마도위(駙馬都尉)라고 한다. 이 부마도위란 한무제 때 처음 생긴 벼슬 이름이었다. 부마는 원래 천자가 타는 부거(副車 : 예비 수레)에 딸린 말로, 그것을 맡은 벼슬이 부마도위다. 부마도위의 계급과 봉록은 비이천석(比二千石 : 실질 연봉 천삼백 석)으로 대신과 같은 급이었다. 한무제는 흉노의 왕자로 한나라에 항복해 온 김일선(金日禪)에게 이 벼슬을 처음으로 주었었다.

부마도위는 일정한 정원이 없이 천자가 자기 마음에 드는 사람에게 이 벼슬을 주곤 했었다. 그것이 위진(魏晋) 이후로 공주의 남편 되는 사람에 한해 이 벼슬을 줌으로써 임금의 사위를 부마라고 부르게 되었다. 진(晋)나라 때 농서(隴西)의 신도도(辛道度)란 사람이 유학길에 올라 옹(雍)이란 도시의 근처까지 왔을 때 일이다.

옹은 춘추시대 진(秦)나라의 수도였던 곳이다. 큰 집 앞을 지나는데 마침 시녀가 대문 밖에 나타나자, 요기를 시켜 달라고 졸랐다. 시녀는 잠시 들어갔다 다시 나타나 들어오라고 청했다. 안에서 아리따운 여인이 나와 인사를 마친 다음 곧 만반진수를 차려 내왔다. 상을 물린 다음 여자가 말했다.

『저는 진나라 민왕(閔王)의 딸로 조(曹)나라로 시집을 가기로 되어 있었는데, 미처 시집도 가기 전에 죽고 말았습니다. 그 뒤 23년을 여기서 혼자 지내게 되었는데, 오늘 뜻밖에 도련님을 뵙게 되니 모두가 인연인 줄 압니다. 사흘만 저와 부부가 되어 이곳에 묵어가십시오.』

그리고 사흘이 지난 날 그녀는, 『당신은 살아 있는 사람, 나는 죽은 몸, 비록 전생의 연분으로 사흘 밤을 함께 지내기는 했지만, 더 이상 오래 있을 수는 없습니다. 그럼 작별의 선물을 드리겠습니다.』 하고 시녀를 시켜 침대 밑에 있는 상자를 열게 하고 그 속에서 황금 베개를 꺼내 신도도에게 주었다. 신도도가 작별을 고하고 돌아서서 조금 오다가 돌아보니 집은 간데없고 무덤이 하나 있을 뿐이었다.

정신없이 얼마를 달려온 신도도는 꿈인가 하고 품속에 있는 황금 베개를 더듬어 보았다. 베개는 틀림없이 있었다. 그 뒤 옹으로 들어온 신도도는 황금 베개를 팔기 위해 길가에 베개를 놓고 소리 높이 살 사람을 찾았다. 마침 지나가던 왕비가 그것을 사서 들고 이상한 생각이 들어 베개의 내력을 캐물었다. 신도도에게 사실 이야기를 들은 왕비는 슬픔에 잠기지 않을 수 없었다. 한편 그가 거짓말을 하는 것이 아닌가 싶어 사람을 보내 무덤을 열어 보았다. 모든 것은 처음대로 있는데 황금 베개만이 없었다. 옷을 풀어 몸을 살펴보니 정을 나눈 흔적이 완연했다. 왕비는 비로소 신도도의 말을 믿게 되었다.

『죽은 지 스물세 해만에 산 사람과 정을 나누었으니, 내 딸은 분명 신선이 되었다. 그대야말로 정말 내 사위다.』하고 그를 부마도위로 봉한 다음, 돈과 비단, 수레와 말을 주어 고향으로 돌아가게 했다. 그 뒤로 후세 사람들은 사위를 가리켜 부마라고 했다. 지금은 나라의 사위도 또한 『부마』라고 한다. 이것은 물론 지어낸 이야기다. — 《수신기(搜神記)》

■ **연리지(連理枝)** : 화목한 부부. 또는 남녀 사이를 이르는 말이다. 백거이의 장한가(長恨歌)에 현종황제와 양귀비가 서로 맹세한 말로서, 이런 구절이 있다. 『하늘에 있어서는 원컨대 비익의 새가 되고(在天願作比翼鳥) / 땅에 있어서는 원컨대 연리의 가지가 되겠다(在地願爲連理枝).』비익조(比翼鳥)는 날개가 하나밖에 없는 새로, 두 마리가 나란히 합쳐야 비로소 두 날개가 되어 날 수가 있다고 한다. — 백거이 / 『장한가』

■ **원앙지계(鴛鴦之契)** : 원앙새는 암수가 서로 떨어지지 않고 지내는 새이니 부부가 서로 화락함을 비유하는 말이다. 춘추시대의 큰 나라인 송(宋)나라는 전국 전대 말기의 강왕(康王) 때, 제(齊)나라와 위(魏)나라와 초(楚)나라 등 3대국의 공격을 받고 멸망하여 세 나라에 분할되었다. 이 송나라 강왕(康王)의 사인(舍

人) 가운데 한빙(韓憑)이라는 자가 있었는데 그는 빼어난 미인 하(何)씨 여인을 아내로 맞아 살고 있었다.

그들은 유달리 부부간의 정이 깊었는데, 어느 날 하씨를 보고 반한 강왕이 권력으로 빼앗아 자기 여자로 삼아버렸다. 한빙이 이를 두고 원망하자, 강왕은 그를 감옥에 넣어버렸다. 아내 하씨는 감옥에 있는 한빙에게 몰래 편지를 썼다. 『비가 많이 내리니 냇물이 불어 깊어지고 해가 뜨면 이내 마음이라.』 강왕의 손에 이 편지가 들어갔으나 도통 무슨 의미인지를 알 수 없었는데, 가신(家臣)인 소하(蘇賀)가 말했다. 『비가 많이 내린다는 것은 근심하고 그리워한다는 말이고, 냇물이 불어 깊어졌다는 것은 왕래하지 못함을 말하고, 해가 뜨면 이내 마음이라는 것은 죽을 결심을 하고 있다는 말입니다.』

과연 얼마 있다가 강왕과 누대에 올라 경치를 구경하던 하씨가 갑자기 몸을 던져 왕의 손에 옷자락만 남긴 채 죽고 말았다. 그녀가 남긴 유서에 이런 말이 씌어 있었다. 『왕께서는 삶을 좋아하지만 저는 죽음을 좋아합니다. 소원이니 제 시신을 한빙과 합장해 주십시오.』 왕은 화가 나서 그 시체를 묻되 한빙과 마주보는 자리에 묘를 쓰도록 했다. 『너희의 사랑은 맺어질 수가 없다. 만일 묘가 합해진다면 나도 막지는 않겠다.』

그런데 하룻밤 사이에 아주 커다란 나무가 두 묘 끝에서 자라나더니 열흘 만에 우거지고, 몸체가 서로를 향해 굽더니 뿌리가 서로 엉겨 붙고 위에서는 나뭇가지들이 서로 얽혔다. 또 암수 원앙 한 쌍이 각각 나무 위에 집을 짓고 아침저녁으로 그 자리에서 구슬피 울어 듣는 이의 가슴을 저리게 했다. 이를 보고 송나라 사람들은 원앙이 한빙 부부의 영혼이라고 했고 그 나무를 가리켜 상사수(相思樹)라고 불렀다. 남녀의 애타는 사랑을 『상사(相思)』라고 하는 것도 여기서 나온 말이다.

— 《수신기(搜神記)》

【成句】

- 부창부수(夫唱婦隨) : 남편 주장에 아내가 따르는 것이 부부 화합의 도(道)라는 뜻. / 《관윤자(關尹子)》
- 여고금슬(如鼓琴瑟) : 거문고와 비파를 타듯이 부부 화락함을 말함. / 《시경》.
- 천정배필(天定配匹) : 하늘이 정해 준 배우자.
- 백년해로(百年偕老) : 부부가 화락하게 함께 늙음.
- 결발부부(結髮夫婦) : 귀밑머리 풀어 상투를 틀고 쪽을 진 부부란 뜻으로, 총각과 처녀가 정식으로 혼인한 부부.
- 음양화이후우택강(陰陽和而後雨澤降) : 하늘과 땅 사이의 음양 두 기(氣)가 조화하여 비를 내린다는 뜻으로, 부부가 화합한 후에라야 비로소 집안이 번영함을 비유한 말. / 《대대례》
- 비익연리(比翼連理) : 비익(比翼)은 암수가 눈과 날개가 하나씩이어서 짝을 지어야만 비로소 날 수 있는 새이며, 연리(連理)는 한 나무의 가지가 다른 나무의 가지와 잇닿아서 결이 서로 통하여 있다는 뜻으로, 부부의 사이가 좋음을 이름. / 백거이 『장한가』
- 구거작소(鳩居鵲巢) : 비둘기가 스스로 자기의 집을 짓지 못하고 까치집에서 사는 데서, 아내가 남편의 집을 자기 집으로 삼

는 데 비유하는 말. /《시경》

■ 내조지공(內助之功) : 아내가 집안을 잘 다스려 남편을 돕는 일을 비유하는 말. /《삼국지》 위서(魏書).

■ 독수공방(獨守空房) : 부부가 서로 별거하여 여자가 남편 없이 혼자 지냄. 독숙공방(獨宿空房).

■ 망부석(望夫石) : 정렬(貞烈)한 아내가 멀리 떠난 남편을 기다리다 그대로 죽어 화석(化石)이 되었다는 전설적인 돌. /《신이경(神異經)》

■ 미인국(美人局) : 기혼 여성에게 남편 이외의 남자와 정교(情交)시켜 그것을 꼬투리로 삼아 상대방 남자로부터 금전을 갈취하는 것. 일종의 사기 공갈행위. 국(局)은 작은 방의 뜻. 미인이 있는 작은 방에서 창기(娼妓)를 처첩(妻妾)이라 속여 손님을 끌었던 데서 나온 말이다. /《무림구사(武林舊事)》

■ 백년해락(百年偕樂) : 부부가 함께 평생토록 화락하게 보냄.

■ 삼생연분(三生緣分) : 【불교】 삼생(三生)에 걸쳐 끊을 수 없는 가장 깊은 연분. 곧 부부간의 인연.

■ 여필종부(女必從夫) : 아내는 반드시 남편을 따라야 한다는 말.

■ 유어유수(猶魚有水) : 물고기와 물과의 관계와 같이 친밀하여 떨어질 수 없는 관계. 곧 임금과 신하. 또 부부의 화목함.

■ 금슬지락(琴瑟之樂) : 부부 사이의 화목한 즐거움의 비유. /《시경》 소아.

■ 백화관혜백모속혜(白華菅兮白茅束兮) : 부부가 서로 도움을 이름. /《시경》 소아.

■ 금슬부조(琴瑟不調) : 부부가 서로 화락(和樂)하지 못한 것.

- 정저은병(井底銀甁) : 부부의 인연이 끊어져 헤어짐의 비유. 귀중한 두레박줄이 허무하게 끊어져버림을 남녀의 인연에 비유해서 말한다. / 백거이《정저인은병》
- 처첩지전 석불반면(妻妾之戰 石佛反面) : 아내하고 첩하고의 싸움에는 돌부처도 얼굴을 돌린다는 말. 아내와 첩의 싸움에는 남편이 끼어들지 않음을 비유한 말.
- 친불인매(親不因媒) : 부부의 인연은 중매가 맺어주거니와, 그들의 정(情)은 중매가 좌우할 수 없다는 뜻으로, 부부의 정은 저절로 생기는 것이지 제삼자가 억지로 할 수 없음을 이르는 말. /《한시외전》
- 부처본시동림조(夫妻本是同林鳥) : 부부는 원래가 같은 숲속에서 잠자는 새와 같다는 말. /《법원주림(法苑珠林)》
- 여이남위가(女以男爲家) : 여자에게는 남편의 집이 몸을 붙여 사는 곳이라는 뜻.

이별 *parting* 離別

【어록】

- 슬프다, 슬프다 하여도 생이별보다 더 슬픈 것은 없다(悲莫悲兮生別離). — 굴원(屈原)
- 살아서 내내 이별하더니, 죽어서 영영 안 돌아오누나(存爲久離別 沒爲長不歸). — 안연지(顏延之)
- 바람은 소소하게 불고 역수(易水)의 강물은 찬데, 장사는 한 번 가면 다시 돌아오지 못한다(風蕭蕭兮易水寒 壯士一去不復還). — 《십팔사략》
- 그대여, 저 흐르는 강물에게 물어보게나, 강물과 이별의 정 누가 길고 짧은지(請君試問東流水 別意與之誰長短).— 이백(李白)
- 기쁨의 정 이별의 한, 얼마나 되풀이했던고, 해마다 이 밤이 새도록 함께 있어라(幾許歡情與離恨 年年竝在此宵中). — 백거이(白居易)
- 문 밖에 남북으로 오가는 길 없다면 인간세상 이별수심 없지 않을까(門外若無南北路 人間應免別離愁). — 두목

■ 촛불이 제가 마음 있어 이별을 아쉬워함이런가, 사람 대신하여 밤새도록 눈물을 흘리네(蠟燭有心還惜別 替人垂淚到天明).
— 두목(杜牧)

■ 장부에게 눈물이 없는 것은 아니나, 이별할 때는 눈물을 흘리지 않는다(丈夫非無淚 不灑離別間). — 육구몽(陸龜蒙)

■ 슬픔 중에서도 살아 서로 이별하는 슬픔보다 더 슬픈 것은 없다(非莫悲 生別離). —《고시원(古詩源)》

■ 서로 떨어진 지 날이 하도 오래되어 옷과 허리끈조차 날로 헐거워진다(相去日已遠 衣帶日已緩).
—《고시십구수(古詩十九首)》

■ 인간 세상에 묻노니, 그 누가 이별의 수심 주재하는가? 잔속의 술이라네(問人間 誰管別離愁 杯中物). — 신기질(辛棄疾)

■ 이별 10년에 흘린 눈물 얼마였더냐. 아서라, 상봉에 흘릴 눈물 더욱 많다네(十年別淚知多少 不道相逢淚更多). — 서통(徐熥)

■ 꽃과 달 아끼는 마음 너나 없건만, 꽃 피고 달 둥글어도 인간은 또 헤어지는구나(人意共憐花月滿 熱情花好月圓人又散).
— 장선(張先)

■ 이별이란 사랑해 본 자만의 특권이다. — 소크라테스

■ 이별의 시간이 왔다. 우린 자기 길을 간다. 나는 죽고, 너는 산다. 어느 것이 더 좋은지는 신만이 안다. — 소크라테스

■ 나의 혼이여, 너는 장기간 붙잡힌 몸이었으며, 이제야 너의 감옥에서 떠나 이 육체의 장애에서 벗어나는 시기를 만났다. 기쁨과 용기를 갖고 이 이별을 견뎌라. — 르네 데카르트

■ 친구간의 이별은 우수를 가져오고, 애인간의 이별은 고민을 가

져온다. — 불워 리턴

- 짧은 헤어짐은 연애에 활기를 띠지만, 긴 헤어짐은 연애를 멸망시킨다. — H. 미라보
- 앞길에 아름다운 희망이 있으면 이별도 축제와 같다.— 괴테
- 자기 갈 길을 떠나는 자식의 눈물은 하루밖에 안 가지만 뒤에 남는 부모의 슬픔은 한이 없다. — J. 트로브리지
- 상사(喪事)에는 지극한 슬픔으로 마지막 이별의 도(道)를 다할 것이요, 제사의 행사에는 엄숙함으로써 추모의 성의를 다하여야 할 것이니라. —《율곡전서》
- 인간의 가장 괴로운 일은 이별이요, 이별 중에도 생이별보다 괴로운 것은 없을 것이다. 대체 저 하나는 살고 또 하나는 죽고 하는 그 순간의 이별이야 구태여 괴로움이라 할 것이 못 된다. —《열하일기》

【속담 · 격언】

- 갑작사랑 영 이별. (갑작스럽게 사랑에 빠지면 오래지 않아 아주 헤어져 버리기 쉽다) — 한국
- 이별하느니 죽는 것이 낫다. (이혼을 당하느니 차라리 죽는 게 낫다) — 한국
- 떠난 사람은 잊힌다. — 영국

【시 · 문장】

가만히 오는 비가 낙수져서 소리하니,
오마지 않은 이가 일도 없이 기다려져

열릴 듯 닫힌 문으로 눈이 자주 가더라
— 최남선 / 혼자 앉아서

한 잔의 술을 마시고
우리는 버지니아 울프의 생애와
목마를 타고 떠난 숙녀의 옷자락을 이야기한다.
목마는 주인을 버리고 그저 방울소리만 울리며
가을 속으로 떠났다.
술병에서 별이 떨어진다.
상심한 별은 내 가슴에 가볍게 부서진다.
그러한 잠시 내가 알던 소녀는
정원의 초목 옆에서 자라고
문학이 죽고 인생이 죽고
사랑의 진리마저 애증의 그림자를 버릴 때
목마를 탄 사랑의 사람은 보이지 않는다.
세월은 가고 오는 것
한때는 고립을 피하여 시들어가고
이제 우리는 작별하여야 한다.
술병이 바람에 쓰러지는 소리를 들으며
늙은 여류작가의 눈을 바라다보아야 한다.
등대에 불이 보이지 않아도
그저 간직한 페시미즘의 미래를 위하여
우리는 처량한 목마소리를 기억하여야 한다.
모든 것이 떠나든 죽든

그저 가슴에 남은 희미한 의식을 붙잡고
우리는 버지니아 울프의 서러운 이야기를 들어야 한다.
두 개의 바위틈을 지나 청춘을 찾은 뱀과 같이
눈을 뜨고 한 잔의 술을 마셔야 한다.
인생은 외롭지도 않고
그저 잡지의 표지처럼 통속하거늘
한탄할 그 무엇이 무서워서 우리는 떠나는 것일까.
목마는 하늘에 있고
방울소리는 귓전에 철렁거리는데
가을바람 소리는 내 쓰러진 술병 속에서 목메어 우는데……

— 박인환 / 목마와 숙녀

말없이 눈물 흘리며
가슴 찢기듯
여러 해 동안 떨어지려
우리 헤어지던 그 때 너의 뺨 파랗게 차가웠고,
너의 키스 더욱 차가워
정말 그 때 지금의
이 슬픔을 예언했었네.

— 조지 바이런 / 우리들이 헤어지던 때

죽어 이별은 소리조차 나오지 않고(死別已呑聲)
살아 이별은 슬프기 그지없네(生別常惻測)

— 두보 / 몽이백(夢李白)

대장부에게 눈물이 없는 것은 아니나
이별할 때는 눈물을 흘리지 않는다.
칼 짚고 이별주를 앞에 놓고서
수심에 찬 나그네 얼굴은 부끄럽다네.
독사에게 한 번 손을 물리면
장사는 서슴없이 팔뚝을 자른다네.
공명에 뜻을 두었으니
어찌 이별 따위를 탄식하리오

丈夫非無淚 不灑離別間　장부비무루 불쇄이별한
仗劍對樽酒 恥爲游子顔　장검대준주 치위유자안
蝮蛇一螫手 壯士疾解腕　복사일석수 장사질해완
所思在功名 離別何足歎　소사재공명 이별하족탄

— 육구몽 / 이별

님은 갔습니다.
아아, 사랑하는 나의 님은 갔습니다.
푸른 산빛을 깨치고
단풍나무 숲을 향하여 난 작은 길을 걸어서
차마 떨치고 갔습니다.
황금의 꽃같이 굳고 빛나던 옛 맹세는
차디찬 티끌이 되어서 한숨의 미풍에 날아갔습니다.
날카로운 첫 키스의 추억은

나의 운명의 지침을 돌려놓고
뒷걸음쳐서 사라졌습니다.

— 한용운 / 님의 침묵

맨 첨에 만난 님과 님은 누구이며 어느 때인가요.
맨 첨에 이별한 님과 님은 누구이며 어느 때인가요.
맨 첨에 만난 님과 님이 맨 첨으로 이별하였습니까.
다른 님과 님이 맨 처음으로 이별하였습니까.
나는 맨 첨에 만난 님과 님이 맨 첨에 이별한 줄로 압니다.
만나고 이별이 없는 것은 님이 아니라 나입니다.
이별하고 만나지 않는 것은 님이 아니라 길 가는 사람입니다.
우리들은 님에 대하여
만날 때에 이별을 염려하고,
이별할 때에 만남을 기약합니다.

— 한용운 / 최초의 님

이별한 한이야 너뿐이랴마는
울려야 울지도 못하는 나는
두견새 못된 한을 또다시 어찌하리.

— 한용운 / 두견새

나 보기가 역겨워
가실 때에는
말없이 고이 보내 드리오리다

영변에 약산
진달래꽃
아름 따다 가실 길에 뿌리오리다
가시는 걸음걸음
놓인 그 꽃을
사뿐히 즈려밟고 가시옵소서
나 보기가 역겨워
가실 때에는
죽어도 아니 눈물 흘리오리다

— 김소월 / 진달래꽃

가시리 가시리잇고
버리고 가시리잇고
날러는 어찌 살라 하고
버리고 가시리잇고
잡사와 두어리마나는
선하면 아니 올쎄라
설온 님 보내옵나니
가시는 듯 도셔 오소서.

— 고려가사『가시리』

산천초목 다 이별하고
황천 극락에 가는구나
산천초목 다 버리고

인생 죽음이 웬 말이냐
한번 나면 한 번 갈 길
에헤야 달고로다
죽어뿔면 못 보는구나
에헤야 달고로다
이제 가면 언제 오나
에헤야 달고로다
홍만세도 다 자란다
에헤야 달고로다
술집에 갈 적에는 친구도 많아라
공동묘지 갈 적에는 나 혼자뿐이고
산천아봉 만나 말 물어 보자
이제 가면 언제 오나
에헤야 달고로다
죽어뿔면 고만이여
아, 허사로다 에헤야 달고로다
부모 동생 이별하고
일가방상 이별하고
살단디영 하직하고
오늘 가면 고만이다
에헤야 달고로다

— 한국민요 달구질謠

【중국의 고사】

■ **모우남릉수사종(暮雨南陵水寺鐘)** : 『저물녘 비 오는 남쪽 언덕에는 수사(水寺)의 종소리가 아득하구나』라는 뜻으로, 오랜만에 만난 사람과 다시 헤어져야 하는 슬픈 심정을 이르는 말.

중국 원(元)나라 말에서 명(明)나라 초의 시인 고계(高啓, 1336~1374)가 지은 『봉오수재부송귀강상(逢吳秀才復送歸江上)』에 나오는 시 구절에서 유래한 말이다.

『내란이 일어나기 전 서로 헤어져 난리 뒤에 다시 만나(亂前相別亂餘逢) / 잠시 잡았다가 손을 놓는데(暫時握手還分手) / 저물녘 비오는 남쪽 언덕에 수사(수사)의 종소리 아득히 들린다(暮雨南陵水寺鐘)』

고계는 소주(蘇州)에서 태어나 삶의 거의 전부를 원나라 말기 내란시대에 보냈으며, 자는 계적(季迪), 호는 청구자(靑邱子)이다. 명나라 태조 주원장(朱元璋 : 재위 1368~1398)의 공신배제 정책으로 39세에 살해당했다.

이 시는 고계가 강가에서 친구인 오수재를 잠깐 동안 만나 서로 이별하면서 지은 시로, 오랜만에 만난 친구와 아쉬운 마음으로 헤어져야 하는 슬픔을 비유하는 말이다.

■ **풍소소혜역수한(風蕭蕭兮易水寒)** : 바람은 쌀쌀 불고 역수는 차다. 발길이 떨어지지 않는 이별을 의미하는 말이다. 전국시대도 거의 진(秦)의 통일로 돌아가 시황제의 권위가 군성(群星)을 눌렀을 때의 일이다. 위(衛)나라 사람으로 형가(荊軻)라는 자가 있

었다. 형가가 태자 단을 도와 진시황을 암살하기 위해 연나라를 떠나 역수 가에 도달해서 태자 단과 헤어지는 장면이다. 고점리는 축을 켜고, 형가는 그에 답하여 노래를 불렀다. 역수의 바람은 차서 살을 에는 듯하였으며, 고점리의 축과 형가의 노랫소리는 사람들의 마음을 비장하게 흔들어 놓았다. 진(秦)에 가면 아마도 살아서는 돌아오지 못하리라. 이것이 형가를 보는 마지막이라고 생각하자, 고점리는 암연히 눈물을 지어 축을 켜며 친구를 보냈다. 형가도 노래를 불렀다. 『바람은 쌀쌀 불고 역수는 찬데(風蕭蕭兮易水寒) / 장사 한번 가면 다시 못 오리(壯士一去不復還).』 그 소리는 사람들의 폐부를 에는 듯했다. 사람들은 모두 눈을 부릅떠 진 쪽을 노려보고, 성난 머리카락은 충천하여 관(冠)을 뚫을 듯하였다. 그리고 형가는 떠났다.

— 《사기》 자객전(刺客傳)

【명연설】

■ 아무도, 나와 같은 입장이 아니거든 여러분과 헤어지는 이 마당의 나의 슬픔을 이해하지 못할 것입니다. 나의 모든 것은 이 고장과 이 고장 주민들의 친절한 마음씨 덕분입니다. 나와 함께 가 주시는 하나님, 그러면서도 여러분과 함께 남아 계시는 하나님, 선하심을 위해 모든 곳에 우리와 함께 계시는 하나님을 믿으며, 우리는 모든 것이 순조로울 것을 굳게 확신하며 나아갑시다. (대통령에 당선되어 워싱턴으로 출발에 앞서 일리노이 주 스프링필드에서 주민들에게 한 고별인사) — 에이브러햄 링컨

【에피소드】

■ **올드랭사인** : 오늘날은 하이틴들이 재즈, 포크송, 팝송 등으로 떠들썩하게 노래하며 또 여러 가지 악기를 가지고 놀지만, 그들도 정든 학교를 졸업할 때는 반드시 눈물을 머금으며 부르는 것이 이 《올드랭사인》 이다. 그리고 이의 원곡이 스코틀랜드의 민요 'Auld Lang Syne' 이라는 것도 모르는 사람이 없다. 친했던 친구들을 오랫동안 잊지 않는다는 뜻의 이 민요는 오늘날 세계 각국에서 석별의 곡으로서 자주 불린다. 가사는 로버트 번스(Robert Burns)가 썼다고 하지만 확실치가 않다.

【成句】

■ 노연분비(勞燕分飛) : 때까치와 제비가 따로 헤어져 날아간다는 뜻으로, 사람의 이별을 비유하는 말.

■ 뇌봉전별(雷逢電別) : 우레같이 만났다가 번개같이 헤어진다는 뜻으로, 갑자기 잠깐 만났다가 곧 이별함을 이르는 말.

■ 분수상별(分袖相別) : 서로 소매를 나누고 헤어진다는 뜻으로, 이별을 이르는 말.

■ 사조별(四鳥別) : 아들이 자라 그 어머니와 서로 이별함.

■ 하량지별(河梁之別) : 사람을 전송하여 강의 다리 위에서 헤어지는 것. 송별(送別)의 뜻. 하량(河梁)은 강에 놓인 다리.

■ 회자정리(會者定離) : 만나는 자에게는 반드시 이별이 기다리고 있다. 만유무상(萬有無常)을 나타내는 말. 정(定)은 필(必)과 같은 뜻. / 《유교경(遺教經)》

- 고금비(鼓琴悲) : 거문고를 타면서 슬퍼한다는 말. 지기(知己)와의 사별(死別)을 이름. / 《시경》
- 회자정리 거자필반 생자필멸(會者定離 去者必返 生者必滅) : 만나면 언젠가는 헤어지기 마련이고, 간 사람은 반드시 돌아올 것이고, 태어난 것은 반드시 죽는다.
- 절류(折柳) : 『버들가지를 꺾는다』는 말은 한나라 때부터 있었다. 장안(長安) 동북쪽에 패교(霸橋)라는 다리가 있었는데, 떠나는 이를 전송하게 되면 한나라 사람들은 언제나 이 다리에 나와 버들가지를 꺾어 주면서 이별을 했었다. 이때부터 절류는 이별의 뜻을 가지게 되었다.

인명 · 책명 색인

ABC

12표법(十二表法, lex duodecim tabularum, BC 451~BC 450) 로마 최고(最古)의 성문법. 12동판법(銅板法)이라고도 한다. 법에 관한 지식과 공유지 사용을 독점하였던 귀족이 평민의 반항에 타협한 결과 제정되었으며 시장(市場)에 공시되었다

A. M. 슐레징거(Arthur Meier Schlesinger Jr., 1917~) 미국의 역사학자. 저서 《제국의 대통령직》에서 닉슨 행정부의 막강한 권위를 묘사하면서 제왕적 대통령(imperial president)이란 말을 처음으로 사용하였다. 1946년에는 퓰리처상 수상작 《잭슨 시대》를 출판해 찬사를 받았다.

A. V. 비니(Alfred Victor de Vigny, 1797~1863) 프랑스의 시인 · 극작가. 시집 《운명》 가운데 《늑대의 죽음》, 《목자의 집》 등이 걸작이다. 낭만파 시인 중 유일한 철학시인이다. 견인주의(堅忍主義)와 상징적 수법으로 후세에 영향을 미쳤다.

A. 단테(Alighieri Dante, 1265~1321) 13세기 이탈리아의 시인. 예언자 · 신앙인으로서, 이탈리아뿐 아니라 전 인류에게 영원불멸의 거작 《신곡》을 남겼다. 중세의 정신을 종합하여 문예부흥의 선구자가 되어 인류문화가 지향할 목표를 제시하였다. 주요 작품으로 《신생》, 《농경시》, 《향연》 등이 있다.

A. 셰니에(Andre Marie de Chenier, 1762~1794) 18세기 프랑스의 서정시인. 로베스피에르의 공포정치에 반대 32세에 처형되었다. 낭만파, 고답파 시인들이 선구자라 여겼다. 대표작으로 《헤르메스 신》, 《목가》, 《풍자시집》 등이 있다.

A. 슐레겔(August Wilhelm von Schlegel, 1767~1845) 독일의 평론가 · 번역가 · 동양어학자. 독일 전기(前期) 낭만파운동의 중심인물. 낭만주의의 세계관 및 예술론의 기초를 닦았다. 본 대학교 미술사 · 문학사 교수를

지냈다. 셰익스피어의 명 번역자로서 업적을 남겼다.

A. 카울리(Abraham Cowley, 1618~1667) 영국의 시인·수필가. 시는 '형이상 시인' 중에서는 비교적 온건하여 상식적이고 과장이 없는 시풍을 지니고 있다. 연애시집《애인》, 구약성서에서 취재한 장편 서사시《다비드의 노래》등이 유명하다. 또 고대 그리스의 시풍을 모방해 불규칙한 시행으로 쓴 핀다로스풍의 오드(謚詩)는 존 드라이든 등에게 계승되어 영국 시 사상 하나의 전통을 만들었다.

A. 코체부(August Friedrich Ferdinand von Kotzebue, 1761~1819) 독일의 극작가. 예술작품으로 알려지기보다는 정치적으로 많은 문제를 일으킨 인물로서 반(反) 나폴레옹 잡지를 발간하기도 하였다. 빈, 바이마르의 극장 전속작가와 페테르부르크의 극장 지배인, 궁정고문을 지냈고 러시아 문화사절로서 활동했다.

A. 플렉스너(A. Flexner) 교육행정가. 뉴저지 주에 의학대학을 설립하고자 하는 뱀버거에게 수학의 중요성을 인식시켜서 '프린스턴고등연구소'를 설립하게 했다. 초대 연구소장에 취임한 그는 나치 하에서 위기에 처한 알베르트 아인슈타인을 첫 교수로 초빙함으로써 연구소를 세계 최고의 연구기관으로 부각시켰다.

A. 플라텐(August Platen, 1796~1835) 독일의 시인. 엄격한 고전문학이나 낭만파, 동양의 운격(韻格)까지도 훌륭하게 소화하였고 유미주의적 경향을 가지고 있었다. 시작품에는 리케르트와의 교우(交友) 및 괴테의《동서시집》의 영향을 받은《시집 가젤》, 남유럽의 자연과 예술미를 엄격한 시형 속에 담은《베네치아의 소네트》, 이 밖에 어두운 절망과 죽음에의 동경 속에서 싹튼 만년의 송가(Ode)와 찬가(Hymne) 등이 있다.

A. 훔볼트(Alexander Freiherr von Humboldt, 1769~1859) 독일의 지리학자·자연과학자. 지질학을 공부한 후 광산 감독으로 일하였다. 그 후 빈 대학에서 자연지리학을 가르쳤다. 저서로《우주》등이 있다.

B. H. 클라이스트(Bernd Heinrich Wilhelm von Kleist, 1777~1811) 독일의 극작가·소설가. 고전주의로도 낭만주의로도 분류할 수 없는 독자적 문학과 비극적 생애로 독일 시인의 최고의 위치를 점하였다. 독일 희극의 최고 걸작《깨진 항아리》를 만들었고 그 외에도 많은 수작을 발표했다.

C. R. 애틀리(Clement Richard Attlee, 1883~1967) 영국의 정치가. 사회주의자로서 노동당 당수, 국새상서(國璽尙書), 부총리 등을 지내고 노동당 단독 내각의 총리가 되었다. 인도의 독립을 인정하는 등 식민지 축소에 힘쓰고 국민의료보험제도의 창설 등 사회보장제도의 확립에 노력하였다.

C. 베르나르(Claude Bernard, 1813~1878) 프랑스의 생리학자. 실험의학과 일반생리학의 창시자. 저서인 《실험의학서설》은 실험생물학의 방법론에 관한 것으로 사상계에까지도 큰 영향을 끼쳤다.

C. V. 게오르규(Constantin-Virgil Gheorghiu, 1916~1992) 루마니아의 망명작가 · 신부. 대표작 《25시》에서 나치스와 볼셰비키 학정과 현대악을 고발, 전 세계에 반향을 일으켰다. 그 밖에 《제2의 찬스》, 《단독 여행자》 등과 한국에 대한 애정으로 《한국찬가》를 출간하였다.

D. H. 로렌스(David Herbert Richards Lawrence, 1885~1930) 영국의 소설가 · 시인 · 문학평론가. 작품으로 《하얀 공작》, 《침입자》, 《아들과 연인》, 《채털리 부인의 연인》이 있다.

E. M. 포스터(Edward Morgan Forster, 1879~1970) 영국의 소설가. 1907년 첫 장편소설 《천사들도 발 딛기 두려워하는 곳》을 발표한 이후, 《전망 좋은 방》(1909), 등으로 호평을 받았다. 버지니아 울프 등과 20세기 초 영국문단을 대표하는 작가로 자리매김하였다. 1927년 대표작 《인도로 가는 길》을 발표하여 커다란 성공을 거두었지만 이 작품을 마지막으로 포스터는 소설가로서보다는 지식인으로 더 많은 활동을 하게 되었다.

E. H. 카(Edward Hallett Carr, 1892~1982) 영국의 역사학자. 제2차 세계대전 중에 정보성 외교부장을 지냈고, 《타임스》 논설위원을 역임하기도 했다. 주요 저서 《새로운 사회》에서 소비에트 형과는 다른, 자유와 평등을 기조로 하는 사회주의의 실현을 시사하는 한편, 아시아의 민주주의 운동에 대한 이해를 촉구했다. 이 밖에도 《역사란 무엇인가?》 등 많은 저작이 있다.

F. 보덴슈데트(Friedrich Martin von Bodenstedt, 1819~1892) 독일의 저술가.

F. 스콧 피츠제럴드(Francis Scott Key Fitzgerald, 1896~1940) 미국의 소설가. 술의 밀조로 거부(巨富)가 된 주인공의 비극적인 생애를 그린 《위대한 개츠비》로 유명하다. 그 밖에 할리우드를 다룬 《최후의 대군》, 전후

1920년 새로운 세대의 선언이라 할 만한 《낙원의 이쪽》이 있다.

F. 헤벨(Christian Friedrich Hebbel, 1813~1863) 독일의 극작가. 19세기 독일 사실주의의 완성자이며 근대극의 선구자로서 높이 평가받았다. 범 비극주의 이념의 소유자로서, 주요 저서로는 《기게스와 그의 반지》가 있다.

G. E. 레싱(Gotthold Ephraim Lessing, 1729~1781) 독일의 극작가 · 비평가. 진정한 의미에서 독일 계몽주의의 가장 위대한 완성자인 동시에 독일 시민문학의 기초를 개척했으며, 프랑스 고전주의 문학의 영향을 배척하고 독일정신에 근거한 문학을 명석한 이론과 창작의 실천이라는 두 가지 면에서 확립한 당대 제일의 지도자라고 하여야 할 것이다.

G. K. 체스터턴(Gilbert Keith Chesterton, 1874~1936) 영국의 언론인 · 소설가. 보어전쟁에서의 국책비평 후기 빅토리아 왕조의 데카당스 진상규명 등에서 보여 준 그의 통렬한 역설은 가히 '역설의 거장'다운 면모가 있다. 주요 저서에는 《브라운 신부의 천진함》 등이 있다.

G. 라이프니츠(Gottfried Wilhelm von Leibniz, 1646~1716) 독일의 철학자 · 수학자 · 자연과학자 · 법학자 · 신학자 · 언어학자 · 역사가. 수학에서는 미적분법의 창시로, 미분기호, 적분기호의 창안 등 해석학 발달에 많은 공헌을 하였다. 역학(力學)에서는 '활력'의 개념을 도입하였으며, 위상(位相) 해석의 창시도 두드러진 업적의 하나이다.

G. 보카치오(Giovanni Boccaccio, 1313~1375) 이탈리아의 소설가로 단편소설집 《데카메론》을 지어 근대소설의 선구자로 칭송된다. 이 작품은 민중들 사이에 큰 인기를 모았으며, 오래도록 산문의 본이 되었다. 학식과 웅변이 뛰어났으며 작품에 《피아메타》, 《피에졸레의 요정》 등이 있다.

G. 카툴루스(Gaius Valerius Catullus, BC 84~BC 54) 고대 로마 공화정 말기의 서정시인. 사랑과 실연의 감정을 노래한 시로서, 훗날의 연애 엘레게이아(elegeia, 애도가) 시인들의 선구가 되었고, 서사시 《펠레우스와 테티스의 결혼》을 비롯하여 알렉산드리아 파 수법에 의한 몇 편의 시를 남겼다.

G. 파리니(Giuseppe Parini, 1729~1799) 이탈리아의 시인으로 푸니 학회에서 《일 카페》지의 간행을 맡았고 성직자와 《밀라노신문》의 편집자 등을 거쳐 밀라노 시청의 요직에 있었다. 대표작으로 귀족사회를 통렬히

비판한 《귀족에 관한 대화》와 4부작 시 《하루》가 있다.

G. 하우프트만(Gerhart Hauptmann, 1862~1946) 독일의 극작가 · 소설가. 자연주의 문학의 선구자. 주요 저서로 《아트리덴 4부극》이 있다. 자연주의에서 출발하였으며, 그 완성자인 동시에 그 초극자(超克者)이기도 하다. 그는 독일문학에 공통된 관념적인 묘사를 지양하고 하층민에서 영웅에 이르기까지 살아 있는 인간과 생의 고뇌 그 자체를 사실적이면서도 구상적(具象的)으로 부각시킨 점에서 독일로서는 독자적인 작가였다. 1912년 노벨문학상을 수상하였다.

H. B. 스토(Harriet Beecher Stowe, 1811~1896) 미국의 사실주의 작가. 노예제도에 반대하는 소설 《톰아저씨의 오두막》으로 유명하다. 이 소설은 도망노예법이 발효되었을 때에 중서부, 뉴잉글랜드와 남부에서의 노예제도 논쟁을 분석하고 있다. 책은 남북전쟁을 이끈 남부와 북부 사이의 의견대립을 심화시켰다. 스토는 남부에서 미움을 받았다.

H. G. 웰스(Herbert George Wells, 1866~1946) 영국의 소설가 · 문명비평가. 과학소설로 유명하다. 쥘 베른과 함께 '과학소설의 아버지'로 불린다. 집안이 가난하여 독학으로 대학을 졸업하였다. 《타임머신》, 《투명인간》 등 공상과학소설 100여 편을 썼다.

H. S. 월폴(Hugh Seymour Walpole, 1884~1941) 영국의 소설가 · 평론가. 처녀작 《목마》, 학교생활을 주제로 한 《페린씨와 트레일씨》에 이어 《불굴의 용기》를 발표해 큰 성공을 거두었다. 만년에는 역사소설의 새 경지를 개척 18세기부터 현대에 이르는 역사의 흐름을 배경으로 해 대장편 4부작 《헤리가(家)의 연대기》를 쓰기도 했다.

H. 그로티우스(Hugo Grotius, 1583~1645) 네덜란드의 법학자. 근대 자연법의 원리에 입각한 국제법의 기초를 확립하여 '국제법의 아버지'라 불린다. 저서 《전쟁과 평화의 법》에서는 전쟁의 권리 · 원인 · 방법에 대하여 논술하였는데, 국제법 전반을 체계적으로 서술한 최초의 저작이다.

H. 미라보(Honoré Gabriel Riqueti, Comte de Mirabeau, 1749~1791) 프랑스의 정치가 · 사상가. 방탕한 젊은 시절을 보냈으나, 계몽주의 사상에 감화되어 학자 · 문필가로서 명성을 떨쳤다. 박식하고 능란한 웅변으로 삼부회의 지도적 인물로 활약, 영국식 입헌정치를 목표로 자유주의 귀족과

부르주아지를 대표하였다. 저서로 《전제 군주론》, 《프로이센 왕국》 등이 있다.

H. 엘리스(Henry Havelock Ellis, 1859~1939) 영국의 수필가 · 의사. 인간의 성행위를 연구했다. 그의 저서는 성 문제의 공개적 논의를 촉진시켰으며, 그는 여권 변호자, 성교육 옹호자로 알려지게 되었다. 문학과 예술에 관해 쓴 후기 수필들은 《견해와 논평》에 실렸다.

J. G. 헤르더(Johann Gottfried von Herder, 1744~1803) 독일의 철학자 · 문학자. 직관주의적 · 신비주의적인 신앙을 앞세우는 입장에서 칸트의 계몽주의적 이성주의 철학에 반대하였다. 주요 저서로 《인류역사철학고》, 《언어의 기원에 대한 논고》가 있다.

J. G. 피히테(Johann Gottlieb Fichte, 1762~1814) 독일의 철학자, 독일 관념론의 대표자. 실천적 · 주관적 관념론을 펼쳤으며, 그의 사상은 셸링과 헤겔로 계승되었다. 나폴레옹 전쟁시 프로이센이 위기에 처하자 《독일국민에게 고함》이란 강연을 하였다.

J. N. 그리그(Johan Nordahl Brun Grieg, 1902~1943) 노르웨이의 시인 · 극작가. 시대적 절망 · 회의 · 신앙 등의 서정성으로부터 사회문제로 옮겨갔다. 제2차 세계대전 중 종군기자로 전사하였다. 시집 《희망봉을 돌아서》, 희곡 《패배》 등이 대표작이다.

J. P. 브리소(Jacques Pierre Brissot, 1754~1793) 프랑스의 정치가. 혁명이 일어나자 헌법제정의회의 무정견을 날카롭게 비판했고, 루이 16세 퇴위진정서의 기초자가 되었으며 지롱드파에 가담해 혁명전쟁의 적극론자로 로베스피에르에 대항했다.

J. P. 야콥센(Jens Peter Jacobsen, 1847~1885) 덴마크의 소설가. 중편소설 《모겐스》를 발표하며 덴마크 문학에 새 기원을 열어 G. M. C. 브란데스를 중심으로 한 신문학운동의 기수가 되었다. 그 밖에 《마리 그루베 부인》, 《닐스 뤼네》 등의 작품을 남겼다.

J. 밀레(Jean François Miele, 1814~1875) 프랑스의 화가. 농민생활에서 취재한 독특한 시적(詩的) 정감과 우수에 찬 분위기가 감도는 작풍을 확립, 바르비종파의 대표적 화가가 되었다. 다른 화가들과 달리 풍경보다 농민생활을 더 많이 그렸다. 주요 작품으로 《씨 뿌리는 사람》, 《이삭줍

기》, 《만종》 등이 있다. 1868년 레종 도뇌르 훈장을 받았다.

J. 베르나르(Jean-Jacques Bernard, 1888~1972) 프랑스의 극작가로 제 1 · 2차 세계대전 사이, 부르바르 극계에서 활약했다. 지적, 심리주의적이었으며, 「침묵의 연극」의 주장과 실천으로 유명하다. 작품은 《마르틴》, 《여행에의 권유》, 《타인의 봄》 등이다. T. 베르나르의 아들이다.

J. 오펜하이머(Joseph Süss-Oppenheimer, 1698~1738) 독일의 유대인 재정가. 뷔르템베르크 공 K. 알렉산더의 신임을 얻어 추밀고문관, 국고장관이 되어, 정치적 지위를 이용하여 악행을 일삼았다. L. 포이히트방거의 소설 《유대인 쥐스》는 그를 모델로 한 것이다.

J. 이타르(Jean Marc Gaspard Itard, 1775~1838) 프랑스의 교육자 · 의학자. 농아교육의 선구자로 1799년 남프랑스 아베롱 지구의 큰 숲에서 발견된 야생아(野生兒)에 대한 교육과 훈련에 헌신한 지능장애자 교육의 창시자로 유명하다.

L. A. 생쥐스트(Louis Antoine Léon de Saint-Just, 1767~1794) 프랑스혁명 말기에 활약한 로베스피에르 파(派)의 정치가. 혁명이 일어나자 국민군에 가담해 혁명가로 성장했다. 정치 및 군행정에 관해 비상한 수완을 보였고 국민공회 의장으로 '팡토즈법'을 추진했으나 테르미도르의 쿠데타 때 단두대에서 죽었다.

L. A. 세네카(Lucius Annaeus Seneca, BC 55?~AD 39) 고대 로마의 수사가. 1세기 중엽 로마의 지도적 지성인이었고, 네로 황제 재위 초기 로마의 실질적 통치자였다. 아들들에게 웅변술을 훈련시키기 위하여 지은 《논쟁 문제집》과 《설득법》은 후세에 널리 애용되는 교과서가 되었다. 내란 발발 이후의 역사도 저술하였으나 전해지지 않는다.

L. N. M. 카르노(Lazare Nicolas Marguerite Carnot, 1753~1823) 프랑스의 정치가 · 군사기술 전문가. 공안위원회의 군사담당관으로 선임되어 국민공회에 보고서를 제출, 총원징집법(總員徵集法)이 가결되게 하였다. 나폴레옹에 의하여 육군장관, 내무장관을 지냈다.

L. 코슈트(Lajos Kossúth, 1802~1894) 헝가리의 정치가로 조국해방과 사회개혁을 위하여 노력하였다. 대 오스트리아 독립전쟁을 지도하였으나 패하고 망명하였다. 미국 · 영국에서 민족해방운동에 헌신하였고, 이탈리아

에서 헝가리 군을 조직하여 싸웠다.

M. A. 카루스(Marcus Aurelius Carus, ?~283) 로마제국의 황제(재위 282～283). 선대 황제들과 마찬가지로 자신의 황제 호칭의 일부로 마르쿠스 아우렐리우스라는 이름을 사용했다. 사산 왕조와 싸우려 했으나 갑자기 의문의 죽음을 당했는데 벼락에 맞았다는 설도 있다.

M. E. 에센바흐(Marie von Ebner-Eschenbach, 1830~1916) 오스트리아의 작가로 처음에는 서정시 · 희곡을 썼으나 소설 《시계 파는 처녀 로티》로 명성을 떨친 후, 19세기 독일 최대의 여류작가가 되었다. 그 밖의 대표작에는 소설 《지방청의 촉탁의》, 《마을과 성(性)이야기》 등이 있다.

M. T. 키케로(Marcus Tullius Cicero, BC 106~BC 43) 고대 로마의 문인 · 철학자 · 변론가 · 정치가. 카이사르와 반목하여 정계에서 쫓겨나 문필에 종사했다. 수사학의 대가이자 고전 라틴 산문의 창조자이다. 오늘날 그는 가장 위대한 로마의 웅변가이자 수사학의 혁신자로 알려져 있다.

M. 사디(Musharrif Sa'di, 1209?~1291) 페르시아의 시인. 신비주의 탈박승으로서 30년간 방랑여행을 하였으며 메카 순례를 14회 하였다. 대표작으로 《과수원》, 《굴리스탄》이 있다.

M. 풀러(Sarah Margaret Fuller, 1810~1850) 미국의 여류평론가, 편집자, 여권운동가. 걸출한 지성의 소유자로서 《다이얼》을 편집하였고 《뉴욕 트리뷴》지의 문예란을 담당하여 사회개혁을 논했다. 미국의 작가 및 유럽 문학의 비평·소개 등에서 활약하였다. 대표적 작품에 《19세기의 여성》 등이 있다.

M. 카토(Marcus Porcius Cato, BC 234~BC 149) 고대 로마의 정치가 · 장군 · 문인. 재무, 법무관을 거쳐 콘술이 되어 에스파냐를 통치하였고, 켄소르 등으로 정계에서 활약하였다. 고대 로마적인 실질강건성(實質剛健性)의 회복을 역설하고 주전론을 주창하기도 하였다. 라틴 산문학의 시조인 로마 최고의 역사서 《기원론》을 남겼다.

N. B. 타킹턴(Newton Booth Tarkington, 1869~1946) 미국의 소설가 · 극작가. 《인디애나의 신사》로 데뷔하였다. 《멋진 앰버슨 집안사람들》과 《앨리스 애덤스》로 두 번의 퓰리처상을 수상했다. 40여 편의 소설과 25편의 희곡을 남겼다.

N. 고골리(Nikolai Vasil'evich Gogol', 1809~1852) 우크라이나 태생 러시아의 소설가 · 극작가. 저서로는 《죽은 혼》, 《검찰관》,희곡 《연극의 종연(終演)》, 중편 《로마》, 상트페테르부르크를 소재로 한 최고의 걸작 《외투》가 있다.

N. 프라이(Northrop Frye, 1912~1991) 캐나다 출신의 문학비평, 이론가이며 문학연구의 과학적 접근을 주장하였다. 20세기에 가장 영향력 있는 지식인으로 평가된다. 저술로는 《교육된 상상력》, 《비평의 길》 등이 있다.

N. 하르트만(Nicolai Hartmann, 1882~1950) 독일의 철학자. 처음에는 신칸트학파 내의 마르부르크 학파로 출발하였으나, 후에 그 관념론적 · 주관주의적인 입장을 버렸다. 자신이 신존재론(新存在論)이라 부르는 객관주의적 · 실재론적 입장으로 전환하였다.

P. C. 스키피오(Publius Cornelius Scipio, BC 236~BC 184) 고대 로마의 장군 · 정치가. 제2차 포에니전쟁 때 이탈리아에 참전한 후 스페인의 카르타고군(軍)을 격파했다. 아프리카의 자마에서 한니발을 무찌르고 제2차 포에니 전쟁을 종결시켰다. 그는 스스로 스토아의 가르침을 신봉하고, 그리스 문화의 수입 · 보급에 진력, 군인 · 정치가로서도 탁월한 재능을 보였다.

P. 레벤(Phoebus Aaron Theodor Levene, 1869~1940) 러시아 태생의 미국 화학자. 핵산연구의 선구자. 러시아의 반(反)유대주의에 쫓겨 미국 뉴욕으로 이주해 록펠러 의학연구소에서 일했다. 1909년 리보핵산(RNA) 분자로부터 5탄당인 D-리보오스를 분리해냈다. 연구를 처음 시작할 때는 핵산의 중요성을 알지 못했지만, 나중에 DNA와 RNA가 생명을 유지하는 데 매우 중요한 원소임을 밝혔다.

P. 제랄디(Paul Géraldy, 1885~1960) 프랑스의 시인 · 극작가. 상징주의풍의 연애시집 《너와 나》로 시인으로 주목받았으나 《은혼식》의 희곡을 쓰고 극작에 전념하였다. 연애 심리의 변화를 훌륭히 분석하여 극화하였다. 불바르 연극의 전형적 작가 중 한 사람으로 평가받는다.

P. 클로델(Paul-Louis Claudel, 1868~1955) 현대 프랑스의 대표적인 시인 · 극작가 · 외교관. 독자적인 시법(詩法)을 확립하여 호흡의 리듬에 입각한

시행(詩行)을 발표하였으며, 우주적인 넓이를 무대로 한 전인적인 극을 전개하였다. 대표작으로 희곡《황금의 머리》,《비단 구두》등이 있다.

R. 타고르(Rabindranath Tagore, 1861~1941) 인도 시인. 벵골 문예부흥의 중심이었던 집안 분위기 탓에 일찍부터 시를 썼고 16세에는 첫 시집《들꽃》을 냈다. 초기 작품은 유미적(唯美的)이었으나 갈수록 현실적이고 종교적인 색채가 강해졌다. 교육 및 독립운동에도 힘을 쏟았으며, 시집《기탄잘리》로 1913년 노벨 문학상을 받았다.

S. T. 콜리지(Samuel Taylor Coleridge, 1772~1834) 영국의 시인 · 평론가. 19세기 초 영국의 낭만파 시인 W. 워즈워스, S. T. 콜리지, R. 사우디 세 사람이 다 같이 호반에 살았기 때문에 '호반시인(Lake Poets)'이라 불리었다. 콜리지가 시적 창작력이 급속히 감퇴되어 그 괴로움을 노래한《실의의 노래》는 최후의 수작(秀作)이 되었다. 대표적 평론《문학평전》은 강연 · 담화 · 수첩 등의 형식으로 셰익스피어론을 비롯한 많은 평론으로 평론사상의 거장의 위치를 확립했다.

S. 샹포르(Sebastien-Roch Nicolas Chamfort, 1740~1794) 프랑스의 극작가 · 모럴리스트. 뛰어난 기지로 유명하다. 그의 금언들은 프랑스 혁명시절 유행하는 속담이 되었다. 뛰어난 말재주로 파리 사교계의 후원을 받았다. 희극《인디언 소녀》,《스미르나의 상인》, 비극《뮈스타파와 제앙지르》로 확고한 명성을 얻었다.《몰리에르 예찬》으로 아카데미 프랑세즈에 들어갈 수 있었다. 그러나 그 뒤《아카데미론》에서는 아카데미 프랑세즈 회원들을 공격했다.

T. S. 엘리엇(Thomas Stearns Eliot, 1888~1965) 미국태생 영국 시인 · 극작가. 유명한 시《황무지》와 희곡《성당의 살인》,《칵테일파티》등을 통해 모더니즘 운동을 주도했다. 성공적인 뮤지컬《캣츠》는 1981년 영국에서 막을 올린 이래 지금까지도 세계 각국에서 상연되고 있다.

T. 고티에(Théophile Gautier, 1811~1872) 프랑스의 시인 · 소설가 · 비평가 · 저널리스트. 프랑스 문학의 감수성이 초기 낭만주의시대에서 19세기 말 탐미주의와 자연주의로 바뀌던 시절 강력한 영향력을 발휘했다. 작품으로는《낭만주의의 역사》,《당대의 초상화들》,《괴짜들》이 있다.

T. 루스벨트(Theodore Roosevelt, 1858~1919) 미국 제26대 대통령. 재임 시 내

정에서는 혁신주의를 내걸고 트러스트 규제, 철도통제, 노동자 보호입법, 자원보존 등에 공헌했고, 외교에서는 먼로주의의 확대해석에 의해 강력한 외교를 추진했다. 러일전쟁 종결에 기여한 업적으로 1906년 노벨평화상을 받았다.

T. 타소(Torquato Tasso, 1544~1595) 이탈리아의 시인. 르네상스 문학 최후의 시인으로 그의 최대의 걸작 《해방된 예루살렘》은 후기 르네상스 정신을 완전히 종합한 것으로 유럽 문단에 큰 영향을 주었다.

T. 풀러(Thomas Fuller, 1608~1661) 잉글랜드 학자 · 설교가. 그의 작품 《신성국가 · 세속국가 The Holy State, the Profane State》(1642)는 잉글랜드의 문학사가에게 중요한 인물들의 특성을 요약해 싣고 있다.

U. S. 그랜트(Ulysses Simpson Grant, 1822~1885) 미국의 제18대 대통령. 웨스트포인트 사관학교를 졸업(1843)한 후, 미국 · 멕시코 전쟁에 참가(1845~48)했다.

V. M. 가르신(Vsevolod Mikhailovich Garshin, 1855~1888) 러시아의 소설가. 소년시절부터 시작된 광증의 발작이 재발되어 정신병원에 수용되었다. 명작 《붉은꽃》은 병원에 입원 중 자기의 체험에 그의 독자적인 '악의 꽃'을 테마로 엮은 것이고, 그 밖에 《꿈이야기》 등의 작품이 있다. 33세의 젊은 나이로 요절하였다.

V. 몬티(Vincenzo Monti, 1754~1828) 이탈리아 신고전주의의 대표적 시인 · 극작가. 저서로는 《우주의 아름다움》, 《바스비유에게 바치다》 등이 있다.

W. 에센바흐(Wolfram von Essenbach) 독일의 궁정작가. 저서로는 유럽 중세 궁정문학의 최고 작품 《파르치발》이 있다. 그의 최대 걸작은 프랑스의 크레티앵 드 트루아의 《페르스발, 또는 성배(聖杯) 이야기》를 바탕으로 한 《파르치발》이며, 16권 24,840행의 대서사시다. 그 밖에 약간의 서정시를 남겼다

가

가도(賈島, 779~843) 중국 중당(中唐) 때의 시인. 서정적인 시는 매우 세련되어 세세한 부분까지 잘 묘사되어 있다. 한 자 한 구도 소홀히 하지 않

고 고음(苦吟)하여 쌓아올리는 시풍이었으므로, 유명한 '퇴고(推敲)'의 어원이 된 일화는 그의 창작태도에서 생기게 되었다.

가브리엘레 단눈치오(Gabriele D'Annunzio, 1863~1938) 이탈리아의 시인 · 소설가 · 극작가로 데카당스 문학의 대표자. 참전 후에는 애국시를 써서 남구적(南歐的) 정열의 시인으로서의 면모를 보였고, 장편소설 《장미의 로망스》 3부작을 비롯하여 《사도》 등의 희곡과 시집을 썼다.

가브리엘 마르셀(Gabriel-Honoré Marcel, 1889~1973) 프랑스의 철학자 · 극작가. 파리대학, 몽펠리에대학에서 강의 했다. 키르케고르와 야스퍼스 계열에 속하는 그리스도교적 실존주의자다. 저서로는 《형이상학적 일기》, 《존재와 소유》, 《존재의 비밀》, 희곡 《갈증》 등이 있다.

가스통 바슐라르(Gaston Bachelard, 1884~1962) 아카데미 프랑세즈에서 저명한 위치에 오른 프랑스의 철학자 · 문학비평가. 구조주의(構造主義)의 선구자이며 시론(詩論) · 이미지론으로도 유명하다. 중요 연구 분야인 과학철학에서 바슐라르는 인식론적 장애와 인식론적 단절의 개념을 도입했다. 그는 20세기 후반에 미셸 푸코 등 많은 프랑스 철학자들에 영향을 미쳤다.

간보(干寶, ?~?) 역사찬집에 종사했던 중국 동진(東晉)의 학자 · 문인. 저서 가운데 《수신기(搜神記)》는 괴이전설(怪異傳說)을 집대성한 것으로 육조(六朝) 소설의 뛰어난 작품일 뿐만 아니라 단편적이지만 당송시대 전기물(傳奇物)의 선구가 되었다.

갈릴레오 갈릴레이(Galileo Galilei, 1564~1642) 이탈리아의 천문학자 · 물리학자 · 수학자. 진자(振子)의 등시성 및 관성법칙 발견, 코페르니쿠스의 지동설에 대한 지지 등의 업적을 남겼다. 지동설을 확립하려고 쓴 저서 《프톨레마이오스와 코페르니쿠스의 2대 세계체계에 관한 대화》는 교황청에 의해 금서로 지정되었으며 이단행위로 재판을 받았다.

강신재(康信哉, 1924~2001) 소설가. 1950년대와 1960년대에서 나타나는 애정 풍속도를 세련되게 묘사하고, 감각적이고 신선한 문체는 대중소설의 위상을 한 단계 올려놓았다는 평가를 받았다. 주요 작품으로 《젊은 느티나무》, 《명성황후》 등 80여 편이 있다.

강원룡(姜元龍, 1917~2006) 한국의 민주화운동과 평화운동, 종교화합 등에 앞장선 개신교 목사. 저서로는 《빈들에서—나의 삶, 한국현대사의 소용돌이》, 《강원용과의 만남, 그리고 여성운동》, 《역사의 언덕에서》 등이 있다. 국민훈장모란장, 국민훈장동백장을 받았다.

강태공(姜太公, ?~?) 본명 강상(姜尙). 그의 선조가 여(呂)나라에 봉하여졌으므로 여상(呂尙)이라 불렸다. 주나라 문왕(文王)의 초빙을 받아 그의 스승이 되었고, 무왕(武王)을 도와 상(商)나라 주왕(紂王)을 멸망시켜 천하를 평정하였으며, 그 공으로 제(齊)나라 제후에 봉해져 그 시조가 되었다. 전국시대부터 경제적 수완과 병법가(兵法家)로서의 그의 재주가 회자되기도 하였다. 병서(兵書) 《육도(六韜)》 (6권)는 그의 저서라 하며, 뒷날 그의 고사를 바탕으로 하여 한가하게 낚시하는 사람을 강태공 혹은 태공이라 하는 속어가 생겼다.

《개원천보유사(開元天寶遺事)》 중국 성당(盛唐)의 영화를 전하는 유문(遺聞)을 모은 책.

게오르크 리히텐베르크(Georg Christoph Lichtenberg, 1742~1799) 독일의 물리학자·계몽주의사상가. '리히텐베르크도형'을 발견하였고, 1778년부터 《괴팅겐포켓연감》을 발행, 여기에 많은 자연과학 및 철학논문을 수록·발표하였다. 대학시절부터 써왔던 《잠언집》은 후에 니체 등에게 많은 영향을 미쳤으며, 심리적 인간관찰의 집대성으로 오늘날에도 높이 평가된다.

게오르크 지멜(Georg Simmel, 1858~1918) 독일의 사회학자·신(新) 칸트주의 철학자. 저서 《돈의 철학》에서 경제학이라는 특수한 주제에 자신의 일반원리를 적용하고 사회적 활동을 전문화했으며, 개인적·사회적 관계를 비인간화하는 데 미치는 화폐경제의 영향을 강조했다.

게오르크 헤겔(Georg Wilhelm Friedrich Hegel, 1770~1831) 칸트 철학을 계승한 독일 관념론의 대성자. 모든 사물의 전개(展開)를 정(正)·반(反)·합(合)의 3단계로 나누는 변증법(辨證法)은 그의 논리학과 철학의 핵심이다. 주요 저서로 《정신현상학》, 《법철학 강요》, 《역사철학 강의》 등이 있다.

겔리우스(Aulus Gellius, 123?~165?) 고대 로마의 수필가. 《아티카 야화》는 법률·언어·문법·역사·전기·문헌비판 등의 문제를 다룬 것이다.

없어진 그리스·로마 원전에서 인용한 것이 많아, 많은 작가들이 전거(典據)로 삼았다.

경상자(庚桑子, ?~?) 중국 도가(道家)의 사상가. 《장자》 잡편 중 경상초편(庚桑楚篇)에 그의 행적이 나타나 있다. 공자학파의 본거지인 노(魯)나라 외루(畏壘)의 산속에 살면서 노자에게 배운 무위자연(無爲自然)의 길을 오로지 실천하였다고 한다.

《경행록(景行錄)》 송나라 때의 저작으로 「착한 행실을 기록한 책」이라고 하는데, 저자는 전해지지 않아 자세한 내용은 알려져 있지 않다.

《계녀서(戒女書)》 우암(尤庵) 송시열(宋時烈)이 혼인하는 딸에게 지어준 교훈서를 필사한 책. 이 책에는 딸을 출가시키는 부모가 딸에게 아녀자가 지켜야 할 여러 가지 덕목을 훈계하는 내용이 실려 있다. 대체로 부모를 섬기는 법, 형제간의 우애하는 법, 제사를 받드는 법, 손님을 접대하는 법, 하인을 다루는 법, 각종 예의범절 등이 수록되어 있다.

계용묵(桂鎔默, 1904~1961) 소설가. 세련된 언어로 인간의 미묘한 심리를 다룬 소설을 발표했다. 1935년에 대표작 《백치 아다다》를 발표하여 주목을 끌었다. 이어 《청춘도》, 《신기루》, 그리고 광복 후에는 《별을 헨다》, 《물매미》 등을 발표하였다. 수필집으로 《상아탑》이 있다.

《고금사화(古今詞話)》 중국 청(淸)나라의 심웅(沈雄)이 시화(詩話) 및 그 기법(技法) 등을 수록한 책.

고든 올포트(Gordon Willard Allport, 1897~1967) 미국의 사회심리학자. 1930년부터 1942년까지 하버드대학교 교수로 재직했다. '인격심리학'의 권위자이며, 독일 심리학의 영향을 받아 이론적·조직적인 경향이 있다. 평화를 위한 사회과학자의 성명을 발표하는 등 사회심리학의 실제적 응용면에서도 활약했다.

《고문진보(古文眞寶)》 : 중국의 시문선집(詩文選集). 주(周)나라 때부터 송(宋)나라 때에 이르는 고시(古詩)·고문(古文)의 주옥편(珠玉篇)을 모아 엮은 책이다. 전집(前集) 10권, 후집(後集) 10권으로 되어 있으며, 편자인 황견(黃堅)과 편찬 경위 등에 대하여서는 분명하지 않으나, 송나라 말기에서 원(元)나라 초기에 걸친 시기의 편저임은 확실하다. 전집에는 권학문(勸學文) 등 10체(體) 217편의 시, 후집에는 사(辭)·부(賦) 등 17체

67편의 문장을 수록하였다.
고은(高銀, 1933~) 현실 참여의식과 역사의식을 시를 통하여 형상화한 현대시인. 자유실천문인협의회, 민주회복국민회의, 민족문학작가회의 등에 참여하며 민주화운동과 노동운동에 앞장서 왔다. 대표작으로《피안감성》등이 있다. 한국문학작가상(1974), 만해문학상(1988), 중앙문화대상(1991), 금관문화훈장(2002)을 수상했다.
고응척(高應陟, 1531~1605) 조선 중기의 학자 · 시인. 도학을 연구하고,《대학》의 여러 편으로 교훈시를 만드는 등 사상적 체계를 시(詩) · 부(賦) · 가(歌) · 곡(曲) 등으로 표현하였다. 사성, 경주부윤 등을 지냈다. 저서에《대학개정장》,《두곡집》등이 있다.
고창률((高昌律, 1935~2002) 승려 · 화가. '걸레스님 중광(重光)', '미치광이 중'을 자처하며 파격으로 일관하며 살았다. 선화(禪畵)의 영역에서 파격적인 필치로 독보적인 세계를 구축하여 명성을 얻었으며 말년에는 달마도 그리기에 열중하였다. 2000년 '괜히 왔다 간다'는 주제로, 마지막 전시회가 된 달마그림 전시회를 열었다.
고트프리 벤(Gottfried Benn, 1886~1956) 독일의 시인 · 수필가. 작품활동으로 바쁜 가운데 68세까지 내과의사로서 일했다. 시집으로《시체 공시소》와《육체》등이 있다. 자서전《이중인생》은 그의 냉소주의가 점차 사라져가고 있음을 잘 보여준다.
고트홀드 레싱(Gotthold Ephraim Lessing, 1729~1781) 독일의 극작가 · 비평가. 생애는 부단한 사상투쟁의 연속이었다. 독일의 계몽사상가 중에는 그 유례를 찾아볼 수 없는 확고부동한 신념과 명석한 지성의 소유자였다. 독일 근대 시민정신의 기수로 평가된다. 저서로《라오콘》,《미나 폰 바른헬름》등이 있다.
공자(孔子, BC 551~BC 479) 중국 고대의 사상가, 유교의 시조. 최고의 덕을 인이라고 보았다. 인(仁)에 대한 공자의 가장 대표적인 정의는 '극기복례(克己復禮)' 곧, 「자기 자신을 이기고 예에 따르는 삶이 곧 인(仁)」이라는 것이다. 그 수양을 위해 부모와 연장자를 공손하게 모시는 효제(孝悌)의 실천을 가르치고, 이를 인(仁)의 출발점으로 삼았다.
《공자가어(孔子家語)》공자의 언행 및 공자와 문인(門人)과의 논의(論議)

를 수록한 책.

공지영(孔枝泳, 1963~) 소설가. 1990년대에 가장 왕성하게 작품활동을 한 대표적인 소설가 가운데 한 사람이다. 주로 학생운동을 하던 사람들의 정신적 공황에 대한 이야기나 가부장적 남성에 의해 억압받는 여성에 대한 이야기의 소설을 썼다. 《동트는 새벽》, 《무소의 뿔처럼 혼자서 가라》, 《도가니》 등의 작품이 있으며 21세기문학상 등을 수상했다.

《공총자(孔叢子)》 중국 전한(前漢)의 공부(공자의 9대손)가 편찬한 책. 현행본은 3권본・7권본 등이 있다. 공자 이하 자사(子思)・자고(子高)・자순(子順) 등 일족의 언행을 모아 가언(嘉言)・논서(論書)・기의(記義)・형론(刑論)・기문(記問)…… 등 21편으로 엮었다.

《관윤자(關尹子)》 중국의 사상문헌(思想文獻). 주(周)나라 관령(關令) 윤희(尹喜)의 저작이라고 하나, 당(唐) 말 오대(五代)의 두광정(杜光庭)의 위작(僞作)으로 본다. 신선방술(神仙方術)이나 불교 교리를 혼합한 것을 내용으로 하고, 문장은 불전(佛典)을 모방하였다.

《관자(管子)》 춘추시대 제(齊)나라의 사상가・정치가인 관중(管仲, ?~BC 645)이 지은 것으로 되어 있으나, 그 내용으로 보아 후대의 사람들이 썼고, 전국시대에서 한대(漢代)에 걸쳐서 성립된 것으로 여겨진다. 정치의 요체는 백성을 부유하게 하는 일이 으뜸이라고 하였다.

괴테(Johann Wolfgang von Goethe, 1749~1832) 독일의 시인・극작가・정치가・과학자. 독일 고전주의의 대표자로서 세계적인 문학가이며 자연연구가이다. 바이마르 공국(公國)의 재상으로도 활약하였다. 주요 저서로는 《빌헬름 마이스터의 편력시대》, 《파우스트》 등이 있다.

구르몽(Ramy de Gourmont, 1858~1915) 프랑스의 문예평론가・시인・소설가. 상징주의 이론을 전개했다. 문예지 《메르퀴르 드 프랑스》에 평론을 발표했다. 저서는 《가면집》, 《철학적 산보》 등이며, 《프랑스어의 미학》이 높이 평가된다.

구상(具常, 1919~2004) 시인・언론인. 기독교적 존재론을 기반으로 미의식을 추구, 전통사상과 선불교적 명상 및 노장사상까지 포괄하는 광범위한 정신세계를 수용해 인간존재와 우주의 의미를 탐구하는 구도적(求導的) 경향이 짙다. 주요 작품으로 6・25 전쟁을 제재로 한 시집 《초토의 시》를 펴내 서울특별시문화상을 받았다.

구스타프 슈바프(Gustav Benjamin Schwab, 1792~1850) 독일의 시인・작가・목사로서 낭만파의 계통을 이었다. 민요풍의 가곡 《기사(騎士)와 보덴호(湖)》, 《뇌우(雷雨)》 등을 써서 잊혀진 향토문화를 깨우쳐 주었다.

구양수(歐陽脩, 1007~1072) 중국 송나라의 정치가・문인. 한림원학사(翰林院學士) 등의 관직을 거쳐 태자소사(太子少師)가 되었다. 송나라 초기의 미문조(美文調) 시문인 서곤체(西崑體)를 개혁하고, 당나라의 한유를 모범으로 하는 시문을 지었다. 당송팔대가(唐宋八大家)의 한 사람이었으며, 후배들에게 많은 영향을 주었다. 주요 저서에는 《구양문충공집》 등이 있다.

구준(寇準, 961~1023) 북송 초의 정치가・시인. 시인으로서는 당시의 고관들 사이에서 유행하던 서곤체(西崑體)와 약간 다른 시풍(詩風)을 가졌으며, 자연의 애수(哀愁)를 읊은 시가 많았다. 시집으로 《구충민공시집(寇忠愍公詩集)》이 있다.

《국어(國語)》 중국 춘추시대 8국의 역사를 나라별로 적은 책. 주(周)나라 좌구명(左丘明)이 《좌씨전(左氏傳)》을 쓰기 위하여 각국의 역사를 모아 찬술한 것이다.

굴원(屈原, BC 343?~BC 278?) 중국 전국시대의 정치가이자 비극시인. 학식이 뛰어나 초나라 회왕(懷王)의 좌도(左徒 : 左相)의 중책을 맡아 내정・외교에서 활약하기도 했다. 작품은 한부(漢賦)에 영향을 주었고, 문학사에서뿐만 아니라 오늘날에도 높이 평가된다. 주요 작품에는 〈이소(離騷)〉, 〈어부사(漁父辭)〉 등이 있다.

권발(權撥, 1478~1548) 조선 중기의 문신・학자. 조광조의 개혁정치에 참여했으며, 윤원형 세력에 반대하다 희생되었다. 연산군(1496) 2년에 진사에, 중종 2년(1507)에 증광문과에 급제했다. 이후 병조판서・한성부판윤・예조판서 등을 두루 거쳤다. 선조 24(1591)년 영의정에 추증되었다. 저서에 《충재선생문집》이 있다.

귀곡자(鬼谷子, ?~?) 중국 전국시대 초(楚)나라의 정치가로 제자백가 중 종횡가(縱橫家)로 불린다. 소진과 장의의 스승으로, 귀곡에서 은거했기 때문에 귀곡자 또는 귀곡선생이라 불렸다.

귀스타브 쿠르베(Gustave Courbet, 1819~1877) 프랑스의 화가. 견고한 마티에르와 스케일이 큰 명쾌한 구성의 사실적 작풍으로 19세기 후반의 젊은 화가들에게 큰 영향을 끼쳤다. '현실을 있는 그대로 직시하고 묘사할 것'을 주장했다.

귄터 아이히(Günther Eich, 1907~1972) 근대의 불안을 그린 특이한 작풍(作風)으로 주목받은 독일의 서정시인. 방송극작가로서 활약하였다. 주요 저서로 《변두리의 농가》, 《비(雨)의 사자(使者)》 등이 있다.

그라시안이모랄레스(Baltasar Gracián y Morales, 1601~1658) 17세기 에스파냐의 작가. 타라고나의 예수회 부속학교장을 역임하였다. 저서로 《비평가》가 유명하다. 프랑스 모럴리스트들의 선구가 되었다.

그레엄 그린(Henry Graham Greene, 1904~1991) 영국의 소설가. 형이상학적 스릴러의 작가로, 주요 저서에는 《권력과 영광》, 《공포의 성》, 《제3의 사나이》 등이 있다.

근사록(近思錄) 중국 송(宋)나라 때 신유학의 생활 및 학문 지침서. 1175년 주희(朱熹)와 여조겸(呂祖謙)이 주돈이(周敦頤) · 정호(程顥) · 정이(程頤) · 장재(張載) 등 네 학자의 글에서 학문의 중심문제들과 일상생활에 요긴한 부분들을 뽑아 편집하였다. 제목의 '근사'는 논어의 「널리 배우고 뜻을 돈독히 하며, 절실하게 묻고 가까이 생각하면(切問而近思) 인(仁)은 그 가운데 있다」는 구절에서 따온 것이다.

기대승(奇大升, 1527~1572) 조선 중기의 성리학자. 《주자대전》을 발췌하여 《주자문록(朱子文錄)》을 편찬하는 등 주자학에 정진하였다. 이황과 12년 동안 서한을 주고받으면서 8년 동안 사단칠정(四端七情)을 주제로 논란을 편 편지로 유명하다.

기욤 드 로리(Guillaume de Lorris, 1210?~1240?) 13세기 프랑스 중세 시인. 《장미설화》 전편 4,058행의 작자.

기욤 아폴리네르(Guillaume Apollinaire, 1880~1918) 프랑스의 시인 · 소설가. 작품은 《썩어가는 요술사》, 《동물시집》 등이다. 20세기 새로운 예술 창조자의 한 사람이다. 평론 《입체파 화가》, 《신정신》은 모더니즘 예술 발족에 큰 영향을 끼쳤다.

기화(己和, 1376~1433) 조선 전기의 승려로 여러 산을 편력하며 학인(學人)

들을 지도하고 수도했다. 이름은 수이(守伊). 법호 득통(得通). 당호 함허(涵虛). 세종 2년 오대산에 가서 여러 성인들을 공양하고 월정사(月精寺)에 있을 때 세종이 청하여 대자어찰(大慈御刹)에 머물렀다. 4년 후 이를 사퇴하고 길상(吉祥) · 공덕(功德) · 운악(雲嶽) 등 여러 산을 편력했다. 저서에 《함허화상어록(涵虛和尙語錄)》 등이 있다.

길버트 스튜어트(Gilbert Stuart, 1755~1828) 미국의 화가. 초상에서 낭만적인 성격묘사에 독자성을 발휘하였으며, 그가 그린 3점의 워싱턴 대통령상은 그 뒤 수없이 그려진 대통령 상의 원형이 되었다.

길재(吉再, 1353~1419) 호는 야은 · 금오산인. 고려 말, 조선 초의 성리학자. 1387년 성균학정(成均學正)이 되었다가, 1388년에 순유박사(諄諭博士)를 거쳐 성균박사(成均博士)를 지냈다. 조선이 건국된 뒤 1400년(정종 2)에 이방원이 태상박사(太常博士)에 임명하였으나 두 임금을 섬기지 않겠다며 거절하였다.

김경탁(金敬琢, 1906~1970) 동양철학자 · 교육자. 일본과 중국의 대학에서 철학교육을 수학하였다. 이후 고려대학 철학과 교수로 취임했다. 중국철학을 '생성철학(生成哲學)'으로 파악하여 중국철학의 방법론적 체계화를 이루었다.

김광욱(金光煜, 1580~1656) 조선 후기의 문신. 동지사로 청나라에 다녀왔고, 지중추부사 겸 판의금부사를 거쳐 우참찬에 올랐다. 문예와 글씨에 뛰어났으며, 《장릉지장(長陵誌狀)》을 찬하였다. 저서로는 《죽소집》이 있다. 시호는 문정(文貞)이다.

김교신(金敎臣, 1901~1945) 종교인 · 교육가. 양정고보(養正高普) · 개성 송도고보(松都高普) · 경기중학 등에서 민족주의 교육과 국적 있는 역사교육을 통해 학생들에게 독립정신을 고취하였다. 《성서조선(聖書朝鮮)》을 창간하여 교리전파에 심혈을 기울였으며 제자들에게 많은 영향을 끼쳤다.

김근형(金根瀅, 1890~1911) 일제강점기 때 활동한 독립운동가. 평안남도 평양 출생이다. 독립운동에 뜻을 품고 양기탁(梁起鐸) · 신채호(申采浩) · 안창호(安昌浩) 등이 조직한 신민회에 가담하여 민족운동을 전개했다. 1911년 '105인 사건'으로 일본경찰에 체포되어 혹독한 고문으로 사망했다. 1995년 건국훈장 애국장이 추서되었다.

김관석(金觀錫, 1922~2002) 목회자. 에큐메니칼 운동과 대한민국 민주화운동에 참여했다. 1968년에 한국기독교교회협의회 총무로 선출되면서 기독교 계열의 대표적인 반체제 인사가 되었다. 삼선개헌 반대운동과 민주회복국민선언 등 1970년대 민주화운동의 중심에 있었다. 국민훈장모란장을 받았다.

김난도(1963~) 서울대학교의 생활과학대학 소비자학과 교수. 미국 서던캘리포니아 대학교에서 공공관리론에 관한 연구로 박사학위를 받았다. 2006년에는 강의에 대한 열의와 지도력을 인정받아 서울대학교 교육상을 수상하였다. 저서 《아프니까 청춘이다》는 37주 연속 베스트셀러 1위에 오르면서 독자들이 선정하는 2011 최고의 책으로 선정되었다.

김남조(金南祚, 1927~) 사랑의 시학을 노래한 시인. 저서에 시집 《정념의 기》, 《겨울바다》, 《설일(雪日)》 등이 있고, 수필집 《잠시 그리고 영원히》, 《그래도 못 다한 말》 등이 있다. 이 밖에 콩트집 《아름다운 사람들》과 다수의 시선집이 있다. 사랑과 인생을 섬세한 언어로 형상화해 '사랑의 시인'으로 불리는 계관시인이다.

김내성(金來成, 1909~1957) 소설가. 호는 아인(雅人). 1939년 《조선일보》에 장편소설 《마인(魔人)》을 연재하면서 추리소설 작가로서의 독보적인 위치를 굳혔다. 작품으로 《실낙원의 별》, 《애인》 등이 있다. 사후 내성문학상이 제정되었다.

김대중(金大中, 1924~2009) 제15대 대통령을 지낸 한국의 정치가. 아태평화재단을 설립하여 이사장으로 활동했다. '아시아에서 가장 영향력 있는 지도자 50인' 중 공동 1위에 선정되었으며, 2000년 6월 평양을 방문하여 '6 · 15 남북공동선언'을 이끌어냈다. 또한 50여 년간 지속되어 온 한반도 냉전 과정에서 상호불신과 적대관계를 청산하고 평화에의 새 장을 여는 데 기여한 공로로 2000년 노벨평화상을 받았다.

김동인(金東仁, 1900~1951) 간결하고 현대적 문체로 문장혁신에 공헌한 소설가. 최초의 문학동인지 《창조》를 발간했다. 사실주의적 수법을 사용했고, 예술지상주의를 표방하고 순수문학운동을 벌였다. 주요 작품은 《배따라기》, 《감자》, 《광염 소나타》, 《발가락이 닮았다》 등이 있다.

김동환(金東煥, 1901~?납북) 호는 파인(巴人). 한국 최초의 서사시《국경의 밤》의 시인. 향토적, 애국적 감정의 민요적 색채가 짙은 서정시를 발표하여 이광수 · 주요한 등과 함께 문명을 떨쳤다. 월간지 《삼천리문학》을 발간하였다. 저서에《승천하는 청춘》,《삼인시가집》,《해당화》와 소설 · 평론 · 수필 다수가 있다.

김말봉(金末峰, 1901~1961) 소설가. 중외일보 기자로서 창작활동을 시작했다. 1933년 중앙일보에 처녀작 단편소설《망명녀》를 발표하면서부터 대중소설 작가의 지위를 얻었다. 한국예술원위원, 한국문학가협회 대표위원을 역임했고, 작품으로는《화려한 지옥》,《푸른 날개》,《생명》,《화관의 계절》등이 있다.

김성식(金成植, 1908~1986) 사학자. 전사편찬위원, 고려대학, 경희대학 명예교수 등을 지내며 한국사학 발전에 공헌하였다. 저서《대학사》,《독일학생운동사》,《루터 연구》, 수필집 《역사와 현실》등이 있다.

김성탄(金聖嘆, ?~1661) 중국 명말 · 청초의 문예비평가. 독자적인 견식으로 문예비평을 했으며, 문학으로 간주되지 않았던 희곡과 소설을 정통문학과 구별하지 않고 다루었다. 주요 저서로는《장자》,《초사(楚辭)》,《사기》,《수호지》등에 대해 각각 비평을 한《성탄재자서(聖嘆才子書)》등이 있다.

김소운(金素雲, 1907~1981) 시인 · 수필가. 20세부터 일본 시단에서 활약하여《조선민요집》,《조선시집》등 많은 작품을 일본에 소개하는 데 큰 공헌을 했다.《물 한 그릇의 행복》 등 10여 권의 수필집을 발표하였고 1980년 대한민국 문화훈장 은관을 받았다. 1951년 장편수필《목근통신(木槿通信)》이 일본《중앙공론(中央公論)》에 번역 소개되어 한일 양국 문단에 큰 반향을 불러일으켰다.

김소월(金素月, 1902~1934) 한국의 대표적 서정시인. 기념비적 작품인《진달래꽃》은 한국의 전통적인 한을 노래한 시라고 평가받으며, 짙은 향토성을 전통적인 서정으로 노래하여 오늘날까지 많은 사랑을 받고 있다.《금잔디》,《엄마야 누나야》,《산유화》등 많은 명시를 남겼다.

김시습(金時習, 1435~1493) 생육신의 한 사람인 조선 전기의 학자이다. 유 · 불(儒佛) 정신을 아울러 포섭한 사상과 탁월한 문장으로 일세를 풍미하였다. 금오산실에서 한국 최초의 한문소설 《금오신화》를 지었고, 《탕유관서록》, 《탕유관동록》 등을 정리했으며, 《산거백영》을 썼다.

김억(金億, 1896~?) 시인. 최초의 번역시집 《오뇌의 무도》를 낸 시인이며 1923년에 간행된 시집 《해파리의 노래》는 근대 최초의 개인 시집으로서 그 특징이 있다. 에스페란토의 선구적 연구가로서 《에스페란토 단기강좌》를 발표하여 한국어로 된 최초의 에스페란토 입문서를 남겼다.

김오남(金午男, 1906~?) 일제시대의 시조작가. 시인 김상용(金尙鎔)의 여동생으로 인생의 무상함, 숙명 등을 주제로 하여 전통적 경향을 보이는 작품을 썼고, 1930년대 시조부흥운동에 여류문학가로는 유일하게 참여하였다.

김옥균(金玉均, 1851~1894) 조선 후기의 정치가. 갑신정변을 주도하였다. 갑신정변에 투영된 김옥균의 사상에는 문벌폐지, 인민평등 등 근대사상을 기초로 하여 낡은 왕정사 그 자체에 어떤 궁극적 해답을 주려는 혁명적 의도가 들어 있었다.

김옥길(金玉吉, 1921~1990) 교육자. 이화여자대학교 총장을 세 번 연임하였고 문교부장관으로 재직하며 학원자율화와 교복자율화를 추진하였다. 교육계·기독교계 등에서도 폭넓은 사회활동을 하였다. 국민훈장 무궁화장이 추서되었다.

김용옥(金容沃, 1948~) 호는 도올(檮杌). 철학사상가. 동서양 철학과 종교사상까지 다양한 학문적 탐구와 저작활동을 벌이고 있다. 그의 철학은 동양과 서양철학을 아우르는 기철학을 중심으로 한다. 아직 그 전모에 대해서는 형성 중이라고 여겨지지만 동양사상이 그 뿌리인 기철학을 통해 서양철학의 여러 문제를 해소하고 사상적·보편적 비전을 제시하는 의미를 가지리라고 추측된다. 저서로는 《東洋學 어떻게 할 것인가》 외에 수많은 작품이 있다.

김유기(金裕器, ?~?) 조선 후기의 가인(歌人). 숙종 때 명창으로 이름을 떨쳤고, 당대를 대표하는 최고의 명창으로 시조를 잘하여 시조 10수가 전한다.

김유정(金裕貞, 1908~1937) 소설가. 1935년 소설 《소낙비》가 《조선일보》 신춘문예에, 《노다지》가 《중외일보》에 각각 당선됨으로써 문단에 데뷔하였다. 《봄봄》, 《금 따는 콩밭》, 《동백꽃》, 《따라지》 등의 소설을 내놓았고 29세로 요절할 때까지 30편에 가까운 작품을 발표했다.

김인후(金麟厚, 1510~1560) 조선 중기의 문신. 1540년 문과에 합격하고 1543년 홍문관 박사, 세자시강원 설서를 역임하여 당시 세자였던 인종을 가르쳤다. 을사사화가 일어나자 고향으로 돌아가 성리학 연구와 후학 양성에만 정진하였다. 문집으로 《하서전집》, 《주역관상편》, 《서명사천도》, 《백련초해》 등이 있다.

김재원(金載元, 1909~1990) 고고학자. 서울대학교 강사, 진단학회 간사장 · 평의원 등을 겸하고, 1955년 대한민국학술원 회원이 되었다. 1964년 독일 고고학 연구회 통신회원이 되고, 1968년 한국고고학회장으로 선출되었다.

김정국(金正國, 1485~1541) 조선 중기의 학자 · 문신. 중종 때 기묘사화로 삭탈관직되었다가 복관되어 전라감사가 되고 뒤에 병조참의 · 공조참의 · 형조참판 등을 지냈다. 김굉필의 문인으로, 시문이 당대에 뛰어났고 의서에도 조예가 깊었다. 저서로는 《사재집》, 《성리대전절요》, 《촌가구급방》 등이 있다.

김정희(金正喜, 1786~1856) 조선 후기의 서화가 · 문신 · 문인 · 금석학자. 순조 19년(1819) 문과에 급제하여 성균관대사성, 이조참판 등을 역임하였다. 학문에서는 실사구시(實事求是)를 주장하였고, 서예에서는 독특한 추사체를 대성시켰으며, 특히 예서 · 행서에 새 경지를 이룩하였다.

김종서(金宗瑞, 1383~1453) 조선 전기의 문신. 1433년 야인들의 침입을 격퇴하고 6진을 설치하여 두만강을 경계로 국경선을 확정하였다. 수양대군에 의하여 1453년 두 아들과 함께 집에서 격살되고 대역모반죄라는 누명까지 쓰고 효시됨으로써 계유정난의 첫 번째 희생자가 되었다.

김천택(金天澤, ?~?) 조선 후기의 시조작가 · 가객. 호는 남파(南坡). 《해동가요》에 57수를 남겼고, 1728년에는 시가집 《청구영언》을 편찬하여 국문학사상 귀중한 자료가 되고 있다. 사대부들이 즐겼던 시조가 중인 가객들에게까지 확산되는 데 선구적 역할을 했다.

김형석(金亨錫, 1920~) 수필가 · 철학자. 수필집 《고독이라는 병》은 베스

트셀러가 되었다. 그의 수필은 현대인의 삶의 지표를 제시하기 위해 기독교적 실존주의를 배경으로 현대의 인간조건을 추구하여 부드럽고 시적인 문장으로 엮어 독자들에게 감명을 주고 있다. 수필집으로는 《영원과 사랑의 대화》, 《오늘을 사는 지혜》 등이 있다.

나

나도향(羅稻香, 1902~1926) 한국의 소설가. 초기에는 《젊은이의 시절》, 《환희》 등의 애상적인 작품들을 발표하였고 이후 《물레방아》, 《뽕》, 《벙어리 삼룡이》를 발표하면서 객관적인 사실주의적 경향을 보여주었다. 작가로서 완숙의 경지에 접어들려 할 때 요절하였다.

나세르(Jamal 'Abd an-Nāser, 1918~1970) 이집트의 군인·정치가. 반둥회의(아시아·아프리카회의)에 출석하여 적극적인 중립주의·비동맹주의 외교정책을 추진했고 수에즈운하의 국유화를 선언, 수에즈전쟁이 일어났으나 국제여론의 지지로 이를 해결해 아시아·아프리카의 지도자가 되었다.

나츠메 소세키(夏目漱石, 1867~1916) 일본의 소설가·영문학자. 작풍은 당시 전성기에 있던 자연주의에 대하여 고답적, 관상적(觀賞的)이었으며, 주요 저서로는 《호토토기스(두견)》, 《나는 고양이로소이다》 등이 있다.

나폴레옹 1세(Napoléon I, 1769~1821) 프랑스의 군인·제1통령·황제. 프랑스혁명의 사회적 격동기 후 제1제정을 건설했다. 법전을 편찬하는 등 개혁정치를 실시했으며, 유럽 여러 나라를 침략 세력을 팽창했다. 그러나 러시아 원정 실패로 엘바 섬에, 워털루 전투 패배로 세인트헬레나 섬에 유배되었다.

나폴레옹 2세(Napoleon II, 1811~1832) 나폴레옹 1세의 유일한 아들. 1814년 나폴레옹 1세가 폐위되자 어머니 마리 루이즈와 함께 외가인 오스트리아에 머물렀다. 1815년 3월 왕위를 되찾은 아버지 나폴레옹 1세가 6월에 다시 폐위되어 유배 길에 오르자 뒤를 이을 황제로 임명되었다. 하지만 연합군의 파리 점령으로 왕위는 루이 18세에게 넘어갔고 나폴레옹 2세는 프랑스에 돌아오지도 못한 채 폐위되었다.

《남사(南史)》 중국 당(唐)의 이연수(李延壽)가 편찬한 사서(史書). 기전체로 송(宋) · 남제(南齊) · 양(梁) · 진(陳) 등 남북조시대(南北朝時代) 남조(南朝) 네 왕조의 역사를 기술한 중국 25사(二十五史) 가운데 하나이다.

남이(南怡, 1441~1468) 조선 전기의 무신(武臣). 약관의 나이로 무과(武科)에 장원, 세조의 지극한 총애를 받았다. 1467년(세조 13) 이시애(李施愛)가 북관에서 난을 일으키자 우대장(右大將)으로 이를 토벌, 적개공신(敵愾功臣) 1등에 오르고, 의산군(宜山君)에 봉해졌으며, 28세의 나이로 병조판서에 올랐다.

남효온(南孝溫, 1454~1492) 조선 전기의 문신. 생육신 중에 한 사람이다. 사육신(死六臣)의 절의를 추모하고, 그들의 충절이 세상에 전해지지 않음을 염려하여 《육신전(六臣傳)》을 저술하는 등 당시의 금기사항에 조금도 거리낌이 없었다. 저서에 《추강집(秋江集)》 등이 있다.

《냉재야화(冷齋夜話)》 중국 남송(南宋)의 승려 석혜홍(釋惠洪)이 지은 설화.

너대니얼 호손(Nathaniel Hawthorne, 1804~1864) 미국의 소설가. 대표작 《주홍글씨(The Scarlet Letter)》는 청교도의 엄격함에 대한 교묘한 묘사, 죄인의 심리 추구, 긴밀한 세부구성, 정교한 상징주의로 19세기의 대표적 미국소설이 되었다. 그 밖에 《일곱 박공의 집(The House of the seven Gables)》 등을 발표하였다.

노드롭 프라이(Northrop Frye, 1912~1991) 캐나다 출신의 문학비평가. 문학연구의 과학적 접근을 주장하였다. 20세기 가장 영향력있는 지식인으로 평가된다. 대표적인 저술로는 《교육된 상상력》, 《비평의 길》 등이 있다.

노먼 빈센트 필(Norman Vincent Peale, 1898~1993) 미국 작가. 교회의 목회자로 42년간 사역했다. 그는 세계적인 베스트셀러가 된 저서 《적극적 사고방식의 능력》, 《예수 그리스도의 적극적인 능력》을 포함 46권의 저서를 저술했다. 간단명료한, 낙관적인, 역동적인 설교를 통해 많은 사람을 그리스도께로 인도한다.

노발리스(Novalis, 1772~1801) 독일의 시인 · 소설가. 낭만파 시인들과 교류하며, 문학 활동을 벌였다. 저서로 《밤의 찬가》 등이 있다.

노수신(盧守愼, 1515~1590) 조선 중기의 문신 · 학자. 을사사화 때 이조좌랑에서 파직되어 귀양살이를 하였다. 선조 즉위 후에는 우의정, 좌의정을 거쳐 영의정에 올랐다. 문집에 《소재집(蘇齋集)》이 있다.

노스트라다무스(Nostradamus, 1503~1566) 르네상스기(期) 프랑스의 의사 · 철학자 · 점성가. 프랑스 각지를 방랑하면서 페스트나 풍토병 치료에 종사하는 한편 신(新)플라톤주의 사상 · 은비사상(隱祕思想)에 접했다. 그의 저서는 그 신비성 때문에 로마 가톨릭교회에 의해 금서가 되었다. 그 중에서도 4행시 《예언집》(Les Propheties)은 수개국어로 썼으며, 자신의 죽음뿐만 아니라 후원자인 앙리 2세의 죽음, 프랑스혁명, 나폴레옹의 등장까지 예언하였다.

노신(魯迅, 1881~1936) 중국의 문학가 · 사상가. 대표작 《아큐정전(阿Q正傳)》은 세계적인 작품이며 후에 그의 주장에 따른 형태로 문학계의 통일전선이 형성되었다. 그의 문학과 사상에는 모든 허위를 거부하는 정신과 언어의 공전(空轉)이 없는, 어디까지나 현실에 기초한 강인한 사고가 뚜렷이 부각되어 있다. 그 밖의 저서로는 《광인일기》, 《고향》 등이 있다.

노어 웹스터(Noah Webster, 1758~1843) 미국의 사서 및 교과서 편찬가. 《표준철자 교과서》를 발행해 미국의 표준 영어교과서로 널리 쓰여 영어교육의 권위자가 되었다. 수록 낱말이 7만 규모인 《미국 영어사전(American Dictionary of the English Language)》을 발간하여 미국의 사서 계에 큰 영향을 끼쳤다.

노자(老子, ?~?) BC 6세기경에 활동한 중국 제자백가 가운데 한 사람으로 도가(道家)의 창시자. 노자는 유가에서는 철학자로, 일부 평민들 사이에서는 성인 또는 신으로 숭배되었다. 도교 경전인 《도덕경(道德經)》의 저자로 알려져 있다. 현대 학자들은 《도덕경》이 한 사람의 손에 의해 저술되었다고는 생각지 않으나, 도교가 불교의 발전에 큰 영향을 미쳤다는 사실은 통설로 받아들이고 있다.

노포(魯褒, ?~?) 3세기 전후의 중국 서진(西晉)시대의 문신이자 학자로, 화폐권력과 화폐숭배를 비판한 《전신론(錢神論)》을 썼다.

《논어(論語)》 사서(四書)의 하나로 유가(儒家)의 성전(聖典)이라고도 할 수 있다. 중국 최초의 어록이기도 하다. 고대 중국의 사상가 공자의 가르침을 전하는 가장 확실한 옛 문헌이다. 공자와 그 제자와의 문답을 주로 하고, 공자의 발언과 행적, 그리고 고제(高弟)의 발언 등 인생의 교훈이 되는 말들이 간결하고도 함축성 있게 기재되었다.

《논형(論衡)》 중국 후한의 사상가 왕충(王充)의 저서. 전국시대의 제자(諸子)의 설 외에 당시의 정치 · 풍속 · 속설 등 다방면의 문제를 다뤄 실증적이고 합리적 비판을 가했다. 비판적 정신이 풍부하여 전통사상, 특히 한나라 때 유학 속에 잠재한 허망성을 지적하고 속유(俗儒)의 신비주의 사상, 즉 미신적 사상을 배격하고 있다.

니코스 카잔차키스(Níkos Kazantzakís, 1883~1957) 그리스의 시인 · 소설가 · 극작가. 여러 나라를 편력하면서 역사상 위인을 주제로 한 비극을 많이 썼다. 그리스 난민의 고통을 묘사한 《다시 십자가에 못 박히는 그리스도》로 세계적인 명성을 얻었다. 대표작으로 《그리스인 조르바》, 《오디세이아》 등이 있다.

니콜라 부알로(Nicolau Boileau-Despréaux, 1636~1711) 프랑스의 시인 · 비평가. 문학 비평사상 극히 중요한 《시법》은 몰리에르, 라신 등의 작품에서 고전주의문학이론을 추출 집대성했다. 그의 비평의 근원은 이성과 양식이다.

니콜라우스 레나우(Nikolaus Lenau, 1802~1850) 헝가리 출생 오스트리아 시인. 작가 개인의 절망감뿐 아니라 당대의 염세주의를 반영하는 감상적인 서정시로 유명하다. '세계고(世界苦)의 시인'이라 불렀다. 작품으로 《시집》, 《시전집》 등이 있다.

니콜라우스 코페르니쿠스(Nicolaus Copernicus, 1473~1543) 폴란드의 천문학자. 지동설을 주창하였다. 저서에 《천체의 회전에 관하여》가 있다. 그러나 그가 생각한 태양계의 모습은 현재 우리가 생각하는 태양계의 그것과는 차이가 있다.

다

다니엘 오코넬(Daniel O'Connell, 1775~1847) 아일랜드 해방운동 지도자. 영국 하원의원으로서 가톨릭 해방령을 성립시키는 등 아일랜드의 독립을

위하여 노력하였다.

다니엘 웹스터(Daniel Webster, 1782~1852) 미국의 웅변가 · 정치가. 연방대법원에서 저명한 변호사로 활약했고, 미국 하원의원 · 상원의원 및 국무장관을 지냈다. 열렬한 국민주의자이자 잭슨 대통령의 농업주의시대에 기업의 이익을 옹호한 인물로 가장 잘 알려져 있다.

다니카와 슌타로(谷川俊太郎, 1931~) : 일본 현대시를 대표하는 시인. 철학자 아버지의 영향으로, 철학 · 음악 · 문학 등 예술 분야에 관심을 가져온 그는 중학교 시절 시를 쓰기 시작해 21세에 첫 시집 《20억 광년의 고독》 을 출간했다. 시인, 작사가뿐만 아니라 그림책 작가로도 유명해서 《무엇이든 대답해주는 상자》 는 베스트셀러가 되기도 했다.

다리우스 1세(Darius I, BC 549~BC 486) 아케메네스 왕조 페르시아제국의 왕. 뛰어난 행정조직과 대규모 건축사업으로 유명하다. 몇 차례에 걸쳐 그리스 정복을 꾀했으나 폭풍으로 함대가 파괴되었으며, BC 490년에는 마라톤에서 아테네에 패했다.

다자이 오사무(太宰治, 1909~1948) 일본의 소설가. 좌익운동의 영향을 받은 작품을 많이 썼다. 주요 저서로는 《사양(斜陽)》, 《만년(晩年)》, 《인간실격》 등이 있다.

《당서(唐書)》 당나라의 정사(正史)로서 25사(史)의 하나. 당고조(唐高祖)의 건국(618)에서 애제(哀帝)의 망국(907)까지 290년 동안의 당나라 역사의 기록이다. 처음에는 단지 《당서》 로 씌어졌지만, 송나라 때 내용을 고쳐 《신당서(新唐書)》 로 편찬하였다. 그래서 《구당서》 와 《신당서》 로 나누어졌다.

《대대례(大戴禮)》 중국 전한의 대덕(戴德)이 공자의 72제자의 예설(禮說)을 모아 엮은 책. 《예기》 214편을 85편으로 정리한 것이다. 39편만이 전해진다.

《대학(大學)》 공자와 그의 제자 증자(曾子)가 지은 것으로 여겨지는 간략한 유교 경전. 4서 중 중요한 경서. 본래 《예기》 의 제42편이었던 것을 송(宋)의 사마광이 처음으로 따로 떼어서 《대학광의(大學廣義)》 를 만들었다. 그 후 주자가 《대학장구》 를 만들어 경(經) 1장, 전(傳) 10장으로 구별하여 주석을 가하고 이를 존숭하면서부터 널리 세상에 퍼졌다.

더글러스 맥아더(Douglas MacArthur, 1880~1964) 미국의 군인. 제2차 세계대전 중 연합군 사령관으로 1945년 8월 일본을 항복시키고 일본점령군 최고사령관이 되었다. 6 · 25전쟁 때는 UN군 최고사령관으로 부임하여 인천상륙작전을 지휘하였다. 「노병(老兵)은 죽지 않고 사라질 뿐이다」라는 유명한 말을 남겼다.

더글러스 제럴드(Douglas William Gerrold, 1803~1857) 영국의 극작가 · 언론인 · 유머작가. 극적인 구성보다 대화의 위트에 주력한 희곡을 썼으며, 진보적 자유주의자로서 풍자적인 비평을 썼다. 작품으로 《베개 밑 설교》가 있다.

데메트리우스 키도네스(Dēmētrios Kydōnēs, 1324?~1398?) 비잔티움제국의 신학자로 오랫동안 이탈리아의 밀라노에서 살면서 저작에도 힘썼다. 신학 · 수사학의 저서가 있다.

데모스테네스(Demosthenes, BC 384~BC 322) 고대 그리스의 웅변가 · 정치가. 반(反)마케도니아운동의 선두에 서서 의회연설로 조국의 분기(奮起)를 촉구하였다. 전해지는 61편의 연설 중 《필리포스 탄핵 제1~제3》 3편을 비롯 정치연설이 유명하다.

데모크리토스(Dēmokritos, BC 460?~BC 370?) 고대 그리스의 자연철학자. 원자론을 확립했다. 그는 특별한 자연현상(천둥 · 번개 · 지진 등)을 초인적 힘의 탓으로 설명하고자 하는 욕망 때문에 많은 사람이 신의 존재를 믿는다고 생각했다. 이론보다 실천에 바탕을 둔 그의 윤리체계는 궁극적 선(유쾌함)이라는 개념을 제시했다.

데이비드 흄(David Hume, 1711~1776) 영국의 철학자. 그의 인식론(認識論)은, 존 로크에서 비롯된 '내재적 인식비판'의 입장과 뉴턴 자연학의 실험 · 관찰의 방법을 응용했다. 인간본성 및 그 근본법칙과 그것에 의존하는 여러 학문의 근거를 해명하는 일이었다. 홉스의 계약설을 비판하고 공리주의를 지향한다.

데일 카네기(Dale Carnegie, 1888~1955) 컨설턴트. 《어떻게 친구를 만들고 상대를 설득할 것인가》, 《어떻게 고민을 극복하고 새 삶을 찾을 것인가》 등과 같은 인간관계론과 처세론에 관한 저서를 다수 집필했다.

데팡 부인(Marie de Deffand, 1697~1780) 프랑스의 여류 문필가, 프랑스 사교

계의 총아. 귀족 가문에서 태어나 파리의 수녀원에서 교육받았다. 데팡 부인이 후기에 쓴 산문은 독특한 문체와 수사법을 보여주고 있으며, 궁정과 가정에서 일어난 사건들을 기록한 연대기는 흥미로울 뿐 아니라 매우 귀중한 자료이다.

도로데아 딕스(Dorothea Lynde Dix, 1802~1887) 미국 사회개혁가. 일생을 정신질환자의 복지를 위해 헌신한 사회개혁자・인도주의자.

도리스 레싱(Doris May Lessing, 1919~) 영국 소설가. 시・희곡・소설을 포함한 많은 작품으로, 1950년대의 '앵그리 영맨(angry youngman)'을 대표하는 한 사람으로 활약하였다. 페미니즘 소설의 고전 《황금 노트북》으로 2007년 노벨문학상을 받았다.

도로시 파커(Dorothy Parker, 1893~1967) 미국의 단편 소설가・시인. 위트에 찬 시와 소설로 이름을 떨쳤다. 1926년에 첫 시집 《충분한 밧줄(Enough Rope)》은 베스트셀러가 되었다. 그 밖의 시집으로 《선셋 건(Sunset Gun)》 등이 있다. 1929년에 단편소설 《빅 블론드(Big Blonde)》로 오헨리 상을 받았다.

도스토예프스키(Fyodor Mikhailovich Dostoevskii, 1821~1881) 톨스토이와 함께 19세기 러시아 문학을 대표하는 세계적인 문호. '넋의 리얼리즘'이라 불리는 독자적인 방법으로 인간의 내면을 추구하여 근대소설의 새로운 가능성을 열어놓았다. 작품으로 《죄와 벌》, 《백치》, 《악령(惡靈)》 등 수많은 대작이 있다.

도연명(陶淵明, 365~427) 이름은 잠(潛). 중국 동진(東晋)・송대(宋代)의 시인. 기교를 부리지 않고 평담(平淡)한 시풍이었기 때문에 당시의 사람들로부터는 경시를 받았지만, 당대 이후는 육조(六朝) 최고의 시인으로서 그 이름이 높았다. 그의 시풍은 당대(唐代)의 맹호연, 왕유 등 많은 시인들에게 영향을 주었다. 주요 작품으로 《오류선생전》, 《도화원기》, 《귀거래사》 등이 있다.

도종환(1954~) 시인. 1984년 동인지 《분단시대》를 통해 작품활동을 시작했으며, 제8회 신동엽창작기금을 수상하였다. 시집에 《고두미 마을에서》, 《접시꽃 당신》, 《지금 비록 너희 곁을 떠나지만》, 산문집에 《지금은 묻어둔 그리움》 등이 있다.

《동몽선습(童蒙先習)》 조선 명종 때 학자 박세무(朴世茂)가 저술하였다. 《천자문》을 익히고 난 후의 학동들이 배우는 초급교재로, 먼저 오륜(五倫)을 설명하였다. 이어 중국의 삼황오제(三皇五帝)에서부터 명나라까지의 역대 사실(史實)과 우리나라의 단군에서부터 조선시대까지의 역사를 약술하였다.

《동문선(東文選)》 1478년(성종 9)에 성종의 명을 받아 서거정(徐居正), 노사신(盧思愼), 강희맹(姜希孟), 양성지(梁誠之) 등 23인의 찬집관이 참여하여 편찬한 우리나라 역대 시문선집이다.

두목(杜牧, 803~853) 이상은(李商隱)과 더불어 이두(李杜)로 불리는 중국 만당전기(晩唐前期)의 시인. 산문에도 뛰어났지만 시에 한층 뛰어났으며, 근체시(近體詩), 특히 칠언절구를 잘했다. 주요 작품으로《아방궁의 부》,《강남춘(江南春)》 등이 있다.

두보(杜甫, 712~770) 이백과 함께 '이두(李杜)'로 병칭되는 중국 최대의 시인이며, 시성이라 불렸던 성당시대의 시인. 널리 인간의 심리, 자연의 사실 가운데 그 때까지 발견하지 못했던 새로운 감동을 찾아내어 시를 지었다. 주요 작품으로 〈춘망(春望)〉, 〈월야(月夜)〉, 〈애강두(哀江頭)〉 등 많은 유명한 시가 있다.

드니 디드로(Denis Diderot, 1713~1784) 프랑스의 백과전서파를 대표하는 계몽주의 철학자이자 작가이다. 주요 작품으로는《경솔한 보석들》,《수녀》 등의 소설,《달랑베르의 꿈》 등의 철학서적,《사생아》 등의 희곡이 있다.

드와이트 아이젠하워(Dwight David Eisenhower, 1890~1969) 미국의 제34대 대통령. 아이크(Ike)라는 애칭으로 불렸다. 대통령 재임 중 국무장관 덜레스와 부통령 닉슨을 중용하여 수완을 발휘하였다.

디오게네스(Diogenēs, ?~BC 320?) 고대 그리스의 철학자. 견유학파(犬儒學派 : 금욕적 자족을 강조하고 향락을 거부하는 그리스 철학파)의 전형적 인물. 안티스테네스의 여러 저작에 영향을 받았다. 디오게네스는 일관된 사고체계보다는 인격적 본보기를 보임으로써 견유학파의 철학을 전파했다. 그의 추종자들은 도덕의 파수꾼으로 자처했다.

디오게네스 라에르티오스(Diogenēs Lāertios, ?~?) 3세기 전반 경 고대 그리

스 전기작가. 그의 삶에 관해서 알려진 것은 매우 적다. 다만 그가 저술한 철학자 전기인 《고대 그리스 철학자의 생활과 의견 및 저작 목록》만이 현재까지 전해지는데, 고대 그리스 철학자들의 삶에 관한 많은 정보를 알려주는 귀중한 자료이다.

디오니시오스(Dionysios, BC 170?~BC 90?) 그리스의 문법학자. 문법《테크네 그람마티케》로 유명하다. 《테크네 그람마티케》는 그리스문법의 요체로, 소리 · 음절 · 말의 3부로 되어 있다. 르네상스기까지 교과서로 전하여졌다.

디오니시우스(Dionysius, ?~268) 그리스의 역사가이자 변론술 교수. BC 30년경의 문학비평과 이론의 지도자였다. 대표작으로는《모방론》,《투키디데스론》이 있으며 역사가로서《로마사》(20권)를 저술하였다.

디오판토스(Diophantos, 246?~330?) 알렉산드리아에서 활약한 그리스의 수학자. 대수학의 아버지라고 불리며, 저서로《산수론(算數論)》이 있다. 그의《산수론》은 아라비아어로 번역되어 그곳 학자에게 영향을 끼쳤으며, 뒤에 라틴어로 번역되어 중세 말 유럽으로 전파되어 대수학 발달에 공헌했다.

라

라로슈푸코(François de La Rochefoucauld, 1613~1680) 프랑스의 모럴리스트. 대귀족의 장남으로 16세에 이탈리아 전쟁에 참가한 후부터 사랑과 야심에 찬 모험의 시대를 보낸다. 프롱드의 난에서 반란군을 지휘하다가 실명(失明)했다. 그 후 정치적 야망을 버리고 귀부인들과 더불어 사블레 부인의 살롱에 출입하였고, 명상과 저작의 생활을 보내 예리한 인간 관찰의 글인《맥심》을 남겼다.

라브뤼예르(Jean de La Bruyère, 1645~1696) 17세기 프랑스의 모럴리스트. 《사람은 가지가지》의 정치적 풍자는 18세기의 문학을 예고했다. 당시 사회 모든 계층의 모든 형태를 그린 수상록《캐릭터》를 쓰고 귀족이나 승려의 생태를 비판하였다. 책에서 시사문제를 언급해 아카데미 프랑세즈 회원이 되는 데 어려움을 겪었지만, 1693년에 결국 회원으로 선출되었다.

라이너 마리아 릴케(Rainer Maria Rilke, 1875~1926) 오스트리아 시인 · 작가로 20세기 최고의 독일어권 시인 중 한 사람. 1902년 파리로 건너가 조각가 로댕의 비서가 되어 로댕의 이념인 사물을 깊이 관찰하고 규명하는 능력을 길렀다. 그의 작품들은 인간성을 상실한 이 시대의 가장 순수한 영혼의 부르짖음으로서 높이 평가되고 있다. 《젊은 시인에게 보내는 편지》는 독일은 물론 미국에서도 사랑을 받았다.

라이오넬 트릴링(Lionel Trilling, 1905~1975) 미국의 영문학자 · 소설가 · 평론가. 컬럼비아대학교 영문과 최초 유대인 교수. 평전 《매튜 아널드》는 심리학 · 정치학 등의 이론을 도입한 역작이다.

라인홀드 니버(Reinhold Niebuhr, 1892~1971) 프로테스탄트 신학자로, 미국의 변증법 신학의 대표자. 1929~33년의 세계적 대공황의 시기에 '위기의 신학'이라고 일컬어지는 신학의 입장을 세웠는데, 그 후 유럽에 있어서 이 파의 신학자들이 조직신학을 설교한 것과는 달리, 그는 인간 · 윤리 · 역사 등 현실문제에 대해 얘기했다.

라인홀트 슈나이더(Reinhold Schneider, 1903~1958) 독일의 시인 · 소설가 · 수필가. 그리스도교적 휴머니즘의 입장에서 반 나치스적 태도로 나치스의 탄압을 견디어낸 작가 중의 한 사람이다. 주요 작품으로 《라스 카자스와 카를 5세》가 있다.

라게르크비스트((Par Fabian Lagerkvist, 1891~1974) 스웨덴의 작가. 제1차 대전 후의 전위적 작가로서 근대인의 불안과 고뇌와 정열적인 휴머니즘을 지향했다. 1940년 스웨덴 아카데미 회원, 1951년 노벨문학상 수상. 《무녀(巫女)》 등의 작품이 있다.

라파엘(Raphael) 그리스도교에서 말하는 대천사(大天使)들 중 한 천사. 구약성서 「토비트서」에 나오는 일곱 천사의 하나로, 헤브라이어로 「하느님이 낫게 하였다」라는 뜻이다. 7세기경부터 베네치아교회에서는 수호성인(守護聖人)으로 받들었으며, 라파엘을 소재로 한 미술작품도 16세기 이후부터 다양해졌다.

라 퐁텐(Jean de la Fontaine, 1621~1695) 프랑스의 대표적인 우화작가. 판차탄트라와 같은 고대 인도문학, 이솝, 호라티우스 등에서 영감을 받아서 발표한 시문으로 된 우화집으로 유명하다. 그의 우화는 이솝 우화에 비

해 내용 면에서 인간 세태에 대한 풍자의 강도가 세다. 루이 14세의 여섯 살 난 손자에게 헌정된 《우화 선집(Fables Choisies)》에는 124개의 우화가 실려 있는데, 동물에 비교하여 사람의 참다운 모습을 생각게 해주는 뛰어난 작품이다.

랑클로(Ninon de Lenclos, 1620~1705) 프랑스의 유명한 사교계 여성. 에피쿠로스 철학에 대해 꾸준한 관심을 가졌다. 그녀가 개업한 살롱에는 당대의 가장 이름난 문인·정치가 등이 출입했다.

랜달 재럴(Randall Jarrell, 1914~1965) 미국의 시인·소설가·비평가. 유년기가 시의 주된 주제이며, 《잃어버린 세계》에서 자신의 어린 시절에 대해 폭넓게 서술했다. 밴더빌트 대학에서 강의를 시작했다. 1942년 공군에 입대했고 전쟁 때의 경험을 쓴 《작은 친구》, 《상실》 등에 훌륭한 시가 많이 실려 있다.

랠프 에머슨(Ralph Waldo Emerson, 1803~1882) 미국의 사상가·시인. 정신을 물질보다도 중시하고 직관에 의하여 진리를 알고, 자아의 소리와 진리를 깨달으며, 논리적인 모순을 관대히 보는 신비적 이상주의였다. 주요 저서에는 《자연론》, 《대표적 위인론》 등이 있다.

러더퍼드 헤이스(Rutherford Birchard Hayes, 1822~1893) 미국의 정치가. 제19대 대통령. 재임 중 그때까지 군정(軍政)을 펴고 있던 남부 여러 주에서 연방군을 철수시킴으로써 재건(再建)을 완결 지었으며, 관리임용제도를 개혁하였다.

레몽 아롱(Raymond Aron, 1905~1983) 프랑스의 정치사회학자로, 전후 장 폴 사르트르 등과 함께 잡지 《현대》를 창간하고, 《콩바》, 《피가로》 등 잡지의 논설기자로 활약하였다. 주요 저서에 《지식인들의 아편》 등이 있다.

레베카 웨스트(Rebecca West, 1892~1983) 영국 소설가·비평가. 정치와 문학의 비평분야에서도 재기 넘치는 활약을 보였다. 처녀작 《병사의 귀환》과 다음 작품 《재판관》에서는 프로이트의 영향이 보인다. 그 밖에 《생각하는 갈대》, 《샘물이 넘친다》 등의 작품이 있다.

레오나르도 다빈치(Leonardo da Vinci, 1452~1519) 르네상스 시대의 이탈리아를 대표하는 천재적 미술가·과학자·기술자·사상가. 15세기 르네상스 미술은 그에 의해 완벽한 완성에 이르렀다고 평가받는다. 조각 · 건축 · 토목 · 수학 · 과학 · 음악에 이르기까지 다양한 방면에 재능을 보였다. 《최후의 만찬》, 《모나리자》 등 대작을 그렸다.

레오폴트 폰 랑케(Leopold von Ranke, 1795~1886) 독일의 역사가. 역사학의 독자적인 연구시야를 개척했다는 점에서 '근대 역사학의 아버지'라 불린다. 주요 저서로 《라틴 및 게르만 제(諸)민족의 역사 1494~1514》 등이 있다.

레옹 강베타(Léon Gambetta, 1838~1882) 프랑스의 정치가 · 변호사. 나폴레옹 3세의 전제(專制)에 반대한 것으로 유명하다. 공화주의연합을 지도하고 신문 《프랑스 공화국》 을 창간하였다.

레옹 블룸(Lèon Blum, 1872~1950) 프랑스의 정치가 · 문예평론가. 제1차 세계대전 후 사회당을 지도하여 1936년 인민전선 내각의 수상이 되었다. 제2차 세계대전 후에는 임시정부 수반을 지냈다.

레이먼드 크노(Raymond Queneau, 1903~1976) 초현실주의에서부터 출발한 프랑스 시인 · 소설가. 언어유희와 블랙유머 등이 담긴 실험적 작품을 썼다. 주요 저서에 《참나무와 개》 등이 있으며 그 밖에 《푸른 꽃》 등의 소설작품에 의하여 '앙티로망'의 선구자의 한 사람으로 일컬어지고 있다.

레프 톨스토이(Lev Nikolaevich Tolstoi, 1828~1910) 러시아의 문명비평가 · 사상가. 도스토예프스키와 함께 19세기 러시아 문학을 대표하는 세계적 문호다. 처녀작 《유년시대》를 익명으로 발표하여 네크라소프로부터 격찬을 받았다. 《전쟁과 평화》, 《부활(Voskresenie)》 등 불후의 작품들이 있다.

렉스 워너(Rex Ernest Warner, 1905~1986) 영국의 소설가 · 시인 · 고전어학자. 저서는 카프카의 알레고리를 모방한 《기러기 사냥》, 좌우사상으로 고민하는 자유주의적 대학교수를 그린 《교수》 등이 있다.

로맹 롤랑(Romain Rolland, 1866~1944) 프랑스의 소설가 · 극작가 · 평론가. 대하소설의 선구가 된 《장 크리스토프》로 1915년 노벨문학상을 수상했다. 평화운동에 진력하고, 국제주의 입장에서 애국주의를 비판했다. 그 밖에 《매혹된 영혼》 등이 있다.

로버트 로이(Robert Harry Lowie, 1883~1957) 오스트리아 빈 출생의 미국 문화인류학자. 미개민족의 사회와 종교에 대한 관심이 깊었다. 주요 저서로 《미개사회》, 《독일을 이해하기 위하여》 등이 있다.

로버트 린드(Robert Wilson Lynd, 1879~1949) 영국의 수필가 겸 저널리스트. 《뉴스 크로니클》 지의 문예부장으로 있었고 《뉴 스테이츠먼》 에 에세이를 기고하며 문예비평 분야에서 폭넓게 활약하였다. 주요 저서에 《아일랜드 산책》, 《신구의 거장들》 등이 있다.

로버트 버턴(Robert Burton, 1577~1640) 영국 목사 · 문필가 · 고전학자. 수필집 《우울의 해부》 는 세상에 대한 인간의 불만과 이것을 누그러뜨리는 방법에 관한 내용으로 그의 풍부한 기지와 유머가 그를 유명하게 만들었다.

로버트 번스(Robert Burns, 1759~1796) 영국 시인. 18세기 잉글랜드 고전 취미의 영향에서 벗어나 스코틀랜드 서민의 소박하고 순수한 감정을 표현한 점에 특징이 있다. 《새앙쥐에게》 와 《두 마리 개》 등 동물을 통하여 인도주의적 사상을 표현한 작품이 있다.

로버트 브라우닝(Robert Browning, 1812~1889) 영국 빅토리아 시대의 대표적인 시인. 탁월한 극적 독백과 심리묘사로 유명하다. 가장 유명한 작품은 로마의 살인재판에 대해 쓴 시집 《반지와 책》 이 있다.

로버트 브라운(Robert Brown, 1550?~1633?) 영국의 종교가. 프로테스탄트의 일파인 회중파 교회(Congregational Church)의 창시자. 영국 국교회의 주교제도와 성직 서임식을 부정하여 문제가 되자 스코틀랜드로 망명하였다.

로버트 브리지스(Robert Seymour Bridges, 1844~1930) 영국 시인 · 수필가. 《단시집(短詩集)》 으로 시인으로서의 명성을 얻었다. 순직한 감정과 운율(韻律)이 아름다운 시를 많이 썼다. 그 밖에 장시(長詩) 《미(美)의 유언》 이 있다.

로버트 사우디(Robert Southey, 1774~1843) 영국의 시인 · 전기작가. 프랑스 혁명에 열광하여 서사시 《잔 다르크》 를 썼고 후에 계관시인이 되었다. 대표작으로 《살라바》, 《매도크》 등의 서사시와 《넬슨 전(傳)》, 《웨슬리 전(傳)》 등이 있다.

로버트 셔우드(Robert Emmet Sherwood, 1896~1955) 미국의 극작가. 작품에

서 인간의 정치적 · 사회적 문제를 다루었다. 그가 쓴 연설문은 유명 인사들을 위한 대작(代作)을 좋은 관행으로 만드는 데 크게 기여했다. 제2차 세계대전 뒤 내놓은 작품으로, 아카데미상에 빛나는 영화 《우리 생애 최고의 해》 등 많은 작품이 있다.

로버트 스칼라피노(Robert A. Scalapino, 1919~) 미국의 정치학자로 한국, 일본, 중국 등 아시아 문제 전문가. 캘리포니아대학교 동아시아 연구소 소장을 지냈다. 《한국공산주의운동사》, 《현대 일본 정당과 정치》, 《중국의 사회주의 혁명》 등 한국과 아시아에 관련 저서를 많이 썼다.

로버트 스콧(Robert Falcon Scott, 1868~1912) 영국의 해군장교 · 탐험가. 1901~1904년 디스커버리호를 타고 남극탐험을 지휘하였다. 1910년 테라노바 호에 의한 제2차 남극탐험에 나서서 1912년 1월 18일 남극점에 도달하였다. 마지막까지 용기를 잃지 않고 영국신사다운 최후를 마친 것이 알려져 국민적 영웅이 되었다. 저서로는 《탐험항해기》 (2권)가 있다.

로버트 스티븐슨(Robert Louis Balfour Stevenson, 1850~1894) 《보물섬》 을 쓴 영국 소설가 · 시인. 소설의 근원적 속성에다 새 생명을 불어넣었다. 평이하고 유창한 《물방앗간의 윌》, 격조 높은 명문의 《마카임》 등의 소품도 주옥같은 명작으로 꼽힌다. 그 밖에 대표작품으로 《지킬박사와 하이드씨》 등이 있다.

로버트 워런(Robert Penn Warren, 1905~1989) 미국 작가 · 시인 · 평론가. 남부의 농민문화를 강조하는 일파의 시인과 비평가 그룹에 가담하여 시인으로서 주목을 끌었다. 독재적인 정치가의 흥망을 그린 《모두가 왕의 신하》 와 시집 《약속》 은 두 작품 모두 퓰리처상을 받았다.

로버트 이든(Robert Anthony Eden, 1897~1977) 영국의 정치가. 처칠 내각의 전시외교의 지도자로서 실력을 보였다. 1955년에 처칠의 뒤를 이어 총리가 되었다. 1957년 수에즈운하의 소유권을 두고 이집트를 공격했지만 실패하였다.

로버트 케네디(Robert Francis Kennedy, 1925~1968) 미국의 정치가. 존 F. 케네디 대통령의 동생. 법무장관과 대통령고문을 지냈다. 저서로 《내부의 적》, 《정의의 추구》 등이 있다.

로버트 프로스트(Robert Lee Frost, 1874~1963) 미국의 시인. 농장생활 경험

을 살려 소박한 농민과 자연을 노래해 현대 미국시인 중 가장 순수한 고전적 시인으로 꼽힌다. 케네디 대통령 취임식에 자작시를 낭송하는 등 미국의 계관시인 격 존재로 퓰리처상을 4회 수상했다.

로버트 헤릭(Robert Herrick, 1591~1674) 영국의 시인. 왕당파 서정시인으로 작품은 《헤스페리데스》 에 수록되어 있다. 벤 존슨의 시풍을 계승하여 격조를 갖춘 목가적 서정시를 발표하였다.

로베르 사바티에(Robert Sabatier, 1923~) 프랑스의 시인 · 소설가 · 수필가. 아카데미프랑세즈 시 대상을 받았다. 폴 발레리와 초현실주의자들로부터 영향을 받아, 음악적이며 상징적이다. 작품으로 《태양의 축제》 등이 있다.

로베르트 무질(Robert Musil, 1880~1942) 오스트리아 소설가. 처녀작 《사관후보생 퇴를레스의 망설임》 으로 호평을 받은 후, 클라이스트 상을 받은 희곡 《열광자들》 등을 발표하였다. 날카로운 풍자로 현실과 비현실의 이중성적 세계를 구축했다.

로베르트 분젠(Robert Wilhelm von Bunsen, 1811~1899) 독일의 화학자. 유기화학 방면에는 카코딜화합물을 연구하였으며 무기화학 방면에서는 희토류와 백금족을 연구하였다. 그 밖에 지구화학, 공업화학 등 다양한 화학분야를 연구하였다.

로베르트 슈만(Robert Alexander Schumann, 1810~1856) 독일의 작곡가. 낭만주의와 슈베르트의 영향을 받았고 피아노독주곡과 가곡 작곡에 특히 뛰어났으며, 작품으로는 《피아노협주곡》 , 《사육제》 등이 있다.

로제 마르탱뒤가르(Roger Martin du Gard, 1881~1958) 프랑스의 소설가 · 극작가. 잡지 《NRF》 의 동인으로 새로운 소설을 대표하는 신인의 하나로 평가되었다. 대하소설 《티보가의 사람들》 중 《1914년 여름》 으로 노벨문학상을 받았다.

로페 데 베가(Lope Felix de Vega Carpio, 1562~1635) 에스파냐의 극작가 · 시인이며 소설가. 새로운 극작법에 의한 작품들로 에스파냐 황금세기의 국민연극을 만들어냈고 서정시인으로서도 탁월하였다. 1,800편에 달하는 희곡과 수많은 극작품을 썼다. 대표작에 연애희극 《상대는 모른 채 사랑한다》 , 사극 《펜테오베프나》 등이 있다.

루도비코 아리오스토(Ludovico Ariosto, 1474~1533) 르네상스기를 대표하는 이탈리아의 시인. 시작(詩作)과 외교활동에서 기반을 굳히고, 한평생 에스테 후작 집안에서 일하면서 《광란의 오를란도》를 남겼다.
루돌프 발렌티노(Rudolph Valentino, 1895~1926) 이탈리아 출생의 미국 영화배우로 렉스 잉그럼 감독의 《묵시록의 4기사》에 출연하며 스타가 되었다. 라틴계통의 미남배우로 여성에게 많은 인기를 얻었다.
루돌프 불트만(Rudolf Bultmann, 1884~1976) 독일의 프로테스탄트 신학자로 신약성서의 양식사적(樣式史的) 연구를 개척하였다. 변증법적 신학 운동의 추진가였다. 주요 저서로는 《예수》, 《신약성서의 신학》 등이 있다.
루돌프 오이켄(Rudolf Christoph Eucken, 1846~1926) 베르그송, 딜타이 등과 함께 '생의 철학'의 대표자로 꼽혀 많은 저작으로 이상주의적인 생의 철학을 옹호 발전시켰으며, 그 서술에서 풍기는 따뜻함과 박력으로 1908년 노벨문학상을 수상하였다. 저서로는 《대사상가의 인생관》, 《삶의 의미와 가치》 등이 있다.
루돌프 폰 예링(Rudolf von Jhering, 1818~1892) 독일의 법학자. 법의 사회적 실용성을 중시한 목적법학(目的法學)을 설파하였다. 초기에는 역사법학파에 속하는 로마법 학자로서, 《로마법의 정신》을 남겼다.
루스 베네딕트(Ruth Fulton Benedict, 1887~1948) 미국의 문화인류학자로서, 그의 학문적 입장은 인간의 사상, 행동의 의미를 심리적으로 파악하려고 한 문화양식론을 띤다. 저서로 《문화의 유형》, 《민족—과학과 정치성》, 《국화와 칼》 등이 있다.
루이 14세(Louis XIV, 1638~1715) 프랑스 부르봉 왕조의 왕. 절대왕정의 대표적인 전제군주. 중앙집권을 강화하고, 재상제를 폐지하고, 영토를 확장하였으며, 문화의 황금시대를 이루었다. 베르사유 궁전을 지어 유럽 문화의 중심이 되게 하였다. 그러나 신교도를 박해하였고, 화려한 궁정 생활로 프랑스의 재정결핍을 초래하였다.
루이 18세(Louis XVIII, 1755~1824) 프랑스의 왕. 나폴레옹이 엘바 섬으로 추방되자 왕위에 올라 입법권과 사법권의 독립, 신성불가침적 세습왕권과 함께 법 앞의 평등, 기본적 인권 등을 규정한 헌법을 제정하였다.

루이 세바스티앵 메르시에(Louis Sébastien Mercier, 1740~1814) 프랑스의 극작가·저널리스트·소설가. 《재판관》, 《탈주자》 등 희곡을 썼다. 소설 《야만인》, 《철학적 몽상》 이 있다. 낭만파운동의 선구자 중 하나로, 고전주의를 격렬히 공격하였다.

루이스 맥니스(Frederick Louis MacNeice, 1907~1963) 영국 시인. 스스럼없는 가벼운 구어체의 시풍은 유머가 풍부한 현대적인 이미지나 관념을 구사하는 점이 특징이다. 저서에는 위스턴 오든과 합작한 이색적 기행 시문집 《아이슬란드에서 온 편지》 와 역시 오든의 영향이 역력한 시극 《그림 속에서》 등이 있다.

루이스 멈포드(Lewis Mumford, 1895~1990) 뉴욕 태생의 문명 평론가·건축가. 기계가 인간을 지배한다는 기능주의적 디자인 사상을 비판하고 인간성을 회복하는 데 힘썼다. 이들 사상은 그의 저서 《기술과 문명》, 《도시의 문화》, 《예술과 기술》 에 반영되었으며, 이들을 통해서 건축·도시·문명에 대하여 비판을 행하였다.

루이스 브랜다이스(Louis Dembitz Brandeis, 1856~1941) 미국의 법률가. 변호사가 되어 노동법에 관심을 갖고 최저임금법의 합헌성을 주장하고, 철도회사의 독점사업과 맞서 싸워 명성을 얻었다. 유대인으로서는 최초의 연방최고재판소 판사가 되었다.

루이스 월리스(Lewis Wallace, 1827~1905) 미국의 소설가·정치가·군인. 멕시코 전쟁과 남북전쟁에서 공훈을 세우고, 뉴멕시코 지사와 터키 공사를 역임했다.

루이자 메이 올컷(Louisa May Alcott, 1832~1888) 미국의 여류소설가. 초절론자(超絶論者)이자 아동교육론자인 부친에게서 철저한 정신교육을 받았다. 천부의 문학적 재능을 살려 남북전쟁 당시의 후방인 뉴잉글랜드의 가정을 묘사한 《작은 아씨들》 과 그 밖에 30여 편의 소녀소설을 썼다.

루이제 린저(Luise Rinser, 1911~2002) 독일의 여류 소설가. 전후 독일의 가장 뛰어난 산문작가로 평가받고 있으며, 시몬 드 보봐르와 더불어 현대 여성계의 양대 산맥으로 일컬어진다. 1979년 로즈비타 기념메달을 수상했으며 주요 작품으로 《생의 한가운데》, 《다니엘라》 등이 있다.

루이지 안토넬리(Luigi Antonelli, 1882~1942) 이탈리아의 극작가. 제1차 세계대전 후에 L. 키아렐리 등과 함께 그로테스크 연극의 중진이었다. 대표작은 《바람 속의 장미》 등이 있다.

루이지 피란델로(Luigi Pirandello, 1867~1936) 이탈리아의 극작가 · 소설가. 염세적인 작풍의 시인으로 출발하여 7편의 장편소설과 246편의 단편소설을 발표하였다. 《작자를 찾는 6명의 등장인물》 등 연극사에 길이 남을 극작을 써서 1934년 노벨문학상을 받았다.

루이 파스퇴르(Louis Pasteur, 1822~1895) 프랑스의 화학자 · 미생물학자. 화학조성 · 결정구조 · 광학활성의 관계를 연구하여 입체화학의 기초를 구축하였다. 발효와 부패에 관한 연구를 시작한 후 젖산발효는 젖산균과 관련해서 일어나며 알코올발효는 효모균의 생활에 관련해서 일어난다는 것을 발견하였다.

루크레티우스(Titus Lucretius Carus, BC 94?~BC 55?) 로마의 시인 · 유물론 철학자. 철학 시 《사물의 본성에 대하여》는 에피쿠로스의 자연학을 가장 완벽하게 보존하는 작품으로 에피쿠로스의 윤리학설과 논리설에 대해서도 언급하고 있다. 고대 원자론의 원칙에 의해 자연현상 · 사회제도 · 관습을 자연적 합리적으로 설명하고, 영혼과 신에 대한 편견을 비판하였다.

루트비히 뵈르네(Ludwig Börne, 1786~1837) 자유주의적 혁명사상을 가지고 있던 청년독일파의 대표적 평론가. 경찰 서기를 지냈다. 자유주의적 혁명사상을 가지고 뛰어난 평론활동가로 알려졌다. 주요 저서에 《파리 소식》 등이 있다.

르네 데카르트(Rene Descartes, 1596~1650) 프랑스의 철학자 · 수학자 · 물리학자. 근대철학의 아버지로 불리는 데카르트의 형이상학적 사색은 방법적 회의(懷疑)에서 출발한다. 「나는 생각한다, 고로 나는 존재한다(cogito, ergo sum)」라는 근본원리가 《방법서설》에서 확립되어, 이 확실성에서 세계에 관한 모든 인식이 유도된다.

르네 샤르(René Char, 1907~1988) 프랑스의 시인. 응축된 간결한 시구의 경질적인 작품으로 앙리 미쇼, 웨인 프레메르와 함께 프랑스 현대시의 대표자이다. 작품은 《아르틴》, 《임자 없는 망치》, 《잠이 든 신의 글》,

《부서진 시》 등이 있다.

리처드 버튼(Richard Burton, 1925~1984) 영국 출신의 영화배우로 아카데미상 후보에 7번이나 지명된 영국 영화사에서 손꼽히는 인물. 엘리자베스 테일러와의 2번의 결혼으로 유명하다.

리처드 셰리든(Richard Brinsley Sheridan, 1751~1816) 영국의 극작가·정치가. 처녀작 《연적(戀敵)》은 자신의 경험에서 소재를 찾은 희곡으로 교묘한 줄거리와 경쾌하고 절묘한 대화로 대성공을 거두었다. 걸작 《스캔들 학교》는 풍속 희극의 전통을 잘 계승해 18세기 영국 연극의 뛰어난 작품으로 지목되고 있다.

리처드 스틸(Sir Richard Steele, 1672~1729) 영국의 수필가·극작가·언론인·정치가. 정기간행물 《태틀러》, 《스펙테이터》의 주요 필자로, 조지프 애디슨과 더불어 잘 알려져 있다.

리처드 엘먼(Richard David Ellmann, 1918~1987) 미국의 문학비평가·학자. 제임스 조이스, 예이츠 및 현대 영국과 아일랜드 작가들의 생애와 작품에 대해 연구했다. 저서로는 《예이츠》, 《제임스 조이스》 등이 있다.

리플리 월드 오브 엔터테인먼트(Repley's World of Entertainment) 《믿거나 말거나(Believe It or Not!)》 전 세계의 신기한 물건이나 기묘한 이야기를 모아 놓은 박물관.

리하르트 바그너(Wilhelm Richard Wagner, 1813~1883) 독일의 작곡가. 오페라 외에도 거대한 규모의 악극을 여러 편 남겼는데 모든 대본을 손수 썼고 많은 음악론과 예술론을 집필했다. 주요 작품으로는 《탄호이저》, 《로엔그린》, 《트리스탄과 이졸데》, 그리고 4부작 《니벨룽겐의 반지》 등이 있다.

리히텐베르크(Georg Christoph Lichtenberg, 1742~1799) 독일의 물리학자·계몽주의사상가. '리히텐베르크 도형'을 발견. 1778년부터 《괴팅겐 포켓연감》을 발행, 여기에 많은 자연과학 및 철학논문을 수록·발표하였다.

린든 B. 존슨(Lyndon Baines Johnson, 1908~1973) 미국의 제36대 대통령. 35대 케네디 대통령의 피살로 대통령 직에 올랐다. 많은 진보적 정책을 실현하였다. 1964년 압도적인 지지를 받아 재선된 그는 사회적·경제적 개혁을 통해 복지정책을 적극적으로 추진했다.

마

마거릿 미첼(Margaret Mitchell, 1900~1949) 미국의 소설가. 소설《바람과 함께 사라지다》로 퓰리처상(賞)을 받았으며, 발간 후 즉시 영화화되어 작품상을 비롯하여 8개 부문의 오스카상을 받았다.

《마누법전(Code of Manu)》 BC 200～AD 200년경에 만들어졌다는 인도 고대의 백과전서적인 종교성전(宗敎聖典)으로 힌두인이 지켜야 할 법(法 : 다르마)을 규정하고 있다.

마더 테레사(Mother Teresa of Calcutta, 1910~1997) 유고슬라비아의 알바니아계 가정에서 태어나 1928년 로레토 수녀원에 들어갔다. 인도 콜카타에서 평생을 가난하고 병든 사람을 위해 봉사했다. '사랑의 선교수사회'를 설립했으며 1979년 노벨 평화상을 받았다. 1981년 한국을 방문. 1995년 워싱턴에 입양센터(아동을 위한 테레사의 집)를 세워 사생아 · 미혼모 문제 등을 입양운동을 통해 해결하고자 했다.

마르그리트 드 나바르(Marguerite de Navarre, 1492~1549) 16세기 전반 프랑스의 작가 · 시인. 국왕 프랑수아 1세의 누이다. 저서로는《죄 있는 영혼의 거울》과 단편집《엡타메롱(7일 이야기)》이 있다.

마르셀 파뇰(Marcel Paul Pagnol, 1895~1974) 프랑스 극작가 · 영화제작자 · 영화감독. 무대희극의 대가로 유명했으며, 1946년 영화제작자로서는 최초로 프랑스 아카데미 회원으로 선출되었다. 극작가로서《토파즈》로 성공하였고 이후《마리우스》를 포함한 풍자희극 3부작을 내놓았다.

마르셀 프루스트(Marcel Proust, 1871~1922) 프랑스의 소설가. 작품《잃어버린 시간을 찾아서》를 통하여 인간의 의식 깊이를 추구하여 의식의 흐름의 기법을 창시하였다.

마르쿠스 루카누스(Marcus Annaeus Lucanus, 39~65) 고대 로마의 시인. 네로 황제에게 문학활동을 금지당해 피소의 네로 암살음모에 가담, 발각되어 자살 명령을 받았다. 서사시《내란기》는 폼페이우스와 카이사르의 싸움을 테마로 공화제의 말로를 비관주의로 묘사하였다.

마르쿠스 마르티알리스(Marcus Valerius Martialis, 40?~104?) 에스파냐 출신의 고대 로마 시인. 당대 문인 유베날리스, 퀸틸리아누스, 플리니우스 등

과 교우를 맺었다. 남아 있는 14권의 작품은 거의가 경구(警句)로서 모든 인간의 통속성에 대하여 통렬한 풍자를 하였다.

마르쿠스 바로(Marcus Terentius Varro, BC 116~BC 27) 고대 로마의 백과전서가(百科全書家). 카이사르 때 로마 최초의 공공도서관장으로 임명되었다. 저서는 시를 삽입한 도덕적 수필집 150권을 비롯하여, 라틴어 · 문학사 · 수사학(修辭學) · 역사 · 지리 · 법률 등 모든 분야의 연구를 합쳐서 500권에 이른다. 그러나 현존하는 것은 《라틴어론》 일부와 《농업론》 뿐이다.

마르쿠스 아우렐리우스(Marcus Aurelius Antoninus, 121~180) 로마제국 제16대 황제(재위 161~180)로 5현제(賢帝)의 마지막 황제이며 후기 스토아파의 철학자로 《명상록》 을 남겼다. 당시 경제적 · 군사적으로 어려운 시기였고 페스트의 유행으로 제국이 피폐하여 그가 죽은 후 로마제국은 쇠퇴하였다.

마르쿠스 안토니우스(Marcus Antonius, BC 82?~BC 30) 고대 로마의 정치가. 율리우스 카이사르(시저) 휘하의 로마 장군으로, 제2차 삼두정치(三頭政治) 때의 세 실력자 중 한 사람. 동방원정에 전념하여 여러 주를 장악하고 군사 · 경제적으로 막강한 세력을 쌓았다. 이집트 여왕 클레오파트라를 아내로 삼고 옥타비아누스와의 악티움 해전에서 패하여 자살하였다.

마르키드 사드(Donatien Alphonse François de Sade, 1740~1814) 프랑스의 소설가. 사회, 창조자에 대한 반항자로서 높이 평가된다. 사디즘이란 말은 그의 이름에서 유래되었다. 작품은 《쥐스틴, 또는 미덕의 불행》, 《알린과 발쿠르》 등이 있다.

마르틴 루터(Martin Luther, 1483~1546) 독일의 종교개혁자이자 신학자. 면죄부 판매에 '95개조 논제'를 발표하여 교황에 맞섰으며, 프로테스탄트 개혁을 촉진시켰다. 신약성서를 독일어로 번역하여 독일어 통일에 공헌하였으며, 새로운 교회 형성에 힘써 '루터파 교회'를 성립하였다.

마르틴 부버(Martin Buber, 1878~1965) 유대계 독일 사상가. 시오니즘문화운동에 종사하며 예루살렘의 헤브라이대학에서 사회철학 교수 역임. 헤브라이어 성서를 독일어로 번역하였다. 그는 유대적 신비주의의 유산을 이어받아 유대적 인간관을 현대에 살리려고 하였다. 주요 저서에 《인간의 문제》, 《유토피아에의 길》, 《사회와 국가》 등이 있다.
마르틴 하이데거(Martin Heidegger, 1889~1976) 독일의 실존철학자. 20세기 실존주의의 대표자로 꼽히는 독창적인 사상가이며 기술사회 비판가이다. 당대의 대표적인 존재론자였으며 유럽 대륙 문화계의 신세대에게 커다란 영향을 끼쳤다. 주요 저서로 《존재와 시간》 등이 있다.
마리 레슈친스카(Maria Karolina Zofia Felicja Leszczyńska, 1703~1768) 프랑스 루이 15세의 왕비. 폴란드의 공주로, 결혼한 지 처음 9년 동안은 부부간의 금실이 매우 좋았다. 그러나 너무나 헌신적이고 얌전한 아내에게 점차 싫증을 느낀 루이 15세는 아내에 대한 애정이 식어 정부를 여러 명 두었다.
마리 로랑생(Marie Laurencin, 1883~1956) 프랑스의 화가 · 판화제작자. 사교계의 거물 코코 샤넬의 초상화를 그렸는데 샤넬은 이 초상화를 입수하지 못했다. 현재 초상화는 파리의 올랑줄리 미술관에서 전시중이다.
마리 발라(Marie Esprit Léon Walras, 1834~1910) 프랑스의 경제학자. 저서 《순수경제학요론》에서 '한계효용이론'을 제창하여 근대경제학의 시조가 되었다. 또한 경제수량의 상호의존관계를 수학적으로 포착한 '일반균형이론'을 확립함으로써 근대경제학 발전에 큰 공적을 남겼다.
마리 블랑(Marie Jean Gustave Blanc, 1844~1890) 프랑스의 파리 외방전교회 소속 신부로서 한국에서 활동한 선교사. 제7대 조선교구장으로 신부양성을 위해 힘썼다. 성서보급을 위하여 출판사도 설립하였다.
마리 앙투아네트(Josèphe-Jeanne-Marie-Antoinette, 1755~1793) 프랑스 루이 16세의 왕비. 오스트리아 여왕 마리아 테레지아의 막내딸. 아름다운 외모로 작은 요정이라 불렸다. 프랑스혁명이 시작되자 파리의 왕궁으로 연행되어 시민의 감시 아래 생활을 하다가 국고를 낭비한 죄와 반혁명을 시도하였다는 죄명으로 처형되었다.
마리 퀴리(Marie Curie, 1867~1934) 프랑스의 물리학자 · 화학자. 남편과 함께 방사능 연구를 하여 최초의 방사성 원소 폴로늄과 라듐을 발견하였으며, 이 발견은 방사성 물질에 대한 학계의 관심을 불러일으켜 새 방사성원소를 탐구하는 계기를 만들었다. 1903년 노벨물리학상, 1911년 노벨화학상을 수상.

마이클 스미스(Michael Smith, 1932~2000) 영국 출신의 캐나다 생화학자. DNA(디옥시리보핵산) 속에 있는 유전자 정보 일부를 변형시키고, 유전자를 조작해 어떤 형태의 단백질이라도 만들어 낼 수 있는 발판을 마련하였다. 1993년 노벨화학상 수상.

마이클 샌델(Michael J. Sandel, 1953~) 영국 옥스퍼드대 발리올 칼리지에서 박사학위 수료. 27세 최연소 하버드대 교수가 된 샌델은 29세이던 1982년 자유주의 이론의 대가 존 롤스를 비판한 《자유주의와 정의의 한계》를 발표하면서 세계적 명성을 얻었다. 특히 그가 하버드대에서 지난 20년간 해온 「정의」 강의는 1만 명이 넘는 학생들이 수강한 기록을 세우기도 했다. 저서 《정의란 무엇인가(Justice : What's the Right Thing to Do?)》는 국내에 정의 열풍을 일으키며 큰 인기를 얻었다.

마이클 해링턴(Michael Harrington) 미국의 진보적 지식인.

마크 트웨인(Mark Twain, 1835~1910) 《톰 소여의 모험》을 쓴 미국 소설가. 사회 풍자가로서 남북전쟁 후에 사회 상황을 풍자한 《도금시대》와 에드워드 6세 시대를 배경으로 한 《왕자와 거지》 등을 썼다. 또 미국의 제국주의적 침략을 비판하고 반제국주의, 반전활동에 열성적으로 참여했다.

마키아벨리(Niccolò Machiavelli, 1469~1527) 16세기 르네상스기 이탈리아의 역사학자 · 정치이론가. 대표작인 《군주론》에서 마키아벨리즘이란 용어가 생겼고, 근대 정치사상의 기원이 되었다. 군주의 자세를 논하는 형태로 정치는 도덕으로부터 구별된 고유의 영역임을 주장하였다.

마튀랭 레니에(Mathurin Régnier, 1573~1613) 프랑스의 풍자시인. 새로운 고전주의 시대 말레르브의 규 정신에 반대, 자유로운 시상과 영감을 중시했다. 《풍자시집》이 유명하다. 고대 풍자시의 양식을 재현, 부알로데프레오의 선구가 되었다.

마틴 루터 킹(Martin Luther King Jr., 1929~1968) 미국의 침례교회 목사이자 흑인해방운동가. 1968년 암살당하기까지 비폭력주의에 입각한 '공민권 운동'의 지도자로 활약했다. '몽고메리 버스 보이콧 투쟁'을 이끌었으며, 남부 그리스도교도 지도회의(SCLC)를 결성했다. 1964년 노벨평화상을 받았다.

《마하바라타(Mahābhārata)》 인도 고대의 산스크리트 대서사시. '바라타족(族)의 전쟁을 읊은 대사시(大史詩)'란 뜻으로 오랜 세월 구전되어 오는 사이에 정리 · 수정 · 증보를 거쳐 4세기경 지금의 형태를 갖추게 된 것으로 여겨진다. 18편 10만 송(頌)의 시구와 부록《하리바니사(Harivanisa)》로 구성되었다.

마하비라(Mahāvīra, BC 448?~BC 376?) 자이나교 창시자. 크샤트리아계급 출신으로 출가하여 12년의 고행 끝에 깨달음을 얻었다. 자신의 가르침이 과거의 24성인, 특히 마지막 7성인의 가르침을 이어받은 것이라고 주장했다. 이들 성인을 모두 지나라고 부른 데서 자이나교의 명칭이 유래하였다.

마하트마 간디(Mohandas Karamchand Gandhi, 1869~1948) 인도의 민족운동 지도자이자 인도 건국의 아버지이다. 남아프리카에서의 인종차별에 대한 투쟁으로 유명해졌다. 제1차 세계대전 이후 영국에 대해 반영 · 비협력운동 등의 비폭력저항을 전개하였다.

막스 베버(Max Weber, 1864~1920) 독일의 법률가 · 정치가 · 정치학자 · 경제학자 · 사회학자로, 사회학이론에 심대한 영향을 끼친 인물. 당대 정치학에 상당한 영향력을 행사했으며, 베르사유 조약의 독일제국 측 협상자로, 바이마르 헌법의 초안을 닦는 위원회의 일원으로 활동하였다. 주요 논문에 「사회과학적 및 사회정책적 인식의 객관성」, 「프로테스탄티즘의 윤리와 자본주의의 정신」이 있다.

막심 고리키(Maksim Gorky, 1868~1936) 러시아의 작가. 《유년시대》, 《사람들 속에서》, 《나의 대학》에 나타나 있다. 처녀작 《마카르 추드라》로 인정을 받았고 이어 《첼카슈》로 주목을 끌었으며, 제정러시아의 밑바닥에서 허덕이는 사람들의 생활을 묘사하여 프롤레타리아 문학의 선구가 되었다.

만그 티무르(忙哥帖木兒, Mengu-Timur, ?~1280) 킵차크한국의 칸(Khan, 재위 1266년~1280년). 1266년 베르케(Berke) 칸 사망 후 뒤를 이어 칸이 되었다. 몽골제국 쿠빌라이와 하이두의 항쟁 사이에서 하이두 편에 섰다.

매슈 아널드(Matthew Arnold, 1822~1888) 영국의 시인 · 비평가 · 교육자. 장학관을 역임하며 영국 교육제도의 개혁에 힘써 근대적인 국민교육 증진에 크게 이바지했다. 내성적인 명상시인으로도 높이 평가받았으며, 10년간 옥스퍼드대학 교수를 지냈다.

매화(?~?) 조선시대의 여류시조시인·평양기생. 「매화 옛 등걸에 ……춘설(春雪)이 난분분(亂紛紛)하니 필똥말똥하여하라」 라는 널리 알려진 시조의 지은이라고 한다. 문인화의 필치가 느껴지는 작품이다.

맬컴 엑스(Malcolm X, 1925년~1965) 미국의 흑인권리신장운동가. 개종 전 이름은 맬컴 리틀(Malcolm Little). 엘 하지 말릭 엘 샤바즈(El-Hajj Malik El-Shabazz)로도 알려져 있으며, 미국의 흑인 무슬림 지도자이며, 흑인 이슬람 종교단체인 네이션 오브 이슬람(Nation of Islam)의 대변인이다.

맹사성(孟思誠, 1360~1438) 고려 말 조선 초의 재상. 세종 때 이조판서로 예문관 대제학을 겸하였고 우의정에 올랐다. 《태종실록》을 감수, 좌의정이 되어 《팔도지리지》를 찬진(撰進)하였다. 조선 전기의 문화 창달에 크게 기여하였다.

맹자(孟子, BC 372?~BC 289?) 중국 전국시대의 유교 사상가. 전국시대에 배출된 제자백가(諸子百家)의 한 사람이다. 공자의 유교사상을 공자의 손자인 자사(子思)의 문하생에게서 배웠다. 도덕정치인 왕도(王道)를 주장하였으나 이는 현실과 동떨어진 이상주의라고 생각되어 제후들에게 채택되지 않았다. 그래서 고향에 은거하여 제자교육에 전념하였다.

《맹자(孟子》 중국 전국시대의 사상가 맹가(孟軻)의 저술. 민주주의와 자본주의의 현대사회에서는 그 전체적인 사회·정치이론을 받아들일 수 없게 되었지만, 크게는 '성선설'로부터 구체적으로 '호연지기론(浩然之氣論)'에 이르는 견해들은 시대를 뛰어넘어 인간생활의 한 지침이 되고 있다. 빈틈없는 구성과 논리, 박력있는 논변으로 인해 《장자》, 《좌씨전》과 더불어 중국 진(秦) 이전의 3대 문장으로 꼽힌다.

메난드로스(Menandros, BC 342~BC 292) 고대 그리스의 신희극(新喜劇) 작가. 작품은 평범한 아테네 시민의 일상을 제재로 한 연애 중심의 인정희비극이며, 로마 희극의 표본이 되어 후세의 희곡문학에 큰 영향을 주었다. 완전하게 남아있는 작품으로 《까다로운 성격자》가 있다.

《명심보감(明心寶鑑)》 고려 충렬왕 때의 문신 추적(秋適)이 금언(金言), 명구(名句)를 모아 놓은 책. 이 책은 하늘의 밝은 섭리를 설명하고, 자신을 반성하여 인간 본연의 양심을 보존함으로써 숭고한 인격을 닦을 수 있다는 것을 제시해 주고 있다.

모르겐슈테른(Oskar Morgenstern, 1902~1977) 독일 출신의 미국 경제학자. 폰 노이만과 함께 발표한 《게임이론과 경제행동》 이 사회과학의 각 분야, 수학이나 공학(工學)에 널리 영향을 끼쳤고 20세기의 위대한 업적의 하나로 꼽히고 있다.

모리스 르블랑(Maurice Leblanc, 1864~1941) 프랑스의 추리소설가. 뤼팽을 주인공으로 하는 일련의 소설로 세계적으로 유명해졌다. 대표작으로 《괴도신사 뤼팽》, 《뤼팽 대 셜록홈즈》 등이 있다. 레지옹 도뇌르 훈장을 받았다.

모리스 메테를링크(Maurice Maeterlinck, 1862~1949) 벨기에의 시인 · 극작가 · 수필가. 희극 《발렌 왕녀》 를 비롯하여 몇 편의 상징극, 특히 《펠레아스와 멜리상드》 로 유명해졌다. 이어서 《파랑새》 등 신비주의적 경향의 작품들과 독자적인 자연관찰의 저서들을 남겼고 노벨문학상을 받았다.

모리스 바레스(1862~1923) 19세기 말 프랑스의 작가. 작품으로는 《자아예찬》, 《뿌리 뽑힌 사람들》, 《콜레트 보도슈》 등이 있다. 전통주의적인 국가주의자, 애국주의적 정치가로 이름이 높았다.

모스코스(Moschos, ?~?) BC 150년경에 활동한 그리스의 목가시인 · 문법학자. 《에우로파》, 《달아나는 에로스》 등의 작품이 있다. 교묘한 기교와 화려한 표현으로 헬레니즘 시대의 시가 지닌 특색을 잘 표현하였다.

모윤숙(毛允淑, 1910~1990) 한국현대시인협회장, 펜클럽 한국본부 회장, 문학진흥재단 이사장 등을 지낸 시인. 대한민국예술원상, 국민훈장모란장 등을 수상하였다. 저서로는 《모윤숙 전집》, 《논개》, 《렌의 애가》 등이 있다.

모파상(Guy de Maupassant, 1850~1893) 19세기 후반 프랑스의 소설가. 장편 《여자의 일생》 은 프랑스 사실주의 문학이 낳은 걸작으로 평가된다. 그 밖에 《비계덩이》, 《피에르와 장》 등이 있다. 무감동적인 문체로, 이상성격 소유자, 염세주의적 인물이 많이 등장한다.

몰리에르(Jean Baptiste Poquelin Molière, 1622~1673) 17세기 프랑스의 극작

가・배우. 《타르튀프》, 《돈 후안》과 최고작 《인간 혐오자》 등 성격 희극으로 유명하다. 이는 프랑스, 이탈리아의 희극에 뿌리 내리고 있다. 인간을 모럴리스트적으로 고찰한 함축성 있는 희극을 이루었다.

몽고메리(Lucy Maud Montgomery, 1874~1942) 캐나다의 여류 아동문학가. 처녀작 《빨간 머리 앤》으로 인기를 얻었다. 전 작품 22점 중 앤을 주인공으로 한 작품은 10점에 이르나, 소녀다움을 생생하게 묘사한 매력있는 인물 앤을 창조한 첫 작품 이후에는 감상이 지나쳐 높은 평가를 받지 못하였다.

몽탈랑베르(Comte de Montalembert, 1810~1870) 프랑스의 정치가・가톨릭사가. 자유론자로서, 교회를 국가의 감독으로부터 해방시키려는 교회자유화에 노력하였다. 람네・라코르데르 등과 《미래》지를 창간하였다. 프랑스 국민의회 및 입법원 의원을 지냈으며 가톨릭원리를 옹호하였다.

몽테뉴(Michel Montaigne, 1533~1592) 프랑스의 사상가・문필가. 16세기 후반 프랑스의 광신적인 종교 시민전쟁의 와중에서 종교에 대한 관용을 지지했고, 인간중심의 도덕을 제창했다. 그러한 견해가 자신에게 무엇을 의미하는지를 밝히기 위해 에세(essai)라는 문학형식을 만들어냈다. 그의 《수상록(Essais)》은 인간정신에 대한 회의주의적 성찰과 라틴 고전에 대한 해박한 교양을 반영하고 있다.

몽테를랑(Henry de Montherlant, 1896~1972) 프랑스의 소설가・극작가. 소설 《아침의 교대》(1920), 《독신자》, 《젊은 처녀들》, 극작 《산티아고의 성 기사단장》 등이 있다.

몽테스키외(Baron de La Brède et de Montesquieu, 1689~1755) 프랑스의 사상가로 보르도 고등법원의 평정관(評定官)과 원장을 지냈고 아카데미 회원이 되었다. 10여 년이 걸린 대저(大著) 《법의 정신》을 저술하였으며, 사법・입법・행정의 3권분립 이론으로 왕정복고와 미국의 독립 등에 영향을 주었다.

무문혜개(無門慧開, 1183~1260) 중국 남송(南宋)의 임제종(臨濟宗) 승려. 속성 허(許). 자 자원(子元). 천룡사(天龍寺)의 광화상(曠和尙)에게 배우고, 1246년 칙령(勅令)에 따라 항주(杭州)에 호국인왕사(護國仁王寺)를 세웠다. 저서 《무문관(無門關)》이 유명하다.

무함마드(Muhammad, 마호메트, 570~632) 610년 경 알라의 계시를 받고 이슬람교를 창시했다. 박해를 피해 622년 메카에서 메디나로 갔는데 이를 '헤지라'라고 한다. 메디나에서 신도들을 모아 630년 메카 함락에 성공한 무함마드는 이슬람공동체 '움마(Ummah)'를 세우고, 이를 확장했으며, 이후 이슬람교는 아라비아 전역에 퍼졌다. 무슬림들은 무함마드를 보통 '예언자 무함마드' 혹은 '라술 알라(Rasul Allah : 신의 사도)'라고 부른다.

문덕수(文德守, 1928~) 시인. 1955년 《현대문학》에 시 〈침묵〉, 〈화석〉 등이 추천되어 등단했다. 시집으로 《황홀》, 《선 · 공간》, 《새벽바다》 등이 있으며 그 밖에도 많은 시집과 평론집이 있다. 현대문학상, 현대시인상, 문학예술상 등을 수상하였다.

《문선(文選)》 중국 양나라의 소통(蕭統 : 昭明太子)이 진(秦) · 한(漢)나라 이후 제(齊) · 양(梁)나라의 대표적인 시문을 모아 엮은 책.

문일평(文一平, 1888~1939) 사학자 · 언론인. 《조선일보》 편집고문으로 활약하였으며, 국사연구에도 노력을 기울여 많은 논문을 집필하였다. 저서에 《조선사화》, 《호암전집》, 《한국의 문화》 등이 있다. 1995년 건국훈장독립장이 추서되었다.

《문중자(文中子)》 중국의 유서(儒書). 수(隋)나라 왕통(王通)이 찬(撰)하였다 하나 분명하지 않다. 이 책은 《논어》를 모방하여 대화의 형식으로 되어 있는데, 불교가 널리 성하였던 당시에 《논어》의 참뜻을 밝혔다는 점에서 높이 평가된다.

미구엘 아스투리아스(Miguel Angel Asturias, 1899~1974) 과테말라의 시인 · 소설가로서 대표작 《과테말라의 전설집》을 발표하여 절찬을 받은 이후, '토착문화파'로서의 창작활동을 하였다. 프랑스 주재 대사를 역임. 1967년 노벨문학상 수상.

미구엘 우나무노(Miguel de Unamuno, 1864~1936) 에스파냐의 철학자 · 시인 · 소설가. 살라망카 대학 총장을 지냈고 '1898년대의 작가'의 지도적 중심인물로서 문학 · 사상 양면에서 다채로운 활동을 하였다. 주요 저서에 《돈키호테와 산초의 생애》 등이 있으며 실존적인 생의 문제를 다루었다.

미셸 투르니에(Michel Tournier, 1924~) 현대 프랑스 문단에서 가장 뛰어난

작가 중 한 사람. 처녀작 《방드르디 혹은 태평양의 끝》으로 아카데미 프랑세즈 소설 대상을, 두 번째 작품 《마왕》으로 공쿠르상을 수상하였으며, 매년 노벨문학상의 유력한 후보로 거론되는 작가이다. 그의 작품세계는 동화적이고 악마주의적이며, 삶의 근본적 문제들을 이야기 형식으로 다루고 있다는 점에서 매우 철학적이다.

미시마 유키오(三島由紀夫, 1925~1970) 일본의 소설가. 전후세대의 니힐리즘이나 이상심리를 다룬 작품을 많이 썼다. 장편소설 《가면(假面)의 고백》으로 문단에서 확고하게 지위를 굳혔다. 전후세대의 니힐리즘이나 이상심리를 다룬 작품을 많이 썼는데, 그 본질은 오히려 탐미적이었다. 그의 방법론이 거의 완전하게 표현된 것은 《금각사(金閣寺)》에서였다.

미요시 다쓰지(三好達治, 1900~1964) 일본의 시인.

미켈란젤로(Michelangelo Buonarroti, 1475~1564) 이탈리아의 조각가·건축가. 르네상스 회화, 조각, 건축에서 뛰어난 업적을 남겼다. 산 피에트로 대성당의 《피에타》, 《다비드》, 시스티나 대성당의 천장화 등이 대표작이다.

미키 기요시(三木淸, 1897~1945) 일본의 철학자. 프랑스·독일에 유학한 후, 호세이(法政)대학 교수가 되었다. 《유물사관과 현대의 의식》 등을 통하여 마르크스주의의 인간학적 기초를 탐구하였다. 1930년에 공산당의 동조자라는 이유로 검거되었다. 후일에는 마르크스주의를 멀리하고 '니시다 철학'에 접근하였다.

미하엘 네안더(Michael Neander, 1525~1595) 독일의 교육자로 이루펠트의 신학교 교사를 지냈으며 인문주의 및 종교개혁의 이상을 실제 교육면에서 구체화하였다. 교육의 주목적을 경건심의 양성에 두었으며, 많은 교과서를 편찬하였다.

미하일 레르몬토프(Mikhail Yur'evich Lermontov, 1814~1841) 러시아의 대표적 낭만주의 시인·소설가. 소설 《우리 시대의 영웅》은 뒤 세대 러시아 작가들에게 심오한 영향을 끼쳤다. 그 밖의 저서로 《도망자》, 《현대의 영웅》 등이 있다. 전제정치를 반대해 온 그는 세 차례나 캅카스로 유배되었고, 27세의 짧은 생애를 마쳤다.

미하일 바쿠닌(Mikhail Aleksandrovich Bakunin, 1814~1876) 러시아의 혁명

가 · 급진적 무정부주의자. 사회민주동맹을 설립, 제1인터내셔널에서는 마르크스와 대립하였다. 그의 급진적 무정부주의는 에스파냐 · 이탈리아 · 러시아의 혁명운동에 큰 영향을 주었다.

미하일 바흐찐(Mikhail Bakhtin, 1895~1975) 러시아의 철학자 · 문학평론가.

미하일 아르치바셰프(Mikhail Petrovich Artsybashev, 1878~1927) 러시아 근대주의의 소설가. 톨스토이, 도스토예프스키의 영향을 받은 단편소설로 문단에 데뷔. 대표작 《사닌(Sanin)》은 혁명의 패배에 환멸을 느낀 인텔리겐치아가 암담한 반동기에 처하여 도덕적으로 퇴폐하고 성(性)의 방종으로 흐르던 시대풍조를 반영한 장편소설이다. 그 밖의 작품으로 《봉기(蜂起)》, 《말도둑》은 자유주의적인 색채가 짙었다.

민태원(閔泰瑗, 1894~1935) 소설가 · 언론인. 초기 신소설기와 현대소설기에 걸쳐 작품활동을 하였다. 《동아일보》 사회부장, 《조선일보》 편집국장을 역임하였고, 《레미제라블》을 《애사(哀史)》라는 제목으로 번안하여 《매일신보》에 연재하였다. 작품으로는 《부평초》, 《소녀》 등이 있다.

바

《바가바드기타(Bhagavadgītā)》 힌두교에서 3대경전의 하나로 여기는 중요 경전. 약칭하여 《기타》라고도 한다. '지고자(至高者 : 신)의 노래'라는 뜻이다. 고대 인도의 대서사시 《마하바라타》 가운데 제6권 〈비스마파르바〉의 제23~40장에 있는 철학적 · 종교적인 700구(句)의 시를 말한다. 저작자는 《마하바라타》의 편찬자인 비아사로 보는데, 성립연대는 BC 2, 3, 5세기설 등 확실치가 않다.

바르트리하리(Bhartrhari, 450~500) 인도의 산스크리트 서정시인으로 《슈링가라 샤타카(戀愛百頌)》 등의 세 가지 샤타카(百頌詩集)의 작자로 알려졌다.

바바하리다스(Baba Hari Das, 1923~) 요가의 지혜를 전달하는 데 최선을 다하고 있다. 저서로는 《성자가 된 청소부》가 있다.

바브라 스트라이샌드(Barbra Streisand, 1942~) 미국의 팝송가수 · 영화배우. 뮤지컬 《퍼니 걸》과 출연 영화로는 《헬로 달리》, 《추억》, 《스타탄

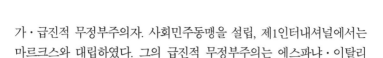

생》 등이 있다. 영화 《퍼니걸》로 아카데미 여우주연상을 받았다.

바스코 발보아(Vasco Nunez de Balboa, 1475~1519) 남태평양을 최초로 발견한 스페인의 탐험가이며 정복자. 남아메리카에 최초의 유럽이주민 정착촌을 건설하여 지도자가 되었다.

바오로 6세(Paulus VI, 1897~1978) 로마의 교황(1963~1978)으로 다른 그리스도교회(프로테스탄트 등), 무신앙자와의 화해·접촉에 주력하였다. 평화와 국제간의 문제에 큰 관심을 가졌다.

바츨라프 니진스키(Vatslav Nizhinskii, 1890~1950) 폴란드계 소련의 무용가 겸 안무가. 러시아 발레단 발레뤼스의 제1남성무용수로 활약했고 《목신의 오후》, 《봄의 제전》 등을 창작하였다.

박두진(朴斗鎭, 1916~1998) 청록파 시인으로 활동한 이후, 자연과 신의 영원한 참신성을 노래한 30여 권의 시집과 평론·수필·시평 등을 통해 문학사에 큰 발자취를 남겼다. 주요작품으로 《거미의 성좌》 등이 있다.

박목월(朴木月, 1916~1978) 한국시인협회 회장, 시 전문지 《심상(心像)》의 발행인 등으로 활동한 시인. 한국시단에서 김소월과 김영랑을 잇는 시인으로, 향토적 서정을 민요가락에 담담하고 소박하게 담아냈다. 본명은 영종(泳鍾). 주요 작품으로 《경상도 가랑잎》, 《사력질(砂礫質)》, 《무순(無順)》 등이 있다.

박세당(朴世堂, 1629~1703) 조선 후기의 학자. 당시의 정국을 주도하던 노론계의 반대 입장에서 주자학을 비판하고 독자적 견해를 주장하였다. 학풍과 사상 연구에서 벗어난 실사구시적(實事求是的) 학문 태도를 강조하였으며, 《사변록》을 저술하였다.

박수근(朴壽根, 1914~1965) 화가. 회백색을 주로 하여 단조로우나 한국적 주제를 서민적 감각으로 다룬 점이 특색이다. 대표작으로 《소녀》, 《산》, 《강변》 등이 있다.

박영희(朴英熙, 1901~?) 시인·소설가·평론가. 카프에서 활약하다 탈퇴하며 「얻은 것은 이데올로기요, 잃은 것은 예술이다」 라는 유명한 말을 남겼다. 주요 저서로 《회월시초(懷月詩抄)》, 《문학의 이론과 실제》 등이 있다.

박은식(朴殷植, 1859~1925) 한말의 민족사학자·독립운동가. 《황성신문》

의 주필로 활동했으며 독립협회에도 가입하였다. 대동교(大同教)를 창건하고 신한청년당을 조직하는 등 활발한 항일활동을 하였다. 1962년 건국훈장대통령장이 추서되었다.

박이문(朴履文, 1675~1745) 조선 후기의 문신으로, 1721년(경종 1)에 증광문과 병과(丙科) 2위로 급제하여 벼슬에 올랐다. 관직은 사간원 정언(正言), 사헌부 장령(掌令) 등을 역임하였다. 사헌부 장령으로 재임하던 중 성학(聖學)을 돈독히 하고, 탕평책(蕩平策)을 시행할 것을 건의하여 왕의 가납을 받았다.

박인로(朴仁老, 1561~1642) 가사문학 발전에 크게 이바지한 조선 중기 무신 · 시인. 무과에 급제하여 수문장(守門將) · 선전관을 지냈다. 주요 작품으로 《노계집(蘆溪集)》, 《태평사(太平詞)》 등이 있다.

박인환(朴寅煥, 1926~1956) 《세월이 가면》, 《목마(木馬)와 숙녀》 등의 시를 쓴 시인. 《아메리카 영화시론(試論)》을 비롯한 많은 영화평을 쓰기도 했다.

박제가(朴齊家, 1750~1805) 조선 후기의 실학자. 박지원의 문하에서 실학을 연구했다. 1778년 사은사(謝恩使) 채제공(蔡濟恭)의 수행원으로 청나라에 가서 이조원(李調元) · 반정균(潘庭筠) 등에게 새 학문을 배웠으며 귀국하여 《북학의(北學議)》를 저술하여 청나라 문물을 수용할 것을 강조한 북학파를 형성했다. 정조의 특명으로 규장각 검서관(檢書官)이 되어 많은 서적을 편찬했다.

박종홍(朴鍾鴻, 1903~1976) 한국의 철학자 · 교육자. 서울대학교 교수, 성균관대학교 유학대학장, 한양대학교 문리과대학장 등을 역임하였고 학술원종신회원, 철학회회장, 한국사상연구회 회장, 대통령 교육문화담당 특별보좌관을 지냈다.

박종화(朴鍾和, 1901~1981) 민족과 역사를 떠난 문학은 존재할 수 없다고 역설하며 스스로 민족을 주제로 하는 역사소설을 쓴 시인 · 소설가. 주요 작품으로 《흑방비곡(黑房祕曲)》, 《금삼의 피》 등이 있으며 문화훈장 대통령장 등을 수상하였다.

박지원(朴趾源, 1737~1805) 호는 연암. 조선후기 실학자 · 소설가. 《열하일기》, 《연암집》, 《허생전》 등을 쓴 이용후생(利用厚生)의 실학을 강조

하였으며, 자유 기발한 문체를 구사하여 여러 편의 한문소설을 발표하였다.

박팽년(朴彭年, 1417~1456) 조선 전기의 문신. 사육신의 한 사람. 집현전 학사로 여러 가지 편찬사업에 종사했고 단종 복위를 도모하다 김질(金礩)의 밀고로 체포되어 고문으로 옥중에서 죽었다. 문장과 글씨에 뛰어났으며, 글씨에 〈취금헌천자문(醉琴軒千字文)〉이 있다. 그의 묘는 서울 노량진 사육신묘역에 안장되어 있다.

박화성(朴花城, 1904~1988) 국제펜클럽 한국본부 중앙위원, 한국소설가협회 상임위원 등 다양한 활동을 한 여류작가. 주요 작품으로《백화(白花)》,《사랑》,《고개를 넘으면》등이 있다.

《반야심경(般若心經)》 대반야바라밀다경(大般若波羅蜜多心經)의 요점을 간략하게 설명한 짧은 경전으로, 당나라 삼장법사 현장(玄奘)이 번역했으며 260자로 되어 있다. 반야바라밀다심경(般若波羅蜜多心經)이라고도 한다.

발자크(Honoré de Balzac, 1799~1850) 프랑스의 소설가. 사실주의의 선구자로서 나폴레옹 숭배자였다. 작중인물의 재등장 수법으로 정통적인 고전소설 양식을 확립하는 데 이바지했으며 18세기 가장 위대한 소설가 중의 한 사람으로 꼽힌다. 종합적 제목《인간희극》가운데 대표작은《외제니 그랑데》,《절대의 탐구》,《고리오 영감》,《골짜기의 백합》,《농민》등이다.

방순원(方順元, 1914~2004) 법조인・교육자. 서울지법 부장판사를 거쳐 서울대학교, 숭실대학교 법과대학 교수를 지냈으며 대법원 판사를 역임하였다. '3대 청빈법관'으로 꼽혔으며 법조인의 사표로서 한국법률문화상, 국민훈장무궁화장을 받았다.

백거이(白居易, 772~846) 중국 중당기(中唐期)의 시인. 작품 구성은 논리의 필연에 따르며, 주제는 보편적이어서 '유려평이(流麗平易)'한 문학의 폭을 넓혀 당(唐) 일대(一代)를 통하여 두드러진 개성을 형성했다. 주요 저서로는《장한가(長恨歌)》,《비파행(琵琶行)》등이 있다.

백낙준(白樂濬, 1895~1985) 한국의 교육가・정치가로 영국 왕립역사학회원과 연희전문교수, 연희대학총장을 지냈고, 문교부장관, 서울시교육회장, 대한교육연합회장, 통일원고문, 국정자문위원 등을 역임하였다. 저서에 《한국의 현실과 이상》, 《한국개신교사》(英文), 에세이집 《시냇가에 심은 나무》 등이 있다.

《백씨문집(白氏文集)》 중국 당대(唐代) 중기 백거이의 시문집. 본래 75권이었으며, 시 3, 문(文) 1의 비율로 3,840편 이상을 수록하였다. 현재는 끝의 일부분이 없으며, 시가(詩歌) 2,900편이 남아 있다. 문집 중의 「신악부(新樂府) 50수」를 비롯한 작품들은 지금도 중국에서 높이 평가되고 있으며, 유럽에서도 「장한가(長恨歌)」, 「비파행(琵琶行)」 등 여러 시편이 번역되어 있다.

백철(白鐵, 1908~1985) 문학평론가. 국제펜클럽대회의 한국대표. 대한민국 예술원상 · 국민훈장모란장을 수상하였다.

밴 브룩스(Van Wyck Brooks, 1886~1963) 미국 평론가 · 전기작가. 《청교도들의 포도주》, 《아메리카, 성년기에 이르다》로 유명해졌다. 청교도의 전통적 결함, 특히 그 이중성을 지적하여 왕성해지려는 새로운 문학의 태동에 공헌했다. 작품과 그 작품을 낳게 한 환경과의 관계를 다루면서 뉴잉글랜드를 중심으로 하는 19세기 미국의 문인생활을 여실히 재현해 호평을 받았다.

버락 오바마(Barack Hussein Obama, 1961~) 제44대 미국 대통령. 인권변호사 출신으로 일리노이주 상원의원(3선)을 거쳐 연방 상원의원을 지냈으며, 2008년 민주당 대통령 후보로 출마하여 공화당의 존 매케인 후보에 압승, 미국 최초의 흑인(정확하게는 혼혈 흑인) 대통령이 되었다. 취임 후 핵무기 감축, 중동평화회담 재개 등에 힘써 2009년 노벨 평화상을 수상하였다. 2012년 재선에 성공했다.

버지니아 울프(Adeline Virginia Woolf, 1882~1941) 영국의 소설가 · 비평가. 저서 《제이콥의 방》에서는 주인공이 주변 사람들에게 주는 인상과 주변 사람들이 주인공에게 주는 인상을 대조시켜 그런 새로운 소설형식을 시도하였다. 이와 같은 수법을 보다 더 완숙시킨 작품이 《댈러웨이 부인》이었다.

버트런드 러셀(Bertrand Arthur William Russell, 1872~1970) 영국의 철학자 · 수학자 · 사회평론가. 수리철학, 기호논리학을 집대성하여 분석철학의

기초를 쌓았다. 평화주의자로 1950년에 노벨문학상을 수상하였으며 저서에 《정신의 분석》, 《의미와 진리의 탐구》 따위가 있다.

범순인(范純仁, 1027~1101) 중국 송(宋)나라 때의 명신(名臣). 「지우책인명(至愚責人明)」 즉 「어리석은 사람일지라도 남을 나무라는 데는 총명하다」는 뜻으로, 자신의 허물은 덮어두고 남의 탓만 하는 것을 비유하는 말로 유명하다.

《법구경》(法句經, Dharmapāda) 서기 원년 전후의 인물인 인도의 법구(산스크리트어 Dharmatrata, 法救)가 편찬한 불교의 경전으로 석가모니 사후 삼백 년 후에 여러 경로를 거쳐 기록된 부처의 말씀을 묶어 만들었다고 한다. 인생에 지침이 될 만큼 좋은 시구(詩句)들을 모아 엮은 경전. 불교의 수행자가 지녀야 할 덕목에 대한 경구로 이루어져 있다. 주요 내용은 폭력, 애욕 등을 멀리하고 삼보에 귀의하여 선한 행위로 덕을 쌓고 깨달음을 얻으라는 것이다.

법언(法言) 전한 말 양웅(揚雄, BC 53~AD 18)의 대표작으로 《논어》의 체재를 모방한 문답체의 수상론집. 13권. 고성(古聖)과 경서에 어긋나는 법가(法家)나 음양가(陰陽家) 등 제자(諸子)의 사조(思潮)를 바로잡고 법(先王이나 古聖이 정한 典則)에 의해 대도(大道)를 밝히려고 하였다.

법정(法頂, 1932~2010. 3. 11.) 한국의 승려이자 수필작가. 속명은 박재철. 전라남도 해남(海南)에서 태어났다. 1956년 전남대학교 상과대학 3년을 수료한 뒤, 같은 해 통영 미래사(彌來寺)에서 당대의 고승인 효봉(曉峰)을 은사로 출가하였다. 순수 시민운 단체인 「맑고 향기롭게」를 만들어 이끌었다. 이후 강원도 산골에서 밭을 일구면서 무소유의 삶을 살았다. 폐암이 발병하여 길상사에서 78세(법랍 54세)를 일기로 입적하였다. 대표 수필집으로는 《무소유》, 《오두막 편지》, 《새들이 떠나간 숲은 적막하다》, 《버리고 떠나기》, 《물소리 바람소리》 등이 있다. 그 밖에 《깨달음의 거울(禪家龜鑑)》 등의 역서를 출간하였다. 법정은 죽기 전 이렇게 말했다. 「절대로 다비식 같은 것을 하지 말라. 이 몸뚱이 하나를 처리하기 위해 소중한 나무들을 베지 말라. 내가 죽으면 강원도 오두막 앞에 내가 늘 좌선하던 커다란 너럭바위가 있으니 남아 있는 땔감 가져다가 그 위에 얹어 놓고 화장해 달라. 수의는 절대 만들지 말고, 내가 입던 옷을 입혀서 태워 달라. 그리고 타고 남은 재는 봄마다 나에게 아름다운 꽃 공양을 바치던 오두막 뜰의 철쭉나무 아래 뿌려 달라. 그것이 내가 꽃에게 보답하는 길이다. 어떤 거창한 의식도 하지 말고, 세상에 떠들썩하게 알리지 말라. 그동안 풀어놓은 말빚을 다음 생으로 가져가지 않겠다. 내 이름으로 출판한 모든 출판물을 더 이상 출간하지 말아주기를 간곡히 부탁한다. 사리도 찾지 말고, 탑도 세우지 말라.」

베니토 무솔리니(Benito Amilcare Andrea Mussolini, 1883~1945) 이탈리아의 정치가로, 파시스트당 당수 · 총리. 히틀러와 함께 파시즘적 독재자의 대표적 인물. 1939년 독일과 군사동맹을 체결, 나치스 독일, 일본과 함께 국제파시즘 진영을 구성하였다.

《베다(Veda)》 인도에서 가장 오래된 신화적 제식문학(祭式文學)의 집대성이자 우주의 원리와 종교적 신앙을 설명하는 철학 및 종교 문헌. 베다란 산스크리트어로 '지식' 또는 '종교적 지식'을 의미한다. 현존하는 성전 중 가장 오래된 것으로 믿겨지는데, 대부분의 인도학자들은 베다는 문자로 기록되기 이전인 기원전 2세기부터 구전되어 왔다는 데 동의하고, 힌두 전통에 따르면 베다는 인간의 작품이 아니라고 한다.

베르길리우스(Publius Vergilius Maro, BC 70~BC 19) 고대 로마의 시인. 영어 이름은 버질(Virgil). 애국심과 풍부한 교양, 시인으로서의 완벽한 기교 등으로 '시성(詩聖)'으로 불렸다. 7년에 걸쳐 완성한 《농경시(農耕詩)》, 미완성 작품인 장편 서사시 《아이네이스》 등의 대작을 남겼다.

베토벤(Ludwig van Beethoven, 1770~1827) 독일의 작곡가로 고전주의와 낭만주의 과도기의 주요인물이다. 하이든 · 모차르트의 고전주의 전통에 입각했고, 이전의 어떤 작곡가들보다도 생생하게 삶의 철학을 대사 없는 음악으로만 표현해 음악의 위력을 드러냈다. 교향곡 9번에서는 지금까지 한 번도 시도된 적이 없었던 성악과 기악을 한데 결합시켰다. 그의 개인적 삶은 병든 귀에 대한 영웅적인 투쟁으로 점철되었고, 중요작품들 중 일부는 그가 완전히 소리를 들을 수 없게 된 마지막 10년간 작곡된 것이었다.

벤저민 디즈레일리(Benjamin Disraeli, 1804~1881) 영국의 정치가. 《비비언 그레이》 등 정치소설을 남겼다. 재무장관을 지내고 총리가 되어 제국주의적 대외진출을 추진하였고 공중위생과 노동조건의 개선에 힘썼다. 빅토리아 시대의 번영기를 지도하여 전형적인 2대 정당제에 의한 의회정치를 실현하였다.

벤저민 프랭클린(Benjamin Franklin, 1706~1790) 미국의 정치가 · 과학자. 피뢰침의 발명과 번개의 방전(放電)현상 증명 등 과학 분야를 비롯하여 고등교육기관 설립 등의 문화사업에도 공헌하였다. 미국독립선언기초위원 · 헌법제정위원 등을 지냈으며 문학적으로 높이 평가되는 《자서전》을 남겼다.

벤 존슨(Ben Jonson, 1572~1637) 영국의 극작가 · 시인 · 평론가. 고전의 깊은 학식과 매력 있는 인격으로 문단의 중심적인 존재로 각광받았으며, 기질희극의 전통을 확립시킨 업적을 지니고 있다. 최초의 기질희극 《십인십색》으로 기질희극의 유행을 주도하였다. 《연금술사》 등의 작품을 남겼다.

《벽암록(碧巖錄)》 중국 송(宋)나라 때의 불서(佛書). 불교 선종(禪宗)의 공안집(公案集).

보덴슈테트(Friedrich Martin von Bodenstedt, 1819~1892) 독일의 작가 · 번역가 · 비평가. 그의 시는 당시 독자들로부터 크게 사랑을 받았다. 동양문체로 쓴 시집 《미르차 샤피의 노래》는 나오자마자 큰 반향을 일으켰다. 뮌헨대학교의 슬라브어 교수가 되었다. 이 시기에 푸슈킨, 투르게네프, 레르몬토프를 비롯한 러시아 작가의 작품들을 많이 번역했다.

보들레르(Charles Pierre Baudelaire, 1821~1867) 19세기 후반 프랑스의 시인. 랭보 등 상징파 시인들에게 영향을 끼쳤다. 낭만파 · 고답파에서 벗어나 인간심리의 심층을 탐구, 고도의 비평정신을 추상적 관능과 음악성 넘치는 시에 결부했다. 대표작으로 《악의 꽃》이 있다.

보브나르그(Luc de Clapiers de Vauvenargues, 1715~1747) 18세기 전반 프랑스의 모럴리스트. 고전주의와 낭만주의를 두루 지니고 시정과 감수성이 넘쳤다. 《성찰과 잠언》은 격조 높은 문체로 인간의 정열과 진가를 분석, 루소적 낭만파의 선구가 되었다.

보우(普雨, 1509~1565) 조선의 승려. 조선 중기 선 · 교(禪敎) 양종을 부활시키고 나라의 공인(公認) 정찰(淨刹)을 지정하게 하며, 과거에 승과(僧科)

를 두게 하는 등 많은 활약을 하였다. 억불정책(抑佛政策)에 맞서 불교를 부흥시켜 전성기를 누리게 하였으나 그가 죽자 종전으로 되돌아갔다. 저서에 《허응당집(虛應堂集)》, 《선게잡저(禪偈雜著)》 《불사문답(佛事問答)》 등이 있다.

보이티우스(Anicius Manlius Severinus Boethius, 480?~524) 고대 로마 최후의 저술가 · 철학자. 그의 저서는 철학 · 신학을 위시해서 수학이나 음악에까지 미치고 있으며, 대표작은 옥중에서 집필한 《철학의 위안》이다. 이것은 저자와 철학과의 우의적 대화를 산문과 운문이 섞인 메니포스풍 형식으로 쓴 것으로 그리스 철학, 특히 플라톤의 영향이 강하다. 더욱이 그는 아리스토텔레스의 논리를 그리스도교의 여러 문제에 응용해서 다음에 오는 스콜라철학의 선구자가 되었다.

《보적경》(寶積經, Maharatnakuta) 불교의 여러 경들을 모아 편집한 혼합경전. 보통 원제대로 《대보적경(大寶積經)》이라고 하는데, 명칭은 법보(法寶)의 누적이라는 뜻에서 연유한다. 단독경(單獨經)이 아니라 120권으로 편집되어 있다.

볼테르(Voltaire, 1694~1778) 18세기 프랑스의 작가, 대표적 계몽사상가. 비극작품으로 17세기 고전주의의 계승자로 인정되고, 오늘날 《자디그》, 《캉디드》 등의 철학소설, 역사 작품이 높이 평가된다. 백과전서 운동을 지원하였다.

볼프강 보르헤르트(Wolfgang Borchert, 1921~1947) 독일의 시인 · 극작가. 전쟁과 투옥의 반복된 생활로 26세의 나이에 요절하였다. 그런 그의 경험은 그의 작품에서 잘 드러나 대표작 희곡 《문 밖에서》는 전쟁이 준 깊은 상처를 안고 사는 의미를 물으면서 폐허를 헤매지만, 대답은 없고 문이란 문은 그의 눈앞에서 모두 닫힌다. 밀도 짙은 단문(短文)으로 '잃어버린 세대'의 전형을 그린 이 작품은 비상한 반향을 불러일으켰다. 시집으로는 《가로등과 밤과 별》, 단편집 《민들레》 등이 있다.

볼프강 모차르트(Wolfgang Amadeus Mozart, 1756~1791) 오스트리아의 음악가. 아버지 레오폴트(Leopold Mozart, 1719~1787)는 바이올리니스트였으며, 누나와 동생에게 어려서부터 음악교육을 시켰는데, 특히 볼프강은 비상한 음악적 재능을 나타내어 주위를 놀라게 했다.

부현(傅玄, 217~278) 낭중(郎中)에 임명되어 《위서(魏書)》 편찬에 참가하였던 중국 서진 때의 문신 · 학자. 홍농태수 · 부마도위 · 사마교위 등의 관직을 지냈다. 주요 저서에는 유학사상의 필요성을 강조하는 내용의 《부자(傅子)》 가 있다.

불워 리턴(Edward George Earle Bulwer Lytton, 1803~1873) 영국의 정치가 · 소설가. 문필생활을 하면서 정계에 진출하여 1858년 식민지 담당 대신으로 활약했다. 많은 통속소설을 썼는데, 그 가운데서 장편역사소설 《폼페이 최후의 날》 이 유명하다.

브루노 슐츠(Bruno Shulz, 1892~1942) 폴란드의 유대계 소설가. 교사직에 종사하다 나치 비밀경찰에 사살당했다. 《육계색(肉桂色)의 가게》 를 비롯하여 일생에 남긴 2개의 단편집은 폴란드에 실험적인 전위, 비현실주의 문학을 확립한 걸작이다.

브룩 테일러(Brook Taylor, 1685~1731) 영국의 수학자. 저서 《증분법(增分法)》 에 미분학의 유명한 '테일러의 정리'를 밝혔으며, 이것은 후에 콜린 매클로린이 무한급수의 고찰로 재 정식화하여 그 저서에 기술함으로써, 흔히 '매클로린의 정리'로도 불린다. 테일러의 저서는 간결하고 애매모호해서 두 논문이 즉시 영향을 끼치지는 못했으나 뒤에 가치를 드러냈다.

브와디스와프 레이몬트(Władysław Stanisław Reymont, 1867~1925) 폴란드의 소설가. 농민생활을 연대기적으로 기록한 소설 《농민》 으로 노벨문학상을 받았다. 그 밖에 《만남》, 《밤피르》, 《1794년》 등이 있다.

블라디미르 나보코프(Vladimir Nabokov, 1899~1977) 러시아 출신의 미국 소설가 · 시인 · 평론가 · 곤충학자. 나비 수집가로도 유명하다. 미국으로 이주한 뒤로는 뛰어난 영어로 작품을 발표하였는데, 10대 소녀에 대한 중년남자의 성적(性的) 집착을 묘사한 《롤리타》 는 큰 반향을 일으켰다.

블라디미르 레닌(Vladimir Il'ich Lenin, 1870~1924) 러시아의 혁명가 · 정치가. 러시아 11월혁명(볼셰비키혁명, 구력 10월)의 중심인물로서 러시아파 마르크스주의를 발전시킨 혁명이론가이자 사상가. 무장봉기로 과도정부를 전복하고 이른바 프롤레타리아 독재를 표방하는 혁명정권을 수립한 다음 코민테른을 결성하였다.

블라드미르 프리체(Vladimir Maksimovich Friche, 1870~1929) 러시아의 문예학자 · 평론가. 예술을 사회기구의 법칙에 의하여 해명하려고 하는 예술사회학을 주장하였다. 주요 저서로 《유럽문학 발달사》, 《예술사회학》 등이 있다.

블레싱턴 백작부인(Countess of Blessington, 1789~?) 아일랜드의 작가. 런던 사교계를 거부한 아일랜드 블레싱턴 백작의 부인. 저서로는 《그레이스 캐시디 또는 영국 · 아일랜드 합병 철회론자》가 성공하고, 이어서 훗날 그녀를 기억하게 만든 《바이런 경과의 대화》가 있다.

비베카난다(Vivekananda, 1863~1902) 근대 인도의 종교 및 사회개혁 지도자. 세계종교회의에 힌두이즘 대표 자격으로 참가했고 미국과 영국에 힌두 철학을 소개했다. 그의 연설과 저작은 인도의 민족전통에 대한 긍지를 고취하고 많은 민족운동 지도자나 참가자에게 사상적 무기를 제공했다.

비온(Biōn, ?~?) BC 100년경에 활동한 그리스의 전원시인. 이탈리아인 제자가 쓴 《비온을 위한 애가》는 그가 시칠리아에서 살았음을 시사한다. 모스코스와 더불어 테오크리토스에 버금가는 대표적인 목가시인이다.

비토리오 알피에리(Vittorio Alfieri, 1749~1803) 이탈리아의 비극작가로, 작품에는 희곡 《사울》, 《미르라》 등이 있다. 자유를 위한 싸움, 자유로운 인간의 찬미, 이러한 인간이 최후의 승리를 거둔다는 것이 작품의 지배적인 모티브이다.

비트겐슈타인(Ludwig Josef Johan Wittgenstein, 1889~1951) 오스트리아 태생의 영국 철학자. 논리 실증주의와 분석철학의 형성에 기여하였다. 저서에 《논리철학 논고(論考)》, 《철학탐구》 등이 있다.

빅터 영(Victor Young, 1900년~1956년) 미국의 작곡가. 극장 오케스트라의 지휘, 편곡을 하는 한편, 작곡에도 힘을 기울여 1928년에 작곡한 《스위트 스우》가 큰 인기를 얻었다. 《80일간의 세계일주》를 마지막으로 캘리포니아에서 사망하였다. 1956년에는 아카데미 음악상을 수상했다.

빅토르 위고(Victor-Marie Hugo, 1802~1885) 프랑스의 낭만파 시인 · 소설가 · 극작가. 시집 《징벌》, 소설 《레미제라블》 등 수많은 걸작이 있다. 보불전쟁으로 나폴레옹 3세의 몰락과 함께 위고는 공화주의 옹호자로서 민중의 환호 속에 파리로 돌아와 국민적 시인으로 추앙받았다. 프랑

스 왕실로부터 레지옹 도뇌르 기사훈장을 수여받았다.

빈센트 반 고흐(Vincent van Gogh, 1853~1890) 네덜란드의 화가. 일본의 우키요에(浮世繪) 판화에 접함으로써 그때까지의 렘브란트와 밀레 풍(風)의 어두운 화풍에서 밝은 화풍으로 바뀌었으며, 정열적인 작품활동을 하였다. 자화상이 급격히 많아진 것도 이 무렵부터였다. 작품에 《빈센트의 방》, 《별이 빛나는 밤》, 《밤의 카페》 등이 있다.

빌 게이츠(Bill Gates, 1955~) 미국의 기업가. 폴 앨런과 함께 최초의 소형컴퓨터용 프로그램 언어인 베이직(BASIC)을 개발하였으며 마이크로소프트사를 설립하였다. 퍼스널 컴퓨터의 운영체제 프로그램인 '윈도즈(Windows)'시리즈를 출시하여 획기적인 판매실적을 올렸다. 세계 컴퓨터 시장의 주도권을 장악하면서 엄청난 부를 쌓아 《포브스 Forbes》 지에서 선정하는 세계 억만장자 순위에서 13년 연속 1위를 차지하였고, 2008년 자선활동에 전념하기 위하여 33년간 이끌던 마이크로소프트사의 경영에서 손을 떼고 공식 은퇴하였다

빌헬름 딜타이(Wilhelm Dilthey, 1833~1911) 독일의 철학자로 생(生)의 철학의 창시자. 베를린대학 교수. 자연과학에 대해 정신과학의 영역을 기술적 · 분석적 · 심리적 방법으로 확고하게 만들었다. 칸트의 비판정신의 영향을 받아, 헤겔의 이성주의 · 주지주의에 반대하여 역사적 이성의 비판을 제창했다.

빌헬름 뮐러(Wilhelm Müller, 1794~1827) 독일의 시인. 민중적 심정이 담긴 낭만적인 시를 많이 썼다. 작품으로 《그리스인의 노래》, 《아름다운 물방앗간 아가씨》 등이 있고, 《겨울여행》 은 슈베르트의 작곡으로 유명하다. 동양학자 · 비교언어학자인 프리드리히 뮐러의 아버지다.

빌헬름 부슈(Wilhelm Busch, 1832~1908) 독일의 시인 · 풍자화가. 염세적이었으며, 교회나 시민사회의 속물성(俗物性)을 강하게 풍자 · 비판하였다. 그림이야기 《막스와 모리츠》 등으로 특히 청소년 사이에 인기가 있었다. 그 밖의 작품으로는 《신앙심 깊은 헬레네》 와 시집 《마음의 비판》 등이 있다.

빌헬름 빈델반트(Wilhelm Windelband, 1848~1915) 독일의 철학자 · 철학사가. 신(新) 칸트학파의 하나인 서남(西南)독일학파(바덴학파)의 창시자.

철학사의 입장에서는 각 개인의 사상의 기록을 중심으로 하던 종전 방법과는 달리, 철학적 문제와 개념의 역사적 전개를 중시하는 방법을 사용했다. 주요 저서로《서양근세 철학사》,《철학사 교본》등이 있다.

빌헬름 셰퍼(Wilhelm Schäfer, 1868~1952) 독일의 작가. 자연주의에서 출발한 향토작가로서, 1911, 1928, 1942년 잇달아《일화집》을 간행하여 문학적 업적을 세웠다. 그 밖에 저서로《독일 혼(魂)의 13책》이 있다.

사

《사기(史記)》 중국 전한(前漢)의 사마천(司馬遷)이 저술한 상고시대인 황제(黃帝) 시대부터 한나라 무제 태초 연간(BC 104~101)까지의 중국과 그 주변 민족의 역사를 포괄하여 저술한 중국 최초의 역사서. 《사기》는 인간과 하늘의 상호관계에서 전개되는 인간의 역사를 냉엄하게 통찰하여 초자연적인 힘 또는 신에서 해방된 인간 중심의 역사를 발견하였다고 보기도 한다. 따라서 《사기》는 열전에 가장 많은 비중을 할애하였고, 신비하고 괴이한 전설과 신화에 속하는 자료는 모두 배제하고 주로 유가 경전을 기준으로 합리적으로 믿을 수 있다고 판단된 자료만 취록하였다는 것이다. 또 열전의 첫 머리에 이념과 원칙에 순사한 백이(伯夷) · 숙제(叔齊)의 열전을, 마지막에 이(利)를 좇는 상인의 열전 화식열전(貨殖列傳)을 두어, 위대한 성현뿐 아니라 시정잡배가 도덕적 당위의 실천과 이욕적 본능 사이에서 방황하고 고뇌하는 생생한 모습을 제시함으로써 사기는 '살아 숨쉬는 인간'에 의해서 역사가 창조된다는 점을 극명하게 보여준다는 것이다

사마광(司馬光, 1019~1086) 중국 북송(北宋)의 정치가 · 사학자. 사마온공(司馬溫公)이라고도 한다. 신종이 왕안석을 발탁하여 신법을 단행하게 하자 이에 반대해 사퇴했다.《자치통감》을 완성했고 철종이 즉위한 뒤 재상이 되자 왕안석의 신법을 구법으로 대체, 구법당의 수령으로 수완을 크게 발휘했다.

사마천(司馬遷, BC145?~BC 86?) 전한시대의 역사가이며《사기(史記)》의 저자이다. 무제의 태사령이 되어 사기를 집필하였고, 기원전 91년《사기》를 완성하였다. 중국 최고의 역사가로 칭송된다. 천문역법과 도서

를 관장하는 태사령(太史令)인 부친 사마담(司馬談)은 아들 사마천에게 어린 시절부터 고전 문헌을 구해 읽도록 가르쳤다. 사마천이 20세가 되던 해 낭중(郎中 : 황제의 시종)이 되어 무제를 수행하여 강남·산동·하남(河南) 등의 지방을 여행하였다. 아버지 사마담이 죽으면서 자신이 시작한 《사기》의 완성을 부탁하였고, 그 유지를 받들어 BC 108년 태사령이 되면서 황실 도서에서 자료 수집을 시작하였다. 사마천은 흉노의 포위 속에서 부득이하게 투항하지 않을 수 없었던 이릉(李陵) 장군을 변호하다 황제인 무제의 노여움을 사서, BC 99년 48세 되던 해 남자로서 치욕스러운 궁형(宮刑)을 받았다. 사마천은 자신이 옥에 갇히고 궁형에 처한 경위와 그에 더욱 분발하여 사기를 저술하는데 혼신의 힘을 쏟은 심경을 고백하였다.

사무엘 울만(Samuel Ullman, 1840～1924) 유태계 미국 시인. 1920년 80세 생일을 기념하는 시집《80년 세월의 정상에서》가 출간되었다. 이 책의 권두서를 장식한 시가「청춘(Youth)」이었다.

《사물기원(事物紀原)》 중국 송나라의 고승(高丞)이 편찬한 유서(類書). 천지·산천·조수(鳥獸)·초목·음양·예악·제도를 55부로 나누어 사물의 유래를 상세히 설명하였다.

사샤 기트리(Sacha Guitry, 1885~1957) 프랑스의 배우·극작가·영화작가. 뤼시앵 기트리의 아들. 주로 제1·2차 세계대전 중간기에 활약하였다. 환상과 정열과 기지로 가득 찬 작품은 대중에게 많은 사랑을 받았다. 작품은《베르그 오프 좀의 탈취》,《어느 사기꾼의 소설》등이다. 성공한 자신의 작품을 영화화하고, 로댕, 르누아르 등의 기록영화를 시도했다.

《사소절(士小節)》 조선 후기의 실학자이며 문신인 이덕무(李德懋, 1741~1793)가 후진(後進) 선비들을 위하여 만든 수양서.

사포(Sapphō, BC 612?~?) 고대 그리스 최대의 여류시인. 소녀들을 모아 음악·시를 가르쳤으며, 문학을 애호하는 여성 그룹을 중심으로 활약한 것 같다. 다작 시인으로, 서정시·만가(挽歌)·연가·축혼가 모두가 솔직·간명·정확한 표현으로 개인적 내용을 노래하고 있다.

살루스티우스(Gaius Sallustius, BC 86~BC 35?) 고대 로마의 역사가·정치가. 호민관으로 선출, 키케로의 정적이 되었다. 카이사르 군대를 지휘, 아프리카, 누미디아 총독으로 있었다. 주요 저서는 《역사》, 《카틸리나의 음모》 등이다. 스토아철학 영향이 강한 문제의식 및 역사관이 엿보인다.
《삼국사기(三國史記)》 고려시대 김부식(金富軾) 등이 기전체(紀傳體)로 편찬한 삼국의 역사서. 주로 유교적 덕치주의, 군신의 행동, 사대적인 예절 등 유교적 명분과 춘추대의를 견지한 것이지만, 반면에 한국 역사의 독자성을 고려한 현실주의적 입장을 띠고 있다는 특징을 가지고 있다.
《삼국지(三國志)》 진(晉)나라의 학자 진수(陳壽 : 233~297)가 편찬한 것으로, 《사기》, 《한서》, 《후한서》와 함께 중국 전사사(前四史)로 불린다. 위서(魏書) 30권, 촉서(蜀書) 15권, 오서(吳書) 20권, 합계 65권으로 되어 있으나 표(表)나 지(志)는 포함되지 않았다. 찬술한 내용은 매우 근엄하고 간결하여 정사 중의 명저라 일컬어진다.
새뮤얼 골드윈(Samuel Goldwyn, 1882~1974) 폴란드 출생의 미국 영화제작자·연출가. 골드윈사(社)를 설립하였고 이것이 후에 MGM(Metro Goldwin Mayer's Inc.) 영화사가 되었다. 미국의 대표적인 연출자 가운데 하나이며, 주요 작품으로 《공작부인》, 《폭풍의 언덕》 등이 있다.
새뮤얼 다니엘(Samuel Daniel, 1562~1619) 영국의 시인으로 서정시·교훈시·역사시 등을 지었다. 주요 작품에는 《클레오파트라의 비극》, 《랭커스터가(家)와 요크가(家)의 내전》이 있다.
새뮤얼 버틀러(Samuel Butler, 1835~1902) 영국 소설가. 미술 연구를 하는 한편 익명으로 풍자소설 《에레혼》을 썼으며, 《만인의 길》은 그의 저작 중에서 가장 소설다운 이야기이지만, 일종의 정신적 자서전이며 자기만족적인 빅토리아 시대의 종교도덕에 대한 통렬한 비판을 던진 반역의 글이다.
새뮤얼 베이커(Samuel White Baker, 1882~1893) 영국의 탐험가.
새뮤얼 베케트(Samuel Barclay Beckett, 1906~1989) 20세기 중반 아일랜드 출생의 프랑스 소설가·극작가. 희곡 《고도를 기다리며》로 유명하고, 앙티테아트르(anti-théâtre : 전통적 극작법을 외면하고 참된 연극 고유의 수법으로 인간존재에 접근하는 연극)의 선구자였다. 3부작 《몰로이》, 《말론은 죽다》 등은 누보로망의 선구적 작품이다. 노벨문학상을 수상했다.

새뮤얼 스마일스(Samuel Smiles, 1812~1904) 스코틀랜드 작가 · 개혁운동가. 대표작품 《자조론(自助論)》은 위인의 실생활에서 교훈을 인용 「하늘은 스스로 돕는 자를 돕는다」는 어구로 시작해 자기에 대한 진실한 성실이 만인에게 통한다는 신념을 많은 사실에 의거하여 설명했다. 이 책은 각국어로 번역되어 세계에 큰 영향을 끼쳤다.

새뮤얼 존슨(Samuel Johnson, 1709~1784) 영국의 시인 · 비평가. 대저(大著) 《영어사전》을 완성하였으며, 《영국 시인전》 10권을 집필하였다. 작품에 교훈시 《욕망의 공허함》, 소설 《라셀라스》 따위가 있다.

새뮤얼 콜리지(Samuel Taylor Coleridge, 1772~1834) 영국의 서정시인 · 비평가 · 철학자. 윌리엄 워즈워스와 함께 쓴 《서정민요집(Lyrical Ballads)》은 영국 낭만주의 운동의 시발이 되었고, 그의 《문학평전(Biographia Literaria)》은 영국 낭만주의 시대에 나온 일반 문학비평 중 가장 중요한 작품이다.

새뮤얼 클라크(Samuel Clarke, 1675~1729) 영국의 철학자 · 신학자 · 도덕사상가. 이신론(理神論)과 유물론(唯物論)의 경향에 반대하면서도, 새로운 사상의 영향 아래 새로운 신학 · 윤리 체계를 수립하려 했다. 신학에서는 뉴턴과 유사점이 있었으며, 하느님의 존재와 영혼불멸 등의 문제를 합리적으로 밝히려 했다. 주요 저서로 《신의 존재 및 속성의 논증》 등이 있다.

샘 래번슨(Sam Levenson, 1911~1980) 미국의 유머리스트 · 작가 · 선생 · TV 호스트 · 저널리스트.

생텍쥐페리(Antoine Marie Roger de Saint-Exupéry, 1900~1944) 프랑스의 소설가. 《어린 왕자》로 유명하다. 진정한 의미의 삶을 개개 인간 존재가 아니라, 사람과 사람의 정신적 유대에서 찾으려 했다. 작품으로는 《남방 우편기》, 《야간비행》(페미나 문학상 수상), 《인간의 대지》 등이 있다.

샤를 드골(Charles André Marie Joseph De Gaulle, 1890~1970) 프랑스의 군인 · 정치가. 알제리 민족자결정책, 알제리 독립 가결로 알제리전쟁을 평화적으로 해결하여 프랑스 경제의 가장 큰 장애를 제거했다. 드골 체제를 일단 완성시킨 후 '위대한 프랑스'를 중심으로 유럽 민족주의를 부흥하기 위하여 주체적인 활동을 전개했다.

샤를 디들로(Charles Louis Didelot, 1767~1837) 스웨덴 태생의 프랑스 무용가 · 안무가 · 무용교사. 상트페테르부르크 발레단 안무가를 지냈고 런던, 파리에서 활약한 뒤 황실 발레학교 교장이 되어 러시아 발레의 기초를 닦았다. 여성용 색 타이즈를 착용하도록 하였고 비약적 스텝을 고안했다.

샤를루이 필리프(Charles Louis Philippe, 1874~1909) 프랑스의 소설가. 시청 공무원으로서 《랑클로》라는 문예잡지의 동인이 되어 활약하였다. 부드럽고 선량하지만 무식한 젊은 창녀를 사랑한 경험으로 쓴 소설 《뷔뷔드 몽파르나스》가 유명하다. 그 밖에 《페르드리 영감》, 《어머니와 아들》, 《젊은 날의 편지》 등의 작품이 있다.

샤를 모리스 도네(Maurice Charles Donnay, 1859~1945) 프랑스의 극작가. 아리스토파네스의 희곡을 각색 번안한 《리지스트라타》와 세기말의 연애심리를 묘사한 《연인들》이 대표작이다. 아카데미 프랑세즈 회원이 되었다.

샤를 생트뵈브(Charles Augustin Sainte-Beuve, 1804~1869) 19세기 프랑스의 문예비평가 · 시인 · 소설가. 프랑스 근대비평의 아버지라고 불린다. 인상주의, 과학적 비평을 융합한 새로운 형의 비평에 전념했다. 저서로 《문학적 초상화》, 《월요한담(月曜閑談)》 등이 있다.

샤를 페기(Charles Péguy, 1873~1914) 프랑스의 시인 · 사상가. 희곡 《잔 다르크》에서는 잔 다르크를 민중과 사회주의의 영웅으로 묘사하였다. 또 《샤르트르 성모에게 보스 지방을 바치는 시》는 그리스도교 시의 걸작이다. 실증주의를 비판하였으며, 휴머니즘의 전통을 옹호하였다.

샤토브리앙(François Auguste René de Châteaubriand, 1768~1848) 19세기 프랑스 낭만파 문학의 선구자. 작품 《그리스도교의 정수》는 그리스도교를 고양하는 범신론적 경향이 강했다. 대혁명 후 황폐한 민심에 큰 영향을 끼쳤고, 낭만주의 문학의 방향을 결정짓게 하였다.

샬럿 브론테(Charlotte Brontë, 1816~1855) 영국 여류 소설가. 소녀시절부터 공상력과 분방한 상상력을 지녔고, 글을 쓰는 습관을 붙여 뛰어난 표현기법을 터득하고 있었다. 저서로 《제인 에어》, 《셜리》, 《빌레트》 등이 있다.

서경보(徐京保, 1914~1996) 승려. 1953년 해인대학(지금의 경남대학교) 교수를 거쳐 1962년 동국대학교 교수로 부임하여 1969년에는 동교 불교대학장에 취임하였다. 126개의 박사학위, 1,042권의 저서, 757개의 통일기원비 건립, 50여만 점의 선필(禪筆), 최대 석굴법당 건립 등 5개 분야에서 기네스북에 오르기도 하였다.

서경덕(徐敬德, 1489~1546) 조선 중기의 유학자·주기론(主氣論)의 선구자. 황진이, 박연폭포와 함께 개성을 대표한 송도삼절(松都三絶)로 지칭되기도 하며, 황진이의 유혹을 물리친 일화가 유명하다. '이(理)'보다는 '기(氣)'를 중시하는 주기철학의 입장에 서 있다. 문집으로는 《화담집(花潭集)》이 있다.

서머셋 몸(William Somerset Maugham, 1874~1965) 영국의 소설가·극작가. 제1차 세계대전 직전에 완성한 장편소설 《인간의 굴레》는 작자가 고독한 청소년 시절을 거쳐 인생관을 확립하기까지 정신적 발전의 자취를 더듬은 자서전적 걸작이다.

서정주(徐廷柱, 1915~2000) 1942년을 시작으로 친일작품들을 발표했으며, 시 《화사》, 《자화상》, 《귀촉도》 등을 통해 불교사상과 자기성찰 등을 표현하였다. 대한민국 문학상, 대한민국 예술원상 등을 수상하였다.

석가(釋迦, ākyamuni, BC 563?~BC 483?) 석가모니(釋迦牟尼)·석가문(釋迦文) 등으로도 음사하며, 능인적묵(能仁寂默)으로 번역된다. 보통 석존(釋尊)·부처님이라고도 존칭한다. 본래의 성은 고타마(Gautama : 瞿曇), 이름은 싯다르타(Siddhārtha, 悉達多)인데, 후에 깨달음을 얻어 붓다(Buddha, 佛陀)라 불리게 되었다. 또한 사찰이나 신도 사이에서는 진리의 체현자(體現者)라는 의미의 여래(如來, Tathāgata), 존칭으로서의 세존(世尊, Bhagavat)·석존(釋尊) 등으로도 불린다.

선우휘(鮮于煇, 1922~1986) 한국의 언론인·소설가. 수많은 시사 논평을 발표하였고 1957년 《문학예술》 지에 《불꽃》으로 당선하여 작가로서 인정받았다. 저서로서 《화재》, 《현실과 지식인》 등이 유명하다.

《설원(說苑)》 전한(前漢) 말에 유향(劉向)이 편집하였다. 〈군도(君道)〉, 〈신술(臣術)〉 등 20편으로 구성되었다. 같은 저자의 《신서(新序)》와 그 체재가 비슷하며, 내용도 중복된 것이 있다. 고대의 제후나 선현들의 행적이나 일화 · 우화 등을 수록한 것이며, 위정자를 설득하기 위한 훈계독본으로 이용하였다.
성 베네딕투스(St. Benedictus von Nursia, 480?~550?) 가톨릭의 베네딕토 수도회의 창설자. 동굴에서 은둔생활을 할 때 많은 제자들이 몰려들었다고 한다. 성서에 나오는 예언자들에 비견되는 많은 기적들을 행하였다고 전한다.
성삼문(成三問, 1418~1456) 조선 전기의 문신 · 학자. 세종 때 《예기대문언두(禮記大文諺讀)》를 편찬하고 한글창제를 위해 음운연구를 해 정확을 기한 끝에 훈민정음을 반포케 했다. 세조가 단종을 몰아내고 왕위에 오르자, 단종의 복위를 협의했으나 김질의 밀고로 체포되어 친국을 받고 처형되었다.
성철(性徹, 1912~1993) 속명 이영주(李英柱). 오로지 구도에만 몰입하는 승려로 파계사(把溪寺)에서 행한 장좌불와(長坐不臥) 8년은 유명한 일화이다. 조계종 종정을 지내며 돈오돈수(頓悟頓修)를 주장하여 뜨거운 논쟁을 불러일으켰다.
세르반테스(Miguel de Cervantes, 1547~1616) 에스파냐의 소설가 · 극작가 · 시인. 레판토 해전에 참가하여 부상을 입었고, 알제리에서 노예생활을 하기도 하며 가난한 생활을 보냈다. 당시 에스파냐의 기사 이야기를 패러디한 소설 《돈키호테》는 유명하며 성격묘사에 뛰어났다.
세바스티안 브란트(Sebastian Brant, 1458~1521) 독일의 시인 · 법학자. 바젤대학 교수. 중세의 전통에 대한 경향을 가지고 있었다. 운문작품 《바보의 배》는 우인문학(愚人文學)의 원조로 후세에 커다란 영향을 미쳤다.
《세설신어(世說新語)》 중국 남조(南朝) 송(宋)나라의 유의경(劉義慶, 403~444)이 편집한 후한 말부터 동진(東晉)까지의 명사들의 일화집. 덕행 · 언행부터 혹닉(惑溺) · 구극(仇隙)까지의 36문(門)으로 나눈 3권본으로, 지인소설(志人小說)의 대표작이다.
셰익스피어(William Shakespeare, 1564~1616) 영국이 낳은 세계 최고의 시인 · 극작가. 그는 평생을 연극인으로서 보냈다. 주요 작품으로 《로미오와 줄리엣》, 《베니스의 상인》, 《햄릿》, 《맥베스》 등이 있다.
소광(疏廣, ?~?) 중국 한(漢)나라 때 학자. 춘추(春秋)에 정통하여 선제(宣帝)

때 박사(博士)에 등용되었고, 뒤이어 태부(太傅)가 됨. 벼슬로 이름을 얻는 것을 후회하여 벼슬을 그만둔 것을 많은 사람들이 칭찬하였음.

소순(蘇洵, 1009~1066) 중국 북송(北宋)시대의 문학자. 날카로운 논법과 정열적인 필치에 의한 평론이 구양수(歐陽修)의 인정을 받아 유명해졌다. 정치 · 역사 · 경서 등에 관한 평론도 많이 썼으며, 아들 소식(蘇軾) · 소철(蘇轍)과 함께 삼소(三蘇)라 불렸다. 주요 저서에는《시법(諡法)》,《가우집(嘉祐集)》등이 있다.

소스타인 베블런(Thorstein Bunde Veblen, 1857~1929) 미국의 사회학자 · 사회평론가. 산업의 정신과 기업의 정신을 구별하였으며, 상층계급의 과시적 소비를 지적하였다. 주요 저서로《유한계급론》이 있다.

소식(蘇軾, 1036~1101) 호는 동파(東坡). 중국 북송 제일의 시인. 「독서가 만 권에 달하여도 율(律)은 읽지 않는다」고 해 초유의 필화사건을 일으켰다. 시(詩) · 사(詞) · 부(賦) · 산문(散文) 등 모두에 능해 당송팔대가의 한 사람으로 손꼽혔다. 당시(唐詩)가 서정적인 데 대하여 그의 시는 철학적 요소가 짙고 새로운 시경(詩境)을 개척하였다. 대표작《적벽부(赤壁賦)》는 불후의 명작으로 불리고 있다.

소크라테스(Socrates, BC 469~BC 399) 고대 그리스의 철학자. 그 때까지의 그리스 철학자들은 우주의 원리를 묻곤 했다. 소크라테스에서 비로소 자신과 자기 근거에 대한 물음이 철학의 주제가 되었다. 이런 의미에서 소크라테스는 내면(영혼의 차원) 철학의 시조라 할 수 있다.

소통(蕭統, 501~531) 중국 남조 양(梁)나라의 문학평론가. 양의 무제 소연(蕭衍)의 장남으로 황태자가 되었으나, 즉위하기 전에 죽었다. 저서로 제(齊) · 양나라의 대표적인 시문을 모아 엮은《문선(文選)》이 있는데, 이는 당 이후로도 문학학습의 교과서로 자리 잡았다.

소포클레스(Sophocles, BC 496~BC 406) 고대 그리스 3대 비극시인의 한 사람으로 정치가로서도 탁월한 식견을 지니고 국가에 공헌하였다. 123편의 작품을 씀으로써 비극 경연대회에 18회나 우승하였고, 대표작은《아이아스》,《안티고네》등이 있다.

손문(孫文, 1866~1925) 중국혁명의 선도자 · 정치가. 공화제를 창시하였다. 그의 정치는 삼민주의(三民主義)로 대표된다. 대한민국임시정부를 지원한 공으로 건국훈장 대한민국장이 추서되었다.
손사막(孫思邈, 581~682) 중국 초당(初唐)의 명의 · 신선가(神仙家). 당나라 시대의 대표적 의서인 《천금요방(千金要方)》과 《천금익방(千金翼方)》이 그의 저작으로 전하여지고 있으며, 의가의 윤리를 논설하고 있는 점이 특히 주목된다.
손우성(孫宇聲, 1904.~?) 《해외문학》 창간 동인이며 주로 프랑스 문학을 연구 · 소개했다. 우리나라 최초로 프랑스 문학을 강의했다. 1981년 대한민국 학술원 원로회원이 되었다. 평론 《하늘과 땅의 비중》은 김동리의 《사반의 십자가》에 대한 본격적 비평으로 유명하다.
《손자(孫子)》 춘추시대 오나라 합려(闔閭)를 섬기던 명장 손무(孫武, BC 6세기경)의 저서. 《오자(吳子)》와 병칭(倂稱)되는 병법칠서(兵法七書) 중에서 가장 뛰어난 병서로 이 둘을 합쳐 흔히 '손오병법(孫吳兵法)'이라 부른다.
손턴 와일더(Thornton Niven Wilder, 1897~1975) 미국 소설가 · 극작가. 격조 있는 문체와 신선한 형식, 인간 존재의 의미를 찾는 명상적인 작풍, 인간의 가능성을 믿고 인생을 긍정하는 태도에 의해 미국 문학계의 특이한 지위를 차지했다. 《우리 마을》, 《위기일발》은 모두 퓰리처상을 수상한 희곡이다. 저서로는 뮤지컬 《헬로, 달리》의 원작이 된 인생을 구가하는 희극 《중매인》 등이 있다.
솔로몬(Solomon, ?~BC 912?) 이스라엘 왕국 제3대 왕. 「지혜의 왕」으로 알려졌다. 군사력으로 통치했고, 군사 · 행정 · 상업 문제를 다루기 위해 이스라엘 식민지들을 건설했다. 그가 벌인 대규모 토목사업 가운데 가장 뛰어난 것은 수도 예루살렘에 세운 유명한 성전이다. 그는 현인과 시인으로서도 명성을 얻었다. 전통적으로 「아가」의 저자로 간주되며, 「잠언」에는 그가 쓴 것으로 간주되는 격언과 교훈이 있다.
솔론(Solon, BC 640?~BC 560?) 아테네의 정치가 · 시인. 집정관 겸 조정자로 선정되어 정권을 위임받은 후, '솔론의 개혁'이라 일컫는 여러 개혁을 단행하였다. 에레게이아 기타의 시형(詩形)으로 쓴 서정시가 단편적으로 전해진다.
송건호(宋建鎬, 1927~2001) 한국 언론사에 뚜렷한 자취를 남긴 언론인으로

서《한겨레신문》을 창간하여 편집권의 독립과 남북한 문제에 대한 냉전적인 보도의 틀을 벗어나게 하는 데 이바지하였다.

《송사(宋史)》 중국 원(元)나라 때의 사서(史書). 북송(北宋) 이래 각 황제마다 편찬한 국사나 실록(實錄)·일력(日曆) 등을 기초로 하였다.

송지영(宋志英, 1916~1989) 언론인·번역문학가. 일제 강점기에《동아일보》기자로 언론계에 입문, 중국 난징에서 대한민국 임시정부와 연계해 활동하다가 1944년 체포되었다. 징역 2년형을 선고받고 일본 나가사키 형무소에서 복역 중 일본이 태평양 전쟁에 패하면서 풀려났다.

쇼펜하우어(Arthur Schopenhauer, 1788~1860) 독일의 철학자로서 흔히 '염세주의 철학자'로 불린다. 그의 철학은 칸트의 인식론에서 출발하여 피히테, 셸링, 헤겔 등의 관념론적 철학에 정면으로 반대하는 의지의 형이상학을 주창했다. 저서로는 4년간의 노작인《의지와 표상(表象)으로서의 세계》가 있다.

《수신기(搜神記)》 중국 동진(東晋)의 역사가 간보(干寶)가 편찬한 소설집. 지괴(志怪 : 육조시대의 귀신괴이·신선오행에 관한 설화)의 보고(寶庫)로 여겨지는 가장 대표적인 설화집이다.

《수타니파타(Sutta-nipāta)》 팔리어(語)로 기록된 남방 상좌부(上座部)의 경장(經藏)에 수록되어 있는 경전.

《수호전(水滸傳)》 시내암(施耐庵)의 작품으로, 양산(梁山) 호숫가의 영웅고사를 기초로 했다. 봉건사회 농민반란을 소재로 했는데, 지배계급의 부패와 억압받는 백성들의 모습을 폭로하여 반란을 일으킬 수밖에 없었던 민중의 실태를 보여준다.

《순오지(旬五志)》 조선 인조 때의 학자이며 시평가(詩評家)인 현묵자(玄默子) 홍만종(洪萬宗)의 문학평론집. 한국의 역사, 유·불·선에 관한 일화, 훈민정음 창제에 대한 견해, 속자(俗字)에 대한 기술 등 실로 다양한 내용이 들어 있다.

순자(荀子, BC 298?~BC 238?) 본명은 순황(荀況), 순경(荀卿). 중국 전국시대 말기의 사상가로 맹자의 성선설(性善說)을 비판하여 성악설(性惡說)을 주장했으며, 예(禮)를 강조하여 유학 사상의 발달에 큰 영향을 끼쳤다.

쉬페르비엘(Jules Supervielle, 1884~1960) 프랑스의 시인·소설가·극작가.

작품은 《슬픈 유머》, 《밤에 바친다》, 《비극적인 육체》 등이 있다. 광대한 우주적 공간감각이 특징이다.

슈테판 게오르게(Stefan George, 1868~1933) 현대 독일시의 원천을 만든 독일의 서정시인. 상징주의의 영향을 많이 받았다. 초기에는 반자연주의적이고 예술지상주의적인 작품을 썼으나 만년에는 예언자적 경향을 나타냈다. 시집 《삶의 융단》, 《동맹의 별》 등을 썼다.

슈테판 츠바이크(Stefan Zweig, 1881~1942) 오스트리아의 유대계 작가로서, 앙드레 모루아와 함께 20세기의 3대 전기작가로 일컬어진다. 주요 저작에는 《로맹 롤랑》 등의 전기작품이 있으며 수필 · 소설 · 희곡에서도 다수의 작품을 남겼다.

스웨덴보르그(Emmanuel Swedenborg, 1688~1772) 스웨덴의 신비주의 사상가. 저서로는 《천국과 지옥》 등이 있다.

스퀴데리(Madeleine de Scudéry, 1607~1701) 17세기 프랑스의 작가. 작품으로는 《이브라힘》(1641), 《아르타멘, 또는 키루스 대왕》, 《클렐리》 등이 있다.

스타니슬라프 노이만(Stanislav Kostka Neumann, 1875~1947) 체코의 시인. 젊은 시절부터 정치에 관심을 가졌고, 한때 무정부주의적 경향을 가졌다. 자연을 노래한 서정시집 《숲과 물과 언덕의 책》, 근대문명이나 기술에 대한 낙천적인 사상을 노래한 《새로운 노래》 등이 대표작이다.

스타티우스(Publius Papinius Statius, 45?~96) 고대 로마의 시인으로 도미티아누스 황제의 사랑을 받으며 서사시 《테바이스》와 《숲》 등의 작품을 발표하였다. 뛰어난 기교가 넘치는 시로 후세에 큰 영향을 주었다.

스탕달(Stendhal, 1783~1842) 프랑스의 소설가. 발자크와 함께 19세기 프랑스 양대 거장으로 평가된다. 《라신과 셰익스피어》로 낭만주의운동 대변자가 되었다. 대표작으로 《적과 흑》, 《파르므의 승원》 등이 있다.

스테판 말라르메(Stéphane Mallarmé, 1842~1898) 19세기 프랑스의 상징파 시인. 그의 '화요회'에서 20세기 초 활약한 지드, 발레리 등이 배출되었다. 장시 《목신의 오후》, 《던져진 주사위》 등이 있다. 프랑스 근대시의 최고봉으로 인정받는다.

스토바이오스(Johannes Stobaeus, 5세기경) 그리스의 철학자.

스티브 잡스(Steve Jobs, 1955~2011. 10. 5.) 미국의 기업가이며 애플 사(社)의 창업자. 매킨토시 컴퓨터를 선보이고 성공을 거두었지만, 회사 내부 사정으로 애플을 떠나고 넥스트 사(社)를 세웠다. 그러나 애플이 넥스트스텝을 인수하면서 경영 컨설턴트로 복귀했다. 애플 CEO로 활동하며 아이폰, 아이패드를 출시, IT 업계에 새로운 바람을 불러일으켰다.

스티븐 코비((Stephen Covey, 1932~2012) 미국인으로 하버드대학에서 MBA. 브리검영 대학에서 조직행동학과 경영관리학 교수, 부총장 등을 역임하였다. 국제경영학회로부터 맥필리(McFeely) 상을 받았으며, 타임지로부터 '미국에서 가장 영향력 있는 25명' 가운데 한 사람으로 선정되기도 하였다. 저서로 《성공하는 사람들의 7가지 습관》(The 7 Habits of Highly Effective People, 1989)등이 있다.

스티븐 크레인(Stephen Crane, 1871~1900) 미국의 시인 · 소설가. 에밀 졸라의 자연주의를 도입한 미국 사실주의문학의 선구자로, 그의 성공비결은 조롱과 연민, 환상과 현실, 절망과 희망 사이의 긴장을 잘 유지한 데 있다. 서로 갈등하는 2가지 명제 사이의 대조를 극적으로 제시한 탁월한 소설가였다. 대표작으로 《붉은 무공훈장》, 《매기(Maggie)》 등이 있다.

스피노자(Baruch de Spinoza, 1632~1677) 네덜란드의 철학자. 데카르트 철학에서 결정적 영향을 받았다. 「모든 것이 신이다.」라고 하는 범신론(汎神論)의 사상을 역설하면서도 유물론자 · 무신론자였다. 그의 신이란 그리스도교적인 인격의 신이 아니고, 신은 즉 자연이었기 때문이다.

《시경(詩經)》 춘추시대의 민요를 중심으로 모은 중국에서 가장 오래 된 시집. 풍(風) · 아(雅) · 송(頌) 셋으로 크게 분류되고 다시 아(雅)가 대아 · 소아로 나뉘어 전해진다. 풍(國風이라고도 함)은 여러 나라의 민요로, 주로 남녀 간의 정과 이별을 다룬 내용이 많다. 아(雅)는 공식 연회에서 쓰는 의식가(儀式歌)이며, 송은 종묘의 제사에서 쓰는 악시(樂詩)이다.

시그프리드 서순(Siegfried Lorraine Sassoon, 1886~1967) 유대계 영국 시인. 제1차 세계대전에 참전하여 두 차례에 걸쳐 부상을 당하고 그 체험을 바탕으로 전쟁의 비참함과 무의미함을 서정시로 읊어 반전 시인으로 이름을 떨쳤다. 대표작으로 《역습》, 《여우사냥꾼의 추억》 등이 있다.

시드니 스미스(Sydeny Smith, 1771~1845) 당대 영국 최고의 설교가, 의회 개혁의 옹호자. 재기와 일에 대한 실제적인 추진력, 저술을 통해 가톨릭교도 해방문제에 대한 여론을 바꾸는 데 큰 몫을 했다.

시라이시 고이치(白石浩一) 일본 작가. 소화여자대학교 교수로서 심리학에 관한 저서를 집필하고 있다. 저서로는 《철학개론》, 《교육심리학》, 《사랑의 심리학》, 《이론심리학》, 《즐거운 심리학》 등이 있다.

시릴 터너(Cyril Tourneur, 1575~1626) 영국의 극작가 · 시인. 당시 가장 인기가 있었던 《복수자의 비극》과 《무신론자의 비극》의 작자로 추정된다. 이 작품들은 삶에 대한 혐오와 공포에 대해 묘사하였고, 해골이나 변장 등에 새로운 의미와 깊이를 부여하였다.

시메옹 베르뇌(Siméon François Berneux, 1814~1866) 프랑스 외방전교회 소속의 선교사로 한국에서 활약한 신부. 한국 선교사에 대한 자료를 수집 · 번역하도록 도왔다. 충북 제천시 배론에 한국 최초의 신학교를 설립하였다.

시모니데스(Simōnidēs of Ceos, BC 556?~BC 468?) 고대 그리스의 서정시인. 페르시아 전쟁 때의 전사자의 묘비명으로 유명하며, 찬가 · 만가 등 광범위한 영역에 걸쳐 시작(詩作)을 하였으나 약간의 단편과 비문만이 전해진다. 그의 시는 우아한 어휘와 간결한 시구 속에 작자의 견식과 진실된 정이 샘처럼 솟아나는 뛰어난 것이었다.

시몬 드 보봐르(Simone de Beauvoir, 1908~1986) 프랑스의 실존주의 여류소설가 · 사상가. 사르트르와의 계약결혼으로 유명하다. 작품으로는 《초대받은 여자》, 공쿠르상 수상작 《타인의 피》, 《레 망다랭》, 《처녀시대》 등이 있다. 여성론 《제2의 성》은 큰 반향을 일으켰다.

시몬 베유(Simone Adolphine Weil, 1909~1943) 프랑스의 사상가. 미국으로 망명하였으나 레지스탕스 운동에 참가하려고 귀국을 시도하던 중 런던에서 객사하였다. 억압당한 사람들에 대한 사랑과 실천이 그녀의 목표였다. 주요 저서로 《억압과 자유》, 《뿌리를 갖는 일》 등이 있다.

시어도어 드라이저(Theodore Dreiser, 1871~1945) 미국 소설가. 미국의 자연주의적 사실주의의 정점을 이루는 작가로 간주되고, 그의 작품은 19~20세기에 걸친 자본주의 상승기에 있어서 미국의 적나라한 모습을 보여준다. 대표작 《아메리카의 비극》은 미국사회의 나쁜 여파에서 오는 인

간의 비극을 묘사하여 성공한 아메리카 사실주의의 기념비적 작품이다.

시어도어 파커(Theodore Parker, 1810~1860) 미국의 유니테리언파의 목사・신학자・사회개량운동가. 하버드대학교 신학과를 졸업하고 목사가 되었다. 20개 국어를 구사하고, 성서에 관한 독일어 문헌을 번역하였으며, 이른바 '고등비평'에 관심을 보였다. 금주, 여성교육, 노예제 폐지 등 사회문제 개선에 힘써 정치에도 영향을 끼쳤다.

《신자(愼子)》 기원전 4세기 무렵, 중국 전국시대(戰國時代) 제(齊)나라 선왕(宣王) 때 직하(稷下)의 학사(學士)를 지낸 신도(愼到, BC 395~BC 315)가 지은 책. 책의 중심사상은 도가(道家) 사상이다. 우언(寓言)「영계기의 삼락(榮啓期三樂)」과「노자의 문병(老子問疾)」에서 묵가와 도가의 전형적인 사상을 엿볼 수 있다.

심훈(沈熏, 1901~1936) 농촌계몽소설 《상록수》를 쓴 소설가・영화인. 《상록수》는 브나로드운동(vnarod movement, 19세기 후반 러시아 젊은 지식인층에 의해 전개된 농촌운동)을 남녀 주인공의 숭고한 애정을 통해 묘사한 작품으로서, 1935년 이 작품이 《동아일보》 발간 15주년 기념 현상모집에 당선되자 이때 받은 상금으로 상록학원을 설립했다.

《십팔사략(十八史略)》 중국 남송(南宋)의 증선지(曾先之)가 편찬한 중국의 역사서. 사실의 취사선택이 부정확하였기 때문에 중국에서는 평판이 좋지 않았고, 사료적 가치가 없는 통속본이지만, 중국왕조의 흥망을 알 수 있고, 많은 인물의 약전(略傳)・고사・금언 등이 포함되어 있다.

아

아나카르시스(BC 6세기) 그리스의 철학자. 솔론이 정치가로서 법을 만들고 있을 때 그는 빙긋이 웃으며, 법은 거미줄과 같은 것이라고 말했다. 바꾸어 말하면, 약한 사람은 잡히지만 강한 범인은 그것을 찢어버린다는 것이다. 그 뒤에 솔론은 아나카르시스가 회의하는 곳에 참석했다가 이렇게 말했다.「그리스에서 정치는 현명한 사람들이 논하지만, 결정은 무식한 사람들이 하는군요. 참으로 놀랐습니다.」

아나톨 프랑스(Anatole France, 1844~1924) 프랑스의 소설가・평론가. 작품사상으로 지적회의주의(知的懷疑主義)를 지니며 자신까지를 포함한 인간 전체를 경멸하고, 사물을 보는 특이한 눈, 신랄한 풍자, 아름다운 문체를 사용했다. 주요 작품으로는 《실베스트르 보나르의 죄》 등이 있다. 1892년에 아카데미 회원이 되었으며, 1921년 노벨문학상을 수상했다.

아널드 토인비(Arnold Joseph Toynbee, 1889~1975) 영국의 역사가. 필생의 역작 《역사의 연구》 에서 독자적인 문명사관을 제시했다. 유기체적인 문명의 주기적인 생멸이 역사이며, 또 문명의 추진력이 고차문명의 저차문명에 대한 '도전' 과 '대응'의 상호작용에 있다고 주장했다. 19세기 이후의 전통 사학에 맞서 새로운 역사학을 개척했다고 평가받는다.

아델베르트 폰 샤미소(Adelbert von Chamisso, 1781~1838) 프랑스 귀족 출신의 독일 시인 · 식물학자. 베를린 낭만주의자들 중에서 가장 재능이 뛰어난 서정시인으로 《파우스트》 같은 동화 《페터 슐레밀의 놀라운 이야기》 로 잘 알려져 있다. 독일 시에 정치적 서정주의 요소를 도입하는 데 기여하여 많은 비평가들이 그를 정치적 시인의 선구자라고 평했다.

아돌푸스 그릴리(Adolphus Washington Greely, 1844~1935) 미국의 군인으로서 북극 탐험가.

아돌프 히틀러(Adolf Hitler, 1889~1945) 독일의 정치가. 1920년 독일 국가사회주의당 나치당의 당수를 지냈고, 게르만 민족주의와 반유태주의를 기치로 1933년 독일 수상이 되었다. 이듬해 독일 국가원수로서 총통으로 불리었다. 제2차 세계대전을 일으켰지만 패색이 짙어지자 자살하였다.

아들라이 스티븐슨(Adlai Ewing Stevenson, 1900~1965) 미국 외교관 · 정치가. 웅변과 기지가 뛰어난 자유주의 입장을 고수한 정치가로서, 정치 · 외교에 대한 건설적인 비판자로서 큰 영향력을 행세한 정치인이었다. 주요 저서로 《위대한 소명》, 《내가 생각하는 것》 등이 있다.

아르망 리슐리외(Armand Richelieu 1585~1642) 프랑스의 정치가. 루이 13세의 모후이며 섭정인 마리 드 메디시스에게 발탁되어 왕실고문관이 되었으나 루이 13세와 긴밀한 관계를 맺자 마리와 대립하였다. 그를 제거하려던 마리는 왕에 의해 숙청되었고, 이후 재상의 지위를 인정받아 책임관료제를 수립하였다. 주요 저서로 《교리문답》 이 있다.

아르키다모스(Archidamos, BC 400년경) 스파르타의 왕.

아르키메데스(Archimedes, BC 287?~BC 212) 고대 그리스 최대의 수학자 ·

물리학자. '아르키메데스의 원리', 「구에 외접하는 원기둥의 부피는 그 구 부피의 1.5배이다」 라는 정리를 발견하였다. 지렛대의 반비례법칙을 발견하여 기술적으로 응용하였으며, 그 외의 업적으로 그리스 수학을 더욱 진전시켰다.

아르킬로코스(Archilochos, BC 8~7세기경) 그리스의 서정시인. 불우한 환경 속에서 귀족계급의 인습을 매도하기를 즐겼다. 풍자에 적합한 이암버스율(iambus律)의 완성자로서 후세에 큰 영향을 끼쳤다. 고대에는 호메로스와도 비견되던 천부적 시인이었다.

아르투르 루빈스타인(Artur Rubinstein, 1887~1982) 폴란드 출생의 미국 피아니스트. 풍부한 음량과 변화가 많은 음색을 갖춘 20세기 대표적 피아니스트로서, 드뷔시, 라벨, 프랑크, 로보스 등의 작품에 뛰어난 해석을 보였다.

아르투어 슈니츨러(Arthur Schnitzler, 1862~1931) 오스트리아의 소설가이자 극작가. '젊은 빈'파의 대표적 작가로 빈에서 영위되는 세기말적인 애욕의 세계를 정신분석의 수법을 써가면서 묘사해 나갔다. 작품으로 희곡 《초록 앵무새》, 장편소설 《테레제, 어떤 여자의 일생》 등이 있다.

아리스토텔레스(Aristoteles, BC 384~BC 322) 플라톤과 함께 그리스 최고의 사상가로 꼽히는 인물로 서양지성사의 방향과 내용에 매우 큰 영향을 끼쳤다. 플라톤이 초감각적인 이데아의 세계를 존중한 것에 대해 그는 인간에게 가까운, 감각되는 자연물을 존중하고 이를 지배하는 원인들의 인식을 구하는 현실주의 입장을 취하였다.

아리스토파네스(Aristophanes, BC 450?~BC 386?) 고대 그리스의 희극시인. 시사문제나 소피스트를 풍자하는 데에 뛰어났으며, 작품으로 《연회의 사람들》, 《구름》, 《여자의 평화》 등이 있다.

아베 프레보(Abbé Prévost, 1697~1763) 프랑스의 소설가. 귀족 집안에서 태어나 예수회의 교육을 받았다. 큰 뜻을 품고 군에 입대 영국으로 건너갔으나, 사랑과 연애로 시간을 보냈다. 귀국하여 1731년 《한 귀부인의 수기》 20권을 썼다. 그 중 특히 유명한 《마농 레스코》는 제7권에 나온다.

아베 피에르(l'abbe Pierre, 1912~2007) 프랑스의 신부. 1949년 엠마우스 공동체를 시작하여 세계적인 빈민구호 공동체운동으로 확산되었다. 제2차 세계대전 직후 신부로서 국회의원이 되어 활동함 평생을 빈민구호에 헌신 '빈민의 아버지'로 불린다. 레종 도뇌르 훈장을 받았다. 저서로는 《당신의 사랑은 어디에?》, 《이웃의 가난은 나의 수치》 등이 있다.

아서 웰링턴(Arthur Wellesley Wellington, 1769~1852) 영국의 군인이 · 정치가. 포르투갈 원정군 사령관이 되어 나폴레옹 군을 이베리아반도에서 몰아내었고 워털루전투에서 대전하였다. 보수당 총리가 되어 카톨릭교도 해방령을 성립시켰다.

아서 피구(Arthur Cecil Pigou, 1877~1959) 영국의 경제학자. 신고전파경제학의 대가로서, 주요 저서 《후생경제학》을 통해 후생경제학의 기초를 닦았다. 임금과 물가가 내리면 사람들이 가지고 있는 화폐적 자산의 실질가치는 올라가 소비를 증가시키는 원인이 될 수 있다고 한 '피구효과'를 《실업의 이론》에서 저술하였다.

아우구스트 베벨(August Ferdinand Bebel, 1840~1913) 독일의 사회주의 사상가로 사회민주당의 지도자. 부인운동에도 관심을 가져 1879년에는 주저 《부인론》을 출간해 부인해방운동에 커다란 영향을 주었다.

아우구스티누스(Aurelius Augustinus, 354~430) 초대 그리스도교 교회가 낳은 위대한 철학자이자 사상가. 고대문화 최후의 위인이었다. 중세의 새로운 문화를 탄생하게 한 선구자였다. 주요 저서 《고백록》에서 관심을 가졌던 것은 신과 영혼이었다.

아우에르바하(Auerbach) 독일의 작가. 저서로 《미메시스》가 있다.

아이버 리처즈(Ivor Armstrong Richards, 1893~1979) 영국의 문예평론가. 대학에서 영어를 가르치면서 '의미론'의 과학적 연구를 하였으며, 심리학이 문학비평상 기본적 조건임을 입증하여 근대문예비평의 기초를 세웠다. 저서에 《문예비평의 원리》, 《실천적 비평》,등이 있다.

아이스킬로스(Aeschylos, BC 525?~BC 456) 고대 그리스의 대 비극시인으로 모두 90편의 비극을 썼으며, 온 그리스에 명성을 떨쳤다. 현재는 《오레스테이아》, 《페르시아인》 등 7개의 비극이 남아있으며 작품을 통해서 인간과 신의 정의가 일치한다는 것을 노래하였다.

아이작 뉴턴(Isaac Newton, 1643~1727) 영국의 물리학자 · 천문학자 · 수학자 · 근대이론과학의 선구자. 학자들과 대중들로부터 인류 역사상 가장

영향력 있는 사람 가운데 한 명으로 꼽힌다. 수학에서 미적분법 창시, 물리학에서 뉴턴역학의 체계 확립, 이에 표시된 수학적 방법 등은 자연과학의 모범이 되었고, 사상 면에서도 역학적 자연관은 후세에 커다란 영향을 끼쳤다. 주요 저서로는 《광학》, 《자연철학의 수학적 원리(프린키피아)》 등이 있다.

아이작 월턴(Izaak Walton, 1593~1683) 영국 수필가 · 전기작가. 크롬웰 정권 아래서 왕당파였으며 주요 저서 《조어대전(釣魚大全)》은 영국 수필문학의 대표작 중의 하나로 꼽히고 있다.

아쿠타가와 류노스케(芥川龍之介, 1892~1927) 일본의 소설가. 합리주의와 예술지상주의를 바탕으로 쓴 작품이 많다. 복잡한 가정사정과 병약한 체질은 그의 생애에 어두운 그림자를 드리워 일찍부터 페시미스틱(비관주의적)하고 회의적인 인생관을 간직하고 있었다. 대표작으로는 《나생문(羅生門)》, 《어떤 바보의 일생》, 《톱니바퀴》 등이 있다. 매년 2회(1월 · 7월) 그를 기념하여 수여하는 아쿠타가와상이 있다.

아포크리파(Apocrypha, 外經) 성경의 편집 선정 과정에서 제외된 문서들. 《에스델》, 《지혜서》, 《집회서》, 《바룩서》, 《예레미야의 편지》 등 총 14권이다.

《아히칼(Ahikar)》 그리스의 유대인 속담집.

안데르센(Hans Christian Andersen, 1805~1875) 덴마크의 동화작가. 《즉흥시인》으로 독일에서 호평을 받아 전 유럽에 명성을 떨치기 시작하여 《인어공주》, 《미운 오리새끼》 등 아동문학의 최고봉으로 꼽히는 수많은 걸작 동화를 남겼다.

안병욱(安秉煜, 1920~) 한국의 철학자 · 교육자 · 수필가. 숭실대학교 교수, 흥사단 이사장, 안중근의사기념사업회 이사 등을 지냈고 인간교육을 위한 강연과 에세이, 철학사상, 전기 등의 저서와 논문을 발표했다.

안수길(安壽吉, 1911~1977) 소설가. 아호는 남석(南石). 주로 만주와 함경도를 무대로 민족의 수난과 항일 투쟁사를 사실적으로 묘사하여 민족문학의 큰 수확으로 평가받은 거작 《북간도(北間島)》를 썼다.

《안씨가훈》 중국 남북조(南北朝) 시대 말기의 귀족 안지추(顔之推, 531~591)가 자손을 위하여 저술한 교훈서. 가족도덕 · 대인관계를 비롯하여 구체적인 경제생활 · 풍속 · 학문 · 종교, 나아가서는 문자 · 음운(音韻) 등 다양한 내용을 구체적인 체험과 풍부한 사례를 바탕으로 하여 논하였다.

안연지(顔延之, 384~456) 중국 육조시대 송나라의 문인. 유불(儒佛)에 통달해 '삼세인과(三世因果)'의 설을 주장했고, 자제에게 처세의 길을 가르치는 데 세심하고 성실했다. 중서시랑(中書侍郞), 영가태수(永嘉太守) 등을 역임했다. 주요 저서로는 《정고(庭誥)》, 《안광록집(顔光祿集)》 등이 있다.

안중근(安重根, 1879~1910) 한말의 독립운동가 의사(義士). 삼흥학교(三興學校)를 세우는 등 인재양성에 힘썼으며, 만주 하얼빈에서 침략의 원흉 이토히로부미(伊藤博文)를 사살하고 사형되었다. 사후 건국훈장 대한민국장이 추서되었다. 옥중에서 《동양평화론》을 집필하였으며, 서예에도 뛰어나 옥중에서 휘호한 많은 유묵(遺墨)이 보물로 지정되었다.

안창호(安昌浩, 1878~1938) 한말의 독립운동가 · 사상가. 독립협회, 신민회(新民會), 흥사단(興士團) 등에서 활발하게 독립운동활동을 하였다. 1962년 건국훈장 대한민국장이 추서되었다.

안철수(安哲秀 , Cheol Soo Ahn 1962~) 서울대학교 의과대학 졸업. 의학박사, 의대교수. 국내 최대 컴퓨터 안티바이러스(백신) 프로그램 연구소 설립자이자, 카이스트 교수로 강단에 섰으며, 서울대 융합과학기술대학원 원장. 현실적 이해관계를 따지지 않고 끊임없이 도전하는 모습을 통해 '국민 멘토'라는 별명을 얻으며 대중적인 인기를 얻었다.

안토니 반다이크(Anthony Van Dyck, 1599~1641) 루벤스에 버금가는 플랑드르 파(派)의 대가로, 우미 · 고아한 화풍으로 많은 걸작을 남겼다. 성당과 수도회를 위한 성화를 그렸다. 1632년 찰스 1세의 초청을 받고 영국 궁정의 수석화가가 되어 국왕 일가를 비롯한 궁정인들의 초상을 그렸다.

안토니오 마차도(Antonio Machado, 1875~1939) 에스파냐의 시인으로 '98년대' 작가 중의 한 사람이다. 교사로 재직하며 시작에 종사하였고, 장엄하고 명상적인 시풍으로 《카스티야의 들》, 《새로운 노래》 등의 작품을 남겼다.

안톤 체호프(Anton Pavlovich Chekhov, 1860~1904) 러시아의 소설가 · 극작

가. 《지루한 이야기》, 《사할린 섬》 외 수많은 작품을 써 사회에 큰 반향을 불러일으켰다. 객관주의 문학론을 주장하였고 시대의 변화와 요구에 대한 올바른 목소리를 전달하기 위해 저술활동을 벌였다. 《대초원》, 《갈매기》, 《벚꽃 동산》 등 많은 희곡과 소설을 남겼다.

안티스테네스(Antisthenēs, BC 445?~BC 365?) 그리스의 철학자, 키니코스학파의 창시자. 소크라테스의 제자가 되어 그의 실질강건(實質剛健)한 실천면을 찬미·계승한 금욕주의자였다. 세상의 욕심을 떠난 덕(德)만이 최상의 것이며, 쾌락은 기만적인 것이라고 보았다.

안지추(顔之推, 531~591) 중국 육조시대(六朝時代) 말기의 문학가. 온건중정(穩健中正)한 사상의 소유자였으며, 학식은 풍부한 체험의 뒷받침과 더불어 당대 최고였다. 《안씨가훈(顔氏家訓)》을 지어 가족과 가정도덕을 중요시했다.

안티폰(Antiphon, BC 480~411) 고대 아테네 웅변가. 로마의 정치가 지금까지 알려진 웅변가 가운데 웅변을 직업으로 삼은 최초의 아테네인. 그는 '로고그라포스', 즉 법정에서 피고인을 위해 법정 연설문을 대신 써주는 작가였다. 안티폰의 글 가운데 15편이 지금까지 남아 있는데, 그 중 〈헤로데스의 살인에 관하여〉, 〈코레우테스에 관하여〉, 〈의붓어머니를 고발함〉은 실제로 법정에서 행한 연설이었다.

안회(顔回, BC 521~BC 490) 춘추시대 노(魯)나라의 현인. 자는 연(淵). 공자가 가장 신임한 제자. 은군자적인 성격으로 「자기를 누르고 예(禮)로 돌아가는 것이 곧 인(仁)이다」, 「예가 아니면 보지도 말고, 듣지도 말고, 말하지도 말고, 행동하지도 말아야 한다」는 공자의 가르침을 지켰다.

알랭(Alain, 1868~1951) 프랑스의 철학자·평론가. 1906년에 《데페슈 드 루앙》 지에 《노르망디 인의 어록》을 3,098회나 연재했다. 행복·그리스도교·문학·미학·교육·정치 등에 관한 짧은 에세이를 발표해 유명해졌다. 또한 결정론을 경멸하고 '판단의 자유'를 중시했다.

알랭푸르니에(Alain-Fournier, 1886~1914) 프랑스의 소설가·시인. 《파리저널》 지 문예란을 담당하였다. 《NRF》 지에 소설 《몬대장》을 발표 유명해졌다. 그 밖에 《기적》, 리비에르와의 《서신 왕래》, 《가족에의 편지》 등이 있다.

알레산드로 만초니(Alessandro Francesco Tommasso Antonio Manzoni, 1785~1873) 이탈리아의 시인 · 소설가 · 극작가로 이탈리아 낭만주의 최고의 작가. 가톨릭으로 개종하여, 《성가》 등의 기독교적 낙원의 이상에 자유 · 평등 · 박애정신을 결부한 작품을 발표하였다. 역사소설 《약혼자》는 이탈리아 근대소설의 선구가 되었다.

알렉산더 잭슨(Alexander Young Jackson, 1882~1974) 캐나다의 화가. 풍부하고 강렬한 색채를 사용한 작업으로 풍경화 발전에 크게 이바지했다. 1차 세계대전에 참전한 경험을 작품에 담기도 했다. 대표적인 미술작품으로 《단풍나무 꼭대기》, 《황무지》, 《이른 봄, 세인트로렌스 강변의 언덕》 등이 있으며, 회고록 《한 화가의 조국》을 남겼다.

알렉산더 코헨(Alexander Henry Cohen, 1920~2000) 미국의 연극 제작자 · 연출가. 《Angel Street》를 무대에 올려 1,295회의 장기 공연을 하면서 성공했다. 나인어클럭시어터를 조직하였으며 《햄릿》으로 큰 성공을 거뒀다. 연극 외에 텔레비전 쇼 · 코미디프로그램을 제작 총지휘하였고 《Beyond the Fringe '65》 등을 직접 연출하였다.

알렉산더 포프(Alexander Pope, 1688~1744) 영국의 시인 · 비평가. 대표작은 풍자시 《우인열전》이며, 철학 시 《인간론》은 표현의 묘에서 뛰어난 역작이다. 그 밖에 《비평론》, 《머리카락을 훔친 자》, 《윈저의 숲》, 호메로스의 번역시 《일리아드》, 《오디세이》 등이 있다.

알렉산더 해밀턴(Alexander Hamilton, 1755~1804) 미국의 정치가. 미국 독립전쟁 당시 조지 워싱턴의 부관으로 활약하였다. 독립 후 아나폴리스회의, 헌법제정회의에서 뉴욕 대표로 참가하였다. 연방헌법비준 성립을 위해 〈연방주의자〉를 발표하였다. 조지 워싱턴 대통령 정부에서 재무장관으로 상공업의 발달을 중시한 재무정책을 취하였다.

알렉산드르 그리보예도프(Aleksandr Sergeevich Griboedov, 1795 ~1829) 러시아의 시인 · 극작가. 대표작으로 희극 《지혜의 슬픔》이 있는데, 이 작품 하나로써 그는 감상주의와 낭만주의에서 탈피한 사실주의 연극의 창시자가 되었다.

알렉산드르 푸슈킨(Aleksandr Sergeyevich Pushkin, 1799~1837) 러시아에서 가장 위대한 시인이며, 근대 러시아 문학의 창시자. 바이런의 영향을 강하게 받아 《카프카스의 포로》, 《집시》 등 낭만주의적 색채가 농후한 서사시, 서정시를 썼으며, 《인색한 기사》 등 시작품을, 그리고 단편집 《벨킨 이야기》, 《스페이드 여왕》, 소설 《대위의 딸》 등의 걸작을 썼다.

알렉상드르 뒤마(Alexandre Dumas, 1802~1870) 19세기 프랑스의 극작가·소설가로 소설 《삼총사》, 《몽테크리스토 백작》 으로 세계적으로 유명하다. 대(大) 뒤마라고도 한다. 《앙리 3세와 그 궁정》 으로 새로운 로망파 극의 선구자 구실을 하였다.

알렉시스 토크빌(Alexis Tocqueville, 1805~ 1859) 프랑스의 정치학자·역사가·정치가. 베르사유 재판소 배석판사를 지냈고, 교도소 조사를 위하여 미국 방문 후 《미국의 민주주의》 를 저술했다. 영국에서 자유주의자와 교유하며 J. S.밀에게 큰 영향을 주었으며 외무장관을 역임하였다.

알베르 카뮈(Albert Camus, 1913~1960) 프랑스의 소설가·극작가. 1942년 《이방인》 을 발표하여 문단의 총아로 떠올랐다. 《시지프의 신화》, 《칼리굴라》 등의 소설을 통해 부조리한 인간과 사상에 대해 이야기했으며, 《페스트》 를 발표해 더욱 큰 명성을 얻었다.

알베르토 모라비아(Alberto Moravia, 1907~1990) 이탈리아의 소설가. 《무관심한 사람들》 로 문단에 데뷔하여 《가장무도회》, 《유행병》 등의 작품을 썼다. 리얼리스트와 네오 모럴리스트의 태도로 혁신적인 기법에 의존하지 않고 뛰어난 작품을 내놓았다.

알베르트 슈바이처(Albert Schweitzer, 1875~1965) 독일의 신학자·철학자·음악가·의사. 아프리카 가봉에 병원을 세워 원주민의 치료에 헌신했으며, 핵실험 금지를 주창하는 등 인류의 평화에 공헌하였다. 1952년 노벨 평화상을 받았다. 저서에 《문화와 윤리》, 《라이마루스에서 브레데까지》 등이 있다.

알베르트 아인슈타인(Albert Einstein, 1879~1955) 독일 태생의 이론물리학자. 〈광양자설〉, 〈브라운운동 이론〉, 1905년 〈특수상대성이론〉 을 연구하여 발표하였으며, 1916년 〈일반상대성이론〉 을 발표하였다. 미국의 원자폭탄 연구인 맨해튼계획의 시초를 이루었으며, 〈통일장이론〉 을 더욱 발전시켰다.

알카이오스(Alkaios, BC 620?~BC 580?) 그리스의 서정시인. 현존하는 그의 시는 모두가 레스보스 섬 방언으로 엮여져 있으며, 격정적인 전술, 전투, 정치적 분쟁과 이에 얽힌 개인적 분노의 노래들이다. 후대에의 영향은 로마의 시인 호라티우스를 통하여 특히 크게 나타나고 있다.

알키다마스(Alcidamas, BC 6세기경) 그리스의 소피스트.

알퐁스 도데(Alphonse Daudet, 1840~1897) 19세기 후반 프랑스의 소설가. 소설 《별》, 《방앗간 소식》, 《사포》 등이 있다. 희곡 《아를의 여인》 은 비제가 작곡해 유명해졌다. 자연주의 일파에 속했으나, 인상주의적인 매력 있는 작풍을 세웠다.

알퐁스 드 라마르틴(Alphonse de Lamartine, 1790~1869) 프랑스 낭만파의 대표적인 시인 · 정치가. 《명상시집》 으로 잊혀졌던 서정시를 부활시켰다. 아카데미 프랑세즈 회원이었다. 임시정부의 외무장관을 지냈다. 작품으로 《천사의 타락》, 《왕정복고사》 등이 있다.

알프레드 뮈세(Louis-Charles-Alfred de Musset, 1810~1857) 19세기 전반 프랑스 낭만파 시인 · 극작가 · 소설가. '프랑스의 바이런'이라고도 한다. 작품은 《세기아의 고백》, 《비애》, 《추억》 등이 있다. 4편으로 된 일련의 《밤》 의 시는 프랑스 낭만파 시의 걸작으로 인정된다. 아카데미 프랑세즈 회원이었다.

알프레드 스테방스(Alfred Stevens, 1823~1906) 벨기에의 화가. 1844년에 파리로 가서 평생을 지냈다. 제2제정시대의 화려한 파리 사람들을 사실적으로 그렸는데, 인상파의 영향을 받아 취향있고 품위있는 견실성이 특색이었다. 《살로메》, 《오필리아》 등 문학적인 주제의 작품 외에 《아틀리에》, 《사라 베르나르의 초상》 등 풍속적 내용의 작품도 있다.

알프레드 허버트(Alfred Francis Xavier Herbert, 1901~1984) 오스트레일리아의 소설가 · 단편작가. 오스트레일리아 노던 주의 생활과 그곳 원주민이 백인들에게 당한 비인간적인 대우를 해학적으로 그린 장편소설 《캐프리코니아(Capricornia)》 로 유명하다.

알프레트 베르너(Alfred Werner, 1866~1919) 스위스의 화학자. 질소화합물의 분자구조를 연구하고 원자가에 대한 배위설을 설명하였으며, 착염의 입체구조를 밝혔다. 1913년 노벨화학상을 받았다.

알프레트 아들러(Alfred Adler, 1870~1937) 오스트리아의 정신의학자. '개인

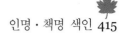

심리학을 수립하였으며, 인간의 행동과 발달을 결정하는 것은 인간존재에 보편적인 열등감·무력감과 이를 보상 또는 극복하려는 권력에의 의지, 즉 열등감에 대한 보상욕구라고 생각하였다. 저서로는 《개인심리학의 이론과 실제》, 《의미있는 삶》, 《인간 본성의 이해》 등이 있다.

암브로시우스(Ambrosius, 340~397) 초대 가톨릭교회의 교부이자 교회학자. 니케아 정통파의 입장에 서서 교회의 권위와 자유를 수호하는 데 노력하여 신앙·전례(典禮) 활동의 실천 등에 큰 공을 남겼다.

앙드레 드 셰니에(André de Chénier, 1762~1794) 프랑스의 서정시인. 로베스피에르의 공포정치에 반대, 32세에 처형되었다. 낭만파, 고답파 시인들이 선구자라 여겼다. 대표작은 《헤르메스신》, 《목가》, 《풍자시집》 등이다.

앙드레 말로(André-Georges Malraux, 1901~1976) 20세기 중반 프랑스의 소설가·정치가. 저서로는 《인간의 조건》, 전 세계 예술의 역사 및 철학서인 《침묵의 소리》, 르포르타주 소설의 걸작 《희망》 등이 있다. 전체주의가 대두하자 앙드레 지드 등과 반파시즘 운동에 참가하였다. 드골 정권하에서 정보·문화장관을 역임했다.

앙드레 모루아(André Maurois, 1885~1967) 프랑스의 소설가·전기작가·평론가. 소설 《브랑블 대령의 침묵》으로 문단에 등장하였으며, 그 후 소설은 《풍토(風土)》 등의 가작(佳作) 을 내놓았으나 오히려 1923년에 발표한 《셸리의 일생》을 비롯한 소설류의 전기 《바이런》, 《마르셀 프루스트를 찾아서》, 《상드 전》, 《위고 전》, 《발자크》 등이 있다.

앙드레 브르통(André Breton, 1896~1966) 프랑스의 시인. 초현실주의의 주창자. 1924년 《초현실주의 선언》을 발표, 꿈·잠·무의식을 인간정신의 자유로운 발로로 보는 시의 혁신운동을 궤도에 올렸다. 《문학》 등 기관지 발간, 작품 《나자(Nadja)》 등이 있다.

앙드레 쉬아레스(André Suarès, 1868~1948) 프랑스의 평론가·수필가. 시적 직관과 열정에 기본을 둔 독특한 비평으로 유명하다. 저서는 《3인론(파스칼·입센·도스토예프스키)》, 《대유럽인 괴테》 등이 있다.

앙드레 지드(André Paul Guillaume Gid, 1869~1951) 프랑스의 작가·인도주의자·모럴리스트. 19세부터 창작을 시작하여 처녀작 《앙드레 왈테르의 수기》를 발표하였다. 《사전꾼들》의 발표를 통해 현대소설에 자극을 줬다. 주요 저서로는 《좁은 문》, 《지상의 양식》, 《배덕자》 등이 있으며 1947년 노벨 문학상을 수상했다.

앙리 게도(Henri Gaidoz, 1842~1932) 프랑스의 언어학자 · 켈트언어학 개척자.

앙리 라코르데르(Jean Baptiste Henri Lacordaire, 1802~1861) 프랑스의 도미니크수도회 수도가이자 설교가. 「근대사회에서 교회가 새로운 영성(靈性)을 확립하고 민주주의 이념의 정당성을 인정하자」는 사상운동을 전개하였다. 노트르담 대성당의 신부로서 명설교가로도 알려졌으며 젊은 세대의 큰 호응을 받았다.

앙리 미쇼(Henri Michaux, 1899~1984) 20세기 중반 프랑스의 시인 · 화가. 신비주의와 광기(狂氣)의 교차점에 서는 독자적 시경(詩境)을 개척, 현대 프랑스의 대표적 시인 중 한 사람으로 지목된다. 저서로는 《내면의 공간》, 《비참한 기적》 등이 있다.

앙리 베르그송(Henri Bergson, 1859~1941) 프랑스의 철학자. 콜레주 드 프랑스의 교수를 지냈다. 그는 프랑스 유심론(唯心論)의 전통을 계승하면서도, 다윈의 진화론의 영향을 받아 생명의 창조적 진화를 주장하였다. 이와 같은 그의 학설은 철학 · 문학 · 예술 영역에 큰 영향을 주었다. 1928년에 노벨문학상을 수상했다.

앙리 장송(Henri Jeanson, 1900~1970) 프랑스 작가. 작품으로 《망향》 등이 있다.

앙투안 아르노(Antoine Arnauld, 1612~1694) 프랑스의 신학자 · 철학자로서 얀선주의의 유력한 지도자이다. 라이프니츠의 사상에 영향을 미쳤다. 《포르 루아얄의 논리학》은 논리학의 고전으로 높이 평가된다.

애거사 크리스티(Agatha Mary Clarissa Christie, 1890~1976) 플롯의 느낌을 들어 꾸밈없이 작품을 쓴 영국 여류추리작가. 저서 《스타일즈 장(莊) 살인사건》에 등장하는 탐정 프와로는 사색형으로서, 사건 관계자의 언동에서 진상을 포착하는 데 특색이 있다. 그 밖에 주요 저서로 《아크로이드 살인사건》, 《오리엔트특급 살인사건》, 《ABC 살인사건》 등이 있다.

애덤 스미스(Adam Smith, ?~1790) 영국의 정치경제학자 · 도덕철학자로 고전경제학의 창시자이다. 근대경제학, 마르크스 경제학의 출발점이 된 《국부론》 을 저술하였다. 처음으로 경제학을 이론·역사·정책에 도입하여 체계적 과학으로 이룩하였다. 경제행위는 '보이지 않는 손'에 의해 종국적으로는 공공복지에 기여하게 된다고 생각하였으며 예정조화설을 주장했다.

애프라 벤(Aphra Behn, 1640~1689) 영국 최초 여류소설가·극작가. 사리남을 무대로 노예문제를 다룬 소설 《오루노코》 는 프랑스의 중세 기사도 이야기의 영향을 받아 자유사상을 담은 사실적 수법에 뛰어난 근대소설의 선구적 작품이라고 할 수 있다.

앤드루 잭슨(Andrew Jackson, 1767~1845) 미국 군인·정치가. 영·미전쟁 때는 민병대를 인솔하여 영국군과 싸워 격파함으로써 일약 전쟁영웅 칭송을 받았다. 정치적으로 확립한 새로운 민주주의의 개념은 '잭슨민주주의'라는 이름으로 미국의 지배적인 이데올로기가 되어 20세기 초반까지 그 영향력을 미쳤다.

앤드루 존슨(Andrew Johnson, 1808~1875) 미국의 제17대 대통령. 링컨 대통령이 암살당하자 뒤를 이어 제17대 대통령이 되었다. 전후 남부 재건과정에서의 호의적 정책으로 북부 공화당 급진파와 대립, 대통령으로서는 최초로 탄핵 소추되었으나 무죄로 탄핵을 면했다. 러시아로부터 알래스카를 매수했다.

앤드루 카네기(Andrew Carnegie, 1835~1919) 미국의 산업자본가로 US스틸사의 모태인 카네기 철강회사를 설립하였다. 이후 교육과 문화사업에 헌신하였다. 이름 앞에 강철왕이라는 수식어가 따라다닌다.

앤서니 콜린스(John Anthony Collins, 1676~1729) 영국의 이신론자(理神論者)·자유사상가. 만년에 존 로크와 친교를 맺어 그로부터 강한 영향을 받았다. '자유로운 사고' 즉 자유로운 이성의 탐구에 의해서 승인된 것만이 진리라고 하였다. 기적이나 예언, 영혼불멸 등을 초이성적(超理性的)인 것이라 하여 부정하였다. 대표 저서에 《자유사고론》, 《인간의 자유와 필연에 관하여》 등이 있다.

앨런 긴즈버그(Allen Ginsberg, 1926~1997) 미국의 시인. '비트제너레이션'의 지도자. 그의 시는 산만한 구성 가운데 예언적인 암시를 주면서 비트족

(族)의 문화적 · 사회적인 비순응주의를 주장한 것이었고, 때때로 외설적인 표현을 즐겨 다루었다. 대표작 《울부짖음》 은 현대 미국사회에 대한 격렬한 탄핵이며, 동시에 통절한 애가(哀歌)라고 할 만한 장편시이다.

앨런 루이스(Alun Lewis, 1915~1944) 영국의 시인. 시집 《침입자의 새벽》 은 직절적(直截的)이며 정열적인 시풍을 보여준다. 그 밖에 단편집 《최후의 심문》 이 있으며, 사후에 유고시집(遺稿詩集)과 서간집이 간행되었다.

앨런 밀른(Alan Alexander Milne, 1882~1956) 영국의 작가. 극 · 동화 · 추리소설 세 분야에 걸쳐 발자취를 남겼다. 제1차 세계대전 후에는 풍자적이고 해학적인 작품을 썼다. 또한 극작가로서 널리 알려졌다. 주요 저서로는 《도버 가도(街道)》, 《아기곰 푸》 등이 있다.

엘렌 케이(Ellen Karolina Sofia Key, 1849~1926) 스웨덴의 여성 사상가로 문학사, 여성문제, 교육문제에 걸쳐 휴머니즘의 입장에서 저작활동을 했다. 사회적 자유주의와 개인의 해방, 억압되어 온 여성과 아동의 해방을 주장하였다. 《여성운동》 등 다수의 저서가 있다.

앨빈 토플러(Alvin Toffler, 1928~) 미국의 미래학자. 미래사회는 정보화사회가 될 것이라고 주장하고, 제1의 물결인 농업혁명은 수천 년에 걸쳐 진행되었지만, 제2의 물결인 산업혁명은 300년밖에 걸리지 않았으며, 제3의 물결인 정보화혁명은 20~30년 내에 이루어질 것이라고 주장하였다. 대표작 《제3의 물결》 에서 처음으로 재택근무 · 전자정보화 가정 등의 새로운 용어가 사용되었다. 이외에도 《미래의 충격》, 《권력 이동》 등이 있다.

앨저넌 스윈번(Algernon Charles Swinburne, 1837~1909) 영국 시인 · 평론가. 대표작으로 영국 속물주의에의 반항을 표시한 이교적이고 관능적인 《시와 발라드》 등이 있다. 이 밖에 비극 작품, 셰익스피어, 빅토르 위고, 벤 존슨 등에 대한 비평, 그리고 시론과 소설론 등도 있다.

앨프레드 가드너(Alfred George Gardiner, 1865~1946) 영국의 저널리스트 · 수필가. 1902~1919년 런던의 《데일리뉴스》 지의 주필을 역임하였다. 'Alfa of the Plough(북두칠성 중의 주성)'이라는 필명으로 유머가 풍부한 수필을 썼다. 저서로 《Pillars of Society》 《People Importance》 등이 있다.

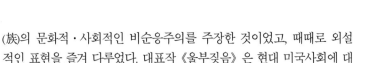

앨프레드 테니슨(Alfred Tennyson, 1809~1892) 영국의 시인. 17년간을 생각하고 그리던 죽은 친구 핼럼에게 바치는 걸작 애가(哀歌)《인 메모리엄》은, 어두운 슬픔에서 신에 의한 환희의 빛에 이르는 시인의 '넋의 길'을 더듬은 대표작일 뿐만 아니라 빅토리아 시대의 대표시다. 윌리엄 워즈워스의 후임으로 계관시인(桂冠詩人)이 되었다.

앨프레드 화이트헤드(Alfred North Whitehead, 1861~1947) 영국의 철학자 · 수학자. 처음에 수학적 논리학(기호논리학) 연구에 종사하였고, 버트랜드 러셀과의 공저《수학원리》를 저술하여 수학의 논리적 기초를 확립하려 하였다.

앰브로즈 비어스(Ambrose Gwinnett Bierce, 1842~1914) 날카로운 비판으로 유명하며 대서양 연안의 저널리즘에서 활약하였던 미국의 저널리스트 · 소설가. 단편소설의 구성에 있어 날카로운 필치로 최고라는 평가를 받는다.《삶의 한가운데서》,《악마의 사전》외 다수의 저서를 남겼다.

야지나발키아(Yājñavalkya) 우파니샤드의 대표적인 사상가로서, 아트만(Atman : 我)을 인식주관으로서, 불가설 · 불가괴(不可壞)한 것으로 주장했다.

야코프 그림(Jacob Grimm, 1785～1863) 그림 형제의 형. 동생은 빌헬름 그림. 대학에서는 법률을 배웠고, 괴팅겐대학의 교수가 되었으며, 하노버 왕의 헌법 위반을 규탄하여 이른바「괴팅겐 7교수사건」으로 공국 밖으로 추방당했다. 1841년 베를린아카데미 회원으로 추천되었다.《그림동화》,《독일전설》,《독일어사전》등 공동저작이 많다. 특히《독일어사전》은 1854년에 제1권을 낸 이후 여러 학자가 계승하여 1861년에 완성하였다.

야코프 부르크하르트(Jacob Burckhardt, 1818~1897) 스위스의 역사가. 바젤대학 사학 · 미술사 교수였다. 대표작《이탈리아 르네상스의 문화》는 르네상스사 연구에 결정적인 명저로서, 이후 '르네상스'란 말은 역사상 일반용어로 쓰이게 되었다.

양성지(梁誠之, 1415~1482) 조선 전기의 문신이자 학자.《동국지도》등을 찬진하였고 홍문관 설치를 건의하였다.《예종실록》등의 편찬에 참여하고 공조판서 · 대사헌 등을 거쳐 홍문관대제학이 되어《동국여지승람》 편찬에 참여하였다. 주요 저서에 《눌재집》, 《유선서》, 《시정기》, 《삼강사략》 등이 있다.

양주(楊朱, BC 440?~BC 360?) 중국 전국시대의 학자. 자기 혼자만이 쾌락하면 좋다는 위아설(爲我說), 즉 이기적인 쾌락설을 주장했다. 지나침을 거부하고 자연주의를 옹호하였다. 이것은 노자사상(老子思想)의 일단을 발전시킨 주장이었다.

양주동(梁柱東, 1903~1977) 국문학·영문학자. 1923년에 동인지 《금성(金星)》으로 등단하여, 이후에 향가해독에 몰입하면서, 고시가(古詩歌) 해석에 힘을 쏟았다. 한국인으로는 처음으로 향가 25수 전편에 대한 해독집인 《조선고가연구》를 펴냈다. 대한민국학술원 종신회원.

어니스트 헤밍웨이(Ernest Miller Hemingway, 1899~1961) 미국의 소설가. 《노인과 바다》로 1953년 퓰리처상, 1954년 노벨문학상 수상. 그 밖에 《무기여 잘있거라》, 《누구를 위하여 종은 울리나》가 있다. 문명의 세계를 속임수로 보고, 인간의 비극적인 모습을 간결한 문체로 묘사한 20세기 대표작가.

어윈 쇼(Irwin Shaw, 1913~1984) 미국 극작가 겸 소설가. 전쟁에서의 경험을 토대로 한 최초의 소설 《젊은 사자들》을 썼다. 이 작품은 인간 긍정의 정신에서 3명의 병사를 중심으로 전쟁 전의 시민생활과 전쟁생활을 그린 작품으로 제2차 세계대전이 낳은 대표적 전쟁소설로 인정받았다.

에녹 베넷(Enoch Arnold Bennett, 1867~1931) 영국의 소설가. 프랑스의 자연주의 영향 아래 사실적 작품을 발표하였다. 작품으로 《늙은 아내 이야기》가 있다.

에드거 앨런 포(Edgar Allan Poe, 1809~1849) 미국의 시인·소설가·비평가. 미국 낭만주의 문학을 대표하는 인물이다. 그는 괴기소설과 시로 유명하며, 미국에서 단편소설 개척자이자, 고딕소설·추리소설·범죄소설의 선구자다. 40세에 사망한 포의 사망 원인은 그의 최후의 미스터리다. 정확한 묘지 위치조차도 논쟁거리다. 단편 《황금 풍뎅이》, 《어셔가의 몰락》, 《모르그가의 살인사건》, 《검은 고양이》 등이 있다.

에드나 밀레이(Edna St. Vincent Millay, 1892~1950) 미국 시인·극작가. 처녀시집 《재생 其他》를 발표했고, 《한밤중의 대화》 등 많은 시집을 발표했다. 《두 번째의 4월》 등이 있으며, 《하프 제작자(The Harp-weaver)》 로 퓰리처상을 수상했다.

에드먼드 고스(Edmund William Gosse, 1849~1928) 영국의 비평가 · 문학사가. 아버지에 대한 격렬한 애증을 겪으면서 문학에 관심을 갖게 되었다는 내력이 그의 저서 《아버지와 아들》 에 자세히 드러나 있다. 저서로는 문학사 《18세기 영문학》 이 있다. 17~18세기 영문학뿐만 아니라, 스칸디나비아 문학과 프랑스 문학에 관해서도 선구자적 저서를 남겼다.

에드먼드 버크(Edmund Burke, 1729~1797) 영국의 정치가 · 정치사상가. 조지 3세의 독재 경향과 아메리카 식민지에 대한 과세에 반대했고, 당시 벵골 총독 헤이스팅스를 탄핵했다. 웅변가로서 정의와 자유를 고취했으며, 영국 보수주의의 대표적 이론가로 명성을 떨쳤다.

에드먼드 스펜서(Edmund Spenser, 1552?~1599) 영국의 시인. 미완성 대작 장편 서사시 《페어리 퀸》 으로 유명하다. 희곡의 셰익스피어와 함께 가장 위대한 시인으로 꼽힌다. 약동하는 이미지의 아름다움은 예로부터 많은 시인을 사로잡았으며, '스펜서 시체(詩體)'라는 형식의 아름다운 음악성은 절찬을 받았다.

에드먼드 카트라이트(Edmund Cartwright, 1743~1823) 영국의 동력방직기 발명가. 1789년 물레방아나 증기기관을 이용한 역직기를 발명함으로써 실을 만드는 속도와 천을 짜는 속도를 연결시켰다. 그는 직접 공장을 세워 직물을 생산하였으며, 산업혁명에 끼친 영향이 크다.

에드바르 그리그(Edvard Hagerup Grieg, 1843~1907) 노르웨이의 작곡가 · 피아니스트. 작품 속에 민족음악의 선율과 리듬을 많이 도입하고 민족적 색채가 짙은 작품을 다수 만들어 오늘날 노르웨이 음악의 대표적 존재가 되었다. 헨리크 입센의 작품을 바탕으로 한 부대음악(附帶音樂) 《페르귄트》 와 《피아노협주곡》 으로 명성을 떨쳤다.

에드워드 기번(Edward Gibbon, 1737~1794) 영국의 역사가. 《로마제국쇠망사》 는 2세기부터 1453년 콘스탄티노플의 멸망까지 1300년의 로마 역사를 다룬 작품으로, 로마사 중 가장 조직적이고 계몽적이다. 그의 《자서전》 또한 문학적 가치가 높다.

에드워드 달버그(Edward Dahlberg, 1900~1977) 미국 소설가. 소년시절의 생

에른스트 아른트(Ernst Moritz Arndt, 1769~1860) 19세기 독일의 산문작가·시인·저술가. 나폴레옹 시대에 독일인들의 민족적 자각을 표현했다. 「라인은 독일의 강이지, 국경이 아니다」라는 말로 유명하다.

에른스트 톨러(Ernst Toller, 1893~1939) 독일의 표현주의 극작가. 사회주의자로서 바이에른 혁명운동을 지도하였으나 투옥되었고 미국 망명 후 궁핍한 생활 속에 자살했다. 《변전》, 《대중과 인간》 등의 혁명극을 옥중에서 만들었고, 이후 시집 《제비의 노래》 등을 만들었다.

에리히 레마르크(Erich Maria Remarque, 1898~1970) 독일의 소설가. 제1차 세계대전의 전장에서의 체험을 소재로 한 《서부전선 이상 없다》를 발표 세계적 인기작가가 되었다. 그의 작품에서는 인간세상에서의 갈등과 고뇌가 담겨 있다.

에리히 케스트너(Erich Kästner, 1899~1974) 독일의 소설가. 처음에 4권의 시집을 출판하여 이름이 알려지게 되었다. 소년소설 《에밀과 탐정들》, 《점박이 소녀와 안톤》 등이 있다. 그는 또한 제1차 세계대전 후의 사회의 허위성을 찌른 풍자소설 《파비안》을 발표함으로써, 반(反)나치 작가라는 낙인이 찍혀 집필금지와 분서(焚書) 처분을 받기도 하였다.

에리히 프롬(Erich Fromm, 1900~1980) 미국 신프로이트학파의 정신분석학자이자 사회심리학자. 프랑크푸르트학파에 프로이트 이론을 도입 사회경제적 조건과 이데올로기 사이에 사회적 성격이라는 개념을 설정하고 이 3자의 역학에 의해 사회나 문화 변동을 분석하는 방법론을 제기하였다. 저서에 《자유로부터의 도피》, 《선(禪)과 정신분석》 등이 있다.

에릭 호퍼(Eric Hoffer, 1902~1983) 집단 동일시에 관한 심리적 연구서 《대중운동의 실상》을 쓴 저자. 인간의 마음을 움직이는 집단활동의 힘을 비전문가적 시각으로 바라본 책으로, 오늘날 테러리스트, 자살 폭탄자들의 과격 대중운동에 적절하게 적용되고 있다.

에마뉘엘 무니에(Emmanuel Mounier, 1905~1950) 프랑스의 철학자. 인격주의의 제창자. 잡지 《에스프리》를 창간, 정신의 가치와 개개인의 인격을 지키고, 물질문명과 교회의 우경(右傾)을 공격하였다. 제2차 세계대전 중에는 레지스탕스 운동에 참가하여 투옥되었다.

에마누엘 스베덴보리(Emanuel Swedenborg, 1688~1772) 스웨덴의 자연과학자 · 철학자 · 신학자. 심령체험을 겪은 후 과학적 방법의 한계를 깨닫고, 시령자(視靈者) · 신비적 신학자로서 활약하였다. 저서《천국의 놀라운 세계와 지옥에 대하여》가 유명해졌는데, 이는《묵시록》의 새로운 해석으로서 그의 신지학(神智學)의 진수를 전개한 것이었다.

에밀 기메(Emile Etienne Guimet, 1836~1918) 프랑스의 실업가 · 수집가. 1878년 리옹에 기메 미술관을 설립하여 1884년 국가에 헌납하고 1888년 파리로 옮겨졌으며, 1928년 국립종교미술관으로 개조되었다.

에밀리 디킨슨(Emily Elizabeth Dickinson, 1830~1886) 미국의 여류 시인으로 엄격한 청교도의 집안에 태어나 평생을 독신으로 살면서 시 쓰기에 열중하였다. 자연과 사랑 외에도 청교도주의를 배경으로 한 죽음과 영원 등의 주제를 많이 다루었다. 특히 1885년에 사랑에 실패한 후로 삶, 죽음, 사랑, 신, 시간, 영원 등에 관하여 많은 시를 썼다.

에밀리 브론테(Emily Jane Brontë, 1818~1848) 영국 여류소설가 · 시인.《내 영혼은 비겁하지 않노라》등의 시편(詩篇)에 의해 시인으로서 특이한 지위를 차지하고 있다. 유일한 소설《폭풍의 언덕》은 오늘날에는 셰익스피어의《리어왕》, 허먼 멜빌의《백경(白鯨)》에 필적하는 명작이라고까지 평가되고 있다.

에밀 리트레(Maximilien Paul Emile Littré, 1801~1881) 프랑스의 의사 · 철학자 · 언어학자. 콩트의 제자로 실증주의사상 보급에 힘썼다. 특히 그 이론적 측면을 발전시켜, 당시 제3공화정의 공인철학으로 만들려 노력했다. 저서는《오귀스트 콩트와 실증철학》,《철학적 관점에서 본 과학》등이 있다.

에밀 브루너(Emil Brunner, 1889~1966) 스위스의 프로테스탄트 신학자이자 변증법적 신학 창시자의 한 사람. 1924년부터 1953년까지 취리히대학교 조직신학 · 실천신학 교수를 역임하였다. 주요 저서로《복음적 신학의 종교철학》,《중보자(보조자)》등이 있다.

에밀 졸라(Émile François Zola, 1840~ 1902) 프랑스의 소설가 · 비평가. 처녀작《테레즈 라캥》으로 자연주의 작가로 인정받았으며, 이때부터 클로드 베르나르의 실험의학을 문학에 적용하여〈루공 마카르 총서〉(전 20권)가 탄생했다. 이 속에는《나나》,《목로주점》,《대지》등의 걸작이

들어 있다. 1898년 논문 '나는 탄핵한다'로 드레퓌스 사건을 공격하여 금고형을 받았다. 1902년 방에 피워둔 난로 가스에 중독되어 사망했는데, 타살 의혹도 있다.

에바 페론(María Eva Duarte de Perón, 1919~1952) 아르헨티나의 대통령 후안 페론의 두 번째 부인. 애칭인 에비타(Evita)로 불린다. 그녀에 대해서는 긍정과 부정의 의견이 양존하며, 죽은 지 50여 년이 지난 현재까지도 추모 열기는 계속되고 있다. 후안 페론의 독재를 위한 방패막이었다는 비판도 있다. 그녀의 이야기는 여러 차례 영화화되었으며, 뮤지컬《에비타》로 제작되기도 했다.

에우리피데스(Euripides, BC 484?~BC 406?) 고대 그리스 3대 비극시인의 한 사람으로, 사티로스극 《키클로프스》를 비롯한 19편의 작품이 전해진다. 아이러니를 내포한 합리적인 해석과 새로운 극적 수법으로 그리스 비극에 큰 변모를 가져왔다. 주로 인간의 정념(情念)의 가공할 작용을 주제로 하였고, 특히 여성심리 묘사에 뛰어났다.

에이머스 올컷(Amos Bronson Alcott, 1799~1888) 미국의 교육가 · 사상가로 보스턴에 유아학교를 설립, 교육을 통한 육체 · 정신 · 도덕 · 미의식의 조화를 기도하였다. 하버드에 프루트랜즈(Fruitlands)라는 이상주의적 공동체를 건설하였고, 콩코드 철학학교에서 고등교육에 진력하였다.

에이브러햄 링컨(Abraham Lincoln, 1809~1865) 남북전쟁에서 승리해 연방(聯邦)을 보존하고 노예를 해방시킨 미국의 제16대 대통령(재위 1861년~1865년). 모든 미국 대통령 선호도 설문조사에서 1위를 차지하며 민주주의를 대변한 웅변가로서 끊임없는 존경을 받았다.

에즈라 파운드(Ezra Loomis Pound, 1885~1972) 미국의 시인. 이미지즘과 그 밖의 신문학 운동의 중심이 되어 엘리엇, 조이스를 소개하였다. 《피산 캔토스》(1948)로 보링겐상을 받았다. 이백의 영역 《The Ta Hio》 등 다방면의 우수한 번역을 남겼다.

에피쿠로스(Epikouros, BC 342?~BC 271) 고대 그리스의 철학자. 35세경 아테네에서 '에피쿠로스 학원'을 열었다. 기초를 이루는 원자론(原子論)에 의하면 참된 실재는 원자(아토마)와 공허(케논)의 두 개이다. 원자 상호간에 충돌이 일어나서 이 세계가 생성된다고 했다.

로버트 웰리스 스티븐스의 아내로서, 작품으로 시집 《포르투갈인이 보낸 소네트》 등이 있다.

엘베시우스(Claude-Adrien Helvetius, 1715~1771) 프랑스 계몽기의 철학자. 존 로크의 인식론과 콩디야크의 감각론을 발전시켜 공리주의의 윤리학을 설명하였다. 선과 악의 기준은 타인의 평가에 있으며, 선이라는 것은 공공이익에 부합되는 행위라고 하였다. 즉 개인의 이기주의와 사회복지의 일치를 지향했다.

《여씨춘추(呂氏春秋)》 진나라의 정치가 여불위(呂不韋)가 빈객(賓客) 3,000명을 모아서 편찬하였다. 도가(道家) 사상이 중요한 부분을 차지하나, 유가(儒家)·병가(兵家)·농가(農家)·형명가(刑名家) 등의 설도 볼 수 있다. 또한 춘추전국시대의 시사(時事)에 관한 것도 수록되어 있어 그 시대를 알 수 있는 중요한 사론서이다.

《열녀전(列女傳)》 유향(劉向)이 지은 8편 15권으로, 나중에 송(宋)나라 방회(方回)가 7권으로 간추린 것. 부인의 유형을 모의(母儀)·현명(賢明)·인지(仁智)·정신(貞愼)·절의(節義)·변통(辯通)·폐얼(嬖孼)의 7항목으로 나누어, 항목마다 15명가량을 수록하였다. 유명한 현모·양처·열녀·투부(妬婦)의 이야기는 모두 다 나와 있다.

《열자(列子)》 중국의 철학서. 8권 8편. 열어구(列禦寇 : 列子)가 서술한 것을 문인, 후생들이 보완하여 천서(天瑞)·황제(黃帝)·주목왕(周穆王)·중니(仲尼)·탕문(湯問)·역명(力命)·양주(楊朱)·설부(說符)의 8편으로 나누어 기술하였다. 전한(前漢) 말에 유향(劉向)이 교정하여 8권으로 만들고, 동진(東晉)의 장담(張湛)이 주(注)를 달았다. 「우공이산(愚公移山)」 「조삼모사(朝三暮四)」 「기우(杞憂)」 등의 고사로 유명하다.

《염철론(鹽鐵論)》 중국 전한(前漢)의 선제(宣帝) 때에 환관(桓寬)이 편찬한 책. 무제(武帝) 때부터 비롯된 소금·철·술 등의 전매(專賣) 및 균수(均輸)·평준(平準) 등 일련의 재정정책을 무제가 죽은 뒤에도 존속시킬 것인지의 여부를 전국에서 추천을 받고 참석한 자들 간에 논의한 내용을 수록한 것이다.

《예기(禮記)》 중국 고대 유가(儒家)의 경전. 곡례(曲禮)·단궁(檀弓)·왕제(王制)·월령(月令)·예운(禮運)·예기(禮器)·교특성(郊特性)·명당위

(明堂位) · 학기(學記) · 악기(樂記) · 제법(祭法) · 제의(祭儀) · 관의(冠儀) · 혼의(婚儀) · 향음주의(鄕飮酒儀) · 사의(射儀) 등의 편(篇)이 있고, 예의 이론 및 실제를 논하는 내용이다. 4서의 하나인 《대학(大學)》과 《중용(中庸)》도 이 가운데 한 편이다.

예수 그리스도(Jesus Christ, BC 4?~AD 30) 그리스도교의 창시자인 예수를 하느님의 메시아로 인정한다는 의미를 담고 있으며, 그 자체가 예수를 지칭하는 말로도 쓰인다. 예수라는 이름은 헤브라이어로 '하느님(야훼)은 구원해 주신다'라는 뜻이며, 그리스도는 '기름부음을 받은 자', 즉 '구세주'를 의미한다. 「예수 그리스도는 어떤 사람인가?」라는 물음은, 예수 탄생 이래 오늘날까지 끊임없이 제기되는 물음이다. 그리스도교도에게는 그리스도는 '살아 계신 하느님의 아들'이다. 《마태복음》 제16장 16절을 보면, 예수는 제자들에게 「너희는 나를 누구라고 생각하느냐?」 하고 물었다. 「선생님은 살아 계신 하느님의 아들 그리스도이십니다」 라고 시몬 베드로가 대답하자, 예수는 「너에게 그것을 알려주신 분은 사람이 아니라 하늘에 계신 내 아버지시니 너는 복이 있다」 라고 말했다고 적혀 있다.

오귀스트 로댕(Auguste Rodin, 1840~1917) 프랑스의 조각가. 근대조각의 시조로 일컬어진다. 그가 추구한 웅대한 예술성과 기량은 조각에 생명과 감정을 불어넣어 예술의 자율성을 부여했다. 장식미술관을 위한 대작의 모티프를 단테의 《신곡》 지옥편에서 얻은 영감에 두고 거작 《지옥문》의 제작에 착수하였다. 한편 이러한 사상 속에서 그의 명성의 중핵을 이루는 갖가지 작품, 즉 《생각하는 사람》, 《아담과 이브》, 《발자크 상(像)》 등을 통해 다채롭고 정력적인 활동을 하였다.

오귀스트 콩트(Auguste François Xavier Comte, 1798~1857) 프랑스의 철학자 · 사회학창시자. 여러 사회적 · 역사적 문제에 관하여 온갖 추상적 사변을 배제하고 과학적 · 수학적 방법에 의하여 설명하려고 하였다. 3단계 법칙에서는 인간의 지식 발전단계 중 최후의 실증적 단계가 참다운 과학적 지식의 단계라고 주장하였다.

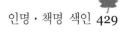

오비디우스(Publius Ovidius Nasō, BC 43~AD 17) 고대 로마의 시인. 작품에는 《사랑의 기술》, 《여류의 편지》 등이 있으며, 특히 유명한 《변신이

야기》는 서사시 형식으로써 신화를 집대성하였다. 그의 작품은 세련된 감각과 풍부한 수사(修辭)로 르네상스 시대에 널리 읽혔고, 후대에도 많은 영향을 끼쳤다.

오상순(吳相淳, 1894~1963) 호는 공초(空超). 작품에서 운명을 수용하려는 순응주의와 동양적 허무의 사상을 다룬 시인. 주요 작품으로 《아시아의 마지막 밤 풍경》, 《방랑의 마음》 등이 있다.

오소백(吳蘇白, 1921~2008) 40년대 말 기자생활을 시작해 50년대와 60년 초까지 8개 일간신문의 사회부장을 9차례 역임했다. 불안했던 해방정국과 반민특위, 그리고 정부수립에서 6·25에 이르기까지 격동 반세기 현장을 온몸으로 누비며 광산촌과 농어촌 등 불우한 사람들을 기사화한 그는 사회부 기자의 전범(典範)으로 불려왔고, 기자정신을 몸소 실천했던 '현장'이었으며, '역사'라 평가받았다.

오쇼 라즈니쉬(Osho Rajneesh, 1931~1990) 인도의 신비가, 구루 및 철학자. 한때는 브하그완 슈리 라즈니쉬라 불렀다. 철학교수로서 인도를 돌아다니며 대중을 상대로 강연했다. 그는 사회주의와 간디 및 기성 종교에 반대하고 성에 대한 개방적 태도를 지지하여 논란을 일으켰다.

오스카 와일드(Oscar Wilde, 1854~1900) 아일랜드 시인·소설가·극작가·평론가. '예술을 위한 예술'을 표어로 하는 탐미주의를 주창했고 그 지도자가 되었다. 주요 저서에는 장편소설 《도리언 그레이의 초상》 등이 있다.

오스틴 돕슨(Austin Dobson, 1840~1921) 영국의 시인·문학사가·전기작가. 1885년부터 문학사, 특히 18세기 영국문학을 연구하여, 《골드스미스傳》, 《리처드슨傳》을 비롯한 시인·문학가의 전기·평론집 등을 많이 썼다.

오언 영(Owen D. Young, 1874~1962) 미국의 법률가·실업가로서, 독일의 배상문제에 관한 '영 플랜(Young Plan)'을 내놓았다. 보스턴에서 변호사를 개업하여 법률 실무에 종사하는 한편, 제너럴일렉트릭 사(社)의 이사장 및 뉴욕연방준비은행의 중역, 국제상업회의소 회장 등을 지냈다.

《오월춘추(吳越春秋)》 중국 후한의 조엽(趙曄)이 춘추시대의오(吳)와 월(越) 두 나라 사이에 있었던 분쟁의 전말을 기록한 역사서. 6권본과 10권본이 있다.
《오잡조(五雜組)》 중국 명대(明代)의 수필집. 사조제(謝肇淛) 저. 전체를 천(天) · 지(地) · 인(人) · 물(物) · 사(事)의 5부로 나누고, 자연현상 · 인사(人事)현상 등의 넓은 범위에 걸쳐서 저자의 견문과 의견을 항목별로 정리한 것이다. 명대의 정치 · 경제 · 사회 · 문화에 관한 귀중한 자료가 되고 있다.
오카 마코토(大岡信, 1931~) 일본의 시인 · 비평가.
오토 딕스(Otto Dix, 1891~1969) 독일의 화가 · 판화가. 드레스덴 분리파 창립자의 한 사람으로 일하고 1923년 다다이즘으로 전향했다. 제2차 세계대전 이후 주로 종교적 주제로 표현주의 경향의 작품을 제작하였다.
오토 바이닝거(Otto Weininger, 1880~1903) 오스트리아의 사상가. 유일한 저서 《성(性)과 성격》은 반(反)유대주의 선전가들의 지침서로 쓰였다. 과학과 철학이 혼합된 연구결과를 출판해 모든 생물은 남성적 요소와 여성적 요소를 다양한 비율로 겸비하고 있다고 주장했다. 23세에 권총 자살했다.
오토 비스마르크(Otto Eduard Leopold von Bismarck, 1815~1898) 독일의 정치가. 프로이센 총리로 '철혈정책'으로 독일을 통일했다. 보호관세정책으로 독일의 자본주의 발전을 도왔으나 전제적 제도를 그대로 남겨놓았다. 통일 후 유럽의 평화유지에 진력하였다.
오 헨리(O. Henry, 1862~1910) 미국 소설가. 순수한 단편작가로, 따뜻한 유머와 깊은 페이소스를 작품에 풍겼다. 특히 독자의 의표를 찌르는 줄거리의 결말은 기교적으로 뛰어나다. 유명한 마지막 잎새》를 비롯하여 10년 남짓한 활동기간 동안 300편 가까운 단편소설을 썼다.
오화섭(吳華燮, 1916~1979) 영문학자. 한국 셰익스피어협회 이사가 되어 셰익스피어 연극의 한국 소개에 힘썼다. 연세대학교 문과대학장을 역임, 번역문학상을 수상했고, 저서로는 《현대 미국 극》, 수필집 《이 조그마한 정열을》이 있다.
옥타비오 파스(Octavio Paz, 1914~1998) 멕시코의 시인이자 비평가. 외교관으로 세계 각지를 다니며 시작(詩作)에 열중하였고 파리에서 쉬르리얼리즘운동에 참여하기도 하였다. 대표적 시집으로 《동사면(東斜面)》

《활과 리라(el acro y la lira)》 등이 있으며 1990년 노벨문학상을 수상하였다.

올더스 헉슬리(Aldous Leonard Huxley, 1894~1963) 영국의 소설가 · 비평가. 대표작 《연애대위법》은 갖가지 형의 1920년대 지식인들을 풍자적으로 묘사한 작품이다. 이 소설로 20세기를 대표하는 작가 중 한 사람이 되었다. 그 밖에 《어릿광대의 춤》, 《멋진 신세계》 등이 있다.

올리버 골드스미스(Oliver Goldsmith, 1728~1774) 아일랜드 출생의 영국 시인 · 소설가 · 극작가. 선량한 시골 목사 집안의 파란을 유머와 경쾌한 풍자를 곁들여 묘사한 소설 《웨이크필드의 목사》, 《세계의 시민》이 있고, 시로는 《나그네》와 《한촌행(寒村行)》이 대표작이다.

올리버 크롬웰(Oliver Cromwell, 1599~1658) 영국의 정치가 · 군인. 청교도혁명에서 왕당파를 물리치고 공화국을 세우는 데 공을 세웠다. 1653년'통치장전(統治章典)'을 발표하고 호국경(護國卿)에 올라 전권을 행사했다.

올리버 홈스(Oliver Wendell Holmes, 1809~1894) 미국의 소설가 · 의학자. 생리학교수를 지냈으며 의학적 지식을 반영한 수필집 《아침식탁의 독재자》로 널리 알려졌다.

왕건(王建, 재위 918~943) 고려 제1대 왕. 궁예의 휘하에서 견훤의 군사를 격파하였고, 정벌한 지방의 구휼에도 힘써 백성의 신망을 얻었다. 고려를 세운 후 수도를 송악으로 옮기고, 불교를 호국신앙으로 삼았으며, 신라와 후백제를 합병하여 후삼국을 통일하였다. 왕들이 치국의 귀감으로 삼도록 《훈요십조(訓要十條)》를 유훈으로 남겼다.

왕양명(王陽明, 1472~1529) 중국 명나라 중기의 유학자. 양명학파의 시초로 각처에 학교를 설치하여 후진교육에 진력하였다. 이에 《양명문록(陽明文錄)》이 간행되었고 양명서원이 건립되었다. 양명학파로서 명대 사상계에 큰 영향을 끼치게 될 기초가 확립되었다. 제자와의 토론을 모은 《전습록(傳習錄)》이 있다.

왕유(王維, 699?~759) 중국 당(唐)의 시인이자 화가로서 자연을 소재로 한 서정시에 뛰어나 '시불(詩佛)'이라고 불리며, 수묵(水墨) 산수화에도 뛰어나 남종문인화의 창시자로 평가를 받는다.

왕찬(王粲, 177~217) 중국 후한(後漢) 말기 위(魏)의 시인. 조조가 위(魏)의 왕이 되자 시중(侍中)으로서 제도개혁에 진력하고, 조씨 일족을 중심으로 하는 문학집단 안에서 문인으로서도 활약했다. 건안칠자(建安七子)의 한 사람이자 그 대표적 시인으로 가장 표현력이 풍부하고 유려하면서도 애수에 찬 시를 남겼다.

왕충(王充, 27~100?) 중국 후한(後漢)의 사상가. 낙양(洛陽)에 유학하여 저명한 역사가 반고(班固)의 부친 반표(班彪)에게 사사하였다. 철저한 반속정신(反俗精神)의 소유자로 언론의 자유를 내세우는 위진적(魏晉的) 사조를 만들어 내었다. 주요 저서로 《논형(論衡)》이 있다.

요하네스 케플러(Johannes Kepler, 1571~1630) 독일의 천문학자. 《신 천문학》에서 행성의 운동에 관한 제1법칙인 '타원궤도의 법칙'과 제2법칙인 '면적속도 일정의 법칙'을 발표하여 코페르니쿠스의 지동설을 수정 · 발전시켰다. 그 뒤 《우주의 조화》에 행성운동의 제3법칙을 발표하였다.

요한네스 크리소스토무스(John Chrysostom, 349?~407) 또는 요한 크리소스톰은 초기 기독교의 교부이자 제37대 콘스탄티노폴리스 대주교였다. 뛰어난 설교자였던 그는 초대 교회(고대 교회)의 중요한 신학자 가운데 한 사람이었고 끊임없이 기독교 교리에 대해 설전을 펼쳤다.

요한 글라임(Johann Wilhelm Ludwig Gleim, 1719~1803) 독일의 시인. 아나크레온파의 대표이다. 인생의 쾌락을 노래하는 작품을 많이 썼다. 운문으로 된 《우화집》과 《어느 척탄병(擲彈兵)의 프로이센 군가》 등이 유명하다.

요한 코메니우스(Johann Amos Comenius, 1592~1670) 모라비아(Moravia : 지금의 체코)의 교육자. 영국, 스웨덴, 폴란드 등에서 평화를 위한 교육의 구상에 의거한 학교개혁을 실천하는 한편 유럽의 평화실현구상을 발표하였다. 청소년교육과 민중계몽의 방법을 범지(汎知 : pansophia)로써 체계화하여 그 후의 교육에도 큰 영향을 끼쳤다.

요한 하만(Johann Georg Hamann, 1730~1788) 독일의 철학자 · 시인. 주로 편지와 단편적인 문장으로 예언적인 견해를 썼다. 지적(知的) 편중의 계몽주의를 극복하고, 전체적인 인격을 추구하려고 노력하였다. '슈투름 운트 드랑(질풍노도)'의 문학운동의 선구로 간주된다.

요한 헤르바르트(Johann Friedrich Herbart, 1776~1841) 독일의 철학자이자

교육사상가. 윤리학과 심리학에 기초를 둔 교육학을 조직하여 교육의 궁극적 목적을 도덕적인 성격의 형성이라고 주장하며 세계 각국의 교육계에 큰 영향을 주었다.

요한 스트린드베리(Johan August Strindberg, 1849~1912) 스웨덴의 극작가이자 소설가로, 심리학과 자연주의를 결합시킨 새로운 종류의 서구 극을 만들어냈으며, 이것은 후에 표현주의 극으로 발전했다. 대표작으로는 《아버지》, 《줄리앙》, 《유령 소나타》 등이 있다.

우나무노(Miguel de Unamuno, 1864~1936) 에스파냐의 철학가 · 시인 · 소설가. 살라망카대학에서 교수와 총장을 지냈고 '1898년대의 작가'의 지도적 중심인물로서 문학 · 사상 양면에서 다채로운 활동을 하였다. 주요 저서에 《돈키호테와 산초의 생애》 등이 있으며 실존적인 생의 문제를 다루었다.

우드로 윌슨(Thomas Woodrow Wilson, 1856~1924) 미국의 28대 대통령. 제1차 세계대전 중 비밀외교의 폐지와 민족자결주의를 제창, '14개조 평화원칙'을 발표하였고 국제연맹 창설에 공헌하여 노벨평화상을 받았다.

우마르 하이얌(Umar Khayyām, 1040?~1123) 페르시아의 수학자 · 천문학자 · 시인. 셀주크 왕조 마리크샤 왕의 천문대를 운영하였고, 2차방정식의 기하학적 · 대수학적 해법을 연구하였다. 《자라르 연대기》로 불린 새로운 역법(曆法)을 고안하였고, 《루바이야트》라는 근대 페르시아어로 된 4행시를 썼다.

우치무라 간조(內村鑑三, 1861~1930) 일본 메이지 · 다이쇼시대 그리스도교의 대표적인 지도자 · 종교가. 무교회(無教會)주의 그리스도교 사상가를 배출하여 현대 일본문화에 큰 영향을 끼쳤다. 김교신 · 함석헌을 통하여 한국에도 영향력을 미쳤다.

《우파니샤드(Upanisad)》 고대 인도의 철학서. 바라문교(波羅門教, Brāhmanism)의 성전 베다에 소속하며, 시기 및 철학적으로 그 마지막 부분을 형성하고 있기 때문에 베단타(Vedānta : 베다의 말미 · 극치)라고도 한다. 현재 200여 종이 전해지는데, 그 중 중요한 것 10여 종은 고(古) 우파니샤드로 불리며, BC 600~AD 300년경, 늦어도 기원 전후에 성립된 것이다. 그 후 10수세기에 이르기까지 만들어진 것을 신우파니샤드라고 하며, 모두 산스크리트로 씌었다.
운초(雲楚, 미상) 성천(成川)의 명기(名妓)로서 가무 · 시문(詩文)에 뛰어났던 조신시대 기생 시인. 문집 《부용집》 에 수록된 시 30여 수는 규수문학의 정수로 꼽힌다.
울피아누스(Domitius Ulpianus, 170?~228) 로마의 법학자 · 정치가. 명료하고 수려한 필체로 법에 관한 많은 글을 썼다. 그는 파피니아누스와 마찬가지로 마르쿠스 안티스티우스 라베오와 같은 창의적인 법사상가는 아니었으나, 당시의 이론을 정리하고 해석하는 데 탁월한 능력을 발휘했다.
워런 버핏(Warren Buffett, 1930~) 미국의 주식투자가. 증권 세일즈맨인 아버지 밑에서 자라 콜롬비아대학 경영대학원 경제학 석사. 주식투자를 시작하여 한때 미국 최고의 갑부의 위치까지 올라섰던 전설적인 투자의 귀재로 미국에서 5위 안에 드는 갑부로 알려져 있다. '오마하의 현인(Oracle of Omaha)'이라고도 불린다. 친구인 빌 게이츠 재단에 재산의 85%인 370억 달러를 기부하겠다고 밝혔다.
워싱턴 어빙(Washington Irving, 1783~1859) 미국의 수필가 · 소설가. 《뉴욕사(史)》 를 출간하여 풍자와 유머러스한 필치로 유명해졌다. 영국 풍물사적(風物史跡)을 우아한 문체로 수필 식으로 엮은 《스케치 북》 이 대표작이며, 이 작품으로 미국작가로는 처음 국제적인 명성을 얻었다. 단편집 · 전기 · 여행기 등이 많고 전아(典雅)한 문장과 로맨틱한 소재를 고집했다.
《원각경(圓覺經)》 대승(大乘) · 원돈(圓頓)의 교리를 설한 것으로, 주로 관행(觀行)에 대한 설명인데, 문수(文洙) · 보현(普賢) · 미륵보살 등 12보살이 불타와 일문일답하는 형식을 취하였다. 《유마경(維摩經)》, 《능엄경(楞嚴經)》 과 함께 선(禪)의 3경(經)이다.
월리스 스티븐스(Wallace Stevens, 1879~1955) 미국 시인. 풍부한 이미지와 난해한 은유(隱喩)를 특색으로 작품을 쓰며 《필요한 천사》 같은 뛰어난 시평론도 남겼다. 《시집》 으로 퓰리처상을 수상했다.
월터 랜더(Walter Savage Landor, 1775~1864) 영국의 시인 · 산문작가. 주요 작품으로는 서사시 《게비르》, 《시모니데어》 가 유명하며, 《상상적 대화편》, 《페리클레스와 아스파시아》, 《펜타메론》 은 당당한 산문의 대화편이다. 《로즈 에일머》 와 같은 주옥같은 단편이 있다.

월터 롤리(Walter Raleigh, 1552?~1618) 영국의 군인 · 탐험가 · 시인 · 작가. 위그노 전쟁에 참가하고 아일랜드 반란을 진압한 공으로 기사작위를 서임 받았다. 북아메리카를 탐험, 플로리다 북부를 '버지니아'로 명명하고 식민을 행했으나 실패했다.

월터 리프먼(Walter Lippmann, 1889~1974) 미국의 평론가 · 칼럼니스트. 1921년 《뉴욕 월드》 지의 논설기자로서 명성을 떨쳤고 《뉴욕 헤럴드 트리뷴》 지에서 칼럼 '오늘과 내일' 난을 담당하여 미국 정계뿐만 아니라 세계적으로 영향을 미치는 평론을 발표했다. 1947년에는 유명한 《냉전》 을 발표하여, 그 후 국제정치의 유행어로 만들었다.

월터 배젓(Walter Bagehot, 1826~1877) 영국의 정치가이며 문필가. 특히 저서 《영국 헌정》 은 당시 영국 헌정에 대한 권위 있는 해설서로서 명성이 높았다. 다른 저서 《물리학과 정치학》 이 있다.

월터 스콧(Walter Scott, 1771~1832) 19세기 초 영국의 역사소설가 · 시인 · 역사가. 《최후의 음유시인의 노래》 , 《마미온》 , 《호수의 여인》 의 3대 서사시로 유명하다. 역사소설 《웨이벌리》 , 《가이 매너링》 , 《부적》 등은 유럽에서 애독되었다. '웨이벌리의 작자'라는 익명을 사용하였다.

월터 페이터(Walter Horatio Pater, 1839~1894) 영국의 비평가 · 수필가 · 인문주의자. 19세기 말 데카당스적 문예사조의 선구자이다. 레오나르도다빈치, 보티첼리 등 르네상스기 화가 중심의 평론집 《르네상스 사(史)의 연구》 를 발표했다. 그가 주창한 '예술을 위한 예술' 옹호론은 심미주의로 알려진 운동의 원칙이 되었다.

월트 휘트먼(Walt Whitman, 1819~1892) 미국의 시인. 시집 《풀잎》 은 형식과 내용면에서 매우 혁신적이었으며, 이 작품으로 종래 전통적 시형을 벗어나 미국의 적나라한 모습을 찬미했다. 3판에 이르러는 '예언자 시인'으로의 변모를 드러냈다. 산문집 《자선일기 기타》 가 유명하다.

웬들 개리슨(Wendell Phillips Garrison, 1840~1907) 미국의 신문잡지 편집인. W. L. 개리슨의 아들. 문예평론지 《네이션》 의 문예란을 집필하였다. 동생인 F. J. 개리슨과 함께 아버지의 전기 《윌리엄 로이드 개리슨 1805~79》 을 집필하였다.

《위서(魏書)》 중국 남북조시대 북제(北齊)의 위수(魏收)가 편찬한 사서(史

書). 기전체(紀傳體)로 북위(北魏)의 역사를 서술한 중국 이십오사(二十五史) 가운데 하나다.
위스턴 오든(Wystan Hugh Auden, 1907~1973) 미국의 시인. 기법적으로 고대 영시풍의 단음절 낱말을 많이 써서 조롱이 섞인 경시와 모멸을 덧붙인 독특한 스타일을 만들어 냈다. 주요 저서로는 《시집》, 《연설자들》 등이 있다.
윈스턴 처칠(Winston Leonard Spencer Churchill, 1874~1965) 영국의 정치가. 자유당 내각의 통상장관 · 식민장관 · 해군장관 등을 역임하였다. 제2차 세계대전 중에 노동당과의 연립내각을 이끌고 루스벨트, 스탈린과 더불어 전쟁의 최고정책을 지도했다. 이후 반소 진영의 선두에 섰으며 1946년 '철의 장막'이라는 신조어를 만들어내기도 했다. 그는 역사 · 전기 등의 산문에도 뛰어나 많은 저서를 남겼으며, 《제2차 세계대전》 (6권)으로 노벨문학상을 수상하였다. 또한 화가로서도 재질을 발휘했다.
윌 듀란트(William James Durant, 1885~1981) 미국의 철학가 · 역사가. 컬럼비아 대학교 철학과 박사. 전 세계인을 철학의 길로 이끈 영원한 베스트셀러 《철학 이야기》 의 저자이자 저명한 역사가. 그 밖의 저서로 《역사 속의 영웅들》 이 있다.
윌리엄 2세(William II, 1056~1100) 영국 노르만왕조의 왕(재위 1087~1100). 노르망디의 귀족 반란을 진압하고 스코틀랜드에 침입하여 왕을 굴복시켰으나 무단정치와 반로마 교회적 태도 등으로 인심을 잃었다.
윌리엄 E. 두보이즈(William Edward Du Bois, 1868~1963) 미국의 역사가. 흑인문제를 사회학적인 방법으로 분석하고 인종주의에 맞서 대항한 흑인 지도자이기도 하다. 1903년에 쓴 책 《흑인의 영혼》 은 출간된 지 100년이 지난 지금까지 계속 출판되고 있으며 《톰 아저씨의 오두막》 이후 흑인들에게 가장 많은 영향력을 준 책으로 꼽힌다.
윌리엄 S. 클라크(William Smith Clark, 1826~1886) 미국의 과학자 · 교육자. 매사추세츠 주립 농과 대학 학장을 역임했으며, 학생들에게 깊은 종교적 감화를 주었으며, '소년들아 포부를 가져라(Boys be Ambitious!)'라는 그의 말은 유명하다.
윌리엄 고드윈(William Godwin, 1756~1836) 영국의 정치평론가 · 소설가. 프

랑스혁명 직후 사유재산의 부정(否定)과 생산물의 평등분배에 입각한 사회정의 실현을 주장하여《정치적 정의나 그것이 일반 미덕과 행복에 미치는 영향에 관한 고찰》을 써서 무정부주의의 선구자이자 급진주의의 대표가 되었다.

윌리엄 글래드스턴(William Ewart Gladstone, 1809~1898) 영국의 정치가. 자유당 당수를 지냈고, 수상 직을 4차례 역임하였다. 윈스턴 처칠과 함께 가장 위대한 영국의 수상으로 추앙받고 있다. 백작 작위를 수여하려고 할 때 이를 사양하여 대평민(The Great commoner)으로서 일생을 마쳤다.

윌리엄 길버트(William Schwenck Gilbert, 1836~1911) 영국의 극작가. 1907년 경(Sir) 칭호를 받았으며, 불의의 사고로 익사하였다. 작풍은 영국사람 특유의 풍자와 유머가 넘치며, 대표작으로는《군함 피나포어》,《펜잔스의 해적》등이 있다.

윌리엄 깁슨(William Ford Gibson, 1948~) 미국계 캐나다 소설가. 과학소설의 장르인 사이버펑크의 「검은 예언자(느와르 프로펫, noir prophet)」라고 불린다. 1982년 그의 데뷔작인 뉴로맨서(Neuromancer)에서 「사이버스페이스(cyberspace)」라는 용어와 개념이 유명해졌다. 그는 아직 잘 알려지지 않은 90년대 이전에, 현재 전 세계적으로 퍼져 있는 네트워크 공간을 잘 묘사했으며 뉴로맨서에서 쓰인 많은 용어들이 90년대에 들어 인터넷 등에서 널리 쓰이게 되었다.

윌리엄 매킨리(William McKinley, 1843~1901) 미국 제25대 대통령. 금본위제도 유지와 보호관세로 산업자본에 유리한 정책을 전개하였다. 미국·스페인 전쟁을 일으키고 극동에 대해서 문호개방정책을 취하였다.

윌리엄 밴더빌트(William Henry Vanderbilt, 1821~1885) 미국의 철도사업가·자선사업가. 뉴욕 시 5번가에 한 구획 전체에 건물을 짓고 수집한 그림과 조각품을 전시했는데, 개인 수집품으로는 세계에서 가장 훌륭하다는 평을 들었다. 메트로폴리탄 미술관, YMCA, 교회, 병원 등에 상당액의 유산을 기증했다.

윌리엄 부스(William Booth, 1829~1912) 영국의 종교가. 구세군의 창립자. 1865년 동부 런던의 빈민굴에서 전도한 것이 구세군의 시작이 되었다. 저서에《암흑의 영국에서》가 있다.

윌리엄 브라이언(William Jennings Bryan, 1860~1925) 미국의 정치가. 안으로는 금권정치를, 밖으로는 제국주의를 반대하여 평화유지에 힘쓴 진보파 정치가로 알려져 있다.
윌리엄 브라이언트(William Cullen Bryant, 1794~1878) 미국의 시인 · 저널리스트. 미국문학의 확립기를 산 시인이다. '미국시의 아버지'로 불리는 《새너토프시스》, 《물새에게》 등의 자연을 노래한 시로 문학가로서 인정받았다. 《뉴욕 리뷰》 지(誌)를 편집하였으며, 《뉴욕 이브닝 포스트》 지의 편집에 관계하였다.
윌리엄 블랙스톤(William Blackstone, 1723~1780) 영국의 법학자. 왕좌(王座) 재판소 · 민소 재판소의 재판관. 산업혁명 이전까지의 영국법 전반을 체계화하고 해설한 《영법석의(英法釋義)》를 써서, 영국법학의 학문성을 높이고, 독립전쟁 전후의 미국법 발달에 큰 영향을 주었다.
윌리엄 블레이크(William Blake, 1757~1827) 영국 시인 · 화가. 신비로운 체험을 시로 표현했다. 작품으로 《결백의 노래》, 《셀의 서(書)》, 《밀턴》 등이 있다. 화가로서 단테 등의 시와 구약성서 〈욥기〉 등을 위한 삽화를 남김으로써 천재성도 보이며 활약하기도 했다.
윌리엄 사로얀(William Saroyan, 1908~1981) 미국의 작가. 1940년 《너의 인생의 한때》가 퓰리처상으로 결정되었으나, 수상을 거부했다. 《내 이름은 아람》, 《인간희극》, 《록 워그럼》 등이 유명하다. 가족, 이웃 등을 모델로 인간성의 선함과 삶의 가치를 다루고 있다.
윌리엄 새커리(William Makepeace Thackeray, 1811~1863) 19세기 영국 문학을 대표하는 소설가. 적절히 억제된 교양 있는 문체, 날카로운 역사 감각 등이 최근 재평가되고 있다. 주요 저서로는 대작 《허영의 시장》, 《헨리 에즈먼드》 등이 있다.
윌리엄 스토리(William Wetmore Story, 1819~1895) 미국의 조각가. 문필가와 연극배우 등 사회 저명인사들로 이뤄진 모임의 중심인물로도 알려져 있으며, 그의 조각품 중에는 《클레오파트라》가 유명하다. 미국과 영국에서 폭넓은 인기를 얻었다.
윌리엄 섬너(William Graham Sumner, 1840~1910) 미국의 사회학자. 1875년 세계 최초로 사회학강좌를 개설하였다. 그의 사회학은 인류학적 경향을

띠어, 집단에 공유되고 사회질서 유지의 힘이 되는 습속이라는 개념을 제창하였다. 저서에 《습속론》이 있다.

윌리엄 알렉산더 스털링(1576?~1640) 스코틀랜드의 시인.

윌리엄 예이츠(William Butler Yeats, 1865~1939) 아일랜드 시인 · 극작가. 환상적이며 시적인 《캐서린 백작부인》을 비롯하여 몇 편의 뛰어난 극작품을 발표했으며, 1923년에는 노벨문학상을 수상하였다. 독자적 신화로써 자연(자아)의 세계와 자연 부정(예술)의 세계의 상극을 극복하려 노력했다.

윌리엄 오슬러(William Osler, 1849~1919) 영국의 의학자. 주요 저서로 《의학의 원리와 실제》, 《근대의학의 개혁》이 있으며, 그의 이름을 표제에 단 맥길문고 《Bibliotheca Osleriana》는 의학사상 귀중한 문헌이다.

윌리엄 워즈워스(William Wordsworth, 1770~1850) 영국의 낭만주의 시인. 1843년 친구인 로버트 사우디의 뒤를 이어 1850년까지 계관시인을 지냈다. 테일러 콜리지와 공저한 《서정 민요집》은 영국 낭만주의 운동의 시발점이 되었다.

윌리엄 윌리엄스(William Carlos Williams, 1883~1963) 과장된 상징주의를 배제하고 평명한 관찰을 기본으로 한 '객관주의'의 시를 표방해 작품을 쓴 미국 시인. 작품 《미국인의 기질》에서 역사적 인물에 대한 논평을 통해 미국인의 특성과 문화를 분석했다. 단편 《장 베크》, 《냉혹한 얼굴》과 시집 《브뢰헬의 그림, 기타》로 1963년 시 부문 퓰리처상을 받았다.

윌리엄 잉(William Motter Inge, 1913~1973) 미국의 극작가. 미국 중서부의 시골 서민 감정을 잘 파악하였으며 심리묘사에 뛰어났다. 《돌아오라, 어린 셰바여》, 《피크닉》, 《버스 정류장》, 《계단 위의 어둠》 등을 발표해 브로드웨이 관객층의 공감을 불러일으켰다.

윌리엄 제임스(William James, 1842~1910) 미국의 심리학자 · 철학자. '의식의 흐름(Stream of Consciousness)'이라는 용어를 처음 사용하였으며, 빌헬름 분트와 함께 근대 심리학의 창시자로 일컬어진다.

윌리엄 채닝(William Ellery Channing, 1780~1842) 미국 유니테리언파 목사. 칼뱅주의에 반대하고 인간성에 있어서 신의 내재를 주장했다. 노예제도와 전쟁에 반대하였으며 문학적 독립선언인 《미국 국민문학론》을 썼다.

윌리엄 콜린스(William Collins, 1721~1759) 영국 시인. 18세기 후반 고전주의 시단(詩壇)에 낭만적인 시풍을 도입한 선구자. 주요 작품으로는 《석양부(夕陽賦)》를 비롯하여 《1746년 연두부(年頭賦)》, 《간소부(簡素賦)》 등이 있다.

윌리엄 콩그리브(William Congreve, 1670~1729) 영국의 극작가. 화려한 희극적 대화술 및 상류사회에 대한 풍자적 묘사, 동시대인들의 가식적인 행위에 대한 반어적인 탐구 등을 통해 영국 풍속희극의 토대를 형성했다. 작품으로 《늙은 독신자》, 《거짓말쟁이》, 《세상만사》 등이 있다.

윌리엄 쿠퍼(William Cowper, 1731~1800) 영국 시인. 낭만파 시인들에게 많은 영향을 끼쳤다. 전원(田園) 찬미에 새로운 경지를 개척하여 대작 《과제》을 발표했고, 그 밖에 《올니의 찬미가》, 《존 길핀》 등이 있으며 온화한 인품이 풍기는 서간문으로도 유명하다.

윌리엄 템플(William Temple, 1881~1944) 영국의 종교철학가. 저서 《자연, 인간 및 신》에서 최고 가치이자 궁극적 실재인 신을 제시하였다. 플라톤의 영향을 받은 그의 사상은 만년에 스콜라주의로 기울어졌다.

윌리엄 페티(William Petty, 1623~1687) 영국의 경제학자로 정치산술을 창시하였으며 노동가치설을 제창하여 고전학파의 선구가 되었다.

윌리엄 펜(William Penn, 1644~1718) 영국의 신대륙 개척자. 찰스 2세에게 북아메리카의 델라웨어 강 서안의 땅에 대한 지배권을 출원하여 허가를 받자 그 땅을 펜실베이니아라 명명하고, 퀘이커 교도를 중심으로 하는 자유로운 신앙의 신천지로 만들었다.

윌리엄 포크너(William Cuthbert Faulkner, 1897~1962) 미국의 작가. 인간에 대한 신뢰와 휴머니즘의 역설적 표현을 통해 인간의 보편적인 모습을 규명하려는 그의 의지의 발현(發現)으로 남부사회의 변천해온 모습을 연대기적으로 묘사하였다. 주요 저서로는 《우화(寓話)》, 《자동차 도둑》 등이 있다. 1949년 노벨문학상을 수상. 또한 퓰리처상을 2회 수상했다.

윌리엄 피트(William Pitt the Elder, 1708~1778) 영국의 정치가. 대(大)피트. 휘그당원으로 1768년 사실상의 수상직을 겸하여 국정을 지도하였다. 7

년전쟁에서 독일의 프리드리히 빌헬름 1세를 지원하여 북아메리카 식민지에 대한 프랑스의 위협을 제거하였다. 북아메리카 식민지에 대한 과세에 반대하였으나 식민지의 독립은 지지하지 않았다.

윌리엄 필립스(William D. Philips, 1948~) 미국의 물리학자. 스티븐 추, 코앙타누지와 함께 독자적인 연구로 레이저 빛을 이용, 원자를 마이크로 켈빈 온도까지 냉각시켜 얼어 있는 원자를 계속 떠 있게 해 이들을 각기 다른 원자의 포위망 안에 가둘 수 있는 방법을 개발하였다.

윌리엄 하비(William Harvey, 1578~1657) 영국의 의학자·생리학자. 케임브리지와 이탈리아의 파드아 대학에서 수학하였다. 그는 저서 《동물에 있어서 심장 및 혈액의 운동에 관한 해부학적 연구》에서 혈액이 순환하는 것을 많은 실험으로 확인, 그 동력은 심장의 박동이라는 것을 증명하였다. 이 증명은 데카르트의 사상에도 영향을 주었다.

윌리엄 해즐릿(William Hazlitt, 1778~1830) 영국의 비평가·수필가. 인간애가 넘치는 수필작품으로 특히 대중의 사랑을 받았다. 문학적인 기교와 허세를 부리지 않은 진솔한 문체에 작가의 지성을 담은 그의 작품들은 독자들에게 읽는 것만으로도 순수한 독서의 즐거움을 맛볼 수 있게 한다. 《셰익스피어 극의 성격》, 《영국 시인론》 등의 평론이 유명하다.

윌리엄 화이트(William Foote Whyte, 1914~ 2000) 미국의 사회학자. 인포멀한 제1차 집단에 항상 관심을 가지고, 소년 갱에 관한 소집단, 레스토랑의 종업원 상호간의 관계, 종업원과 고객의 인간관계, 제너럴 모터스의 노사관계(勞使關係) 등의 연구를 차례차례로 행하고 있다.

유길준(兪吉濬, 1856~1914) 한말의 개화운동가이며 최초의 국비유학생으로 미국에서 공부하였다. 귀국 후 7년간 감금되어 《서유견문》을 집필하였다. 아관파천(俄館播遷)으로 친일정권이 붕괴되자 일본으로 12년간 망명하였다. 순종황제의 특사로 귀국한 뒤, 국민교육과 계몽사업에 헌신하였다.

유달영(柳達永, 1911~2004) 한국의 농촌운동가·교육자. 국토통일원(현 통일부) 고문, 원예학회 회장 등으로 활동하였다. 농촌계몽운동을 벌였으며 일생 동안 농학연구를 비롯하여 식량자급, 무궁화 심기 등 실천적 활동을 하였다.

유리왕(琉璃王, ?~18) 고구려 제2대 왕. 부여로부터 아버지 동명성왕을 찾아 고구려에 입국, 태자로 책립되고 동명성왕에 이어 즉위하였다. 계비인 치희(雉姬)를 그리는 《황조가(黃鳥歌)》를 지었으며, 3년 도읍을 홀본(忽本 : 졸본)에서 국내성(國內城)으로 옮겼다.

유베날리스(Decimus Junius Juvenalis, 50?~130?) 고대 로마의 시인. 작품으로는 《풍자시집》이 남아 있으며 당시의 부패한 사회상에 대하여 격렬한 분노를 보이고 있다.

유세신(庾世信, ?~?) 조선 영조 때의 가객(歌客).

유안(劉安, BC 179?~BC 122) 중국 전한(前漢) 때 학자. 문학애호가로서, 사상적으로 노장을 주축으로 여러 파의 사상을 통합하려 했고, 도가사상에 의거한 통일된 이론으로 당시 유교 중심의 이론과 대항하려 했다. 주요 저서에는 빈객들과 함께 저술한 《회남자(淮南子)》가 있다.

《유양잡조(酉陽雜俎)》 단성식(段成式, ?~863)이 지은 중국 당나라 때의 수필집. 이상한 사건, 황당무계한 이야기를 비롯하여 도서 · 의식(衣食) · 풍습 · 동식물 · 의학 · 종교 · 인사(人事) 등 온갖 사항에 관한 것을 탁월한 문장으로 흥미있게 기술하였다. 당나라 때의 사회를 연구하는 데 귀중한 사료가 된다.

유주현(柳周鉉, 1921~1982) 역사를 사실주의적으로 분석한 역사소설을 많이 남긴 소설가. 《조선총독부》, 《대원군》 등의 작품으로 종래의 흥미위주의 역사물에서 벗어나 인간과 역사관에 깊이를 더한 작품으로 주목을 받았다.

유진오(兪鎭午, 1906~1987) 법학자 · 문인 · 정치가. 1948년 정부 수립을 위한 제헌헌법을 기초하고, 초대 법제처장을 역임하는 등의 활동을 하였다. 1967년 정계로 들어가 제7대 국회의원에 당선되어 활동하였다. 저서에는 《헌법해의(憲法解義)》, 《창랑정기(滄浪亭記)》 등이 있다.

유진 오닐(Eugene Gladstone O'Nell, 1888~1953) 미국의 극작가. 대표작 《지평선 너머》가 처음으로 브로드웨이에서 상영되었다. 이 작품으로 퓰리처상을 받았고 극작가로서의 지위를 확고히 하였다. 그 이후로도 《애너 크리스티》 등으로 퓰리처상을 받았으며, 1936년 노벨문학상을 수상함으로써 미국문학을 세계적 수준으로 끌어올리는 데 크게 공헌하였다.

유치환(柳致環, 1908~1967) 시인·교육자. 교육과 시작(詩作)을 병행, 중·고교 교장으로 재직하면서 통산 14권에 이르는 시집과 수상록을 간행하였다. 대표작으로는 허무와 낭만의 절규를 노래한 《깃발》을 비롯해 《수(首)》, 《절도(絶島)》 등이 있다.

유클리드(Euclid, BC 330?~BC 275?) 고대 그리스의 수학자. 그리스 기하학, 즉 '유클리드기하학'의 대성자이다. 그의 저서 《기하학원본》은 기하학에 있어서의 경전적(經典的) 지위를 확보함으로써 유클리드 하면 기하학과 동의어로 통용되는 정도에 이르고 있다.

유향(劉向, BC 79?~BC 8?) 전한시대 학자. 한나라 고조의 배다른 동생인 유교의 4세손. 성제 때 외척의 횡포를 견제하고 천자의 감계가 되도록 하기 위해 상고로부터 진, 한에 이르는 부서재이(符瑞災異)의 기록을 집성하여 《홍범오행전론》을 저술하였다. 《한서》에 그의 전기가 수록되어 있다.

육구몽(陸龜蒙, ?~881) 중국 만당(晩唐)의 시인·농학자(農學者). 송강(松江)의 보리에 은거하며 농경을 장려하고 개간과 농업의 개량사업에 힘쓰는 한편 시서(詩書)를 즐기며 유유자적한 생활을 보냈다. 친구인 피일휴(皮日休)와 서로 주고받은 화답시가 유명하다. 농서(農書)인 《뇌사경(耒耜經)》, 시문집 《당보리선생문집(唐甫里先生文集)》 등의 저서가 있다.

《육도삼략(六韜三略)》 중국의 병서(兵書). 《육도》와 《삼략》을 아울러 이르는 말이며 중국 고대 병학(兵學)의 최고봉인 「무경칠서(武經七書)」 중의 2서(書)이다. 《육도》의 도(韜)는 화살을 넣는 주머니, 싸는 것, 수장(收藏)하는 것을 말하며, 변하여 깊이 감추고 나타내지 않는 뜻에서 병법의 비결을 의미한다. 문도(文韜)·무도(武韜)·용도(龍韜)·호도(虎韜)·표도(豹韜)·견도(犬韜) 등 6권 60편으로 이루어지며 주(周)의 태공망(太公望)의 저서라고 전하나 후세의 가탁(假託)이 분명하다. 《삼략》의 략(略)은 기략(機略)을 뜻하며 상략(上略)·중략·하략의 3편으로 이루어졌다. 무경칠서 중 가장 간결한 병서로 사상적으로는 노자의 영향이 강하나 유가(儒家)·법가(法家)의 설도 다분히 섞여 있다. 이것도 태공망의 저서라는 설과, 한(漢)의 지장(智將) 장량(張良)이 황석공(黃石公)에게서 전수했다는 설도 있으나 실은 후한에서 수(隋)나라 무렵에 성립된 것으로 추정하고 있다.
육상산(陸象山, 1139~1192) 중국 남송의 유학자. 주자와 대립하여 중국 전체를 양분하는 학문적 세력을 형성하였다. 주자는 객관적 유심론을 주장한 반면, 상산은 주관적 유심론을 주장하였다. 상산의 학문은 양자호 등에 의해 계승되었다. 주요 저서에 《상산선생 전집》(36권)이 있다.
육유(陸游, 1125~1210) 철저한 항전주의자로 일관했던 중국 남송의 대표적 시인. 자는 무관(務觀). 약 50년간에 1만 수에 달하는 시를 남겨 중국 시사상 최다작의 시인으로 꼽힌다. 강렬한 서정을 부흥시킨 점이 최대의 특색이라 할 수 있다. 주요 저서에는 《검남시고(劍南詩稿)》 등이 있다.
윤동주(尹東柱, 1917~1945) 일제 강점기에 짧게 살다간 젊은 시인으로, 어둡고 가난한 생활 속에서 인간의 삶과 고뇌를 사색하고, 일제의 강압에 고통받는 조국의 현실을 가슴 아프게 생각한 고민하는 철인이었다. 그의 이러한 사상은 《서시》, 《자화상》, 《또 다른 고향》, 《별 헤는 밤》 등의 작품에 잘 나타나 있다. 특히 《하늘과 바람과 별과 시》는 그의 대표 시로서, 어두운 시대에 깊은 우수 속에서도 티 없이 순수한 인생을 살아가려는 그의 내면세계를 표현하고 있다.
윤상(尹祥, 1373~1455) 조선 전기 학자. 정몽주(鄭夢周)의 문인으로, 1448년(세종 30년) 예문관제학으로 성균관박사가 되어, 성균관에 들어간 세손에게 강의하였으며, 문종 초에 치사(致仕)하였다. 성리학 · 역학에 밝았으며, 후진양성에 힘써 조선 전기의 가장 훌륭한 사범이었다. 문집에 《별동집》이 있다.
윤선도(尹善道, 1587~1671) 조선 중기의 문신 · 시인. 호는 고산(孤山) · 해옹(海翁). 치열한 당쟁으로 일생을 거의 유배지에서 보냈다. 경사에 해박하고 의약 · 복서 · 음양 · 지리에도 통하였으며, 특히 시조에 뛰어나 정철의 가사와 더불어 조선시가에서 쌍벽을 이룬다. 저서에 《고산유고(孤山遺稿)》가 있다.
윤오영(尹五榮, 1907~1976) 동양의 고전수필을 바탕으로 한국적 수필문학을 개척한 수필가 · 교육자. 저서에 《수필문학강론》 등의 이론서와 수필집 《고독의 반추》 등이 있다.
율리우스 카이사르(Gaius Julius Caesar, BC 100~BC 44) 로마 공화정 말기의

정치가 · 장군. 영어이름은 줄리어스 시저. 폼페이우스, 크라수스와 함께 3두동맹을 맺고 갈리아 전쟁을 수행하였다. 1인 지배자가 되어 각종 사회정책, 역서(曆書)의 개정 등의 개혁사업을 추진하였으나 훗날 브루투스에게 암살당했다.

이간(李偘, 1640~1699) 조선 후기의 종친. 선조의 13번째 왕자 인흥군 영의 아들. 도정을 거쳐 낭원군에 봉해졌다. 형인 낭선군(朗善君)과 함께 전서(篆書)와 예서(隸書)에 능해 영변의 〈보현사풍담대사비(普賢寺楓潭大師碑)〉 등을 남겼다.

이건호(李建浩, 1876~1950) 조선 말 · 일제강점기의 시인. 면우 곽종석의 문인이었으며, 매천 황현의 제자들과 함께 「매월음사」라는 시 모임을 조직하여 활동하였다.

이고리 스트라빈스키(Igor Fëdorovich Stravinsky, 1882~1971) 러시아 출신의 미국 작곡가. 발레곡 《불새》, 《페트루슈카》로 성공을 거두고 그의 대표작 《봄의 제전》으로 당시의 전위파 기수로 주목 받았다. 제1차 세계대전 후에는 신고전주의 작풍으로 전환, 종교음악에도 관심을 보였다.

이곡(李穀, 1298~1351) 고려시대의 학자. 문장에 뛰어났다. 가전체(家傳體) 작품 《죽부인전(竹夫人傳)》과 100여 편의 시가 《동문선(東文選)》에 전하며, 저서로 《가정집(稼亭集)》이 전한다.

이광수(李光洙, 1892~1950) 호는 춘원(春園). 한국 최초의 근대 장편소설 《무정(無情)》을 쓴 소설가. 소설문학의 새로운 역사를 개척하였다. 주요 작품으로 《무정》, 《흙》 등을 비롯하여 《이차돈(異次頓)의 사(死)》, 《사랑》, 《원효대사》, 《유정》 등 장 · 단편 외에 수많은 논문과 시편들이 있다.

이규보(李奎報, 1168~1241) 고려시대의 문신 · 문인. 명문장가로, 그가 지은 시풍(詩風)은 당대를 풍미했다. 몽골군의 침입을 진정표(陳情表)로써 격퇴하기도 하였다. 저서에 《동국이상국집》, 《국선생전》 등이 있으며, 작품으로 《동명왕편(東明王篇)》 등이 있다.

이기영(李箕永, 1895~1984) 한국의 소설가. 1925년 조선프롤레타리아예술가동맹에 가담한 이후 경향문학의 대표적 작가로서 독보적 위치를 차지하였고, 카프의 조직과 창작 양면에서 맹활약하였다. 《농부 정도룡》,

《민촌》 등의 소설을 통해 농민문학의 새로운 형식을 창출하였다.
이덕무(李德懋, 1741~1793) 조선 후기의 실학자. 정조(正祖)가 규장각을 설치하여 검서관(檢書官)을 등용할 때 박제가 · 유득공 · 서이수 등과 함께 뽑혀 여러 서적의 편찬 교감에 참여했다. 명(明)과 청(淸)나라의 학문을 깊이 수용하여 실질적으로는 북학을 따른 것으로 보인다. 후진(後進) 선비들을 위하여 만든 수양서(修養書) 《사소절(士小節)》을 지었다.
이만갑(1921~) 사회학자. 서구의 실증주의적인 사회조사방법을 전파하여 한국사회학의 경험적 연구방법론의 기틀을 다지는 데 많은 역할을 했으며, 농촌사회학 · 가족사회학 · 지역사회개발론 · 근대화이론 등의 분야에 많은 연구업적을 남겼다. 국민훈장동백장 · 모란장, 학술원상 등을 받았으며, 저서로 《한국농촌의 사회구조》, 《사회조사방법》 등이 있다.
이무영(李無影, 1908~1960) 《제1과 제1장》, 《흙의 노예》 등 농촌소설을 쓴 소설가. 《농부전초(農夫傳抄)》로 제4회 서울특별시문화상을 수상했다.
이반 곤차로프(Ivan Aleksandrovich Goncharov, 1812~1891) 러시아 작가. 저서로는 《평범한 이야기》, 《오블로모프》, 《단애》 등이 있다.
이반 골(Yvan Goll, 1891~1950) 독일의 작가. 표현주의적이고 초현실주의적, 신화적인 시적 이미지를 추구하였다. 문체나 언어가 다양한 것이 특징이다. 대표작으로 《로트링겐의 민요》, 《토르소》, 《새로운 오르페우스》 등이 있다.
이반 투르게네프(Ivan Sergeevich Turgenev, 1818~1883) 러시아의 소설가. 저서로는 1830~1840년대의 '잉여인간(剩餘人間)'을 형상화한 장편 《루딘(Rudin)》을 발표하여 장편작가로서의 지반을 굳혔다. 그 밖에 《귀족의 보금자리 》, 《사냥꾼의 수기》, 《그 전날 밤》, 《아버지와 아들》, 《처녀지》 등이 있다.
이백(李白, 701~762) 중국 당나라 시인. 중국 최고의 시인으로 추앙되며 시선(詩仙)으로 불린다. 자 태백(太白), 호 청련거사(靑蓮居士). 두보(杜甫)와 함께 '이두(李杜)'로 병칭되는 중국 최대의 시인이다. 1,100여 편의 작품이 현존한다.
이병기(李秉岐, 1891~1968) 호는 가람(嘉藍). 시조시인. 수많은 고전을 발굴

하고 주해하는 데 공을 세운 국문학자. 《의유당일기(意幽堂日記)》, 《근조내간집(近朝內簡集)》 등을 역주(譯註) 간행했고, 백철(白鐵)과 공저로 《국문학 전사(全史)》를 발간, 국문학사를 체계적으로 정리 분석했다.

이병주(李炳注, 1921~1992) 스토리의 다양한 전개를 통해 역사의식의 핵심에 접근한 소설가. 장편 《산하(山河)》, 《그해 5월》, 《지리산》 등 현대사의 이면을 파헤친 소설들에서 두드러진 성과를 거두었다.

이븐 시나(Ibn Sīnā, 980~1037) 페르시아의 철학자 · 의사. 18세에 모든 학문에 통달하였으며, 20대에 아리스토텔레스의 《형이상학(形而上學)》을 40회나 정독하였다. 토마스 아퀴나스에게도 영향을 끼쳤다. 그는 아리스토텔레스에 플라톤을 가미한 철학으로 이슬람 신앙을 해석하였다.

이상(李箱, 1910~1937) 난해한 작품들을 많이 발표한 시인 · 소설가. 본명은 김해경(金海卿), 보성고보(普成高普)를 거쳐 경성고공(京城高工) 건축과를 나온 후 총독부의 건축기수가 되었다. 1931년 처녀작으로 시 《이상한 가역반응(可逆反應)》을 《조선과 건축》 지에 발표하고, 이듬해 시 《건축무한육면각체(建築無限六面角體)》를 이상(李箱)이라는 이름으로 발표했다. 《날개》를 발표하여 큰 화제를 일으켰고,같은 해 《동해(童骸)》, 《봉별기(逢別記)》 등을 발표하였다.

이상백(李相佰, 1904~1966) 사학자 · 사회학자 · 체육인. 서울대학교 교수, 한국사회학회장을 역임했고, 한국 사회학의 개척자로 활약, 조선왕조사 연구에 업적을 남겼다. 대한올림픽위원회위원장, 국제올림픽위원회(IOC) 위원이었다.

이상은(李商隱, 812~858) 유미주의적(唯美主義的) 경향이 있는 중국 당(唐)나라 말기의 시인. 전고(典故)를 자주 인용, 풍려(豊麗)한 자구를 구사하여 당대 수사주의문학(修辭主義文學)의 극치를 보였다. 주요 저서로는 《이의산시집(李義山詩集)》, 《번남문집(樊南文集)》 등이 있다.

이상재(李商在, 1850~1927) 한말의 정치가 · 사회운동가. 서재필과 독립협회를 조직, 부회장으로 만민공동회를 개최했다. 개혁당 사건으로 복역했고, 헤이그 만국평화회의 밀사파견을 준비했다. 소년연합척후대 초대 총재, 조선일보사 사장 등을 지냈다.

이솝(Aesop, ?~?) 고대 그리스의 우화작가로, 《이솝이야기》의 작자로 알려졌다. 이솝은 아이소포스(Aisopos)의 영어식 표기인데, 헤로도토스에 따르면 BC 6세기에 사모스 사람 이아도몬의 노예였으며, 델포이에서 살해되었다고 한다. 안짱다리에다 불룩 나온 배, 검고 추한 용모를 가졌다는 유명한 아이소포스 상(像)은 아득한 후세의 창작에 지나지 않는다.

이수광(李睟光, 1563~1628) 조선 중기의 명신. 임진왜란 때 함경도지방에서 큰 공을 세웠다. 주청사로 연경에 내왕, 《천주실의(天主實義)》 등을 들여와 한국 최초로 서학을 도입했다. 《지봉유설》 로 서양과 천주교 지식을 소개했다. 이조판서 등을 지냈고, 영의정에 추증됐다.

이숭인(李崇仁, 1347~1392) 고려 말기의 학자. 삼은(三隱)의 한 사람이다. 밀직제학(密直提學)으로 정몽주와 함께 실록을 편수했다. 친명 · 친원 양쪽의 모함을 받아 여러 옥사를 겪었다. 조선 개국 때 정도전의 원한을 사 살해되었다. 문장에 뛰어났다. 《도은집(陶隱集)》 이 있다.

이양하(李敭河, 1904~1963) 주지주의(主知主義) 문학이론을 소개한 수필가 · 영문학자. 수필집 《나무》 를 간행했고 권중휘(權重輝)와 공저로 《포켓 영한사전》 을 펴냈다. 주요 저서로 《이양하 수필집》 등이 있다.

이어령(李御寧, 1934~) 평론가 · 소설가, 수필가. 평론을 통해 한국문학의 불모지적 상황에서 새로운 터전을 닦아야 할 것을 주장하였다. 이데올로기와 독재체제의 맞서 문학이 저항적 기능을 수행해야 한다는 것을 역설하기도 하였다. 저서로는 수필집 《흙 속에 저 바람 속에》, 《지성의 오솔길》, 《오늘을 사는 세대》, 《차 한 잔의 사상》 등이 있다.

이연수(李延壽, ?~?) 중국 당(唐)의 역사가로서 남북조시대 각 국가의 사서(史書)들을 정선(精選)하여 《남사(南史)》 와 《북사》 를 편찬하였다.

이오시프 스탈린(Iosif Vissarionovich Stalin, 1879~1953) 소련의 정치가. 레닌의 후계자로서 소련공산당 서기장 · 수상 · 대원수를 지냈고 1929년부터 1953년까지 소비에트 사회주의공화국 연방을 통치한 독재자이다. 테헤란 · 알타 · 포츠담 등의 거두회담에 참석, 연합국과의 공동전선을 굳혀 독일을 굴복시키는 데 일익을 담당했다.

이오시프 이바노비치(Iosif Ivanovich, 1845?~1902) 루마니아의 작곡가 · 군악대장. 팡파르와 행진곡, 왈츠 등을 많이 작곡했다. 또 수많은 통속민요와 군악대용 작품을 많이 썼으나, 그의 피아노 소품과 성악작품도 굉장히

세련되다. 왈츠곡 《도나우 강의 잔물결》, 《카르멘 실바》의 작곡자로서 유명하다.

이외수(李外秀, 1946~) 춘천교육대학 중퇴(뒤에 명예졸업). 1972년 강원일보 신춘문예에 단편소설 《견습 어린이들》로 데뷔했으며, 1973년 중편소설 《훈장》이 세대지에서 신인문학상을 받았다. 작가 초기시절 지붕 위에 올라가 술을 마시거나 도를 닦고 다닌다 하여 기인이라 불렸다. 소설 《벽오금학도》, 《장외인간》. 시집 《그대 이름 내 가슴에 숨 쉴 때까지》. 에세이 《내 잠 속에 비 내리는데》 등 많은 작품이 있다.

이원수(李元壽, 1911~1981) 홍난파에 의해 작곡된 동요 《고향의 봄》을 작사한 아동문학가. 장편동화와 아동소설 장르를 개척했고 아동문학 이론을 확립하는 데도 크게 기여했다. 작품으로 《이원수 아동문학독본》, 《어린이 문학독본》 등이 있다.

이육사(李陸史, 1904~1944) 시인. 일제 강점기에 끝까지 민족의 양심을 지키며 죽음으로써 일제에 항거했다. 《청포도》, 《교목(喬木)》 등의 작품들을 통해 목가적이면서도 웅혼한 필치로 민족의 의지를 노래했다.

이은상(李殷相, 1903~1982) 시조시인. 호는 노산(鷺山). 가곡으로 작곡되어 널리 불리고 있는 《가고파》, 《성불사의 밤》, 《옛동산에 올라》 등의 시조를 썼다. 예술원 공로상, 5·16민족상 학예부문 본상 등을 수상하였다.

이이(李珥, 1536~1584) 조선 중기의 학자·정치가. 어머니는 사임당 신씨이다. 호조·이조·형조·병조 판서 등을 지냈다. 선조에게 '시무육조(時務六條)'를 바치고, '십만양병설' 등 개혁안을 주장했다. 동인·서인 간의 갈등 해소에 노력했다. 저서로는 《성학집요》, 《격몽요결》, 《기자실기》 등이 있다.

이인로(李仁老, 1152~1220) 시와 술을 즐기며 당대 석학들과 어울린 고려시대 학자. 시문(詩文)뿐만 아니라 글씨에도 능해 초서(草書)·예서(隸書)가 특출하였다. 저서에 《은대집(銀臺集)》, 《후집(後集)》 등이 있다.

이정구(李廷龜, 1564~1635) 조선 중기의 문신. 명나라 요청으로 《경서》를 강의했다. 정묘호란 때 왕을 호종, 강화에 피난하여 화의에 반대했다. 우의정, 좌의정을 지냈다. 한문학의 대가로서 글씨에 뛰어났고 조선 중기

4대문장가로 일컬어진다.

이정보(李鼎輔, 1693~1766) 조선 후기 영조 때의 문신. 탕평책을 반대했다. 이조판서 때 김원행 등 선비를 기용 세인을 놀라게 했다. 양관대제학·성균관지사·예조판서 등을 거쳐 중추부판사가 되었다. 글씨와 한시에 능했다. 시조의 대가로 78수의 작품을 남겼다.

이제현(李齊賢, 1287~1367) 고려시대의 문신·학자. 원나라와의 관계에서 부당한 처사를 해결하는 등 활약하였다. 당대의 명문장가로 정주학의 기초를 확립했다. 조맹부 서체를 도입 유행시켰다. 저서로는 《효행록》, 《익재집(益齋集)》, 《역옹패설(櫟翁稗說)》, 《익재난고(益齋亂藁)》 등이 있다.

이조년(李兆年, 1269~1343) 고려시대의 문신. 충렬왕 20년(1294)에 문과에 급제하였으며, 1306년 비서승 때 왕유소(王惟紹) 등이 충렬왕 부자를 이간한 사건에 연루되어 귀양을 갔다. 충혜왕 때(1340) 정당문학에 승진, 예문관대제학이 되어 성산군(星山君)에 봉하여졌다. 시문에 뛰어났으며, 시조 1수가 전한다.

이주홍(李周洪, 1906~1987) 소설가·아동문학가. 해학·기지·풍자로 엮어지는 사실적 묘사와 치밀한 구성으로 《완구상》, 《늙은 체조교사》 등 소설·시·희곡·동화·동시 등에서 많은 작품을 발표하였다.

이주홍(李周洪, 1906~1987) 소설가·아동문학가. 해학·기지·풍자로 엮어지는 사실적 묘사와 치밀한 구성으로 《완구상》, 《늙은 체조교사》 등 소설·시·희곡·동화·동시 등에서 많은 작품을 발표하였다.

이준(李儁, 1859~1907) 한말의 항일애국지사. 독립협회에 참여하고, 개혁당, 대한보안회, 공진회, 헌정연구회 등을 조직했다. 보광, 오성학교를 세웠다. 1907년 헤이그 만국평화회의에 이상설·이위종 등과 합류했으나, 일본 측의 방해로 참석 못하고 순국했다.

이중섭(李仲燮, 1916~1956) 서양화가. 작풍(作風)은 포비슴(야수파)의 영향을 받았으며 향토적이며 개성적인 것으로서 한국 서구근대화의 화풍을 도입하는 데 공헌했다. 담뱃갑 은박지에 송곳으로 긁어서 그린 선화(線畵)는 표현의 새로운 영역의 탐구로 평가된다. 작품으로 《소》(뉴욕현대미술관 소장), 《흰 소》(홍익대학교 소장) 등이 있다.

이지함(李之菡, 1517~1578) 조선 중기의 학자 · 문신 · 기인(奇人). 일반적으로 《토정비결》의 저자로 알려져 있지만, 근거는 없다. 역학 · 의학 · 수학 · 천문 · 지리에 해박하였으며 농업과 상업의 상호보충관계를 강조하고 광산개발론과 해외 통상론을 주장했다. 진보적이고 사상적 개방성을 보였다.

이청담(李淸潭, 1902년~1971) 승려. 1927년 일본으로 건너가 송운사의 아키모토에게서 불도를 닦아 득도하였다. 이듬해 귀국하여 개운사 불교전문강원의 대교과를 졸업하였다. 대한불교조계종회 의장, 해인사 주지, 도선사 주지, 조계종 총무원장 등을 지내면서 대한민국 불교정화에 크게 이바지하였다.

이태극(李泰極, 1913~2003) 시조시인. 조종현과 더불어 시조전문지 《시조문학》을 창간하여 작품발표와 신인 배출의 토대를 마련함으로써 한국 시조계를 중흥시켰다. 대표작으로 《서해상의 낙조》가 있다.

이태영(李兌榮, 1914~1998) 한국 최초의 여성 변호사. 한국가정법률상담소를 세우고 여성에 대한 불평등과 인습에 맞서 싸운 여성운동가이기도 하다. '가족법 개정운동'으로 1989년 이혼여성의 재산분할청구권을 인정하고, 모계 · 부계 혈족을 모두 8촌까지 인정하도록 하는 결실을 얻었다.

이하(李賀, 790~816) 중국 중당(中唐)의 시인. 특출한 재능과 초자연적 제재(題材)를 애용하는 데 대해 '귀재(鬼才)'로 불린다. 주요 작품에는 좌절된 인생에 대한 절망감을 굴절된 표현으로 노래한 《장진주(將進酒)》를 비롯, 《안문태수행》, 《소소소의 노래》 등이 있다.

이하윤(異河潤, 1906~1974) 시인. 서울대학교 명예교수. 저서로 시집 《물레방아》, 《실향(失香)의 화원(花園)》 등과 역사집이 있다.

이항(李恒, 1499~1576) 조선 중기의 문신 · 학자. 활쏘기와 말 타기에 뛰어났다. 사서 중 《대학》을 중시했고, 이기론(理氣論)에 대해서는 이와 기가 항상 일물(一物)이 됨을 강조했다. 문집 《일재집(一齋集)》이 있다.

이항녕(李恒寧, 1915~) 법학자. 국민훈장무궁화장을 수상했으며, 저서로는 《법철학개론》, 《민법학개론》 등의 법률관계 저술과, 소설 《교육가족》 등, 그리고 수필집 《낙엽의 자화상》 등이 있다.

이헌구(李軒求, 1905~1983) 서구문학을 한국에 소개하는 데 힘쓴 문학평론가. 중앙문화협회 창립동인의 한 사람이었으며, 문필가협회 창립의 주역을 맡았다. 주요 저서로 《모색의 도정》, 《문화와 자유》 등이 있다.

이황(李滉, 1501~1570) 조선 중기의 학자 · 문신. 이기호발설이 사상의 핵심이다. 영남학파를 이루었고, 이이(李珥)의 제자들로 이루어진 기호학파와 대립, 동서 당쟁과도 관련되었다. 일본 유학계에 큰 영향을 끼쳤다. 도산서원을 설립 후진양성과 학문연구에 힘썼다. 저서로 《퇴계전서》가 있고 작품으로는 시조에 《도산십이곡(陶山十二曲)》이 있다.

이효석(李孝石, 1907~1942) 한국 단편문학의 전형적인 수작(秀作)이라고 할 수 있는 《메밀꽃 필 무렵》을 쓴 소설가. 장편 《화분(花粉)》 등을 계속 발표하여 성(性) 본능과 개방을 추구한 새로운 작품경향으로 주목을 끌기도 하였다. 대표적인 단편소설작가이다.

이희승(李熙昇, 1896~1989) 국어학자. 조선어학회 간사 및 한글학회 이사에 취임, 조선어학회사건으로 복역하였다. 서울대학교, 성균관대학교에 재직, 동아일보사 사장(1963)을 지냈다. 저서로 《국어대사전》, 문학작품으로 《박꽃》, 《벙어리 냉가슴》, 《소경의 잠꼬대》 등이 있다.

인평대군(麟坪大君, 1622~1658) 조선 제16대 인조임금의 셋째 아들. 1650년 이후 4차례에 걸쳐 사은사로 청나라에 다녀왔다. 제자백가에 정통했으며, 병자호란의 국치를 읊은 시가 전해진다. 또 서예와 그림에도 뛰어났다. 저서에 《송계집》, 《산행록》 등이 있다.

임마누엘 칸트(Immanuel Kant, 1724~1804) 독일의 철학자. 서유럽 근세철학의 전통을 집대성하고, 전통적 형이상학을 비판하며 비판철학을 탄생시켰다. 저서에 《순수이성비판》, 《실천이성비판》, 《판단력비판》 등이 있다.

임어당(林語堂, 1895~1976) 중국의 소설가 · 문명비평가. 음운학(音韻學)을 연구하고 노신 등의 어사사(語絲社)에 가담하여 평론을 썼다. 자유주의자로서 세계정부를 제창하였다. 소품문지(小品文誌) 《인간세(人間世)》 등을 창간, 소품문을 유행시켰으며, 평론집을 발표해 영국에 중국문화를 소개하기도 했다.

잉거솔(Robert Green Ingersoll, 1833~1899) 미국의 정치가 · 웅변가. '위대한

불가지론자(不可知論者)'로 유명하다. 성서를 맹렬히 비판하고 인본주의 철학과 과학적 합리주의 사상을 전파시켰다.

자

자사(子思, BC 483?~BC 402?) 중국 고대 노(魯)나라의 학자. 공자의 손자이며, 4서의 하나인 《중용(中庸)》의 저자로 전한다. 고향 노나라에 살면서 증자(曾子)의 학을 배워 유학 전승에 힘썼다. 일상생활에서 과불급(過不及)이 없는 중용을 지향했다.

자와할랄 네루(Pandit Jawaharlal Nehru, 1889~1964) 인도의 정치가. 간디의 영향을 받아 반영(反英) 독립투쟁에 사회주의적 요소를 결합시키는 것이 목표였다. 총리 겸 외무장관을 지내며 비동맹주의를 고수하였다.

자크 리비에르(Jacques Rivière, 1886~1925) 프랑스의 평론가. 《NRF(신프랑스 평론)》 편집장을 지냈다. 투철한 감정과 명석한 문체가 특색인 젊고 성실한 비평가로서 알려졌다. 작품은 《에튀드》, 《신의 발자취를 좇아서》, 《랭보》, 《모럴리즘과 문학》, 《왕복 편지》 등이 있다.

자크 샤르돈느(Jacques Chardonne, 1884~1968) 프랑스의 소설가. 처녀작 《축혼가》는 연애·결혼·남편·아내를 주제로, 연애소설에 대한 부부소설의 형식을 만들어내었다. 그 밖에 《에바》, 《클레르》, 《시메리크》 등이 있다.

자크 오디베르티(Jacques Audiberti, 1899~1965) 프랑스의 시인·소설가·극작가. 초현실주의 운동에 자극을 받아 창작활동에 종사했다. 남국풍의 충만한 상상력과 짜임새 있고 분방한 스타일, 풍부한 표현 등은 때로 빅토르 위고와 비교되기도 한다. 주요 저서에는 《성채(城砦)》 등이 있다.

자크 프레베르(Jacques Prévert, 1900~1977) 초현실주의 작가 그룹에서 활약한 프랑스 시인. 사회에 대한 희망과 감상적인 사랑의 발라드를 주로 썼다. 당대 최고의 시나리오 작가로 활동했다. 오랜 전통의 구전시를 초현실주의 풍의 '노래시'라는 형식으로 만들어 인기를 얻었다. 대표작으로 《파롤》, 《스펙터클》 등이 있다. 샹송 〈낙엽〉의 작사자이기도 하다.

잔 다르크(Jeanne d'Arc, 1412~1431) 영국의 백년전쟁 후기에 프랑스를 위기에서 구한 영웅적인 소녀. 1429년의 「프랑스를 구하라!」는 신의 음성을 듣고 고향을 떠나 샤를 황태자(뒷날의 샤를 7세)를 도왔다.

장경세(張經世, 1547~1615) 조선 중기 학자. 이황의 《도산십이곡(陶山十二曲)》을 본떠 임금에게 충성하고 나라를 사랑하는 마음을 읊은 《강호연군가(江湖戀君歌)》 12곡을 지었다. 남원의 덕계서원에 배향되었다. 문집에 《사촌집(沙村集)》이 있다.

장 그르니에(Jean Grenier, 1898~1971) 프랑스의 소설가 · 철학자. 파리대학교 교수. 소설가 알베르 카뮈도 제자로서 많은 영향을 받았다. 작품으로 《사력의 물가》, 《존재의 불행》 등이 있다.

장덕조(張德祚, 1914~2003) 여성작가로는 드물게 역사소설을 썼으며, 소설은 일단 재미있어야 한다고 생각하고 수사적인 문장을 많이 사용했다. 6 · 25전쟁 종군기자로 활동하며 휴전협정을 취재한 공로로 문화훈장 보관장을 받았다. 1989년 《고려왕조 5백년》 14권을 출간했다.

장 랭보(Jean Nicolas Arthur Rimbaud, 1854~1891) 프랑스의 시인. 조숙한 천재로 15세부터 20세 사이에 작품을 썼다. 이장바르의 영향을 받았다. 작품은 《보는 사람의 편지》, 《명정선》, 《일뤼미나시옹》, 《지옥의 계절》 등이 있다. 폴 베를렌과 연인 사이였다.

장 메레(Jean Mairet, 1604~1686) 프랑스의 고전주의 극작가. 코르네유의 선배이자 경쟁자이다. 동시대 극작가들은 그의 작품에 나오는 인물과 장면, 대사들을 자유롭게 차용했다.

장 바티스트 라신(Jean Baptiste Racine, 1639~1699) 프랑스의 극시작가, 프랑스 고전주의 비극의 대가. 《베레니스》, 《이피제니》 등 삼일치의 법칙을 지킨 정념비극의 걸작으로 성공을 거두었다. 아카데미 회원이었다. 그 밖에 《페드르》 등의 작품이 있다.

장사숙(張思叔) 중국 송(宋)나라의 대유학자. 그는 항상 14가지 좌우명을 마음에 두고 실천할 수 있도록 힘썼다. 그 중에 「일을 할 때는 반드시 처음에 잘 도모하고(作事必謀始), 말을 할 때는 반드시 행함을 고려한다(出言必顧行)」 등의 말은 모든 사람이 귀감으로 삼을 만하다.

장 아누이(Jean-Marie-Lucien-Pierre Anouilh, 1910~1987) 프랑스의 극작가. 작품으로는 특히 한국에서도 자주 상연되어 온 《앙티곤》을 비롯하여, 《투우사들의 왈츠》, 《종달새》, 《베케트》 등의 걸작이 있다.

장 앙리 파브르(Jean Henri Fabre, 1823~1915) 프랑스의 곤충학자・박물학자. 1855년 노래기벌의 연구를 발표하였고, 얼마 후에 르키앙 박물관장이 되었다. 1878년 마지막 거처인 세리냥의 아르마스로 이사하여《곤충기》를 출판하였다.

장 앙투안 드 바이프(Jean-Antoine de Baïf, 1532~1589) 16세기 프랑스 시인. 플레이아드 시파의 박식한 시인으로서 유명하다. 시집《멜린》,《기분전환》등이 있다. 샤를 9세를 설득하여, 1570년 '시와 음악 아카데미'를 설립, 프랑스 시 개혁에 공헌하였다.

장이욱(張利郁, 1895~1983) 교육자. 서울대학교 사범대학장과 총장을 지냈으며《새벽》지 대표. 주미대사, 흥사단 이사장, 실지회복 이북동지회 이사장 등을 지냈다. 도산사상의 전파와 사회교육에 힘썼다.

장자(莊子, BC 369~BC 289?) 중국 고대의 사상가로서 제자백가(諸子百家) 중 도가(道家)의 대표자. 도(道)를 천지만물의 근본원리라고 보았다. 이는 도는 어떤 대상을 욕구하거나 사유하지 않으며(無爲), 스스로 자기 존재를 성립시키며 절로 움직인다(自然)고 보는 일종의 범신론(汎神論)이다.

《장자(莊子)》 중국 전국시대의 사상가 장자(莊子 : 莊周)의 저서. 노자의 학문을 깊이 연구하였으며 그의 사상의 밑바탕에 동일한 흐름을 엿볼 수 있다.《장자》의 문학적인 발상은 우언우화(寓言寓話)로 엮어졌는데, 종횡무진한 상상과 표현으로 우주본체・근원・물화현상(物化現象)을 설명하였고, 현실세계의 약삭빠른 지자(知者)를 경멸하기도 하였다.

장 자크 루소(Jean-Jacques Rousseau, 1712~1778) 18세기 프랑스의 사상가・소설가. 작품은《신 엘로이즈》,《에밀》,《고백록》등이다. 프랑스 혁명에서 그의 자유민권 사상은 혁명지도자들의 사상적 지주가 되었다. 19세기 프랑스 낭만주의 문학의 선구적 역할을 하였다.

장적(張籍, 766?~830?) 중국 당나라의 문학가. 전쟁의 비정함과 전란 속에 겪는 백성들의 고난을 사실적으로 잘 그렸다. 주요 작품으로《축성사》,《야로가》등은 봉건통치계급들이 농민에게 가져다 준 고통을 폭로하고 고난에 허덕이는 농민들에게 동정을 나타내고 있다.

장지연(張志淵, 1864~1921) 대한제국과 일제강점기 초기의 언론인으로

1905년 을사조약이 체결되자 황성신문에 '시일야 방성대곡(是日也放聲大哭)'이라는 사설을 발표하여 일본의 흉계를 통박하고 그 사실을 널리 알렸다. 하지만 1914년부터 1918년까지 조선총독부의 기관지 구실을 한 매일신보에 고정 필진으로 참여해 친일 경향의 시와 산문을 발표하여 일본 제국주의의 지배에 순응하여 협력했다는 비판을 받고 있다.

장 칼뱅(Jean Calvin, 1509~1564) 장로교를 창시한 프랑스의 개신교 신학자이자 종교개혁자. 1533년 에라스무스와 루터를 인용한 이단적 강연의 초고를 썼다는 혐의를 받고 은신해 지내면서 교회를 초기 사도시대의 순수한 모습으로 복귀시킬 것을 다짐하고 로마가톨릭교회와 결별했다. 저서에 복음주의의 고전이 된 《그리스도교 강요(綱要)》, 《로마서 주해》 등이 있다.

장 콕토(Jean Cocteau, 1889~1963) 프랑스의 시인 · 소설가 · 극작가. 다방면에 이른 활동을 겸하며 문단과 예술계에 물의를 일으키기도 하였다. 작품으로 소설 《사기꾼 토마》, 《무서운 아이들》, 희곡 《무서운 어른들》, 시나리오 《비련》, 《마녀와 야수》, 《오르페》 등이 있다.

장 파울(Jean Paul, 1763~1825) 본명은 리히터(Johann Paul Friedrich Richter). 독일의 소설가. 독일 문학사상에서 레싱(Gotthold Ephraim Lessing)이나 괴테와 비견되기도 한다. 그의 문학론의 총결산이라고 할 수 있는 《미학입문》은 독일 낭만주의 해명에서도 귀중한 문헌이다.

장 폴랑(Jean Paulhan, 1884~1968) 프랑스의 비평가. 다다이즘운동에 관계했으며, 비평에서는 '언어' 문제에 주목했고 낭만주의 이후의 문학에 대한 위기적 상황을 분석하면서 사고와 언어 사이의 조화의 길을 제시한 낭만주의 이후의 문학에 대한 위기적 상황을 분석하면서 사고와 언어 사이의 조화의 길을 제시했다. 주요 저서로 《타르브의 꽃》 등이 있다.

장 폴 사르트르(Jean Paul Sartre, 1905~1980) 프랑스의 작가 · 사상가. 시몬 드 보바르와 계약결혼 평생 반려했다. 철학논문 《존재와 무》는 무신론적 실존주의의 입장에서 전개한 존재론으로, 제2차 세계대전 전후 시대사조를 대표한다. 노벨문학상 수상을 거부하여 큰 반향을 일으켰다.

장 프레보(Jean Prévost, 1901~1944) 프랑스의 소설가. 포퓰리즘에 공감을 나타낸 《부캉캉 형제》, 평론 《몽테뉴의 생애》, 《스탕달에 있어서의 창조》 등 뛰어난 작품을 썼고, 1943년 전작품에 대하여 아카데미 문학대상을 받았다. 독일과의 레지스탕스 전투에서 영웅적인 죽음을 당했다.

장현광(張顯光, 1554~1637) 조선 중기 학자. 유학의 입장에서 온 세상의 만물이 생겨나는 근원을 이르는 태극을 내세우되 일체유(一體儒)와 그 근원을 대답을 기다리는 것과 조화의 논리로 융화 종합하는 철학적 근거를 명시했다. 영남의 많은 남인 학자들을 길러냈다. 주요 저서로 《여헌집》, 《역학도설(易學圖說)》 등이 있다.

잭 캔필드(Jack Canfield, 1944~) 매사추세츠대학교 대학원 교육석사. 작가 카운슬러. 저서로 《영혼을 위한 닭고기수프》 등이 있으며, 마크 빅터 한센(Mark Victor Hansen)과 함께 여러 권의 시리즈로 펴낸 《마음을 열어주는 101가지 이야기》는 미국에서만 2천 6백만 부, 세계적으로는 150개국, 38개국 언어로 출간되어 4천만 독자들의 사랑을 받는 전 세계적인 베스트셀러이다.

잭 케루액(Jack Kerouac) 소위 「비트 제너레이션의 화신」 혹은 「비트들의 왕」이라는 칭호를 받은 미국의 소설가. 「비트 제너레이션」은 일반적으로 제1차 세계대전 후에 환멸을 느낀 미국의 지식계급 및 예술파 청년들에게 주어진 명칭이다. 헤밍웨이의 《해는 또다시 떠오른다》의 서문에 「당신들은 모두 잃어버린 세대의 사람들입니다」라는 거트루드 스타인이 한 말을 인용한 말이다. 저서로 《마을과 도시》 등이 있다.

《전국책(戰國策)》 중국 전한(前漢) 시대의 유향(劉向)이 동주(東周) 후기인 전국시대(戰國時代) 전략가들의 책략을 편집한 책. 왕 중심 이야기가 아니라, 책사(策士)・모사(謀士)・세객(說客)들이 온갖 꾀를 다 부린 이야기가 중심으로 언론(言論)과 사술(詐術)이다.

전혜린(田惠麟, 1934~1965) 성균관대학교 교수・수필가・번역문학가. F. 사강 원작 《어떤 미소》를 비롯하여 E. 슈나벨의 《한 소녀의 걸어온 길》, 이미륵(李彌勒)의 《압록강은 흐른다》, E. 케스트너의 《파비안》 등을 번역 소개하였다.

정도전(鄭道傳, 1342~1398) 고려 말 조선 초의 문신・학자. 이성계를 도와 조선을 건국하였으며 나라의 기틀을 다지는 역할을 했다. 하지만 제1차 왕자의 난 때 이방원(李芳遠)에게 참수되었다. 저서로 《삼봉집》, 《경제

문감》 등이 있다.
정몽주(鄭夢周, 1337~1392) 고려 말 문신 · 학자. 의창(義倉)을 세워 빈민을 구제하고 유학을 보급했으며, 성리학에 밝았다. 《주자가례》를 따라 개성에 5부 학당과 지방에 향교를 세워 교육진흥을 꾀했다. 시문에 뛰어나 시조 《단심가》 외 많은 한시가 전해지며 서화에도 뛰어났다. 이성계 일파를 제거하려 했으나 방원(芳遠 : 태종)에 의해 선죽교에서 격살당했다.
정약전(丁若銓, 1758~1816) 조선 후기 문신으로 이익(李瀷)의 학문에 접하였다. 진주목사 재원(載遠)의 아들로 약용(若鏞)의 둘째형이다. 남인계(南人系) 학자들과 교유하고 역수학, 천주교 등 서학(西學)에 관심을 가졌다. 천주교에 입교한 후 신유사옥 때 흑산도로 유배되었고, 유배지에서 생을 마쳤다. 대표저서로 《자산어보(玆山魚譜)》가 있다.
정여창(鄭汝昌, 1450~1504) 조선 전기 문신 겸 학자. 성리학의 대가로서 경사에 통달하고 실천을 위한 독서를 주로 하였다. 《용학주소》, 《주객문답설》, 《진수잡저》 등의 저서가 있었으나 무오사화 때 부인이 태워 없앴다. 문집에 《일두유집(一蠹遺集)》이 있다.
정약용(丁若鏞, 1762~1836) 조선 후기 학자 · 문신. 사실적이며 애국적인 많은 작품을 남겼고, 한국의 역사 · 지리 등에도 특별한 관심을 보여 주체적 사관을 제시했으며, 합리주의적 과학정신은 서학(西學)을 통해 서양의 과학지식을 도입하기에 이르렀다. 주요 저서로 《목민심서》, 《경세유표》 등이 있다.
정인보(鄭寅普, 1893~1950) 한학자 · 역사학자. 양명학 연구의 대가였으며 한민족이 주체가 되는 역사체계 수립에 노력한 역사학자였다. 저서 《조선사연구》, 《양명학연론》이 있다. 국학대학의 초대학장을 지냈다.
정지상(鄭知常, ?~1135) 고려시대 문신. 수도를 서경으로 옮길 것과 금(金)나라를 정벌하고 고려의 왕도 황제로 칭할 것을 주장하였다. 시에 뛰어나 고려 12시인의 한 사람으로 꼽혔다. 저서로는 《정사간집(鄭司諫集)》이 있다.
정지용(鄭芝溶, 1902~1950) 시인. 섬세하고 독특한 언어를 구사하여 대상을 선명히 묘사하여 한국 현대시의 신경지를 열었던 시인. 이상(李箱)의 시를 세상에 알리고, 조지훈, 박목월 등과 같은 청록파 시인들을 등장시키

기도 하였다. 작품으로 《향수(鄕愁)》 등이 있다.

정철(鄭澈, 1536~1593) 《관동별곡(關東別曲)》 등을 지은 조선 중기 문신 · 시인. 당대 가사문학의 대가로서 시조의 윤선도와 함께 한국 시가사상 쌍벽으로 일컬어진다. 문집으로 《송강집》, 《송강가사》, 《송강별추록유사(松江別追錄遺詞)》, 작품으로 시조 70여 수가 전한다.

정호(程顥, 1032~1085) 중국 북송(北宋) 중기의 유학자. '이기일원론(理氣一元論)', '성즉이설(性則理說)'을 주창하였다. 그의 사상은 동생 정이를 거쳐 주자(朱子)에게 큰 영향을 주어 송나라 새 유학의 기초가 되었고, 정주학(程朱學)의 중핵을 이루었다. 저서에 《정성서(定性書)》, 《식인편(識仁篇)》, 시에 《추일우성(秋日偶成)》 등이 있다.

제노(Flavius Zeno, ?~491) 로마제국의 황제(474~491년 재위). 처남 바실리스쿠스의 반란으로 피신했다가 황제의 자리를 되찾기도 했다. 동고트족 반란을 진압하고 동방교회들의 갈등을 해결하려 노력했다.

제논(Zēnōn ho Kyprios, BC 335?~BC 263?) 고대 그리스의 철학자. 그의 철학은 절욕(節慾)과 견인(堅忍)을 가르치는 것이었으며 '자연과 일치된 삶'이 그 목표였다. 아리스토텔레스가 변증법의 발명자라고 부른 인물로서 특히 역설로 유명하다. 그의 역설은 논리학과 수학의 엄밀성을 발전시키는 데 이바지했으며 연속과 무한이라는 개념이 정확하게 발전하고서야 비로소 해결될 수 있었다.

제라드 홉킨스(Gerard Manley Hopkins, 1844~1889) 19세기 영국의 시인으로 《홉킨스 시집》이 있다. 독창적으로 '도약률'이라는 운율법을 이용, 두운(頭韻)을 많이 써서 이미지와 암유(暗喩)의 복잡한 구성을 시도, 의미의 강력한 집중을 나타냈다. 특히 《도이칠란트호의 난파》가 유명하다.

제레미 벤담(Jeremy Bentham, 1748~1832) 영국의 철학자 · 법학자. 인생의 목적은 '최대 다수의 최대 행복'의 실현에 있으며, 쾌락을 조장하고 고통을 방지하는 능력이야말로 모든 도덕과 입법의 기초원리라고 하는 공리주의(功利主義)를 주장하였다.

제레미 테일러(Jeremy Taylor, 1613~1667) 1636년 찰스 1세의 궁정 전속 목사가 되어 설교가로 이름을 날렸다. 청교도 혁명 때 투옥되었다가 석방되자 웨일스에 머물며 《성생론(聖生論)》과 《성사론(聖死論)》을 썼다.

이 책들은 실감나는 비유와 생동감 넘치는 문체로 큰 호평을 받았다.
제롬 D. 샐린저(Jerome David Salinger, 1919~2010) 미국 소설가. 《호밀밭의 파수꾼》은 미국 문단의 걸작으로 평가받는 작품이다. 그 밖에 저서로 《9개의 단편》, 《프래니와 주이》, 《목수들이여, 대들보를 높이 올려라》 등이 있다.
제르멘 드 스탈(Germaine de Staël, 1766~1817) 보통 스탈 부인으로 불린다. 주 프랑스 스웨덴 대사인 스탈 남작과 결혼. 프랑스의 비평가이자 소설가로서 실증적 비평의 선구가 되었다. 비평사에서 주목할 만한 의의를 지닌 《독일론》을 저술하였으며, 프랑스 낭만주의의 발전에 기여했다.
제인 맨스필드(Jayne Mansfield, 1933~1967) 미국의 영화배우 · 연극배우. 브로드웨이와 할리우드에서 활동하였으며, 1950~1960년대의 미국 브로드웨이와 할리우드의 육체파 여배우로 마릴린 먼로나 소피아 로렌과 비교되며, 1967년 교통사고로 사망했다.
제인 오스틴(Jane Austen, 1775~1817) 영국의 소설가. 섬세한 시선과 재치 있는 문체로 영국 중상류층 여성들의 삶을 다룬 것이 특징이다. 담담한 필치로 인생의 기미(機微)를 포착하고 은근한 유머를 담은 그녀의 작품은 특히 20세기에 들어서면서 높이 평가되었다. 《오만과 편견》, 《지성과 감성》 등은 여러 차례 영화화되는 등 지금도 인기를 끌고 있다.
제임스 가필드(James Abram Garfield, 1831~1881) 미국 제20대 대통령. 남북전쟁 때 북군장교로 의용군을 이끌었다. 하원의원 당시 공화당 내에서 지위를 쌓아 대통령후보에 지목되어 당선되었다.
제임스 기번스(James Gibbons, 1834~1921) 미국 볼티모어 교구의 제9대 대주교이자 추기경. 43세에 볼티모어 교구장이 되었고 1886년에는 레오 13세에 의해 추기경으로 임명받았다. 유럽 이주민들의 유입으로 인해 발생한 문제들과 미국의 비밀결사 문제, 교회 내 문제 등을 현명하게 풀어나갔다.
제임스 더버(James Grover Thurber, 1894~1961) 미국의 유머작가 · 만화가. 「유머란 어떠한 정서의 혼란을 성찰하여 부드럽게 이야기한 것」이라고 말했으며, 특히 여권문화와 기계문명 속에 놓여진 개인의 우수와 공포와 고독을 뒤집어 놓은 점에서 많은 도회지식인의 공감을 얻었다. 우

화 《현대 이솝이야기》 등이 있다.

제임스 듀젠베리(James Stemble Duesenberry, 1918~) 미국의 경제학자. 저서 《소득 · 저축 · 소비자 행동의 이론》 에서 소비가 단지 개인의 소득액뿐만 아니라 사회에서의 소득계층상의 순위에도 의존한다고 하는 상대소득가설을 수립하였다. 이 저서에서 '전시효과'라고 하는 경제학용어가 처음 사용되었다. 그 밖의 저서로 《경기순환과 경제성장》 이 있다.

제임스 딘(James Byron Dean, 1931~1955) 미국의 영화배우. 《에덴의 동쪽》, 《이유없는 반항》, 《자이언트》 등에 연이어 출연하며 큰 인기를 얻었다. 교통사고로 24세의 짧은 영화인생을 마감하였다.

제임스 레스턴(James Barrett Reston, 1909~1995) 미국의 저널리스트. 1960년 전후까지 수많은 특종기사를 취재하여 《뉴욕타임스》 의 상징적인 존재가 되었고 국제적인 기자로 인정받았다. 1969~1974년 뉴욕타임스의 부사장으로 있으면서 많은 유명기자를 길러냈다.

제임스 로웰(James Russell Lowell, 1819~1891) 미국 시인 · 비평가 · 외교관. 전통파 평론가로서 문단에 큰 영향을 끼쳤다. 만년에는 에스파냐와 영국 공사를 역임하였다. 저서로 《나의 장서》, 《서재의 창》 외에 시집 《버드나무 아래》 등이 있다.

제임스 매디슨(James Madison, 1751~1836) 미국의 제4대 대통령. 헌법제정회의에서 헌법초안 기초를 맡아 '미국헌법의 아버지'로 불린다. 토머스 제퍼슨 행정부의 국무장관을 지낸 후 대통령이 되어 제퍼슨의 중립정책을 계승하였다.

제임스 맥도널드(James Ramsay MacDonald, 1824~1905) 영국의 동화작가 · 시인. 애버딘 대학을 졸업한 뒤 목사가 되었고, 작가로 데뷔하여 작품을 썼다. 독자적인 공상 이야기 《북풍의 등에 업혀》 로 유명하다. 그 밖에 《빛나는 공주》, 《공주님과 커디 소년》 등이 있다.

제임스 먼로(James Monroe, 1758~1831) 미국의 제5대 대통령. 제퍼슨의 명으로 나폴레옹에게서 루이지애나를 사들였다. 그 후 매디슨 밑에서도 활약하다가 1817년 대통령에 취임했다. 외교 기본정책으로 '먼로주의'를 선포하여 유럽 제국의 신대륙에 대한 간섭을 저지했다.

제임스 베벨(James Bebel, 1938~2010) 마틴 루터 킹 목사와 함께 1960년대

미국 흑인 인권운동을 이끌었던 목사.
제임스 베넷(James Gordon Bennett, 1795~1872) 《뉴욕 헤럴드》를 창간한 미국의 신문인. 스코틀랜드에서 출생 1819년 미국으로 건너갔다. 처음에는 학교선생 · 교정 · 번역 등에 종사했다. 1835년 500달러의 자본으로 《뉴욕 헤럴드》를 창간하여 새로운 아이디어에 의거한 편집과 풍부한 뉴스의 전달, 과감한 통신수단의 이용 등으로 대신문으로 발전하였다.
제임스 왓슨(James Dewey Watson, 1928~) 미국의 분자생물학자. 프랜시스 크릭과 공동연구로 DNA의 구조에 관하여 2중나선모델을 발표하였다. 1962년 크릭, 모리스 윌킨스와 함께 DNA의 분자구조해명과 유전정보 전달에 관한 연구업적으로 노벨생리 · 의학상을 수상하였다.
제임스 볼드윈(James Mark Baldwin, 1861~1934) 미국의 사회심리학자. 프린스턴대학교 심리학 · 철학 교수로 재직하면서 심리학연구소를 세웠다. 아동심리의 연구에서 출발, 인격의 형성을 밝혀 미국 사회심리학의 기초를 다졌다.
제임스 뷰캐넌(James Buchanan, 1791~1868) 미국의 제15대 대통령. 연방하원의원, 러시아 대사, 연방상원의원, 포크 행정부의 국무장관을 지냈고 적극외교 추진에 중요한 역할을 했다.
제임스 조이스(James Augustine Joyce, 1882~1941) 아일랜드의 소설가 · 시인으로 20세기 문학에 커다란 변혁을 초래한 작가. 37년간 국외로 망명생활을 하며 아일랜드와 고향 더블린에 대한 작품을 썼다. 대표작으로 《더블린의 사람들》, 《율리시스》, 《젊은 예술가의 초상》 등이 있다.
제임스 진스(James Hopwood Jeans, 1877~1946) 영국의 물리학자 · 천문학자. 「기체운동론」을 발표하며 이 이론에서 레일리-진스의 법칙을 발견하였으며, 「방사와 양자론」은 양자론의 발전에 기여하였다.
제임스 캐벌(James Branch Cabell, 1879~1958) 미국의 소설가. 대표작 《매뉴얼 일대기》는 중세 프랑스의 가공의 나라인 포아텀의 역사를 이 나라의 창시자 톰 매뉴얼과 그의 후손들을 중심으로 묘사한 10여 권에 달하는 로맨스의 연작이다.
제임스 쿠퍼(James Fenimore Cooper, 1789~1851) 미국 소설가. 변경(邊境)을 배경으로 백인과 인디언의 관계를 다채롭게 묘사한 《가죽 스타킹 이

야기》가 대표작이다. 사회소설에서는 격렬한 움직임과 서스펜스가 풍부한 로맨스를 다루어 '미국의 스콧'이라고도 불린다.

제임스 쿡(James Cook, 1728~1779) 영국의 탐험가·항해가. 캡틴 쿡으로도 불린다. 뉴질랜드와 오스트레일리아 탐험에 이어 1772년 남극권에 들어갔다. 1776년에는 북태평양 탐험을 떠나 베링 해협을 지나 북빙양에 도달했다. 그의 탐험으로 태평양의 많은 섬들의 위치와 명칭이 결정되고 현재와 거의 같은 태평양지도가 만들어졌다.

제임스 클라크(James Freeman Clarke, 1810~1888) 미국의 유니테리언파 목사·신학자·저술가. 다재다능한 개혁가로서 노예제도를 반대했고, 공무원제도의 개선을 주장했다.

제임스 터버(James G. Thurber, 1894~1961) 현대사회에서 느끼는 좌절감과 불안을 통찰력을 가지고 유머 있게 다루어 온 작가이자 카투니스트(cartoonist). 마크 트웨인 이후 미국에서 가장 위대한 유머리스트로 인정받고 있다. 저서로는《월터 미티의 비밀생활》등이 있다.

제임스 풀브라이트(James William Fulbright, 1905~1995) 미국의 정치가. 아칸소대학교 총장을 지내고 하원의원, 상원의원으로서 미국의 대외정책에 막강한 영향력을 행사하였다. 미국정부의 잉여농산물을 외국에 공매한 돈을 그 국가와 미국의 교육교환계획에 충당할 수 있도록 제안한 풀브라이트 법(法)에 의거 '풀브라이트 장학금'을 확립했다.

제프리 초서(Geoffrey Chaucer, 1343~1400) 중세 영국 최대의 시인. 근대 영시의 창시자로, '영시의 아버지'라 불린다.《트로일루스와 크리세이드》,《선녀 전설》을 거쳐, 중세 이야기 문학의 집대성이라고도 할 대작《캔터베리 이야기》로 중세 유럽 문학의 기념비를 창조하였다.

조광조(趙光祖, 1482~1519) 조선 중종 때 사림의 지지를 바탕으로 도학정치의 실현을 위해 활동했다. 천거를 통해 인재를 등용하는 현량과(賢良科)를 주장하여 사림(士林) 28명을 선발했으며 중종을 왕위에 오르게 한 공신들의 공을 삭제하는 위훈삭제 등 개혁정치를 서둘러 단행하였다. 사흘 후 기묘사화가 일어나 능주로 귀양갔으며 한 달 만에 사사되었다.

조나단 스위프트(Jonathan Swift, 1667~1745) 영국 풍자작가·성직자·정치평론가. 윌리엄 템플(William Temple)의 비서로서의 생활은 후년의 풍자작가 스위프트의 성격 형성에 크게 영향을 미쳤다. 저서로는 《걸리버 여행기(Gulliver's Travels)》를 비롯하여, 정치 · 종교계를 풍자한 《통 이야기(A Tale of Tub)》, 《책의 전쟁(The Battle of the Books)》 등이 있다.

조나단 에드워드(Jonathan Edwards, 1703～1758) 12세에 예일대학에 입학한 천재. 그는 1720년 예일대학을 최우등으로 졸업했다. 철저한 칼빈주의자인 그는 원죄, 예정론, 거듭남의 필요성을 강조했다. 그의 가장 유명한 설교인 「진노하신 하나님의 손에 놓인 죄인들」은 회개하지 않은 죄인들이 지옥에서 맞이하게 될 운명을 생생하게 그려냈다.

조동필(趙東弼, 1845~ ?) 조선 후기의 문신. 성균관대사성을 지내고 1894년 이조참의 · 이조참판을 역임하였다. 1899년 장례원경(掌禮院卿)으로 고종과 소견(召見)하는 자리에서 제례상의 문제와 각 왕릉의 보존 및 비각을 보수하고 석비를 제작하는 문제 등을 논의하고 왕명에 의하여 이를 거행하는 등 왕실의 의례를 주로 맡았다.

조로아스터(Zoroaster, BC 630?~BC 553?) 자라투스트라의 영어명. 역사상의 인물이라는 것은 분명하지만 어느 시대 사람인지는 확실치 않다. BC 7세기 말에서 BC 6세기 초에 살았으며 20세 경에 종교생활을 시작해 30세 경에 아후라 마즈다신의 계시를 받고 조로아스터교(拜火敎)를 창시하였다고 한다.

조르다노 브루노(Giordano Bruno, 1548~1600) 르네상스 시대 이탈리아의 철학자. 도미니코 교단의 사제가 되었으나 가톨릭 교리에 회의를 품게 되었다. 1592년 베네치아에서 이단신문(異端訊問)에 회부되어 1600년 로마에서 화형(火刑)을 당했다. 자연에 대한 동경으로 가득 찬 그의 철학은 범신론적인 특징이 강하다.

조르주 당통(Georges Jacques Danton, 1759~1794) 프랑스의 혁명가이자 정치가. 파리코뮌의 검찰관 차석 보좌관과 법무장관을 지냈다. 국민공회에서는 산악당에 속하였고 자코뱅당의 우익을 형성하였으며 혁명적 독재와 공포정치의 완화를 요구하여 로베스피에르에 의하여 처형되었다.

조르주 뷔퐁(Georges Louis Leclerc de Buffon, 1707~1788) 프랑스의 철학자 · 박물학자. 파리왕립식물원 원장이 되어 모은 동식물에 관한 자료를 기초로 1749년부터 《박물지》를 출판하였다.

조르주 브라크(Georges Braque, 1882~1963) 프랑스의 화가. 피카소와 함께 큐비즘(입체파)을 창시하고 발전시킨 작가다. 20세기 미술에 결정적인 역할을 했고 일관되게 큐비즘의 가능성을 탐구하였다.

조르주 상드(George Sand, 1804~1876) 19세기 프랑스의 여류소설가. 남장차림, 시인 뮈세, 음악가 쇼팽과의 모성적 연애사건으로 유명하다. 저서는 《앵디아나》, 《콩쉬엘로》, 《마의 늪》, 《사랑의 요정》 등이 있다. 선구적 여성해방운동 투사로도 재평가된다.

조반니 그라시(Giovanni Battista Grassi, 1854~1925) 이탈리아의 동물학자. 1896년에 렙토세팔루스(Leptocephalus)가 뱀장어의 유체(幼體)임을 발견하여 유럽산 뱀장어의 산란장과 그 생활사를 밝히는 데 있어서 중요한 실마리가 되었다. 1899년에 열대지방에서 말라리아병원충이 모기 체내에서 어떻게 번식하는지 밝혔다.

조반니 카사노바(Giovanni Giacomo Casanova, 1725~1798) 에스파냐계 이탈리아의 문학가·모험가·엽색가. 재치와 폭넓은 교양으로 외교관·재무관·스파이 등 여러 직업을 가졌고 여러 계층의 사람들과 두루 사귀었다. 그의 《회상록》은 18세기 유럽의 사회·풍속을 아는 데 귀중한 기록이다.

조병옥(趙炳玉, 1894~1960) 일제 강점기 때 활동한 독립운동가·정치가. 한인회·흥사단 등의 단체에 참여하여 독립운동을 했다. 광복을 맞이해 한국민주당을 창당하고, 미 군정청 경무부장에 취임, 치안유지와 공산당 색출에 진력했다.

조봉암(曺奉岩, 1898~1959) 독립운동가·정치가. 노농총연맹조선총동맹을 조직해 문화부책으로 활약하다가 상하이 코민테른 원동부(遠東部) 조선대표에 임명되고, ML당을 조직해 활동했다. 제헌의원·초대농림부장관이 되고 대통령선거에 출마하기도 했다.

조셉 라스키(Harold Joseph Laski, 1893~1950) 영국의 정치학자·교육자. 1930년대 '영국 민주주의의 위기'를 해명하는 과정에서 마르크스주의로 전향했다. 미국 하버드대학교 시절 펴낸 《현대 국가에서의 권위》와 《주권의 기초》는 주권국가의 전능성을 배격하고 정치적 다원주의를 주장한 것이었으나 1925년의 《정치학 개론》에서는 국가를 '사회의 기초적 제도'로 규정함으로써 종래의 입장을 반전시켰다.
조셉 스테펀스(Joseph Lincoln Steffens, 1866~1936) 미국의 언론인 · 강연가 · 정치철학자. 뉴욕에서 신문기자로 재직하면서 그는 정치인들이 사업가들로부터 뇌물을 받고 사업활동상의 특혜를 제공하는 부패상을 많이 발견했다. 뒤에 《매클루어스 매거진》의 편집국장이 된 후 부패상들을 모아 《도시의 수치》라는 책을 냈다.
조셉 콘래드(Joseph Conrad, 1857~1924) 영국 소설가. 해양문학의 대표적 작가. 그의 작품은 제2차 세계대전 후 실존주의적 인간관으로 주목을 끌었다. 대표작 《나르시소스 호의 흑인》과 1900년에 발표한 문제작 《로드 짐》에 이어 《청춘》, 《태풍》 등의 단편도 박력 있는 해양소설이다.
조슈아 레이놀즈(Joshua Reynolds, 1723~1792) 영국의 초상화가. 고전 작가들을 연구해 영국 미술계에 새로운 초상화 스타일과 기법을 확립했다. 아름다운 색채와 명암의 교묘한 대비에 뛰어나고, 장중하며 우아했다.
조안 로빈슨(Joan Violet Robinson, 1903~1983) 영국의 경제학자 · 교수. 1979년 여자로서는 처음으로 킹스 칼리지의 명예회원이 되었다. 저서 《불완전 경쟁의 경제학》을 통해 분배와 배분의 문제를 분석하고 착취의 개념을 자세히 다루었다.
조연현(趙演鉉, 1920~1981) 문학평론가. 순수문학을 옹호하였다. 예술문화윤리위원회 위원장, 문학평론가협회장, 펜클럽 한국본부 부위원장 등을 역임하였다. 저서로 《한국현대문학사》, 《한국현대작가론》 등이 있다.
조제프 드 메스트르(Joseph Marie de Maistre, 1753~1821) 프랑스의 소설가 · 철학자 · 정치가. 프랑스 전통주의를 대표하는 사상가였다. 프랑스혁명에 반대, 절대왕정과 교황의 지상권을 주장했다. 작품으로 《교황론》, 《상트페테르부르크 야화》 등이 있다.
조제프 주베르(Joseph Joubert, 1754～1824) 프랑스의 작가, 비평가. 1789년 프랑스혁명 후 수년간 치안재판소의 판사였다.
조제프 쥐글라르(Joséph Clément Juglar, 1819~1905) 프랑스의 경제학자. 원래 의사였으나 경제학, 특히 경기변동의 통계적 연구에 종사하여 근대 경기변동이론의 발전에 공헌하였다. 쥐글라르 파동으로 알려진 경기순환의 규칙성을 서술하였다.

조지 6세(George VI, 1895~1952) 영국의 왕(재위 1936~1952). 형 에드워드 8세가 심프슨 부인과의 결혼문제로 왕위에서 물러나자 뒤를 이어 즉위하였다. 국제친선에 힘을 기울였고, 제2차 세계대전 중에는 런던을 떠나지 않고 시민과 위험을 함께 했다.

조지 기싱(George Robert Gissing, 1857~1903) 영국의 소설가·수필가. 중류 이하 빈민계층의 생활을 사실적으로 그려 유명하다. 《신 삼류문인의 거리》, 《유랑의 몸》에서 지식인 등이 그의 교양 때문에 자기가 속해 있는 빈민층에 안주하지 못하는 비극을 다루었다.

조지 네이선(George Jean Nathan, 1882~1958) 미국의 연극평론가·문예비평가·잡지편집자. 문예잡지 《스마트 세트》의 편집을 맡았으며 잡지 《뉴요커》 등의 극평을 맡았다. 신인작가들의 작품을 게재하여 발굴하였고, 해외의 새로운 희곡을 소개하여 미국 연극 발전에 영향을 주었다.

조지 마셜(George Catlett Marshall, 1880~1959) 제2차 세계대전 중 미국 육군 참모총장을 거쳐 국무장관, 국방장관을 지냈다. 1947년 그가 제안한 유럽부흥계획은 '마셜 플랜'으로 알려져 있다. 1953년 노벨평화상 수상.

조지 맥도널드(George Macdonald, 1824~1905) 영국 동화작가·시인. 독자적인 공상 이야기 《북풍의 등에 업혀》로 유명하다. 그 밖에 《공주님과 난쟁이》, 《공주님과 커디 소년》 등이 있다.

조지 메러디스(George Meredith, 1828~1909) 영국의 소설가·시인. 위트가 있는 대화와 경구조의 언어를 잘 구사한 소설로 유명하다. 인물의 심리를 탐구하고, 시대에 앞서서 여성을 남성과 동등하게 보는 매우 주체적인 인생관을 가졌다. 대표작으로 《리처드 페버럴의 시련》, 《에고이스트》 외에 많은 작품을 써 만년에는 영국문단의 지도적 존재가 되었다.

조지 무어(George Edward Moore, 1873~1958) 영국의 철학자, 케임브리지대학 교수. 관념론에 반대해서 신실재론의 입장을 취했다. 관념론은 존재를 지각된 것으로 보는데, 이는 지각된 대상과 대상의 지각을 혼동하는 것으로, 실제로는 대상이 있고 이것이 지각되는 것이라고 설명하고 있다.

조지 바이런(George Gordon Byron, 1788~1824) 영국 낭만파 시인. 반속적(反俗的)인 천재시인으로 런던 사교계의 총아로 등장했다. 주요작품으로 《카인》, 《사르다나팔루스》, 《코린트의 포위》 등이 있다. 날카로운 풍자, 근대적인 내적 고뇌, 다채로운 서간 등은 전 유럽을 풍미했다.
조지 밴크로프트(George Bancroft, 1800~1891) 미국의 사학가 · 정치가. 《미국사》 저술을 통해 미국 역사학의 아버지로 불렸다. 해군장관이 되어 아나폴리스 해군사관학교를 설립하였고, 영국주재 공사 및 독일주재 공사를 역임하였다.
조지 버나드 쇼(George Bernard Shaw, 1856~1950) 아일랜드의 극작가 · 소설가 · 비평가. 가난하여 초등학교만 나와 급사로 일하면서 음악과 그림을 배우고 소설도 썼다. 마르크스의 《자본론》 에 감동받아 페이비언협회를 설립하는 등 사회주의자로서 활약하였다. 연극 · 미술 · 음악 등의 비평도 하고, 풍자와 기지에 찬 신랄한 작품을 썼다. 걸작 《인간과 초인》 을 써 세계적인 극작가가 되었다. 1925년에 노벨 문학상을 수상했다.
조지 산타야나(George Santayana, 1863~1952) 에스파냐 출생의 미국 철학자 · 시인 · 평론가. 처녀작 《미의 의식》 에서는 비판적 실재론을 설명해 T. S. 엘리엇 등에게 영향을 주었다. 이 밖에도 《존재의 영역》 , 평론으로 루크레티우스, 단테, 괴테를 논한 《3인의 시인 철학자》 등이 있다.
조지 새빌(George Savile, 1633~1695) 영국의 정치가 · 저술가. 명예혁명 당시 요직에서 활약하여 제임스 2세의 퇴위와 윌리엄 3세의 즉위를 실현시켰다. 라로슈푸코를 상기시킬 만한 《국가의 금언》 등이 있다.
조지 아담스키(George Adamski, 1891~1965) 미확인비행물체연구가(ufology). 폴란드 태생의 미국 시민으로, 1946년 10월 9일 유성우(流星雨) 기간에 아담스키와 그의 친구들은 팔로마 가든의 야영지에 있는 동안 시거 모양의 비행접시 모선을 목격했다고 주장했다.
조지 어거스트 무어(George Augustus Moore, 1852~1933) 영국 소설가 · 시인. 에밀 졸라의 영향을 받아 상징시에서 자연주의 소설로 전향하여 《광대의 아내》 , 《에스터 워터스》 등을 썼다. 또 《케리스강》 에서는 종교에 대한 관심을 나타냈다.
조지 에드워드 무어(George Edward Moore, 1873~1958) 영국의 실재론 철학자 · 교수. 윤리문제와 철학에 대한 체계적 접근방식으로 뛰어난 현대사상가가 되었다. 버트런드 러셀, 비트겐슈타인 등과 케임브리지 학파를 대표한다.

조지 엘리엇(George Eliot, 1819~1880) 영국의 소설가. 주요 저서에는 대작 《미들마치》, 《다니엘 데론다》 등이 있다. 멋진 심리묘사와 도덕·예술에 대한 뛰어난 지적(知的) 관심에 의해 20세기 작가의 선구적 역할을 수행한 것으로 평가된다.

조지 오웰(George Orwell, 1903~1950) 인도에서 태어난 영국의 작가·비평가·정치평론가. 러시아혁명과 스탈린의 배신에 바탕을 둔 정치우화 《동물농장》 으로 일약 명성을 얻게 되었으며, 지병인 결핵으로 입원 중 걸작 《1984년》 을 완성했다. 계급의식과 성실·선예(先銳)의 대립을 풍자하고 이것을 극복하는 길을 제시하는 등 공헌을 했다는 데 의의가 있다.

조지 워싱턴(George Washington, 1732~1799) 미국 초대 대통령. 건국의 아버지로 불린다. 대통령 취임 후에는 연방정부의 기초 확립에 노력하였고, 프랑스혁명에 따른 영불(英佛)전쟁 때는 중립을 지켰다. 3선을 끝내 사양하고 은퇴하였다.

조지프 애디슨(Joseph Addison, 1672~1719) 영국의 수필가·시인·정치가. 《가디언》 지의 발간인인 리처드 스틸과 함께 공동 창작한 작품 《드 카바리》 에서 시골신사의 성격묘사는 영국 근대소설 발전에 커다란 영향을 끼쳤다. 1697년 존 드라이든의 번역 작품인 베르길리우스의 《농경시》 에 서문을 써서 명성을 얻기도 했다.

조지 이스트먼(George Eastman, 1854~1932) 미국의 사진 기술자. 사진 건판을 발명하고 1880년 로체스터에 공장을 건설, 1884년 롤 필름 제작에 성공하였다. 1888년 코닥카메라를 고안하고, '이스트먼 코닥 회사'를 설립하였다. 1928년에는 천연색 필름을 발명하였다.

조지 크래브(George Crabbe, 1754~1832) 영국 시인. 목회활동을 하면서 여가에 시를 썼다. 비참한 농민생활을 그린 《마을》 로 인정을 받았다. 그의 작품은 충실하고 자상한 생활기록이며, '운문으로 쓴 소설'이라고 불린다. 그 밖에 작품으로 《교구의 기록》, 《도시》 등이 있다.

조지프 키플링(Joseph Rudyard Kipling, 1865~1936) 영국의 소설가·시인. 유명한 단편소설 《정글북》 은 문체가 뛰어나고 재미있기는 하지만 균형 잡히고 일관성 있는 장편소설은 잘 쓰지 못한다는 평을 듣기도 했다.

1907년 노벨문학상 수상.

조지 허버트(George Herbert, 1593~1633) 영국의 목사, 형이상학파 시인. 종교시집 《성당》은 구어적 표현, 비근한 이미지, 유연한 시형이 특색이다.

조지훈(趙芝薰, 1920~1968) 청록파 시인. 자유당 정권 말기에 민권수호국민총연맹, 공명선거추진위원회 등에 적극 참여하여 시집 《역사 앞에서》와 유명한 《지조론(志操論)》을 썼다. 주요 작품으로 《승무》 등이 있다.

조향록(趙香祿, 1920~2010) 기독교 목회자. 함경남도 북청군 출신으로 일제강점기 말기인 1943년에 조선신학교를 졸업하고 장로교 목회자가 되었다. 서울 종로 초동교회 담임목사로 재직. 한국신학대학 학장, 한국기독교장로회 총회장 역임, 국제사면위원회 한국지부 이사장을 지냈다.

존 F. 케네디(John Fitzgerald Kennedy, 1917~1963) 미국 제35대 대통령. 소련과 부분적인 핵실험금지조약을 체결하였고, 중남미 여러 나라와 '진보를 위한 동맹'을 결성하였으며 평화봉사단을 창설하기도 하였다. 재임 중 쿠바 사태, 베를린 봉쇄 등 여러 가지 어려운 위기를 맞았으며, 댈러스에서 자동차로 가두행진을 벌이던 중 암살당했다.

존 건서(John Gunther, 1901~1970) 미국의 저널리스트 · 작가. 세계정치에 관한 일련의 '내막기사(內幕記事)'로 유명하다. 저서로는 《유럽의 내막》, 《아시아의 내막》, 《라틴 아메리카의 내막》, 《아메리카의 내막》, 《아프리카의 내막》, 《소비에트의 내막》 등이 있다.

존 게이(John Gay, 1685~1732) 영국 시인 · 극작가. 보수당 계열의 문인들과 교류하며 유머 넘치는 장시 《트리비아》 등을 썼다. 오페라 대표작으로 《거지 오페라》가 있다. 이 작품에는 자유당 내각에 대한 신랄한 풍자와 정통파 이탈리아 오페라에 대한 조소가 담겨 당시 큰 인기를 모았다.

존 골즈워디(John Galsworthy, 1867~1933) 영국의 소설가 · 극작가. 사회의 부정으로 학대받고 희생되는 사람에 대한 의분으로 인도주의적 작품을 발표했고, 자유주의 인도주의적 입장에서 사회 모순을 지적하면서도 그것을 고쳐 나가는 인간의 미래에 대한 가능성을 제시했다. 저서로 《말장(末章)》, 《포사이트 가의 기록》이 있다. 1932년 노벨문학상 수상.

존 그레이(John Gray, 1798~1850) 영국의 사회사상가로 오언주의자의 협동

사회창설 시도에 적극적으로 협력하였다. 그 사상적 입장에 서서 저술한 《인간행복론》과 《화폐의 본질》 등이 있다.

존 뉴먼(John Henry Newman, 1801~1890) 영국의 가톨릭 신학자 · 추기경. 1833년 J. 키블의 설교에 영향을 받아 가톨릭에 가까운 고교회파(高敎會派)에 속하며 '옥스퍼드운동'을 전개했다. 재속(在俗) 성직자들로 구성된 오라토리오회를 창립하는 등 버밍엄과 런던에서 활약했다.

존 듀이(John Dewey, 1859~1952) 미국의 철학자 · 교육학자. 실용주의(프래그머티즘)의 대표적인 철학자로 사상계에 정통적 지위를 차지하였으며, 탐구보다 행동을 제일로 하는 실천적 연구에 중점을 두고, 정신철학을 대표한 것으로서 주목된다. 대표적 저서로는 《논리학-탐구의 이론》, 《경험으로서의 예술》 등이 있다.

존 드라이든(John Dryden, 1631~1700) 영국 시인 · 극작가 · 비평가. 왕정복고기의 대표적인 문인으로 다방면에 걸쳐서 많은 저술을 남겼다. 《압살롬과 아히도벨》은 구약성서에 나오는 인물을 빗대 왕에게 적대하는 사람들을 사정없이 공격하였으며, 뚜렷한 인물묘사가 풍자를 더욱 통렬히 표현하였다. 같은 형태의 풍자시로 《훈장》, 《플렉크노 2세》가 있다.

존 러스킨(John Ruskin, 1819~1900) 영국의 비평가 · 사회사상가. 예술미의 순수감상을 주장하고 「예술의 기초는 민족 및 개인의 성실성과 도의에 있다」고 하는 자신의 미술원리를 구축해 나갔다.

존 레이(John Ray, 1627~1705) 영국의 박물학자. 1682년 식물 신분류법》을 출판, 1693년에는 《사지(四肢) 동물일람》을 발표하여 식물 및 동물분류학의 기초를 이루었다. 최초로 쌍떡잎식물과 외떡잎식물을 구별하였다. 종(種)의 개념을 명확히 하여 영국 박물학의 아버지로 불린다.

존 로널드 로얼(John Ronald Reuel Tolkien, 1892~1973) 영국의 영문학자 · 소설가. 《반지 원정대》, 《두 개의 탑》, 《왕의 귀환》 등, 《반지의 제왕》 3부작은 판타지 소설의 고전으로 불린다. 20세기 영문학사에 큰 발자취를 남겼고, 현대 판타지 소설이라는 새 장르를 발전시킨 작가로 꼽힌다.

존 로널드 톨킨(John Ronald Reuel Tolkien, 1892~1973) 영국의 소설가. 《반지 원정대》, 《두 개의 탑》, 《왕의 귀환》 등 《반지의 제왕》 3부작은 판타지 소설의 고전으로 불린다. 20세기 영문학사에 큰 발자취를 남겼고, 현대 판타지 소설이라는 새 장르를 발전시킨 작가로 꼽힌다.

존 로크(John Locke, 1632~1704) 영국의 철학자 · 정치사상가로서 계몽철학 및 경험론철학의 원조로 일컬어진다. 자연과학에 관심을 가졌고 반 스콜라적이며 《인간오성론(人間悟性論)》 등의 유명한 저서를 남겼다. 교육에도 많은 관심을 보여 소질을 본성에 따라 발전시켜야 한다고 주장하였다.

존 루이스(John Llewellyn Lewis, 1880~1969) 미국의 노동운동 지도자로 산업별 노동조합회의(CIO)를 조직하고 초대의장이 되었다. 쟁의(爭議)에서나 법정에서나 투사로서 활약한 미국노동계의 중심인물이었다.

존 릴리(John Lyly, 1554~1606) 영국의 소설가 · 극작가. 영국 최초의 소설이라고 할 수 있는 《유퓨즈 · 지혜의 해부》, 《유퓨즈와 영국》으로 된 2권의 산문 로망의 화려한 문체는 유퓨이즘(euphuism, 뚜렷하게 형식적이며 정교한 산문 문체로서 16~17세기에 영국에서 유행한 화려하게 과장하여 사용한 문체)이란 말을 남겼을 정도로 널리 알려졌다.

존 머리(John Middleton Murry, 1889~1957) 영국의 언론인 · 평론가. 문학작품에 대해 낭만적이면서도 전기적인 비평방법을 취해 당시 주도하고 있던 비평경향에 정면으로 도전했다. 1935년에 출간된 자서전 《두 세계 사이에서》는 자신의 생애를 놀라울 정도로 자세히 묘사하고 있다.

존 메이스필드(John Edward Masefield, 1878~1967) 영국 시인. 시집 《해수(海水)의 노래》, 대표작인 서사시 《여우 레이나드》를 발표했다. 알기 쉬운 운문(韻文)으로 해양과 이국의 정서, 사회적 관심이 넘치는 그의 시는 한동안 많은 대중 독자들을 매료했다.

존 밀턴(John Milton, 1608~1674) 《실낙원(失樂園)》의 저자로서 셰익스피어에 버금가는 대시인으로 평가되는 영국 시인. 최초로 영어로 쓴 걸작시 《그리스도 강탄의 아침에》는 종교적 주제에 있어서나 기교적 원숙에 있어서 성년에 도달하였고 또 그의 장래의 방향을 선언한 작품이었다.

존 번연(John Bunyan, 1628~1688) 영국 설교가 · 우화작가. 윌리엄 기퍼드(영국의 비평가)가 죽은 후로는 비국교파(非國教派)의 설교자로서 명성을 얻기도 했다. 자서전 《넘치는 은총》은 그 동안에 겪은 그의 영혼의 고뇌와 정신적 · 육체적 고통을 기록한 것이라고 한다. 특히 《천로역정》

은 영국 근대소설 발전에 크게 기여했다.

존 베링톤 웨인(John Barrington Wain, 1925~) 영국의 시인 · 소설가. 주요 저서로, 대학을 나와 지방도시에 내려왔으나 중산층의 폐쇄성에 적응하지 못하고 어느 사회에도 소속되지 못하고 무모하게 직업을 전전하는 찰스를 주인공으로 엮은 피카레스크 소설인 《급히 내려오다》 등이 있다.

존 볼(John Ball, 1338~1381) 영국의 사상가. 성직자로 활동하였으나, 성속귀족(聖俗貴族)을 비판하고, 평등주의 · 공산주의 · 계급타파를 주장하여 파문되었다. 여러 번의 투옥에도 꺾이지 않고 방랑설교를 계속하였다.

존 셀던(John Selden, 1584~1654) 영국의 법학자 · 정치가 · 역사가. 자유주의 입장에서 국민의 권리확대에 힘써 버밍공의 탄핵, 권리청원의 기초에 참가하였다. 또한 《해양폐쇄론》 을 써서, 바다를 영유 가능한 대상으로 파악하였다. 주요 저서에 《명예의 칭호》, 《Table Talk》 등이 있다.

존 셔먼(John Sherman, 182~ 1900) 미국의 정치인 · 재정가. 변호사가 되어 상원의원을 거쳐 국무장관이 되었다. 세율을 개정하였으며, 1890년에 실시한 반트러스트법 및 셔먼법은 특히 유명하다.

존 스타인벡(John Ernst Steinbeck, 1902~1968) 로스트 제너레이션을 이은 30년대의 사회주의 리얼리즘을 대표하는 미국 소설가. 작풍은 사회의식이 강렬한 작품과 온화한 휴머니즘이 넘치는 작품으로 대별된다. 주요 저서로 《분노의 포도》, 《에덴의 동쪽》 등이 있으며 노벨 문학상, 퓰리처상을 수상했다.

존 스튜어트 밀(John Stuart Mill, 1806~1873) 영국의 경제학자 · 철학자 · 사회과학자 · 사상가. 초기에는 공리주의(功利主義)에 공명하였으나 후에 사상적으로 전환하여 종래의 공리주의적 자유론을 대신하여 인간정신의 자유를 해설한 《자유론》 을 저술하였다.

존 애덤스(John Adams, 1735~1826) 미국의 제2대 대통령. 인지조례 제정에 따른 반영(反英)운동의 지도자로서 대륙회의의 대표로 활약하였다. 국무장관이 되어 '먼로 선언'의 기초를 맡았다. 1824년 다시 제6대 대통령이 되었으나 국내개발계획 등이 성공하지 못하였고 그 뒤 하원의원으로 활약하였다.

존 워너메이커(John Wanamaker, 1838~1922) 미국 워너메이커 백화점 설립

자. 14세 때부터 고용살이를 한 끝에 1861년 남성의류점 오크 홀(Oak Hall)을 필라델피아에서 시작 번창하여 1869년 상호를 존 워너메이커(John Wanamaker & Co.)로 개칭, 마침내 필라델피아에서 가장 큰 백화점이 되었다. 신문광고를 이용하는 상술 및 정찰판매제를 개척하였다.

존 웹스터(John Webster, 1580?~1625?) 영국 극작가. 2대 비극으로 꼽히는 《백마》는 《맥베스》 처럼 요염한 정열을 간직한 창녀 비토리오의 죄로 번득이는 아름다움을 그린 것이고, 《몰피 공작부인》 은 《리어 왕》 같은 공작부인의 비운을 그린 복수극이다.

존 케인스(John Maynard Keynes, 1883~1946) 영국의 경제학자. 저서 《고용·이자 및 화폐의 일반이론》 에서 완전고용을 실현·유지하기 위해서는 자유방임주의가 아닌 정부의 보완책(공공지출)이 필요하다고 주장하였다. 이 이론에 입각한 사상의 개혁을 케인스 혁명이라고 한다.

존 키츠(John Keats, 1795~1821) 영국의 낭만주의 서정시인. 짧은 생애 동안 뛰어난 감각적 매력, 고전적 전설을 통한 철학적 표현을 담은 시를 썼다. 가장 잘 알려진 시로는 《엔디미온》, 《잔인한 미녀》, 《나이팅게일에게》, 《히페리온》 등이 있다. 25세의 나이로 로마에서 폐결핵으로 요양 중 사망했다.

존 틴들(John Tyndall, 1820~1893) 영국의 물리학자. 미립자에 의한 빛의 산란 연구로 '틴들현상'을 발견했으며, 음파의 투과에 미치는 대기밀도의 영향 등 음향에 관한 연구가 있다. 열현상에 대해서는 분자운동론적 해석을 하였다.

존 페인(John Howard Payne, 1791~1852) 미국의 극작가·배우. 유럽 낭만주의파 극작가들의 기법과 주제를 따랐다. 주요작품으로는 그의 유명한 노래 〈즐거운 나의 집(Home, Sweet Home)〉 이 삽입되어 있는 《밀라노의 소녀 클라리》, 어빙과 함께 쓴 《찰스 2세》 등이 있다. 저작권법의 효력이 약했던 그 당시 페인은 성공작을 쓰고도 거의 돈을 벌지 못했다.

존 포드(John Ford, 1586~1639?) 17세기 영국의 극작가. 작품은 《연인의 우수》, 《사랑의 희생》, 《상심》, 《가엾도다, 그녀는 창녀》 등이다. 엘리자베스 시대 최후의 위대한 비극작가라 할 수 있다.

존 플레처(John Fletcher, 1579~1625) 영국의 극작가. 보몬트와의 합작 희비

극으로 만년의 셰익스피어의 라이벌이 되고, 인기를 독차지하였다. 《처녀의 비극》이 특히 뛰어났다. 셰익스피어가 미완성으로 남긴 《헨리 8세》의 보완자로 알려진다.

존 핌(John Pym, 1584?~1643) 영국 청교도혁명 초기의 정치가. 하원의원이 되어 버킹검 공 탄핵, 권리청원 등에 활약하였다. 단기의회에서 국왕의 실정을 공격하고, 장기의회에서는 스트랫포드 백작에 대한 탄핵, 대권재판소(大權裁判所)와 자의적 과세 폐지 등 개혁을 실현시켰다.

존 해링턴(John Harington, 1561~1612) 영국의 작가. 이탈리아 시인 아리오스토의 《광란의 오를란도》를 번역했다. 잉글랜드 엘리자베스시대의 법률가 · 번역가 · 작가 · 재사로, 해링턴 경으로 불린다. 수세식 화장실을 발명한 사람으로 유명하다.

존 헤이(John Milton Hay, 1838~1905) 미국의 외교관 · 언론인. 매킨리, 루스벨트 대통령 때 국무장관을 지냈다. 1899년 중국에 대한 문호개방정책의 제창 등 미국의 해외팽창정책에 크게 공헌하였다. 《뉴욕 트리뷴》지(紙) 부편집장을 지냈다.

존 헤이우드(John Heywood, 1497?~1580?) 영국 헨리 8세의 궁정시인 · 극작가, 도덕극의 애호가. 극중 인물에 다양한 인간성을 부여 개성화함으로써 영국 드라마가 엘리자베스 여왕시대 희극으로 개화하는 데 기여했다. 작품으로 《고약한 날씨》, 《사랑의 유희》 등이 있다.

존 휘티어(John Greenleaf Whittier, 1807~1892) 미국의 시인. 남북전쟁 전부터 노예해방론자로서 활발한 논리를 전개했다. 《뉴잉글랜드의 전설》, 《바바라 프리치》, 《신을 찬미하라》, 유명한 장시 《눈에 갇혀서》가 있다.

《좌씨전(左氏傳)》 공자의 《춘추(春秋)》를 노(魯)나라 좌구명(左丘明)이 해석한 책. 《춘추좌씨전(春秋左氏傳)》, 《좌전(左傳)》이라고도 한다. BC 722~BC 481년의 역사를 다룬 것으로 《국어(國語)》와 자매편이다. 《춘추》와는 성질이 다른 별개의 저서로서, 《공양전(公羊傳)》, 《곡량전(穀梁傳)》과 함께 3전(三傳)의 하나이다. 문장의 교묘함과 인물묘사의 정확이라는 점 등에서 문학작품으로도 뛰어나 고전문의 모범이 된다.

주세페 가리발디(Giuseppe Garibaldi, 1807~1882) 이탈리아 통일운동에 헌신한 군인·공화주의자. 공화주의에서 사르데냐왕국에 의한 이탈리아통일주의로 전향, 해방전쟁 때 알프스 의용군을 지휘했고 남이탈리아왕국을 점령하는 등 이탈리아 통일에 기여했다.

주세페 마치니(Giuseppe Mazzini, 1805~1872) 이탈리아의 정치지도자. 불굴의 공화주의자로 이탈리아의 통일공화국을 추구하였다. 낭만주의문학을 연구하여 이탈리아의 도덕적 혁신의 필요성을 강조하였다. 청년이탈리아당 및 청년유럽당을 결성하고 밀라노 독립운동에도 참가하였으며 빈곤한 망명생활을 하며 여러 차례 군사행동을 일으켰으나 전부 실패하였다.

주세페 베르디(Giuseppe Verdi, 1813~1901) 이탈리아의 작곡가. 그의 오페라는 19세기 전반까지 이탈리아 오페라의 전통 위에서 극과 음악의 통일적 표현에 유의하면서도 독창의 가창성을 존중하고 중창의 충실화와 관현악을 연극에 참여시키는 문제 등에서 한 걸음 앞서 있었다. 《리골레토》, 《일 트로바토레》, 《라 트라비아타》, 《아이다》 등의 작품으로 유명하다.

주시경(周時經, 1876~1914) 개화기의 국어학자로, 우리말과 한글의 전문적 이론연구와 후진양성으로 한글의 대중화와 근대화에 개척자 역할을 했다. 우리말 문법을 최초로 정립하였다. 저술인 《국문문법》, 《국어문전음학》 등은 우리말과 한글을 이론적으로 체계화하였고, 국어에서의 독특한 음운학적 본질을 찾아내는 업적을 남겼다. 그의 개척자적 노력으로 오늘날의 국어학이 넓게 발전할 수 있는 터전이 마련되었다.

《주역(周易)》 유교의 경전 중 3경의 하나인 《역경》, 단순히 《역(易)》이라고도 한다. 이 책은 점복(占卜)을 위한 원전과도 같은 것이며, 어떻게 하면 흉운을 물리치고 길운을 잡느냐 하는 처세상의 지혜이며, 나아가서는 우주론적 철학이기도 하다. 주역이란 글자 그대로 주(周)나라의 역(易)이란 말이다.

주의식(朱義植, ?~?) 조선 후기 시조작가. 숙종 때 무과(武科)에 급제하여 칠원현감을 지냈다. 노래를 짓고 부르는 데 뛰어난 재주가 있었다. 김천택(金天澤)은 《청구영언》에서 「그는 시조에만 능할 뿐 아니라, 몸가짐이 공손하고 마음씨가 고요하여 군자의 풍도가 있었다.」 고 하였다. 시조는 《청구영언》, 《해동가요》 등의 가곡집에 14수가 전하며, 자연・탈속・계행(戒行) 및 회고와 절개를 주제로 다루었다.

주자(朱子, 1130~1200) 중국 송대의 유학자. 주자학을 집대성하였다. 그는 우주가 형이상학적인 '이(理)'와 형이하학적인 '기(氣)'로 구성되어 있다고 보았다. 인간에게는 선한 '이'가 본성으로 나타난다고 하였다. 그러나 불순한 '기' 때문에 악하게 되며 '격물'(格物)'로 이 불순함을 제거할 수 있다고 하였다.

《중용(中庸)》 공자의 손자인 자사(子思)의 저작. 오늘날 전해지는 것은 오경(五經)의 하나인 《예기(禮記)》에 있는 중용편이 송(宋)나라 때 단행본이 된 것으로, 《대학》, 《논어》, 《맹자》와 함께 사서(四書)로 불리며, 송학(宋學)의 중요한 교재가 되었다. 여기서 '中'이란 어느 한쪽으로 치우치지 않는다는 것, '庸'이란 평상(平常)을 뜻한다.

쥘 르나르(Jules Renard, 1864~1910) 19세기 후반 프랑스의 소설가・극작가. 저서로는 《홍당무》(1894), 《포도밭의 포도 재배자》, 《박물지》 등이 있다. 시트리의 촌장, 아카데미 공쿠르 회원.

쥘리 레스피나스(Julie Lespinasse, 1732~1776) 프랑스의 서간문학가. 백과전서파인 달랑베르의 연인이 되어 문학상 영향을 받았다. 애인 기베르 백작에게 써 보낸 《서간집》은 여류 서간문학의 일대 걸작으로 꼽힌다.

쥘 미슐레(Jules Michelet, 1798~1874) 프랑스의 역사가로 국립고문서보존소 역사부장, 파리대학 교수. 역사에서 지리적 환경의 영향을 중시하고 민중의 입장에서 반동적 세력에 저항하였다.

증자(曾子, BC 506~BC 436) 중국 춘추시대(春秋時代)의 유학자. 공자의 도(道)를 계승하였으며, 그의 가르침은 공자의 손자 자사(子思)를 거쳐 맹자(孟子)에게 전해져 유교사상 중요한 위치를 차지한다.

지그몬드 모리츠(Zsigmond Móricz 1879~1942) 헝가리 문단에서 사실주의 작가의 제1인자가 된 소설가. 단편 《7크로이차르》로 인정을 받은 후, 농촌을 중심으로 변화한 사회 속에 살아가는 인간의 생활을 추구한 많은 작품을 발표하였다.

지그문트 프로이트(Sigmund Freud, 1856~1939) 오스트리아의 신경과 의사,

정신분석의 창시자. 히스테리 환자를 관찰하고 최면술을 행하며, 인간의 마음에는 무의식이 존재한다고 하였다. 꿈 · 착각 · 해학과 같은 심층심리학을 연구하였다. 저서로는 《히스테리 연구》, 《꿈의 해석》, 《정신분석 입문》 등이 있다.

지그 지글러(Zig Ziglar, Hilary Hinton Zigla, 1926~2012) 미국의 작가. 자기 계발과 성공학의 대가로 알려져 있다. 그의 책은 전 세계적으로 수천만 부 이상이 팔렸으며, 그의 칼럼 <지그 지글러의 용기를 주는 한마디 말>은 많은 호평을 받았다. 《시도하지 않으면 아무것도 할 수 없다》 등의 저서가 있다.

지눌(知訥, 1158~1210) 고려의 승려로 불자의 수행법으로 돈오점수(頓悟漸修)와 정혜쌍수(定慧雙修)를 주장하였다. 선(禪)으로써 체(體)를 삼고 교(敎)로써 용(用)을 삼아 선 · 교의 합일점을 추구했다. 저서에 《진심직설(眞心直說)》, 《목우자수심결(牧牛子修心訣)》 등 다수가 있다.

《진서(晉書)》 당 태종의 지시로 방현령(房玄齡) 등이 찬한 진(晉)왕조의 정사(正史). 처음으로 재기(載記)라는 양식이 정사에 나타난 것이며, 오호십육국에 관한 기록으로서 진나라 시대를 이해하는 데 도움이 된다. 주로 장영서(臧榮緖)의 《진서(晉書)》에 의존하였고, 많은 사관(史官)이 집필하였다.

진계유(陳繼儒, 1558~1639) 중국 명나라 말기의 문인. 생애를 마칠 때까지 풍류와 자유로운 문필생활로 일생을 보냈다. 《금병매》를 지은 왕세정(王世貞)으로부터 존경을 받았다. 주요 저서로는 《보안당비급》, 《미공전집(眉公全集)》 등이 있다.

진종황제(眞宗皇帝, 968~1022) 중국 북송 제3대의 황제. 도교를 신봉하는 한편 재정을 충실히 하고 산업과 학문을 장려하였다. 산해관(山海關) 조약(1044)으로 송은 만리장성 이남의 연운(燕雲) 16주를 영구히 포기하는 데 동의했다. 또한 유교의 영향력을 강화시켜 1011년 모든 지방 도시들에 공자의 사원을 세우라는 명을 내렸다.

《집회서》(集會書, Ecclesiasticus) 구약성서의 지혜 문학서. 《잠언》, 《전도서》, 《솔로몬의 지혜》와 함께 지혜 문학서에 속한다. 주로 실제 생활에 경험이 많고 구약성서에 밝은 저자가 일상생활의 여러 가지 문제를 취급하여 설명하고 있다. 「지혜의 시작은 하느님을 두려워하는 것이다」 라는 등 지혜에 관하여 많은 것을 쓰고 있다. 가톨릭에서는 이 책을 '제2정경(正經)'으로 채택하고 있다.

차

차동엽(1958~) 가톨릭 신부. 세례명은 노르베르토. 서울대학교 기계공학과 77학번으로 1981년에 졸업. 해군학사장교 72기 출신이며, 현재는 인천 가톨릭대학교 교수로 봉직하고 있다. 저서로 《무지개 원리》, 《김수환 추기경의 친전》, 《내 가슴을 다시 뛰게 할 잊혀진 질문》 등이 있다.

찰리 채플린(Charles Spencer Chaplin, 1889~1977) 영국의 희극배우·영화감독·제작자. 1914년 첫 영화를 발표한 이래 《황금광 시대》, 《모던 타임스》, 《위대한 독재자》 등 무성영화와 유성영화를 넘나들며 위대한 작품을 만들었다. 콧수염과 모닝코트 등의 이미지로 세계적인 인기를 얻었으며, 1975년 엘리자베스 여왕으로부터 공로를 인정받아 작위를 받았다.

찰스 E. 휴스(Charles Evans Hughes, 1862~1948) 미국 연방최고재판소 장관을 지내면서 뉴딜정책의 급진화를 억제한 미국의 법률가이자 정치가.

찰스 다윈(Charles Robert Darwin, 1809~1882) 영국의 생물학자·철학자. 1859년에 진화론에 관한 자료를 정리한 《종(種)의 기원(起原)》에서 생물의 진화론을 내세워 코페르니쿠스의 지동설만큼이나 세상을 놀라게 했다. 당시 지배적이었던 창조설, 즉 지구상의 모든 생물체는 신의 뜻에 의해 창조되고 지배된다는 신중심주의 학설을 뒤집고 새로운 시대를 열어, 인류의 자연 및 정신문명에 커다란 발전을 가져왔다.

찰스 디킨스(Charles John Huffam Dickens, 1812~1870) 영국 소설가. 대표작으로 《황폐한 집》, 《위대한 유산》 등이 있다. 그의 소설은 지나치게 독자에 영합하는 감상적이고 저속하다는 일부의 비난도 있지만, 각양각색의 인물들로 가득찬 수많은 작품에 온갖 상태가 다 묘사되어 있고, 그의 사후 1세기를 통해 각국어로 번역되어 셰익스피어 못지않은 명성을 누렸다.

찰스 램(Charles Lamb, 1775~1834) 영국의 수필가. 자신의 신변 관찰을 멋진 유머와 페이소스를 섞어가며 훌륭하게 문장화한 《엘리아의 수필》은 걸작으로 평가받고 있다. 이 밖에도 《찰스 램 서간집》 등이 있다.

찰스 리드(Charles Reade, 1814~1884) 영국 소설가 · 극작가. 생애의 태반은 대륙여행과 저술로 보냈다. 그의 모든 작품은 철저한 사실주의이며, 능란한 화술에도 불구하고 암시성이 결여된 것이 하나의 흠이다.

찰스 섬너(Charles Sumner, 1811~1874) 미국의 정치가, 노예제 반대운동 지도자. 텍사스병합과 멕시코전쟁이 노예제의 확대를 뜻한다 하여 반대했다. 남부세력을 신랄하게 비판한 탓으로 노예제 옹호론자들의 미움을 받았고 공화당의 급진파 지도자였다.

찰스 슈와브(Charles Michael Shwab, 1862~1939) 미국의 초기 철강업자. 카네기 철강회사와 'US 스틸'의 사장직을 역임하고 이후 베들레헴철강회사를 설립해 전국적인 규모의 철강회사로 키웠다. 1897년 35세의 슈와브는 사장이 되어 연봉 100만 달러가 넘는 보수를 받았다.

찰스 엘리엇(Charles William Eliot, 1834~1926) 하버드대학교를 졸업하고 1858년 하버드대학교의 수학 및 화학 조교수가 되었다. 1869년 10월에 총장으로 취임했고, 1909년에 퇴직하기까지 하버드대학교를 세계적으로 유명한 대학으로 만들었다. 저작으로는 《교육 개혁》과 《대학행정》 등이 있다.

찰스 킹즐리(Charles Kingsley, 1819~1875) 목사, 성당 참사회원 등을 역임했던 소설가 · 종교가. 어린이를 위해 《물의 아이들》을 발표해 근대 공상 이야기의 선구자가 되기도 했다. 그 밖에 대표작으로 《앨턴 로크》 등이 있다.

《채근담(菜根譚)》 중국 명말(明末)의 환초도인(還初道人) 홍자성(洪自誠)의 어록. 사상적으로는 유교가 중심이며, 불교와 도교도 가미되었다. 이 책은 요컨대 동양적 인간학을 말한 것이며, 저자가 청렴한 생활을 하면서 인격수련을 게을리 하지 않았으며, 인생의 온갖 고생을 맛본 체험에서 우러난 주옥같은 지언(至言)이다.

천경자(千鏡子, 1924~) 서양화가. 채색화를 왜색풍이라 하여 무조건 경시하던 해방 이후 60년대까지의 그 길고 험난했던 시기를 극복하고 마침내 채색화 붐이 일고 있는 오늘을 예비했던 그 확신에 찬 작가정신으로

말미암아 그녀의 존재는 더욱 확고하다.

천상병(千祥炳, 1930~1993) 시인 · 평론가. '문단의 마지막 순수시인' 또는 '문단의 마지막 기인(奇人)'으로 불렸으며 우주의 근원, 죽음과 피안, 인생의 비통한 현실 등을 간결하게 압축한 시를 썼다. 주요 작품으로 《새》, 《귀천(歸天)》 등이 있다.

체사레 베카리아(Cesare Bonesana Marchese di Beccaria, 1738~1794) 이탈리아의 형법학자. 저서 《범죄와 형벌》을 발표하여 일약 형법학자로서 유명해졌다. 형벌은 어디까지나 범죄의 경중과 균형을 이루어야 하고, 그 균형은 법률로써 정해야 한다는 죄형법정주의의 사상과 고문 · 사형의 폐지론 등을 낳게 했다.

최유청(崔惟淸, 1095~1174) 고려시대의 문신. 예종 때 과거에 급제하였으나 학문을 이루지 못하였다 하여 벼슬길에 나가지 않았다. 뒤에 직한림원(直翰林院)이 되었으나 인종 초에 이자겸의 간계로 평장사(平章事) 한교여(韓皦如)가 유배될 때 매서(妹婿)인 정극영과 함께 파직되었다.

최인훈(崔仁勳, 1936~) 소설가 · 희곡작가. 주요 작품 가운데 《광장》은 남북한의 이데올로기를 동시에 비판한 최초의 소설이자 전후문학 시대를 마감하고 1960년대 문학의 지평을 연 첫 번째 작품으로 평가되며, 문학적 성취 면에서도 뛰어난 소설로 꼽힌다.

최재희(崔載喜, 1914~1984) 한국의 철학자. 1947년 고려대학교 교수, 1952년 서울대학교 교수 등을 역임했다. 인식론에 있어 비판철학의 경험적 실재론의 입장을 지지했다. 사회사상에서는 발전적 자연주의에 입각하였다. 또 신본주의(神本主義)가 아닌 인본주의라는 의미에서 휴머니즘을 고수하였다.

최정희(崔貞熙, 1912~1990) 소설가. 1960년 발표한 대표작 《인간사(人間史)》는 일제 말기에서 8 · 15광복, 남북분단, 6 · 25전쟁을 거쳐 4 · 19혁명에 이르기까지의 사회적 역사적 변천사를 그린 작품이다. 서울시문화상, 여류문학상 등을 수상.

최치원(崔致遠, 857~?) 신라시대 학자. 879년 황소(黃巢)의 난 때 고변(高駢)의 종사관으로서 《토황소격문(討黃巢檄文)》을 초하여 문장가로서 이름을 떨쳤다. 저서로는 《계원필경(桂苑筆耕)》, 《중산복궤집(中山覆簣

集)》 등이 있다.
최현배(崔鉉培, 1894~1970) 한글학자. 호는 외솔. 조선어학회 창립, '한글맞춤법통일안' 제정에 참여, 조선어학회사건으로 복역하였다. 광복 후 교과서 행정의 기틀을 잡았다. 연세대학교 부총장 등을 역임하였다. 저서로는 《우리말본》, 《한글갈》, 《글자의 혁명》 등이 있다
츠빙글리(Ulrich Zwingli, 1484~1531) 스위스의 종교개혁가. 취리히 대성당의 설교자로 일하며 체계적인 성경강해로 명성을 날렸다. 루터의 영향으로 취리히의 종교개혁에 나섰다. 가톨릭을 고수하는 주(州)들과의 전투에 종군목사로 참전했다가 카펠 전투에서 전사했다.
친첸도르프(Nicolaus Ludwig Zinzendorf, 1700~1760) 독일의 종교가. 루터파의 경건주의자. 삼십년전쟁에서 생긴 모라비아파 망명자들과 함께 1722년 신앙적 공동체의 마을 헤른후트(「주의 가호가 함께」 라는 뜻)를 창설하고 27년 이를 형제단으로 발전시켰다. 교회의 기초는 신조가 아닌 경건에 있다는 것을 강조했다.

카

카를 그로스(Karl Groos, 1861~1946) 독일의 철학자 · 미학자. 튀빙겐 대학 등에서 미학과 교육학을 강의하였다. 감정이입 미학의 입장에서 '내적 모방'이라는 개념으로 미적 향수체험(享受體驗)을 고찰하였다. 생물학적 진화론의 입장에서 예술의 발생론적 연구를 시도하여, 예술의 기원을 유희성에서 찾았다.
카를로 골도니(Carlo Goldoni, 1707~1793) 18세기 이탈리아의 희극작가. 극의 개혁을 단행, 배우의 즉흥적 대사와 가면에 의지하는 연출법으로 바꾸었다. 작품으로 《커피점》, 《연인들》, 《새 집》 등이 있다. 이탈리아 연극을 유럽에 전파했다.
카를 마르크스(Karl Heinrich Marx, 1818~1883) 독일의 경제학자 · 정치학자. 헤겔의 영향을 받아 무신론적 급진 자유주의자가 되었다. 엥겔스와 경제학연구를 하며 집필한 저서 《독일 이데올로기》 에서 유물사관을 정립하였으며, 《공산당선언》 을 발표하여 각국의 혁명에 불을 지폈다. 《경제학비판》, 《자본론》 등의 저서를 남겼다.

카를 베르네르(Karl Adolph Verner, 1846~1896) 덴마크의 언어학자. 논문 《제1음운 추이의 예외》(베르네르의 법칙)로 유명하다. '그림의 법칙'의 예외 중 하나가 인도유럽어의 오래된 악센트의 영향에 따른다는 점을 밝혔다.

카를 부세(Karl Busse, 1872~1918) 독일의 시인 · 소설가 · 평론가. 1892년 《시집》을 발표한 이래 신낭만파 시인의 한 사람으로 주목을 받았다. 주요 저서에 《신시집》, 소설 《청춘의 폭풍》 등이 있다.

카를 야스퍼스(Karl Theodor Jaspers, 1883~1969) 독일의 철학자. 그의 최대의 저서인 《철학》을 펴내 '실존철학'을 체계적으로 전개하였다. 서구사회가 제기하는 기계문명, 대중사회적 사회, 정치상황, 특히 제1차 세계대전 후의 가치전환적인 사상적 위기에 대한 깊은 성찰이 기조를 이루었다.

카를 융(Carl Gustav Jung, 1875~1961) 스위스의 정신과 의사. 정신분석의 유효성을 인식하고 연상실험을 창시하여, 프로이트가 말하는 억압된 것을 입증하고, '콤플렉스'라고 이름 붙였다. 분석심리학의 기초를 세우고 성격을 '내향형'과 '외향형'으로 나눴다.

카를 프란초스(Karl Emil Franzos, 1848~1904) 오스트리아의 소설가 · 신문 편집자.

카를 하르트만(Karl Robert Eduard von Hartmann, 1842~1906) 독일의 철학자. 《무의식의 철학》으로 명성을 얻었다. 이것은 쇼펜하우어의 비관주의적 의지철학을 자연과학의 진화론으로 매개하면서 헤겔의 변증법적 발전사상으로 결합시켰다.

카를 훔볼트(Karl Wilhelm von Humboldt, 1767~1835) 독일의 언어철학자. 언어연구에 주력하여 내적 언어의 형성을 존중하였으며, 언어를 유기적으로 취급하고, 언어철학의 기초를 쌓아 종합적이고 인간적인 언어학을 추진하였다. 주요 저서에 《양수에 대하여》 등이 있다.

카를 힐티(Carl Hilty, 1833~1909) 스위스의 사상가 · 법률가. 국제법의 대가로서 헤이그 국제사법재판소의 스위스 위원을 지낸 그의 사상적 기조는 그리스도교 신앙을 기반으로 하는 이상주의적 사회개량주의라 할 수 있다. 저서로는 《행복론》 등이 있다.

카시오도루스(Flavius Magnus Aurelius Cassiodorus, 490?~585?) 로마인으로서의 마지막 정치가이자 역사가. 콘술(집정관), 친위대장관을 지냈고, 수도원을 세우고 저술에 전념하여 중세 수도원 연구생활의 기틀을 이루었고 《연대기》 등의 저서를 남겼다.

칼로스 베이커(Carlos Heard Baker, 1909~1987) 미국의 교사 · 소설가 · 비평가. 《헤밍웨이》는 헤밍웨이에 대한 권위 있는 연구서로 인정받았다. 이 책에는 헤밍웨이라는 한 예술가와 그가 살아간 시대를 묘사했고, 그의 소설을 도덕적 · 미학적 관점에서 비평했다.

칼릴 지브란(Kahlil Gibran, 1883~1931) 철학자 · 화가 · 소설가 · 시인으로 유럽과 미국에서 활동한 레바논의 대표작가. 영어 산문시집 《예언자》, 아랍어로 쓴 소설 《부러진 날개》 등의 작품으로 유명하며 저작들에 직접 삽화를 싣기도 하였다. 예술활동에만 전념하면서 인류의 평화와 화합, 레바논의 종교적 단합을 호소했다.

칼 메닝거(Karl Augustus Menninger, 1893~1990) 미국의 정신분석의. 1925년 토피 가에서 아버지, 동생과 함께 메닝거 집단진료소를 세웠으며, 1926년 정신지체아동을 위해 사우트하드학교를 개설하였다. 1941년 메닝거재단을 만들고, 1945년 메닝거정신과학교를 세웠다.

칼 샌드버그(Carl Sandburg, 1878~1967) 미국의 시인. 시카고라는 근대도시를 대담 솔직하게 다루었으며 부두 노동자나 트럭 운전사들이 쓰는 속어나 비어(卑語)까지도 시에 도입해 전통적인 시어(詩語)에 집착하는 사람들에게 충격을 주었다. 저서에는 《옥수수 껍질을 벗기는 사람》 등이 있으며, 1951년 퓰리처상을 수상했다. 링컨 연구자로도 유명하다.

칼 샤피로(Karl Shapiro, 1913~2000) 유대계 미국 시인. 제2차 세계대전에 종군하면서 전쟁시를 써서 호평을 받았다. 이때 발표된 시집 《사람 · 장소 · 물건》은 신선한 서정미로 주목을 끌었으며, 퓰리처상을 받았다. 그 후 《유대인의 시》 등으로 반체제적인 유대계 시인으로 활약했다.

칼 크라우스(Karl Kraus, 1874~1936) 오스트리아의 풍자가 · 극작가 · 시인 · 소설가. 20세기 가장 유명한 독일어 풍자가로 인정받았다. 그가 독일문화와 독일 정치에 대하여 쓴 신문평론은 당대 최고의 풍자문장으로 꼽히고 있다.

캐들린 레인 영국의 여류 시인. 케임브리지 대학에서 자연 과학의 학위를 취득한 이색적인 경력의 소유자이다. 시작품 속에 동물학적인 이미지를 불어넣기도 하면서 자연의 내부 깊숙이 있는 신비적인 존재에 시선을 집중시키고 있다.

케네스 블랜차드(Kenneth H. Blanchard, 1939~) 리더십과 팀 매니지먼트 분야에서 세계적인 컨설턴트이자 저술가. 자신이 공부했던 코넬대학에서 12년간 리더십을 가르친 후 자신의 회사를 차려 컨설팅과 교육, 강연과 저술활동을 계속하고 있다. 《칭찬은 고래도 춤추게 한다》, 《하이파이브》 등의 그의 대표작들은 전 세계 25개국 언어로 번역되었고 1,200만 부 이상이 판매되었다.

코넌 도일(Arthur Conan Doyle, 1859~1930) 영국 추리작가. 에드거 알란 포와 에밀 가보리오를 동경하여 새로운 인물의 창조에 착상, 마침내 '셜록 홈스'를 탄생시켰다. 장편은 《바스커빌가(家)의 개》 외 3편, 단편 55편이 있다. 명탐정 홈스는 전 세계 독자들과 친해졌고, 추리소설 보급에 한몫을 했다.

《코란(Koran)》 이슬람교의 경전(經典)으로, 이슬람의 예언자 무함마드가 610년 아라비아 반도 메카 근교의 히라(Hira) 산 동굴에서 천사 가브리엘을 통해 처음으로 유일신 알라의 계시를 받은 뒤부터 632년 죽을 때까지 받은 계시를 집대성한 것이다.

코르넬리우스 네포스(Cornelius Nepos, BC 99?~BC 24?) 고대 로마의 전기작가・웅변가. 그리스와 로마의 정치가・문인들을 비교한 《위인전》 중 《해외명장전》이 현존한다. 사실보다 도덕적인 의도가 너무 강하여 역사가로서의 평점은 낮다.

콩도르세(Marquis de Condorcet, 1743~1794) 프랑스의 철학자・수학자・정치가. 16세 때부터 적분・해석 등의 수학적 업적을 쌓았으며, 26세에 과학 아카데미 회원이 되었다. 《인간정신 진보의 역사적 개관 초고(草稿)》를 저술함으로써 역사적 발전에 관해서 낙관주의를 표명하였고, 인류의 무한한 진보를 믿었다.

퀸투스 엔니우스(Quintus Ennius, BC 239~BC 169) 고대 로마 초기의 시인으로 '라틴 문학의 아버지'라 불린다. 그리스 문학을 기초로 삼아 로마 문학을 향상시키려 애썼다. 특히 호메로스에 심취, 그의 시 양식을 도입했고 로마사를 읊은 대서사시 《연대기》에 있어서는 자기 스스로가 제2의 호메로스라고 칭하면서 로마의 위대함을 찬미하고 그 사명을 설파했기 때문에 '로마 문학의 아버지'라고 불린다.

퀸틸리아누스(Marcus Fabius Quintilianus, 35?~95?) 고대 로마 제정 초기의 웅변가 · 수사학자. 제1대 수사학 교수의 책임자로 활약하였고 웅변 · 수사학의 교과서인 동시에 인간육성에 관한 글인 《변사가(辯辭家)의 육성》을 저술하였다.

크레비용(Claude Prosper Jolyot de Crébillon, 1707~1777) 프랑스 소설가. 비극작가 P. J. 크레비용의 아들로서, 대표작은 《소파》로 소파 속에 숨은 영혼이, 소파에서 일어나는 여러 가지 사랑이야기를 한다는 설정인데, 내용은 육체적인 묘사보다는 주고받는 전아한 심리에 역점을 두었다. 18세기 프랑스의 퇴폐적인 풍속을 아름다운 이야기로 바꿔 놓아 널리 애독되었다.

크리소스토무스(Johannes Chrisostomus, 349~407) 가톨릭 성인 · 설교가. 안티오키아에서 성서의 가르침을 설교하였고, 후에 콘스탄티노플(이스탄불)의 총주교가 되었다. 교회 내의 도덕적 개혁에 주력하였다. 그의 이름은 '황금의 입'을 의미하는데, 그가 얼마나 웅변적인 설교가였는지를 나타내는 이름이다.

크리스토퍼 몰리(Christopher Darlington Morley, 1890~1957) 미국 저널리스트 · 소설가. 《이브닝 포스트》지와 《새터데이 리뷰》지에 박식과 기지가 넘치는 명문을 자주 기고하며 뉴욕의 문단에서 활약하였다. 평론집 · 시집 · 소설이 다수 있으며, 특히 소설 《키티 포일(Kitty Foyle)》은 베스트셀러가 되었다.

크리스토퍼 콜럼버스(Christopher Columbus, 1451?~1506) 이탈리아의 탐험가. 에스파냐 여왕 이사벨의 후원을 받아 인도를 찾아 항해를 떠나 쿠바, 아이티, 트리니다드 등을 발견했다. 그의 서인도항로 발견으로 아메리카대륙은 유럽인들의 활동무대가 되었고, 에스파냐가 주축이 된 신대륙 식민지 경영도 시작되었다.

크리스토퍼 프라이(Christopher Fry, 1907~) 영국의 극작가. 희극 《불사조는

또다시》(1946)는 2차 세계대전 후 시극 유행의 계기를 만들었다. 영국 시극에 희극적 요소를 부활시키고, 전후 영국 연극의 주류 자리를 지켰다. 《벤허》, 《바라바》 등 각본도 집필하였다.

크리스티나 로세티(Christina Georgina Rossetti, 1830~1894) 영국의 시인 · 작가. 환상적인 시와 동시(童詩) · 종교시 · 설교문 · 논설에 뛰어난 재주를 보였다. 1891년 치명적인 암이 발병하기 전까지는 테니슨 다음가는 계관시인으로 유력한 후보였다.

크리스티나 여왕(Drottning Kristina, 1626~1689) 1632년에서 1654년까지 재위한 스웨덴의 여왕.

크리시포스(Chrysippos, BC 279?~BC 206?) 그리스의 철학자. 아테네에서 제논의 제자 클레안테스에게 배웠다. 스토아 철학을 처음으로 체계화한 학자로서 「크리시포스가 없었더라면 스토아의 존재는 없었을 것이다」라는 평을 들었다. 다작가(多作家)로서, 논리학을 중심으로 자연 · 윤리학 등 700여 편의 저작이 있으나, 그 대부분은 고전을 인용한 것이다.

크세노파네스(Xenophanēs, BC 565?~BC 470?) 그리스의 시인 · 철학자. 각지를 방랑하면서 시를 지었다. 그리스의 전통적인 다신교와 인간적인 신(神)들에 관해 노래한 시인 호메로스와 헤시오도스를 공격하였다. 그는 신은 인간처럼 생긴 것이 아니라 전지전능하며 유일하다고 주장했다.

크세노폰(Xenophōn, BC 430?~BC 355?) 그리스 역사가. 아테네의 훌륭한 가문에서 태어나 일찍이 소크라테스 문하생이 되었다. BC 401년 페르시아 왕의 동생 키로스가 일으킨 전쟁에 참전해 겪은 일을 산문형식으로 쓴 수기가 《아나바시스(Anabasis)》다. 이후 스파르타 왕의 호의를 얻어 스킬루스에 살며 저술에 전념했다. 《소크라테스의 추억》 등 그의 작품은 아티카 산문의 모범으로 여겨진다.

클라우디우스(Matthias Claudius, 1740~1815) 독일의 서정시인. 건전한 그리스도교적 정서, 자연스러운 유머 등이 그의 시의 특징이다. 시 《자장가》와 《죽음과 소녀》는 슈베르트의 작곡으로 유명하다.

클라우디우스(Matthias Claudius, 1740~1815) 독일의 서정시인. 건전한 그리스도교적 정서, 자연스러운 유머 등이 시의 특징이다. 시 《자장가》와 《죽음과 소녀》는 슈베르트의 작곡으로 유명하다.

클라우제비츠(Carl von Clausewitz, 1780~1831) 프로이센의 군인. 프랑스 혁명에의 간섭전쟁(干涉戰爭) 때는 프로이센군의 사관으로서 활약하였다. 사후에 간행된 저서 《전쟁론》 은 이 시대의 전쟁경험에 기초를 둔 고전적인 전쟁철학으로 불후(不朽)의 가치를 지니고 있다. 「전쟁은 정치적 수단과는 다른 수단으로 계속되는 정치에 불과하다」 고 한 유명한 말은 군사지도부에 대한 정치지도부의 우월성을 설파한 것이며, 레닌 등에게도 깊은 영향을 주었다.

클라이브 루이스(Clive Staples Lewis, 1898~1963) 영국의 소설가 · 영국성공회 평신도. 케임브리지 대학에서 철학과 르네상스 문학을 가르쳤다. 《반지의 제왕》 의 저자인 톨킨과 우정을 유지했다. 개신교, 성공회, 로마 가톨릭 등 기독교 교파를 초월한 기독교의 교리를 설명한 기독교 변증과 소설, 특히 《나니아 연대기(The Chronicles of Narnia)》 로 유명하다.

클레망소(Georges Clemenceau, 1841~1929) 프랑스의 정치가 · 언론인 · 의사. 상원의원과 총리 겸 내무장관을 지냈으며 육군장관이 되어 제1차 세계대전에서 프랑스를 승리로 이끌었다. 파리강화회의에 프랑스 전권대표로 참석하였고 베르사유조약을 강행하였다.

클라이스트(Edwald Georg von Kleist, 1700~1748) 독일의 물리학자. 전기현상에 대해 연구하여 축전에 성공하였는데, 이것이 라이덴병의 원형으로 J. A. 놀레에 의해 라이덴병이라 명명되고, 얼마 뒤 W. 윗슨에 의해 개량되어 전기현상 연구에 많은 도움을 주었다.

클라크 위슬러(Clark Wissler, 1870~1947) 미국의 인류학자. 특정한 문화요소가 있는 지역적 범위 내에는 특징적인 형태를 지닌다는 '문화영역' 개념을 발전시켰다. 《아메리칸 인디언》 등의 저서가 있다.

클레멘트 애틀리(Clement Richard Attlee, 1883~1967) 영국의 정치가. 사회주의자로서 노동당 당수, 국새상서(國璽尙書), 부총리 등을 지내고 노동당 단독 내각의 총리가 되었다. 인도의 독립을 인정하는 등 식민지 축소에 힘쓰고 국민의료보험제도의 창설 등 사회보장제도의 확립에 노력했다.

클로드 베르나르(Claude Bernard, 1813~1878) 프랑스의 생리학자. 실험의학과 일반생리학의 창시자이다. 저서인 《실험의학서설》 은 실험생물학의 방법론에 관한 것으로 사상계에까지도 큰 영향을 끼쳤다.

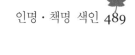

클로드 생시몽(Claude Henri de Rouvroy, comte de Saint-Simon, 1760~1826) 프랑스의 사상가 · 경제학자. 계몽주의사상의 영향을 받으며 자랐다. 그는 인류역사의 발전적 전개를 주장, 봉건영주와 산업자의 계급투쟁으로 이어진 프랑스의 역사를 개선하여 양쪽이 협력 지배하는 계획생산의 새 사회제도를 건설해야 한다고 주장하였다. 그의 사상은 마르크스와 엥겔스의 사회주의 이념과 존 스튜어트 밀의 사상에 영향을 주었다.

키르케고르(Søren Aabye Kierkegaard, 1813~1855) 덴마크의 철학자. 그는 대중의 비자주성과 위선적 신앙을 엄하게 비판하였다. 다른 한편에서는 절망의 구렁텅이에서 단독자(單獨者)로서의 신(神)을 탐구하는 종교적 실존의 존재방식을 《죽음에 이르는 병》 등의 저작을 통해 추구하였다.

킹즐리(Sidney Kingsley, 1906~) 미국의 극작가. 주로 사회 비판과 고발에 대한 작품을 만들었다. 작품으로는 퓰리처상을 수상한 《백의의 사람들》 외에 《데드 엔드》, 《1,000만의 유령》 등 다수가 있고 1943년에 만든 《애국자들》 은 역작으로 평가 받는다.

킬론(Kylon BC 560년경) 그리스 현인(賢人). 그리스 7현인(Seven Wise Men of Greece) 가운데 한 사람.

타

타키투스(Publius Cornelius Tacitus, 55?~117?) 로마 제정시대의 역사가. 호민관 · 재무관 · 법무관을 거쳐 콘술(집정관)을 지냈고 아시아주의 총독을 맡았다. 제정(帝政)을 비판한 사서(史書)를 저술하였고 주요 저서에 《역사》, 《게르마니아》 등이 있다.

타킹턴(Newton Booth Tarkington, 1869~1946) 미국의 소설가 · 극작가. 《인디애나의 신사》 로 데뷔하였다. 《멋진 앰버슨 집안 사람들》 과 《앨리스 애덤스》 로 두 차례의 퓰리처상을 수상했다. 40여 편의 소설과 25편의 희곡을 남겼다.

탁광무(卓光茂, 1330?~1410?) 고려 말기 문신. 공민왕 때 우사의대부(右司議大夫)로서 간관을 능멸한 신돈의 심복인 홍영통을 탄핵하다가 파직되었다. 후에 예의판서 등을 역임하였으며, 이제현 · 정몽주 · 이숭인 등과 교유하였다.

탈레스(Thales, BC 624?~BC 546?) 그리스 최초의 철학자. 7현인(七賢人)의 제 1인자이며, 밀레토스 학파의 시조. 만물의 근원을 추구한 철학의 창시자이며, 그 근원은 '물'이라고 하였다. 물을 생명을 위하여 불가결한 것으로 보았다. 변화하는 만물에 일관하는 본질적인 것을 문제 삼은 데 그의 공적이 있다.

《탈무드(Talmud)》 유대인 율법학자들이 사회의 모든 사상(事象)에 대하여 구전 · 해설한 것을 집대성한 책. 유대교의 율법, 전통적 습관 · 축제 · 민간전승 · 해설 등을 총망라한 유대인의 정신적 · 문화적인 유산으로, 유대교에서는 《토라(Torah)》 라고 하는 '모세의 5경' 다음으로 중요시된다.

《태평광기(太平廣記)》 송나라 태종의 칙명으로 977년에 편집된 책으로, 정통역사에 실리지 않은 기록 및 소설류를 모은 것으로, 당시의 학자 이방(李昉)을 필두로 12명의 학자 · 문인이 편집했다. 475종의 고서에서 추린 이야기를 신선 · 여선(女仙) · 도술 · 방사(方士) 등 92개의 항목으로 수록하였다.

테네시 윌리엄스(Tennessee Williams, 1911~1983) 현대 미국의 대표적인 극작가. 할리우드에서 시나리오 작가로 일하면서 쓴 《유리 동물원》 이 시카고에서 상연되어 큰 성공을 거두었다. 《욕망이라는 이름의 전차》 로 퓰리처상을 받아 전후 미국 연극계를 대표하는 극작가가 되었다.

테드 터너(Ted Turner, 1938~) 세계 최대 뉴스왕국 CNN(Cable News Network)을 설립한 언론재벌이며 자선사업가.

테르툴리아누스(Quintus Septimius Florens Tertullianus, 160~220) 초기 그리스도교의 주요 신학자 · 논쟁가 · 도덕주의자. 그리스도교 신자들의 순교에 감동하여 개종하였다. 신학에 관한 많은 책을 썼으며, 「불합리하기 때문에 나는 믿는다」 라는 유명한 말을 남겼다.

테오그니스(Theognis, ?~?) BC 6세기 경에 활약한 고대 그리스의 엘레게이아 시인. 오랜 전통적인 귀족의 교양과 근본 원칙을 중심으로 민중에 대한 증오와 귀족의 긍지를 노래하였다.

테오크리토스(Theokritos, ?~?) BC 3세기 전반의 그리스의 대표적인 목가시인. 주로 서사시의 운율을 사용한 여러 가지 내용의 시가 남아 있으며

시칠리아 전원에서의 목자를 노래한 시가 대표작으로 꼽힌다.

테오프라스토스(Theophrastos, BC 327?~BC 288?) 그리스의 철학자・과학자. 플라톤과 아리스토텔레스에게서 배웠으며, 아리스토텔레스가 개설한 리케이온 학원의 후계자가 되었다. 식물학의 창시자이기도 하다. 《식물지에 대하여》와 철학적인 《식물의 본원에 대하여》 등의 저작이 있다.

테렌티우스(Publius Terentius Afer, BC 195?~BC 159) 고대 로마의 희극작가. 「현인에게는 한 마디면 족하다」 「나는 인간이다. 인간에 관한 일이라면, 무엇이든 남의 일로는 여기지 않는다」 등 인구에 회자되는 수많은 명구를 남겼다. 《자학자》, 《포르미오》 등의 작품을 상연했다.

토마스 만(Thomas Mann, 1875~1955) 독일의 소설가・평론가. 저서 《마의 산》은 사랑의 휴머니즘으로 향해 간 정신적 변화과정을 묘사한 작품이다. 이는 독일의 소설예술을 세계적 수준으로 높인 임무를 다하였다. 《바이마르 공화국의 양심》으로 1929년 노벨문학상을 받았다.

토마스 아 켐피스(Thomas a Kempis, 1379~1471) 네덜란드 신학자. 《그리스도를 본받아》는 논란이 있지만, 아마도 그의 저서로 보인다. 단순한 언어와 문체로 유명한 이 책은 물질적 생활보다는 영적 생활을 강조하고, 그리스도를 중심에 두고 살 때 보상이 주어진다고 주장했으며, 성찬은 신앙을 증진시키는 수단이라고 지지했다. 신비주의보다는 금욕주의를, 극단적인 엄격성보다는 온건함을 강조했다.

토마스 아퀴나스(Thomas Aquinas, 1225?~1274) 이탈리아의 신학자. 중세 유럽의 스콜라철학을 대표하는 그는 경험적 방법과 신학적 사변을 양립시켰다. 신 중심의 입장을 유지하면서도, 인간의 상대적 자율을 확립하기도 했다. 주요 저서에 《신학대전》, 《진리에 대하여》, 《신의 능력에 대하여》 등이 있다.

토마스 트란스트뢰메르(Tomas Tranströmer, 1931~) 스웨덴의 시인・작가・심리학자・번역가. 스톡홀름대학에서 심리학 전공하였다. 비행청소년들을 대상으로 한 록스투나센터(Roxtuna center)에서 심리상담사로 일하면서 시작(詩作)을 병행하여 《미완의 천국》에 이어 《반향과 흔적》을 출간하였다. 2011년 노벨문학상을 수상했다.

토머스 그레셤(Sir Thomas Gresham, 1518~1579) 영국의 금융업자・무역가

로서 '악화는 양화를 구축(驅逐)한다'는 '그레셤의 법칙'의 제창자로서 알려져 있다. 런던의 상인 집안에서 태어나 케임브리지대학교를 졸업한 후 에드워드 6세, 엘리자베스 1세의 밑에서 재정고문으로 근무하였다. 화폐의 개주(改鑄)에 노력하였고, 왕립 증권거래소를 창설하였다.

토머스 그레이(Thomas Gray, 1716~1771) 명성도 재산도 얻지 못한 채 땅에 묻히는 서민들에 대한 동정을 애절한 음조로 노래한 걸작 《시골 묘지에서 읊은 만가》로 시대를 앞선 낭만적 경향을 나타낸 18세기 중엽의 대표 시인이었다.

토머스 데커(Thomas Dekker, 1572?~1632?) 영국의 극작가 · 산문논평가. 가장 유명한 작품으로는 《구두장이의 휴일》, 《정직한 매춘부 제2부》가 있다.

토머스 리드(Thomas Reid, 1710~1796) 영국의 철학자 · 윤리학자, 상식학파(常識學派)의 창시자. 글래스고대학 교수로 있으면서 존 로크와 조지 버클리의 영향을 받아 인식비판에서 출발, 특히 데이비드 흄의 인식론을 연구했다. 그의 상식철학은 흄 철학의 범위 내에 있으면서도 종교를 변호하려고 한 점에 의의가 있다.

토머스 매콜리(Thomas Babington Macaulay, 1800~1859) 19세기 영국의 역사가 · 정치가. 인도총독 고문으로 만인의 법 앞에서의 평등, 영어교육, 인도 형법전 작성 등 인도 통치상 중요한 제언을 했다. 저서는 《영국사》, 《밀턴론》 등이다.

토머스 맬서스(Thomas Robert Malthus, 1766~1834) 영국의 경제학자. 저서 《인구론》에서 인구는 기하급수적으로 증가하나 식량은 산술급수적으로 증가하므로 인구와 식량 사이의 불균형이 필연적으로 발생할 수밖에 없으며, 여기에서 기근 · 빈곤 · 악덕이 발생한다고 하였다. 이러한 불균형과 인구증가를 억제하는 방법으로 도덕적 억제를 들고 있다.

토마스 머튼(Thomas Merton, 1915~1968) 20세기 미국 로마가톨릭교회의 작가. 1949년에 성직자로 서품되었다. 저서로 《칠층산(The Seven Storey Mountain)》, 《요나의 표징》, 《장자(莊子)의 도》 등이 있다.

토머스 모어(Thomas More, 1477~1535) 이상적 국가상을 그린 명저 《유토피아》를 쓴 영국의 정치가 · 인문주의자. 르네상스 문화운동의 영향을 받

았고, 에라스무스와 친교를 맺었다. 외교 교섭에도 수완을 발휘했다. 해학취미의 소유자로 명문가・논쟁가였다.

토머스 무어(Thomas Moore, 1779~1852) 아일랜드 시인으로, 이국적 정서가 넘치는 페르시아의 설화 시 《랄라루크》로 유명해졌다. 정치적 풍자시와 애국적인 시집을 남겼고, 《잉글랜드의 파지 가(家) 사람들》 등 영국인에 대한 유머러스한 풍자시로도 유명하다.

토머스 브라운(Sir Thomas Browne, 1605~1682) 17세기 영국의 의사・저술가. 《의사의 종교》는 종교와 과학의 대립에 있어 신앙인으로서 신념을 서술한 종교적 수상록이다. 통칭 《미신론》으로 알려진 《전염성 유견(謬見)》과 《호장론(壺葬論)》 등이 있다.

토머스 에디슨(Thomas Alva Edison, 1847년~1931) 미국의 발명가이자 사업가. 세계에서 가장 많은 발명을 남긴 사람으로 1,093개의 미국 특허가 에디슨의 이름으로 등록되어 있다. 토머스 에디슨은 후에 GE(General Electronic)를 건립한다.

토머스 울프(Thomas Clayton Wolfe, 1900~1938) 시정이 넘쳐흐르는 독특한 문체의 미국 소설가. 주요 저서 가운데 장편 《천사여 고향을 보라》, 《때와 흐름에 관하여》, 《거미줄과 바위》, 《그대 다시는 고향에 가지 못하리》는 그의 4대 걸작으로 꼽힌다.

토머스 제퍼슨(Thomas Jefferson, 1743~1826) 미국의 제3대 대통령. 1776년에 독립선언서를 기초하고, 초대 국무장관을 지냈다. 대통령 재임 때 루이지애나를 매수하였으며, '미국 민주주의의 아버지'로 불린다.

토머스 칼라일(Thomas Carlyle, 1795~1881) 영국의 사상가・역사가. 물질주의와 공리주의에 반대하여 인간정신을 중시하는 이상주의를 제창하였다. 저서에 《의상(衣裳) 철학》, 《프랑스 혁명사》, 《과거와 현재》, 《영웅숭배론》 등이 있다.

토머스 캠벨(Thomas Campbell, 1777~1844) 스코틀랜드의 시인. 전쟁을 제재로 한 서정시를 주로 발표하였으며, 작품으로 《호헨린덴 마을》, 《영국의 수병(水兵)들이여》, 《발트 해의 싸움》 등이 있다.

토머스 페인(Thomas Paine, 1737~1809) 18세기 미국의 작가. 국제적 혁명이론가로 미국 독립전쟁과 프랑스혁명 때 활약하였다. 《상식》으로 독립이 가져오는 이익을 펼쳐 영향을 끼쳤다. 독립전쟁 때 《위기》를 간행, 민중의 사기를 고무하였다.

토머스 하디(Thomas Hardy, 1840~1928) 19세기 영국의 소설가 · 시인. 대표작은 《귀향》, 《테스》, 《미천한 사람 주드》 등 소설과 《패자들》 등의 시집도 있다. 19세기 말 영국 사회의 인습, 편협한 종교인의 태도를 용감히 공격하고, 남녀의 사랑을 성적 면에서 대담히 폭로하였다.

토머스 헉슬리(Thomas Henry Huxley, 1825~1895) 영국의 생물학자로 「불가지론(agnosticism)」이라는 말을 만들어냈다. 바다 동물에 흥미를 느껴, 1854년 《대양산의 히드로 충류》라는 논문을 발표하였다. 그 무렵 찰스 다윈의 학설에 영향을 받은 그는 다윈의 학설을 널리 알리고, 정치제도의 개선, 과학교육의 발전 등 여러 방면에 크게 활약하였다. 저서에 《자연계에 있어서의 인간의 위치》 등이 있다.

토머스 홉스(Thomas Hobbes, 1588~1679) 영국의 철학자. 서양 정치철학의 토대를 확립한 책 《리바이어던》의 저자로 유명하다. 자연을 만인의 만인에 대한 투쟁 상태로 보고, 그로부터 자연권 확보를 위하여 사회계약에 의해서 리바이어던(이것은 《리바이어던》에 나오는 국가의 이름이기도 하다)과 같은 강력한 국가권력이 발생되었다고 주장하였다.

토머스 휴스(Thomas Hughes, 1822~1896) 영국의 사상가 · 소설가. 옥스퍼드 대학교를 졸업하였으며, 1848년 변호사가 되고, 후에 영국자유당 소속 하원의원이 되었다. 그리스도교 사회주의운동에 종사했고, 노동자학교 설립에 진력하였다. 《톰 브라운의 학창생활》은 일종의 교훈소설로, 학교소설의 고전이다.

토머스 흄(Thomas Ernest Hulme, 1883~1917) 20세기 초 영국의 시인 · 비평가 · 철학자. 런던에서 '시인 클럽'을 설립하고, 이미지즘 시 운동을 주도하였다. 유고집 《성찰》이 있다. 그의 종교적 세계관, 고전주의적 예술관은 T. S. 엘리엇 등 시인 · 문학자들에게 큰 영향을 주었다.

토스카니니(Arturo Toscanini, 1867~1957) 9세 때 파르마음악원에 입학하여 첼로와 작곡을 공부했다. 연주자의 해석을 가능한 한 배제하고 악보에 떠오르는 작곡자의 의도를 재현하여 악보의 지시를 잘 이해한 지휘기술과 이에 필요한 악단의 통제를 해내는 역량 면에서는 20세기 전반을 대

표하는 지휘자로서 높이 평가된다.

톰 모리스(Tom Morris, 1952~) 미국의 철학자. 저서 《천재 A반을 위한 철학》은, 이미 낡았다고 치부해 버렸던 고대의 지혜를, 그것도 비즈니스에 부합시켜 새로운 의미를 창출해 냈다. 그 밖에 《아리스토텔레스가 제너럴모터스를 경영한다면》, 《해리포터 철학교실》 등의 경제·경영서를 냈다.

투키디데스(Thukydides, BC 460?~BC 400?) 그리스의 역사가. 군의 장군이었으나 추방당해 20년간 망명생활을 했다. 그동안 《펠로폰네소스 전쟁사》를 저술하였다. 이 책은 엄밀한 사료비판, 인간심리에 대한 깊은 통찰로 역사서의 고전으로 평가받는다. 교훈적 역사가의 시조로 꼽힌다.

티투스 리비우스(Titus Livius, BC 59~AD 17) 고대 로마의 역사가. 《로마 건국사》는 대제국 로마를 건설한 로마인의 도덕과 힘을 찬양한 편년체의 역사서이다. 그의 명문은 고대의 크세노폰과 필적하며 〈로마사 연구의 성서〉로 알려져 있다.

파

파블로 피카소(Pablo Ruiz y Picasso, 1881~1973) 에스파냐의 입체파 화가. 프랑스 미술에 영향을 받아 파리로 이주하였으며, 르누아르, 툴루즈, 뭉크, 고갱, 고흐 등 거장들의 영향을 받았다. 초기 청색시대를 거쳐 입체주의 미술양식을 창조하였고, 20세기 최고의 거장이 되었다. 《게르니카》, 《아비뇽의 처녀들》 등의 작품이 유명하다.

파스칼(Blaise Pascal, 1623~1662) 프랑스의 수학자·물리학자·철학자·종교사상가. '파스칼의 정리'가 포함된 〈원뿔곡선 시론〉 '파스칼의 원리'가 들어있는 〈유체의 평형〉 등 많은 수학·물리학에 대한 글을 발표하고 연구를 하였다. 또한 활발한 철학적·종교적 활동을 하였으며, 유고집 《팡세》가 있다.

파에드루스(Gaius Julius Phaedrus, BC 15~AD 50) 고대 로마의 우화시인. 마케도니아 출신. 《이솝 이야기》에 바탕을 둔 많은 동물에 관한 우화를 집대성하여 후세에 남긴 공적이 크다. 특히 그 시체(詩體)와 이야기가 모두 단순 평이하며 격조가 높고, 대단한 인기를 모아 나중에는 산문으로 번역되었다. 이솝의 그리스 원전과 그의 시까지도 잃어버린 중세에 이 산문 번역이 전해져 우화는 명맥을 잇게 되었다.
파울루 코엘류(Paulo Coelho, 1947~) 브라질의 소설가로 신비주의 작가이며 극작가, 연극연출가, 저널리스트, 대중가요 작사가로도 활동하였다. 대표작은 세계 20여 개 국어로 번역된 《연금술사》를 비롯하여 《피에트라 강가에 앉아 나는 울었노라》 등이 있다.
파울 첼란(Paul Celan, 1920~1970) 독일의 시인. 시집 《양귀비와 기억》에 수록된 '죽음의 푸가'는 현대시의 고전으로 평가된다. 1960년에 뷰히너상을 수상하였다.
파울 에른스트(Paul Karl Friedrich Ernst, 1866~1933) 독일의 소설가 · 평론가. 자연주의적 현실묘사에 역점을 두었으며 민족적 색채가 짙은 신고전주의 확립에 힘썼다. 주요 저서로 《모르겐브로츠탈의 보석》, 《라우텐탈의 행복》 등의 장편소설을 비롯하여, 희곡으로는 《카노사》, 《프로이센 정신》 등이 있다.
파울 틸리히(Paul Johannes Tillich, 1886~1965) 독일의 신학자. 종교적 사회주의의 이론적 지도자로서 히틀러에 의해 추방되어 1933년 미국으로 망명했다. 그의 신학은 존재론적이었다. 또한 신학과 철학을 문답관계로 보는 것이 특징이었다. 저서에 《조직신학》 등이 있다.
파울 플레밍(Paul Fleming, 1609~1640) 독일 바로크기 최고의 시인. 여행 중의 체험, 실연과 사랑의 감정을 시로 썼다. 현세와, 내세의 영원성의 신앙이라는 이원성이 바로크 문학적인 특색을 나타낸다. 주요 작품으로 《독일 시집》, 《종교 · 세속 시집》 등이 있다.
파울 하이제(Paul Johann Ludwig von Heyse, 1830~1914) 독일의 소설가. 정확하고 유려한 언어의 구사로 독일의 근대소설에서 새로운 전기를 마련하였다. 주요 저서로 《아라비아타》, 《가르다호 단편집》이 있다. 1910년 노벨문학상을 받았다.
《파이드로스(**Phaidros**)》 철학서로서, 플라톤의 중기 대화편. 소크라테스와 파이드로스가 주인공이며, 부제는 '미(美)에 관하여' 또는 '사랑에 관하여'이다. 첫째 주제는 특히 《고르기아스》(소피스트들에 대한 비판을 담은 플라톤의 대화편)와 깊은 관계를 가진 변론술의 로고스적 음미이며,

또 하나의 주제는《향연(饗宴)》이나《이온》과 밀접한 관계에 있는 신적(神的) 광기로서의 사랑의 문제이다. 이들 주제와 떼어놓을 수 없는 철학자의 정의(定義), 방법의 문제, 로고스(言語)의 문제, 영혼의 윤회와 불사(不死)의 설명 등도 있다.

팔만대장경(八萬大藏經) 대장경은 경(經)·율(律)·논(論)의 삼장(三藏)을 말하며, 불교경전의 총서를 가리킨다. 이 대장경은 고려 고종 24~35년(1237~1248)에 걸쳐 간행되었다. 고려시대에 간행되었다고 해서 고려대장경이라고도 하고, 판수가 8만여 개에 달하고 8만 4천 번뇌에 해당하는 8만 4천 법문을 실었다고 하여 8만대장경이라고도 부른다. 이것을 만들게 된 동기는 현종 때 의천이 만든 초조대장경이 몽고의 침략으로 불타 없어지자 다시 대장경을 만들었으며, 그래서 재조대장경이라고도 한다. 몽고군의 침입을 불교의 힘으로 막아보고자 하는 뜻으로 국가적인 차원에서 대장도감(大藏都監)이라는 임시기구를 설치하여 새긴 것이다.

패트릭 헨리(Patrick Henry, 1736~1799) 미국 독립혁명의 지도자. 1763년 '목사사건'의 소송에 성공하여 명성을 떨쳤다. 1775년 비합법 민중대회에서 '자유가 아니면 죽음을 달라'라는 연설을 하고 영국 본국과의 개전(開戰)을 주장하였다.

패티 스미스(Patricia Lee Smith, 1946~) 미국의 여가수·작가. 1975년 데뷔 앨범《말(Horse)》을 발매하면서 널리 알려졌다. 그 전엔 비트 시인들과 뉴욕에서 어울렸다. 아르튀르 랭보 등 19세기 초현실주의 프랑스 시의 영향을 많이 받았다. 펑크에 시적인 가사를 통해 문학성을 도입했다는 평가를 받았다. 2007년에 로큰롤 명예의 전당에 올랐다.

퍼시 셸리(Percy Bysshe Shelley, 1792~1822) 19세기 영국의 낭만파를 대표하는 시인으로, 이상주의적 인류애를 표현하는 시를 썼다. 작품에 극시《사슬에서 풀린 프로메테우스》, 서정시《종달새에게》,《구름》등이 있다.

펄 벅(Pearl Buck, 1892~1973) 미국 소설가. 장편 처녀작《동풍·서풍》을 비롯해 빈농으로부터 입신하여 대지주가 되는 왕룽(王龍)을 중심으로 그 처와 아들들 일가의 역사를 그린 장편《대지(大地)》는 대표작품이다. 또 미국의 여류작가로는 처음으로 노벨문학상이《대지》3부작에 수

여되었다.

페데리코 로르카(Federico García Lorca, 1898~1936) 에스파냐의 시인 · 극작가. 시집 《노래의 책》, 《집시 가집》으로 유명하다. 대학생 극단 '바라카'를 조직, 고전극 부활에 힘썼다. 극작으로 《피의 혼례》, 《베르나르다 알바의 집》 등이 있다.

페렌츠 몰나르(Ferenc Molnár, 1878~1952) 헝가리의 극작가 · 소설가. 세련된 기지와 해학이 넘치는 콩트와 단편소설을 많이 발표하였고 희곡 분야에서 경묘한 풍자, 뛰어난 줄거리의 구성 등으로 세계적 명성을 떨쳤다. 대표적인 희곡으로 《릴리옴》, 《이리》 등이 있다.

페리클레스(Perikles, BC 495?~BC 429) 고대 아테네의 정치가 · 군인. 평의회 · 민중재판소 · 민회에 실권을 가지도록 하는 법안을 제출해 민주정치의 기초를 마련했다. 외교상으로는 강국과는 평화를 유지했고 델로스 동맹의 지배를 강화했다. 페리클레스의 시대는 아테네의 최성기였다.

페스탈로치(Johann Heinrich Pestalozzi, 1746~1827) 스위스의 교육자로서 학교를 세워 독자적인 교육방법을 실천하였다. 저서로는 《은자의 황혼》, 《린하르트와 게르트루트》, 《백조의 노래》 등이 있으며 교육이상으로서 전인적(全人的) · 조화적 인간도야를 주장하였다.

페트로니우스(Gaius Petronius Arbiter, 20~66) 고대 로마의 문인. 집정관을 지내며 황제 네로의 총애를 받아 '우아(優雅)의 심판관'이라 불리었다. 작품으로는 문학사상 악한(惡漢)소설의 원형으로 꼽히는 《사티리콘》과 약간의 서정시가 남아있다.

펠리시테 라므네(Hugues-Félicité-Robert de Lamennais, 1782~1854) 프랑스의 사상가 · 종교철학자. 사상적으로나 문체로 뛰어난 저서 《종교 무관심론》(4권)의 간행으로 큰 명성을 얻었다. 《입헌민주당》 지 창간 후 국민의회 의원으로서 의회에 진출. 그의 종교적 사상은 근대정치적 가톨릭 사상에 자극을 주었다.

펠리페 칼데론(Felipe de Jesus Calderón Hinojosa, 1962~) 멕시코의 정치가. 2006년 7월 대통령선거에 집권여당 PAN(National Action Party : 국민행동당) 후보로 출마하여 당선, 12월에 임기 6년의 대통령으로 취임하였다. 그러나 선거 결과에 불복한 야당의 저항정부 구성과 전국적인 소요사태로 취임과 동시에 위기에 봉착했다.

포이에르바하(Ludwig Andreas Feuerbach, 1804~1872) 독일의 철학자 · 도덕가. 자신의 가장 중요한 저서 《그리스도교의 본질》에서는 인간의 고유한 사유 대상은 어디까지나 인간이라고 주장하고 종교를 무한자에 대한 의식으로 축소했다.

폴 게티(Paul Getty, 1982~1976) 미국 대공황 이후 미국 최고의 부자. 지금은 사라진 석유회사를 설립하였고 석유사업으로 돈을 벌어 50년대에는 세계에서 가장 돈 많은 사람 중 한 명이었다. 지독한 구두쇠로 알려졌고, 자기 재산에 광적으로 집착하는 사람이었다고 한다. 1976년 사망하며 남긴 기부금은 게티 미술관의 설립과 운영의 기초가 되었다.

폴 고갱(Paul Gauguin, 1848~1903) 프랑스 후기인상파 화가. 문명세계에 대한 혐오감으로 남태평양 타히티 섬으로 떠났고 원주민의 건강한 인간성과 열대의 밝고 강렬한 색채가 그의 예술을 완성시켰다. 그의 상징성과 내면성, 그리고 비(非)자연주의적 경향은 20세기 회화가 출현하는 데 근원적 역할을 했다.

폴 니장(Paul Nizan, 1905~1940) 프랑스의 소설가. 급우였던 장 폴 사르트르, 시몬 드 보봐르 등에게 사상 · 견식 · 인격을 통해 영향을 주었다. 기행수필 《아뎅 아라비아》, 소설 《음모》 등이 있다.

폴리비오스(Polybios, BC 204~BC 125?) 헬레니즘 시대의 그리스 역사가. 제1포에니 전쟁에서 BC 144년까지의 로마역사를 《역사》 40권으로 저술하여, 로마의 세계 지배는 그 국제(國制)의 우수성에 있다고 결론지었다. 그의 정체순환사관(政體循環史觀)과 혼합정체론(混合政體論)은 특히 유명하다.

폴 모랑(Paul Morand, 1888~1976) 프랑스의 시인 · 소설가. 코즈모폴리턴 문학 창조자 중 하나이다. 《밤이 열리다》, 《밤이 닫히다》를 발표, 제1차 세계대전 후 혼란과 퇴폐를 그린 신감각파적인 서정적 필치가 유명하다.

폴 발레리(Ambroise Paul ToussaintJules Valéry, 1871~1945) 20세기 전반 프랑스의 시인 · 비평가 · 사상가. 말라르메의 전통을 확립하고 재건, 상징시의 정점을 이뤘다. 20세기 최고의 산문가로 꼽힌다. 저서로는 《매혹》,

《구시장》, 《잡기장》, 《영혼과 무용》, 《외팔리노스》 등이 있다.
폴 베를렌(Paul-Marie Verlaine, 1844~1896) 19세기 프랑스 상징파의 시인. 랭보의 연인이었다. 근대의 우수(憂愁)와 권태, 경건한 기도 따위를 정감이 풍부하게 노래하였다. 저서로 《좋은 노래》, 《말없는 연가》, 《예지》 등이 있다.
폴 부르제(Paul Charles Joseph Bourget, 1852~1935) 프랑스의 소설가. 그의 명저 《현대심리 논총》으로 인해 스탕달이 재평가되었다. 작품으로는 《제자》, 《역마을》, 《이혼》 등이 있다. 정밀 견고한 구성미, 정확한 심리분석 수완을 보인다.
폴 엘뤼아르(Paul Éluard, 1895~1952) 다다이즘 운동에 끼어들고, 이윽고 초현실주의의 대표적 시인으로 활약한 프랑스 시인. 「시인은 영감을 받는 자가 아니라 영감을 주는 자」라고 한결같이 생각했다. 유명한 시 《자유》가 수록된 《시와 진실》, 《독일군의 주둔지에서》는 프랑스 저항시의 백미다.
폴 쿠퍼(Paul Cooper, 1926~1996) 미국의 작곡가·음악평론가. 음악이론서를 저술하고 《로스앤젤레스 미러》, 《앤아버 뉴스》의 음악평론가로 활동했으며, 《계간 음악》에 기고하기도 했다. 스톡홀름 왕립음악원과 코펜하겐의 왕립음악원에서 객원교수로 활동했다.
폼페이우스(Gnaeus Pompeius Magnus, BC 106~BC 48) 고대 로마 공화정 말기의 장군·정치가. 해적토벌, 미토리다테스 전쟁 등 오랜 세월에 걸쳐 로마를 괴롭힌 싸움에 종지부를 찍었지만, 카이사르와 대립해 패했다.
퐁트넬(Bernard Le Bovier de Fontenelle, 1657~1757) 계몽사상가이자 프랑스 문학가. 시·오페라·비극 등 문학작품에 관여했다가 나중에 과학사상의 보급자·선전자로서 성공을 거두었다. 몽테스키외와 절친한 사이였으며 볼테르에게 영향을 끼쳤다. 퐁트넬의 가장 독창적인 공헌은 그의 책 《우화의 기원에 관하여》에 나타난 역사학 방법에 대한 연구였다.
푸블릴리우스 시루스(Publius Sirus, BC 1세기경) 고대 로마의 무언극 작가.
풀크 그레빌(Fulke Greville, 1554~1628) 영국의 시인·극작가·정치가. 그리스도교적 인문주의의 내부 모순에 대한 그의 근대적인 의식은 인간의 딜레마의 정치적 함축을 다룬 세네카적인 운문비극(韻文悲劇) 《무스타

파》와《알라함》에 잘 나타나 있다. 이 밖에 종교적·철학적 내용의 교훈시를 포함한 소네트집《카엘리카》가 있으나《시드니경의 일생》이 가장 유명하다.

프란체스코(Francesco d'Assisi, 1182~1226) 신의 음유시인, 가톨릭 성인. 프란체스코회 창립자. 아시시의 부유한 상인집안에서 태어났다. 20세에 회심(回心)하여 모든 재산을 버리고 평생을 청빈하게 살며 이웃사랑에 헌신했다. 1224년에 성흔(聖痕 : 그리스도가 십자가에 못 박혔을 때 옆구리와 양손·양발에 생긴 5개의 상처)을 받은 것으로 유명하다. 자애로운 인품과 그가 행한 기적은 모든 시대를 통해 사람들로부터 존경을 받았는데, 시에나의 성녀 카타리나와 함께 이탈리아의 수호성인이 되었다.《태양의 찬가》를 비롯하여 뛰어난 시도 남겼다.

프란체스코 페트라르카(Francesco Petrarca, 1304~1374) 이탈리아의 시인·인문주의자. 교황청에 있으며 연애시를 쓰기 시작하는 한편 장서를 탐독하여 교양을 쌓았고, 이후 계관시인(桂冠詩人)이 되었다. 성 아우구스티누스와의 대화형식인 라틴어 작품《나의 비밀》을 집필하였고, 이탈리아어로 된 서정시 《칸초니에레》로 소네트의 극치를 보여주었다.

프란츠 그릴파르처(Franz Grillparzer, 1791~1872) 19세기 오스트리아의 극작가. 이반(離反)·분열의 고통이 인생과 작품에 결정적 영향을 주었다. 대표작은《사포》,《금빛 양모피》등이다. 문학평론과 미학 논문도 썼고, 날카로운 경구를 남겼다.

프란츠 리스트(Franz Liszt, 1811~1886) 헝가리 태생 피아니스트·작곡가. 어려서부터 뛰어난 음악적 재능을 나타냈으며, '피아노의 왕'이라 불리었다. 뛰어난 기교로 유럽에 명성을 떨쳤고, 지금도 역사상 가장 위대한 피아니스트로 추앙받고 있다. 낭만시대 음악에 큰 공헌을 했다. 주요 작품으로《파우스트 교향곡》,《단테 교향곡》등이 있다.

프란츠 브렌타노(Franz Brentano, 1838~1917) 독일의 철학자·심리학자. 아리스토텔레스—토마스 아퀴나스적인 실재론 철학을 배경으로 학적(學的) 철학의 기초 구축을 꾀하였다. 철학의 기초학으로서, 경험적 방법에 의해 정신현상을 기술하는 기술적(記述的) 심리학의 이념을 전개했다.

프란츠 요제프 하이든(Franz Joseph Haydn, 1732~1809) 빈고전파를 대표하

는 오스트리아의 작곡가. 교향곡의 아버지로 불린다. 100곡 이상의 교향곡, 70곡에 가까운 현악4중주곡 등으로 고전파 기악곡의 전형을 만들었으며, 특히 제1악장에서 소나타형식의 완성으로도 유명하다. 대표작으로 《천지창조》, 《사계(四季)》 등이 있다.

프란츠 카프카(Franz Kafka, 1883~1924) 체코의 유대계 소설가. 인간 운명의 부조리, 인간 존재의 불안을 통찰하여, 현대 인간의 실존적 체험을 극한에 이르기까지 표현하여 실존주의 문학의 선구자로 높이 평가받는다. 주요작품으로 《성(城)》, 《변신(變身)》 등이 있다.

프랑수아 라블레(François Rabelais, 1483~1553) 프랑스의 작가 · 의사 · 인문주의 학자. 프랑스 르네상스의 최대 걸작인 《가르강튀아와 팡타그뤼엘 이야기》를 썼다. 몽테뉴와 함께 16세기 프랑스 르네상스 문학의 대표적 작가이다. 영국의 셰익스피어, 에스파냐의 세르반테스에 비견된다.

프랑수아 모리아크(François Mauriac, 1885~1970) 프랑스의 소설가. 심리소설의 전통을 이었지만, 복잡성, 혼돈의 세계를 혼돈(混沌) 그대로 라신적 수법으로 받아들였다. 작품의 무게가 문체에 있다. 작품은 《파리새 여자》, 《어린 양》, 평론 《소설론》 등이다. 1952년 노벨문학상을 받았다.

프랑수아 비용(1431~?) 15세기 프랑스 중세 말기의 시인으로, 방랑과 투옥을 되풀이하는 생애를 보냈다. 저서로는 《작은 유산》, 《유언시집》 등이 있다. 리얼리스트였고, 서정시에도 비현실적인 것은 없으며 야유, 조소를 표현했다. 《지난날의 당신의 발라드》 등은 뛰어난 작품이다.

프랑수아 사강(Françoise Sagan, 1935~2004) 20세기 중엽 프랑스의 여류소설가 · 극작가. 현대 프랑스에서 가장 많은 독자를 가진 작가로 활약 중이다. 작품으로 《슬픔이여 안녕》, 《어떤 미소》, 《브람스를 좋아하시나요》, 《잃어버린 프로필》, 《흐트러진 침대》 등이 있다.

프랑수아 케네(François Quesnay 1694~1774) 중농주의를 창시한 프랑스의 경제학자. 농업자본의 재생산 문제를 도표로 표시한 《경제표》를 작성하였다. 중농주의의 체계를 확립하는 한편, 국내시장의 확장을 위하여 자유방임정책의 채용과 세제개혁을 주장하였다.

프랑수아 코페(François Coppée, 1842~1908) 프랑스의 시인. 고답파(高踏派) 시풍의 처녀시집 《성유물함(聖遺物函)》을 발표하였고, 여배우 사라 베

르나르가 연기한 단막시극 《행인(行人)》으로써 문단에서의 지위를 구축했다. 서민의 생활과 감정을 소박하게 묘사한 시와 극을 잇달아 발표하여, 다소 고풍스러우면서도 감상적인 스타일로 인기를 끌었다.

프랑수아 페늘롱(François de Salignac de La Mothe Fénelon, 1651~1715) 프랑스의 종교가 · 소설가. 그의 대표작인 소설 《텔레마크의 모험》은 왕세손의 교육을 위해 쓴 것인데, 고전주의 문학의 걸작인 동시에 거기에 전개되는 루이 14세의 전제(專制)에 대한 비평과 유토피아적인 이상사회의 기술 등은 계몽사상 형성에 적지 않은 역할을 하였다.

프랑시스 잠(Francis Jammes, 1868~1938) 상징파의 후기를 장식한 신고전파 프랑스 시인. 상징주의 말기의 퇴폐와 회삽(晦澁)한 상징파 속에서 이에 맞선 독자적인 경지를 열었다. 주요 저서로 《그리스도교의 농목시(農牧詩)》, 《새벽종으로부터 저녁 종까지》 등이 있다.

프랜시스 베이컨(Francis Bacon, 1561~1626) 르네상스 후의 근대철학, 특히 영국 고전경험론의 창시자이다. 인간의 정신능력 구분에 따라서 학문을 역사 · 시학 · 철학으로 구분했다. 다시 철학을 신학과 자연철학으로 나누었는데, 그의 최대의 관심과 공헌은 자연철학 분야에 있었고 과학방법론 · 귀납법 등의 논리 제창에 있었다.

프랜시스 카르코(Francis Carco, 1886~1958) 프랑스 작가 · 시인. 악한 · 매춘부 · 도둑 · 실직자 등을 즐겨 소재로 다루었고, 속어를 많이 쓰는 회화체로써 뒷골목 분위기와 하층사람들을 교묘하게 묘사했다. 주요 작품 가운데 《쫓기는 사나이》로 아카데미 소설 대상을 받기도 했다.

프랜시스 톰프슨(Francis Thompson, 1859~1907) 영국의 시인. 1893년 《시집》을 출간하였다. 신으로부터의 도주와 신의 추구를 노래한 「하늘의 사냥개」는 이 중 백미다. 「셸리론」은 가장 유명한 평론이다.

프랜시스 허치슨(Francis Hutcheson, 1694~1747?) 18세기 영국의 도덕감각학파. 인간의 심성에는 이기적 경향과는 독립된 이타적경향이 있다고 하였다. 또한 미적 감각과 마찬가지로 정사(正邪)를 판단하는 자연스럽고 보편적인 도덕감각이 있다고 설파했다. 공리주의자에게 커다란 영향을 주었다.

프랭크 그레이엄(Frank Dunstone Graham, 1890~1949) 교역조건은 생산비에

의해 결정된다는 생산비설을 주장한 미국경제학자. 주로 국제무역이론을 연구하여 J. S. 밀과 A. 마셜 등이 확립한 고전적 상호수요설에 대하여 비판적 태도를 취하였으며, 국제가치론의 재구성에 노력하였다.

프랭클린 루스벨트(Franklin Delano Roosevelt, 1882~1945) 미국의 제32대 대통령. 강력한 내각을 조직하고 경제공황을 극복하기 위하여 뉴딜정책을 추진하였다. 제2차 세계대전 중에는 연합국회의에서 지도적 역할을 다하여 전쟁종결에 많은 노력을 기울였다.

프레더릭 로버트슨(Frederick William Robertson, 1816~1853) 성공회의 프로테스탄트 목사로, 설교는 신학적이라고 할 수는 없었으나, 인간윤리에 관한 넓은 관심을 나타냈다. 영적 자유에 이르는 길을 가르쳤다. 그가 죽은 뒤에 출판된 《설교집》은 뛰어난 설교문학으로 평가받고 있다.

프레데리크 쇼팽(Frédéric François Chopin, 1810~1849) 폴란드의 작곡가 · 피아니스트. 자유롭고 시대를 앞서가는 독자적인 양식의 작품을 많이 남겼으며 특히, 약 200곡에 이르는 피아노곡으로 유명하다. 페달의 사용과 약박(弱拍)을 약간 인접한 강박(强拍)에 접근시키는 연주법으로 후세의 피아노 연주법에도 큰 영향을 끼쳤다.

프로타고라스(Protagoras, BC 485?~BC 414?) 고대 그리스의 대표적 소피스트. '인간은 만물의 척도'라는 말로 유명하다. 인간은 사물을 제각각 인식하여 사물을 절대적이 아닌 상대적으로 본다는 뜻이다. 인간이 가지게 되는 지식은 인간의 인식에 기초하는데, 이 인식은 또한 인간의 감각에 기반을 두고 있어서, 인간의 감각기관에 의해서 인식되는 것이 각각 다르므로 지식 또한 사람마다 다르다는 상대주의적 진리론을 주장한 것이다. 그는 우주의 이법(理法)에 관해서 과학이 주장하는 것에 회의를 품었고, 신의 존재에 대해서도 불가지론(不可知論)의 태도를 취하였다.

프로페르티우스(Sextus Propertius, BC 48?~BC 16?) 고대로마의 서정시인으로 아우구스투스의 총신 G. 마에케나스의 문인그룹의 한 사람이었다. 대표작 《서정시집》은 금언적(金言的) 명구로 연애의 갖가지 상(相)을 노래하여 후세의 시인 괴테와 바이런 등에 큰 영향을 끼쳤다.

프리드리히 2세(Friedrich II, 1712~1786) 프리드리히 대왕. 프로이센의 국왕. 강력한 대외정책을 추진하여 오스트리아의 제위 상속을 둘러싼 분쟁에

편승 슐레지엔 전쟁을 일으켰다. 오스트리아, 러시아와 관계가 악화되자 영국·프랑스 간 식민지전쟁에서 영국과 동맹을 맺음으로써 7년전쟁이 시작되었다. 국민의 행복증진을 우선한 계몽전제군주로 평가된다.

프리드리히 니체(Friedrich Wilhelm Nietzsche, 1844~1900) 독일의 시인·철학자. 쇼펜하우어의 의지철학을 계승하는 '생의 철학'의 기수(旗手)이며, 키르케고르와 함께 실존주의의 선구자로 지칭된다. 저서로는 《반시대적 고찰》, 《차라투스트라는 이렇게 말했다》 등이 있다.

프리드리히 로가우(Friedrich Freiherr von Logau, 1604~1655) 독일의 풍자시인. 직설적이고 꾸밈없는 문체로 잘 알려졌다. 신랄하기는 하지만 별로 교훈적이지 않은 그의 글은 당대에는 보기 드물게 직선적이고 꾸밈이 없었다. 격언시집 《시로 쓴 100가지 독일잠언》 계속 개정 증보되어 출판되었다.

프리드리히 뤼케르트(Friedrich Rückert, 1788~1866) 독일의 시인. 고전파·로망파·동양 시가 절충된 시를 많이 썼다. 어린이들을 위한 시·동화작가로서도 유명하다. 시집으로 《사랑의 봄》, 《브라만의 지혜》 등이 있다. 그의 많은 시가 슈베르트, 슈만 등에 의해 작곡되었다.

프리드리히 마이네케(Friedrich Meinecke, 1862~1954) 독일의 역사가. 베를린 자유대학 초대 총장. 딜타이, 트뢸치와 함께 정신사(精神史) 또는 이념사(理念史)의 방법을 확립함으로써 역사학회에 많은 영향을 끼쳤다. 저서로는 《세계시민주의와 국민국가》, 《역사주의의 성립》 등이 있다.

프리드리히 뮐러(Friedrich Max Müller, 1823~1900) 독일의 동양학자·비교언어학자. 시인 빌헬름 뮐러의 아들이다. 인도학의 넓은 분야에서 과학적·비판적 학문 연구의 기초를 쌓았다. 비교언어학과 비교신화학을 확립하였다. 51권으로 이루어진 《동양의 경전》을 편찬했으며, 《인도 6파 철학》 등이 있다.

프리드리히 셸링(Friedrich Wilhelm Joseph von Schelling, 1775~1854) 독일의 철학자. 칸트, 피히테를 계승하여 헤겔로 이어지는 독일 관념론의 대표자의 한 사람이다. 헤겔의 사상을 '소극 철학'으로 보고, '적극 철학'을 설파하여 '이성'과 '체계'를 깨뜨리는 실존철학의 길을 열었다. 주요 저서로 《선험적(先驗的) 관념론의 체계》, 《인간적 자유의 본질에 관한 철학적 고찰》 등이 있다.
프리드리히 슈나크(Friedrich Schnack, 1888~1977) 독일의 작가. 소박한 자연감정과 근대적인 박물학적(博物學的) 지식을 융합시킨 시 · 소설 · 수필 등을 발표하였다. 《나비의 생활》이 대표작으로 꼽힌다.
프리드리히 슐라이어마허(Friedrich Ernst Daniel Schleiermacher, 1768~1834) 독일의 프로테스탄트 신학자 · 철학자. '근대신학의 아버지'로 불린다. 베를린 설교를 통하여 민족주의를 고취하여 애국설교가라는 명성을 얻었다. 루터파와 개혁파의 통합운동에 힘썼다.
프리드리히 실러(Johann Christoph Friedrich von Schiller, 1759 ~1805) 독일의 시인 · 극작가. 작품 《군도(群盜)》를 극장에서 상연함으로써 큰 호응을 얻었고, 이는 독일적인 개성 해방의 문학운동인 '질풍노도운동(Sturm und Drang)'의 대표작으로 손꼽힌다. 독일의 국민시인으로서 괴테와 더불어 독일 고전주의문학의 2대 거성으로 추앙받는다.
프리드리히 엥겔스(Friedrich Engels, 1820~1895) 독일의 사회주의자. 마르크스와 공동 집필한 《독일 이데올로기》에서 유물사관(唯物史觀)을 제시하여 마르크스주의의 철학적 기초를 확립하였다. 마르크스의 이론적 · 실천적 활동을 경제적으로 지원하였으며 마르크스주의 보급에 노력하였다.
프리드리히 헵벨(Friedrich Hebbel) 독일의 사실주의 대표적 작가. 저서로 《마리아 막달레나》가 있다.
프리드쇼프 난센(Fridtjof Nansen, 1861~1930) 노르웨이의 북극탐험가 · 동물학자 · 정치가. 프람 호(號)로 북극탐험에 나서 북위 86° 14' 지점에 도달했다. 국제연맹의 노르웨이 대표였고 제1차 세계대전 후 인도주의적 입장에서 포로의 본국송환 · 난민구제에 힘썼다.
프리츠 운루(Fritz von Unruh, 1885~1970) 독일 표현주의문학의 대표적 작가. 제1차 세계대전을 겪은 뒤 평화주의자이면서 철저한 반전주의자가 되었다. 초기작들은 빌헬름시대 군인정신의 찬양을 다루었다. 대표작으로는 《한 종족》, 《광장》 등이 있다.
프세볼로트 가르신(Vsevolod Mikhailovich Garshin, 1855~1888) 러시아의 소설가. 소년시절부터 시작된 광증의 발작이 재발되어 하르코프의 정신병

원에 수용되었다. 명작 《붉은 꽃》은 병원에 입원 중 자기의 체험에 그의 독자적인 '악의 꽃'을 테마로 엮은 것이고, 그 밖에 《꿈이야기》, 《병졸 이바노프의 회상》 등의 작품이 있다. 33세의 나이로 요절하였다.

프타호테프(Ptahhotep, BC 2400년경) 고대 이집트 제5왕조 후반의 3왕 중 장제신관장(葬祭神官長). 고대 이집트 귀족의 묘 사카라의 계단형 피라미드 서쪽에 있는 마스타바의 묘주. 그의 묘 벽화는 제5왕조에 있어서 부조예술의 최전성기의 대표작이다.

플라우투스(Titus Maccius Plautus, BC 254?~BC 184) 고대 로마의 희극작가로 운율의 극적 효과를 탐구하고 사랑의 고백이나 욕설, 임기응변의 대답 등에 라틴어 표현력의 새 분야를 개척하였다. 대표작은 《포로》, 《밧줄》 등이 있다.

플라톤(Plato, BC 428~BC 348) 고대 그리스의 철학자, 형이상학의 수립자. 소크라테스만이 진정한 철학자라고 생각하였다. 영원불변의 개념인 이데아(idea)를 통해 존재의 근원을 밝히고자 했다. 특히 그의 모든 사상의 발전에는 윤리적 동기가 바탕을 이루고 있다. 그의 작품은 1편을 제외하고 모두가 논제를 둘러싼 철학 논의이므로 《대화편》이라 불린다.

플로베르(Gustave Flaubert, 1821~1880) 프랑스 작가. 꿈 많은 로마네스크한 자기 자신의 모습을 우스꽝스런 존재로 관조하는 작품을 많이 썼다. 신비평파의 비평가들은 문학을 결연히 언어의 문제로 환원시킨 최초의 작가로서 플로베르를 누보로망의 원류로 평했다. 주요작품에는 《세 가지 이야기》 등이 있다.

플루타르코스(Plutarchos, 46?~120?) 고대 로마의 그리스인 철학자 · 저술가. 플라톤 철학을 신봉하고 박학다식한 것으로 유명하다. 저작활동은 매우 광범위하여 전기 · 윤리 · 철학 · 신학 · 종교 · 자연과학 · 문학 · 수사학에 걸쳐 그 저술이 무려 250종에 달했던 것으로 추정된다.

플리니우스 2세(Gaius Plinius Caecilius Secundus, 61?~113?) 고대 로마의 문인 · 정치가. 집정관과 비티니아의 총독을 지냈고 트라야누스 황제에 대한 송덕연설과 법정변론으로 이름을 떨쳤으며 《서한집》(11권)이 전해진다.

피네로(Arthur Wing Pinero, 1855~1934) 영국의 극작가. 작품 《탕아》로 입센풍의 사회문제극을 비롯하여, 《탱커리 씨의 후처》로 성공, 런던 극단에 새 바람을 일으켰다. 사실적 수법, 교묘한 구성, 판단력으로 영국 근대극에 선구적 역할을 했다.

피델 카스트로(Fidel Castro (Ruz), 1926~) 쿠바의 정치가 · 혁명가. 1959년 총리에 취임하고 1976년 국가평의회 의장직에 올랐다. 공산주의 이념 아래 49년간 쿠바를 통치하였다. 2008년 2월에 국가평의회 의장직을 사임하고 권력을 라울 카스트로에게 넘겼다.

피란델로(Luigi Pirandello, 1867~1936) 이탈리아의 극작가 · 소설가. 염세적인 작풍의 시인으로 출발하여 7편의 장편소설과 246편의 단편소설을 발표하였다. 《작자를 찾는 6명의 등장인물》 등 연극사에 길이 남을 극작을 써서 1934년 노벨문학상을 받았다.

피셔 에임스(Fisher Ames, 1758~1808) 미국의 정치가 · 연설가 · 작가. 죽기 4년 전 하버드 대학교의 총장으로 선출되었으나 건강상태의 악화로 그만두었다.

피에르 드 마리보(Pierre de Marivaux, 1688~1763) 프랑스의 극작가 · 소설가. 우아 세련 고답적인 문체는 '마리보다지'라 불린다. 아카데미 프랑세즈 회원으로 뽑혔으나, 19세기에 와서야 비평가 생트 뵈브에 의해 비로소 재인식되었다. 이성의 시대와 낭만주의 시대를 잇는 중요한 작가로 인정받고 있다. 소설 《마리안의 생애》 등은 프랑스 근대 사실소설의 선구적 작품이다. 대표작은 희극 《사랑의 기습》 등이 있다.

피에르 드 보마르셰(Pierre Augustin Caron de Beaumarchais, 1732 ~1799) 18세기 프랑스의 극작가. 작품은 《비망록》, 《세비야의 이발사》 등이고, 걸작 《피가로의 결혼》이 있다. 루이 16세의 밀사였고, 미국 독립전쟁에 개입하였다. 프랑스 작가의 저작권 보호를 위해 활약했다.

피에르 라쇼세(Pierre Claude Nivelle de La Chausée, 1692~1754) 18세기 프랑스의 극작가로 희비극의 창시자로 일컬어진다. 희극적 요소에 감상적 정감을 혼입, 해피엔드로 끝나는 형식을 확립했다. 대표작은 《멜라니드》이다.

피에르 보나르(Pierre Bonnard, 1867~1947) 프랑스의 화가. 고갱의 영향을 받

은 반 인상파인 나비 파(派)를 결성하였다. 대상의 설명에서 벗어나 현란한 명색이 교향(交響)하는 독자적인 색채의 세계를 확립, 「색채의 마술사」로 불렸다. 작품으로는 《빛을 등진 누드》 등 유화 이외에 구아슈(gouache) · 수채화 · 석판화에서도 많은 가작을 남겼다.

피에르 샤롱(Pierre Charron, 1541~1603) 프랑스의 가톨릭 신학자 · 철학자 · 설교자 · 신학자로 명성을 떨쳤다. 남프랑스에서 유명하였다. 몽테뉴와 친교를 맺어 그의 사상적 영향을 받았다.

피에르 아벨라르(Pierre Abélard, 1079~1142) 중세 프랑스 철학을 대표하는 철학자 · 신학자로, 중세 철학사의 보편적 논쟁에서 빠질 수 없는 인물이다. 논리학 저서들을 통해서 독자적인 언어철학을 명석하게 설명했다. 스콜라 철학의 아버지로 불린다.

피에르 코르네유(Pierre Corneille, 1606~1684) 프랑스의 극작가. 《미망인》, 《루아얄 광장》 등의 풍속희극으로 주목을 받았으며, 《거짓말쟁이》를 발표하여 몰리에르 이전에 문학적 희극을 확립했다는 평가를 받았다.

피에로 코르토나(Pietro da Cortona, 1596~1669) 이탈리아의 화가 · 건축가. 화려한 색채와 빛의 효과를 이용하여 바로크양식의 천장에 맞는 아름다운 인물 · 장식을 그려 회화와 건축을 통일적으로 구상했다.

피에르 드 롱사르(Pierre de Ronsard, 1524~1585) 프랑스의 대표 시인. 플레야드파의 대표자였다. 알렉산드란 시구를 확립, 고전극시의 길을 열었다. 《엘렌의 소네트》는 롱사르 시의 최고봉이다. 중세 서정시와 근대의 상징시를 잇는 계승자였고, 시형식의 개혁을 실천하였다.

피에르 샤롱(Pierre Charron, 1541~1603) 프랑스의 가톨릭 신학자 · 철학자. 몽테뉴와 친교를 맺어 그의 사상적 영향을 받았다. 주요 저서인 《지혜에 대하여》에서는 특히 인간의 지혜가 자신의 힘의 본성(本性)과 한계를 아는 데 있다고 하여 회의적 입장을 굳혔다. 그러나 이것은 몽테뉴의 《수상록》을 모방한 것이라고 할 수 있다.

피에르 에마뉘엘(Pierre Emmanuel, 1916~1988) 프랑스 여류시인 · 평론가. 신화(神話)와 성서의 세계를 통한 인간의 근원적 문제에 대한 깊은 통찰력으로 현대 프랑스 시단에서 독자적인 지위를 차지한 철학시인으로 주목된다. 현대의 인간이 직면하는 온갖 문제를 전체적 · 통일적으로 파악하려고 하는 야심적 · 예언자적 시인이기도 하다.

피에르 프루동(Pierre-Joseph Proudhon, 1809~1865) 프랑스의 무정부주의 사상가이자 사회주의자. 《재산이란 무엇인가?》에서 자본가의 사적 소유를 부정하며 힘 대신 정의를 가치의 척도로 삼아야 한다고 주장하였다. 그의 사상은 제1인터내셔널 조직, 파리코뮌에 큰 영향을 끼쳤다.

피에트로 메타스타시오(Pietro Metastasio, 1698~1782) 이탈리아의 극시인. 그리스의 고전극을 본받아 이탈리아 연극을 부흥시키고자 《버림받은 디도네》 등 많은 음악극을 썼다. 빈의 궁정시인을 지냈으며, 이탈리아 오페라 탄생의 서막을 열어놓는 공헌을 하였다.

피에트로 카발리니(Pietro Cavallini, 1250?~1330?) 이탈리아의 화가 · 모자이크 공예가. 회화에 처음으로 고딕조각 수법을 응용하였다. 비잔틴주의의 극복을 시도했고 조소적(彫塑的)인 요소를 색조에 담은 새로운 회화식 표현영역을 개척했다. 주요 작품 산타 체칠리아 성당의 벽화 《최후의 심판》, 《수태고지》 등이 있다.

피천득(皮千得, 1910~2007) 시인 · 수필가 · 영문학자. 시보다는 수필을 통해 진수를 드러냈다. 주요작품으로 수필 《은전 한 닢》, 《인연》 등이 있으며, 시집으로는 《서정소곡》 등이 있다.

피타고라스(Pythagoras, BC 582?~BC 497?) 그리스의 종교가 · 철학자 · 수학자. 그는 만물의 근원을 '수(數)'로 보았으며, 수학에 기여한 공적이 매우 커 플라톤, 유클리드를 거쳐 근대에까지 영향을 미쳤다. 오늘날 「피타고라스 정리」의 증명법은 유클리드에 유래한 것이며, 그의 증명법은 알려져 있지 않다.

피터 드러커(Peter Ferdinand Drucker, 1909~2005) 미국의 경영학자. 현대를 대량생산원리에 입각한 고도산업사회로 보고, 그 속에서 기업의 본질과, 이를 바탕으로 한 경영관리의 방법을 전개하였다. 주요 저서에 《경제인의 종말》, 《산업인의 미래》, 《새로운 사회》, 《경영의 실제》, 《단절의 시대》 등이 있다.

핀다로스(Pindaros, BC 518?~BC 438?) 그리스의 서정시인으로 왕후와 귀족들을 위한 찬미의 시를 지었다. 이후 민주주의의 물결로 왕후와 귀족이

몰락하자 상실되었던 세계의 고귀한 혼의 부활을 절규하는 불후의 명시를 많이 남겼다.

필레몬(Philemon, BC 368?~BC 264?) 그리스 시인. 아테네 신희극에 속하는 작품들을 쓴 시인. 메난드로스와 같은 시대에 활동한 선배이자 경쟁자였다. 극작가로서 교묘하게 꾸며진 줄거리와 생생한 묘사, 극적인 놀라움 및 진부한 교훈으로 유명했다.

필론(Philōn ho Alexandreios, BC 15?~AD 45?) 유대인 필론이라고도 한다. 헬레니즘시대 대표적인 유대철학자이며 최초의 신학자이다. 그리스철학과 유대인의 유일신 신앙의 융합을 꾀했다. 고대 그리스도교신학, 철학사상의 형성과 뒷날의 신플라톤주의까지 큰 영향을 미쳤다.

필립 랜돌프(Asa Philip Randolph, 1889~1979) 미국의 노동운동·공민권운동 지도자. 흑인차별에 대해 항의하고 정부에 압력을 가했다. 1941년 군수산업체와 연방정부에서의 인종차별 철폐 행정명령, 1948년 군대 내에서의 인종차별을 금지하는 대통령령을 공포하도록 하는 데 큰 역할을 했다.

필립 매신저(Philip Massinger, 1583~1640) 영국의 극작가. 성(性)과 폭력의 자극을 희구하는 젊은 세대의 기호에 영합하고, 교묘한 줄거리 전개와 무대기교로 한때는 극단의 인기를 독차지하였다. 합작·단독작을 합하여 약 60편에 이르는 많은 작품을 썼다. 주요 작품으로는 《새 차용금 상환법》, 《밀라노의 공작》 등이 있다.

필립 시드니(Philip Sidney, 1554~1586) 영국 엘리자베스 시대의 궁정신하·정치가·시인·평론가로서 당대의 이상적인 신사로 여겨졌다. 《아스트로펠과 스텔라》는 셰익스피어의 소네트 다음가는 최고의 소네트 연작으로 평가받았다. 《시의 변호》에서 르네상스 시대의 비평개념을 영국에 소개했다.

필립 체스터필드(Philip Chesterfield, 1694~1773) 영국의 정치가·외교관. 예절, 사교술, 세속적인 성공비법 등에 관한 안내서인 《아들에게 주는 편지(Letter to His Son)》의 저자로 유명하다. 자신의 임종을 지켜주기도 했던 평생의 친구인 외교관 솔로몬 데이롤스에게 보낸 글을 비롯해서 유머와 매력이 넘치는 글의 본보기가 되는 많은 서한집을 남겼다.

하

하드리아누스(Publius Aelius Hadrianus, 76~138) 로마제국 황제. 오현제(五賢帝 : 네르바, 트라야누스, 하드리아누스, 안토니누스 피우스, 마르쿠스 아우렐리우스)의 한 사람. 제국 제반 제도의 기초를 닦았으며 로마법의 학문연구를 촉진시키고 문예 · 회화 · 산술을 애호하였다.

하위지(河緯地, 1412~1456) 조선 전기의 문신으로 사육신의 한 사람. 집현전 직전(直殿)에 등용되어 수양대군을 보좌하여《진설(陣說)》의 교정과《역대병요(歷代兵要)》의 편찬에 참여하였다. 침착 과묵한 청백리로 에스파냐 등과 단종 복위를 꾀하다가 실패 거열형(車裂刑)에 처해졌다.

하이데거(Martin Heidegger, 1889~1976) 독일 실존주의 철학의 대표자. 나치스 지배 기간 동안 협력하였다. 프라이부르크 대학에서 신학, 철학을 수학. 마르부르크, 프라이부르크 대학의 교수를 역임. E. 훗살 교수의 현상학으로부터 출발하여 기초적 존재론을 이룩하였으며, 키르케고르의 영향을 받았다.

하인리히 만(Heinrich Mann, 1871~1950) 독일의 소설가. 작가 토마스 만의 형. 이탈리아와 프랑스의 문학과 사상에 많은 영향을 받았다. 사회와 문명에 대한 비판적 안목으로 자유 독일정신의 지주로 간주되었다. 대표작으로 장편 《소도시(小都市)》가 있다.

하인리히 뵐(Heinrich Theodor Böll, 1917~1985) 독일의 소설가. 제2차 세계대전의 혼란한 사회와 인간을 그린 작품이 많다. 주요 저서로는《열차는 정시에 도착하였다》,《그리고 아무 말도 하지 않았다》,《아홉시 반의 당구》,《어떤 어릿광대의 견해》 등이 있으며, 그 밖에 많은 단편과 라디오 드라마 · 평론이 있다. 1971년에는 성취지향사회에 대한 저항을 담은《여인과 군상》을 발표하고 이듬해 노벨문학상을 수상했다.

하인리히 주조(Heinrich Suso, 1295?~1366) 별명은 조이제. 하느님에 대한 순수적 사랑과 하느님의 관조가 인간 완성에 중요하다고 하였다. 주조의 걸작《영원한 지혜》는 토마스 아 켐피스의《그리스도를 본받아》가

나올 때까지 가장 인기 있는 신앙 서적이었다.

하인리히 트라이치케(Heinrich von Treitschke, 1834~1896) 독일의 역사가 · 정치평론가. 하이델베르크대학교, 베를린대학교 등의 교수를 지냈고 소독일주의를 주장하였다. 국민자유당에 속하여 군국주의 · 애국주의를 제창하고 강경외교를 주장하였다. 주요 저서로 《19세기 독일역사》 등이 있다.

하인리히 하이네(Heinrich Heine, 1797~1856) 독일의 시인. 낭만주의와 고전주의 전통을 잇는 서정시인인 동시에 반(反)전통적 · 혁명적 저널리스트였다. 독일 시인 중에서 누구보다도 많은 작품이 작곡되어 오늘날에도 널리 애창되고 있다. 주요 저서로 《로만체로》 가 있다.

한갑수(韓甲洙, 1913~2004) 국어학자 · 한글학자. 한글의 발전과 보급을 위해 일했으며 한글의 바른 용법을 알렸다. 한글학회 회장, 한글재단 초대 이사장을 지냈다. 세계교육재단 평화문화상을 받았다. 저서로는 《바른 말 고운말 사전》, 《국어대사전》 등이 있다.

한니발(Hannibal, BC 247~BC 183) 카르타고의 정치가 · 장군. 제2차 포에니 전쟁(한니발전쟁)을 일으켜 육로로 피레네산맥과 알프스를 넘어서 이탈리아로 침입, 각지에서 로마군을 격파했다. 그러나 대(大)스키피오가 카르타고를 공격하자 고국에 소환되어 자마 전투에서 대패했다.

《한비자(韓非子)》 중국 전국시대 말 한(韓)나라의 공자(公子)로 법치주의를 주창한 한비(韓非)와 그 일파의 논저(論著).

《한서(漢書)》 중국 후한(後漢)의 역사가 반고(班固)가 저술한 기전체(紀傳體)의 역사서. 사마천의 《사기》 와 더불어 중국 사학사상(史學史上) 대표적인 저작이다. 한무제에서 끊긴 《사기》 의 뒤를 이은 정사(正史)로 여겨지므로 '두 번째의 정사'라 하기도 한다.

한스 벤더(Hans Bender, 1919~) 독일의 소설가. 전후 젊은 세대의 의식을 대표하는 작가 중 한 사람이다. 주요 작품으로 전쟁과 포로생활을 테마로 한 장편소설 《갈망의 음식》, 단편집 《늑대와 비둘기》 등이 있다. 시집으로는 《외국인이여 떠날지어다》 가 있다.

한스 홀투젠(Hans Egon Holthusen, 1913~) 독일의 시인 · 비평가. 유미주의적 경향이 강하다. 반(反)나치스운동에 참가하였다. 주요시집으로 《이

시대에》, 에세이로는 《만년의 릴케》 등의 작품을 남겼다.

한스 카로사(Hans Carossa, 1878~1956) 독일의 시인 · 소설가. 뮌헨 대학에서 《아름다운 미혹의 해》, 《의사 기온》 등을 썼다. 의사시험에 합격하고 아버지의 대리가 되어 의업에 종사하였다. 소년시절부터 괴테를 스승으로 숭앙하였다.

《한시외전(漢詩外傳)》 전한(前漢)의 경학자(經學者) 한영(韓嬰)이 지은 《시경》의 해설서. 정확한 저술 시기는 알 수 없지만 경제(景帝) 또는 무제(武帝) 때로 추정된다. 《시경》을 해설하면서 잡다한 고사와 고어(古語) · 설화를 인용하여 앞에 쓰고, 그 뒤에 《시경》의 시구들을 기술하는 형태로 되어 있다.

한용운(韓龍雲, 1879~1944) 독립운동가 · 승려 · 시인. 일제시대 때 시집 《님의 침묵》을 출판하여 저항문학에 앞장섰고, 불교를 통한 청년운동을 강화하였다. 종래의 무능한 불교를 개혁하고 불교의 현실참여를 주장하였다. 주요 저서로 《조선불교유신론》 등이 있다.

한유(韓愈, 768~824) 송대(宋代) 중국 당나라의 문학가 · 사상가. 조선과 일본에 광범위한 영향을 미친 후대 성리학(性理學)의 원조이다. 산문의 문체개혁(文體改革)과 시에 있어 지적인 흥미를 정련(精練)된 표현으로 나타낼 것을 시도하는 등 문학상의 공적을 세웠다.

할란 엘리슨(Harlan Ellison, 1934~) 미국의 SF 작가.

함석헌(咸錫憲, 1901~1989) 사상가 · 민권운동가 · 문필가. 1958년 발표한 〈생각하는 백성이라야 산다〉는 글은 자유당 시절의 대표적 필화사건이다. 1970년 월간지 《씨알의 소리》를 창간, 여기에 발표한 많은 글과 강연 등을 통해 민중계몽운동을 폈다. 1985년 노벨 평화상 후보로 지명 · 추천받았다. 주요 저서로 《뜻으로 본 한국역사》, 《역사와 민족》 등 다수가 있다.

해럴드 래스키(Harold Joseph Laski, 1893~1950) 영국의 정치학자. 런던대학 교수를 지냈고, 노동당 집행위원장이 되어 의회주의를 통한 평화혁명을 주장하였다. 저서로 《근대국가에서의 자유》 등이 있다.

해럴드 존스(Harold Spencer Jones, 1890~ 1962) 영국의 천문학자. 31년에 소행성(小行星)이 지구로 접근할 때 그 지심시차(地心視差)를 측정, 지구

와 태양 사이의 거리(1AU)를 결정했다.

해리 에머슨 포스딕(Harry Emerson Posdic, 1878~1969) 미국 침례교 목사. 유니온 신학교에서 설교학을 가르쳤으며, 유명한 리버사이드 교회의 목사가 되어 그곳에서 은퇴하였다. 저서로는《기도의 의미》가 있다.

해리 트루먼(Harry Shippe Truman, 1884~1972) 미국 제33대 대통령. 각종 위원회 위원과 국방계획조사 특별위원회 위원장을 지내고 부통령을 거쳐 대통령이 되었다. 반소·반공을 내세운 트루먼독트린으로 2차 세계대전 후의 국제정치의 방향을 결정하였고 6·25전쟁으로 인한 한국 파병에 이르기까지 내정 ·외교를 지도하였다.

허균(許筠, 1569~1618) 조선중기 문신·소설가. 소설《홍길동전》은 사회 모순을 비판한 조선시대 대표적 걸작이다. 작품으로《한년참기(旱年讖記)》,《한정록(閑情錄)》 등이 있다.

허먼 멜빌(Herman Melville, 1819~1891) 미국 소설가·시인. 대표작 《백경(Moby Dick)》은 에이햅 선장이라는 강렬한 성격의 인물이, 머리가 흰 거대한 고래에 도전하는 내용의 소설로, 모선인 범선이 아닌 노 젓는 작은 보트로 고래를 쫓는 용감한 포경선 선원들의 생활을 생생하게 그리면서, 다른 한편에서는 에이햅의 복수전이 이교적(異敎的) 분위기를 낳고, 악·숙명·자유의지 등의 문제에 대한 철학적 고찰이 전개되는 작품이다.

허버트 리드(Herbert Read, 1893~1968) 영국의 시인·예술비평가. 예술을 과학이나 철학과 같이 유익한 지식의 자주적 형식이라고 논했다. 주요 저서로는《벌거벗은 용사》,《예술의 의미》 등이 있다.

허버트 스펜서(Herbert Spencer, 1820~1903) 영국의 철학자. 저서 《종합철학체계》로 유명한데, 36년간에 걸쳐 쓴 대작이다. 성운(星雲)의 생성에서부터 인간사회의 도덕원리 전개에 이르기까지 모든 것을 진화(evolution)의 원리에 따라 조직적으로 서술하였다. 또 철학과 과학과 종교를 융합하려고 하였다.

허버트 오스틴(Hebert Austin) 1905년 영국에서 오스틴 모터 컴퍼니(Austin Motor Company)를 설립했다. 자동차업계 최초로 생산·판매를 비롯하여 정비소·렌터카·쇼룸까지 통합한 서비스를 제공하였다. 제1차 세계대전이 일어난 뒤에는 군용 트럭과 항공기 엔진 등을 생산하였다. 그 공로로 허버트 오스틴은 여왕으로부터 기사작위를 받았다.

허버트 조지 웰스(Herbert George Wells, 1866~1946) 영국의 소설가 · 문명비평가. 쥘 베른과 함께 '과학소설의 아버지'로 불린다. 《타임머신》, 《투명 인간》 등 공상과학소설 100여 편을 썼다. 그 밖의 저서로 《세계문화사대계》, 《생명의 과학》 등이 있다.

허버트 후버(Herbert Clark Hoover, 1874~1964) 미국의 제31대 대통령. 대통령 당선 후 심각한 경제 불황을 타개할 대책 수립, 군비축소를 추진하는 한편, 라틴아메리카 여러 나라와의 우호관계 유지 및 선린외교의 기초를 구축하였다. 제2차 세계대전 후 대통령 트루먼의 요청으로 세계의 식량문제를 개선하는 한편, 행정부문 재편성위원회(후버위원회)의 위원장으로 활약하였다.

헤라클레이토스(Herakleitos, BC 540?~BC 480?) 그리스의 철학자로 「만물은 유전한다」 고 말했다. 불이 조화로운 우주의 기본적인 물질적 원리라고 주장한 우주론으로 유명하다. 생애에 대해서는 알려진 것이 거의 없으며, 그의 견해는 후대 작가들이 인용한 짤막한 단편들 속에만 남아 있다.

헤로도토스(Herodotos, BC 484?~BC 425?) 그리스 역사가. 키케로가 '역사의 아버지'라고 불렀다. 페르시아 전쟁사를 다룬 《역사》를 썼다. 《역사》에는 일화와 삽화가 많이 담겨 있으며 서사시와 비극의 영향을 받은 것으로 여겨진다. 그리스인 최초로 과거의 사실을 시가가 아닌 실증적 학문의 대상으로 삼았다.

헤르만 헤세(Hermann Hesse, 1877~1962) 독일의 소설가 · 시인. 단편집 · 시집 · 우화집 · 여행기 · 평론 · 수상(隨想) · 서한집 등 다수의 간행물을 썼다. 주요 작품으로 《수레바퀴 밑에서》, 《데미안》, 《싯다르타》 등이 있다. 《유리알 유희》로 1946년 노벨문학상을 수상하였다.

헤르베르트 마르쿠제(Herbert Marcuse, 1898~1979) 독일 출생의 미국 철학자. 프랑크푸르트대학 '사회연구소'에서 에리히 프롬 등과 함께 활동했다. 고도산업사회에 있어 인간의 사상과 행동이 체제 안에 완전히 내재화하여 변혁력을 상실하였음을 예리하게 지적한 《일차원적 인간》 이

유명하다. 그의 이론은 신좌익운동의 정신적 지주가 되었다.

헤시오도스(Hēsiodos, ?~?) BC 8세기 말경의 사람으로 추측되며, 고대 그리스의 서사시인으로 '이오니아파'의 호메로스와 대조적으로 종교적 · 교훈적 · 실용적인 특징의 '보이오티아파' 서사시를 대표한다. 농경기술과 노동의 신성함을 서술한 《노동과 나날》은 설화성(說話性)과 목가적 서술이 뛰어나다.

헨리 3세(Henry III, 1207~1272) 잉글랜드의 왕(재위 1216~1272). 프랑스인을 궁정에 중용하고, 로마교황에 대한 신종(臣從)의 자세를 취하여 영국 귀족의 반감을 샀다. 프랑스 영지회복 파병 등을 위한 다액의 증세, 헌납금으로 귀족 · 평민 양쪽의 불만을 가중시켰다.

헨드릭 빌렘 반 룬(Hendrik Willem van Loon, 1882~1944) 네덜란드계 미국인으로서 아동도서작가 · 역사가 · 기자. 아이들을 위한 역사책인 《인간의 역사(The Story of Mankind)》는 1922년 제1회 뉴베리상 수상작이기도 하다. 나중에 그 책은 그가 직접 업데이트하기도 하고, 그 후 그의 아들, 나중엔 다른 역사가들이 업데이트를 계속 해오고 있다. 그는 역사의 결정적인 사건들과 역사적 인물들의 완벽한 묘사를 포함해서 역사에 있어서의 예술의 역할에 역점을 두고 강조하는 작가로 알려져 있다.

헨리 F. 아미엘(Henri-Frédéric Amiel, 1821~1881) 스위스의 프랑스계 문학자이자 철학자로 제네바 대학교에서 철학교수를 지냈다. 죽은 후, 1만 7,000쪽에 달하는 자신의 일기가 《아미엘의 일기》로 출판되어 유명해졌다.

헨리 L. 멩컨(Henry Louis Mencken, 1880~1956) 미국의 논쟁가 · 언론인. 미국인들의 생활에 관한 신랄한 비판으로 유명하며, 1920년대 미국의 소설에 강한 영향을 미쳤다. 자서전적 3부작인 《행복한 시절》, 《신문사 시절》, 《이방인 시절》 등은 언론생활에서 겪은 경험을 집중적으로 다루고 있다.

헨리 데이비스(William Henry Davis, 1871~1940) : 영국의 시인. 웨일스 켄트주(州) 뉴포트 출생. 신대륙까지 발길을 옮긴 방랑생활 뒤 시작(詩作)을 시작하여 자연을 노래하는 소박한 시풍으로 인정받았다. 시 이외에 《한 방랑자의 자서전》이 있다.

헨리 레니에(Henri de Régnier, 1864~1936) 프랑스의 시인 · 소설가. 고답파, 상징파의 영향을 받고 신고전주의적인 작풍을 세워 아나톨 프랑스와 프랑스 문단의 쌍벽을 이루었다. 시집으로 《물의도시》, 소설로 《타오르는 청춘》, 《심야의 결혼》 등이 있다.

헨리 롱펠로(Henry Wadsworth Longfellow, 1807~1882) 미국 시인. 유럽의 시적 전통, 특히 유럽대륙 여러 나라의 민요를 솜씨 있게 번안함으로써 미국 대중에게 전달한 공적은 크다. 초서의 《캔터베리 이야기》를 모방하여 1863년에 출판한 《웨이사이드 주막 이야기》는 이야기꾼으로서의 재능을 보여준다.

헨리 루이스 멩켄(Henry Louis Mencken, 1880~1956) 미국 문예비평가. 《아메리칸 머큐리》 지를 창간했으며 미국문화 전반에 대해 준엄하게 비판하는 한편 미국문학의 독립을 주장해 신흥문학 육성에 커다란 구실을 했다. 대표적인 저서로는 평론 《편견집(偏見集)》, 《아메리카어(語)》 등이 있다.

헨리 밀러(Henry Valentine Miller, 1891~1980) 미국의 소설가. 《북회귀선(Tropic of Cancer)》은 파리생활의 경험을 토대로 한 것인데, 소설이라기보다는 일종의 초현실파적인 파리생활의 스케치이지만, 시정(市井)의 풍경과 그의 반(反)문명적 사상이 신선한 문체로 생생하게 묘사되어 훌륭한 작품을 이루어냈다.

헨리 반다이크(Henry van Dyke, 1852~1933) 미국의 작가 · 성직자. 저서로는 《The Other Wise Man》이 있다.

헨리 본(Henry Vaughan, 1622~1695) 영국 '형이상학파 시인'의 한 사람. 옥스퍼드 대학 출신의 의사로서 내란 때에는 왕당파의 군의관으로 출정하기도 했다. 문필활동은 라틴어 시문의 번역으로부터 시작했으며, 종교시집 《불꽃 튀는 부싯돌》은 대표적 작품이다. 그의 시는 당대에는 인정을 받지 못하였으나 100년이 지난 뒤 재평가 받았다.

헨리 비처(Henry Ward Beecher, 1813~1887) 자유주의적인 미국 회중교회 목사. 탁월하고 호소력 있는 언변과 사회문제에 대한 여론환기로 유명한 당대의 영향력 있는 개신교 설교가. 저서로 《진화와 종교》, 《예수그리

스도의 생애》, 《예일대학교 설교강좌》 등이 있다.

헨리 소로(Henry David Thoreau, 1817~1862) 미국 사상가・문학자. 자연에 대해서 뿐만 아니라 사회문제에 대해서도 항상 민감한 반응을 보였다. 멕시코 전쟁에 반대하여 인두세(人頭稅) 납부를 거부한 죄로 투옥당했으나, 그때 경험을 기초로 쓴 《시민의 반항》은 후에 간디의 운동 등에 큰 영향을 주었다.

헨리 아펜젤러(Henry Gerhard Appenzeller, 1858~1902) 미국 감리교 목사로 한국에 와서 활약한 선교사. 한국선교회를 창설하고 배재학당(培材學堂)을 설립하였다. 암기위주인 한국의 교육방식을 이해중심적인 교육방식으로 고치는 데 공헌하였다.

헨리 애덤스(Henry Brooks Adams, 1838~1918) 미국의 역사가・작가・사상가. 저서에 《제퍼슨과 매디슨 통치하의 미국사》, 《헨리 애덤스의 교육》 등이 있다.

헨리 엘리스(Henry Havelock Ellis, 1859~1939) 영국의 의학자, 문명비평가. 본업인 의학지식과 청소년 시절의 미개사회에 대한 식견이 가미되어 화제작이 된 저서 《성심리(性心理)의 연구》로 유명하다.

헨리 제임스(Henry James, 1843~1916) 미국의 소설가. 심리적 사실주의의 선구자로 꼽힌다. 작품으로 《어떤 부인의 초상》, 《비둘기의 날개》, 《나사의 회전》 등이 있다.

헨리 조지(Henry George, 1839~1897) 미국의 경제학자로 단일토지세를 주장한 《진보와 빈곤》을 저술하였다. 19세기 말 영국 사회주의 운동에 커다란 영향을 끼쳐 '조지주의 운동'으로 확산되었다.

헨리크 입센(Henrik Ibsen, 1828~1906) 노르웨이의 극작가. 근대 사실주의 희극의 창시자. 힘차고 응집된 사상과 작품으로 근대극을 확립하였고, 근대 사상과 여성해방 운동에 깊은 영향을 끼쳤다. 《인형의집》으로 온 세계의 화재를 불러 모으며 근대극의 1인자가 되었다. 《유령》, 《민중의 적》 등의 작품으로 새로운 경지를 개척하며 사람들을 열광시켰다.

헨리 잭슨(Henry M. Jackson, 1912~) 미국 정치가. 하원의원, 상원의원, 상원 원자력위원회 위원을 역임했다. C. A. 린드버그와 공동으로 버나드 M. 브랜치상을 받았고, 알래스카 대학교에서 명예법학박사 학위를 받았다.

헨리 케인(Sir Thomas Henry Hall Caine, 1853~1931) 영국의 작가. 감상, 도덕적인 열정, 교묘하게 암시된 지방색, 개성이 강한 등장인물이 결합된 대중소설로 유명하다. 단테 가브리엘 로제티의 비서로 있었다. 1885년 첫 장편소설 《죄악의 그림자》를 발표한 뒤 《맨 섬의 재판관》을 비롯해 많은 작품을 썼다. 미국에서 연합군 쪽 선전자로 활약한 공로를 인정받아 1918년 기사작위를 받았다.

헨리 포드(Henry Ford, 1863~1947) 미국의 자동차회사 '포드'의 창립자. 조립라인 방식에 의한 양산체제인 포드시스템을 확립하였으며 합리적 경영방식을 도입해 포드를 미국 최대의 자동차 제조업체로 키워냈다.

헨리 필딩(Henry Fielding, 1707년~1754) 영국의 소설가. 소설 《조셉 앤드루스의 모험》의 서문에서 소설을 '산문에 의한 희극적 서사시'라 정의하여 처음으로 종래의 문학형식에서 소설의 위치 선정에 대한 견해를 발표하였다. 새뮤얼 리처드슨과 더불어 18세기 최고의 소설가이자 영국소설의 전통에 하나의 흐름을 창시한 위대한 작가였다.

헨리 허드슨(Henry Hudson, 1550?~1611) 영국의 탐험 항해가. 1609년 네덜란드 동인도회사의 청탁으로 항로개척에 나섰다. 아메리카 대륙에 이르러 허드슨 강을 발견하고 뉴암스테르담(뉴욕) 식민지의 기초를 구축했다. 이듬해에는 캐나다 북방을 탐험하여 영국의 북캐나다 지배의 기초를 닦았다.

헬렌 켈러(Helen Adams Keller, 1880~1968) 맹인으로 귀머거리였던 미국의 교육자 · 저술가 · 사회사업가. 그녀의 교육과 훈련은 장애인 교육에 있어서 특출한 성취로 받아들여졌다. 저서로 《나의 삶》, 《헬렌 켈러의 비망록》 등이 있다. 헬렌 켈러의 어린 시절은 윌리엄 깁슨의 희곡 《기적을 일으킨 사람》에 묘사되어 있는데, 이 희곡은 1960년 퓰리처상을 받았다.

현상윤(玄相允, 1893~1950) 사학가 · 교육가 · 철학자로 3 · 1운동의 계획과 추진에 참가하여 옥고를 치른 후 중앙고등보통학교 교장과 조선민립대학기성회 중앙집행위원을 지냈다. 광복 후 보성전문학교 교장에 취임하

여 고려대학으로 승격되자 초대 총장을 지냈다.

《현우경(賢愚經)》 위나라의 혜각·담학·위덕 등이 서역의 우전국에 가서 삼장법사로부터 들은 설법을 중국에 돌아와 번역하여 엮은 것이다. 성현과 범부의 예를 들어 착한 일을 하고 불교와 인연을 맺을 것을 강조하는 내용이다. 쉽고 흥미로운 설화로 불교를 대중화시키는 데 도움이 되었다.

혜가(慧可, 487~593) 중국 남북조(南北朝)시대의 승려로 달마의 제자가 되었을 때, 눈 속에서 왼팔을 절단하면서까지 구도(求道)의 성심을 보이고 인정을 받았다는 전설로 유명하다.

혜민(惠敏) 조계종 승려. 작가. 저서 《멈추면 비로소 보이는 것들》은 출간 7개월 만에 100만부를 돌파, 인문·교양 단행본 중 최단기간 100만부 돌파 기록을 세웠다. 2012년 가장 영향력 있는 종교인에 오르기도 했다. 현재 뉴욕 불광사 총무 및 미국 매사추세츠 주 Hampshire College에서 종교학 교수로 재직 중. 하버드대학에서 비교종교학 석사과정을 밟던 중 출가를 결심, 2000년 봄 해인사에서 사미계를 받으며 조계종 승려가 되었다.

호라티우스(Quintus Horatius, BC 65~BC 8) 고대 로마의 시인으로 공화제(共和制)를 옹호하는 브루투스 진영에 가담하였다가 패한 뒤 하급관리를 지내며 시를 썼고 이후 옥타비아누스의 정책에 뜻을 같이하였다. 작품은 《서정시집》 4권과 《서간시》 2권 등이 남아 있다.

호러스 그릴리(Horace Greeley, 1811~1872) 미국의 언론인. 미국 언론사상 최고의 논설기자로 평가받고 있다. 《뉴요커》의 편집주간으로 활동했으며, 《뉴욕 트리뷴》을 창간했다. 공상적 사회주의자였으나, 급진적인 개혁을 배제하는 온건파로서 노예제도 폐지를 주장하여 링컨의 대통령 출마를 지지하였다.

호레이쇼 넬슨(Horatio Nelson, 1758~1805) 영국의 제독. 미국 독립전쟁, 프랑스 혁명전쟁에 종군했고 코르시카 섬 점령, 세인트 빈센트 해전에서도 수훈을 세웠다. 나폴레옹 대두와 더불어 프랑스함대와 대결하는 중심인물이었고 트라팔가르 해협에서 프랑스·에스파냐 연합함대를 격멸시켰다.

호르바트(Öden von Horváth, 1901~1938) 독일의 희곡작가. 파시즘을 반대하고, 소시민들의 중류의식을 비판하는 작품을 주로 썼는데 그 제재로 교양은어를 사용하였다. 주요 작품으로는 《이탈리아의 밤》, 《비너발트의 이야기》, 《카시미르와 카롤리네》 등이 있다.

호르헤 보르헤스(Jorge Luis Borges, 1899~1986) 아르헨티나의 소설가 · 시인 · 평론가. 환상적 사실주의에 기반을 둔 단편들로 현대 포스트모더니즘 문학에 큰 영향을 끼쳤다. 주요 작품으로는 《불한당들의 세계사》, 《픽션들》 등의 시집이 있다.

호메로스(Homeros, BC 800?~BC 750) 유럽 문학 최고 최대의 서사시 《일리아스》와 《오디세이아》의 작자. 두 서사시는 고대 그리스의 국민적 서사시로 그 후의 문학, 교육, 사고에 큰 영향을 끼쳤다.

호세 오르테가이가세트(José Ortega y Gasset, 1883~1955) 에스파냐의 철학자. 근본사상은 니체, 빌헬름 딜타이 등의 계통을 잇는 '생(生)의 철학'에 근원을 두었다. 활발한 저작활동으로 《돈키호테 론》 등을 발표하였다.

호아킴 데 포사다(Joachim de Posada) 세계적인 대중연설가이자 자기계발 전문가. 《마시멜로 이야기》를 통해 전 세계 수많은 기업과 독자들의 삶을 아주 특별하게 바꾸고 있다. 그의 사람들의 '내일'을 꿈과 용기의 시간으로 변화시킨 그는 당대 최고의 동기부여가이자 탁월한 이야기꾼으로서 그 명성을 드높이고 있다.

호적(胡適, 1891~1962) 중국의 사상가 · 교육가. 베이징대학 교수를 지내며 프래그머티즘 교육이론 보급에 힘썼다. 베이징대학교 학장, 주미대사 등을 역임하며 국부의 정치 · 외교 · 문교정책 시행에 중요 역할을 하였다. 주요 저서로 《중국 철학사 대강(大綱)》, 구어 시집 《상시집(嘗試集)》, 《백화(白話)문학사》, 《후스 문존(文存)》, 자서전 《사십자술(四十自述)》 등이 있다.

홍승면(洪承勉, 1927~1983) 언론인. 아시아재단 후원으로 미국 스탠포드대학에서 신문학을 공부하였다. 국제신문인협회 한국위원회 사무국장. 《프라하의 가을》, 《백미백상》 등의 저서가 있고, 1988년 1월에는 친지와 동료들이 추모문집 《잃어버린 혁명과 화이부동(和而不同)》을 간행했다.

홍종인(洪鍾仁, 1903~1998) 언론인. 1920년 평양고등보통학교 재학중 3·1 운동에 가담해 퇴학당했다. 8·15 해방 후 《조선일보》 복간과 함께 사회부장, 1946년 정경부장, 같은 해 편집국장이 되었다. 저서로 《인간의 자유와 존엄》 이 있고 금관문화훈장을 받았다.

황윤석(黃胤錫, 1729~1791) 18세기 조선시대의 언어학자로 호는 이재(頤齋)·서명산인(西溟散人)·운포주인(雲浦主人)·월송외사(越松外史). 문집 《이재유고》 의 제25권 및 《화음방언자의해》 와 제26권에 있는 《자모변》 은 국어연구에 귀중한 자료가 되고 있다.

황정견(黃庭堅, 1045~1105) 고전주의적인 작풍을 지닌 중국 송나라의 시인·화가. 호는 산곡(山谷). 지방관리를 역임하다 중앙관직에 취임, 교서랑(校書郎)이 되어 국사편찬에 종사했다. 학식에 의한 전고(典故)와 수련을 거듭한 조사(措辭)를 특색으로 한다.

황진이(黃眞伊, ?~?) 조선시대의 시인·명기(名妓). 시(詩) ·서(書)·음률(音律)에 뛰어났으며, 출중한 용모로 더욱 유명하였다. '동짓달 기나긴 밤을 한허리를 둘에 내어'는 그의 가장 대표적 시조이다. 대표작으로 《만월대 회고시》, 《박연폭포시》 등이 있다.

《회남자(淮南子)》 중국 전한(前漢)의 회남왕(淮南王) 유안(劉安)이 그의 빈객들과 함께 지었다. 형이상학·우주론·국가정치·행위규범에 대한 내용을 다루었다. 대체로 초기 도가의 고전인 노자와 장자에서 다루어진 내용들이지만 이 책의 우주생성론에서 도(道)는 태허(太虛)에서 나오고 태허는 우주를 낳으며, 이것은 다시 양의(兩儀)를 낳는다고 했다.

《효경(孝經)》 유교 경전(經典)의 하나. 공자가 제자인 증자에게 전한 효도에 관한 논설 내용을 훗날 제자들이 편저(編著)한 것으로, 연대는 미상이다. 천자·제후·대부·사(士)·서인(庶人)의 효를 나누어 논술하고 효가 덕(德)의 근본임을 밝혔다.

《후한서(後漢書)》 중국 남북조시대 남조(南朝) 송(宋)의 범엽(范曄)이 편찬한 기전체(紀傳體) 사서(史書)로 광무제(光武帝)에서 헌제(獻帝)에 이르는 후한의 13대 196년 역사를 기록하고 있다.

휘호 그로티우스(Hugo Grotius, 1583~ 1645) 또는 휘호 더 흐로트. 네덜란드의 법학자. 근대 자연법의 원리에 입각한 국제법의 기초를 확립하여 '국제법의 아버지'라 불린다. 저서 《전쟁과 평화의 법》에서는 전쟁의 권리 · 원인 · 방법에 대하여 논술하였는데, 국제법 전반을 체계적으로 서술한 최초의 저작이다.

휴버트 험프리(Hubert Horatio Humphrey, 1911~1978) 미국의 정치가. 미니애폴리스 시장, 민주당 상원의원, 원내총무를 역임하고 대통령 린든 B. 존슨의 러닝메이트로 부통령에 당선되었다. '흑인민권향상의 투사'라는 말을 듣기도 했으며 존슨 대통령의 베트남전쟁 정책을 지지하였다.

히에로니무스(Eusebius Hieronymus, 345?~419?) 가톨릭 성인. 암브로시우스·그레고리우스·아우구스티누스와 함께 라틴 4대 교부로 일컬어진다. 당시의 교부(Church Father)들 중에서 히브리어 원본의 성경을 연구한 성서학자로 유명하다. 가장 큰 업적은 그리스어 역본인 70인역 성서를 토대로 《시편》 등의 라틴어 역본을 개정한 일이다. 신약성서는 그리스어로 씌어졌으나 구약성서는 본래 히브리어와 아람어로 씌어졌다고 한다.

《히토파데샤》(Hitopadeśa) 산스크리트로 된 인도의 설화집(說話集). '유익한 교훈'이라는 뜻으로, 9세기에 나라야나가 지은 것이라고 전한다. 벵골에 전해진 유명한 설화집 《팡차탄트라》의 이본(異本)으로서, 원본인 5편의 이야기를 4편으로 개작하고 새로이 17가지의 설화를 추가하였다. 내용은 실천 도덕 등에 중점을 둔 우화 형식을 빌려 격언적인 시구(詩句)를 사용하였다.

히포낙스(Hipponax, ?~?) BC 6세기 중엽에 출생한 고대 그리스의 시인으로 통렬한 풍자시를 지었다. 국어와 외래어를 자유자재로 구사하면서 생생하고 간결한 시체(詩體)를 썼다.

히포크라테스(Hippokratēs, BC 460?~BC 377?) 고대 그리스 페리클레스시대 의사. 의학사의 가장 중요한 인물 중 한 사람. 의학의 아버지라고 부르며, 히포크라스학파를 만들었다. 이 학파는 고대 그리스의 의학을 혁명적으로 바꾸었으며, 마술과 철학에서 의학을 분리해내어 의사라는 직업을 만들었다. 인체의 생리나 병리를 체액론에 근거하여 사고했고 '병을 낫게 하는 것은 자연이다'는 설을 치료원칙의 기초로 삼았다. 그의 학설을 모은 《히포크라테스 전집》은 히포크라테스의 언설(言說)만을 편집한 것이 아니라, 히포크라테스의 가르침을 받은 제자들과 몇 대에 걸쳐 의학도들에 의해 내용이 곁들여졌다.

히폴리토스(Hippolytos, BC 5세기경) 그리스 신화의 영웅. 아테네의 왕 테세우스와 아마존의 여왕 히폴리테 사이에서 태어난 아들.

히폴리트 텐(Hippolyte Adolphe Taine, 1828~1893) 프랑스의 평론가 · 철학자 · 역사가. 오귀스트 콩트의 실증주의적 방법을 써서 과학적으로 문학을 연구하였다. 인종 · 환경 · 시대 3요소를 확립하고, 《영국문학사》(4권)를 썼다. 프로이센 · 프랑스 전쟁, 파리코뮌 후 내셔널리스트의 경향이 강해지기도 했다.

김동구(金東求, 호 운계雲溪)
경복고등학교 졸업
경희대학교 사학과 졸업
성균관대학교 경영대학원 경영학과 제1회 수료
경희대학교 경영대학원 경영학과 제1회 졸업

〈편저서〉
《논어집주(論語集註)》, 《맹자집주》,
《대학장구집주(大學章句集註)》,
《중용장구집주》, 《명심보감》

명언 사랑 편 (1)

초판 인쇄일 / 2013년 12월 16일
초판 발행일 / 2013년 12월 20일

☆

엮은이 / 김동구
펴낸이 / 김동구
펴낸데 / 圖書出版 明文堂

창립 1923. 10. 1
서울특별시 종로구 안국동 17-8
☎ (영업) 733-3039, 734-4798
(편집) 733-4748 FAX. 734-9209
H.P. : www.myungmundang.net
e-mail : mmdbook1@hanmail.net
등록 1977. 11. 19. 제 1-148호

☆

값 13,500원

☆

ISBN 979-11-951643-1-8 04800
ISBN 979-11-951643-0-1(세트)